Gabi Burton

Sing me to Sleep

Ein tödliches Lied

Gabi Burton

Sing Me to Sleep

Ein tödliches Lied

Aus dem amerikanischen Englisch
von Yola Schmitz

MIX
Papier | Fördert gute Waldnutzung
FSC® C014496

Penguin Random House Verlagsgruppe FSC® N001967

1. Auflage 2024
Erstmals als cbt Taschenbuch August 2024

Die Originalausgabe erschien 2023 unter dem Titel
»Sing Me to Sleep«
bei Bloomsbury Publishing Inc., New York.

Übersetzung: Yola Schmitz
Lektorat: Luitgard Distel
Umschlaggestaltung: Marie Graßhoff unter Verwendung
einer Vorlage von © Andrew Davis
Illustration Karte S. 6/7: © Sara Corbett
kk • Herstellung: bo
Satz: Buch-Werkstatt GmbH, Bad Aibling
Druck: GGP Media GmbH, Pößneck
ISBN 978-3-570-31612-2
Printed in Germany

www.cbj-verlag.de

Für alle Schwarzen Mädchen,
die das Gefühl haben,
nicht gut genug zu sein.
Ihr seid es. Versprochen.

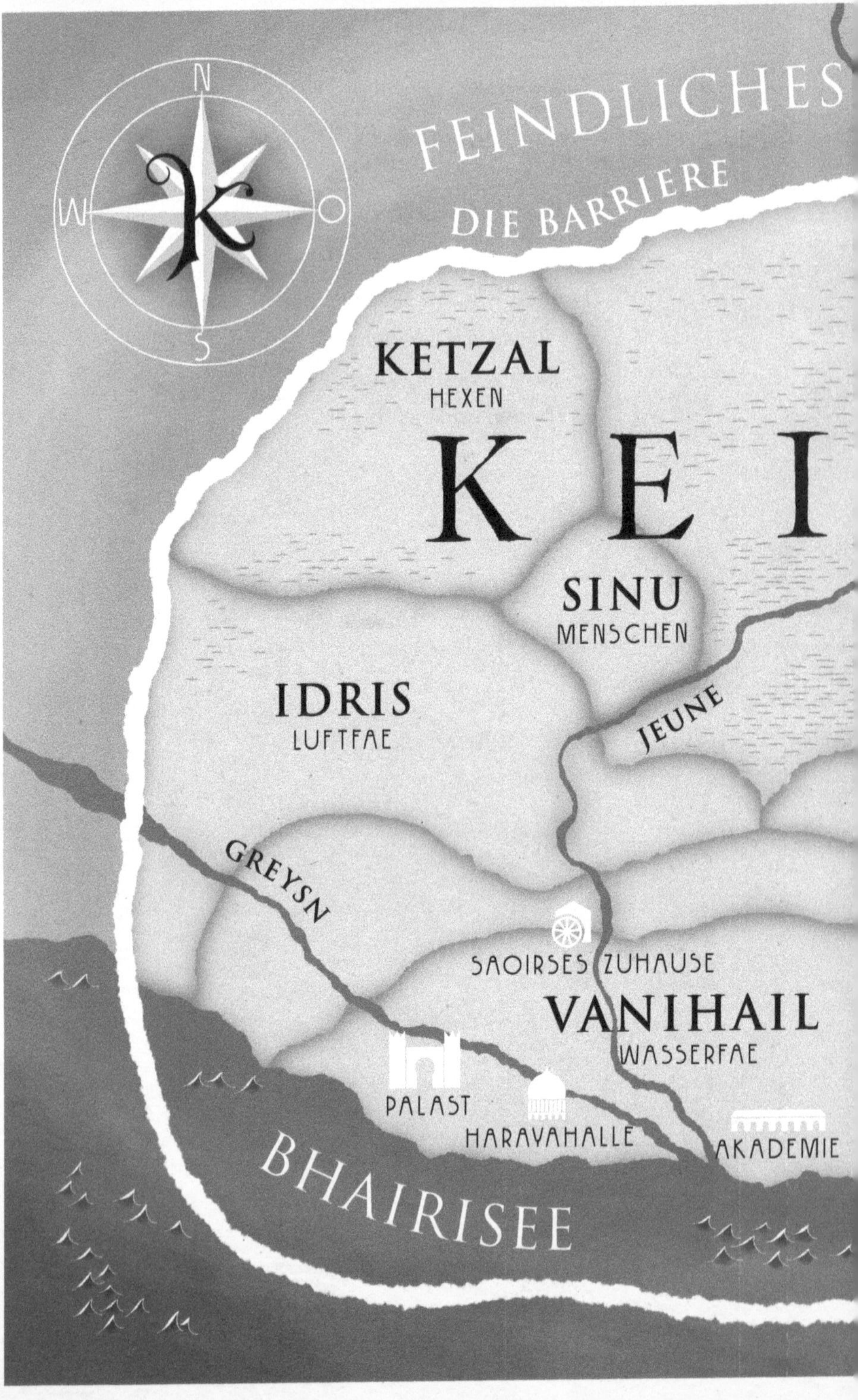
N
W
O
S
K
FEINDLICHES
DIE BARRIERE
KETZAL
HEXEN
KEI
SINU
MENSCHEN
IDRIS
LUFTFAE
JEUNE
GREYSN
SAOIRSES ZUHAUSE
VANIHAIL
WASSERFAE
PALAST
HARAVAHALLE
AKADEMIE
BHAIRISEE

TERRITORIUM
KRILL
HEXEN
RDRE
KURRTAL
ERDFAE
RY'ANNENSEE
PHYDAN
FEUERFAE
SERINGTON
FAE
BLIDDON
ERDFAE

1

Gesang und Gift

Mein Opfer hat Todessehnsucht – was mir wohl entgegenkommt.

Es sind erst zwei Sekunden vergangen, seit ich die Kneipe betreten habe. Er ahnt noch nichts von meiner Absicht, ihn verführen zu wollen, schon greift er mir an den Hintern, als wäre ich ein Krug mit billigem Bier.

Er hat mir noch nicht einmal etwas zu trinken ausgegeben.

Mein erster Impuls ist es, nach seinem Handgelenk zu greifen und es zu verdrehen, bis ich das befriedigende Knacken von Knochen höre.

Aber ich bin nicht so dumm, meinem ersten Impuls nachzugeben.

Stattdessen drehe ich mich rasch zu ihm um, lächle zuckersüß und schaue ihm in die Augen, als wären sie eine Wegbeschreibung zu einem weniger schäbigen Ort mit jemandem, der weniger schleimig ist.

Bei meinem Anblick erschlafft sein Kiefer, ach was, sein ganzes Gesicht, und seine Hand gleitet von meinem Hintern, als wäre er eingeölt.

Das passiert mir ständig, denn ich bin wunderschön. Ich bin nicht arrogant, es ist nur die Wahrheit. Männer so fest um den kleinen Finger zu wickeln, dass sie mir bereitwillig in ein frühes nasses Grab folgen, ist mein Geburtsrecht. Schönheit ist für mich eine Selbstverständlichkeit.

Die Augen aller in dieser Kneipe hängen an jeder meiner Bewegungen, gaffen mich an, lassen sich mich auf der Zunge zergehen wie einen Schluck des widerlich süßen Weins, den die Fae so gern trinken. Sie beobachten auch mein Opfer, allerdings mit finsteren statt anzüglichen Blicken. Doch nicht um seinetwillen, sondern weil er meine Aufmerksamkeit erregt hat in einem Raum voller Männer, die mich mit offenen Armen in ihren seidenen Bettlaken empfangen würden.

Ich blende ihre Blicke aus und konzentriere mich auf mein Ziel. Er war dreist genug, mich beim ersten Anblick zu berühren, aber jetzt bringt er nicht den Mut auf, etwas zu sagen.

Manche Opfer verlangen mehr Einsatz. Ein paar Gläser, damit sie locker werden, oder ein paar Minuten belangloser Konversation. Dieses hier wird all das nicht brauchen. Der zimtige Geschmack seiner Begierde verrät ihn. Er liegt mir auf der Zunge und brennt mir in der Kehle. Womöglich muss ich nicht einmal singen, um ihn dazu zu bringen, das Gift zu trinken, das ich unter meinem Kleid verberge.

Als Sirene konnte ich schon immer die Gefühle anderer spüren. Manche sind leicht zu erkennen: Trauer fühlt sich schwer und kalt an, Glück leicht und warm. Andere Emotionen sind komplexer: Verbitterung ist spitz wie ein Stachel, heiß wie eine Flamme und hartnäckig wie eine schlimme Erkältung. Ich kann zwar verdrängen, wie sich Gefühle auf meiner Haut anfühlen, aber wenn sie besonders stark sind, werde ich ihren Geschmack nicht wieder los.

Ohne ein Wort lasse ich mich an einem Tisch auf einen Holzstuhl sinken und schlage ein Bein über das andere. Der Saum meines tiefschwarzen Kleids wandert meinen Oberschenkel hinauf.

Ich schenke meinem Opfer ein einladendes Lächeln und klopfe auf den leeren Stuhl neben mir. Er stürzt mit aufgerissenen Augen zu mir. Der Geschmack seiner Lust vermischt sich mit etwas Schalem und Bitterem wie ranzigem Bier. Erregung.

Als ich mich nach vorn neige, stelle ich mit Genugtuung fest, dass sein Blick von meinen leuchtend honigfarbenen Augen zu meinem Dekolleté gleitet. Sein Verlangen lodert auf und umhüllt mich wie eine Decke aus Feuer. Ich lege ihm eine Hand auf das Bein, nahe genug am Knie, um harmlos zu wirken, aber weit genug oben, dass sein Körper sich anspannt.

Er schluckt.

Ich verkneife mir ein Grinsen und lehne mich näher zu ihm, um ihm meine vollen Lippen an die Ohrmuschel zu pressen. Er riecht nach Erregung, Schweiß und frisch gebackenem Brot. »Komm mit.« Ich singe nicht, noch nicht, aber ich lasse mich zu einem melodischen Tonfall hinreißen.

Er umklammert die Tischplatte so fest, dass seine Nägel Kerben im Holz hinterlassen. »Äh …«

Das interpretiere ich als Ja.

Ich stehe auf, lächle ihn lasziv und verführerisch an, bevor ich losgehe. Dabei achte ich darauf, dass der Hintern, von dem er so angetan zu sein scheint, bei jedem Schritt hin- und herschwingt.

Ich muss das dumpfe Geräusch seiner Stiefel hinter mir nicht hören, um zu wissen, dass er mir folgt.

Die verzückte Kneipenschar teilt sich vor mir wie ein paar Klatsch und Tratsch verbreitende Lippen auf dem Schulhof. Ihre ungezügelte Lust brennt mir fast ein Loch in die Zunge, aber niemand versucht, mich anzusprechen. Ich trete durch die Seitentür der Kneipe auf eine dunkle Gasse hinaus und atme die frische Luft von Keirdre ein.

Die Nacht ist perfekt. Nur die Sterne und eine weiße Mondsichel spenden Licht. Nebel hängt in der Luft und empfängt mich mit seiner kühlen, feuchten Vertrautheit. In der Gasse ist es still und dunkel. Das dunkle Kopfsteinpflaster bildet einen scharfen Kontrast zu den hellblau gestrichenen Wänden der umliegenden Gebäude.

Mein Opfer tritt auf die Gasse.

Ich atme noch einmal tief die feuchte Nachtluft ein, bevor ich mich ihm zuwende.

Als die Tür der Kneipe hinter ihm zuschlägt, wirken seine grünen Augen immer noch benommen. Wir sind schon ein hübsches Paar. Ich bin bewaffnet mit meinem Gesicht und meinen Stimmbändern und er mit verträumtem Gesichtsausdruck und liebeskrankem Blick.

»Wie heißt du?«, säuselt er.

Ich lächle und trete näher. Meine Schuhe berühren die Spitzen seiner Lederstiefel. »Saoirse.« Es kommt als gehauchtes Flüstern heraus.

Mein Opfer gibt ein unverständliches Geräusch von sich.

Ich atme ein, nehme den Nebel durch die Nase, den Mund, durch alle Poren auf. Meine Haut kribbelt, wo die Feuchtigkeit mich berührt, das Wasser ruft nach mir. Es drängt mich, schneller zu handeln. Ich unterdrücke das Gefühl. Ich will mir Zeit nehmen. Meine Beute genießen.

Der Nebel verdichtet sich um mich und bildet eine Wand aus Wasser, die sich zu einer langen Ranke zusammenzieht.

Gebannt starrt er mich an, während ich das Wasserband mit den Händen herumwirbele.

Das Wasser will, dass ich singe, doch stattdessen spreche ich. »Du hast mich angefasst, als du mich gesehen hast. Warum?«

Sein Blick folgt dem wirbelnden Wasser. »D-du bist wunderschön.«

Ich neige den Kopf. Das Wasser wird schneller und sein Blick nervöser. »Und das bedeutet, dass du mich berühren darfst?«

»D-du bist …«

»… wunderschön«, beende ich den Satz und verdrehe die Augen. »Ja, das hast du schon gesagt. Ist das eine Angewohnheit von dir, schöne Frauen ohne ihre Erlaubnis anzufassen?« Meine Augen blitzen bei diesen Worten silbern auf.

Sein Herzschlag beschleunigt sich. Er öffnet den Mund, sagt aber nichts.

Irritiert lasse ich das Wasser los, und es prasselt auf das Kopfsteinpflaster, landet auf seinen Stiefeln und meinen nackten Knöcheln. Mich durchfährt ein Gefühl der Macht und ich kann mein Verlangen nicht länger zügeln.

Ich muss töten.

Meine Instinkte überwältigen mich, ich öffne die Lippen und ein Lied erklingt. Sanft, gefühlvoll, wortlos.

Der verbliebene Ausdruck auf dem Gesicht meines Opfers schmilzt wie Schokolade in der Sonne und sein Blick wird leer.

Ich lächle nicht mehr.

Ich singe weiter und komme ihm noch näher. Er spiegelt meine Bewegungen wider wie eine Marionette an einer gespannten Schnur, die zu reißen droht.

Ohne den Blick meiner silbernen Augen auch nur einen Moment von seinen zu nehmen, greife ich mit einer Hand unter mein Kleid und hole das Fläschchen mit *Shikazhe* heraus. Die mitternachtsblaue Farbe der Flüssigkeit verrät den Inhalt des Fläschchens auf den ersten Blick. Doch als ich es ihm hinhalte, nimmt er das Gift, ohne zu zögern.

»Zwei Tropfen auf deine Zunge«, flüstere ich.

Nicht einen Moment wendet er den Blick von mir ab, auch nicht, als er den Korken herauszieht oder sich aus dem Fläschchen zwei blaue Tropfen auf die Zunge träufelt.

Vorsichtig nehme ich ihm das Fläschchen wieder aus den Händen, stecke es zurück unter mein Kleid und wende mich zum Gehen.

Mit einem dumpfen Schlag landet er auf dem Pflaster. Ich gehe weiter. Der reizvolle Part ist vorbei.

Ich suche in dem Lederbeutel, der um meinen Hals hängt, nach der kleinen Tonperle mit den goldenen Runen. Ich setze mir die Perle auf die Zunge und drücke sie an ihren Platz in meinem hohlen Zahn.

Die Verwandlung der Schleierperle fällt über mein Gesicht wie ein Regentropfen in stilles Wasser.

Mein dunkles, dichtes, wildes Haar wird stumpf. Meine seidig-glatte Haut, tiefbraun wie die Rinde des Regenbaums, zieht sich auf der rechten Gesichtshälfte von der Augenbraue bis zum Kinn zu einer scheußlichen Brandnarbe zusammen.

Meine Schritte hallen auf dem Kopfsteinpflaster wider, als ich die Gasse hinter mir lasse. Im südlichen Teil von Vanihail reihen sich Läden, Kneipen und Gasthäuser aneinander. An jedem Häuserblock stecken Fackeln an Laternenpfählen, aber ihr Flackern erhellt die ruhigen Straßen kaum.

Ich stapfe zu einer Gasse ein paar Häuser weiter, wo ich meine Ledertasche und ein paar zusätzliche Kleidungsstücke versteckt habe. Es ist eine Wohltat, wieder in lockere Hosen, einen dicken Wollmantel und meine gewohnten abgenutzten Lederstiefel zu schlüpfen.

Ich stopfe mein Kleid in die Tasche und schultere sie. Als ich die Gasse verlasse, streift mir der Nebel übers Gesicht. Er winkt mir zu, *singt* zu mir, aber ich setze meine Kapuze auf und senke den Kopf.

Nur ein Opfer erlaube ich mir heute Nacht.

Um diese Zeit ist fast alles geschlossen, sodass die Straßen, abgesehen vom pfeifenden Wind und gelegentlich umherstreifenden, vom Beerenwein betrunkenen Wasserfae, vollkommen verlassen sind.

Ich stapfe aus dem dicht bebauten Zentrum hinaus zu den weitläufigen Außenbezirken des Hauptsektors von Vanihail. Bei dem Gedanken, was für einen langen Weg ich danach noch vor mir habe, schmerzen meine bereits geschundenen Füße noch mehr. Da hilft es auch nichts, dass die gepflasterten Straßen in staubige Feldwege übergehen, als ich vom Süden von Vanihail in den Norden gehe. Je weiter man sich von der Küste und damit auch vom Palast entfernt, desto weniger Zeit wird auf die Instandhaltung des Sektors verwendet.

Während ich mich den letzten Hügel hinaufschleppe, spucke ich die Schleierperle aus und verstaue sie. Noch bevor ich ihn sehe, spüre ich die Anwesenheit meines Auftraggebers. Er lehnt am Stamm eines Regenbaums, der unser verabredeter Treffpunkt ist.

Seine Silhouette spiegelt die des Baums wider. Er ist hochgewachsen, dunkelhäutig und schlank, und er hat spindeldürre Gliedmaßen, die unnatürlich lang wirken. Wie immer bleibt sein Gesicht durch die Dämmerung und unter der Kapuze seines Umhangs verborgen.

Ich halte ein halbes Dutzend Schritte entfernt an.

Ein paar Augenblicke lang schweigen wir und beobachten uns gegenseitig.

Er spricht zuerst. »Ist die Mission erledigt?« Seine Stimme ist tief, grollend und zweifelsohne durch eine Schleierperle verändert.

»Ja, Herr«, antworte ich.

Ich weiß wenig über meinen Auftraggeber, er weiß wenig über mich, und wir wissen beide, dass es besser ist, keine Fragen zu stellen. Trotzdem habe ich ein paar grundlegende Dinge über ihn herausgefunden. Er ist Beidhänder wie die meisten Soldaten in Keirdre, bevorzugt aber die rechte Hand, er zahlt pünktlich, und er ist Auftragsmörder für die Raze, eine berüchtigte Gruppe mächtiger Fae, die gegen ein saftiges Honorar im Auftrag noch mächtigerer Fae andere mächtige Fae ausschalten.

Normalerweise heuern die Raze keine Frauen an, aber vor fünf Monden wurde ich zur ersten Ausnahme. Allerdings nur im Geheimen.

Alles an meinem Auftraggeber strahlt Ruhe aus. Ich fahre mir mit der Zunge über den Gaumen, um nach einer anderen Emotion als dem erdigen Geschmack seiner Ungerührtheit zu suchen.

Aber wie immer ist da sonst nichts.

Ein leises Klirren von Münzen ist von meinem Auftraggeber her zu vernehmen, dann wirft er mir einen Beutel mit goldenen Ranis vor die Füße. »Die Raze und Spektryl danken dir für deine Dienste.«

Ich habe Spektryl noch nie getroffen und werde es wohl auch nie tun. Als der Auftragsmörder der Raze mit den meisten Missionen ist er wahrscheinlich sehr beschäftigt. Zumindest war er das früher.

Vor fünf Monden hat Spektryl mit dem Töten aufgehört, und nachdem die Raze mich angeheuert hatten, wurden alle meine Missionen ihm zugeschrieben. Mein Auftraggeber hat mir nie gesagt, warum, und solange er mich pünktlich bezahlt, frage ich auch nicht nach.

Schnell schnappe mir den Beutel mit den Ranis. »Danke, Herr.«

Mit einem Nicken entfernt sich mein Auftraggeber von dem Regenbaum und verschwindet in der Nacht, als würde er vom Nebel verschluckt. Ein netter Trick der Luftfae.

Er sprach mich an, nachdem ich einem schäbigen Wasserfae hinter einer Kneipe die Hände um die Kehle gelegt und zugedrückt hatte, bis er aufhörte zu atmen. Mein Auftraggeber schlich sich von hinten an und machte mir ein verlockendes Angebot: Wie es mir gefallen würde, fürs Töten bezahlt zu werden?

Ja zu sagen, fiel mir leicht.

Mit einem Beutel voller Gold und vor Erschöpfung gebeugten Schultern steige ich den Hügel wieder hinunter und mache mich auf den Heimweg.

Als ich im Wohngebiet im Norden von Vanihail ankomme, schmerzt mein ganzer Körper. Die Häuser hier sind kleiner. Sie sind niedrig, gedrungen und zumeist aus vor sich hin modernden Holzlatten mit abblätternder Farbe, dazu haben sie Strohdächer, die das ganze Jahr über nicht dicht sind. Einst gab es hier einen dreckigen Weg, den wir »Straße« nannten, aber der wurde von Unkraut überwuchert, das inzwischen abgestorben und einem traurigen braunen Trampelpfad gewichen ist.

Der Zeit an der Militärakademie von Vanihail habe ich meine ausgezeichnete körperliche Verfassung zu verdanken, aber ich bin trotzdem fast im Halbschlaf, als ich den von Rosen gesäumten Weg zu dem winzigen weißen Mühlenhaus hinaufstolpere, das ich mein Zuhause nenne.

Ich hebe eine Hand, um an die blaue Holztür zu klopfen, aber da wird sie schon aufgerissen. Mir fliegt ein flinkes Paar brauner Arme entgegen, die sich mir um die Taille schlingen, und ein Büschel dunkler Haare drückt sich an meine Brust.

»Kiefernzapfen!«, jubelt das Wesen, das an den Armen hängt.

Meine Erschöpfung geht in Flammen auf. Mit einem breiten Grinsen erwidere ich die Umarmung, hebe die Kleine hoch und wirble sie herum. »Hey, Bohnensprosse!«

Als Sprössling hat Rain der ganzen Familie Spitznamen gegeben. Mich hat sie »Kiefernzapfen« getauft und sich »Bohnensprosse«.

Während ich durch die Eingangstür trete und sie hinter mir ins Schloss fällt, halte ich sie immer noch im Arm. »Mama! Papa!«, rufe ich, aber meine Stimme wird von Rains vollem Haar gedämpft. »Ich bin's!«

»Ist das etwa mein Kiefernzapfen?« Schnelle Schritte poltern die Treppe herunter und einen Atemzug später stürmt meine Mutter in den Raum. Sie trägt ein langes weißes Nachthemd und waldgrüne Pantoffeln, und ihr Haar ist für die Nacht in Olivenblätter gewickelt. Sie behauptet, dass sie ihre widerspenstigen dunklen Locken weicher machen, aber ich glaube, dass es sie vor allem an ihre Heimat im Kurrtal, dem Sektor der Erdfae, erinnert. Wir sind alle nicht blutsverwandt, wir gehören nicht einmal zur selben Art, aber sie sind trotzdem meine Familie. Mehr als das, sie sind mein Ein und Alles.

Ich schmecke das fruchtige Prickeln der Aufregung meiner Mutter, als sie mich entdeckt und sich auf mich stürzt.

Ich habe nicht einmal Zeit, Rain abzusetzen, bevor sie uns

beide in die Arme nimmt. »Hat die Akademie dich noch vor der Abschlussprüfung gehen lassen?«

Ihre Umarmung rüttelt an den Ranis in meiner Tasche und die Münzen klirren leise. Ich zucke zurück. »Nicht wirklich …«

Die Freude meiner Mutter verfliegt und wird durch etwas ersetzt, das nach Enttäuschung mit einem Hauch von fauliger Angst schmeckt.

Schnell entreißt sie mir Rain und nimmt sie auf den Arm. Sie tarnt diese Aktion als Zuneigung, aber ich weiß, was es ist. Sie beschützt Rain vor mir.

Das tut weh.

Das tut ungeheuer weh.

Ich gebe vor, es nicht zu bemerken.

»Saoirse.« Da ist noch eine andere Stimme. Sie ist tiefer.

Ich richte verstohlen den Gurt meiner Tasche, schiebe sie mir außer Sichtweite auf den Rücken und hoffe, dass er sie nicht bemerkt. »Hey, Papa.«

Mein Vater ist ein kräftiger Mann. Groß, stämmig und muskulös vom stundenlangen Schleppen der schweren Mehlsäcke in der Mühle, mit schwarzem Haar und Haut wie gebrannte Umbra. Er sieht aus, als hätte er seit Monden nicht geschlafen, geschweige denn gelächelt.

Ich versuche, ihn zu umarmen, aber er nickt scharf zu der Tasche, deren Gurt über meine Brust geschnallt ist. »Was ist in der Tasche, Saoirse?«

Ich verschränke die Arme und mache mich auf Streit gefasst. »Gold.«

Der Gesichtsausdruck meines Vaters ändert sich nicht, aber seine Haltung versteift sich. »Rain.«

»Ja?« Rain schleicht sich um meine Mutter herum und

umarmt mich von der Seite. »Geh und warte in deinem Zimmer. Deine Schwester kommt gleich zu dir.«

»Aber …«

»*Jetzt,* Rain.«

Sie schmollt, huscht aber davon und wirft mir noch einen letzten Blick zu, bevor sie in ihr Zimmer oder, was wahrscheinlicher ist, zum oberen Ende der Treppe flitzt, um zu lauschen.

Ich ziehe die Tasche nach vorn und lasse den Beutel mit den Münzen auf den Boden fallen. »Das hättest du nicht tun müssen.« Ich schiebe den Beutel mit dem Fuß näher an ihn heran. »Das ist für dich. Damit sollte Rain noch einige weitere Monde sicher sein.«

Mein Vater ignoriert das Gold und starrt mich stattdessen finster an. »Du weißt, was ich davon halte, wie du dieses Gold verdienst.«

»Hast du etwa eine bessere Idee? Die Mühle bringt nicht genug dafür ein, was Rain braucht.«

»Und woher willst du wissen, was sie braucht? Du bist doch nie hier.«

Eine Ohrfeige hätte weniger geschmerzt. Jeden Schlag in den Magen, jeden Stich einer Klinge kann ich wegstecken, aber *nicht,* wenn man mir vorwirft, dass ich mich nicht um Rain sorge.

»Weil ich *arbeite*«, erwidere ich.

»Du nennst das, was du tust, Arbeit?«

Vor Wut blähen sich meine Nasenflügel. »Ich habe von der Ausbildung in der Akademie gesprochen. *Dort* verbringe ich die meiste Zeit. Manchmal übernehme ich einen Auftrag. Und ja, Papa, das ist alles Arbeit.«

Ein Platz an der Militärakademie von Vanihail ist eine der begehrtesten Positionen in Keirdre. Für jeden außer meinen Vater wäre es eine verdammt große Ehre, ein Kind auf der Akademie zu haben, das für einen hohen Posten beim Militär von Keirdre ausgebildet wird.

»Du bräuchtest keine zusätzliche Arbeit, wenn du nicht darauf bestanden hättest, dem Militär beizutreten«, kontert er.

»Führen wir diese Diskussion etwa schon wieder? Morgen ist meine Abschlussprüfung.«

»Genau deshalb führen wir diese Diskussion. Hältst du deine Teilnahme an der Abschlussprüfung wirklich für eine gute Idee?«

»Es muss eben sein«, antworte ich. »Wenn ich bei der Einstufung den ersten Platz belege, bekomme ich einen gut bezahlten Posten und wir müssen uns endlich keine Sorgen mehr um fehlendes Gold machen.«

»In der Arena gibt es Wasser, Saoirse.« Mit jedem Wort wird seine Miene weicher. »Wenn du die Kontrolle verlierst, und sei es auch nur für einen Augenblick, wird jeder, der zusieht, wissen, was du bist. Und sie werden dich töten.«

Meine Mutter zuckt zusammen und ich schmecke erneut die Angst der beiden. Nur haben sie diesmal keine Angst *vor* mir, sondern *um* mich.

Meine Wut verfliegt sofort. »Das wird nicht passieren.« Krampfhaft will ich es selbst glauben. »Ich werde vorsichtig sein. Das verspreche ich.«

Mein Vater wirkt immer noch nicht überzeugt. »Saoirse …«

»Papa.« Ich unterbreche ihn mit einem schelmischen Grinsen. »Kannst du dich nicht einfach freuen, mich zu sehen?«

Er verdreht die Augen, aber dann zieht er mich mit einem reumütigen Lächeln in eine Umarmung. »Natürlich freue ich mich, dich zu sehen, Kiefernzapfen. Ich mache mir nur Sorgen um dich. Du gehst zu viele Risiken ein.«

»Ich weiß.« Ich lehne mich zurück, damit meine Mutter sich unserer Umarmung anschließen kann. »Aber nach meinem Abschluss kann ich mich besser um Rain kümmern. Und in der Zwischenzeit sorgt mein Auftraggeber dafür, dass wir keine Schulden machen müssen. Ich weiß, es ist ein Risiko, aber es geht um Rain, und sie ist das alles wert.«

Und da ist es. Das unvermeidliche Schuldgefühl.

Die Worte sind wahr. Größtenteils.

Gern möchte ich glauben, dass ich die Aufträge für die Raze nur Rain zuliebe annehme. Aber es wäre gelogen zu behaupten, dass ich dem Reiz des Tötens widerstehen könnte.

Sirenen wurden geschaffen, um zu töten. Unsere Aufgabe ist es, zu umgarnen, zu verführen und zu zerstören. Das ist zwar falsch, und ich weiß, dass es falsch ist, aber dieses Wissen mildert nicht das Gefühl der Euphorie, der vollkommenen und völligen Glückseligkeit, wenn ich einen Mann verleite.

Die erschreckende Wahrheit ist: Ich fühle mich zum Wasser genauso hingezogen wie die Männer zu mir. Wenn ich mich Wasser nähere, spricht es zu mir. Drängt mich zu handeln. Zu *töten*. Der Ruf des Wassers ist ebenso eindringlich wie tödlich. Das ist mein ganz eigener Sirenengesang.

2

Regenwolken

Als Rain mich wieder in die Arme schließt, fällt die ganze Anspannung wegen des Gesprächs mit meinen Eltern von mir ab, wie sich das Meer bei Ebbe vom Ufer zurückzieht.

Sie attackiert mich geradezu hinterrücks in der Stube unseres Hauses. Der Raum ist weit und offen. Das sanfte Blau der Küche geht in das matte Grün des Wohnzimmers über. Meine Mutter ist eine Erdfae, daher gleicht die Sitzecke einem Garten. Ein Teppich aus bunten Rosenblättern liegt vor dem grünen Sofa, das wie Gras nach einem Regenschauer riecht.

Rain legt mir die Hände um den Bauch, um mich festzuhalten, und gräbt ihr Gesicht in meine Schulterblätter.

»Hey, Bohnensprosse.« Ich lege meine Hände über ihre. »Es ist schwer, dich zu umarmen, wenn ich mich nicht umdrehen kann.«

Sie schließt die Arme fester um mich. »So ist es für dich aber schwerer zu gehen.«

Ein Stich. Spitz und scharf bohrt er sich mir in den Bauch.

Ich wirble herum. Ihre Arme schwingen kurz auf, bevor sie sie wieder verschränkt. Diesmal hinter meinem Rücken. Ich vergrabe das Gesicht in ihrem dichten dunklen Haar und atme tief ein. Sie riecht nach Orangen und Baumharz. Nach Zuhause. »Es tut mir leid, dass ich nicht so oft hier bin, wie ich es gern wäre«, murmle ich.

»Kannst du nicht über Nacht bleiben, Saoirse? *Bitte!*«

Ein weiterer Stich, schmerzhafter als der vorherige. Sonst nennt sie mich nie Saoirse.

»Es tut mir leid«, sage ich. »Aber morgen früh ist meine Abschlussprüfung.«

»Wir können doch zusammen hingehen.«

Ich lehne mich so weit zurück, dass ich ihr in die Augen sehen kann. Sie leuchten eisblau. Das Ergebnis der Schleierperle, die ihr Aussehen verändert. Ich sehe sie finster an. »Du weißt, das kommt nicht infrage.« Das klang barsch. Härter, als sie es verdient, aber sie sollte es besser wissen.

»Aber …«

»*Nein.* Du kommst nicht einmal in die Nähe der Prüfung.«

Ranzige Enttäuschung überflutet meine Sinne, als hätte ich in einen mehligen, fauligen Apfel gebissen.

Vanihail ist die Hauptstadt der neun Sektoren von Keirdre. Daher ist die Ausbildung hier am mörderischsten und unsere Prüfung am härtesten. Alle Kadetten, die Deltas, starten gemeinsam in einer riesigen Arena. Jeder Delta erhält zu Beginn nur eine Waffe. Das kann von einer einfachen Steinschleuder bis zu einer tödlichen Streitaxt alles sein. Mitstreiter zu töten, ist zwar strengstens untersagt, aber ein bisschen verstümmeln, wird großzügig toleriert. Unsere Aufgabe ist es, unsere Mitstreiter zu entwaffnen und mit drei Waffen die Ziellinie vor den anderen zu überqueren.

Die Platzierung entscheidet über unsere Aufgabe nach dem

Abschluss. Wer es auf den ersten Platz schafft, erhält den begehrtesten und am besten bezahlten Posten in Keirdre. Die Verlierer, diejenigen, die es nicht schaffen, drei Mitstreiter zu entwaffnen, werden unweigerlich für einen Hungerlohn in Sinu, dem Sektor der Menschen, dienen und gezwungen sein, den Rest ihres Lebens damit zu verbringen, diese zu beaufsichtigen. Dafür sorgen, dass sie pünktlich zur Arbeit gehen, sich an die lächerlichen Gesetze zur Trennung der Arten halten, absurd hohe Steuern zahlen und sich niemals einem Befehl einer »höheren« Art widersetzen.

Aber nichts von alledem ist der Grund, warum ich Rain nicht bei der Abschlussprüfung dabeihaben will. Es sind nicht die Deltas in der Arena morgen, um die ich mir Sorgen mache, es ist das Publikum.

Wieder versuche ich, es ihr zu erklären. »Es werden viele mächtige Fae bei der Abschlussprüfung sein. Vielleicht sogar Fae, die für die königliche Familie arbeiten.«

Die königliche Familie. Sie sind der Grund, warum wir uns hinter Schleierperlen verstecken müssen. Der Grund, warum unsere Mühle kaum über die Runden kommt. Der Grund, warum ich um Rains Sicherheit besorgt bin. Ich habe noch nie ein Mitglied der königlichen Familie zu Gesicht bekommen, aber ich stelle sie mir immer mit roten Augen und einem fiesen Grinsen vor.

Alle Fae haben helle, strahlende Augen. Ich habe noch nie einen Fae mit roten Augen gesehen, aber da die königliche Blutlinie so gut wie unsterblich ist – König Larster und Königin Ikenna regieren das Königreich Keirdre schon seit Jahrhunderten, länger, als es hier Hexen gibt –, kann ich mir vorstellen, dass sie genauso gruselig sind wie die Legenden, die man sich über sie erzählt.

Manche behaupten, König Larster habe seine Seele verkauft,

um ewig zu leben, aber das glaube ich nicht. Man kann nicht verkaufen, was man nie hatte.

»Ich werde ganz still sein«, redet Rain weiter. »Und dich nicht einmal anfeuern. Ich …«

»Nein, habe ich gesagt, Rain.«

Sie schmollt, und das wäre bezaubernd, wenn es nicht um ihr Leben ginge. Dennoch schnüren mir ihre Gefühle die Kehle zu, sodass ich zum letzten Mittel in meinem Arsenal greife. »Ich habe etwas für dich.«

Ihr Gesichtsausdruck ändert sich. Sie sieht jetzt zwar auch noch nicht glücklich aus, aber immerhin neugierig. »Für mich?«

Ja, für dich. Alles für dich.

»Natürlich.« Ich krame in meinem Beutel. »Hier.« Ich lege ihr einen silbernen Lederbeutel an einer Perlenschnur in die Hand.

Sie lächelt weich und warm wie die aufgehende Sonne. »Der ist wie deiner!«

»Nur besser. Er hat deine Lieblingsfarbe. Und die Schnur ist hübscher. Du könntest darin noch ein paar Schleierperlen aufbewahren.« Ich halte ihr den zweiten Teil des Geschenks entgegen – eine Schleierperle.

Sie nimmt sie nicht an. »Ist das nicht deine letzte?«

Ich zucke mit den Schultern. »Nach meinem Abschluss hole ich mehr von Tante Drina.«

Trotzdem nimmt sie die Perle nicht. »Was ist, wenn deine während der Prüfung nachlässt?«

»Das wird sie nicht. Sie hat noch ein paar Tage in sich.« Schleierperlen werden von Hexen mit Runen versehen. Runenmagie ist mächtig, aber nicht von Dauer.

»Aber …« Rain versucht, noch mehr einzuwenden, doch ich mähe wie mit der Sense durch ihren Protest.

»*Bitte!* Ich möchte sie dir geben.« Und das tue ich wirklich. Wenn ich könnte, würde ich Rain die Welt schenken.

Zögernd nimmt sie die Perle und steckt sie in den kleinen Beutel. »Kiefernzapfen?«, fragt sie und hängt sich den Beutel um den Hals. »Was ist, wenn du morgen für deinen Posten irgendwohin weit weg versetzt wirst?«

Mir werden die Knie weich. Ich weiß, dass ich mich auf meinen Abschluss freuen sollte. Ich werde offiziell von einer einfachen Delta in der Akademie von Vanihail zu einer Soldatin in den Rängen von Keirdre aufsteigen und meinen ersten offiziellen Posten in einem der neun Sektoren antreten.

Frühestens mit sieben Jahren dürfen Deltas in die Akademie ihres Sektors eintreten und mit der Ausbildung beginnen. Entgegen dem Wunsch meines Vaters bin auch ich mit neun Jahren eingetreten. Heute, acht Jahre später, schließe ich meine Ausbildung früher ab, als es mir irgendwer zugetraut hätte.

Man sagte mir, dass der Lohn für all die zermürbenden Trainingsstunden, den literweisen Schweiß und die bergeweisen Mühen es wert sei. Aber wenn ich Rain so ansehe, die den Lederbeutel wie einen Talisman umklammert und mich anstarrt, als ob mir Flügel wachsen könnten und ich davonfliegen würde, frage ich mich, ob irgendwas das wert ist.

Ich gehe vor ihr in die Hocke. Als sie noch jünger war, waren wir so auf Augenhöhe. Jetzt muss ich zu ihr aufsehen.

»Bohnensprosse, ich werde dir schreiben. Egal, wohin ich versetzt werde.«

»Aber was, wenn du außerhalb von Keirdre stationiert wirst?«

Ich versuche, mir meine Verwirrung nicht anmerken zu lassen, aber ich kann mir ein irritiertes Blinzeln nicht verkneifen. »Was?«

»Ich habe gehört, dass sie Deltas manchmal an Orte außerhalb von Keirdre schicken.«

Ich unterdrücke ein Stirnrunzeln.

Keirdre ist von einem unsichtbaren und undurchdringlichen Kraftfeld umgeben, das uns von der Außenwelt trennt. Vor Hunderten von Jahren war Keirdre ständigen Angriffen von benachbarten Königreichen ausgesetzt. Unser früherer König, König Elrian, hat über Jahre hinweg feindliche Mächte abgewehrt, die versuchten, ihn zu stürzen und uns zu vernichten. Als diese Kräfte zu mächtig wurden, gab er sein Leben, um uns zu schützen.

Die Legende besagt, dass er sich für die Barriere geopfert hat. Er umgibt uns weiterhin und schützt uns. Dadurch ist die Barriere so dauerhaft und unveränderlich wie der Tod. Wir sind vor der Außenwelt geschützt und unser Reich kann gedeihen. Zumindest lautet so die Erzählung, die von König Larster verbreitet wird.

Die düstere Realität sieht anders aus. Lediglich den Fae ist es erlaubt zu gedeihen.

Eigentlich sollte es in Keirdre nur drei Arten von Lebewesen geben – Fae, Hexen und Menschen. Trotz aller Bemühungen des Königs entkamen ihm jedoch eine Handvoll Sirenen. Sie lebten in Keirdre, als die Barriere errichtet wurde, und mit jeder Generation nahm ihre Zahl weiter ab. Der Rest des Königreichs geht davon aus, dass sie ausgestorben sind, aber ich bin der lebende Beweis dafür, dass sie falschliegen.

Ich weiß nicht, warum die königliche Familie andere Wesen so verachtet, aber sie haben aus ihrer Verachtung nie ein Geheimnis gemacht. Die Hexen wurden weitmöglichst an den Rand des Königreichs verbannt und die Menschen sind nicht mehr als schlecht bezahlte Diener. Ganz gleich, was König

Larster behauptet, eins ist klar – die Fae sind die einzigen Wesen, die in Keirdre zählen.

»Hör nicht auf solche Gerüchte«, beruhige ich sie. »Das ist nur Klatsch und Tratsch. Niemand geht durch die Barriere nach draußen und niemand hält mich von dir fern.«

Rain klemmt die Unterlippe zwischen die Zähne und zählt bis drei, bevor sie nickt. »Du kommst doch noch mal, bevor du zu deinem Posten aufbrichst, oder?«

»Natürlich. Was …« Ich mache eine Pause und grinse. »Welche Kreatur ist heute dran?« Als Rain noch klein war, habe ich ihr endlose Geschichten über all die Kreaturen vorgelesen, die außerhalb der Barriere leben. Dryaden mit einer Haut wie Rinde, Kobolde, die so klein sind, dass sie in eine Tasche passen, Impundulu, die sich in Vögel verwandeln und fliegen können. Wir blieben lange auf, studierten die Beschreibungen, starrten die Illustrationen an und falteten die Ecken der Seiten mit ihren Lieblingswesen um. Fast jede zweite Seite hatte Eselsohren.

Rain lächelt und *endlich* schmecke ich ihr zitrusfruchtiges Glücksgefühl. »Oger.«

»Perfekt«, sage ich. »Ich komme morgen nach der Abschlussprüfung zu dir. Selbst eine wütende Horde Oger könnte mich nicht davon abhalten.«

***

Die raue Baumrinde gräbt sich mir in den Rücken. Wäre ich nicht daran gewöhnt, würde es sicher wehtun.

Ich drehe mich um und spähe an dem Baum vorbei in die Dunkelheit. Eine Wache steht an das hohe Bronzetor gelehnt, das den schlichten grauen Bau der Akademie umgibt.

Entlang der gesamten Mauer sind in gleichmäßigen Abständen Wachen postiert, aber hier schleiche ich mich am liebsten rein.

Als ich hinter dem Baum hervorschleiche, trete ich auf einen Zweig. Für einen kurzen Augenblick übertönt das Geräusch von knackendem Holz das Zirpen der Grillen.

Der Wächter fährt aus seiner entspannten Haltung an den Metallstäben des Tores hoch. Er ist groß, hat Wangenknochen kantig wie Marmor, Augen grün wie Jade und eine Haut wie warmes Hickoryholz. Er trägt die Uniform der Wächter: ein marineblaues Hemd und ein dicht geflochtenes schwarzes Kettenhemd, das seinen Oberkörper schützt, dazu eine dunkle Hose, die in alten Stiefeln steckt. »Wer ist da?« Mit der rechten Hand greift er nach dem Schwert, das er an der Hüfte trägt.

Ich mache noch einen Schritt, trete wieder auf einen Ast.

Er lässt das Schwert los, streckt beide Arme aus und sammelt das Wasser aus der Luft. Er presst die Hände zusammen, und der Nebel bündelt sich zu Wasserkugeln, Dutzende von ihnen, die in der Luft gefrieren und auf mich gerichtet sind.

»Entspann dich.« Ich grinse und schleiche vorwärts, bis mein Gesicht von den Chaelissfackeln an den Torpfosten beleuchtet wird. »Ich bin's.«

Carrik atmet erleichtert auf. Mit seinem Ausatmen fällt das Wasser zu Boden und er lässt sich mit einem spöttischen Blick zurück gegen das Tor sinken. »Bei Luna, Saoirse. Ich dachte, du wärst ein Eindringling. Diesmal habe ich gar nicht mitbekommen, wie du dich rausgeschlichen hast.«

Ich grinse. »Weil ich nicht wollte, dass du es mitbekommst.«

Er lacht. »Eingebildet wie immer, verstehe. Mit anderen Worten wolltest du also, dass ich mitbekomme, wie du zurückkommst?«

»Natürlich. Morgen ist die Abschlussprüfung. Womöglich sehe ich dich nie wieder.«

»Ah.« Carriks Ton verfinstert sich und seine Bitterkeit legt sich auf meine Zunge wie zerriebener Salbei. »Du meinst, außer du wirst wie ich zum Kindermädchendienst eingeteilt.«

Carrik Solweys Zeit in der Akademie ist legendär. Er schoss schneller an die Spitze seines Jahrgangs als der Bolzen einer Armbrust, doch sein Sturz war genauso schnell und wesentlich schmerzhafter. Als sich herumsprach, dass seine Mutter ein Mensch war und keine Wasserfae wie sein Vater, wie er die Akademie hatte glauben lassen, wurde seine Mutter zum Tode verurteilt. Ihr Vergehen: Fortpflanzung mit einem Fae.

Im Vergleich dazu war Carriks Strafe mild. Ein weniger begabter Fae wäre eingesperrt, vielleicht sogar nach Sinu verbannt worden, aber Carriks Wasseraffinität und sein Geschick mit der Klinge sind eine Kunstform für sich.

Seine Strafe ist lebenslanger Dienst als Kindermädchen. Er muss in der Akademie über die Deltas wachen, während sie seinen Traum leben.

Ich trete näher an ihn heran. »Du weißt, dass ich das nicht so gemeint habe.«

»Schon gut. Du wirst hier nicht festsitzen. Du bist zwar eine Ikatus, aber trotzdem die Nummer eins.«

Fae werden mit einer angeborenen Gabe für eines der vier Elemente geboren. Nachkommen unterschiedlicher Fae bekommen die Affinität eines der beiden Elternteile, aber niemals beide. Manchmal werden Kinder von Fae zwar mit den hellen Augen und scharfen Zügen der Fae geboren, aber ohne eine Affinität. Dann nennt man sie Ikatus.

Als Sirene habe ich genauso viel Macht über das Wasser wie

die Wasserfae, wenn nicht gar mehr. Aber meine Macht über das Wasser ist nichts im Vergleich zu der, die das Wasser über *mich* hat. Daher trat ich den Rängen nicht als Wasserfae bei, sondern als eine Ikatus, die nicht in die Nähe von Wasser kommen kann, ohne krank zu werden.

Zumindest der letzte Teil ist beinahe wahr.

»Ich könnte immer noch zum Kindermädchen degradiert werden.« Ich bemühe mich um Leichtigkeit. »Ich habe gehört, dass letztes Jahr zehn Deltas abgestellt wurden, um einen verwöhnten Vanihailianer zu bewachen.«

Die zunehmende Bedrohung durch die Raze hat dazu geführt, dass wohlhabende Fae vermehrt in ihre Sicherheit investieren. Nun muss jeder Kadett befürchten, die jahrelange Ausbildung vergeudet zu haben und sein Leben mit dem Schutz von Fae zu verbringen, die zu schwach, zu faul oder zu reich sind, um sich selbst zu schützen.

»Wir wissen beide, dass dir das nicht passieren wird«, erwidert Carrik. »Du wirst die Platzierung gewinnen und in zehn Jahren bist du Vanihails Vollstreckerin.«

Ich senke den Kopf. Das ist nicht fair. Carrik kann nichts dafür, dass er halb Mensch ist, genauso wenig wie ich etwas dafür kann, dass ich eine Sirene bin, aber er wird für immer Kindermädchen bleiben, während ich morgen meinen Abschluss mache. »Eine Ikatus werden sie nie zur Vollstreckerin machen.«

»Das werden sie müssen, wenn sie keine andere Wahl haben. Und solange du besser bist als alle anderen, *haben* sie keine Wahl.« Sein Blick verfinstert sich. »Bei mir ist das anders. Menschen verabscheuen sie noch mehr als Ikatus.«

Das stimmt. Aber was ich nicht sage und nicht sagen kann,

ist, dass die königliche Familie Sirenen noch mehr verabscheut als alle anderen.

Nicht alle haben das Errichten der Barriere unterstützt. Vor allem nicht die wenigen Sirenen, die danach in Keirdre in der Falle saßen. Sie schlossen sich mit einer kleinen Anzahl von Fae, Hexen und Menschen zusammen, die *rauswollten*. Sie nannten sich selbst »der Widerstand«. In den ersten Jahren ging von ihnen tatsächlich eine ernst zu nehmende Gefahr aus, vor allem für die wohlhabenden Fae und die Mitglieder der königlichen Familie, auf die sie es abgesehen hatten. Doch als die wenigen versprengten Sirenen wegstarben, wurde auch der Widerstand schwächer. Mit der Zeit erinnerten sich immer weniger an die Außenwelt und so wurde der Widerstand weitgehend bedeutungslos.

Dennoch kursieren alle paar Jahre Gerüchte, dass der Widerstand einen weiteren Anschlag verübt habe – in den Palast eingebrochen sei, einer Hexe magische Gegenstände gestohlen habe – in dem verzweifelten Versuch, aus der Barriere zu entkommen.

Keine Ahnung, was für einen Gesichtsausdruck ich mache, aber er scheint Carrik zu besänftigen. »Tut mir leid.« Seine grünen Augen werden weicher. »Es ist ja nicht deine Schuld, dass ich hier festsitze.«

»Aber auch nicht deine.«

Er schenkt mir ein sanftes Lächeln.

Ich lehne mich neben ihn mit dem Rücken an das Tor, schließe die Augen und genieße das Rauschen des Windes in den Blättern und die Schreie der Nachtfalken, den rauchigen Duft der Regenbäume und die Meeresluft in der Ferne. Aber das Beste von allem ist das Kribbeln des Nebels auf meinem Gesicht.

Das Wasser ruft nach mir, aber der Ruf ist schwächer, weil sein Hunger erst gestillt wurde. Stattdessen wirkt es entspannend. Als würde man nach einem langen Tag ein Nickerchen machen.

»Also.« Carriks Ton klingt plaudernd, sein Ärger ist verflogen. »Wo hast du dich diesmal hingeschlichen?«

»Was glaubst du?« Ich öffne die Augen nicht. »Ich wollte Rain vor der Abschlussprüfung noch mal sehen.«

»Ah, ja. Rain. Wie geht es meiner liebsten Sorkova-Schwester?«

Ich reiße die Augen auf und schlage ihm auf den Arm. »Entschuldige mal.«

Er gluckst. »Aber so ist es eben.«

»Sie fragt ständig nach dir«, erzähle ich ihm. »Ich glaube, sie hat sich in dich verknallt.«

»Diese Wirkung habe ich eben auf Frauen.«

Wieder boxe ich ihm gegen den Arm, muss aber lachen. »Träum weiter, Solwey.«

»Warum musstest du sie heute Abend noch mal sehen? Kommt sie nicht zur Abschlussprüfung?«

Mir gefriert das Lachen. »Nein.«

Carrik zieht die Augenbrauen hoch. »Du bist aber hart.«

»Rain hat auf der Abschlussprüfung nichts zu suchen. Nicht einmal ich möchte mit den höheren Rängen von Keirdre etwas zu tun haben. Daher werde ich ihr das sicher nicht zumuten.«

»Und was ist der Plan, wenn du in ihre Ränge aufsteigst?«

Ich verschränke die Arme. »Dann werde ich Rain besuchen.«

Er beobachtet mich aus den Augenwinkeln und mit gerunzelter Stirn und versucht, mich zu entschlüsseln. »Rain wird das sicher nicht gefallen.«

»Das ist mir egal. Ich will nur, dass sie in Sicherheit ist.«

»Ihr wird nichts passieren.« Er grinst. »Wenn ihr jemand was Böses will, braucht derjenige nur einen Blick in dein Gesicht zu werfen. Ich verspreche dir, dann wird er seine Absicht sofort ändern.«

Ich muss kichern und lasse zu, dass seine Worte die tief in mir sitzende Angst ein wenig mildern. Doch dann wird meine gute Laune durch einen Hauch von Blassrosa am Horizont vertrieben. Der Morgen naht schneller, als mir lieb ist.

»Ich sollte jetzt gehen«, sage ich, »und noch ein paar Stunden Schlaf vor der Prüfung reinholen. Also, wir sehen uns.« Eine Lüge. Das ist ein Lebwohl und das wissen wir beide.

»Ich hoffe nicht«, entgegnet Carrik. »Du bist für Größeres bestimmt als das hier, Sorkova. Bei Luna, für Größeres als ganz Keirdre. Du wirst es weit über diese Akademie hinaus schaffen. Keine Frage.« Dann blickt er auf meine Füße und lacht. »Aber bitte, tu mir einen Gefallen und wirf diese Stiefel endlich weg.«

Ich grinse. Solange ich denken kann, habe ich die gleichen, zugegebenermaßen abgenutzten Stiefel. Ich weigere mich, Ranis zu verschwenden, um neue zu kaufen. Jedes bisschen Gold, das ich übrig habe, geht an Rain. Meine Stiefel kann ich riskieren, nicht aber Rains Sicherheit. »Sie gehen doch noch, oder?«

»Nicht mehr lange. Jedenfalls nicht, wenn du mich nicht mehr hast, um sie jeden Mond zu flicken.«

Seine eigenen Stiefel sehen nicht viel besser aus. Sie sind aus braunem Leder, mit einer handgenähten Scheide, in der der alte Dolch seiner Mutter steckt. Er hat einen dunkelgrünen Griff, auf dem ein verblasstes schwarzes X eingeprägt ist. Carrik sagt, dass sie ihn immer bei sich trug, um sich verteidigen zu können. Es hat ihr nichts genutzt, aber Carrik verehrt diesen Dolch trotzdem.

»Du solltest von deinem hohen Ross runtersteigen«, erwidere ich. »Deine Stiefel haben auch schon bessere Zeiten gesehen.«

»Aber immerhin sind an meinen die Sohlen noch dran«, frotzelt er. »Deine … Wirf sie einfach weg. Noch besser, *verbrenn* sie.«

Ich grinse ihn an. »Du weißt, dass ich das nicht tun werde.«

»Ja. Das weiß ich.« Er seufzt theatralisch. »Was werde ich nur machen, wenn Saoirse Sorkova nicht mehr ständig rein- und rausschleicht und mich beim Training fertigmacht?«

Ich habe nicht viele Freunde. Die Last meiner Geheimnisse wiegt jeden Tag schwer. Aber Carrik ist das, was einem Freund am nächsten kommt. Mehr sogar. Ich kann dem Drang nicht widerstehen und umarme ihn. Nur kurz, aber ein paar Augenblicke umschließen mich seine Arme und ich höre nur seinen gleichmäßigen, ruhigen Herzschlag. Der Druck auf meiner Brust lässt nach und ich komme zur Ruhe.

Dann lasse ich ihn los, trete einen Schritt zurück, atme den Nebel durch die Nase ein, meine eigene Art, mir Mut anzutrinken, drehe mich um und sprinte los. Am Tor springe ich hoch, greife nach den Streben und nutze meinen Schwung, um hinüberzuklettern.

Auf der anderen Seite lande ich geübt auf den Füßen. Ein letztes Mal noch winke ich Carrik zu, dann laufe ich über den Rasen zur Seitentür, die ich auf dem Weg nach draußen offen gelassen habe.

In der Tür bleibe ich stehen. Carrik steht wieder von mir abgewandt auf seinem Posten.

Am liebsten würde ich nach ihm rufen. Ein letztes Mal.

Stattdessen schleiche ich mich in die Akademie und schließe ohne ein weiteres Wort die Tür hinter mir.

3

Widersprüchliche Gefühle

Mit der Zunge spiele ich an der Schleierperle herum, die in meinem hohlen Zahn steckt. Ich versuche, damit aufzuhören, schaffe es aber nicht.

Pierce Flynn, der Ausbildungsoffizier für diesen Jahrgang der Deltas, steht hinter dem Podium auf einer breiten Plattform, die über uns in der Arena schwebt. Das ist dieses Jahr die Ziellinie für die Prüfung.

Er spricht in einen Asterval – einen steinernen Stab, der die Stimme verstärkt – über Ruhm, Ehre und einen besonderen Preis, der den diesjährigen Sieger erwartet, aber ich höre nur halb zu. Ich bin mehr damit beschäftigt, mich zu fragen, welches Gesicht im Meer des Publikums wohl meinem künftigen Auftraggeber gehört.

Wir Deltas stehen in der Mitte der Arena in Reih und Glied. Wir sind alle gleich gekleidet, ganz in Schwarz mit dem silbernen Wappen von Keirdre auf dem Hemd. Die Fae-Soldaten im Publikum tragen die Farben ihrer Sektoren. Waldgrün und erdiges Braun für die Erdfae, dunkles Rauchgrau und Schwarz für die Feuerfae, mattes Weiß und Braun für die Luftfae und

Marineblau und Gold für die Wasserfae. Sie sitzen über uns auf der Tribüne und beobachten uns scharf. Abschätzend.

Nur Fae nehmen an der Abschlussprüfung in Vanihail teil. Die meisten Hexen haben keinen Zutritt zur Hauptstadt, und die Menschen, die hier leben, sind Diener, keine Soldaten. Also sind die einzigen Wesen hier Fae und …

Auf einmal gefriert mein ohnehin schon steifer Körper wie ein winterlicher Bach.

Ein nervöses Paar kristallblauer Augen starrt mich aus der Menge an.

Sie ist so winzig, dass ich sie hätte übersehen können, wäre da nicht ihr Begleiter, Carrik. Er steht an ihrer Seite, groß und leicht zu erkennen. Rains Hand ist um seinen Arm geschlungen und sie beobachtet mich mit der gleichen Scheu wie er.

Meine Nasenflügel beben und meine Augen sind kurz davor, silbern zu glühen und mich vor der ganzen Arena als Sirene zu entlarven.

Sie sollte nicht hier sein. Sie sollte nicht einmal in der Nähe sein.

»Und jetzt«, sagt Pierce Flynn, »beginnen wir mit der Prüfung!«

Auf der Tribüne bricht Jubel aus. Ich schmecke herb die Aufregung der anderen Deltas, gemischt mit schaler Nervosität. Einzig auf diesen Tag haben wir hingearbeitet. All das Training findet seinen Höhepunkt in der Prüfung, es ist unsere Chance, zu beweisen, dass wir die Besten sind. Drei Deltas entwaffnen. Als Erste die Ziellinie erreichen. Zwei Schritte, die sich bis gerade eben noch einfach angehört haben.

Seit ich denken kann, freue ich mich darauf. Aber ich bin zu konzentriert darauf, nicht in einem Schwall aus Dampf und Flüchen zu explodieren, um es zu genießen.

Kontrolle. Ich habe alles unter Kontrolle.

Ich ziehe Luft durch die Nase ein und atme durch den Mund wieder aus, während Vanihails Vollstreckerin Anarin Arkin durch die Reihen der Deltas geht und Waffen ausgibt.

Sie ist wunderschön. Kupferbraune Haut, schwarzes, kurz geschnittenes Haar und leuchtend violette Augen. Sie trägt Marineblau und Gold, die Farben von Keirdre und die Farben der Wasserfae, dazu die Anstecknadel der Vollstreckerin.

Als sie an mir vorbeigeht, drückt sie mir meine Waffe für die Prüfung in die Hand. Einen dunkelblauen Flussstein.

In Gedanken bin ich immer noch bei Rain, aber das Gewicht des Steins in meiner Hand holt mich in die Gegenwart zurück. Ich mache schnell eine Bestandsaufnahme des weiten Platzes. Überall in der Arena sind Wassertröge verteilt und über uns schweben Chaelissfackeln. Mit dem Gras unter unseren Füßen und der Luft, die uns umgibt, sind alle vier Affinitäten zugegen. Für alle anderen ist das ein Trost, aber im Gegensatz zu ihnen kann ich meine Affinität nicht nutzen, ohne mich zu verraten.

Nach dem Verteilen der Waffen begibt sich Anarin zu Pierce Flynn auf die schwebende Plattform. »Auf mein Zeichen, lasst die Prüfung – *beginnen*!«

Die Soldaten auf der Tribüne jubeln vor Begeisterung und die anderen Deltas sprinten los.

Klingen klirren aneinander. Ein Pfeil schießt an mir vorbei.

Konzentriert atmend, blende ich alles aus – Rain, Carrik, die Zuschauer. Ich packe den Stein fester und schmiede einen Plan.

Schritt eins: die Prüfung gewinnen.

Schritt zwei: Rain von hier wegbringen.

Um Schritt eins zu erreichen, darf ich mich nicht von dem Mädchen auf der Tribüne ablenken lassen, sondern muss all meine Aufmerksamkeit auf die Deltas richten, die mich wie Fliegen umschwärmen.

Es sind kaum fünf Sekunden vergangen und schon herrscht Chaos. Kreischende Deltas, die sich gegenseitig aufschlitzen, umherfliegende Wasserbogen, ein Fae geht auf den anderen los.

Das bringt mich zur Ruhe. Hier auf dem Schlachtfeld bin ich in meinem Element.

Kämpfen ist so natürlich für mich wie das Atmen unter Wasser.

Ein Delta steht ein paar Schritte rechts von mir und schwingt seine Klinge. Seine Haltung ist gut, aber sein Griff unbeholfen. Er ist selbstsicher, doch zu Unrecht. Ein leichtes Opfer.

Ich stürme auf ihn zu.

Ich schwinge den Stein und ziele auf seine Hand, um ihm das Schwert wegzuschlagen.

Bevor ich ihn jedoch erreiche, reißt er das Schwert nach links und wehrt den Angriff einer anderen Klinge ab.

Mein Blick und der seiner Angreiferin treffen sich.

Eine Delta mit kurz geschorenem Haar und einem bösartigen Grinsen. Rienna Kasselton. Sie hasst mich, seit ich der Akademie beigetreten bin und sie vom ersten Platz verdrängt habe. In ihren Augen bin ich ihre schärfste Konkurrentin.

Für mich ist sie nicht mehr als der Dreck unter meinen Stiefeln.

»Hallo, Sorkova.« Sie drischt mit ihrer Klinge auf den verdutzten Kerl zwischen uns ein, während sie mich grüßt.

Er schafft kaum eine Parade.

»Schön, dich zu sehen, Kasselton«, erwidere ich.

Ein Rauschen ist die einzige Vorwarnung, bevor mich eine Welle Wasser von hinten durchnässt. Rienna hat es immer genossen, ihre Wasseraffinität gegen mich zu verwenden.

Sie grinst und schlägt mit der Klinge erneut auf den anderen Delta ein. »Fühlst du dich nicht gut? Macht das Wasser dich krank?«

Das Wasser ist kühl auf meiner Haut und tropft meinen Rücken hinunter. Jeder Tropfen prickelt und drängt mich dazu, meinen Instinkten nachzugeben.

Töte.

Ich könnte diesen Wettbewerb mit geschlossenen Augen gewinnen. All die anderen Deltas mit nichts als einem Lied auslöschen.

Ich schüttle den Gedanken ab.

Kontrolle. Ich habe alles unter Kontrolle.

Als Rienna mit der Klinge ausholt, packe ich das Handgelenk des Delta zwischen uns. Ich benutze seinen Arm und seine Klinge, um ihren Angriff zu parieren.

Riennas Gesichtsausdruck verfinstert sich.

Ich blocke ihren nächsten Schlag ab und stoße sie mit unseren gekreuzten Klingen weg.

Als sie stolpert, reiße ich das Bein hoch und trete dem anderen Delta in die Kniekehle. Er bricht zusammen und der Griff um die Klinge lockert sich, sodass es für mich fast lächerlich einfach ist, sie ihm zu entreißen.

Ich stehe Rienna mit seinem Schwert, meinem Stein und einem Grinsen gegenüber. »Eigentlich geht es mir ganz gut, Kaselton. Und dir?«

Wut erscheint so plötzlich auf ihrem Gesicht wie ein herabstürzender Falke.

Es wäre einfach, sie jetzt zu entwaffnen. Sie ist wütend und unbeherrscht, und ich habe mich noch nie auf einen Schwertkampf eingelassen, den ich nicht gewinnen kann.

Das muss auch sie ganz genau wissen, denn ohne Vorwarnung schwingt sie ihr Schwert. Es ist leicht abzuwehren, aber in dem Moment, in dem ich reagiere, wirbelt sie herum und sprintet feige davon.

Ein Delta mit einem Schild kreuzt meinen Weg. Ich strecke mein Schwert vor, als er vorbeiläuft, und er stolpert darüber.

Als er zu mir herumwirbelt, gerät er aus dem Gleichgewicht.

Ich drehe mich so, dass ich neben ihm stehe, und mit einem Hieb treffe ich die Hand, die den Schild hält.

Er keucht auf, als Blut aus seiner Wunde rinnt, und ich reiße ihm den Schild aus der Hand.

Zwei Waffen erbeutet.

Ich renne los auf der Suche nach meinem nächsten Ziel. Da packt mich jemand am Knöchel.

Ich stolpere stöhnend, fange mich aber wieder, bevor ich mit dem Gesicht auf den Boden knalle.

Mein Angreifer drückt fester zu.

Ich werfe einen Blick nach unten. Es ist kein Fae, der mich gepackt hält, sondern ein Grasbüschel. Er ist wie eine Hand geformt, hat sich um meinen Knöchel gewickelt und hält mich fest. Das Werk eines Erdfae.

Angestrengtes Atmen erklingt hinter mir. Ich wirble herum.

Ein Erdfae sticht mit einem Dolch nach mir.

Weil das Gras mich noch immer festhält, hebe ich nur den Schild und blocke den Hieb ab.

Der Aufprall des Dolchs auf dem Schild lässt meinen Arm erzittern.

Ich trete mit meinem freien Fuß gegen das Schienbein meines Angreifers und schleudere den Schild vor, sodass ich damit sein Gesicht treffe und er rückwärtsfällt. Ich versuche, ihm den

Dolch zu entreißen, aber er holt aus und verpasst mir einen tiefen Schnitt in die Handfläche.

Ich hacke mit meiner Klinge nach dem Gras, das sich um meinen Knöchel gewickelt hat, und befreie mich endlich. In einer Bewegung reiße ich den Arm nach oben und ramme den Griff meiner Klinge gegen das Handgelenk des Erdfae. Der Dolch fällt zu Boden.

Ich schnappe ihn mir und laufe weiter.

Drei Waffen erbeutet.

Jetzt muss ich nur noch auf die über mir schwebende Plattform klettern.

Unter der Plattform baumelt ein Seil, das sich in der Brise wiegt. Ich sprinte darauf zu, stecke den Stein in die Tasche, den Dolch in den Stiefel und befestige Schild und Schwert am Arm. Dann springe ich hoch und greife nach dem Seil.

Meine schwitzigen Handflächen rutschen auf der rauen Oberfläche ab und versengen meine Handballen. Ich ignoriere das Brennen und klettere weiter.

Einen Augenblick später ertönt ein Ächzen unter mir und jemand reißt am Seil. Ich mache mir keine Gedanken, bis mich etwas in die Ferse sticht.

Mit einem Keuchen sehe ich nach unten. Rienna baumelt unter mir. Sie benutzt einen Arm und beide Beine zum Klettern. In ihrer freien Hand hält sie das Messer, mit dem sie mir gerade den Fuß aufgeschlitzt hat. Auf der Klinge ist eine Spur aus rotem Blut zu sehen – meinem Blut.

Riennas Mund ist zu einer finsteren Grimasse verzogen. Sie holt mit der Klinge zu einem weiteren Stich aus, aber ich klettere mit brennenden Armen noch schneller.

Auch sie klettert los, aber das macht nichts. Ich bin flinker als sie. Stärker. Und sie ist dumm genug zu glauben, sie könnte mich mit nur einer Hand einholen.

Rienna hat von dem Moment an auf mich herabgesehen, als ich vor den anderen Deltas meines Jahrgangs erklärt habe, eine Ikatus zu sein. Sie war die Erste, die mich in der Akademie als »Wicht« bezeichnet hat. Aber sie war nicht die Einzige. Ihre Wut bringt meinen Mund zum Brennen, aber ich schlucke sie nicht hinunter. Ich koste sie aus. Jahrelang habe ich unter ihrer widerlichen Verachtung gelitten. Heute bade ich mich in ihrem Zorn. Ich habe es mir verdient. Vanihails Militär jubelt, als ich mich als Erste auf die schwebende Plattform ziehe.

Es ist unglaublich aufregend, ganz oben zu stehen und den Applaus aufzusaugen. Einen Moment lang bin ich keine Sirene, die die Leute fürchten, oder eine Ikatus, die die Leute verachten, sondern jemand, der es wert ist. Eine Soldatin.

Ich genieße den Rausch meines Sieges, während sich die Plattform langsam mit den anderen Deltas füllt. Wieder stehen wir in Reih und Glied, aber dieses Mal stehe ich ganz vorn.

»Glückwunsch.« Anarin Arkin schüttelt mir die Hand. »Delta Sorkova, als Erstplatzierte der diesjährigen Prüfung hast du die Ehre, die höchstgeschätzte Aufgabe in den Reihen von Keirdre zu übernehmen.«

Die Blicke der anderen Deltas brennen. Die Wucht ihrer Eifersucht legt sich wie eine Decke um mich, subtile Variationen desselben Gefühls. Das war zu erwarten. Als Ikatus, die sich hartnäckig geweigert hat, den ersten Platz aufzugeben, bin ich den anderen Deltas nie ans Herz gewachsen. Das macht mir nichts aus, ich habe auch für sie nichts übrig.

Anarin fährt fort. »Dieses Jahr rekrutiert Seine Hoheit Prinz Hayes.«

Ich verkneife mir einen finsteren Blick. Prinz Hayes Finnean Vanihail. Alle haben wir von ihm gehört. Es heißt, er sei der schönste junge Mann in Keirdre. Man sagt auch, er sei genauso niederträchtig und verdorben wie sein Vater.

»Seine Hoheit wählt eine neue Leibwache aus der Abschlussklasse der Deltas aus. Als erfolgreichste Delta wird dir diese Ehre zuteil.«

Der Rausch meines Sieges vergeht wie eine nasse Flamme.

Seit ich in die Akademie eingetreten bin, wollte ich Vanihails Vollstreckerin werden. Das ist die höchste Position im Militär von Keirdre. Der erste Platz in der Prüfung garantiert einem Delta einen Posten in unmittelbarer Nähe eines hochrangigen Offiziers von Vanihail. Und das ist normalerweise der schnellste Weg, um Vollstrecker zu werden.

Dieses Jahr ist der Wert des Preises gestiegen, für alle außer mich.

Ich bin eine Sirene. Ich dürfte in diesem Königreich nicht einmal existieren. Die königliche Familie verabscheut jeden, der kein Fae ist. Und abgesehen davon will ich Rain nicht in der Nähe der königlichen Familie wissen.

»Danke für diese Ehre, Vollstreckerin Arkin«, sage ich. »Aber ich fürchte, ich muss ablehnen.«

Die Arena hält kollektiv den Atem an.

Die Eifersucht der Deltas verwandelt sich in erdige Verwirrung und pikant schmeckende Überraschung. Von allen Seiten werde ich angestarrt.

Anarins Blick wird hart. »Das ist keine Bitte. Es ist eine Ehre …«

»Für die ich unglaublich dankbar bin«, fahre ich dazwischen.

Wieder keucht die Arena auf. Jetzt habe ich auch noch eine der mächtigsten Frauen von Keirdre unterbrochen.

Ich überlege krampfhaft, wie ich mir eine plausible Entschuldigung für die Ablehnung einer solch prestigeträchtigen Aufgabe einfallen lassen kann.

Mit der Zunge spiele ich nervös an meiner Schleierperle herum, und da wird mir klar, dass ich die perfekte Ausrede bereits habe. Ich schlucke, die Hände verkrampfen sich an meinen Seiten, während ich vergeblich versuche, die Flammen der Demütigung zu löschen, die mich zu verschlingen drohen.

»Ich bin eine Ikatus.« Es klingt hohl. »Ich bin nicht dazu geeignet, für den Schutz des Prinzen zu sorgen.«

Wenn die Leute vorher noch nicht gestarrt haben, dann tun sie es jetzt. Ihre Verwirrung weicht einer Belustigung, einer arroganten, selbstzufriedenen Art, die wie gesalzene Limette schmeckt. Ihre Blicke sind nicht mitfühlend, sie sind scharf und verletzend wie Glasscherben, während sie sich an meiner Schande ergötzen. Ich bin nicht mehr die triumphierende Fae, die Gewinnerin der Platzierung. Ich bin eine Ikatus. Ich bin schwach. Ein Wicht.

Nach all den Stunden, die ich investiert habe, dem Blut, das ich vergossen habe, und dem Schlaf, den ich geopfert habe, dachte ich immer, ich würde am Ende belohnt werden. Dass ich endlich meine Fähigkeiten unter Beweis stellen könnte. Stattdessen stehe ich vor den mächtigsten Mitgliedern des Militärs von Keirdre und plädiere auf Schwäche.

Ich hasse es.

Ich verabscheue die königliche Familie dafür, dass sie mich in diese Situation gebracht haben, die Prüfung dafür, dass ich mir kurzzeitig eingeredet habe, es bestände je eine Chance, dem Titel der Ikatus zu entkommen, und mich selbst dafür, dass ich jeden Moment meines Lebens damit verbringen muss, mich zu verstellen.

»Du wirst dieses Angebot kein zweites Mal bekommen, Delta Sorkova«, warnt Anarin.

Widersprüchliche Gefühle ringen in mir. Meine Wut will, dass ich die arroganten, selbstgefälligen Blicke der anderen Deltas wegsinge. Mein Stolz will, dass ich den Auftrag annehme und den Besten von Keirdre beweise, dass ich weder schwach bin noch jemals war. Mein Schutzinstinkt gegenüber Rain will, dass ich ablehne und einen Posten weit weg vom Palast und der königlichen Familie annehme.

Ich suche diese runenblauen Augen in der Menge.

Für dich tue ich alles.

Eigentlich ist es kein Kampf. Oder falls doch, ist er längst entschieden, denn Rain gewinnt. Das tut sie immer.

»Ich entschuldige mich, Vollstreckerin Arkin«, höre ich mich sagen, »aber ich stehe zu meiner Entscheidung.«

4

Der silberne Briefumschlag

Ich stoße gegen Carriks Schulter, als ich an ihm vorbeipresche, Rain am Handgelenk packe und mit ihr zum Ausgang marschiere, ohne auch nur einen der beiden zu begrüßen.

Kurz hält Rain inne, um sich ihre Tasche über die Schulter zu werfen, bleibt aber klugerweise stumm, während sie lostrottet, um mit meinen zügigen, wütenden Schritten mitzuhalten.

»Saoirse.« Carrik ist weniger klug. Er läuft uns hinterher und versucht, mich zu bremsen. »Sie wollte sowieso herkommen. Ich wollte, dass sie mit jemandem hier ist, dem du vertraust.«

»Vertrauen?«, spotte ich und weiche einer Gruppe von Fae aus, die mir nicht schnell genug aus dem Weg gehen. Ein paar von ihnen erkennen mich wieder. Die Demütigung, dass ich mich selbst als eine Ikatus bezeichnen musste, hält an, doch stattdessen lasse ich mich ganz auf meine Wut ein. Ich bin lieber wütend als beschämt. »Es gibt kein Vertrauen zwischen uns, Solwey. Du *wusstest*, dass ich sie nicht hierhaben wollte.«

»Sie wäre sowieso gekommen.«

Auf den Steinstufen angekommen, die von den erhöhten Sitzen der Arena nach draußen führen, drehe ich mich zu ihm um. Meine Augen drohen silbern aufzublitzen.

Ich *koche* vor Wut, aber für einen Tag habe ich in dieser verdammten Arena schon genug von mir preisgegeben.

Kontrolle. Ich hole tief Luft und unterdrücke den Drang, Carrik hier und jetzt zu ertränken, weil er meine Schwester in Gefahr gebracht hat.

»Sie ist *zwölf*«, blaffe ich ihn an. »Du bist einer der fähigsten Soldaten von Keirdre. Wenn dich das nächste Mal ein kleines Mädchen um etwas bittet, das sie so extrem in Gefahr bringt, dann sag Nein.«

Carrik kommt langsam auf mich zu, die Hände ausgestreckt, die Handflächen nach oben zeigend, als hätte er Angst, ich würde wegrennen, wenn er sich zu schnell bewegt. Er braucht keine Angst zu haben, dass ich abhaue. Er sollte Angst haben, dass ich ihm mit der Faust ins Gesicht schlage.

»Was hätte ich tun sollen?«, fragt er. »Sie einsperren?«

»Wenn nötig …« Ich versuche, mein Gemüt mit Gedanken an meinen alternativen Auftrag als Wache für einen von Keirdres höchsten Offizieren zu beruhigen. Eine große Ehre und die inoffizielle Abkürzung zu einer Position als Vollstreckerin. Der Auftrag, auf den ich von Anfang an gehofft habe.

Es klappt nicht. Ich will Carrik immer noch an die Gurgel gehen.

»Mir geht's gut, Kiefernzapfen. Ich wollte dich in Aktion sehen«, meldet sich Rain zu Wort.

Ich werfe ihr einen Blick zu. »Das war dumm. Das weißt du.«

Nur wir drei stehen hier auf der Treppe. Ich nutze den Moment, um Rain prüfend zu mustern. Ich weiß, dass es ihr gut geht. Carrik würde nie zulassen, dass ihr etwas zustößt. Trotzdem beruhigt es mich, wenn ich mich selbst davon überzeuge.

Ihr dunkles Haar ist zu zwei festen Zöpfen direkt an ihrem Kopf geflochten, sie trägt ein locker sitzendes Dashikikleid, und die Hand, die ich nicht halte, verbirgt sie hinter dem Rücken, ihre blauen Augen sind ein wenig zu weit aufgerissen, und sie schmeckt nach sauren Trauben und ranzigem Wein: Schuldgefühle, gemischt mit Angst.

Ich runzle die Stirn. »Was hast du hinter dem Rücken?«

»Was meinst du?« Ihr Arm bewegt sich nicht.

»Carrik, lass uns einen Moment allein.« Ich nehme den Blick nicht von meiner Schwester.

»Bist du immer noch sauer?«, fragt er.

»Glaubst du wirklich, der beste Weg zurück zu meiner Gunst ist, mich das jetzt zu fragen?«

»Verstanden.« Carrik schenkt Rain ein beruhigendes Lächeln, bevor er die Treppe hinuntergeht, um vor der Arena zu warten.

Ich gehe vor Rain in die Hocke. »Was hast du hinter dem Rücken?«

»Nichts.«

Ich reiße ihren Arm nach vorn.

Sie hält einen silberneren Umschlag in der Hand, auf dessen Vorderseite mit metallisch blauer Tinte mein Name geschrieben steht. Dem gebrochenen Siegel nach hat Rain ihn bereits geöffnet.

Mir dreht es den Magen um.

»Warte!« Rain versucht, ihn sich wieder zu schnappen, aber ich drehe mich weg und kehre ihr den Rücken zu, während ich das zerknitterte Pergament herausreiße.

Ich weiß, was sie ist. Bring morgen um Mitternacht 500 Ranis zum Strand von Kivren oder andere werden es auch erfahren.

Der Atem entweicht meiner Lunge und meine silbern blitzenden Augen erhellen die dunklen Wände.

»Saoirse?«, höre ich Rain sagen.

Aber es klingt nicht real. Nichts scheint real.

Der Umschlag fällt herunter. Ich glaube, Rain fängt ihn auf, aber durch den Nebel in meinem Kopf bin ich mir nicht sicher.

Jemand weiß Bescheid.

Dieser Gedanke hallt in meinem Kopf wider und übertönt alles andere.

»Rain?« Ich spreche, aber ich erkenne meine Stimme nicht. »Woher hast du das?«

»Ich habe ihn in meiner Tasche gefunden. Jemand muss ihn mir während der Zeremonie zugesteckt haben.«

Jemand weiß Bescheid.

Meine Eltern fürchten, dass jemand mich entlarven könnte, aber ich kann auf mich selbst aufpassen. Meine größte Sorge war immer Rain. Dass jemand herausfinden könnte, dass sie keine Fae ist, und man sie fortschafft.

Tränen steigen mir in die Augen vor Wut und Entsetzen. Ich dachte, ich wäre vorsichtig, wenn schon nicht mit meinem eigenen Geheimnis, dann wenigstens mit dem von Rain. Dieser Zettel ist der Beweis, dass ich mich geirrt habe.

Ich reiße ihr den Umschlag ein zweites Mal aus der Hand, aber es ist zwecklos. Meine Sicht ist getrübt und ich kriege kaum Luft.

Tief einatmen. Tief ausatmen.

Ich darf die Kontrolle nicht verlieren. Wegen Rain.

Die Zahnräder in meinem Hirn beginnen sich zu drehen.

Die Tribüne war voll von hochrangigen Soldaten von Keirdres Militär. Jeder von ihnen könnte diese Nachricht hinterlassen haben.

Tief einatmen. Tief ausatmen.

Schritt eins: den Kreis der Verdächtigen eingrenzen, indem ich die einzigen Beweise untersuche, die ich habe.

Mein Blick klärt sich und ich sehe den Umschlag wieder scharf. Die Handschrift ist mir unbekannt. Ein Linkshänder, den Schmierern nach zu urteilen. Und auf der Rückseite ist ein rotes Wachssiegel mit einer Insignie, die ich wiedererkenne. Ein breiter Regenbaum, dessen äußere Äste sich nach außen erstrecken und dessen innere Äste sich zu dem Buchstaben K verschlingen. Die königlichen Insignien.

Diejenigen, die direkt für das Königshaus arbeiten, tragen an der Brust Anstecknadeln mit diesem Symbol. Aber die Insignie selbst, das offizielle Siegel der königlichen Familie, ist selten. Nur der König und sein Thronfolger haben ein solches Siegel.

Wer auch immer diesen Brief geschrieben hat, hat Zugang zur königlichen Familie. Schlimmer noch, diejenigen, die diese Nachricht geschrieben haben, haben alles getan, um sicherzustellen, dass ich *weiß*, dass sie Zugang zur königlichen Familie haben.

»Saoirse?« Rains schüchterne Stimme reißt mich aus meinen Gedanken.

Ich nehme sie in die Arme und drücke sie so fest an mich, dass ich sicher bin, sie bekommt keine Luft mehr.

Dann atme ich ein. Baumharz, Orangen und Regen. »Wir holen dich hier raus«, flüstere ich in ihr Haar. »Jetzt sofort.«

»Was hast du vor?«

»Mach dir keine Sorgen, Bohnensprosse.« Ich antworte nicht auf ihre Frage. »Ich werde mich um das hier kümmern. Um dich.« Ich nehme ihre Hand und gehe die Treppe hinunter, wir verlassen die Arena.

Carrik geht draußen auf und ab. Sein Blick springt sofort zu uns, als wir hinaustreten. »Ist alles in Ordnung? Brauchst du mich, um …?«

»Du hast schon genug getan.« Ich schließe meine Hand fester um die von Rain. »Ich bringe sie nach Hause.«

»Wie oft muss ich mich noch entschuldigen, damit du mir vergibst?«

Irgendjemand weiß Bescheid. Das ist alles, woran ich denken kann. Das ist alles, was zählt.

»Es ist mir egal, was du tust«, antworte ich. »Dir ist ja *auch* egal, was ich will, also was kümmert es dich?« Ich stapfe los und halte Rains Hand immer noch fest.

Dieses Mal trifft Carrik die richtige Entscheidung. Er folgt uns nicht.

5

Traumweben

Mit dem Daumen fahre ich über das Wachssiegel. Rain ist wieder sicher zu Hause, aber ich bin zurück in der Akademie und studiere diesen verdammten Brief sicher zum tausendsten Mal.

Das habe ich bisher herausgefunden.

Erstens, die Verfasser dieses Briefes wollten mich wissen lassen, dass sie Zugang zum königlichen Siegel haben.

Zweitens, wer diesen Brief geschrieben hat, ist Linkshänder.

Drittens, wenn ich die Verfasser finde, und das werde ich, werde ich sie umbringen.

Die Bettfedern quietschen, als ich unter meiner Matratze herumtaste, bis ich mein lairisches Armband finde. Dreizehn auf Silberdraht aufgezogene Perlen. Zwölf der Perlen sind aus Regenbaumholz gefertigt, auf Hochglanz poliert und mit je fünf Silberrunen versehen. Die dreizehnte Perle ist ein tiefroter Blutstein, der einen so dunkelgrünen Punkt trägt, dass er beinahe schwarz wirkt.

Ich lege mir das Armband ums Handgelenk und drehe die Holzperle rechts neben dem Blutstein, bis die richtige Rune nach außen zeigt. Ich drehe jede Perle der Reihe nach, bis das Armband eine vertraute lairische Konstellation aufweist.

Dann ziehe ich die Knie an die Brust und mache mich bereit, in die Welt des Traumwebens einzutauchen.

Ich drücke den Blutstein. Die Runen des Armbands leuchten auf, silbernes Licht ergießt sich auf mein Handgelenk.

Mein Zimmer löst sich in Farbtröpfchen auf, die auf mein Blickfeld herabrieseln wie Regen auf eine Fensterscheibe. Die Regentropfen wirbeln durcheinander, vermischen sich mit anderen Farbtönen wie auf einer Farbpalette und verschmelzen zu einer neuen Welt.

Mit geschlossenen Augen warte ich darauf, dass das Summen meines sich verschiebenden Bewusstseins im dumpfen Rauschen des Ozeans verklingt.

Ich reiße die Augen auf und starre in grelles Licht.

Sofort schließe ich die Lider wieder, um das strahlende Weiß abzuwehren. Ich warte einen Augenblick, bevor ich sie erneut öffne.

Jetzt stehe ich knöcheltief im weißen Sand und sehe auf das klare blaue Meer. Am Himmel ist keine einzige Wolke zu sehen. Eine Möwe krächzt über mir und eine warme Brise lässt feine salzige Gischt aus Meerwasser aufsteigen. Ich halte mir eine Hand über die Augen und schaue mich um.

Ein paar Dutzend Schritte entfernt am sonst leeren Strand liegt eine Gestalt im Sand, die ich überall wiedererkennen würde.

Die Frau hat sehr lange Beine, hellbraune Haut und hüftlanges Haar von der Farbe frisch gefallenen Schnees. Ihre Augen sind geschlossen, und sie hat die Hände hinter dem Kopf gefaltet, aber ich weiß, dass sie wach ist.

Ich stapfe durch den Sand und stelle mich neben ihren Kopf. »Tante Drina.«

Sie öffnet die Augen.

Die Augen von Y'ddrina erinnern mich an den Nachthimmel, ein samtiges Mitternachtsblau mit goldenen Sprenkeln. Sie ist unbestreitbar schön und wirkt, wie alle Hexen, jung. Während die meisten Fae etwa hundertfünfzig Jahre alt werden, leben Hexen dreimal so lang. Ich kenne Y'ddrina schon mein ganzes Leben, aber sie hat mir ihr Alter nie verraten.

Meine Familie und ich wissen nichts über meine leiblichen Eltern. Als ich zwei Jahre alt war, hat man mich in Drinas Garten gefunden, und so wurde ich von meinen Tanten im Hexensektor Ketzal aufgezogen, bis ich fünf war. Das war im gleichen Jahr, in dem die verwaiste Rain zu uns kam und meine Mutter feststellte, dass sie keine eigenen Kinder bekommen konnte.

Das passte perfekt, wie meine Mutter immer sagte. Fertig war die Familie.

Dieser Teil wird immer liebevoll betont, aber ich weiß, dass es nicht stimmt.

Als meine Eltern mich aufnahmen, hielten sie mich für eine Ikatus. Meine leuchtenden honigfarbenen Augen verleihen mir das Aussehen einer Fae, und weil ich in den ersten Jahren nicht sprechen wollte, erschien ich so unfähig, wie man es von einer Ikatus erwartet.

Mit sieben habe ich zum ersten Mal einen Ton von mir gegeben. Allerdings habe ich nicht gesprochen. Ich habe gesungen.

Das hat unser ganzes Leben aus den Angeln gehoben. Meine Eltern würden es nie zugeben, aber ich weiß, sie nehmen es mir übel. Die kleine Waisenfae entpuppt sich als eine angeblich ausgestorbene Sirene. Das hat unser aller Leben unendlich kompliziert gemacht.

Sie lieben mich. Das weiß ich. Aber das ändert nichts an der Tatsache, dass ihr Leben einfacher wäre, wenn sie es nicht täten.

Drina wirft den Kopf dramatisch zurück und stöhnt. »Verdammt, Saoirse, ausgerechnet heute Nacht musst du traumweben.« Sie wedelt mit einem Arm und deutet auf die Umgebung. »So einen Traum hat man nur ein- oder zweimal im Leben.«

Wie immer, wenn ich mich in der Nähe eines großen Gewässers aufhalte, verspüre ich den Drang, einzutauchen, mich vom Wasser umspülen zu lassen und meine Sorgen zu vergessen. Hier, in Drinas Traum, ist es leicht, sich einzubilden, dass sich der Ozean bis in die Unendlichkeit erstreckt. Es gibt kein Keirdre, keine Barriere, keinen Grund, sich zu verstecken. Da dieses Wasser jedoch nicht real ist, existiert der andere Drang nicht, der normalerweise mit der Nähe von Wasser einhergeht, der unstillbare Durst, jemanden mit in die trüben Tiefen zu reißen.

»Wenn man jede Nacht gut träumen würde, wären es keine guten Träume mehr. Nur Träume«, erwidere ich, um sie zu besänftigen.

Sie blickt ungerührt finster drein. »Gut. Ich lasse dich rein. Aber ich möchte festhalten, dass ich das nur widerwillig tue.«

Instinktiv schließe ich die Augen, ich hasse diesen Teil.

Meine lairischen Perlen erlauben mir, mich im Traum in das Bewusstsein eines jeden mit einer lairischen Konstellation einzuweben, solange ich ihre Sequenz kenne. Aber nur Hexen können einen Traumweber aus ihrem Bewusstsein in ihre physische Welt ziehen. Auch wenn mein Körper in der Akademie bleibt, kann ich, wenn Drina mich hineinlässt, physisch mit ihrer Welt interagieren. Meine Perlen sind ein Geschenk von Drina. Wie die meisten Dinge, die von Hexen geschaffen werden, sind sie verboten. Und selten.

Ich knirsche mit den Zähnen, als mein Geist mit einem stechenden Schmerz, der mir Tränen in die Augen treibt, aus dem

Traum meiner Tante in ihre Realität gezerrt wird. Der Schock ist immer heftig und mir wird schwindelig.

Die mich umgebende Wärme des Strandes wird zu einer trüben, konzentrierten Hitze vor mir. Das Rauschen der Wellen geht über in klirrendes Geschirr und knisterndes Feuer.

Ich öffne die Augen.

Jetzt sitze ich in Drinas winzigem Wohnzimmer auf einem alten Sofa nah am Kamin. Der beengte Raum ist vollgestellt und mit bunten Pflanzen übersät. Rote Rosen und blaue Rittersporne hängen von der Decke, grüner Efeu wächst an den Holzwänden und ein Tuch aus geflochtenen Seerosenblättern liegt um meine Schultern.

Ich ziehe das Tuch enger um mich und mache mich auf den Weg zur Küche. Nach dem Traumweben sind meine Schritte unsicher wie die eines neugeborenen Kalbs, daher lehne ich mich an die Tür und beobachte Tante Drina, wie sie herumhantiert.

Sie stellt einen rostigen Kupferkessel auf den Herd. »Du hättest sitzen bleiben können, Liebes. Ich setze nur etwas Wasser auf.«

Die Küche ist klein. Es gibt kaum genug Platz für drei Personen und jede noch so kleine Stelle auf der Arbeitsplatte ist mit Stapeln von angeschlagenen Tellern und Metallpfannen belegt.

»Drina?«, ruft eine raue Stimme. »Bist du wach?«

Ich höre Schritte den Flur entlangtrappeln und vor der Küche zum Stehen kommen. Tante Aiya, die Drinas Frau wäre, wenn die Heirat zwischen Hexen und Fae nicht verboten wäre.

»Hallo, Tantchen«, begrüße ich sie.

Offiziell dürfen Drina und Aiya nicht zusammenleben. Die Sektoren sind nach Arten getrennt. Drina und Aiya leben in Ketzal, einem Sektor für Hexen und Zauberer. Die Vollstrecker in den Sektoren der Fae legen großen Wert auf die Einhaltung der Trennungsgesetze, aber die Hexenvollstreckerin von Ketzal ist etwas weniger streng.

Aiya sieht mich mit ihren leuchtend lila Augen an und rückt ihr türkisfarbenes Kopftuch zurecht. »Saoirse?« Sie nimmt mich in den Arm. »Ist alles in Ordnung?«

»Mir geht es gut. Aber ich muss mit euch reden.«

Aiya lehnt sich zurück und schenkt mir ein wehmütiges Lächeln. »Unter einer Bedingung?«

Ich kann nicht anders, als ihr Lächeln zu erwidern. »Was?«

»Versprich mir, dass du uns einmal besuchen kommst, ohne dass du etwas brauchst.«

Ich muss lachen. »Abgemacht.«

Es ist Jahre her, dass ich meine Tanten persönlich besucht habe. Vanihail liegt mindestens vier Tagesreisen von Ketzal entfernt. Die Entfernung allein ist schon ein Hindernis, aber ein Großteil der Reise wird noch dadurch erschwert, dass die Straßen immer tückischer werden, je weiter man sich vom Palast entfernt.

Aiya geht zu Drina und küsst sie auf die Wange. »Ich glaube, dafür brauche ich Tee.«

Drina grinst. »Ich habe gerade den Kessel aufgesetzt.«

Diesmal küsst Aiya sie auf den Mund. »Deshalb liebe ich dich.«

»Und ich liebe dich, weil du gut mit Pflanzen umgehen kannst«, erwidert Drina eindringlich.

Aiya verdreht die Augen, grinst aber immer noch. »Willst du mir damit etwa sagen, dass ich mir das Mondkraut anschauen soll?«

»Wenn du schon wach bist.«

Mit einem weiteren Lachen schlüpft Aiya durch die Hintertür in den Hof. Das Haus meiner Tanten steht auf einem großen Grundstück, das hauptsächlich von ihrem ausgedehnten Kräutergarten eingenommen wird. Dank ihrer Erdaffinität kann Aiya bei egal welchem Wetter alle möglichen Kräuter anbauen und mit Y'ddrinas Magie brauen sie aus den Erträgen des Gartens Tränke, Gifte und Salben.

Zusammen betreiben sie einen der erfolgreichsten – und vor allem verbotenen – Handel mit Zaubertränken in Keirdre.

Als die Tür hinter Aiya zuschlägt, werfe ich Drina einen strengen Blick zu. »Ihr baut Mondkraut an?«

»Ja.« Sie holt einen Satz Teetassen mit Sprüngen aus einem hohen Schrank. »Sieh mich nicht so an. Der König erhöht ständig die Kosten für Zaubertrankzutaten. Wir können es uns nicht leisten, uns das Geschäft entgehen zu lassen.«

»Aber das ist Mondkraut.«

Mondkraut kann nur nachts gegossen und geerntet werden, und die aus der Wurzel gewonnene Flüssigkeit ist tödlich. Allerdings nur für Fae. Da es dafür kein Gegenmittel gibt, ist es kein Wunder, dass es auf der Liste des Königs für verbotene Substanzen ganz oben steht.

Gifte sind einer der vielen Gründe, warum Hexen aus den Sektoren der Fae verbannt worden sind. Die einzige Ausnahme sind die Hexenabsolventen der Akademie von Ketzal, die in Vanihail eingesetzt werden. »Es ist das Risiko wert. Wir können es fast doppelt so teuer verkaufen wie andere Tränke«, sagt Drina.

»An wen verkauft ihr es denn?«

Sie winkt mit der Hand ab. »Du bist doch nicht mitten in der Nacht hierhergekommen, um nach meinem Kräutergeschäft zu fragen.«

Offensichtlich weicht sie der Frage aus, aber ich lasse es zu. »Tut mir leid, dass es so spät ist, Tantchen.«

Sie legt mir einen Arm um die Schulter und führt mich zurück zum Sofa. »Setz dich, Liebes, und erzähl mir, was dich bedrückt. Dann entscheide ich, wie leid es dir tun sollte.« Sie setzt sich neben mich und streckt die Hände in Richtung Feuer, um sie zu wärmen.

»Ich habe heute meinen Abschluss gemacht«, fange ich an.

Sie schenkt mir ein federleichtes Lächeln. »Ich weiß. Kiernynn hält mich über dich und Rain auf dem Laufenden. Ist dein Posten weit weg?«

Die Hintertür knarrt, als Aiya aus dem Garten zurückkommt.

Ich atme tief durch und bereite mich auf den Schock vor, den ich gleich auslösen werde. »Ich wurde für die Leibwache des Prinzen ausgewählt.«

Ein Krachen aus der Küche. Aiya hat etwas fallen gelassen.

Ich stehe auf, um ihr zu helfen, aber Drina legt eine Hand auf meinen Arm und hält mich zurück. »Setz dich.«

Ich lasse mich wieder auf das Sofa sinken.

Das flackernde Licht des Feuers tanzt über Drinas Haut. Ihr Gesichtsausdruck verrät nichts.

»Drina?«, fange ich vorsichtig an. »Kannst du bitte etwas sagen?«

Sie starrt weiter ins Feuer. »Du … hast das Angebot abgelehnt. Nicht wahr?« Ihre Worte sind vorsichtig, als würde sie mit einer Armbrust den perfekten Schuss anvisieren.

»Natürlich«, bestätige ich.

Da sie eine Hexe ist, kann ich Drinas Gefühle weder spüren noch schmecken. Dennoch ist ihre Erleichterung greifbar, als sie sich eine Hand aufs Herz legt und schwer ausatmet. »Bei Luna, Saoirse, du hast mich fast zu Tode erschreckt.«

Aiya betritt den Raum mit einem rissigen Porzellantablett, auf dem drei dampfende Tassen Tee stehen. Sie stellt das Tablett auf den Tisch zwischen dem Sofa und dem Kamin und verteilt die Tassen.

Aiya sagt nichts. Sie setzt sich auf das Sofa, lehnt sich an Drinas Seite und trinkt einen ausgiebigen Schluck Tee. Kräutertee, dem Geruch nach zu urteilen. Auch Aiya sieht vor Erleichterung fast erschöpft aus.

Ich schaue zwischen den beiden hin und her. Sie sind *zu* erleichtert. »Was verschweigt ihr mir?«

Drinas Tasse klappert, als sie sie auf den Tisch zurückstellt. Meine Tante zittert leicht. »Der Palast ist ein gefährlicher Ort für dich.« Keine der beiden will mir in die Augen sehen.

»Ich weiß«, stimme ich zu, »aber das ist nicht alles, oder?«

Meine Tanten sehen einander vielsagend an, aber ich kann ihren Blick nicht entschlüsseln. Drina wendet sich wieder mir zu. »Ich weiß nicht, wovon du sprichst, Liebes, aber ich bin froh, dass du Nein gesagt hast.«

Es ist so offensichtlich eine Lüge, dass ich fast beleidigt bin, weil sie erwarten, dass ich ihnen das abnehme, aber ich kenne meine Tanten. Wenn sie etwas nicht wollen, kann kein noch so großes Drängen sie umstimmen. »Gut. Dann sagt es mir eben nicht.« Mein Ton ist schroff.

»Bist du hergekommen, um uns das zu sagen?«, fragt Aiya.

Nein. »Zum Teil.« Ich nehme meinen Tee und halte die Tasse fest, um mich an ihr zu wärmen, und zur Stärkung meiner Entschlossenheit, damit ich nicht vor Tante Drinas allwissendem Blick zusammenbreche. Ich kann ihnen nicht von dem Brief erzählen. Nicht bevor ich nicht weiß, wie ich die Verantwortlichen finde und zur Strecke bringe.

Lügen ist quasi meine zweite Natur, aber mit ihren mitternachtsblauen Augen durchschaut Drina mich, und sie kann meine Stimmungen lesen wie Worte in einem Buch. Ich zwinge mich zu einem entspannten Gesichtsausdruck.

»Wer wohnt noch alles im Palast?« Ich setze meine Teetasse ab und bemühe mich um Gelassenheit. »Abgesehen von der königlichen Familie?«

»König Larster hat einige Berater«, antwortet Drina. »Manche wohnen im Palast, andere nicht, aber sie kommen oft zu Besuch. Sie alle sind wohlhabende Wasserfae aus Vanihail. Außerdem gibt es Palastwachen und menschliche Diener.«

»Auch Soldaten?«, frage ich.

»Nur die Palastwachen. Soldaten dürfen den Palast seit vielen Monden nicht mehr betreten. Es gab eine Reihe von Raubüberfällen in Vanihail. Daraufhin wurde der Palast abgeriegelt. Lediglich wichtige Palastmitarbeiter sind noch zugelassen.«

Das bedeutet, dass ich in meiner neuen Position als Gefolge eines Offiziers keinen Grund haben werde, mich dem Palast zu nähern. Da es nur zwei königliche Siegel gibt, konnte nur jemand, der Zugang zum Palast hat und enge Beziehungen zur königlichen Familie unterhält, eines für den Brief an mich verwenden.

»Liebes?« Drina betrachtet mich immer noch misstrauisch. »Warum willst du das wissen?«

»Nur so.« Ich räuspere mich und täusche ein Lächeln vor. »Ich bin nur neugierig. Der andere Grund, warum ich hier bin, ist, dass wir mehr Schleierperlen brauchen. Ich habe Rain gestern die letzte gegeben.«

»Ich gehe welche holen.« Drina steht auf. »Bin gleich wieder zurück.«

Aiya nippt an ihrem Tee, während wir warten. »Wir machen uns Sorgen um dich, Saoirse.«

»Ich weiß.« Aber ich höre nur halb zu. Meine Gedanken sind bei Rain, dem roten Wachssiegel und dem silbernen Umschlag. Die Verwendung des Siegels ist zu offensichtlich, um nicht Absicht zu sein. Da es nur zwei gibt, wollte mir jemand damit vermitteln, dass er Zugang zur königlichen Familie hat. Zugang, den ich mir verbaut habe, als ich den Posten als Leibwache des Prinzen abgelehnt habe.

»Sieh dich vor«, sagt Aiya, als könne sie meine Gedanken lesen.

Ich runzle die Stirn. »Was meinst du damit?«

»Wir können dir nicht so viele Schleierperlen geben wie sonst. Drina braucht dafür *umbischen* Ton, aber der wird immer teurer. Das ist Teil des Plans des Königs, Hexengeschäften wie dem unseren ein Ende zu machen.«

»Warum? Reiche Fae benutzen doch ständig Schleierperlen.« Reiche Fae verwenden Schleierperlen, um ihre Falten zu verbergen. Sie tragen sie an Schmuckstücken, die oft mit feineren Edelsteinen besetzt sind.

»Reiche Fae kaufen bei vom Palast zugelassenen Hexen in Vanihail«, erklärt Aiya. »Nicht von niederen Hexen, die außerhalb von Vanihail und außerhalb des Gesetzes ihren Handel treiben. Wenn es nach dem König ginge, müssten wir das Geschäft aufgeben. Außerdem dauert es seine Zeit, bis sich Ton bildet, und wir haben nur sehr begrenzte Vorräte innerhalb der Barriere.«

»Heißt das, dass er uns ausgeht?«

»Es gibt keinen Grund zur Sorge.«

Ich spreche aus, was unausgesprochen zwischen uns steht. »Noch nicht.«

Bevor Aiya etwas erwidern kann, kehrt Drina zurück ins Wohnzimmer. Sie reicht mir ein Säckchen mit Perlen. »Bitte sehr, Liebes.«

»Danke.«

»Wir sollten die, die du jetzt trägst, überprüfen«, schlägt Aiya vor.

Ich nehme die Schleierperle aus dem Mund und reiche sie Drina zur Begutachtung. Die goldene Zeichnung der Rune ist noch sichtbar, aber verblasst bereits. »Du hast noch etwas Zeit mit dieser Perle. Tausche sie in drei Tagen aus.«

»Das mache ich.« Ich schiebe die Perle zurück in meinen hohlen Zahn und spüre, wie die Verwandlung wie Regen über mein Gesicht prasselt. Drina hat die Verkleidung meiner Schleierperle entworfen. Als ich sie gefragt habe, warum sie ausgerechnet eine Verbrennung gewählt hat, antwortete sie: »Alle sehen immer nur eine Sache auf einmal. Die Brandwunde ist das Erste und Letzte, was sie an dir bemerken werden. So etwas brauchen wir, um dich gut zu verbergen.«

Damals habe ich das nicht verstanden. Aber jetzt beweist mir jeder Tag, dass sie recht hatte.

»Ich danke dir. Euch beiden.« Ich drehe die lairischen Perlen meines Armbands in die richtige Reihenfolge. Mit einem letzten Lächeln drücke ich auf den Blutstein.

Ich werde mit so viel Kraft in meinen Körper zurückgezerrt, dass mir der Kopf pocht wie ein Trommelwirbel.

Dann öffne ich die Augen. Ich bin wieder in meinem Zimmer in der Akademie, mein Körper ist kalt, weil mir das Tuch und das Feuer gefehlt haben, aber auf dem Schoß habe ich einen Beutel mit Schleierperlen.

Ich bin erschöpft vom Traumweben, erschöpft vom heutigen

Tag und müde vom Schlafmangel, aber ich verstaue die Perlen unter meiner Matratze und ziehe mir die Stiefel wieder an.

Meine Eltern würden mich umbringen. Drina würde mich umbringen. Luna selbst würde mich umbringen, und auch ich selbst würde es tun, wenn ich an ihrer Stelle wäre, aber ich sehe keine andere Möglichkeit.

Wenn ich diejenigen finden will, die meine Schwester erpressen, muss ich im Palast arbeiten.

6

Gestrichelte Linie

Meine Fingerknöchel schweben vor der Holztür zu Anarin Arkins Arbeitszimmer in der Luft. Sicheren Schrittes bin ich hierhergekommen, aber jetzt zittern mir die Knie.

Handle ich voreilig?

Vielleicht. Wahrscheinlich.

Aber es geht um Rain. Und wenn es um Rain geht …

Ich klopfe an.

»Herein.«

Ich drücke die Tür auf. Wie alles in der Akademie sind auch die Wände von Anarins Arbeitszimmer grau. Der einzige Farbtupfer ist die Flagge von Keirdre, die hinter dem Schreibtisch hängt, und ein dunkelblaues Wasserbecken auf einer Kommode. Wasserfae haben immer einen Vorrat Wasser zur Hand.

Anarin sitzt hinter ihrem Schreibtisch, Unheil verkündend und steif, selbst um diese Zeit. Auf dem gepolsterten Stuhl ihr gegenüber sitzt jemand, der mir aber den Rücken zuwendet.

Mir sträuben sich die Haare im Nacken. Die Luft zittert von einer unbekannten Energie. Gierig. *Intensiv*.

»Delta Sorkova.« Ein Runzeln huscht über Anarins Stirn. »Was machst du hier?«

»Ich habe meine Meinung geändert, Vollstreckerin Arkin. Ich möchte den Posten als Leibwache des Prinzen doch annehmen.«

Anarin hebt eine Augenbraue. »Du kannst nicht einfach deine Meinung ändern, Delta. Ich habe dich gewarnt, dass ich das Angebot kein zweites Mal machen würde. Du …«

»Warte.« Die Stimme, die sich zu Wort meldet, ist tief, befehlsgewohnt, und bei Luna, verdammt sinnlich.

Die Gestalt, die Anarin gegenübersitzt, steht auf und wendet sich mir zu.

Mit der Zunge spiele ich an der Schleierperle in meinem hohlen Zahn, während ich mich bemühe, einen gelassenen Gesichtsausdruck zu wahren.

Ich habe schon viele Geschichten über Prinz Hayes' überirdische Schönheit gehört. Trotzdem muss ich zugeben, dass ich bei seinem Anblick völlig sprachlos bin.

Seine Haut ist dunkel wie Zobel, sein Haar kurz und lockig, sein Kinn kantig und streng, seine Lippen sinnlich und entspannt, und seine Augen – diese *Augen* – haben die Farbe des Ozeans und funkeln wie Wellen. Sie rufen nach mir, als ob Tropfen des Ozeans in seinem Gesicht zu Hause wären.

Ein Blick bestätigt jedes Gerücht, das ich je gehört habe. Dass ein einziges Lächeln von ihm die gleichgültigste Person zu einer Pfütze schmelzen lassen kann. Dass Fae, Hexen und Menschen gleichermaßen von ihm angezogen werden. Dass die Barriere selbst geschwächt wurde, als er geboren wurde, nicht gebaut, um solche Schönheit zu halten.

Doch er ist nicht nur wunderschön, was er zweifelsohne ist, es ist auch seine *Präsenz*. Sein ganzes Wesen gebietet Aufmerksamkeit und Respekt. Es füllt den Raum wie Wasser und ertränkt mich mit seiner Macht. Er bahnt sich einen Weg durch Anarins Arbeitszimmer und stellt sich vor mich. Ganz nah. Zu nah. Aber ich mache keine Anstalten, zurückzuweichen.

»Eure Hoheit?« Anarin ist ebenfalls aufgestanden. »Was habt Ihr gesagt?«

»Ich sagte ›warte‹.« Der Ozeanblick des Prinzen streift über mein Gesicht, verweilt auf meiner Brandnarbe, bevor er mir in die Augen sieht. Sein Gesicht leuchtet vor jungenhafter Neugierde und meine Zunge brennt von seinem rauchig-süßen Interesse.

Anarin blickt von ihm zu mir und wieder zurück. »Worauf soll ich warten, Eure Hoheit?«

»Auf meine Zustimmung.« Der Prinz löst seinen Blick nicht von mir. »Du willst diesen Auftrag also doch, Delta Sorkova?«

Ich brauche ein paar Sekunden, um meine Stimme wiederzufinden. »Ja, Eure Hoheit.«

»Du hast ihn zuerst abgelehnt?«

»Ja, Eure Hoheit.«

»Warum?«

Ich atme tief durch, bevor ich die Lüge wiederhole, die wie Säure brennt. »Ich bin eine Ikatus, Eure Hoheit. Ich fühlte mich nicht würdig, einen so ehrenhaften Auftrag auszuführen.«

Er mustert mich von oben bis unten. Für einen Moment verengen sich seine Augen, bevor sie sich wieder weiten. »Und inzwischen bist du keine Ikatus mehr?«

»Inzwischen hatte ich die Möglichkeit, nachzudenken. Ich bin besser als die anderen Deltas. Ich habe es bewiesen. Im Training und in der Prüfung. Wenn Ihr mir erlaubt, Eure Hoheit, werde ich es weiterhin beweisen.«

»Hm.« Er starrt mich immer noch an, und ich starre zurück und habe Mühe, im Meer seiner Augen nicht unterzugehen. Ich bin mir nicht sicher, wie lange wir in zermürbendem Schweigen verharren. Schließlich erklärt er: »Delta Sorkova, die Stelle gehört dir.«

»Ich …« Anarins Kinnlade klappt herunter. »Eure Hoheit, seid Ihr Euch sicher?«

»Absolut.« Er befreit mich von der Intensität seines Blicks und schenkt Anarin ein vollkommenes Lächeln. Es füllt das muffige Arbeitszimmer mit Wärme – Wärme allein wird dem nicht gerecht. *Hitze.* Sein Lächeln verwandelt den Raum in eine brennend heiße Wüste.

»Ich will die Beste«, sagt er. »Wenn die Beste gewillt ist, will ich *sie.*« Er sieht mich wieder an. »Bitte nimm Platz, Delta Sorkova.«

Unbeholfen lasse ich mich auf dem Stuhl nieder, den der Prinz gerade geräumt hat, und fühle mich seltsam unwohl. Es gibt nur zwei Stühle im Raum, aber der Prinz verschwendet keine Zeit und lässt sich hinter Anarins Schreibtisch nieder, als wäre es seiner.

Die Geschmeidigkeit seiner Bewegungen verursacht bei mir eine Gänsehaut – ebenso wie seine Kleidung. Er trägt ein lockeres weißes Dashiki mit blauen und goldenen Mustern, einen Anhänger in Form der königlichen Insignien, dunkle Hosen und lederne Jagdstiefel. Seine Stiefel sind so makellos, dass offensichtlich ist, dass sie noch nie zu einer Jagd getragen wurden, und der Rest seiner Erscheinung ist so majestätisch, dass sie wohl auch nie eine erleben werden.

Der Gedanke lockert meine Schultern, und ich atme zum ersten Mal, seit ich das Zimmer betreten habe, normal durch.

Wenn ich ihn ansehe, *wirklich* ansehe, sehe ich das, was er ist. Es spielt keine Rolle, wie unheimlich perfekt er ist. Er ist ein Mitglied der königlichen Familie. Die königliche Familie ist in Schönheit gehüllt, aber das dient nur dazu, die Tatsache zu verschleiern, dass sie hinter allem stecken, was ich hasse.

Diese Klarheit beruhigt mich.

Prinz Hayes schiebt mir ein Blatt Pergament über den Tisch zu. »Ich habe das für die zweitplatzierte Delta vorbereitet. Da du jetzt hier bist, kannst du unterschreiben.«

Ich nehme es nicht an. »Was ist das?«

Seine Augenwinkel kräuseln sich vor Belustigung, aber er lächelt nicht. »Das ist ein Vertrag.« Er reicht mir einen Federhalter mit dunkler Tinte. »Für dein erstes Arbeitsjahr.«

Kurz überfliege ich das Dokument und bleibe bei der Höhe der Entlohnung hängen. Sie ist fast doppelt so hoch wie mein jährlicher Sold in der Akademie. Die letzten Zweifel, ob es die richtige Entscheidung ist, verfliegen. Mit so viel Gold kann ich Rains Schule und ihre zusätzlichen Ausgaben bezahlen, und ich habe genug, um das Erpressergeld in ein paar Monden zu ersetzen.

Ich unterschreibe auf der gestrichelten Linie.

Der Prinz grinst, als er das Pergament wieder nimmt. Sein Blick tanzt über meine Unterschrift. »Ich kann das nicht lesen. Wie ist dein Name?«

»Saoirse.«

»Dann herzlichen Glückwunsch, Saoirse Sorkova.« Er streckt die Hand aus. »Es ist mir ein Vergnügen, dich kennenzulernen.«

Die Kombination aus seinem Lächeln, seinen Augen und seiner Präsenz überfordert meine Sinne. Ich fürchte, wenn ich ihn berühre, werde ich zu einem Häufchen Asche zerfallen.

Also verbeuge ich mich unbeholfen im Sitzen. »Danke, Eure Hoheit.«

Er runzelt amüsiert die Stirn, sagt aber nichts dazu. »Heute ist dein letzter Abend in der Akademie. Morgen wird dich eine Kutsche von hier zum Palast bringen.«

»Ich kann ein eigenes Transportmittel organisieren, Eure Hoheit. Ich fahre morgen zuerst nach Hause.«

»Ist dein Zuhause hier in Vanihail?«

»Ja, Eure Hoheit.«

»Dann werde ich eine Kutsche bestellen, die dich von deinem Haus zum Palast bringt. Um die Mittagszeit.«

In meinem Kopf läuten Alarmglocken. Ich will nicht, dass eine königliche Kutsche zu meinem Zuhause oder in die Nähe meiner Familie kommt. »Das schaffe ich schon allein.«

»Ich bestehe darauf.« Sein Tonfall ist jovial, aber sein Fürstentitel und die forsche Haltung seines Kinns machen deutlich: Das ist keine Bitte.

Meine Augen verengen sich zu Schlitzen, aber ich bleibe sachlich. »Danke, Eure Hoheit.«

Der Prinz nickt zur Tür, ohne mich aus den Augen zu lassen. »Anarin, du kannst gehen. Saoirse, einen Moment noch, bitte.«

Obwohl er gerade ihren Schreibtisch in Beschlag genommen und sie beiläufig aus ihrem eigenen Arbeitszimmer herauskomplimentiert hat, erhebt Anarin keinen Widerspruch.

Mit der Zunge bearbeite ich wieder die Perle. Es muss um die Abschlussprüfung gehen. Ich habe einen Auftrag von einem Mitglied der königlichen Familie vor Keirdres einflussreichsten Soldaten abgelehnt. Ich wäre eine Närrin, wenn ich erwarten würde, dass das keine Konsequenzen hat.

Kaum schließt sich die Tür hinter Anarin, bin ich auf den Beinen und verbeuge mich erneut. »Eure Hoheit, ich entschuldige mich, wenn ich …«

»Schluss damit«, unterbricht er mich mit einer Handbewegung. »Ich habe Verbeugungen noch nie verstanden.«

Verwirrt richte ich mich auf. »Eure Hoheit …«

»Und ich hasse es, ›Eure Hoheit‹ genannt zu werden.«

»Eure Hoheit …«

Er kichert. Sein Lachen ist tief wie der Ozean und sanft wie Schokolade. »Ich habe mich nicht klar ausgedrückt. Du brauchst dich nicht zu verbeugen und du brauchst mich nicht mit Titel anzusprechen. Wir sind …« Er bricht ab und mustert mich. »Wie alt bist du?«

Ich muss mich immer noch von seinem Lachen erholen. »Verzeihung, Eure Hoheit?«

»Wie alt bist du?«

»Siebzehn.«

Sein Lächeln ist verheerend. »Siehst du? Wir sind gleich alt. Du hast deinen Abschluss an der Akademie von Vanihail gemacht, also kann ich mir nicht vorstellen, dass ich auch nur halb so viel erreicht habe wie du. Außerdem haben wir uns gerade erst kennengelernt. Ich glaube kaum, dass ich mir deinen Respekt schon verdient habe.«

»Natürlich habt Ihr das, Eure Hoheit.« In meinem Kopf klingen die Worte falsch, aber laut triefen sie vor Aufrichtigkeit.

»Hayes«, sagt er mit Nachdruck. »Bitte. Wozu haben mir meine Eltern einen Namen gegeben, wenn man mich immer nur ›Eure Hoheit‹ nennt?«

Sein Lächeln ist charmant. *Er* ist charmant. Und offenbar will er mich nicht dafür bestrafen, dass ich sein Angebot zunächst abgelehnt habe.

Für bare Münze genommen, ergibt das ein hübsches Bild. Aber ich weiß es besser. Prinz Hayes ist ein Mitglied der königlichen Familie. Und noch wichtiger, er ist ein Mittel zum Zweck – ein Opfer. Und eine meiner wichtigsten Regeln lautet, nenne niemals ein Opfer beim Namen.

Also sage ich: »Wenn Ihr keine Entschuldigung erwartet, Eure Hoheit, warum habt Ihr dann um ein privates Gespräch gebeten?«

»Du ignorierst meine Bitte, mich Hayes zu nennen?«

Ich täusche Verwirrung vor. »War das ein Befehl, Eure Hoheit?«

Er legt den Kopf schief und überlegt. »Ich denke nicht.«

»Dann heißt das doch wohl, dass ich mir das Recht vorbehalten darf, Seine Hoheit so respektvoll zu behandeln, wie ich es für richtig halte?«

Einen Moment lang blinzelt er mich verwirrt an und streicht nachdenklich über einen Anhänger, der an einer schwarzen Kette um seinen Hals hängt. Dann wirft er den Kopf zurück und lacht. »Gut. Nenn mich ›Eure Hoheit‹, wenn du willst. Und um deine Frage zu beantworten, ich möchte etwas wissen: Wie schafft es eine Ikatus, besser zu sein als Fae mit Affinitäten?«

Es klingt keine Wertung in seinem Tonfall mit, aber mein Rückgrat versteift sich trotzdem. »Ich arbeite hart, Eure Hoheit.«

»Und das ist genug?«

»Offensichtlich.«

»Hmm …« Er fährt mit den Fingerspitzen weiter über die Halskette. »Noch etwas: Darf ich fragen, woher du diese Brandwunde hast?«

Der entspannte Gesichtsausdruck, den ich mir erlaubt habe, verzieht sich wie eine Schlange in der Sonne. »Ist das ein Befehl, Eure Hoheit?«

Er runzelt die Stirn. »Nein.«

»Dann nicht, Eure Hoheit.«

Sein Stirnrunzeln wird noch stärker. »Wie bitte?«

»Nein, Eure Hoheit«, sage ich wieder, »dann dürft Ihr nicht fragen.«

7

Reflexionen

Unser Haus liegt an der Jeune, einem der beiden Flüsse in Keirdre. Das große hölzerne Mühlrad dreht sich in der Strömung des Flusses und ist mit dem weißen Steingebäude verbunden, in dem wir das Mehl mahlen und lagern.

Rain und meine Mutter sitzen im Garten zwischen dem Haus und dem Fluss. Rain trägt ein weißes Hemd mit weiten Ärmeln und einen locker sitzenden dunkelgrünen Rock. Meine Mutter trägt ein goldgelbes Kleid mit smaragdgrünen Nähten. Sie liegen auf einer Decke, umgeben von kleinen blauen und roten Blumen. Meine Mutter lässt immer alles um sich herum aufblühen, wenn sie glücklich ist.

Mein Vater steht am Ufer des Flusses. Er nutzt seine Affinität, um das Wasser schneller durch das Rad zu drücken als die Strömung.

Als ich näher komme, sieht Rain auf. Im Nu ist sie an meiner Seite, zieht mich an sich und verbirgt ihr Gesicht in den Falten meines Hemdes.

Ich atme sie ein, fahre ihr mit den Fingern durchs lockige Haar.

In Sicherheit. Sie ist in Sicherheit.

»Kiefernzapfen!« Meine Mutter lächelt. »Wie war die Abschlussprüfung? Rain hat gesagt, dein Auftrag ist nicht sehr weit weg?«

Ich werfe ihr einen scharfen Blick zu. »Du wusstest, dass sie hinkommen würde?«

»Sie wollte dich anfeuern. Und Carrik hat …«

»Warum, zur Hölle, hast du sie nicht aufgehalten?« In meiner Wut presse ich die Arme um Rain zusammen. Sie windet sich, aber ich lasse sie nicht los. »Du weißt, dass es gefährlich ist. Was hast du dir dabei gedacht?«

Die Blumen um meine Mutter herum verwelken zu einem trockenen Braun.

»Beruhige dich«, sagt mein Vater.

»Ich werde mich beruhigen, wenn ihr aufhört, meine Schwester in Gefahr zu bringen!« Bei diesen Worten leuchten meine Augen silbern auf.

Meine Eltern schrecken zurück. Das Mühlrad knarrt, als mein Vater zurücktritt, und ohne seine zusätzliche Unterstützung wird es langsamer. Etwas Scharfes und Fauliges blüht in meinem Mund auf. Die Angst meines Vaters. Die Furcht meiner Mutter. Vor mir.

Ich schließe die Augen. Atme ein und wieder aus. Langsam und tief.

Kontrolle. Ich muss mein Temperament kontrollieren.

Die Augen immer noch geschlossen, lasse ich meine Haut die Wärme der Sonne und den feinen Nebel aufsaugen, der vom rauschenden Fluss aufsprüht.

Mein Herzschlag wird ruhiger, mein Griff um Rain lockert sich und meine Schultern entspannen sich.

Ich öffne die Augen. Sie sind honigfarben und ich bin wieder ich.

»Entschuldigung«, murmle ich. »Ich will mich nur vergewissern, dass sie in Sicherheit ist.«

»Rain geht es gut«, sagt meine Mutter sanft. »Bei der Abschlussprüfung ist doch nichts passiert, oder?«

»Doch, es ist etwas passiert«, sage ich.

Rains Blick flackert nervös zu mir und der silberne Umschlag steht unausgesprochen zwischen uns.

»Mir wurde ein Auftrag angeboten. Als Leibwache des Prinzen«, sage ich.

Vier lange Sekunden der Stille folgen.

»*Was?*«, brüllt mein Vater dann. »Das kann nicht dein Ernst sein. Du hast einen Auftrag angenommen, für die königliche Familie zu arbeiten? Jene, die …«

»Ich weiß sehr wohl, was die königliche Familie getan hat, aber das spielt keine Rolle. Wir brauchen das Gold.«

»Wir können das Gold anders verdienen«, entgegnet mein Vater.

»Wir sind einfache Müller. Ihr wisst, wie das läuft. Die königliche Familie kontrolliert den Mehlpreis, und der König hat dafür gesorgt, dass wir immer weniger haben, als wir brauchen. Ich habe den Auftrag angenommen und werde meine Meinung nicht ändern.«

Bevor meine Eltern widersprechen können, zerre ich an Rain. »Ich werde mich jetzt mit Bohnensprosse unterhalten. Ich diskutiere nicht weiter darüber«, rufe ich über die Schulter, während ich sie ins Haus schleife.

Als sich die Tür hinter uns geschlossen hat, umarmt Rain mich erneut. »Ich dachte, du hättest den Auftrag abgelehnt?«

»Ich habe meine Meinung geändert.«

»Meinetwegen?«

Ich lege ihr die Hände auf die Schultern. »Das spielt keine Rolle. Ich werde herausfinden, wer diese Nachricht geschrieben hat. Dazu musst du mir die Wahrheit sagen. Gibt es jemanden außerhalb der Familie, der über dich Bescheid weiß?«

»Nein.«

»Bist du sicher? Du hast es in der Schule nie erwähnt? Ich werde nicht böse sein. Versprochen. Ich muss es nur wissen.«

Rain schüttelt den Kopf. »Ich schwöre, ich habe es niemandem erzählt.«

Ich suche in ihren Augen nach Täuschung. Meine Zunge schmeckt nach einem Anflug von Unwahrheit. Nichts. Es ist kein endgültiger Beweis, aber Rain war noch nie eine besonders gute Lügnerin. Langsam nicke ich. »Ich werde herausfinden, wer den Brief geschrieben hat. In der Zwischenzeit darfst du es niemandem erzählen, schon gar nicht Mama und Papa. Versprichst du mir das?«

»Ich verspreche es.«

»Gut.« Ich hole das Säckchen mit den Schleierperlen, das Drina mir gegeben hat, aus der Tasche und reiche es Rain. »Für dich.«

Sie zieht die Augenbrauen zusammen. »Es sind nur vier.«

»Ich habe die Hälfte schon rausgenommen.« Eine Lüge. Ich habe zwei genommen. Aber wenn ich das Rain erzähle, wird sie darauf bestehen, sie gerecht zwischen uns aufzuteilen. Doch ich schlafe ruhiger, wenn ich weiß, dass ihre Tarnung die nächsten paar Monde gesichert ist.

Während Rain die Perlen einsteckt, werfe ich einen Blick nach draußen. Unsere Eltern stehen immer noch am Flussufer und sehen nicht zu uns her. Ich eile ins Wohnzimmer und hebe eine Ecke des Rosenblütenteppichs an. In der Hocke hebe ich die lose Bodendiele an, unter der meine Eltern das Gold verstecken, das ich bei den Raze verdiene. Wir haben erst für Rains … zusätzliche Ausgaben bezahlt und wir haben ein wenig gespart. Nicht viel, aber genug, um uns zumindest über Wasser zu halten, bis ich meinen ersten Lohn bekomme und das Gold zurückgeben kann.

Rain sieht zu, wie ich den Beutel durchwühle und eine Handvoll Ranis nehme, praktisch alle. »Was machst du da?«

»Ich brauche Gold, um diejenigen zu bezahlen, die den Brief geschrieben haben. Heute Abend am Strand.« Ich lege die Bodendiele zurück und richte den Teppich.

»Du willst sie wirklich bezahlen?«

»Ich gehe kein Risiko ein.«

Rain ringt die Hände. »Fünfhundert ist eine Menge. Brauchen wir das Gold nicht?«

»Doch. Aber mach dir keine Sorgen. Wenn ich herausfinde, wer das ist, bekommen wir es zurück.«

»Was wirst du mit ihnen machen?«

Sie umbringen.

Daran habe ich keinen Zweifel und es gibt auch keine Alternative. Aber ich möchte nicht Rains entsetzten Blick sehen oder die Angst schmecken, die über meine Zunge tanzen würde.

Also erzähle ich ihr eine Halbwahrheit. »Ich werde dafür sorgen, dass sie dich nie wieder bedrohen.«

***

Hufgeklapper trommelt die Straße herauf, die zu unserem Haus führt, und kündigt die königliche Kutsche im ganzen Norden von Vanihail an.

Ich sitze auf meinem Bett und sehe mich in meinem Zimmer um, dass ich auch sicher nichts vergessen habe. Die Wände sind lavendel- und rosmarinfarben gestrichen, mit aufgemalten weißen Lilien nahe der Dielen und der Decke. Um das Kopfende des Bettes winden sich Ranken aus Geißblatt, doch ich kann nicht besonders gut mit Pflanzen umgehen, deshalb hält meine Mutter sie am Leben, auch während ich weg bin.

Es klopft dreimal an der Haustür.

»Kiefernzapfen!«, ruft meine Mutter. »Die Kutsche ist da.«

»Ich komme gleich runter.«

Ich drehe eine letzte Runde durch mein Zimmer und nehme alles in mich auf. Die Schrammen auf dem Boden, die daher kommen, dass Rain immer vergisst, die Schuhe im Haus auszuziehen. Die angesengte Kommode von damals, als meine Mutter Kekse gebacken und das noch heiße Blech darauf abgestellt hat. Das Fenster, das mein Vater eingebaut hat, damit ich auf den Fluss sehen kann, wenn ich mich nach Wasser sehne.

Vor dem Spiegel, der sich hinter der Schranktür verbirgt, bleibe ich stehen. Einen Moment lang ringe ich mit dem Wunsch, einen Blick hineinzuwerfen, und bevor ich mich gegen das Gefühl wehren kann, öffne ich die Tür.

Schon als Sprössling war ich von meinem eigenen Aussehen fasziniert. Meine Tanten erzählen mir, dass ich vor jeder spiegelnden Oberfläche saß, die ich finden konnte, und hineinstarrte – solange sie mich ließen.

Als ich erfuhr, was ich bin, und anfing, mich mithilfe der Schleierperlen zu verbergen, sehnte ich mich nach einem Blick auf mein wahres Antlitz.

Mit neun Jahren kam ich dann an die Militärakademie. Ich verbrachte den ganzen Tag damit, mich zu verstellen. Vorzugeben, ich wäre schwach. Vorzugeben, eine Ikatus zu sein. Vorzugeben, die bissigen Kommentare würden nicht wehtun.

Mein Trost war die Nacht. Ich nahm die Schleierperle heraus, schloss mich im Badezimmer ein und betrachtete mein Spiegelbild, mein *wahres* Spiegelbild, das zurückstarrte. In diesen Momenten fühlte ich mich wie ich selbst. Und zu dieser Zeit machte es mir keine Angst, ich selbst zu sein.

Als ich älter wurde, habe ich erkannt, dass mein Aussehen keine harmlose Eitelkeit ist, sondern eine tödliche Waffe.

Wie jedes Mädchen erinnere ich mich an mein erstes Mal.

Ich war zwölf Jahre alt. Ich hatte mich nachts rausgeschlichen, um Rain zu besuchen, und war auf dem Weg zurück zur Akademie. Der Mond war halb voll, und dumm, wie ich war, ging ich am Strand entlang.

Meine Füße sanken in den weichen, nassen Sand ein und die Wellen der Brandung plätscherten gegen meine Knöchel.

Ich spürte jeden Wassertropfen, der mit meiner Haut in Berührung kam, das leichte Stechen des Salzes, die Körnung des Sandes.

Da war ein Mann am Strand. Seine Haut war blass wie Heu und spiegelte sich im Mondlicht. Er hatte das Aussehen eines Erdfae und er war allein. Verlockend allein. Er starrte einfach nur friedlich auf den Ozean.

Ich erinnere mich noch an den Ruf der Wellen in jener Nacht. Sie sangen zu mir und zogen mich näher an den Mann heran.

Mein ganzes Leben lang hatte ich diesen Ruf gehört. Bis zu diesem Zeitpunkt war die Botschaft des Wassers, es einfach zu berühren, darin zu schwimmen. In dieser Nacht aber war der Ruf *hungrig*.

Zum ersten Mal nahm ich die Schleierperle heraus und zeigte

mich vor jemandem, der nicht zu meiner Familie gehörte. Zum ersten Mal war mein Gesicht mein eigenes und ich brauchte mich nicht zu verbergen. Ich brauchte mich nicht zu verstellen.

Das Meer sang zu mir und ich erwiderte seine klagende Melodie. Wunderschön sanft, wohlklingend. Düster.

Ich starrte in die grünen Augen des Mannes. Dieser eine Blick dauerte ewig. Ich spürte seinen Geist, so greifbar wie den Sand unter meinen Füßen.

Ein leerer Geist, der bereit ist und nur darauf wartet, von meinem Willen durchflutet zu werden, hat etwas unaussprechlich Schönes an sich. Ich war machtlos gegen die Anziehungskraft des Ozeans, und der Mann – ich habe seinen Namen nie erfahren – war machtlos gegen meinen Sirenengesang.

Er folgte mir seelenruhig, fast erleichtert ins Meer. So begierig, mich zu besänftigen, ging er immer weiter ins Meer, bis er vollständig von den Wellen verschluckt wurde.

Er tauchte nie wieder auf.

Ich wünschte, ich könnte sagen, dass ich mich furchtbar gefühlt habe. Ich wünschte, ich könnte sagen, dass der Anblick seiner Augen – offen und leer im Wasser – mich in meinen Albträumen heimsucht.

Aber das wäre eine Lüge.

Die Wahrheit ist, das Gefühl – das Rauschen des Wassers, das pulsierende Adrenalin, der *Geschmack* seines leeren Geistes – machte mich euphorisch. Süchtig. Nachdem ich das erste Mal getötet hatte, hatte ich den besten Schlaf meines Lebens.

Das ist es, was mir bis heute Angst macht. Nicht der Akt des Tötens, sondern wie erfrischt ich mich danach fühle. Sosehr ich mich auch danach sehne, mich im Sog des Wassers zu verlieren, in dem Moment, wenn ich ans Ufer zurückkehre, sehe ich nur die Enttäuschung meiner Mutter. Ich schmecke die Angst meiner Tanten. Die Wut meines Vaters.

Und meine Glückseligkeit – wunderschön, aber vergänglich – schrumpft zusammen wie ein Stück Pergament, das in Flammen steht.

Also meide ich Spiegel und alles, was mein unheimlich perfektes Gesicht reflektieren könnte. Nicht weil ich mich schuldig fühle, sondern weil ich weiß, dass ich mich schuldig fühlen *sollte*. Und weil ich jetzt weiß, dass der Anblick meines Gesichts alle verzaubert, die es sehen, mich eingeschlossen.

Als ich es mir jetzt ansehe, spüre ich dieses vertraute Gefühl der Selbstbewunderung für mein offenes Haar. Es ist lang und voll federnder, ungekämmter Locken. Als Sirene genieße ich das Gefühl, wenn mein Haar um mich herumweht, aber als Soldatin, als frischgebackene Leibwache, ist es unpraktisch.

Ich flechte mein Haar und drehe den Zopf zu einem festen Knoten am Hinterkopf. Ein gezähmtes Ungeheuer.

Als ich fertig bin, schlage ich die Schranktür zu und schließe den Spiegel weg.

Ich nehme meine beiden Reisetaschen in die Hand und schleppe sie die Treppe hinunter.

Meine Eltern stehen im Eingang mit einem sehr kleinen Mann, der in Keirdres Farben gekleidet ist. Meine Eltern wirken … unbeholfen. Keiner der beiden schafft es, still zu stehen, und sie starren auf unseren abgewetzten Holzboden wie auf die Seiten eines guten Buches.

Beim Klang meiner Schritte dreht sich der Mann um und ich verstehe das Unbehagen meiner Eltern.

Er ist ein Mensch.

Klein, drahtig und am Oberkörper so breit, wie mein Oberschenkel dick ist. Sein dunkles Haar ist kurz geschoren und seine braunen Augen wirken müde.

»Da bist du ja.« Das Lächeln meiner Mutter ist hölzern. »Dieser junge Mann wird dich zum Palast begleiten.«

»Sind das Ihre Taschen, Madam?« Der Mensch greift nach meinem Gepäck.

Instinktiv reiße ich es mit einem skeptischen Blick auf seine dürren Arme von ihm weg. Seine Arme sehen aus, als würden sie brechen, wenn ich sie zu fest anfasse, und ich kann mir nicht vorstellen, was passieren würde, wenn er meine schweren Taschen tragen müsste. »Ich kann sie tragen.«

»Ich bestehe darauf, Madam.« Das Lächeln des Menschen reicht nicht bis zu seinen Augen. »Seine Hoheit hat mich persönlich gebeten, Ihre Sachen für Sie zu tragen.«

Ich möchte Einspruch erheben, aber er wird sich niemals einem direkten Befehl seines Vorgesetzten widersetzen, schon gar nicht eines Prinzen. Behutsam reiche ich ihm meine Taschen und zucke zusammen, als er unter ihrem Gewicht zusammensackt.

Meine Hand zuckt. Ich möchte helfen, aber ich möchte ihn nicht beleidigen oder, schlimmer noch, ihn in Schwierigkeiten bringen. Es ist keine Seltenheit, dass Menschen für jede Indiskretion gegen Fae, ob real oder eingebildet, öffentlich bestraft werden. Ich habe Horrorgeschichten über das Verschwinden von Menschen gehört, über Menschen, die gezwungen wurden weiterzuarbeiten, während ihnen der Lohn gestrichen wurde, und über lange Haftstrafen für kleinste Vergehen.

»Ich bringe Ihr Gepäck zur Kutsche, während Sie sich verabschieden.« Der Mensch stöhnt und ächzt unter der Last meiner schweren Taschen.

Ich warte, bis er durch die Eingangstür wankt und außer Hörweite ist, um meinen Eltern einen scharfen Blick zuzuwerfen. »Wo ist …?«

»Oben. In ihrem Zimmer«, antwortet meine Mutter. Sie erhebt die Stimme. »Bohnensprosse? Komm und verabschiede dich von deiner Schwester!«

Ich vermute, dass sie oben auf dem Treppenabsatz gesessen und zugehört hat, denn Rain rennt sofort die Stufen herunter und fliegt in einem hellbraunen Wirrwarr auf mich zu. »Pass auf dich auf, Kiefernzapfen«, murmelt sie, an meine Brust gepresst. »Ich liebe dich.«

»Ich liebe dich mehr.«

Ich halte mich an ihr fest und sauge ihren Duft ein. »Ich komme dich besuchen«, verspreche ich. »Ganz oft. Selbst eine Herde wilder Trolle könnte mich nicht davon abhalten.« Ich löse mich von Rain und gehe auf meine Eltern zu. Zuerst umarme ich meine Mutter, die leise an meiner Schulter weint. Als ich meinen Vater umarme, ist er ganz ruhig.

»Pass auf dich auf, Saoirse«, sagt er.

Ich höre auch, was er nicht sagt. »Geh keine unnötigen Risiken ein. Lass dich nicht enttarnen.«

»Es geht schon alles gut«, beruhige ich ihn.

»Ich weiß.« Wehmut schleicht sich auf sein sonst so unbewegtes Gesicht, zu wenig, um es zu schmecken. »Aber ich möchte, dass es dir besser als nur gut geht.«

Mein Bauchgefühl sagt mir, dass ich versprechen sollte, vorsichtig zu sein, aber ich will ihn nicht mehr anlügen, als ich es ohnehin schon getan habe. Stattdessen winke ich meiner Familie ein letztes Mal zu und gehe zu der wartenden Kutsche.

Der Mensch versucht, meine Taschen in ein Gestell zu schieben, das unter dem Wagen für Gepäck angebracht ist. Er bleibt stehen, als meine Schritte hinter ihm knirschen. Seine dunklen Wangen sind gerötet, ob aus Verlegenheit oder vor Anstrengung, kann ich nicht sagen. Ein großer und ruhiger Fae steht neben ihm. Er ist reglos, ausdruckslos und macht keine Anstalten, dem sich abmühenden Menschen zu helfen.

Der Fae sieht sehr … ordentlich aus. Sein schwarzes Haar ist so kurz wie möglich geschoren, ohne dass er eine Glatze hat, seine Kleidung ist so steif gebügelt, dass ich befürchte, mich bei einer Berührung daran zu verletzen, und seine Stiefel sind so perfekt poliert, dass man sie mit Spiegeln verwechseln könnte. Die fast leuchtenden Augen weisen ihn als Fae aus, aber er trägt die Uniform der Palastwachen, marineblau und schwarz, sodass seine Kleidung keinen Rückschluss auf seine Affinität zulässt.

Er spricht nicht, sondern zieht nur an der Türklinke des Wagens und bedeutet mir einzusteigen.

Ich klettere hinein und erschrecke heftig, als ich auf der gegenüberliegenden Seite, an das Fenster gelehnt, einen wunderschönen Fae sehe.

Prinz Hayes.

Wut kocht in mir auf wie die stürmische See. Ich hatte nicht erwartet, ihn hier zu sehen. Mir war nicht klar, dass meine erzwungene Zeit mit dem Prinzen so bald beginnen würde. Doch ich beiße die Zähne zusammen und verbeuge mich. »Eure Hoheit.«

Sein Gesichtsausdruck ändert sich nicht, aber ich schmecke etwas Leichtes und Süßes wie eine reife Birne. Er ist amüsiert.

»Du bist eine schlechte Zuhörerin. Ich dachte, Deltas werden zum Gehorsam erzogen?«

Ich unterdrücke einen finsteren Blick. Alles an ihm ist selbstgefällig. Von seiner Kleidung über sein breites Lächeln bis hin zu seinen perfekten Augen, die mich scharf beobachten. Er fordert mich heraus, etwas zu tun.

Was dieses Etwas ist, weiß ich nicht. Aber es macht mich trotzdem wütend.

Ich setze mich ihm gegenüber auf die Bank so nah wie möglich an die Tür. Ich verschränke die Finger in meinem Schoß und schaue geradeaus, in der Hoffnung, dass er den Wink versteht und wir schweigend fahren werden.

Er sitzt am Rand meines Blickfelds, die Knie nach außen gespreizt, die Arme zu beiden Seiten aufgestützt, den Blick auf mich gerichtet. »Du wohnst in einem Mühlhaus?«

»Ja, Eure Hoheit.« Draußen seufzt der Mensch erleichtert auf, als er endlich mein Gepäck unter der Kutsche verstaut hat.

»Neben einem Fluss«, fügt der Prinz hinzu.

Es ist keine Frage, also antworte ich auch nicht.

Es dauert ein paar Augenblicke, bis er merkt, dass ich nicht antworten werde. Er versucht es erneut. »Es ist seltsam, dass eine Ikatus, die in der Nähe von Wasser krank zu werden scheint, so nah an einem Fluss wohnt.«

Es ist immer noch keine Frage, also bleibe ich still.

Er gibt ein kindisches Schnauben von sich. Ich nehme an, er hat es jetzt begriffen, denn nach einem Moment der Stille – ich ruhig, er frustriert – fragt er: »Warum?«

Die Kutsche schaukelt leicht, als wir uns in Bewegung setzen.

»Meine Eltern teilen mein Leiden nicht, Eure Hoheit. Und ich meide den Fluss.« Beides wahre Aussagen. Bis zu einem gewissen Grad.

»Hm.« Er grübelt über meine Antwort nach. »Kannst du ein Schiff besteigen?«

»Nein, Eure Hoheit.«

»Hm.« Das tiefe Timbre seines Brummens jagt mir einen Schauer über den Rücken.

»Bist du sicher? Mein achtzehnter Geburtstag ist in ein paar Wochen und meine Feier findet auf einem Schiff statt. Du bist eingeladen. Alle meine Wachen sind eingeladen.«

»Dann kann ich zu meinem Bedauern nicht annehmen«, antworte ich kühl.

»Du klingst nicht bedauernd. Das ist seltsam. Normalerweise besuche ich Wachen nicht zu Hause. Für dich habe ich eine Ausnahme gemacht.«

Meine Augen verengen sich. »Warum?«

Er rutscht auf der Bank herüber, bis er mir gegenübersitzt. »Ich finde dich interessant.«

Ich beobachte noch einmal die wirbelnden Muster in seinen ozeanischen Augen, bevor ich mich zwinge, den Blick zum Fenster zu richten und Vanihail zu betrachten. Die Häuser, an denen wir vorbeikommen, sind klein, schmal und aus Holz. Wir sind im Norden von Vanihail, auf meiner Seite. Die Seite der Müller, Weber und Maurer. Die Seite derer, die Blasen an den Handflächen haben und sich die Finger wund arbeiten. »Ihr kennt mich nicht«, erwidere ich.

»Das würde ich gern ändern.«

»Warum?« Ich bin ihm gestern zum ersten Mal begegnet und schon stellt er zu viele Fragen. Beobachtet mich zu genau.

Wenn dieser Prinz so ist wie sein Vater, ist er eine Schlange. Er wird sich leise und schnell an mich heranschleichen, bevor er sich um mich wickelt. Erst locker, dann so fest, dass ich mich nicht mehr erinnern kann, wann ich meinen letzten Atemzug getan habe.

»Ich habe noch nie jemanden getroffen, der furchtsam genug

ist, einen Auftrag im Palast aus Angst vor Inkompetenz abzulehnen, aber mutig genug, mitten in der Nacht in das Arbeitszimmer einer Vollstreckerin zu stürmen.«

»Ich habe geklopft«, entgegne ich. »Und das war eine einmalige Sache, Eure Hoheit. Normalerweise bin ich langweilig.«

Er grinst und zeigt dabei zu viele Zähne. »Das glaube ich keine Sekunde lang.«

Ich antworte nicht. Ich traue mir selbst nicht.

Die Häuser draußen werden immer größer. Die kleinen Holzhäuser sind großen Herrenhäusern aus Backstein gewichen. Ich sehe den massiven Steinbau der Harayahalle, Vanihails Gerichtsgebäude. Strafen für Menschen werden normalerweise in Sinu vollstreckt, aber einmal im Jahr findet in Vanihail eine große Urteilsverkündung statt.

»Weißt du«, sagt der Prinz, als ich schweige, »typisch für ein Gespräch ist es, dass es hin und her geht.«

Als ob es meine Aufgabe wäre, ihn zu unterhalten. Ich schlucke den Spott hinunter und er brennt wie zu heißer Tee. »Ihr seid mein Prinz und mein Vorgesetzter.« Ich sollte hier aufhören, aber ich mache den Fehler, ihm wieder in die Augen zu sehen. Sein erwartungsvoller Blick bringt mein Blut zum Kochen und lockert mir die Zunge. »Es war nie meine Absicht, mich mit Euch zu unterhalten. Ich habe vor, Befehle von Euch entgegenzunehmen und Euch zu bewachen, wie es mein Auftrag erfordert.«

Er zieht eine Augenbraue hoch. »Und wenn ich dir befehlen würde, dich mit mir zu unterhalten?«

Ich unterdrücke den Impuls, die Arme bockig zu verschränken. »Ich würde etwas über das Wetter sagen und hoffen, dass Ihr das Thema zu langweilig findet, um fortzufahren.«

Falls ich mit Frustration gerechnet habe, werde ich enttäuscht.

»Das ist bedauerlich, Saoirse. Ich würde es hassen, dir befehlen zu müssen, mit mir zu reden. Befehle sind eigentlich nicht meine Art.«

Ich antworte, bevor ich nachdenke. »Mit Euch zu reden, ist auch nicht meine Art.«

Er wirft den Kopf zurück und lacht. Es ist eine seltsame Mischung aus unheimlich und verführerisch. »Wenn deine Füße so schnell sind, wie deine Zunge scharf ist, bist du sicher ein willkommener Zuwachs für meine Wachen.«

Der amüsierte Beigeschmack seiner Emotionen sagt mir, dass er mich anstacheln will, aber ich habe meine Lektion gelernt. Ich ignoriere ihn und starre aus dem Fenster.

Wir reisen schweigend weiter, bis der Palast vor uns auftaucht. Ich habe ihn bisher nur aus der Ferne gesehen, unter dem Mantel der Dunkelheit. Bei Tageslicht glänzt die Oberfläche des Palasts und wirkt spiegelglatt. Aus der Ferne erscheint er schwarz. Aus der Nähe ist er mitternachtsblau. Die blaue Fassade wirbelt in ständiger Bewegung, als würde der Palast schwanken. Oder atmen. Er ist wunderschön. Auf eine düstere, unheimliche Art und Weise.

»Hast du den Palast noch nie zuvor gesehen?« Der Prinz beobachtet mich. Ich glaube, er hat nicht weggesehen, seit ich in die Kutsche gestiegen bin.

»Nicht von hier aus.« Wie gebannt verfolge ich die Bewegungen der Palastfassade.

»Es scheint, als hättest du meinen Vater bei guter Laune erwischt. Na ja, zumindest nicht bei schlechter.«

Ich runzle die Stirn. »Was meint Ihr damit?«

»Der Palast spiegelt seine Stimmungen wider. Heute ist er ruhig.«

»Ist das ungewöhnlich?«

»Wenn ich hier bin, ja.« Sein grimmiges Lächeln wird von einer Bitterkeit begleitet, die wie rohe Pastinaken schmeckt. »Mit etwas Glück wirst du meinen Vater nie treffen. Irgendetwas sagt mir, dass er dich nicht besonders mögen würde.«

8
Marionettentheater

Neue Leute kennenzulernen, macht mir nichts aus. Es ist zu vertraut, um mir etwas auszumachen. Aber es ist zwangsläufig anstrengend.

Fremde reagieren immer gleich, wenn sie mich sehen. Zuerst starren sie mich etwas länger an, als sie sollten, und dann sehen sie mir gar nicht mehr ins Gesicht und überkompensieren damit ihre anfängliche Unhöflichkeit.

Beim Händeschütteln ist es dasselbe. Die Leute schauen mir entweder direkt in die Augen, um zu vermeiden, dass ihr Blick zu meiner Brandnarbe wandert, oder sie starren stur auf mein Handgelenk und tun so, als gebe es mein Gesicht nicht.

Der Anführer der Garde des Prinzen, Zensen, ist nicht unhöflich und starrt auch nicht. Als er mich durch die Korridore des Palasts zum Besprechungszimmer des Prinzen führt, um die anderen Wachen kennenzulernen, hoffe ich, dass sie sich genauso verhalten werden, aber meine Hoffnung ist gering. Die meisten haben nun einmal die Angewohnheit, meine Erwartungen zu enttäuschen.

Zensen passt hierher, in die Gänge des Palasts, wie eine Figur, die aus den Porträts an den Wänden gepflückt und zum Leben erweckt wurde. Stoisch und ruhig. Nicht königlich, aber aristokratisch.

Sosehr ich diesen Palast auch verabscheue, er ist wunderschön. Die Böden sind mit marineblauen Samtteppichen ausgelegt und schwere Wandteppiche hängen an den Wänden. Sie sind aus demselben tiefblauen glasigen Material wie die Fassade des Palasts. Die Griffe der Mahagonitüren sind handgefertigt aus Erstwyn, einem Metall, das so glänzt wie Glas, wenn es poliert ist.

Doch mit jedem schönen Detail ist eine schmutzige, hässliche Geschichte verbunden. Farbstoffe, die von Erdfae im Kurrtal hergestellt werden, die weniger als einen Bruchteil des Verkaufspreises dafür erhalten; Wandteppiche, die von geschundenen, hungernden Menschen in Sinu handgenäht werden, die von Essensresten und Angst leben, und Chaelisslichter, die von Hexen in Ketzal gezaubert werden, die den Palast nicht einmal betreten dürften. Die Schönheit des Palasts ist eine Fassade, die die Bruchstücke verbirgt, aus denen sie besteht.

Dennoch zieht mich alles an diesem Palast in seinen Bann. Aus der Nähe betrachtet, wirkt die Oberfläche der Mauern wie Wellen. Das Geräusch ist wie Musik in meinen Ohren. Beruhigend wie eine stürmische See.

Mein ganzes Leben habe ich damit verbracht, die königliche Familie zu hassen, und doch bin ich hier gelandet, in ihrem Palast, bewundere ihren Prunk und bin ihrem Prinzen verpflichtet. Wie eine Marionette dazu gezwungen, ihren Wünschen zu folgen.

Zensen hat nichts mehr gesagt, seit er mir seinen Namen genannt hat. Normalerweise schätze ich das Schweigen, aber ich habe Fragen und ich brauche Antworten.

»Waren Sie bei der Abschlussprüfung?«, frage ich.

Zensen nickt steif. »Ich war mit Hayes da. Und Erasmus. Du wirst ihn gleich kennenlernen.«

Das werde ich mir merken. Gedanklich erstelle ich eine Liste von allen, die bei der Prüfung auf der Tribüne saßen und im Palast verkehren, von allen, die den Brief in Rains Tasche gesteckt haben könnten.

Zensen stößt die stahlverstärkte Tür zum Besprechungszimmer des Prinzen auf und lässt mich vor ihm eintreten.

Der Raum hat keine Fenster. An den Wänden sind rundherum Fackeln angebracht, aber das Licht reicht nicht weit. Ein Tisch steht in der Mitte des Raums, umgeben von Holzstühlen mit hohen Lehnen, die genauso bequem aussehen wie der kalte graue Boden.

Vier Personen sitzen um den Tisch herum. Wie erwartet starren sie alle, als ich eintrete, aber ich zähle nur drei überraschte Blicke.

Die Frau, die am nächsten an der Tür sitzt, bleibt ungerührt. Ihr düsterer Gesichtsausdruck wird von dichten silbrigen Locken umrahmt, ihr Mund ist zu einer dünnen Linie verzogen, und ihre Augen – eines grau mit grünen Sprenkeln, das andere grün mit grauen Sprenkeln – wirken unbeeindruckt. Ihre gesprenkelten Augen und ihr helles Haar verraten mir, dass sie eine Hexe ist.

Ich bin von ihr genauso überrascht wie der Rest der Wachen von mir. Fae *verabscheuen* Hexen. Wie eine Hexe dazu kommt, für den Prinzen zu arbeiten, noch dazu als Mitglied seiner Leibwache, ist mir ein Rätsel.

Die schwere Tür knallt hinter mir zu. Das Geräusch wirkt wie ein Eimer eiskaltes Wasser auf die geschockten Anwesenden im Raum. Sie wenden ihre überraschten Blicke von mir ab, aber der Geschmack ihrer brennenden Neugier bleibt auf meiner Zunge zurück.

»Das ist Saoirse.« Zensen bahnt sich einen Weg zum Kopf des Tisches. »Sie ist eine kürzlich graduierte Delta und das neueste Mitglied von Hayes' Garde.«

Sie grummeln eine Begrüßung und ich setze mich auf den freien Stuhl neben der Hexe. Sie legt den Kopf schief und lächelt, ihre Augen schimmern schelmisch. »Schön, dich kennenzulernen, Saoirse. Ich bin Laa'el.« Ihr Blick wird immer verschmitzter. »Wie alt bist du?«

»Siebzehn.«

»Siebzehn?«, echot der Fae zu Zensens Rechten.

Bei dem bitteren Geschmack des Grolls, der seine Empörung begleitet, muss ich beinahe husten.

Laa'el grinst. Offensichtlich war es ihre Absicht, den Fae zu verärgern.

Der betreffende Fae ist älter, groß, hält sich leicht gebeugt und sein Haar ist ergraut. Er gibt sich keine Mühe, seinen finsteren Blick zu verbergen. »Ich wusste, dass Hayes einen Absolventen einstellt, aber ein Kind?«

»Es ist nicht unsere Aufgabe, den Prinzen infrage zu stellen, Erasmus«, entgegnet Zensen schroff.

Das ist also Erasmus. Das andere Mitglied der Prinzengarde, das bei der Abschlussprüfung zugegen war.

Erasmus wirft mir einen Blick zu, als hätte ich mich selbst eingestellt. »Wenn sie an der Akademie Kinder den Abschluss machen lassen, sind ihre Ansprüche seit meinem Abschluss ganz schön gesunken.«

»Gut möglich, Erasmus.« Eine Fae sieht ihn amüsiert an. Sie ist außergewöhnlich hübsch. Mit dunkler rostbrauner Haut, einem herzförmigen Gesicht und großen blauen Augen. »Vieles hat sich geändert, seit du ein Sprössling warst – sogar das Rad wurde erfunden.«

»Danke für den Einblick, Jeune«, antwortete Erasmus bissig. »Ich schätze die Beiträge deiner Generation sehr. Aber worin bestehen sie noch mal genau?«

»Meine größte Errungenschaft ist, dass mein Vater mich nicht in eine Position im Palast reinkaufen musste.«

Erasmus' Gesicht verfinstert sich. »Ich war in meinem Jahrgang ganz vorne dabei.«

»Du hast den *dreizehnten* Platz bei deiner Prüfung belegt. Ich war die Erste in meiner.«

Die Fackeln, die den Raum beleuchten, flackern plötzlich auf. Flammen schlagen über unsere Köpfe, begleitet von einem lauten Klatschen von Zensen. »Genug.«

Stille.

Die Flammen beruhigen sich wieder und Zensen rückt die Manschetten seines Hemdes zurecht. »Wenn ihr alle fertig seid, wollen wir uns unserem Neuankömmling vorstellen. Ich bitte euch, mich ausreden zu lassen, bevor wir mit dem Gezänk anfangen.« Er sieht mich mit ruhiger Miene an. »Ich bin Zensen, Feuerfae und Anführer der Leibgarde von Hayes.«

Während sie sich reihum vorstellen, präge ich mir jeden Namen ein. Erasmus ist ein Luftfae, Jeune ist eine Wasserfae, Devlyn ein Erdfae und Laa'el eine Hexe.

Es ist eine seltsame Mischung. Die königliche Familie ist eigentlich bekannt dafür, Wasserfae zu bevorzugen. Bis heute habe ich nicht einmal gewusst, dass sie auch andere Fae als Palastwachen beschäftigt.

Ich betrachte jeden von ihnen als potenziellen Feind. Die

Wahrscheinlichkeit ist groß, dass einer von ihnen mir entweder den silbernen Umschlag zugesteckt hat oder mehr weiß, als er sollte, und ich habe vor herauszufinden, wer es ist.

»Wir beginnen jeden Tag hier«, erklärt Zensen über meine dröhnenden Gedanken hinweg. »Um Hayes' Zeitplan zu besprechen. Nur erfahrene Wachen, also ich, Erasmus und Jeune, dürfen mit Hayes allein sein. Saoirse, du bist eine Novizin, bis Hayes oder ich etwas anderes sagen. Alle anderen sind einfache Wachen, also Juniorwachen.«

»Du sprichst von Rängen, als ob es etwas bedeuten würde«, murmelt Laa'el. »Ich bin schon länger hier als du und ich bin immer noch keine Seniorwache.«

»Eine Hexe kann keine Seniorwache werden«, erklärt Zensen.

»Was für eine lächerliche Regel.« Laa'el nickt in meine Richtung. »Dabei ist den Fae offensichtlich nicht mal zuzutrauen, dass sie sich gegenseitig beschützen können.«

Ich ziehe eine Augenbraue hoch. »Was hat das mit mir zu tun?«

»Dein Gesicht, Kleine. Wenn die Fae so gut im Beschützen sind, was ist dann mit deinem Gesicht passiert?«

Natürlich, mein Gesicht. Sie blieb bei meinem Anblick teilnahmslos, aber wie vorausgesagt ist meine Brandnarbe das Erste und Letzte, was jeder an mir sieht. »Ich verstehe nicht, was dich das angeht.«

Sie lächelt. Zumindest sollte es ein Lächeln sein. Es sieht eher so aus, als würde sie die Zähne fletschen. »Wie viele Ranis hast du dabei, Kleine? Ich könnte dir ein paar Schleierperlen verkaufen, um dein Gesicht zu richten.«

»Ich bin nicht interessiert.« Meine Stimme ist eisig. »Und es gibt nichts an mir, was du richten müsstest.«

Scharfe, herbe Überraschung schmecke ich von den Fae im Raum, aber wie bei allen Hexen bleiben mir Laa'els Gefühle verborgen.

Der Blick, den Zensen Laa'el zuwirft, ist scharf, aber er tadelt sie nicht. Er fährt fort, als habe sie nichts gesagt. »Der Wechsel im Turnus wird von mir festgelegt. Jeder Tag ist in drei Schichten eingeteilt, Morgen-, Abend- und Nachtschicht. Du wirst jeden Tag eine Schicht übernehmen. Eine Ausnahme bilden nur die obligatorischen königlichen Veranstaltungen. Das passiert nicht häufig, aber Hayes' Geburtstagsfeier ist nur noch einen Mond entfernt, und alle Wachen müssen daran teilnehmen.«

»Stehe ich heute Abend auf dem Dienstplan?« Ich überlege mir schon eine Ausrede. Abgesehen davon, dass ich keine Lust habe, den Prinzen heute noch mal zu sehen, habe ich einen wichtigen Termin: die Goldübergabe an Rains Erpresser um Mitternacht.

»Nicht heute Abend.« Zensen legt ein breites Blatt Pergament auf den Tisch. »Der Plan für heute Abend steht bereits fest. Du kannst den heutigen Tag zum Auspacken und Ausruhen nutzen. Morgen …«, er nimmt einen Stift in die Hand und kritzelt meinen Namen auf den Plan, »… wirst du dich mir bei der Nachtschicht anschließen. Wir treffen uns um Mitternacht vor dem Zimmer des Prinzen.«

Er schreibt meinen Namen in sauberen, geschwungenen Buchstaben auf seinen Plan. Es ist nicht die gleiche Handschrift wie auf dem silbernen Umschlag. Das bedeutet nicht, dass er unschuldig ist, aber ich merke es mir trotzdem.

Als wir entlassen sind, eile ich zu meinem Zimmer, um nicht in ein Gespräch verwickelt zu werden. Die Kammern der Wachen befinden sich im selben Korridor wie das Zimmer und der

Besprechungsraum des Prinzen, sodass es nur ein kurzer Sprint den Flur hinunter zu meiner neuen Unterkunft ist.

Ich drücke die Türklinke aus Erstwyn und trete ein. Das Zimmer ist schöner, als ich es erwartet habe. Es ist groß, mit einem breiten, von goldenen Vorhängen umrahmten Fenster, einem Bett, das doppelt so groß ist wie meines zu Hause, und einem Schreibtisch aus Regenbaumholz.

Auf meinem Schreibtisch liegt ein glatter, flacher Stein, in dessen Oberfläche eine Rune eingeritzt ist. Ich lege einen Finger auf die Rune und die über mir angebrachten Chaelisslaternen entzünden sich und tauchen den Raum in orangefarbenes Licht.

Erster Punkt der Tagesordnung: Ich ziehe die Vorhänge zu, um den Raum zu verdunkeln. Das Halbdunkel gibt mir ein beruhigendes Gefühl von Abgeschiedenheit von all dieser neuen Extravaganz und durch diese Abschottung fühlt es sich wirklicher an. Mehr wie meins.

Zweiter Punkt: Ich nehme den Spiegel von der Wand über dem Schreibtisch, drehe ihn um und schiebe ihn unters Bett, bevor ich mich in meinem Spiegelbild verliere und mein Instinkt mich zu etwas treibt, das ich später bereue.

Sechs Garnituren meiner neuen Uniform liegen gefaltet auf dem Bett – ein langärmeliges marineblaues Hemd mit goldenen Mustern, eine schwarze Hose und eine goldene Anstecknadel mit dem Wappen von Keirdre.

Nachdem ich mich umgezogen habe, durchstöbere ich meine Reisetaschen am Fußende des Bettes und suche nach meiner blassblauen Freyakerze. Ich stelle sie auf den Schreibtisch.

Als ich sie anzünde, schmilzt das Wachs schnell und breitet sich auf der Oberfläche des Schreibtisches aus. Die Kerze schrumpft, bis sie weniger als die Hälfte ihrer ursprünglichen Höhe hat. Das bedeutet, dass es schon kurz nach Mittag ist.

Die Freyakerze ist ein Geschenk von Tante Drina. Im Gegensatz zu meinen lairischen Perlen ist sie nicht verboten, aber sie ist unter Fae sehr selten und sehr teuer. Drina hat sie mir nicht zu irgendeinem Anlass geschenkt, sondern, wie sie sagte, »einfach nur so«.

Sie ist mein wertvollster Besitz.

Abgesehen davon, dass sie die Zeit anzeigt, hat sie noch viele andere praktische Eigenschaften.

Ich fahre mit der Hand über die Kerze und die Flamme leuchtet blau wie der Himmel an einem kristallklaren Tag: Ich habe einen Brief erhalten.

Das Feuer flackert und wirbelt Asche in die Luft. Es flackert schneller, und die dunkle Asche steigt wie eine Rauchsäule auf, die über der Kerze schwebt. Dann formt sie sich zu einer dünnen Schicht. Die Flamme wird heller und das Blatt aus Asche verfestigt sich zu einer Pergamentseite mit einer vertrauten kindlichen Handschrift.

Ich greife nach dem Pergament und sauge gierig die Worte meiner Schwester auf.

Kiefernzapfen,
viel Glück an deinem ersten Tag! Bitte, bitte, bitte pass auf dich auf und tu nichts Unüberlegtes. Und vergiss nicht, mir alles zu erzählen!
Alles Liebe,
Deine Bohnensprosse
Übrigens, du solltest Carrik verzeihen!

Ich muss grinsen.

Eigentlich hatte ich noch vor, den Rest dieses königlichen Marionettentheaters von einem Palast auf eigene Faust zu erkunden, aber erst einmal setze mich ich an den Schreibtisch und schreibe Rain.

9

Verschwendetes Potenzial

Um diese nachtschlafende Zeit ist der Strand von Kivren verlassen. Als ich noch in der Akademie wohnte, bin ich oft hierhergeflüchtet, um geschützt vor neugierigen Blicken ins Meer zu springen. Ich ließ mich auf den Grund sinken, ruhte mich im Sand aus und atmete einfach durch.

Jetzt bin ich außer Atem und meine Nerven sind zum Zerreißen gespannt.

Der Sand ist rau unter meinen Füßen, vor mir erstreckt sich das weite pechschwarze Meer und der Mond spiegelt sich in den Wellen. Meine unbeschwerten Erinnerungen versinken im brackigen Wasser. Der Strand ist nicht länger ein Zufluchtsort, sondern eine düstere Erinnerung daran, dass selbst meine größten Bemühungen nicht ausgereicht haben, um meine Schwester zu beschützen.

Ich wende mich ab vom Meer und suche am leeren Strand nach einem Platz, an dem ich den schweren Beutel mit Gold, den ich unter meinem Mantel versteckt habe, ablegen kann. Ein paar Dutzend Schritte entfernt steht eine einsame Bank aus verrottendem Holz. Ich stapfe durch den Sand und schiebe den Beutel darunter.

Der exponierte flache Strand ist ein perfekter Übergabeort. Hier kann ich nirgends die Bank beobachten, ohne von dem gesehen zu werden, der das Gold abholen kommt.

Natürlich will ich trotzdem warten, aber ich kann nicht riskieren, dass die Erpresser mich sehen und Rain zur Strafe bloßstellen. Die Drohung in dem silbernen Umschlag war eindeutig. Wenn ich die Erpresser verärgere, wird Rain dafür bestraft.

Mein Bauchgefühl protestiert, aber ich schleiche mich trotzdem von der Bank weg und mache mich auf den Weg zurück zum Palast. Währenddessen denke ich darüber nach, wie ich diese Erpresser finden und sie ins Grab singen kann.

***

Als ich am nächsten Abend zu meiner Nachtschicht komme, steht Zensen reglos vor der Tür des Prinzen.

Er bewegt sich nicht, als ich mich nähere, aber er murmelt ein mattes »Guten Abend«.

»Guten Abend, Herr«, antworte ich.

»Zensen«, korrigiert er. »Wir benutzen Vornamen.«

»Spar dir die Mühe«, sagt jemand hinter mir. »Du würdest eher den Palast davon überzeugen, ins Meer zu springen, als Saoirse Sorkova dazu zu bringen, von ihren Grundsätzen abzuweichen.«

Als ich mich zu dem herannahenden Prinzen umdrehe, muss ich mich beherrschen, nicht die Augen zu verdrehen. Erasmus geht stoisch an seiner rechten und Devlyn grinsend an seiner linken Seite.

»Danke, E, danke, Dev.« Der Prinz entlässt sie. »Schönen Abend noch.« Er summt vor sich hin und schlüpft in sein Zimmer, lässt aber die Tür offen. »Saoirse, ich hoffe, deine erste Schicht verläuft ohne Zwischenfälle. Ich habe vor hierzubleiben, aber wenn sich etwas ändert, werde ich es euch wissen lassen. Gute Nacht.«

Er schließt die Tür.

Zensen und ich stehen zehn Sekunden lang still, bevor die Tür mit solcher Wucht aufspringt, dass ich zusammenzucke.

Der Prinz ist zurück.

Schlimmer noch, er grinst und es schmeckt nach Unfug.

In dem kurzen Moment, in dem er in seinem Zimmer war, hat er sich ein dunkles Dashiki und eine passende Hose angezogen. Der Ausschnitt seiner Tunika reicht bis zum Bauchnabel und zeigt seine kräftige Brust und die sich deutlich abzeichnenden Bauchmuskeln.

Ich wende den Blick ab, als ich merke, dass er tiefer gewandert ist, als er sollte.

»Planänderung«, verkündet der Prinz. »Zensen, kontaktiere die Üblichen. Ich gebe ein Fest anlässlich des jüngsten Mitglieds meiner Garde.«

Der Vorschlag ist so total unsinnig, dass ich einige Augenblicke brauche, um zu begreifen, dass er mich damit meint.

»Eure Hoheit, ich brauche keine Feier«, sage ich.

Er grinst. »Dann betrachte es als eine vorgezogene Geburtstagsfeier für mich.«

Wunderbar. Ein ganzer Mond, um die Geburt eines weiteren verdammten Mitglieds der königlichen Familie zu feiern.

Als hätte der Prinz meine Gedanken gelesen, fügt er hinzu: »Viel Vergnügen heute Abend. Das ist ein Befehl.«

Ich schlucke meinen Protest herunter und versuche, das Grinsen auf seinem Gesicht zu ignorieren, von dem ich jetzt schon weiß, dass es mir unter die Haut gehen und dort für Verwirrung sorgen wird.

***

Seine Feier ist geschwängert von Selbstüberschätzung, die nach Knoblauch stinkt, und dem widerlich süßen Beerenwein, den er und seine Freunde in sich hineinschütten.

Ich tue mein Bestes, um mit den Wänden zu verschmelzen, damit ich weder vom Prinzen noch von den vielen Fae, die sich hier tummeln, bemerkt werde.

Sein Zimmer ist groß genug, um zwei Fiedler, einen Trommler und eine Tanzfläche unterzubringen. Die Fae, die nicht an den Getränketischen stehen und sich Wein in die Kehlen schütten, zappeln in der Mitte des Raums herum.

Wie der Rest des Palasts ist auch sein Zimmer, wie ich zähneknirschend zugeben muss, wunderschön. Zahllose Chaelisslaternen schweben über unseren Köpfen und sammeln sich in der Mitte der mitternachtsblauen Decke zu einem flammenden Kronleuchter. Sein Bett ist so groß, dass mein eigenes dreimal hineingepasst hätte. Daneben steht ein steinernes Wasserbecken.

Ich bleibe auf der dem Wasserbecken gegenüberliegenden Seite des Raums, aber mein Blick wird unweigerlich von ihm angezogen. Von so vielen Fae umgeben zu sein, macht mich nervös. Es kommt mir vor, als könnten sie durch die Tarnung meiner Schleierperle sehen. So unbehaglich, wie ich mich fühle, verspricht das Wasser falschen Trost. Es würde das Hämmern in meinem Kopf beruhigen, aber es würde auch den Drang, zu töten, übermächtig werden lassen.

Meine Finger zucken, begierig darauf, das Wasser zu berühren. *Kontrolle.*

Ich bin im Palast, umgeben von den Kindern der einflussreichsten Fae des Königreichs. Ich muss meine Triebe absolut unter Kontrolle halten.

Ich verschränke die Arme und drücke mich fester an die Wand.

»Saoirse.« Der Prinz steht vor mir.

Ich verspanne mich. Verloren in Wasserfantasien, habe ich nicht bemerkt, wie er sich näher an mich herangeschlichen hat.

»Eure Hoheit«, sage ich.

»Du hast dich nicht bewegt.« Er klingt enttäuscht. Seine Augen sind glasig vom Alkohol und er zieht einen Schmollmund. Dann lehnt er sich neben mich an die Wand. Selbst im betrunkenen Zustand sind seine Bewegungen geschmeidig und anmutig. Nicht grobschlächtig wie die der anderen Fae, die in seinem Zimmer herumstolpern. Ich frage mich, ob das naturgegeben ist oder ob er sich selbst beigebracht hat, so wunderschön zu sein.

»Du könntest wenigstens versuchen, dich zu amüsieren«, meint er nach einer Pause.

»Das habe ich, Eure Hoheit. Ich habe darum gebeten, die Feier verlassen zu dürfen.«

Er gluckst trocken. »Du glaubst, in einem leeren Flur zu stehen, macht dir mehr Spaß als eine Feier?«

»Ja, Eure Hoheit.« Ich habe nicht die Absicht, mich mit einem seiner sogenannten Freunde zu unterhalten, und wenn man bedenkt, dass sie sich nur auf das Tanzen und den Wein konzentrieren, können sie mich kaum bemerkt haben.

Der Prinz sieht aus, als wolle er darüber diskutieren, aber die Kampflust entweicht aus seinem Gesicht und er seufzt. »Du hast wahrscheinlich recht.« Er plumpst auf den Boden. Nein, »plumpsen« ist ein zu hartes Wort. Die Bewegung ist abrupt, aber dennoch fließend und sanft. Er tätschelt den Boden neben sich. »Setz dich.«

Ich habe nicht erwartet, dass er mir zustimmt. Und ich mag es nicht, wenn er mich überrascht. Das macht es schwieriger, aus ihm schlau zu werden. »Das würde ich lieber nicht, Eure Hoheit. Ich bleibe lieber wachsam.«

»Saoirse.« Er lallt meinen Namen, sodass er wie »Sasha« klingt. »Es wird schon nichts Schlimmes passieren, wenn du dich hinsetzt und fünf Minuten Pause machst.«

Er hat es nicht befohlen, und ich bin versucht, mich zu weigern, aber der Prinz ist betrunken, und nichts lockert die Zunge eines Fae so wie zu viel Alkohol oder ein hübsches Mädchen.

Ich lasse mich neben ihm nieder.

Er grinst. »Bei dir sieht sogar das Sitzen verkrampft aus.«

»Ich habe es Euch doch gesagt, Eure Hoheit. Ich bin immer in Alarmbereitschaft.« Ich rede weiter, bevor er etwas Unsinniges antworten kann. »Ich habe Euch nicht bei der Abschlussprüfung gesehen, Eure Hoheit.«

Falls er die Frage seltsam findet, zeigt er es nicht. »Ich war nicht dort. Ich saß in Anarins Arbeitszimmer in der Akademie fest.«

»Warum?«

»Zu viele Leute. Mein Vater mag es nicht, wenn ich mich an öffentlichen Plätzen aufhalte. Aber ich habe Zen und E dazu überredet, mich einen kurzen Blick auf die Arena werfen zu lassen. Ich habe dich gesehen.« Seine Aussprache ist immer noch undeutlich, aber sein Blick ist scharf. »Du warst das Risiko wert.«

Ich starre an seiner Schulter vorbei auf einen Punkt an der Wand, um seinem Blick zu entgehen. »Wozu hat man Wachen, wenn man nicht in die Öffentlichkeit gehen kann?«

»Mein Vater traut meinen Wachen nicht.« Er grinst schief. »Wahrscheinlich, weil ich Hexen und Ikatus anstelle.«

»Warum stellt man dann eine Hexe ein?« *Und mich. Warum mich?*

Ich habe die Frage nicht laut gestellt, aber er hört sie trotzdem. »Ich habe Laa'el angeheuert, um meinen Vater zu ärgern. Und dich …« Sein Satz endet in einem Grinsen. »Weil du die Beste bist. Und weil du mich nicht magst.«

Er hat mich wieder überrascht. »Ich …« Sorgfältig wähle ich meine Worte. »Ich wüsste nicht, warum Euch das dazu verleiten sollte, mich einzustellen.«

Der Prinz lächelt. Er wirkt eher nachdenklich als amüsiert. »Ich dachte, du würdest es leugnen. Was magst du an mir nicht?«

Verwöhnt, arrogant, herrisch und ein Mitglied der königlichen Familie, geht mir durch den Sinn, aber was sage ich? »Ich habe Euch gerade erst kennengelernt, Eure Hoheit.«

»Dann muss ich ja einen starken Eindruck hinterlassen haben«, sagt er. »Ich mag dich.«

»Ihr kennt mich nicht.«

»Du hast mich beeindruckt.« Sein Kopf sinkt an die Wand. »Auch wenn du so tust, als wärst du langweilig.«

»Ich tue nicht nur so.«

Er gluckst. »Doch, das tust du. Das ist doch dein Ding, oder? So zu tun, als ob.«

Mir zieht sich die Brust zusammen, und der große Raum fühlt sich so eng an, dass ich kaum atmen kann. Will er damit andeuten, was ich denke, dass er andeuten will?

»Was meint Ihr damit?«

»Du weißt, was ich meine.« Er sieht mir in die Augen, und für einen Moment hebt sich der Schleier des Alkohols, und er sieht mich an, er sieht mich *wirklich* an. Als könnte er mir direkt bis ins Herz sehen. Dann ist der Moment vorbei und sein Gesicht entspannt sich.

Bevor ich die Veränderung entschlüsseln kann, lehnt er sich weg und würgt.

Ich will ihn noch fragen, was er mit »so zu tun, als ob« gemeint hat, aber eine Gruppe besorgter, ebenso wie betrunkener Gäste umschwärmt uns und fragt, ob es ihm gut geht. Sie sind laut, sie stinken und sie drängen mich gegen die Wand.

Das Wasser ruft mir von der anderen Seite des Raums zu.

Töte.

Mein Kopf dröhnt.

Ich atme tief durch und beobachte den Prinzen. Da er immer noch halb zusammengesackt dasitzt, bezweifle ich, dass er in der Lage ist, weitere Fragen zu beantworten, oder dass er bemerken wird, wenn ich mich aus dem Staub mache.

Der Druck in meiner Brust wächst und meine Entscheidung steht fest. Ich blende den Ruf des Wassers aus und schleiche mich aus dem Zimmer des Prinzen.

Draußen lehne ich mich mit dem Rücken gegen die Wand und atme mit bebender Brust die nicht abgestandene Luft ein. Ich habe nur eine Stunde in der Hitze des Zimmers des Prinzen verbracht, aber ich bin ausgelaugter, als wenn ich bis zum Rand der Barriere im Kurrtal und zurück gelaufen wäre.

Zensen steht mir mit unverändertem Gesichtsausdruck gegenüber, aber ich schmecke die Süße seiner Belustigung. »Ich nehme an, du hast die Feier zu deinen Ehren nicht genossen?«

Ich hätte nicht gedacht, dass er zu Humor fähig ist. »Nicht wirklich.«

Die Tür geht wieder auf und der Prinz stolpert auf den Korridor hinaus. »Saoirse?« Er spricht meinen Namen noch immer falsch aus.

Das Licht in seinem Zimmer war gedämpft. Hier auf dem Flur sehe ich ihn deutlicher. Seine handgesponnene Kleidung ist zerknittert, auf seinem Kragen ist ein Fleck von seinem Erbrochenen, seine Stiefel haben ihren Glanz verloren und in seinen Augen liegt eine trunkene Leere.

Er ist der zweitmächtigste Mann von Keirdre, aber wenn ich ihn so betrachte, sehe ich nur verschwendetes Potenzial.

»Eure Hoheit, Ihr solltet wieder reingehen«, sage ich. »Vielleicht etwas Wasser …«

»Nein.« Er klingt gereizt. »Zensen, lässt du uns einen Moment allein?«

»Äh … Sollte ich nicht …«

»Warte einfach um die Ecke.«

»Natürlich.« Zensen verdrückt sich ohne einen weiteren Einwand um die Ecke.

Der Prinz lässt sich neben mir gegen die Wand sinken. »Es tut mir leid, dass ich mich auf dich übergeben habe.«

Hat er deshalb die Party verlassen und ist hinter mir hergestolpert?

»Das habt Ihr nicht«, antworte ich.

Er runzelt die Stirn. Sieht mich einmal an. Ein zweites Mal. Ein drittes Mal. Sein Stirnrunzeln vertieft sich. »Warum bist du dann gegangen?«

»Eure Hoheit, ich habe die ganze Nacht auf eine Ausrede gewartet, um gehen zu können.«

»Hayes«, korrigiert er mich. »Nenn mich Hayes.«

»Ist das ein Befehl?«

Er stöhnt. »Warum fragst du mich das immer?«

»Ihr seid mein Prinz. Ich möchte sichergehen, dass ich Eure Befehle befolge.«

Etwas flackert in seinen Augen auf, aber es ist wieder weg, bevor ich es bestimmen kann. »Du hast nie gesagt, warum du mich nicht magst.«

»Ihr habt nie gesagt, warum Ihr denkt, dass ich mich verstelle.«

Er schenkt mir ein humorloses Lächeln. »Ich erwarte immer wieder, dass du es abstreitest. Ich weiß nicht, warum.« Eine Pause entsteht, während der er an dem getrockneten Erbrochenen an seinem Kragen herumzupft. »Ich werde dir auf die Schliche kommen, Saoirse.«

»Warum interessiert Euch das so sehr?«

Er grinst träge. »Weil wir Seelenverwandte sind.«

Ich bin so erschrocken, dass ich eine Hand vors Gesicht schlage, um mein Lachen zu unterdrücken. »Eure Hoheit, wir sind am weitesten von einer Seelenverwandtschaft entfernt wie nur möglich.«

»Das stimmt nicht«, argumentiert er. »Als ich dich kennengelernt habe, wirkte es, als müsstest du etwas beweisen.«

»Was habt Ihr denn zu beweisen, Eure Hoheit?«

»Mein Vater verachtet mich.«

Die Dreistigkeit dieses Vergleichs macht mich wütend. Ein verwöhnter Prinz, der in seinem Zimmer rauschende Feste feiern kann, zieht Parallelen zwischen uns, weil sein Vater nicht damit einverstanden ist, wie er seine Zeit verbringt? Das ist mehr als nervig. Es ist absurd. Egoistisch. Es macht mich *rasend*.

»Und das macht uns zu verwandten Seelen?« Irgendwie gelingt es mir, dass meine Stimme ruhig bleibt.

»Du stimmst mir nicht zu?«

Ich habe die letzten neun Jahre damit verbracht, härter als jede andere zu arbeiten, mein eigenes Schamgefühl herunterzuschlucken, der Abneigung meiner Deltakollegen entgegenzutreten und mich mehr als jede andere anzustrengen, um die Beste zu sein.

Der Prinz hat sein Leben damit verbracht, sich krank zu trinken und Feste in seinem übergroßen Schlafzimmer zu veranstalten.

Aber ich sage nichts dergleichen. »Ich kann mir nicht vorstellen, dass unsere Seelen viel zu bereden hätten, Eure Hoheit.«

Er schenkt mir ein träges Grinsen. »Ich wusste es.« Er gluckst. »Du bist überhaupt nicht langweilig.«

Ein Rascheln am Ende des Flurs hindert mich daran, zu antworten. Es kommt aus meinem Zimmer.

Mein erster Gedanke: Das müssen die Erpresser sein. Was, wenn sie mir hierhergefolgt sind? Was, wenn sie mehr Gold wollen?

»Habt Ihr das gehört?«, frage ich.

»Was gehört …?«

Ich sprinte los den Flur hinunter, bevor er seine Frage beendet hat.

Ich drücke die Klinke zu meinem Zimmer. Die Tür ist unverschlossen, obwohl ich weiß, dass ich abgeschlossen habe, als ich das Zimmer verlassen habe. Meine Angst treibt mich an, als ich die Tür mit Schwung öffne und ins Zimmer stürme.

Bis auf einen schmalen Streifen Licht, der vom Flur hereinfällt, ist es stockdunkel.

Eine schwache Bewegung zu meiner Rechten, in der Nähe des Bettes.

Ich stürze mich darauf.

Meine rechte Hand umklammert den Arm der schemenhaften Gestalt und hält sie fest.

Sie zerrt in einem vergeblichen Versuch, sich loszureißen, aber mein Griff ist stärker.

Ich schwinge den anderen Arm um den Hals der Gestalt und drücke sie im Würgegriff gegen die Wand.

Eine Hand fliegt hoch und umschließt mein Handgelenk. Sie zerrt und versucht, meine Hand von ihrem Hals zu lösen.

Licht durchflutet plötzlich mein Zimmer.

Mein Arm liegt weiterhin um die Kehle des Eindringlings, während ich zur Tür schaue.

Devlyn steht neben meinem Schreibtisch, den Chaelissstein in der Hand, die Augen weit aufgerissen in einer Mischung aus Überraschung und Schuldgefühlen, die stark genug sind, dass ich sie schmecke.

Mein Blick fällt auf die Person, die ich an die Wand gepinnt habe. Die Wasserfae der Garde des Prinzen. Jeune.

Ich lasse von ihr ab.

Sie stürzt vorwärts und hält sich den Hals, während sie nach Atem ringt.

Ihr Anblick, wie sie zusammengekrümmt nach Luft ringt, ist so jämmerlich, dass ich eigentlich Schuldgefühle oder etwas Ähnliches empfinden müsste, aber das tue ich nicht. Ich bin *wütend.*

»Was um Lunas willen machst du hier?«

Sie holt noch einmal Luft und kommt hoch. Mit den Händen stützt sie sich noch immer auf den Knien ab, aber sie hebt den Kopf, um mich zu mustern. »Das hätte ich von einer Ikatus nicht erwartet.«

»Scheint, als hättest du mich überhaupt nicht erwartet«, entgegne ich.

»Stimmt.« Sie neigt den Kopf zu mir. »Ich dachte, Hayes würde dich noch etwas länger beschäftigen.«

»Es hat sich herausgestellt, dass er keinen Alkohol verträgt.« Ich spreche durch zusammengebissene Zähne. »Ich frage noch einmal: Was zur Hölle machst du hier?«

Bevor sie antworten kann, meldet sich eine andere Stimme hinter mir.

»Saoirse?« Der verdammte Prinz. »Bist du in Ordnung?«

Brillanter Zeitpunkt.

Ich wende mich von Jeune ab.

Der Prinz und Zensen stehen im Flur und verfolgen unseren Streit. Sie beäugen mich neugierig, als ich an die Tür komme.

Sie schauen immer noch neugierig, als ich sie vor ihren Nasen ins Schloss werfe.

Dann drehe ich mich wieder um und sehe Jeune scharf an.

Sie seufzt. »Du übertreibst. Wir machen das mit allen neuen Wachen. Betrachte es als … Begrüßungsritual.«

»Ich ziehe es vor, es als Hausfriedensbruch zu betrachten. Wie bist du hier reingekommen?«

»Ich habe einfach das Schloss geknackt. Das war nicht schwer. Ich finde, du reagierst über. Hör zu, in der ersten Nachtschicht klauen wir den Neuen immer etwas und schauen, wie lange sie brauchen, bis sie merken, was fehlt.«

»Lustiges Spiel«, erwidere ich sarkastisch.

»Du hast mich nicht ausreden lassen«, erwidert sie. »Wenn du merkst, was weg ist, musst du einer Spur von Hinweisen folgen, um es zu finden. Das soll deine logischen Fähigkeiten testen und schärfen.«

»Du hast ›wir‹ gesagt«, bemerke ich. »Wer ist noch beteiligt?«

»Alle.«

»Auch Erasmus?« Es fällt mir schwer, mir vorzustellen, dass Erasmus, der nicht mehr als ein paar Sekunden ohne eine bissige Bemerkung darüber auskommt, wie jung ich bin, sich auf so einen kindischen Streich einlässt.

»Er weiß davon. Er hält es für eine nützliche Tradition.« Als sie meinen Gesichtsausdruck sieht, ich weiß nicht, was genau er vermittelt, aber ich bin sicher, es grenzt an Verachtung, holt sie tief Luft. »Es ist nicht so ernst gemeint. Du solltest mich eigentlich nicht erwischen und du solltest mich ganz sicher nicht an die verdammte Wand nageln. Hast du noch mehr Tricks in deiner Uniform versteckt?«

Ich runzle die Stirn. »Das ist meine Sache.« Ich trete zur Seite, reiße die Tür auf und gebe ihr ein Zeichen, zu gehen. »Aber falls du nicht gleich aus meinem Zimmer verschwindest, wird es zu deiner Sache. Und zwar *sofort.*«

Jeune hebt kapitulierend die Hände. »Ich habe verstanden und meine Lektion gelernt.«

»Und doch bist du noch hier.«

»Ich wollte mich nur entschuldigen. Ich übernehme den Rest deiner Nachtschicht, damit du ein bisschen schlafen und dich beruhigen kannst.« Sie lächelt und macht sich auf den Weg zur Tür. »Du bist gut. Vielleicht können wir mal miteinander trainieren?« Sie öffnet die Tür. »Wir sehen uns dann morg…«

»Warte.« Ich strecke eine Hand aus, die Handfläche nach oben. »Gib sie zurück.«

»Was zurückgeben?« Ihre Augen weiten sich in gespielter Unschuld. »Wenn du mir nicht sagen kannst, was ich genommen habe, dann …«

»Meine Freyakerze.«

Mit einem langen Seufzer drückt sie mir die Kerze in die Hand. »Du hast ein gutes Auge.«

Ich denke nicht daran, mich zu bedanken.

Stattdessen schiebe ich sie zur Tür hinaus, knalle sie hinter ihr zu und sperre das verdammte Schloss ab.

10

Blau

Der Schreibtisch rumpelt, als ich meine Freyakerze daraufdonnere und mich schäumend vor Wut in den Stuhl fallen lasse.

Ich glaube nicht, dass es sich nur um ein belangloses Spiel handelt. Wenn sie einen Hintergedanken hatte, was ich vermute, muss sie mehr über mich wissen, als sie zugibt. Ich habe bereits das Gefühl, dass der Prinz zu viel weiß, und nach Jeunes Eindringen befürchte ich, dass sie entweder etwas mit dem silbernen Umschlag zu tun hat oder vermutet, dass ich nicht das bin, was ich vorgebe zu sein.

Das Blut pulsiert mir wie ein rasender Trommelwirbel in den Ohren und überflutet alle anderen Gedanken.

Ich zünde ein Streichholz an und halte es an die Freyakerze.

Dann atme ich ein, als das heiße Wachs schmilzt. Es ist seltsam beruhigend, dabei zuzusehen, wie es abbrennt, bis nur noch ein Fünftel übrig ist.

Mein Blick gleitet von dem Wachs zur Flamme.

Sie brennt in einem leuchtenden Blau.

Der Druck in meinem Kopf lässt nach und das Trommeln verklingt.

Ich streiche mit der Handfläche über die Flamme und warte, bis die Asche ein Blatt bildet. Ich erwarte eine Antwort von Rain, aber als das Blatt sich ganz gebildet hat, erkenne ich, dass die Handschrift nicht ihre ist.

Mein Herz zieht sich zusammen. Die Handschrift ist grob und klobig. Carrik.

Ich überlege, ob ich den Brief ungelesen wegwerfen soll, aber ich habe nur einen Augenblick die Kraft, darüber nachzudenken, bevor ich das Pergament aus der Flamme ziehe.

Saoirse,
es tut mir leid.
Rain hat mir ihre Freyakerze geliehen, um dir zu schreiben.
Bitte lass uns reden.
Carrik

Kurz und auf den Punkt gebracht. Blumige Sprache war noch nie unser Ding.

Ich lege den Brief auf den Schreibtisch, immer noch unsicher, ob ich darauf antworten soll oder nicht.

Eigentlich dachte ich, dass die Flamme nach Carriks Brief wieder zu ihrem üblichen Orange zurückkehren würde. Aber sie ist immer noch blau.

Wieder strecke ich die Hand aus und führe sie über die Kerze. Asche schießt aus der Flamme und formt sich zu einem zweiten Blatt Pergament.

Es ist leer.

Mein Magen krampft sich zusammen – nicht aus Angst, sondern aus Vorfreude –, und ich kann nichts gegen die Beschleunigung meines Herzschlags tun.

Der Brief ist von meinem Auftraggeber.

Ich lasse das Blatt in der Flamme hängen und mein Verstand rast. Ich brauche diesen Auftrag nicht. Mit meinem Sold im Palast brauche ich nie wieder einen Auftrag für die Raze anzunehmen.

Das Problem, das schreckliche, hässliche Problem ist aber, ich will.

Der Palast bringt meinen Körper zum Erzittern und mein Blut zum Kochen. Der Prinz beobachtet mich zu genau, die Wachen sind zu vertraut miteinander und Jeunes Eindringen ist eine frische Wunde. Der Gedanke, zu töten, reizt mich.

Aber das ist nicht fair. Selbst wenn Jeune sich nicht in mein Zimmer geschlichen hätte und der Prinz weniger anstrengend wäre, würde ich mich danach sehnen zu töten.

Die blaue Flamme wechselt zu Orange, als ich das leere Blatt endlich von der Kerze nehme und über meine Entscheidung nachdenke.

Die logischste Vorgehensweise wäre, den Zettel zu ignorieren. Mein nächstes Opfer nicht ausfindig zu machen.

Doch mein erster Instinkt lautet: *Geh töten.*

Bei Luna, ich bin es so leid, meine Instinkte zu ignorieren.

Ich versuche zu realisieren, dass ich weiß, dass ich es tun werde. Das Töten ist genauso ein Teil von mir, wie die Wasseraffinität meines Vaters ein Teil von ihm ist. Oder die Erdaffinität meiner Mutter. Oder die Magie von Y'ddrina. Wenn ich mich dem Töten zu lange verweigere, wird das Ergebnis gewalttätig und tragisch ausfallen. Das weiß ich nur zu gut.

Ich gehe zu meiner noch nicht ausgepackten Reisetasche. Ich krame darin herum, bis ich mein lairisches Armband finde. Meine Finger drehen die Perlen so, wie ich es instinktiv weiß.

Ich streiche mit der Steinperle über das Blatt und dunkle Tinte fließt in der schrägen Schreibschrift meines Arbeitgebers über das Pergament.

Felix Fleming

Unter dem Namen befindet sich eine Runenanordnung.

Jeder Auftrag ist anders. Manchmal enthält die Notiz eine Adresse. Ein anderes Mal ist es eine Zeit und ein Ort. Selten erhalte ich eine lairische Konstellation.

Diese sind schwieriger. Wenn ich traumwebe, bin ich nicht physisch bei meinen Opfern. Sie können mich sehen, und wenn ich sie berühre, empfinden sie das als real, aber andere um sie herum können mich weder sehen noch hören, und da meine Berührung nicht real ist, kann sie auch keinen Schaden anrichten. Kein Gift, das ich verabreiche, versehrt sie, und keine Klinge, die ich schwinge, kann ihnen etwas anhaben. Ich sitze an meinem Schreibtisch und drehe die Perlen in die Position auf dem Pergament. Dann halte ich das Blatt in die Flamme meiner Freyakerze.

Ohne besondere Absicht dahinter leckt das Feuer es auf und verbrennt es zu Asche.

Ich drücke den Blutstein und schließe die Augen, und meine Umgebung schmilzt dahin. Es ist spät, also besteht die Möglichkeit, dass ich mich, wenn ich im Bewusstsein meines Opfers auftauche, in einem Traum befinde und einen Weg finden muss, ihn zu wecken.

Als ich die Augen öffne, stehe ich in einem Arbeitszimmer.

Die Wände sind in einem satten Rot gehalten und mit Wandteppichen und goldgerahmten Gemälden bedeckt. An der Decke brennen, trotz der späten Stunde, zahlreiche Fackeln.

Mein Blick fällt auf den Schreibtisch unter einem raumhohen Buntglasfenster. Hinter dem Schreibtisch sitzt ein junger Mann über ein Blatt Pergament gebeugt und arbeitet. Er ist in den Farben der Feuerfae gekleidet, rauchgraue Hosen und eine schwarze Tunika. Seine Augen sind hellgrau und mit Kajal umrandet, um sie größer erscheinen zu lassen. Ein *phydianisches* Schönheitsritual. Während er schreibt, klopft er mit einer schwarzen Münze auf die Oberfläche des Schreibtisches – die Bewegung ist rhythmisch und er wirkt abwesend.

Er hat mich noch nicht bemerkt.

Ich drücke mit der Zunge gegen die Perle in meinem Mund und spucke sie aus.

Mein Opfer muss mich gehört haben, denn er schaut auf. Zuerst spüre ich seinen Schock, aber das Gefühl ebbt ab und geht nahtlos in den würzigen Geschmack der Lust über. Seine Miene verzieht sich und sein leuchtender Blick schweift über meinen Körper.

Er spricht nicht. Ich glaube, er hat vergessen, wie das geht.

»Hallo«, begrüße ich ihn leise und verführerisch.

Die Würze der Lust verstärkt sich. »H-hallo«, stammelt er. »Äh … hallo.«

Dieser Teil wird mir nie langweilig. Der erste Moment, in dem ein Opfer mich sieht. Der Moment, in dem der bloße Anblick meines Gesichts seinen Verstand in die Flucht schlägt und sein Kiefer auf den Boden kracht. Es ist befriedigend zu sehen, wie ein Mann sich so einfach um den Finger wickeln lässt.

Ich kann nicht sagen, ob wir uns in einem Traum oder in seiner Realität befinden, aber ich gehe um den Schreibtisch herum und stelle mich neben den braunen Ledersessel.

Sanft wie eine Liebkosung lege ich ihm eine Hand auf die Schulter und beuge mich vor, um ihm in die Augen zu sehen.

Er beugt sich ebenfalls vor, vielleicht denkt er, ich wolle ihn küssen.

Stattdessen kneife ich ihn in die Schulter.

Mein Opfer zuckt, aber unsere Umgebung bleibt, wie sie ist.

Das ist gut. Er ist wach.

Ich täusche ein neckisches Lachen vor, nehme die Hand von seinem Arm und halte sie ihm hin. »Darf ich dir etwas zeigen?«

»Ich sollte nicht.« Er blinzelt und versucht, den Nebel, den meine Anwesenheit in seinem Kopf erzeugt, zu lichten.

Ich öffne die Lippen und singe. Nur ein paar Töne. Die leichte Panik in seinem Gesicht verfliegt. Er ist wieder ein unbeschriebenes Blatt.

»Lass mich dir etwas zeigen.« Meine Hand schwebt über seiner, nur ein Hauch von Luft trennt unsere Haut.

Schweigend schließt er die Lücke.

Ich trete zurück und ziehe ihn auf die Beine. Er ist groß. Ich muss den Kopf zurücklegen, um ihn anzusehen. Sein Alter ist schwer zu bestimmen. Die Falten um seine Augen lassen ihn älter aussehen als mich, aber die Fülle seiner Wangen lässt ihn jünger erscheinen.

Mein Blick hält ihn gefangen, während ich ihn nach draußen führe. Zwei Männer warten vor dem Arbeitszimmer. Sie erheben sich, als er heraustritt. »Herr«, sagt der Größere von beiden. »Können wir etwas für Sie tun?« Ich brauche einen Augenblick länger als nötig, um sie einzuordnen. Es sind Wachen. Beauftragt, reiche und einflussreiche Fae zu beschützen. Es ist eine beschämende Arbeit, die nur vom Dienst als Kindermädchen in der Militärakademie und einer Position in Sinu unterboten wird, aber da die Raze mächtiger sind als je zuvor, sehen viele reiche Fae keine Alternative.

»Ähm.« Offensichtlich hat mein Opfer seine persönlichen Wachen auch vergessen.

Ich fahre mit einer Hand über seinen Rücken und lasse ihn erschaudern. »Schick sie weg.«

»Ihr seid beide für die Nacht entlassen«, befiehlt er ihnen hölzern.

In seinem Wahn kommt es ihm nicht in den Sinn, zu fragen, warum *er* mich hören kann, seine Wachen aber nicht.

Die Männer tauschen skeptische Blicke. »Ihr Vater …«

»Ich brauche keine Kindermädchen«, unterbricht ihn mein Opfer. »Und ich besuche Fin. Ich werde zu Pferd sein, und wenn ich ankomme, ist dort für meine Sicherheit gesorgt.«

Sie sehen aus, als wollten sie widersprechen, also sage ich: »Sag ihnen, dass du dich beim Ausbildungsoffizier Pierce Flynn beschweren wirst, wenn sie sich dir in den Weg stellen.«

Es ist ein gemeiner Trick, aber in dem Moment, da mein Opfer meine Worte wiederholt, ziehen die Wachen die Köpfe ein und treten zur Seite.

Sobald wir draußen sind, kann ich meine Umgebung besser wahrnehmen. Mein Bewusstsein ist aus Vanihail in den benachbarten Sektor Serington geglitten. Diese Gemeinde wirkt auf mich zu teuer, um mir vertraut zu sein, aber ich weiß, wo sich die Grenze zu Vanihail befindet. Noch wichtiger, ich weiß, wo sich der Greysn befindet.

»Was führt dich nach Serington?«, frage ich, während wir durch die Straßen schlendern. »Du siehst aus wie ein Phydianer.«

»M-mein Vater.« Seine Augen saugen sich an meinem Gesicht fest, während er spricht. »Ich besuche ihn.«

»Wie nett.«

Er stolpert über losen Schotter auf der Straße. Er blickt zu Boden und runzelt die Stirn. »Wo … Was mache ich hier?«, murmelt er vor sich hin. »Ich sollte nicht …«

Ich unterbreche ihn mit einem Lied, die Melodie warm und sanft wie ein heißes Getränk an einem kalten Tag.

Sein Gesicht entspannt sich wieder. Niemand, an dem wir vorbeikommen, kann mich sehen oder hören, also drehe ich mich zu ihm um, singe weiter und lasse seine Hand los.

Er will nach mir greifen. Mit jedem Schritt, den ich zurückweiche, stolpert er vorwärts.

Ich führe mein Opfer durch so viele enge Gassen wie möglich. Es ist schon spät und die Straßen sind leer, aber ich will nicht riskieren, dass er gesehen oder erkannt wird. Ich seufze fast erleichtert auf, als ich das Rauschen des Greysn hinter mir höre.

Meine Schritte werden schneller, bis ich rückwärtssprinte. Er rennt ebenfalls und folgt mir. Ich höre auf zu singen, um besser rennen zu können, und bleibe erst am Fluss stehen.

Es ist niemand in der Nähe. Nur ich, mein Opfer und der Greysn.

Ein Wassertropfen steigt aus dem Fluss in die Luft. Er landet auf meinem Handrücken. Dann noch einer. Und noch einer.

Ich stehe da, wiege mich wie eine Weide im Wind, die Augen geschlossen, den Kopf zurückgeworfen, und genieße die Kühle des Wassers.

Als ich schließlich die Augen öffne, spüre ich sie aufblitzen, grimmig und silbern.

Töte.

Das Wasser flüstert mir ins Ohr, dringt in mein Unterbewusstsein und ich gebe nach. Ich trete zurück und singe wieder.

Mein Opfer folgt mir.

Noch ein Schritt und ich spüre das Wasser gegen meine Knöchel schwappen. *Töte.*

Noch ein Schritt und das Wasser reicht mir bis zu den Knien.

Die Bewegungen meines Opfers sind unbeholfen, als es durch das Flachwasser watet, um zu mir zu gelangen.

Ich mache wieder einen Schritt zurück und trete mit dem Fuß auf nichts als Wasser. Ich lasse mich zurücksinken und erlaube dem Wasser, mich ganz zu verschlingen, ich tauche in das Tosen ein und singe dabei die ganze Zeit weiter.

Die Welt besteht nur noch aus Blautönen. Türkis an der Oberfläche, wo das Mondlicht auf das Wasser trifft, und tiefer allmählich dunkler werdend bis zu einem dunklen Mitternachtsblau. Der Fluss wirbelt Äste, Schlamm und Blätter um mich herum, aber sie weichen aus, während ich immer tiefer ins Wasser treibe.

Die Strömung zerrt an mir, zu stark für die meisten Fae, aber nicht stark genug, um mich zu überwältigen.

Die Stiefelspitzen meines Opfers tauchen nahe der Oberfläche auf, bevor er sich kopfüber in den Fluss stürzt.

Ich singe weiter. Ich liebe den Klang meiner Stimme unter Wasser. Sie hat ein eindrucksvolles Echo, das im Wasser so intensiv widerhallt, dass man es spüren kann.

Die Augen meines Opfers sind groß und verzweifelt, während er gegen die Strömung anpaddelt und sich danach sehnt, mich zu erreichen.

Ich ergreife seine ausgestreckten Arme. Eine Belohnung für seinen Einsatz.

Ich schmecke seine Dankbarkeit und den süßen Honig seiner Erleichterung.

Sein Geist steht offen für mich, leere Seiten für mich allein. Alles, was ich spüre, bin ich. Sein Verlangen nach mir. Seine Bereitschaft, alles zu tun, was ich will.

Ich schwelge in diesen Momenten. Der Moment, bevor ein Opfer zu einem Triumph wird. Ich bin frei von der Last meiner Verpflichtungen, der Beurteilung und der Verstellung. Ich bin keine Tochter, kein Monster, kein Schwächling. Ich bin einfach … ich.

Ich lege die Arme um ihn. Das Wasser wogt, während ich ihm leise ins Ohr singe und sanft über sein Haar streiche, als ob ich ihn in den Schlaf singen würde.

Sein Körper wird schlaff in meinen Armen.

Ich löse meinen Griff und lasse ihn treiben.

Der Fluss reißt ihn in einem Strudel von Blautönen mit sich.

11

Lieblingswaffen

Als ich nach der Morgenbesprechung in mein Zimmer stürme, bin ich sowohl in Hochstimmung als auch erschöpft.

Ich bin müde, weil ich nur ein paar Stunden Schlaf abbekommen habe, aber auch übersprudelnd von der unermüdlichen Energie des Tötens letzte Nacht.

Meine Instinkte singen und dürsten bereits nach dem nächsten Opfer, aber mein Körper sehnt sich nach Schlaf, bevor die nächste Nachtschicht ansteht. Beide Seiten, Instinkt und Körper, bekommen nicht, wonach sie sich sehnen. In meinem Zimmer bleibe ich wie angewurzelt stehen.

Ein silberner Umschlag liegt auf dem ungemachten Bett.

Ich werfe die Tür ins Schloss und stolpere vorwärts, um mir den Brief zu schnappen und ihn aufzureißen.

Es ist dieselbe Handschrift. Nur wirkt sie grausamer. Die Selbstgefälligkeit des Verfassers scheint mir aus den geschwungenen Lettern entgegen.

Gut zu wissen, dass du Befehle befolgen kannst. Hast du je von König Larsters Kreaturenkeulungen gehört?

Ich denke nicht. Also besteht deine nächste Aufgabe darin, jemanden zu finden, der etwas davon weiß, und mir alles darüber zu berichten.

Ich drehe das Pergament um, in der Hoffnung, auf der Rückseite noch mehr zu finden. Aber wie zuvor ist das einzige Merkmal das königliche Siegel auf rotem Wachs.

Sie spielen mit mir.

Sie haben mich jetzt wissen lassen, dass sie jederzeit in mein Zimmer gelangen können. Ich bin nicht sicher vor ihnen und auch meine Schwester ist es nicht.

Mit dem Daumen fahre ich über die unbekannte Handschrift. *Kreaturenkeulung.*

Ich habe noch nie davon gehört, aber der unheilvolle Klang reicht aus, um mir die Haare zu Berge stehen zu lassen.

Wer auch immer mir diesen Brief hat zukommen lassen, hat Zugang zum Palast und zum königlichen Siegel. Da nur der König und der Prinz ein solches Siegel besitzen, muss ich davon ausgehen, dass es jemand ist, der in unmittelbarer Nähe zu einem der beiden arbeitet.

Meine Favoritin ist Jeune.

Dicht gefolgt von Zensen und Erasmus. Sie waren beim Abschluss der Militärakademie. Der Prinz selbst hat mir verraten, dass sie kurz bei der Prüfung waren.

Ein Klopfen an der Tür reißt mich aus meinen Gedanken.

Bevor ich die Tür öffne, schiebe ich den Umschlag unter das Kopfkissen.

Vor meinem Zimmer steht der Prinz und strahlt mich mit seinem perfekten Grinsen an. Zensen steht gleichmütig neben ihm.

»Eure Hoheit.« Ich verbeuge mich vor ihm.

Der Prinz seufzt. »Wird dir das Verbeugen denn nie langweilig?« Erstaunlicherweise klingt er gar nicht verkatert.

»Es wird mir nie langweilig werden, meinem Prinzen den nötigen Respekt zu zollen.«

Seine Augen werden schmal, aber er kann sich ein Grinsen nicht verkneifen.

»Kann ich etwas für Euch tun, Eure Hoheit?«, frage ich.

»Mir ist aufgefallen, dass dir noch niemand den Übungsraum gezeigt hat. Also habe ich gedacht, das mache ich persönlich.«

»Ich bin sicher, den finde ich auch allein, Eure Hoheit.« Gerade will ich die Tür schließen, da stellt er einen Schuh in die Tür und hindert mich daran.

»Ich hatte, um ehrlich zu sein, auf eine Kostprobe deiner Waffenkünste gehofft.« Während er spricht, lehnt er sich gegen meine Tür und schiebt sie so weiter auf. Unsere Gesichter kommen sich dadurch ziemlich nahe. Eigentlich möchte ich zurückweichen, aber das erscheint mir zu sehr wie eine Niederlage.

Also rühre ich mich nicht.

»Hast du eine Lieblingswaffe?« Sein Atem streift meine Wange.

Am liebsten nutze ich mein Gesicht. Oder meine Stimme. Je nach dem, was mir gelegen kommt.

Das sage ich aber nicht und tue so, als würde ich nachdenken. »Die Armbrust.« Ich bin mir seiner Nähe unangenehm bewusst. Er strahlt eine unglaubliche Wärme aus. Eine *Hitze.*

»Wirklich?« Er schmeckt fasziniert. »Ich habe noch nie eine benutzt.«

Was für eine unnötige Aussage. Er ist Mitglied der königlichen Familie. Es gibt keinen Grund für ihn, irgendetwas anderes zu tun, als gut auszusehen – was er tut – und zu töten, wen er nicht leiden kann – was ebenfalls vorkommt.

Als ich nicht antworte, fährt er fort: »Ich will dich in Aktion sehen. Bei der Prüfung habe ich nur einen kurzen Blick erhascht.« Er klingt beiläufig, aber der Geschmack seiner Neugierde ist zu intensiv dafür.

»Ist das ein Befehl, Eure Hoheit?«, frage ich.

Er stöhnt. Doch es klingt nicht nur genervt, sondern auch amüsiert – und sein Stöhnen strahlt so viel Wärme aus, dass es den Winter zum Schmelzen bringen könnte. »Betrachte es als Test meiner neuen Leibwache.«

Das ist keine unangemessene Bitte eines Dienstherrn an seine neue Mitarbeiterin. Ich verkneife mir ein Grollen und lasse den Prinzen im Türrahmen stehen, um mir meine Stiefel anzuziehen.

»Sind das deine Schuhe?«, fragt er. »Die sind ja uralt. Wann hast du das letzte Mal ein neues Paar gekauft?«

Ich schnüre meine Stiefel, verlasse das Zimmer und achte darauf, ihn dabei nicht zu berühren. »Keine Ahnung, Eure Hoheit.«

»Weißt du es nicht oder willst du es mir nicht verraten?« Er schließt zu mir auf. Zensen folgt uns schweigend, wie ich vage bemerke.

»Beides«, antworte ich.

»Na gut. Vielleicht kannst du dir ja von deinem Sold ein neues Paar kaufen. Oder deiner Schwester.«

Bei der Erwähnung von Rain balle ich die Fäuste. Er hat sich selbstverständlich über mich informiert und natürlich ist er dabei auch auf meine Schwester gestoßen. Aber der Gedanke daran, dass ein Mitglied der königlichen Familie überhaupt etwas über sie weiß, bringt mein Blut zum Kochen.

»Meine Schwester braucht keine neuen Schuhe«, entgegne ich abweisend.

»Hm. Wenn ich fragen darf, deine Schwester geht auf die Caruston-Akademie. Das ist eine recht kostspielige Schule.«

Das ist eine *gewaltige* Untertreibung. Caruston ist die teuerste Privatschule für Wasserfae in ganz Vanihail. Und mit Rains zusätzlichen Bedürfnissen liegen unsere Ausgaben noch weit höher als bei wohlhabenden Fae, die sich die Unterrichtsgebühr tatsächlich leisten können. Wenn es nicht absolut notwendig wäre, würden wir sie auf eine andere Schule schicken. *Egal* welche. Aber Caruston ist die einzige Schule, die Rains Bedürfnissen gerecht wird.

»Das war keine Frage«, stelle ich fest.

»Wie kann es sich eine Müllerfamilie leisten, eine Tochter auf die Caruston-Akademie zu schicken, wenn sie der anderen nicht einmal ein anständiges Paar Schuhe zu kaufen vermag?«

Er weiß es.

Der Gedanke bricht über mich herein wie die Brandung über den Strand.

Er muss es wissen. Das würde erklären, warum er mich so aufmerksam beobachtet, warum er mich ständig belästigt und warum sein verdammtes Lächeln so listig wie anziehend wirkt.

»Saoirse?«, drängt er, als ich nicht antworte.

»Schulden, Eure Hoheit.« Das stimmt auch. Zum Teil zumindest.

»Ah. Entschuldige.« Er klingt betroffen, aber ich nehme es ihm nicht ab. Vor allem, weil er wieder einmal Jagdstiefel trägt, die dafür gemacht sind, über Laub und durch unwirtliches Gelände zu stapfen, während er damit nur über Samtteppiche und Rosenblüten spaziert.

»Ihr könntet jederzeit den Preis für Mehl anheben«, erwidere ich. Eigentlich sollte es schnippisch klingen, aber der Prinz verlangsamt seinen Schritt, während er meine Worte verarbeitet.

»Was habe ich mit dem Mehlpreis zu tun?«

»Die königliche Familie schreibt uns vor, wie viel wir für das Mehl verlangen dürfen, Eure Hoheit«, antworte ich vorsichtig. »Die Vorgabe macht es Müllern beinahe unmöglich, Gewinn zu erzielen.«

»Wie lange ist das schon so?«

Sein überraschter Ton verwundert mich. »Schon immer.« Ich fahre mir mit der Zunge über den Gaumen und suche nach Täuschung. Stattdessen schmecke ich Essig – wie der Geschmack von vergorenem Wein, gemischt mit fauler Zitrone. Schuldgefühle und Schock. Er wusste das wirklich nicht.

Der Prinz sieht mich immer noch irritiert an. »Es tut mir leid, wenn ich …«

Ich gehe schneller. »Kein Grund, sich zu entschuldigen, Eure Hoheit.«

Er beschleunigt ebenfalls, um Schritt zu halten. »Vielleicht kann ich mit deiner Familie reden …«

»*Nein.*« Mir drängt sich ein fürchterliches Bild auf: wie er seine ozeanblauen Augen auf meine Schwester richtet und Rain – *meine Rain* – in Gefahr ist.

Ich senke den Kopf, damit er nicht sieht, wie meine Augen silbern aufblitzen.

Der Palast verblasst. Der Gedanke an Zeugen und Konsequenzen erlischt, meine Sinne werden von dem unstillbaren Wunsch geflutet zu *töten*.

Den Prinzen zu töten. Den verdammten König zu töten, wenn ich schon mal dabei bin. Jeden, der Rain etwas antun könnte.

Der Prinz bleibt neben mir stehen. »Saoirse? Alles in Ordnung?«

Seine sanfte Stimme zerrt an meinen gereizten Nerven.

Töte.

Alles an ihm ist perfekt und das *hasse* ich.

Aber ich muss mich beruhigen.

Ich denke an Rain. Den Prinzen zu töten, bedeutet nicht, dass sie auch vor allem anderen sicher ist. Den Erpressern. Den ständig steigenden Schulgebühren.

Ich hole tief Luft. Als ich die Augen öffne, sind sie wieder honigfarben. »Meine Bemerkung war nicht ernst gemeint, Eure Hoheit. Und es wäre mir lieber, wenn wir meine Familie aus den Gesprächen heraushielten.«

»Verstanden.« Wortlos gehen wir ein paar Schritte, aber natürlich kann er es nicht lassen. »Ich muss zugeben, dass ich einen Hintergedanken hatte, als ich dich in den Übungsraum eingeladen habe.«

»Eingeladen?« Ich zwinge mich, gelassen zu klingen. »Bedeutet das, ich kann ablehnen?«

Er versucht, sich ein Grinsen zu verkneifen. »Ich wollte mich entschuldigen. Für letzte Nacht.«

Damit habe ich nicht gerechnet. »Für die Feier?«

»Ich hätte dich früher entlassen sollen. Dir hat es kein Vergnügen bereitet. Und vielleicht hätte ich es dir so ersparen können, mein Erbrochenes auf den Schuhen zu haben.«

»Eure Hoheit, Ihr habt euch nicht auf meine Schuhe erbrochen.«

Er blickt skeptisch auf meine Schuhe. »Sicher?«

Er klingt so sehr wie Carrik, dass ich beinahe lachen muss.

Wir kommen an eine große Doppeltür. Zensen drückt sie auf und tritt zur Seite. Der Prinz lässt mir den Vortritt.

Der Übungsraum des Palasts ist eine tiefe Grube mit Felswänden. Auf der einen Seite stehen Waffen, auf der anderen Zielscheiben und in der Mitte einige mit Seilen abgespannte Kampfplätze auf Podesten.

»Ich habe die anderen Wachen weggeschickt. Ich dachte mir, du bevorzugst es, kein Publikum zu haben«, erklärt der Prinz.

Damit hat er recht, aber ich gebe ihm nicht die Genugtuung, ihm dafür zu danken. Stattdessen durchquere ich den Raum und sehe mir die Waffen an. Er steht dicht hinter mir, als ich nach einer Armbrust greife. Er ist nur ein Haarbreit entfernt von meinem Rücken, und die Wärme, die sein Körper ausstrahlt, umhüllt mich wie eine Umarmung. Oder eher wie ein Käfig.

»Die sehen irgendwie hübsch aus.« Er greift um mich herum und fährt mit der Hand über den Armbrustbogen. Dabei berührt er mich zwar nicht, aber die Härchen an meinem Arm streben zu ihm. »Kannst du mir zeigen, wie sie funktioniert?« Sein warmer Atem streift meine Wange und ich bekomme Gänsehaut.

Ich antworte nicht sofort.

Stattdessen werfe ich mir einen Köcher mit Bolzen über die Schulter und zwinge ihn so, einen Schritt zurückzuweichen und mir etwas Raum zum Atmen zu geben.

Einatmen. Ausatmen.

Mit der Armbrust in der Hand und dem Köcher auf dem Rücken trete ich in die Mitte des Raums und stelle mich gegenüber den Zielscheiben auf.

Ich stelle die Armbrust auf den Boden und setze einen Fuß in den Spannbügel. Dann greife ich nach der Sehne, ziehe sie zurück und hake sie ein. Als Nächstes hole ich einen Bolzen aus dem Köcher und lege ihn ein. Ich positioniere ihn und platziere die Armbrust an der Schulter und den Schaft nah am Gesicht.

»Eine Armbrust zu verwenden, ist einfach, Eure Hoheit«,

erkläre ich. »Man muss nur zielen.« Ich richte die Armbrust auf mein Ziel. »Und schießen.« Ich ziehe den Abzug und der Bolzen zischt durch die Luft und trifft – die Mitte der Zielscheibe.

Ich schmecke die zitronige Freude seiner Überraschung.

»Ich glaube, du hast bei deiner Lektion einige Schritte übersprungen«, kommentiert der Prinz.

Mein Blick wandert zu Zensen, der den Prinzen vom Rand des Raums aus beobachtet. In meinem Zimmer liegt ein Brief, der nach Antworten verlangt. Gern würde ich die gute Laune des Prinzen ausnutzen und ihn nach den Kreaturenkeulungen fragen, aber das geht nicht, solange Zensen in der Nähe ist.

Ich kehre zurück zu der Wand mit den Waffen und finde eine Kiste, die mit grauen Tonfiguren in Form von Falken gefüllt ist. Die Antworten werde ich mir schon holen. Wenn nicht jetzt, dann später, wenn ich es schaffe, den Prinzen für einige Momente von seinen anderen Wachen zu trennen.

Erst einmal tausche ich aber den Köcher mit hölzernen Bolzen durch solche mit Metallspitzen aus und drücke dem Prinzen die Kiste mit den Tonvögeln in die Hand.

Er sieht in die Kiste und dann zu mir. »Was soll ich damit machen?«

»Ihr wolltet eine Demonstration meines Könnens, Eure Hoheit. Ihr werft, ich schieße.« Ich gehe in Position und warte.

Nichts passiert.

Ich senke die Armbrust. »Eure …«

In dem Moment wirft er den ersten Tonvogel.

Mein Instinkt übernimmt. Ich hebe die Waffe an die Schulter, ziele und schieße. Der Bolzen zerschlägt den Vogel und der geborstene Ton rieselt zu Boden.

Der Prinz wirft den nächsten. Wieder schieße ich.

Ich gehe ganz in dem Rhythmus auf. Die Regelmäßigkeit beruhigt mich. Dabei kann ich schnell, stark und tapfer sein, ohne mich ständig als Ikatus beweisen zu müssen oder Angst vor Enttarnung zu haben.

Mit jedem Vogel, auf den ich schieße, wirft der Prinz schneller, aber ich verfehle keinen einzigen. Ich bin fast etwas enttäuscht, als es keine weiteren mehr gibt.

Er sieht mich mit hochgezogenen Augenbrauen an. »Ich muss zugeben, ich bin beeindruckt. Kannst du mir das beibringen?«

»Das habe ich gerade, Eure Hoheit.« Ich gehe durch den Raum und sammle die Bolzen ein. »Zielen und schießen.«

Er legt mir eine Hand auf den Arm und hält mich auf.

Bei dieser Berührung schrecke ich mit zusammengekniffenen Augen zurück. Es überrumpelt mich, wie warm seine Berührung ist. Wie eine Decke, die zu nah am Feuer liegt. Es ist verstörend angenehm, aber ich habe Angst, dass ich gleich in Flammen aufgehe.

Schnell macht er einen Schritt zurück. »Verzeihung. Ich wollte nur sagen, dass du das nicht aufräumen musst. Ich rufe dafür ein paar Bedienstete.«

Meine Augen sind immer noch zusammengekniffen, denn ich höre, was er nicht ausspricht: *menschliche* Bedienstete. Vielleicht sogar den spindeldürren Jungen, der die Kutsche gelenkt hat, die mich hierhergebracht hat.

Ich würdige seine Worte nicht mit einer Antwort, sondern sammle weiter Bolzen und Tonscherben auf. Kurz beobachtet mich der Prinz schweigend, bevor er anfängt, mir zu helfen. »Hat dir die Armbrust dabei geholfen, mit den anderen Deltas mitzuhalten?«

»Wie meint Ihr das?«

»Ich verstehe nicht, wie eine Ikatus mit Fae, die Affinitäten haben, mithalten kann. Hat dir die Armbrust dabei geholfen?«

Ich zucke mit den Achseln. »Ich habe härter gearbeitet als die anderen Deltas. Ich war lange vor und lange nach ihnen im Übungsraum.«

»Warum?«

Warum? »Damit ich die Beste bin.«

»Warum wolltest du die Beste sein?«

Ich verstehe die Frage nicht. »Hätte ich mich mit Mittelmäßigkeit zufriedengeben sollen?«

»Nein. Ich frage mich nur, ob du es auf einen bestimmten Posten abgesehen hattest.«

»Wer auch immer am besten zahlt.«

»Stimmt. Dir geht es nur ums Gold. Gold, das du nicht für ein Paar anständige Stiefel ausgeben willst.«

Ich räume die Bolzen zurück in die Köcher und antworte nicht. Schließlich hat er mir keine Frage gestellt.

Der Prinz zieht die Augenbrauen zusammen, als er meinen Missmut bemerkt. »Saoirse …«

»Hayes.« Zensen nähert sich uns wie immer in korrekter Haltung und sachlich. »Ihr habt eine Besprechung. Mit dem König und seinen Ermittlern.«

Verärgerung macht sich auf dem Gesicht des Prinzen breit und legt sich mir als ein salziger, saurer Geschmack auf die Zunge. »Du weißt, dass ich da nicht hinwill.«

»Und Ihr wisst, dass Euer Vater Euch keine andere Wahl gelassen hat«, erinnert ihn Zensen.

Mit gerunzelter Stirn folge ich dem Gespräch der beiden. »Die Ermittler des Königs, Eure Hoheit?«

Der Prinz schaut immer noch mürrisch drein. »Wir haben

heute Morgen von einer vermissten Person erfahren. Mein Vater besteht darauf, dass wir Keirdres Beste schicken, um dem auf den Grund zu gehen.«

Ich bin immer noch aufgekratzt und erschöpft zugleich, aber jetzt macht sich Schreck in mir breit. »Mir war nicht klar, dass sich die königlichen Ermittler auch mit vermissten Personen beschäftigen.« Ich bemühe mich, beiläufig zu klingen, aber ich bin mir nicht sicher, ob es mir gelingt.

»Normalerweise nicht, aber wenn die vermisste Person der Sohn eines Vollstreckers ist …«

Eine Erinnerung von vergangener Nacht drängt sich mir auf.

»Was führt dich nach Serington?«

»Mein Vater. Ich besuche ihn.«

Mein Mund wird trocken.

Die Wahrscheinlichkeit, dass es sich bei der vermissten Person um mein Opfer handelt, ist gering. So sollte es sein. Aber ich glaube nicht an Zufälle.

Ich hänge immer noch meinen Gedanken nach, als der Prinz mir zum Abschied zunickt und mit Zensen den Übungsraum verlässt.

Ich mache ein paar Schritte hinter ihnen her und versuche, meine rasenden Gedanken zu ordnen. Ich habe noch nie von einer königlichen Ermittlung gehört, die der König selbst beaufsichtigt. Falls es in dieser Besprechung um meinen Auftrag von letzter Nacht geht, muss ich das wissen. Daher muss ich so viel wie möglich in Erfahrung bringen, bevor der Prinz verschwindet.

»Ich dachte, ihr würdet mir beim Aufräumen helfen, Eure Hoheit?«, rufe ich ihm nach.

Er dreht sich mit schuldbewusster Miene zu mir um. »Das

würde ich gern, aber mein Vater bringt mich um, wenn ich zu spät komme. Wenn ich nicht rechtzeitig im Besprechungsraum bin …«

»Im Besprechungsraum?«, unterbreche ich ihn. »Warum sollten sich die Ermittler des Königs in Eurem Besprechungsraum treffen?«

»Nicht in meinem. In dem meines Vaters.« Er verzieht das Gesicht und wirft einen Blick in den Übungsraum. »Ich kann später wiederkommen«, bietet er mir an, »und dir beim Aufräumen helfen. Nach der Besprechung.«

Seine Ernsthaftigkeit beunruhigt mich. »Das ist schon in Ordnung, Eure Hoheit. Das schaffe ich auch allein.« Ich fange wieder an, Scherben aufzusammeln. Die Tür schließt sich hinter dem Prinzen und Zensen, und ich bleibe allein mit der brennenden Frage zurück: Ist mein Opfer von vergangener Nacht der vermisste Sohn des Vollstreckers?

Ich will diese nagende Frage abschütteln, sie wie einen Gegner zu Boden werfen, aber sie lässt nicht locker.

Während ich den Rest aufräume, wird mir klar, was ich zu tun habe.

Schritt eins: Ich muss das Besprechungszimmer des Königs finden.

Schritt zwei: Ich muss irgendwie an dieser Besprechung teilnehmen.

12

Heimliche Zuneigung

Zugegeben, keiner dieser beiden Schritte ist gut überlegt. Der Prinz mag zwar ein übergroßer Sprössling sein, aber ich kann nicht einfach in eine Besprechung des Königs von Keirdre schlendern und mich still in eine Ecke stellen, geschweige denn einen Platz am Tisch erwarten.

Ich schlüpfe aus dem Übungsraum, um mich auf die Suche nach dem Besprechungszimmer des Königs zu machen. Ohne Plan durch den Palast zu streifen, fühlt sich gefährlich an. Als wäre ich eine Maus auf einem frisch gemähten Feld und ein Falke kreist darüber.

Heute sind die Palastwände in hellem Aufruhr. Die Wellen sind sturmgepeitscht, das beruhigende Rauschen der Brandung hat sich in grollenden Donner verwandelt, und die mitternachtsblaue Oberfläche ist aufgewühlt, als ob heftiger Regen auf sie herabprasselt.

Der König muss wirklich üble Laune haben.

Ich grüble immer noch über meinen begrenzten Möglichkeiten, als ich auf meiner ziellosen Wanderung eine menschliche Dienerin bemerke. Sie geht mit gesenktem Kopf vor mir her. Kaum zu sehen und selten zu hören. Das ist das Motto für die Menschen.

»Entschuldigung!«, rufe ich.

Sie reagiert nicht.

Ich runzle die Stirn. Kein Mensch würde die Aufforderung einer Vorgesetzten ignorieren. Eine Fae zu ignorieren, wird mit Gefängnis bestraft, manchmal sogar mit dem Tod.

Meine Verwirrung löst sich auf wie Rauch im Wind, als mir klar wird, was ich falsch gemacht habe. Menschen erwarten nicht, von Fae freundlich behandelt zu werden. Sie hat sich vermutlich überhaupt nicht angesprochen gefühlt.

Mir wird übel vor Schuldgefühlen, als ich mit dem Fuß aufstampfe. »Halt. Bleib stehen.«

Sie dreht sich sofort um und kommt auf mich zu. Dabei hält sie den Blick auf den Boden gerichtet. Ich kann den halben Gang runter ihre Angst schmecken, die sauer ist wie Essig und mir in der Kehle brennt wie billiger Whiskey.

Als sie näher kommt, spreche ich sanfter weiter. »Weißt du, wo das Besprechungszimmer des Königs ist?«

Sie nickt.

Gerade will ich fragen, ob sie mir den Weg weisen kann, da dreht sie sich um und geht los. Ihre langsamen Bewegungen sagen mir, dass ich ihr folgen soll.

Während sie mich durch die Korridore führt, präge ich mir die Räume, an denen wir vorbeikommen, und den Weg ein.

Wir gehen eine Treppe hoch und bleiben vor einer Doppeltür aus Stahl stehen, in deren Mitte das königliche Wappen prangt.

Die Frau reibt sich nervös die Hände. »Möchten Sie, dass ich anklopfe, Madam? Sie ankündige?«

Sie zittert am ganzen Leib, als ob ihr trotz der angenehmen

Temperaturen kalt wäre. Aus der Nähe fällt mir auf, dass sie viel jünger ist, als ich dachte. Noch gar keine Frau, sondern ein Mädchen. Irgendwo zwischen Rain und mir. Und trotz ihrer weichen, jugendlichen Haut erscheinen ihre Augen älter. Diese Augen haben schon mehr gesehen, als sie sollten. Ihre Fingernägel sind dreckig, ihr Haar kurz und fettig, und ihre Schuhe sind fast so heruntergekommen wie meine Stiefel.

»Nein«, erwidere ich und betrachte sie prüfend. »Du kannst gehen. Ähm … das hier ist eine vertrauliche Angelegenheit, die der Prinz mir anvertraut hat. Behalte es also für dich.« Mehr sollte ich nicht sagen. Es wird nicht gern gesehen, wenn man freundlich zu Menschen ist. Aber sie ist so jung und eindeutig eingeschüchtert. Wenn ich sie ansehe, sehe ich Rain. Ich kann mir nicht helfen und füge hinzu: »Danke.«

Nervös nickt sie und eilt davon.

Ich gehe vor dem Besprechungsraum auf und ab. Hier sind die Wände noch stürmischer als im Rest des Palasts. Immer wieder wird das dunkle Blau von Blitzen erleuchtet und Donner dröhnt durch die Korridore.

Schräg gegenüber der Doppeltür entdecke ich eine Besenkammer. Von dort habe ich den perfekten Blick auf jeden, der vorbeikommt. In der Besenkammer nehme ich meine Anstecknadel der Garde ab und drehe das Oberteil auf links, um die goldenen Verzierungen zu verbergen. Dann spucke ich die Schleierperle aus, löse den Zopf und fahre mir mit den Fingern durch die Haare, bis ihre Fülle mein Gesicht umrahmt.

Zufrieden öffne ich die Tür einen Spalt und beobachte die Türen zum Besprechungszimmer. Dann warte ich ab.

Einige Minuten später öffnet sich eine der beiden Doppeltüren und ein Mann tritt auf den Gang. Er sieht würdevoll aus, aber nicht reich. Er trägt Schwarz mit ein paar gedämpften Details in den Farben von Keirdre.

Auch ohne das Wappen des Königs an seiner Brust hätte ich erkannt, dass er einer der Ermittler sein muss.

Er geht den Korridor hinunter. Schnell öffne ich die Tür und rufe ihm hinterher: »Entschuldigung?«

Erst blickt er nur kurz über die Schulter zu mir, aber als er mein Gesicht sieht, dreht er sich ganz zu mir um.

Ich werde nie genug von dem brennenden Geschmack des Verlangens bekommen. Oder von diesem Gesichtsausdruck, diesem verwirrten, *gierigen* Blick. Das hat nichts mit Eitelkeit zu tun, zumindest will ich das glauben. Es geht vielmehr um Macht, die wie ein reißender Strom durch mich fließt. Die Macht, die mir die Männer aufgrund meiner Schönheit unwissentlich und unfreiwillig geben.

»Entschuldigung?«, wiederhole ich, als mein neues Opfer nur glotzt und kein Wort herausbringt.

»Ähm, ja. Hallo.« Er kommt näher.

»Kann ich Sie kurz sprechen. Bitte?« Das Wort »bitte« säusle ich ein wenig.

Ich werde mich hüten zu singen. Er wird unsere Begegnung überleben und davon erzählen können. Sich mit einer wunderschönen Frau in einer Besenkammer zu unterhalten, ist zwar seltsam, aber nicht berichtenswert. Wohingegen mit einer wunderschönen Frau zu reden, die ihren verführerischen Gesang einsetzt, würde sofort auf eine Sirene hindeuten. Ich muss meine Talente also umsichtig einsetzen.

Er gleitet quasi zu mir herüber und sein Blick verliert sich in meinem. »Hallo.«

Ich führe ihn in die Besenkammer und schließe die Tür hinter uns. »Auch hallo.« Dann verschränke ich die Finger in seinem Nacken, binde ihn an mich. Er ist nur ein wenig größer als ich, sodass ich meine Stirn an seine legen kann.

Sein Atem streift meine Wangen.

Ich schließe die Augen nicht und genieße jeden Augenblick, jeden lüsternen Blick, den er mir zuwirft. Auch er lässt die Augen offen, zu liebestrunken, um einen Moment darauf zu verschwenden, seine Lider von innen zu betrachten.

Meine Instinkte flammen auf.

Töte.

Es wäre so einfach. Wir sind allein, es gibt keine Zeugen und er ist mir vollkommen ergeben.

Die Finger habe ich bereits um seinen Hals gelegt, mit einer ruckartigen Bewegung könnte ich meine Gelüste stillen und den Sirenengesang in meinem Kopf ruhigstellen.

Aber …

Deshalb habe ich ihn nicht hierhergeholt. Und wenn ich ihn umbringe, bekomme ich keine Antworten. Also unterdrücke ich meine Instinkte und spiele stattdessen mit den kurzen Haaren in seinem Nacken. »Ich habe ein paar Fragen …«

»Ja.« Das Wort sprudelt nur so aus ihm heraus. »Alles, was du willst.«

Ich lächle. »Wie heißt du?«

»Grisham Haverly.«

»Was ist deine Aufgabe, *Grisham Haverly*?« Seinen Namen säusle ich wieder.

Er erschaudert. »Ich … äh … bin Ermittler. Für den König.«

»Wirklich?« Neckisch hebe ich eine Augenbraue. »Das klingt aber wichtig.« Ich gleite mit den Händen von seinem Nacken zu seiner Brust. »Bist du wichtig?«

Ich spüre, wie sich sein Herzschlag unter meinen Handflächen beschleunigt. Seine Halsader hüpft, als er schluckt. »Ich bin, was auch immer du dir wünschst.«

Gute Antwort. »Was ermittelst du denn für den König?«

»Es geht um einen Vermissten.«

Ich streichle ihm die Brust. »Wer wird denn vermisst?«

»Das … äh … soll ich nicht …«

»*Bitte!*«, flöte ich.

Er wird zu Wachs. »Felix Fleming. Er ist der Sohn des Vollstreckers von Serington, Wren Fleming.«

Ich werde ganz still. Nicht panisch, nicht nervös, ganz still. Mein Herzschlag behält seinen Rhythmus bei. Meine Atmung geht nicht schneller. Aber meine Gedanken rasen.

»Wie lange wird er schon vermisst?«

»Erst seit letzter Nacht. Er ist ein Feuerfae aus Phydan und zu Besuch bei seinem Vater. Heute Morgen war er nicht auf seinem Zimmer.«

»Gibt es irgendwelche Hinweise?«

»Wie heißt du?«

»Beantworte zuerst meine Frage. Gibt es Hinweise?«

»Bisher noch nicht«, antwortet er. »Wie heißt du?«

Statt ihm zu antworten, fahre ich mit den Lippen seine Wange entlang.

Sein ganzer Körper bebt.

Mit den Lippen fahre ich seine Wange hinauf bis zum Ohr. Leise summe ich ein paar Töne. Er erschaudert, als mein Atmen seine Haut berührt. Dann ziehe ich mich zurück. »Es war schön, dich kennenzulernen, Grisham Haverly.« Ich öffne die Tür und halte sie ihm auf.

Er geht wie ferngesteuert los, dreht sich aber noch einmal um, kurz bevor ich die Tür schließen kann. »Kann ich dich wiedersehen?«

Das Nein liegt mir schon auf der Zunge, aber dann fällt mir etwas ein. Der Brief, in dem ich aufgefordert werde, mehr über die Kreaturenkeulungen des Königs in Erfahrung zu bringen, trägt das königliche Siegel. Und Grisham arbeitet direkt für den König.

»Weißt du, was die Kreaturenkeulungen des Königs sind?«, frage ich ihn.

Er reißt die Augen auf und sieht mich erstaunt und verstört an. »Woher weißt du davon?«

Das werte ich als Ja. Ich lege ihm die Arme um den Oberkörper, den Kopf an seine Brust und sehe zu ihm auf, um ihm tief in die Augen zu schauen. »Erzählst du mir davon?«

»Ja«, antwortet er sofort. »Kann ich … Kann ich dich wiedersehen?«

Ich will jetzt Antworten, aber ich befürchte, seine Abwesenheit im Besprechungsraum könnte bemerkt werden. Ich muss mit ihm reden, wenn niemand in der Nähe ist und der König nicht auf seine Rückkehr wartet. »Morgen Nacht«, verspreche ich ihm. »Wir treffen uns hier um Mitternacht.«

Wortlos nickt er.

»Und, Grisham?«

Er gibt ein bestätigendes Geräusch von sich, die Worte scheinen ihm ausgegangen zu sein.

»Kannst du mir morgen etwas mitbringen?«

»Was immer du willst.«

»Einen Brief mit dem Siegel des Königs.« Ich schiebe ihn endgültig aus der Besenkammer, bevor er Einwände erheben kann. »Wir sehen uns morgen«, flüstere ich und schließe die Tür.

Dann lehne ich mich dagegen und lausche. Eine Weile höre ich nichts, während er still dasteht, die Tür anstarrt und hofft, einen weiteren Blick auf mich zu erhaschen.

Schließlich trottet er mit einem schweren Seufzer davon. Das hier war sehr riskant, vielleicht zu riskant, aber immerhin habe ich jetzt Gewissheit: Letzte Nacht habe ich den Sohn eines Vollstreckers getötet und heute werde ich von der königlichen Familie gejagt.

Erst seit drei Tagen bin ich hier im Palast, und schon habe ich der königlichen Familie einen weiteren Grund geliefert, mich tot sehen zu wollen.

13

Hintergedanken

Grisham Haverly zu überzeugen, mich noch einmal zu treffen, war leicht. Aber wie ich mich aus der Nachtschicht herauswinden will, ist ein anderes Thema.

Ich kenne keine der anderen Wachen in der Garde des Prinzen gut genug, um sie um einen Gefallen zu bitten. Und das bedeutet, dass ich leider mit jemandem Freundschaft schließen muss.

Abgesehen von Carrik habe ich mich die letzten siebzehn Jahre mit Händen und Füßen gegen Freundschaften gewehrt. Ich wollte meinen Freundeskreis nie vergrößern. Und in Anbetracht von Carriks jüngstem Verrat reizt mich der Gedanke jetzt erst recht nicht.

Das ist allerdings unfair Carrik gegenüber. An und für sich war es doch nicht so gefährlich, dass er Rain zur Abschlussprüfung mitgenommen hat.

Gedankenlos? Ja.

Ärgerlich? Auf jeden Fall.

Aber wenn die Abschlussprüfung anders geendet hätte, dann wäre ich ihm inzwischen nicht mehr böse.

Es geht gar nicht darum, dass er Rain mitgebracht hat, sondern darum, was nach der Prüfung passiert ist. Immer wenn ich an Carrik denke, muss ich auch an den silbernen Umschlag denken, und ich gebe ihm die Schuld daran. Das ist zwar absurd, aber so ist es nun mal.

Jetzt brauche ich den Rat eines Freundes, und er ist der einzige, den ich habe.

Nach der morgendlichen Besprechung verlasse ich den Palast und mache mich auf den Weg zur Militärakademie. Mein Plan: Carrik an der üblichen Stelle treffen, ihn um Rat fragen, wieder verschwinden.

Den ganzen kurzen Weg vom Palast zur Militärakademie bleibe ich bei meinem Vorsatz.

Ich gleite durch den Wald, der meine ehemalige Unterkunft umgibt. Um dieselben Bäume, an denen ich früher immer vorbeigeschlichen bin, um zurück zu den Toren zu kommen. Zurück zu Carrik.

Unerwünschte Erinnerungen flackern in mir auf wie die Flammen eines Lagerfeuers. Erinnerungen an Nächte, die wir im Freien verbracht und darauf gewartet haben, dass die Sonne ihre Strahlen über den Horizont schickt. Übungseinheiten früh im pastellfarbenen Morgenlicht. Wettkämpfe, die ich gewonnen habe – alle. Stundenlanges Scherzen. Endlose Gespräche.

Gelächter.

Carrik konnte mich immer zum Lachen bringen.

Obwohl ich so viel vor ihm verheimliche, kennt er mich so gut wie sonst niemand.

Vom Rand des Waldes sehe ich ihn schon stehen. Er lehnt wie immer gelangweilt am Tor, den Kopf an die Metallstäbe gelegt, die Arme lässig verschränkt.

Aber seine Schultern sind angespannt, sein Nacken steif und seine Augen konzentriert. Ein Fremder könnte seine Haltung als entspannt missverstehen. Aber ich weiß, dass er wachsam und kampfbereit ist.

»Solwey.« Ich trete aus dem Schatten der Bäume.

»Saoirse?« Carrik sieht überrascht auf. »Was treibst du hier?«

»Ich brauche deinen Rat«, gestehe ich.

»Du hast nicht auf meinen Brief geantwortet.«

Ich sehe ihn verwundert an. »Und das soll heißen, ich kann dich nicht um Rat bitten?«

»Nein, aber ich habe nicht mitbekommen, dass wir wieder miteinander reden.«

»Ich habe auch nicht gesagt, dass es so ist.«

Er starrt mich an. Ich starre zurück.

Er blinzelt zuerst und senkt den Blick. Sein ernsthafter Gesichtsausdruck weicht einem amüsierten. »Zahlt dieser Prinz dir nicht genug, um ein anständiges Paar Stiefel zu kaufen?«

Das klingt so vertraut, dass ich beinahe lachen muss. Ich kann es mir zwar verkneifen, aber er durchschaut mich und grinst mich an. »Na los. Lass es raus. Ich werde es mir nicht zu Kopf steigen lassen und annehmen, dass wir uns wieder vertragen.«

Ich verdrehe die Augen und kichere. »Ich kann nicht glauben, dass du als Allererstes meine Schuhe beleidigst. Ich dachte, du wolltest dich bei mir lieb Kind machen?«

»Wir reden drei Tage nicht miteinander und du bist auf einmal ein liebes Kind geworden?« Er mustert mich übertrieben überrascht. »Wann ist das denn passiert?«

Jetzt muss ich lauthals lachen. »Ich hasse dich.«

Er lächelt. Sanft wie Nieselregen. »Du hast mir gefehlt, Sorkova.«

Du mir auch. Ich lehne mich neben ihn ans Tor. Wie immer. »Es waren doch nur drei Tage.«

»Es kam mir länger vor. Tut mir leid wegen Rain.«

Keine Ahnung, wie ich je glauben konnte, wütend auf Carrik zu bleiben. Jetzt kommt mir diese Idee lächerlich vor. »Ich weiß. Sie hat zu mir gesagt, ich soll dir verzeihen.«

»Ich wusste doch, es hat seinen Grund, warum sie mir die liebste Sorkova ist.« Er grinst. »Aber ernsthaft, Saoirse, wie geht es dir?«

»Gut.« Ich zucke mit den Achseln. »Du würdest den Palast hassen. Alles ist so … übertrieben. Und der Prinz ist ein übergroßer Sprössling. Nur schlimmer, weil er Macht besitzt.«

»Hast du schon irgendwelche anderen Mitglieder der königlichen Familie kennengelernt?«

»Nein. Aber der Prinz hat eine Feier gegeben und all seine reichen Freunde eingeladen.«

»Das klingt doch nicht so schlecht.«

Ich sehe ihn vielsagend an. »Er hat die Feier für *mich* gegeben.«

Carrik wirft lachend den Kopf in den Nacken. »*Du* warst der Ehrengast auf einer Feier des Prinzen? Ich kann dir gar nicht sagen, wie viel ich dafür gegeben hätte, das zu sehen. Wie schrecklich war es?«

»Schlimmer, als du es dir vorstellen kannst.«

»Wenn es dir da zu viel wird, schreib mir einfach. Ich pass auf, dass du nicht durchdrehst.«

Ich kann mir ein Lächeln nicht verkneifen. »Glaub nicht, dass wir jetzt deshalb wieder Freunde sind. Ich bin nur hier, um dich etwas zu fragen.«

Er muss lachen. »Wie auch immer, Sorkova. Wie kann ich dir helfen?«

»Ich muss wissen, wie man Freundschaften schließt.«

»Rede einfach über etwas, worin du gut bist. Das sollte dir nicht schwerfallen, du bist schließlich in allem gut. Such dir etwas aus, das die anderen auch können. Und dann sei ein *bisschen* schlechter als sie, um ihrem Selbstbewusstsein zu schmeicheln.«

»Das klingt albern.«

»Es funktioniert aber.« Carrik grinst. »Ich mache das seit Jahren so mit dir.«

Ich kichere und schiebe ihn weg. »Du bist so ein Idiot.«

Dann verfallen wir in unser übliches Muster, reden miteinander, so wie immer. Und lachen. Lachen wie immer.

Während wir uns unterhalten, denke ich über seinen Rat nach. Ich weiß bereits, wen ich mir als Erste vornehmen werde, und wenn Carrik recht hat, weiß ich auch *ganz* genau, wie ich kriege, was ich will.

***

Gewappnet mit einem unaufrichtigen Lächeln und einem Plan, klopfe ich an die Tür zwei Zimmer weiter.

Zwei Stunden vor der morgendlichen Besprechung schlafen die meisten im Palast noch.

Gerade will ich ein zweites Mal klopfen, da öffnet mir eine verschlafen dreinblickende Jeune die Tür.

»Sorkova?« Sie klingt müde. »Was machst du hier?«

Um ehrlich zu sein, lässt alles an Jeune meine Alarmglocken läuten.

Was auch immer sie vorhat, und ich bin sicher, sie hat etwas vor, ich werde es herausfinden. Und wenn ich es geschickt anstelle, dann kann ich ihr in einem Aufwasch Informationen *und* einen Gefallen entlocken.

Ich verberge mein Misstrauen hinter einem Lächeln. »Ich gehe laufen. Hast du vielleicht Lust, mitzukommen?«

Sie blinzelt, jetzt wach genug, um skeptisch zu sein. »*Du* willst mit *mir* laufen gehen?«

Ich habe mit ihren Bedenken gerechnet. »Ich kann besser laufen, wenn mich jemand antreibt.« Ich grinse und füge hinzu: »Außerdem gewinne ich gern.«

Es gibt endlos viele Dinge, die ich nicht über Jeune weiß, aber eines weiß ich von unserer Begegnung in meinem Zimmer. Sie ist ehrgeizig.

Wie erwartet leuchten ihre Augen bei meinen Worten auf und sie schiebt das Kinn trotzig vor. »Und du bist dir ganz sicher, dass du mich schlagen kannst?«

»Wieso nicht?« Ich hebe eine Augenbraue. »Willst du mir etwa das Gegenteil beweisen?«

Offensichtlich provoziere ich sie. Das weiß sie und das weiß ich. Aber ich weiß auch, dass sie nicht widerstehen kann.

Einige Augenblicke vergehen.

»Ich ziehe mich schnell um.« Die Tür schließt sich und ein paar Minuten später erscheint sie mit zurückgebundenen Haaren, entsprechend angezogen und mit eisernem Blick. »Wo wolltest du denn laufen gehen?«

»Auf dem Feld vor dem Palast?« Von meinem Zimmer aus kann ich ein großes grünes Feld sehen, das innerhalb der Palastmauern liegt und sich gut zum Laufen einiger Runden eignen könnte.

Sie schüttelt den Kopf. »Langweilig. Interesse an einer spannenderen Strecke?«

»Wo?«

»Besser als auf dem Feld. Vertrau mir.«

Auf keinen Fall. Kein bisschen. Aber da ich das Friedensangebot gemacht habe, muss ich zumindest so tun. Also nicke ich. »Nach dir.«

Wir schlüpfen aus einer der Hintertüren des Palasts. Eine Viertelstunde laufen wir schweigend nebeneinanderher über die Kopfsteinpflasterstraßen von Vanihail. Wir befinden uns im Zentrum des Sektors, umgeben von Backsteinbauten und kleinen Geschäften. So früh am Morgen sind außer uns nur menschliche Bedienstete unterwegs.

»Ich habe mich nach dir erkundigt.« Jeune unterbricht die Stille.

»Ach ja?« Sie biegt ab und ich folge ihr.

»Anscheinend halten dich in der Militärakademie alle für ein ziemliches Miststück.«

Das überrascht mich nicht. Aber ich hatte nicht erwartet, dass ich das von Jeune hören würde.

Als ich nicht antworte, grinst sie. »Ich kann das gut verstehen. Ich wäre auch lieber ein Ausnahmemiststück als Durchschnitt.«

»Wirklich?«, erwidere ich. »Und was von beidem bist du?«

Sie lacht und sprintet los. »Wenn du mich einholen kannst, verrate ich es dir.«

Ich folge ihr vom Zentrum des Sektors in den dichten Wald, der es umgibt. Hier gibt es keinen Weg, aber wir werden nicht langsamer, als wir zwischen den Bäumen laufen und das Kopfsteinpflaster zu Wurzelwerk und moosbedecktem Waldboden wird.

»Es hat mich überrascht, dass du mit mir laufen wolltest. Nach dem, was in deinem Zimmer passiert ist«, gesteht Jeune nach einer Weile.

»Du meinst, dass du in mein Zimmer eingebrochen bist und meine Sachen durchwühlt hast?«

Sie sieht mich vorsichtig an. »Es tut mir leid. Das meine ich ernst. Wir machen das eben so.«

»Hast du nach etwas Bestimmten gesucht?«

»Nein.« Die Antwort kommt zu schnell und ich kann entfernt etwas Fades schmecken. Schuldgefühle. Sie lügt.

Ich runzle die Stirn, spreche sie aber nicht darauf an. Sie würde sonst nur misstrauisch werden. »Ich mag es nicht, wenn Leute in meinen Sachen rumwühlen.«

»Kommt nicht wieder vor. Versprochen.«

Wir laufen tiefer in den Wald. »Warum hast du dich nach mir erkundigt?«

»Ich war neugierig. Ich habe ein paar Deltas nach dir gefragt, als du nach der Prüfung den Posten in Hayes' Leibgarde abgelehnt hast.«

»Ich dachte, du wärst nicht bei der Abschlussfeier gewesen?« Zensen hatte mir an meinem ersten Tag gesagt, dass er und Erasmus als einzige Wachen mit dem Prinzen die Zeremonie besuchten.

»Ich war da. Wir waren alle da. Wir schauen uns die Prüfung jedes Jahr an.«

Ich runzle wieder die Stirn. »Aber Zensen hat gesagt …«

»Ach so«, unterbricht sie mich. »Zensen und Erasmus waren dieses Jahr mit Hayes dort. Sie waren die ganze Zeit über im Arbeitszimmer von Vollstreckerin Arkin, aber wir hatten Plätze in der ersten Reihe.«

Das bedeutet, alle Wachen des Prinzen waren auf der Abschlussfeier und jeder von ihnen hätte den Brief in Rains Tasche stecken können.

Jeune weiß natürlich nichts von meinen Überlegungen und redet weiter. »Es war erfrischend, dich in Aktion zu sehen. Es ist schon eine Weile her, dass mir jemand begegnet ist, der besser ist als ich.«

Das erregt meine Aufmerksamkeit. »Du denkst, ich bin besser als du?«

»Ich weiß es.« Spielerisch stößt sie mit ihrer Schulter gegen meine. »Und du weißt es auch. Du bist eine Ikatus, also ist klar, dass es dir nie jemand leicht gemacht hat. Deshalb bist du nicht nur die Beste deines Jahrgangs, du bist mit Abstand die *Beste*. Ich habe nichts gegen Leute, die besser sind als ich – das ist nur was für durchschnittliche Miststücke. Aber ich bin etwas Besonderes. Wie du.«

Ihre Bewunderung ist aufrichtig. Unter anderen Umständen hätte ich mich vielleicht stolz gefühlt, aber jetzt dreht es mir den Magen um. Mit Ehrlichkeit umzugehen, war noch nie eine meiner Stärken. Dabei fühle ich mich … unwohl. Ich verliere die Kontrolle.

Also lege ich einen Schritt zu. Nicht so viel, dass es absichtlich wirkt, aber Jeune muss sich ein *bisschen* mehr anstrengen, um mitzuhalten. Diese kleine Geste gibt mir die Kontrolle zurück.

»Kann ich dich um einen Gefallen bitten?«, frage ich.

»Wirklich?«

Anstatt ihr zu antworten, laufe ich noch schneller.

Ihre Atmung wird schwerer. »Kann ich dich im Gegenzug etwas fragen?«

Nein.

»Kommt auf die Frage an«, entgegne ich.

»Woher hast du die Brandnarbe?«

Instinktiv kontrolliere ich meinen Gesichtsausdruck, aber dann besinne ich mich eines Besseren. Ich *will*, dass sie meine Reaktion sieht. Ich will, dass sie mir diese Frage nie wieder stellt.

Obwohl es mich innerlich zum Kochen bringt, will ich, dass ihr Mitgefühl ihre Neugierde überwiegt. Als ich klein war, wollte ich allen eine Erklärung für meine Narbe geben. Drina hat mich davor gewarnt. Wenn ich jemandem davon erzähle, lädt das zu Nachfragen ein. Aber wenn ich es komplett abwehre, ist das Thema endgültig vom Tisch.

Also verziehe ich das Gesicht, senke den Blick, kneife die Lippen zusammen und schnaube. »Nein.«

Meine Antwort verfehlt ihre Wirkung nicht. »Alles klar. Ich frage nicht wieder nach. Um welchen Gefallen geht es?«

»Könntest du morgen mit mir Schicht tauschen? Ich habe morgen die Nachtschicht. Du die am Morgen, stimmt's?«

Sie zögert. »Ich bin mir nicht sicher, ob Hayes …«

»Ich regle das mit dem Prinzen«, unterbreche ich sie. »Wärst du bereit zu tauschen?«

Kurz ringt sie mit sich, doch dann stimmt sie zu. »Wenn Hayes nichts dagegen hat, soll es mir recht sein. Und, Sorkova?«

»Ja?«

»Was hältst du davon, wenn wir in Zukunft öfter gemeinsam Laufen gehen?«

Was halte ich davon, wenn ich in Zukunft öfter die Gelegenheit habe, sie auszuhorchen und herauszufinden, wer von den Wachen des Prinzen mich erpresst? Auch wenn es Jeune selbst sein sollte?

Ich unterdrücke ein triumphierendes Lächeln.

14

Verbrannntes Gold

Der Speisesaal ist genauso prächtig ausgestattet wie der Rest des Palasts. Auf zwei Seiten nehmen Fenster vom Boden bis zur Decke die Wände ein. Das Morgenlicht fällt in den Raum, aber das matte Glas schützt die königliche Familie vor Blicken von außen.

Zu meiner Erleichterung ist der Platz am Ende der Tafel, der Platz des Königs, leer. Der Prinz sitzt rechts davon und Königin Ikenna links. Die Königin ist genauso wunderschön wie ihr Sohn. Sie hat dunkle Haut, und ihr kunstvoll hochgestecktes Haar ist so schwarz, dass es fast blau wirkt. Ihr Kleid ist schwarz wie die Nacht und den Rock zieren blutrote Rosen. Ihre Augen sind so ozeanblau wie die ihres Sohnes. Nur im Gegensatz zu seinen sind ihre vollkommen ausdruckslos.

Einschließlich der beiden sitzen vierzehn Leute am Frühstückstisch. Alle unterhalten sich gut gelaunt. Nur die Königin nicht. Sie spricht kein Wort.

Erasmus und ich stehen an der Wand, die dem Prinzen gegenüberliegt. Als ich den Speisesaal betreten habe, war der Prinz sichtlich überrascht, mich zu sehen, aber immerhin war er eher freudig überrascht.

Erasmus hingegen ignoriert mich komplett, nachdem er mich nur kurz gefragt hat, ob der Prinz über meinen Tausch mit Jeune informiert sei – worüber ich gelogen habe. Ich glaube, er betrachtet sein Schweigen als eine Art Strafe, aber ich genieße die Stille.

Nach dem Frühstück folgen Erasmus und ich dem Prinzen aus dem Speisesaal.

Der Prinz verlangsamt seinen Schritt, um neben mir zu gehen. Erasmus bedeutet er, hinter uns zu gehen. »Ich hatte nicht damit gerechnet, dich bei Tageslicht zu sehen, Saoirse.«

Ich schmecke Erasmus' Wut, als ihm klar wird, dass ich ihn angelogen habe, und unterdrücke ein Grinsen.

»Jeune und ich haben getauscht, Eure Hoheit«, erkläre ich, »damit ich heute Abend meine Familie besuchen kann.«

»Ah. Nun ja, mir macht das nichts aus. Aber dir könnte etwas langweilig werden. Tagsüber gibt es keine Feiern.« Er grinst. »Ich muss nur ein paar Vorbereitungen für meinen Geburtstag …« Er hält inne, als ein großer Mann uns entgegenkommt.

Der Prinz tritt vor, um ihn zu begrüßen, aber ich bleibe zurück. Mir kommt der Mann bekannt vor. Es ist einer von Felix Flemings Wachen. Mit der Zunge spiele ich nervös an der Schleierperle herum.

»Eure Hoheit.« Die Wache verbeugt sich. »Bitte verzeiht, dass ich Eure Morgenroutine unterbreche, aber ich habe eine Frage in Bezug auf Felix Fleming.«

Die Augenbrauen des Prinzen schnellen nach oben. »Wenn du denkst, dass ich helfen kann, dann lass hören.«

»Ich war in der Nacht, in der er verschwunden ist, bei Felix Fleming, Eure Hoheit. Er hat gesagt, er wollte hierher.«

»Er hat gesagt, er wollte zum Palast?«

»Ja, Eure Hoheit. Habt Ihr ihn gesehen?«

Ich lasse die Ereignisse dieser Nacht Revue passieren und versuche herauszufinden, was die Wache damit meint. Ich war dabei, als Felix seinen Wachen erklärt hat, er würde abreisen, aber er hat nichts vom Palast gesagt. Er hatte nur gesagt, dass …

Bei Luna …

Mir fallen Felix' genaue Worte ein und sie bekommen eine neue Bedeutung. Er hat nicht gesagt, dass er zum Palast wollte. Er hat seinen Wachen gesagt, er würde Fin besuchen. Hayes Finnean Vanihail.

Mein Herzschlag beschleunigt sich beinahe schmerzhaft. Ich grabe mir die Fingernägel in die Handflächen, doch die sind wie taub.

Felix ist mehr als der Sohn eines Vollstreckers. Er ist ein Freund des Prinzen. Eigentlich sollte mich das nicht überraschen, aber es trifft mich dennoch unerwartet. Als ich ihn ins Wasser geführt habe, ihm ein tödliches Schlaflied gesungen habe, war mir nicht bewusst, dass ich irgendwann in die Augen einer Person würde sehen müssen, die ihn vermisst.

»Es tut mir leid.« Der Prinz wirkt bestürzt. »Ich muss zugeben, dass meine Erinnerung an diese Nacht verschwommen ist.« Er dreht sich zu mir. »Saoirse?«

Nein.

Langsam gehe ich auf ihn zu. »Eure Hoheit?«

»Habe ich dich auf der Feier jemandem namens Felix Fleming vorgestellt? Er ist groß, hat graue Augen … vermutlich hatte er so etwas um.« Er holt eine Kette unter seinem Oberteil hervor, an der eine schwarze Münze hängt.

Ich erkenne sie sofort wieder. Felix hat mit ihr auf dem Tisch herumgeklopft, als ich erschienen bin. »Was ist das?«

»Ein Talisman. Er trägt ihn immer bei sich. Bist du sicher, dass du Felix an diesem Abend nicht gesehen hast?«

Ich habe ihn gesehen. Aber nicht auf der Feier.

Ich hole tief Luft. »Ich habe auf der Feier niemanden gesehen, der auf die Beschreibung passt, Eure Hoheit.«

Ich schmecke etwas Ranziges und Verfaulendes. Kurz muss ich überlegen, welches Gefühl zu dem Geschmack gehört. Enttäuschung. Der Prinz ist enttäuscht. Er sagt nichts, als er die Wache entlässt, sein Gesichtsausdruck ändert sich nicht, aber ich kann seine Enttäuschung nach wie vor schmecken.

Über meine Opfer pflege ich keine Fragen zu stellen, aber Felix Fleming ist von nun an für immer in mein Gedächtnis eingebrannt. Genauso wie die Informationen über ihn, die ich nie erhalten wollte. Dass er ein Freund des Prinzen war.

Dieses Detail fährt mir in den Magen. Ihre Freundschaft macht mir mehr zu schaffen, als sie sollte.

»Worum ging es da gerade, Eure Hoheit?«, frage ich.

»Ich habe dir doch erzählt, dass der Sohn eines Vollstreckers vermisst wird. Es handelt sich um meinen Freund Felix. Sein Vater macht sich fürchterliche Sorgen.«

»Ihr aber nicht?«

»Ich …« Gedankenverloren greift er zu der schwarzen Münze, die er um den Hals trägt. »Es geht ihm sicher gut. Flem ist der Vernünftige von uns beiden. Zu langweilig, um ernsthaft in Gefahr zu geraten.«

Er lächelt, aber es passt nicht zu seinem Blick. Oder der Angst, die ich schmecke.

»Darf ich fragen, wofür der Talisman steht?«

»Wir kennen uns, seit wir Kinder waren. Das hier haben wir im Palast gefunden. Es ist vielleicht albern, aber …« Er hält die

Münze hoch und zeigt mir die glatt geschliffene Seite. »Wir haben sie in zwei Teile schneiden lassen. Felix hat Kopf, ich habe Zahl. Weil er schlau ist und ich … ein Esel.«

»Ihr steht euch nahe.« Es sollte wie eine Frage klingen, aber der Satz klingt wie eine Feststellung.

Hayes antwortet trotzdem. »Wir sind die besten Freunde.« Mit dem Daumen fährt er über die Oberfläche der schwarzen Münze. »Er ist wie der Bruder, den ich mir immer gewünscht habe.«

Sein schwermütiger Gesichtsausdruck verengt mir die Brust. Ich senke den Blick und schaue mir stattdessen die Münze an. »Ist sie verbrannt?« Aus der Ferne sah sie aus, als wäre sie schwarz angemalt, aber aus der Nähe erkenne ich, dass es ein verkohlter Rani ist.

»Du hast gute Augen.« Wieder ein Lächeln, das seine Augen nicht erreicht. »Wir haben sie so im Arbeitszimmer meines Vaters gefunden, aber wir haben ihn nie gefragt, warum sie verbrannt ist. Mein Vater wäre nicht erfreut gewesen, dass wir uns dort herumgetrieben haben.«

Wieder starrt er auf die schwarze Münze, dann steckt er sie weg.

»Ich bin mir sicher, Felix Fleming taucht bald wieder auf, Hayes«, sagt Erasmus sanft.

Ich habe ganz vergessen, dass er hinter uns steht.

»Bestimmt.« Ich nicke und schlucke schwer. »Es geht ihm sicher gut.«

15

Die Frau auf dem Felsen

Ich stehe wieder in der Besenkammer gegenüber dem Besprechungszimmer des Königs und bereite mich vor. Unter meinem Umhang trage ich ein einfaches blaues Kleid. Erst werfe ich den Umhang in eine staubige Ecke, dann entferne ich die Schleierperle und fahre mir mit der Hand durchs Haar. Ich bin eine halbe Stunde zu früh da, aber wie erwartet muss ich nicht lang warten. Etwas Leichtes, Aufgeregtes und Süßes wie Fruchtkuchen legt sich mir auf die Zunge. Vorfreude. Schon klopft es zweimal an der Tür.

Grisham reißt die Augen auf, als ich sie öffne, und die Vorfreude wird zu würziger Lust mit einer zitrusartigen Note seiner Überraschung.

»Du bist hier.« Er ist außer Atem, aber nicht vor Erschöpfung.

Mit einem verführerischen Lächeln lege ich mir seine Arme um die Hüfte. »Wenn ich mich recht erinnere«, ich drehe uns herum und kicke mit einem Fuß die Tür zu, »habe ich dich eingeladen.«

»Ja, aber du bist so …« Er gibt es auf, ein Adjektiv zu finden, und starrt mir stattdessen seufzend in die Augen.

Ich summe leise und beiläufig ein paar Töne. Er lässt die Lider sinken. Jetzt ist er mir vollkommen ergeben und ich genieße seine Anbetung wie warme Sonnenstrahlen.

»Erzähl mir von König Larster«, fordere ich ihn auf.

Er holt Luft. »Woher weißt du von den Kreaturenkeulungen? Davon hat seit Hunderten von Jahren niemand mehr gesprochen.«

»Ist das von Bedeutung?« Als er zögert, ziehe ich eine Schnute. »Du willst es mir also nicht erzählen?« Ich gebe vor, mich zurückziehen zu wollen, und er klammert sich panisch an mich, hält mich verzweifelt fest.

»Warte.«

Ich halte inne und hebe langsam und dramatisch eine Augenbraue. »Erzähl es mir.«

»Ich …« Wieder zögert er.

»Es tut mir leid.« Verständnisvoll lehne ich mich an ihn und lege die Wange an seine Brust, damit ich seinen galoppierenden Herzschlag besser hören kann, und umarme ihn. »Ich verstehe, wenn du es mir nicht sagen kannst. Das ist schon in Ordnung.« Wieder summe ich, diesmal sanfter, um ihn zu beruhigen.

Die Verbindung aus meiner Berührung und meiner Stimme lässt ihn sich entspannen. »Wie heißt du?« Er seufzt verträumt. Ich habe ihn, er frisst mir aus der Hand wie ein Kätzchen.

Um mein Grinsen zu verbergen, schmiege ich mich enger an seine Schulter. »Erzähl mir vom König.«

»Kann ich es dir zeigen?«

Eigentlich hatte ich nicht vor, die Besenkammer zu verlassen, aber er klingt drängend.

»Natürlich.« Ich schnappe mir meinen Umhang und deute auf die Tür. »Nach dir, *Grisham*.«

Beim Klang seines Namens erschaudert er. Gehorsam tritt er auf den Gang.

Während er mich durch den Palast führt, werde ich immer neugieriger. Er sieht sich die ganze Zeit nervös um und schaut immer wieder über seine Schulter, um einerseits zu sehen, ob uns jemand folgt, und andererseits, ob ich noch da bin.

In einem schmalen Gang, der nirgendwohin führt, bleibt er stehen. Während der Rest der Palastwände einen rachsüchtig schäumenden Ozean zeigt, ist die rechte Seite dieses Gangs leuchtend bunt gefliest. In sonnigem Gelb, Rosenrot und Himmelblau. Und in der Mitte der Wand ist ein Springbrunnen mit marineblau gefliestem Rand eingelassen.

Das Wasser plätschert leise, aber es reicht aus, um in mir etwas in Wallung zu bringen. Mir zittern die Hände vor Verlangen, das Wasser zu berühren.

Grisham stellt sich vor mich und reißt mich aus meinen Gedanken. »Wir sollten nicht hier sein.« Er ringt die Hände. »Ich hätte dich nicht herbringen dürfen. Wir sollten …«

Ich packe ihn am Nacken, ziehe ihn an mich und presse ihm die Lippen auf den Mund.

Grisham ist von diesem unerwarteten, uneleganten Übergriff zu überwältigt, um sich irgendwie zu regen. Als ich von ihm ablasse, ist der verwirrte, unterwürfige Gesichtsausdruck zurück.

»Wow.« Er legt die Finger an den Mund und grinst breit, als hätten wir gerade einen leidenschaftlichen und lebensverändernden Moment miteinander geteilt. Für mich war es im Gegenteil etwa so romantisch, als hätte man die Lippen zweier Leichen aufeinandergepresst.

Ich hinterfrage seinen Zustand aber nicht, sondern deute auf den Brunnen. »Wolltest du mir hier nicht etwas zeigen?«

Er steht noch immer völlig neben sich, aber dann streckt er eine Hand aus und nutzt seine Affinität, um das Wasser in Bewegung zu setzen.

Auf dem Grund des Brunnenbeckens gibt es ein Rad in derselben Farbe und mit denselben Mustern wie die Steinfliesen. Wenn man nichts davon weiß, würde man es nicht finden. Aber als das Wasser das Rad in Bewegung setzt, ist es besser zu erkennen.

Ich folge den Bewegungen des Wassers so aufmerksam und hingebungsvoll, dass ich nicht gleich bemerke, wie sich neben dem Brunnen eine verborgene Tür öffnet und Grisham mich hineinbittet.

Nun stehen wir am Fuß einer steinernen Wendeltreppe, die sich endlos nach oben windet. Wir befinden uns in einem fensterlosen Turm.

Ich schrecke zusammen, als sich die geheime Tür mit einem Knall wieder schließt und die Stufen in Dunkelheit getaucht werden.

Einige Augenblicke spricht niemand, bis sich eine Fackel an der Wand entzündet.

Grisham greift nach der Fackel, die uns die staubigen Stufen erleuchtet.

»Das ist das einzige Licht?«, frage ich.

Er lächelt und hält mir eine Hand entgegen. Sein Lächeln wird noch breiter, als ich sie annehme. »Dieser Raum empfängt nicht viele Gäste. Der König bevorzugt, dass er verborgen bleibt.«

Nur die Fackel leuchtet uns den Weg, als wir die Stufen hochsteigen. Es gibt keinen Handlauf, aber Grisham hat nichts dagegen, dass ich mich an ihm festhalte.

Ich weiß nicht, wie lange wir unterwegs sind und wie weit es noch ist. Doch ich kann nicht riskieren, dass Grishams Verzauberung nachlässt, bevor wir unser Ziel erreichen. Also fange ich an zu singen. Meine Stimme erzeugt ein Echo und hallt von den Steinmauern wider.

Grisham lächelt. »Hat dir schon einmal jemand gesagt, dass du eine wunderschöne Stimme hast?«

»Das ein oder andere Mal.«

Die Wendeltreppe endet vor einer Tür aus Regenbaumholz mit einem Griff aus Erstwyn. Grisham legt eine Hand auf die Tür. »Du darfst niemandem verraten, dass ich dich hierhergebracht habe.«

»Niemals«, verspreche ich ernsthaft. Dann schlängle ich mich an ihm vorbei und öffne die Tür.

Es ist, als ob ich in eine andere Welt trete.

Jeder Gedanke an die düstere Treppe voller Spinnweben schmilzt dahin wie Schnee im Frühling. Der Raum ist rund, ausladend und hell, obwohl es keine Fenster gibt. Die Wände sind strahlend rot und mit Gemälden bestückt. Porträts, Landschaften, alle wunderschön und melancholisch. Über jedem Bild hängen ein paar Chaelisslichter, die wie Sterne funkeln.

Ich betrachte das erste Gemälde zu meiner Linken. Ein Porträt.

Eine breitschultrige Frau sitzt, an eine Kiefer gelehnt, auf dem Waldboden, die Beine vor sich ausgestreckt. Ihre Haut ist dunkel wie Mahagoni. Ihr Haar ist kurz und mit einem waldgrünen Band nach hinten gebunden. Ihre Augen sind braun und ihre muskulösen Beine stecken in kurzen Hosen, die oberhalb der Knie enden.

Ich studiere das Bild aufmerksam ein zweites und drittes Mal und bin immer verwunderter.

Die erste Auffälligkeit besteht darin, dass die Kleidung der Frau und der sie umgebende Wald strahlend hell sind, aber irgendetwas in ihrem Blick, ihren Gesichtszügen, ihren Augenbrauen ist zweifelsohne tieftraurig.

Die zweite Auffälligkeit besteht darin, dass die Verhältnisse nicht zu stimmen scheinen. Die Frau lehnt mit dem Rücken an einem großen Baum, doch selbst im Sitzen reicht ihr Kopf fast bis zur Mitte des Stamms.

Die dritte Auffälligkeit besteht darin, dass ich nicht weiß, was für ein Wesen sie ist. Sie hat weder die hellen Augen einer Fae noch die gesprenkelten Augen einer Hexe. Doch sie sieht auch zu kräftig aus, um ein Mensch zu sein.

Ich erahne Grisham, bevor ich seine Berührung spüre. Er legt mir von hinten die Arme um die Hüften. Er summt. Es klingt wie eine Version des Lieds, das ich auf der Treppe gesungen habe. Er hat keinerlei Rhythmusgefühl, aber er kann sich dagegen nicht wehren.

Mein erster Impuls wäre eigentlich, seine Hände zu packen, die auf meinem Bauch ruhen, und mich umzudrehen. Ihn gegen die Wand zu schleudern und zu singen, bis er sich sein Messer in den Leib rammt.

Stattdessen lehne ich mich in seine Umarmung und lächle. »Warum hast du mich hierhergebracht?«

»Um dir das zu zeigen.« Er nickt in Richtung des Porträts. »Hast du noch nie eine Riesin gesehen?«

Ich runzle die Stirn. »Das ist eine Riesin?«

Grisham nickt an meiner Schulter. »König Larster hat Porträts aller Wesen, die in Keirdre gelebt haben, in Auftrag gegeben.«

Ich muss ihn falsch verstanden haben. »Hast du ›in Keirdre‹ gesagt?«

»Ja.«

Ich löse mich von ihm.

Der Geschmack seiner Enttäuschung brennt mir auf der Zunge, aber ich muss mich bewegen und gehe auf und ab. Meine Gedanken rasen, während ich versuche, seinen Worten Sinn zu geben. »Es gab einmal Riesen in Keirdre?«

»Das wusstest du nicht?« Grisham sieht ernsthaft überrascht aus. »Aber du hast nach den Kreaturenkeulungen gefragt. Ich dachte …«

»Schon.« Ich laufe immer noch auf und ab. »Aber ich dachte, die Barriere wurde errichtet, um Fae, Hexen und Menschen einzuschließen.«

»Das wurde sie auch. Aber das waren nicht die einzigen Wesen in Keirdre, als die Barriere errichtet wurde. Die meisten von ihnen flohen, bevor die Barriere vollendet wurde, aber nicht alle. Die Wesen, die übrig blieben, hat König Larster …«

»… alle umbringen lassen.« Ich beende den Satz leise für ihn.

Grisham sagt nichts. Das muss er auch nicht.

Ich gehe zum nächsten Gemälde.

Es zeigt eine Frau, die vor einer Weide steht. Nein, das ist so nicht richtig. Sie ist *Teil* des Baums. Ihr Oberkörper ist der einer Frau, doch wo ihre Taille in die Hüfte übergehen sollte, verschwindet sie übergangslos im Stamm.

Ihre Haut hat genau dieselbe Farbe wie die Baumrinde. Sie hält einen Teil der Äste in den Händen, zieht sie zu sich und verdeckt sich damit die Brust. Ihr Haar ist lang, grün und gewunden wie die Zweige der Weide.

»Eine Dryade«, erklärt Grisham. »Eine Baumnymphe.«

»Der König hat auch sie umbringen lassen?«

»Ja.«

Ich wandere durch den Raum und bleibe vor jedem Porträt stehen. Sie haben keine Titel, aber Grisham erklärt mir pflichtbewusst, um wen es sich jeweils handelt.

Ich kenne sie alle, aber nur aus Rains Märchenbuch. Ich wusste nicht, dass all diese Kreaturen tatsächlich in Keirdre gelebt haben.

Mein ganzes Leben lang hat man mir erzählt, es gebe nur drei Arten in Keirdre. Und ein paar wenige Sirenen. Aber das war eine Lüge. Es gab andere Kreaturen innerhalb der Barriere. Wie Sirenen hatten sie hier keinen Platz. Und wie die Sirenen hat der König sie alle umbringen lassen.

Dieser Raum ist eine verborgene, absurde Würdigung all der Wesen, die ausgerottet wurden. Die wie Flecken von einem Hemd weggewaschen wurden – und vergessen.

»Warum hat er das getan?«, frage ich. »Was hatte König Larster davon …«

Vor dem größten Gemälde halte ich inne und mir versagt die Stimme.

Eine Frau sitzt mitten im Meer auf einem rauen Felsen. Die Zeichnung ist so realistisch, dass ich die Gischt des Meeres um sie herum *fühlen* kann.

Die sitzende Frau hat lange schwarze Haare. Sie sind nass und hängen ihr über die Schultern. Ihre Haut ist dunkler als meine, ihre Lippen gespitzt und geöffnet, als würde sie etwas sagen. Sie ist atemberaubend schön.

Aber am auffälligsten und erschütterndsten sind ihre Augen. Sie leuchten silbern.

Grisham beobachtet mich und erklärt: »Das ist eine Sirene.«

»Ach was.« Ich bin zu erstaunt, um sarkastisch zu klingen. »Warum ist ihr Bild so viel größer als die anderen?«

»König Larster hasst Sirenen. Mehr als alle anderen.«

Ich löse meinen Blick von dem Gemälde und sehe ihn verwundert an. »Warum?«

»Sie sind gefährlich.«

Mein Herz pocht so laut, dass ich mich anstrengen muss, ihn zu hören. »Was meinst du damit?«

»König Elrian hat die Barriere errichtet, um Keirdre vor seinen Feinden zu schützen. Aber ein paar von ihnen sind unbemerkt geblieben.«

Den Teil der Geschichte kenne ich. Das haben mir meine Tanten immer und immer wieder erzählt. Der Widerstand, eine Gruppe von Feinden des Königreichs. Sie hatten seit der Errichtung der Barriere nach einem Weg gesucht, aus Keirdre zu entkommen, aber sie waren zu wenige und zu unorganisiert, um ernsthaften Schaden anzurichten.

»Bevor es die Barriere gab, haben Sirenen Keirdre vor Eindringlingen vom Meer her beschützt. Sie haben feindliche Schiffe in den Tod geführt. Aber dank der Barriere gab es keine Angriffe mehr von See. Die Sirenen innerhalb der Barriere dürsteten jedoch immer noch nach Blut. Also fingen sie an, die Bewohner Keirdres zu jagen. Zum Vergnügen.«

Mit der Zunge fahre ich in den hohlen Zahn, wo sonst meine Schleierperle steckt. Ich wusste, worin die Aufgabe der Sirenen in Keirdre früher bestand, aber Drina hat nie ihren Blutdurst erwähnt. Also lügt entweder Grisham oder Drina hat mich jahrelang belogen. »Aber das konnten sie doch sicher kontrollieren.«

»Sirenen haben keine Selbstkontrolle. Sie sind wunderschöne Monster. Sie können nichts, außer zu töten.«

Ich zucke zusammen. Warum mich das so verletzt, weiß ich nicht, aber es ist so. Er hat mir nur bestätigt, was ich schon immer über mich wusste. Ich töte, weil ich es muss, aber wenn ich es nicht muss, dann töte ich, weil ich es *will.* Obwohl er mir nichts Neues erzählt, *verletzen* mich seine Worte.

Seit dem ersten Mal, als ich getötet habe – als ich gegen meine Instinkte angekämpft und verloren habe –, hatte ich einen Funken Hoffnung, dass ich sie doch irgendwie kontrollieren könnte. Dass eine Sirene mehr ausmacht als ihr Verlangen, zu töten.

Dank Grisham Haverly ist diese Hoffnung gerade erloschen wie eine Chaelissfackel.

Meine Triebe kontrollieren zu wollen, ist sinnlos. Irgendwann, wenn alle meine Opfer tot sind, wenn ich nicht mehr für den Prinzen arbeite, wenn meine Familie meinen Anblick nicht mehr ertragen kann und Rain erwachsen ist, wird es immer noch einen unveränderlichen Zweck in meinem Leben geben – das Verlangen, zu töten.

Und ich werde nie Frieden finden.

Ich weiß nicht, wie lange ich schweigend meinen Gedanken nachhänge, aber auf einmal tritt Grisham vor mich hin und verstellt mir die Sicht auf das Porträt. Er hält mir etwas hin. »Das hier habe ich dir mitgebracht.«

Meine düstere Vision bedrückt mich, aber ich zwinge mich zu einem koketten Lächeln. »Ein Geschenk?« Doch mir vergeht das Lächeln, als ich den weißen Umschlag sehe.

»Es ist ein Brief«, erklärt er. »Mit dem Siegel des Königs. Wie du wolltest.«

»Danke.« Ich schnappe mir den Brief und drehe ihn um. Er trägt dasselbe königliche Siegel in rotem Wachs. Beinahe zumindest.

Das Siegel zeigt dieselben gewundenen Äste eines Regenbaums, die den Buchstaben K für Keirdre formen, und denselben

Apfel an einem der Zweige. Aber bei dem Siegel auf dem silbernen Umschlag in meinem Zimmer fehlt ein Zweig. Es fällt kaum auf, doch nach all den Stunden, die ich ihn studiert habe, bin ich mir sicher.

Wer auch immer den silbernen Umschlag versiegelt hat, hat einen anderen Stempel benutzt, einen beschädigten. Und wenn es nicht der des Königs war, dann muss es der des Prinzen gewesen sein.

16

Gekeulte Kreaturen

Meine Tanten haben mich belogen.

Es gibt also einen Grund, weshalb sie nicht wollten, dass ich im Palast arbeite. Sie haben versucht, ihn vor mir zu verbergen, aber jetzt weiß ich es. Irgendwie wussten sie von König Larsters Kreaturenkeulungen. Und sie haben mir nie davon erzählt.

Ich drücke auf den Blutstein und die Welt um mich herum löst sich in bunten Farben auf. Ich traumwebe in Tante Drinas Bewusstsein.

Es ist schon spät, daher erwarte ich, wieder in einem Traum zu landen. Stattdessen befinde ich mich in ihrer Küche. Drina steht mit dem Rücken zu mir über die Arbeitsplatte gebeugt. Neben ihr liegt ein Bündel dorniger weißer Blumen mit langen grünen Stielen und grauen Früchten an den Wurzeln, die wie feine Haare aussehen. Mondkraut.

Ich räuspere mich.

Drina wirbelt herum. »Saoirse? Was machst du denn …«

»Erzähl mir von den Kreaturenkeulungen des Königs.«

Sie versteinert. Einen kurzen Augenblick lang sieht sie fast panisch aus. Aber es hält nicht an und ich kann ihren Blick nicht ergründen. »Und ich dachte schon, du wärst hier, um mir zu verraten, warum ich von Kiernynn erfahren muss, dass du im Palast arbeitest.«

Ich lasse mich nicht ablenken. »Wolltest du deshalb nicht, dass ich im Palast arbeite? Wegen der Kreaturen, die er hat umbringen lassen?«

»Wie wäre es, wenn ich einen Tee ...«

»Ich will keinen Tee, Drina. Ich will Antworten.«

Sie lässt die Hand auf dem Weg zum Teekessel sinken. »Es scheint, als kennst du die Antworten schon, Liebes.« Sie holt tief Luft und sieht weg. »Früher gab es noch andere Wesen in Keirdre. König Larster hat sie alle umbringen lassen.«

»Warum?«

»Er wollte sie von Anfang an nicht hierhaben. Als König Elrian die Barriere errichtet hat, sollten innerhalb von ihr nur Fae, Hexen und Menschen leben. Die Fae sollten die Macht haben, die Hexen brauchte man wegen ihrer Magie und die Menschen als billige Arbeitskräfte. Jede Art hatte ihre Bestimmung, aber nicht alle anderen Wesen waren weg. Die Verbliebenen wollten raus. Sie haben sich mit dem Widerstand zusammengetan, um einen Ausweg zu finden. Sie haben den Palast angegriffen, zu Gewalt aufgerufen, einen Weg gesucht, um die Magie aufzuheben, die uns hier festhält. Also hat König Larster sie alle umbringen lassen – um den Widerstand und all die anderen Kreaturen ein für alle Mal auszurotten.« Sie sieht mich eindringlich an. »Aber ein paar sind ihnen entgangen.«

»Ich.«

»Ja ... und einige andere.« Als sie meine Verwunderung bemerkt, redet sie weiter. »Du warst noch so jung, als du zu deinen Eltern gekommen bist, aber du und Rain, ihr wart nicht die einzigen Kinder, die hier gelebt haben. Aiya und ich waren eine Anlaufstelle für verwaiste Wesen.«

»Andere Sirenen?« Es ärgert mich, wie sehr meine Stimme zittert. Bisher gab es immer nur mich. Ich liebe meine Familie, aber sie werden nie verstehen, wie viel Anstrengung es mich kostet, meine Triebe zu unterdrücken. Wie erleichternd es ist, wenn ich ihnen *schließlich* nachgebe.

Oder wie sehr ich mich dafür verabscheue, wenn ich sie nicht kontrollieren kann.

»Nein, Liebes«, sagt Drina sanft. »Du warst die einzige Sirene. Aber es gibt noch andere Wesen, die mithilfe von Schleierperlen als Fae durchgehen. Dryaden, Kobolde … Viele von ihnen leben so wie du. Im Verborgenen.«

»Wo sind sie jetzt?«

»Wir mussten sie nach einigen Durchsuchungen nach Schmuggelware hier in Ketzal an anderen Orten unterbringen. Wir haben sie mit Schleierperlen versorgt und auf den Weg geschickt. Sie leben überall in Keirdre. Vanihail, Serington, Bliddon, Phydan, Idris und im Kurrtal.«

In den Sektoren der Fae. »Wie viele gibt es von uns?«

»Wir wissen es nicht genau.«

»Aber sie haben doch bei euch gelebt.«

»Liebes.« Drina lächelt mich an. »Es gibt Dutzende von Hexen in Ketzal und Krill, die auch Waisenhäuser betreiben. Es gibt Hunderte verwaister Kreaturen in Keirdre.«

Ich muss mich an der Wand festhalten, um nicht umzukippen.

Hunderte.

Hunderte.

Es gibt Hunderte von Wesen, die die Kreaturenkeulungen des

Königs überlebt haben. Hunderte, die gezwungen sind, im Verborgenen zu leben. Hunderte wie mich.

Heute Morgen war ich noch allein. Heute Abend bin ich eine von vielen.

Sie glaubt, dass sie mir Angst einjagt – mir eine gesunde Furcht vor der königlichen Familie macht. Aber ich habe keine Angst, die Wahrheit zu kennen.

Ich bin *wütend.*

Drina flucht leise. »Ich kenne diesen Gesichtsausdruck.«

»Welchen Gesichtsausdruck?« Ich gebe mir Mühe, freundlich zu klingen, aber ich kann mir den scharfen Unterton nicht verkneifen.

»Du weißt, welchen ich meine. Der König ist keiner deiner Aufträge.«

Ich bohre mir die Fingernägel in die Handflächen. »Das habe ich auch nicht gesagt.«

»Das musst du nicht. Ich kenne dich. Die königliche Familie ist eine Versuchung, die du nicht gebrauchen kannst. Der Palast ist gefährlich für dich. Wenn jemand herausfindet, was du bist, werden sie dich umbringen. Genau wie sie zahllose andere umgebracht haben.«

Ihre Worte ergeben Sinn.

Ihre Sorge ist berechtigt.

Aber das ändert nichts an meiner eisernen Entschlossenheit. »Ich kann jetzt nicht hinschmeißen, Tante. Das weißt du. Warum hast du es mir nicht einfach gesagt?«

»Es gibt nur wenige, die alt genug sind, um sich noch an die Kreaturenkeulungen zu erinnern. Aber ich erinnere mich noch gut an die Jahre danach. Jeder, der die Keulungen auch nur erwähnt hat, ist verschwunden. Oder Schlimmeres. Der König hat an jedem ein Exempel statuiert, der aus der Reihe getanzt ist. Also haben wir uns ruhig und unauffällig verhalten.«

»Ihr hättet es mir trotzdem sagen müssen. Als ich euch vom Palast erzählt …«

Sie unterbricht mich mit einem rauen Lachen. »Das war keine Option. Ich kenne dich. Ich wollte dir auf keinen Fall einen weiteren Grund liefern, um für diese fürchterlichen Leute zu arbeiten.« Drina sieht mich mit ihren mitternachtsblauen Augen eindringlich an. Ihr Blick ist vor allem traurig. »Die königliche Familie ist der Grund für alles Übel in diesem Land, Liebes. Ich bitte dich … hör auf, für sie zu arbeiten.«

Langsam schüttle ich den Kopf. »Das kann ich nicht.«

Sie seufzt. »Ich weiß.«

Zum ersten Mal bin ich froh, dass ich ihre Gefühle nicht schmecken kann. Mir liegt nichts daran, ihre bittere Enttäuschung so bestätigt zu bekommen.

17

Monster bei Tag

Die Caruston-Akademie ist aus blauem Stein errichtet, der so dunkel ist, dass er beinahe schwarz erscheint. Der Rasen ist strahlend grün und perfekt gepflegt. Die Schüler gehen in ordentlichen Reihen die Wege aus hellem Granit entlang. Ich sitze unter einem Regenbaum in einem der Schulhöfe. Hier habe ich mich schon immer fehl am Platz gefühlt. Steif lehne ich an dem Baumstamm und kann nicht damit aufhören, mit der Zunge an der Schleierperle herumzuspielen, und unerklärlicherweise jucken meine Handflächen.

Es ist schlimmer als sonst. Seit vergangener Nacht bin ich wie elektrisiert. Nicht wegen des üblichen Rausches, jemanden gefügig gemacht zu haben, sondern weil ich jetzt alles über die Kreaturenkeulungen von König Larster weiß. Mir geht das Porträt der Sirene nicht aus dem Kopf. Ebenso wie Grishams Worte. Sirenen sind wunderschön, grausam und tödlich.

So wie ich.

In Gedanken gehe ich all die Male durch, die ich getötet habe. Jedes Mal war es wie ein Adrenalinrausch. Voll Euphorie.

Dann höre ich wieder Grishams Stimme, die mich daran erinnert, dass der Blutdurst alles für mich ist. Ich muss daran denken, wie meine Mutter sich zwischen mich und Rain stellt, um sie zu beschützen. An die Angst meines Vaters und wie er vor mir zurückschreckt, wenn ich meine Triebe nur mit Mühe unter Kontrolle halte. Da verfliegt die Euphorie sofort.

Ich kann mir alles, so oft ich will, schönreden. Ich tue es für die Raze, für Rain, weil mein Opfer ein Mistkerl ist. Aber in Wahrheit macht das keinen Unterschied. Meinem Instinkt ist es egal, wer am anderen Ende der Klinge steht. Und wenn mein Instinkt mich ruft, ist es auch mir egal.

Zumindest bis mir einfällt, dass mich genau das zum Monster macht.

Ich grabe die Hände tief in das gepflegte Gras, spüre die Erde unter den Fingernägeln und suche unter all den Schülerinnen und Schülern nach Rain. Sie müsste bald hier vorbeikommen. Das weiß ich genau, weil ich jedes Jahr ihren Stundenplan auswendig lerne.

Als ich ihre mir so vertraute Haarpracht entdecke, tritt die Beklemmung in den Hintergrund. Rain schlendert mit einigen anderen den Weg entlang. Ihr Anblick ist wie ein dringend benötigter Sonnenstrahl nach der letzten Nacht.

Ich springe auf. »Rain!«

Beim Klang ihres Namens reckt sie den Hals. Als sie mich sieht, beginnt sie zu strahlen, ihre Schultern straffen sich und sie stürmt auf mich zu. Sie springt mich an, wirft mir die Arme um den Hals und die Beine um die Hüften. »Kiefernzapfen!«

Mein Herz wird mir leicht, das Bild der Sirene verschwindet aus meinen Gedanken, ich werde ruhig. Das habe ich gebraucht – ich habe *sie* gebraucht. Wie kann ich ein Monster sein, wenn sie mich liebt? »Schön, dich zu sehen, Bohnensprosse.«

»Was machst du hier?« Sie löst sich von mir und bleibt vor mir stehen.

»Ich habe dich vermisst.«

Das freut sie, aber ich weiß, dass sie mir nicht glaubt. »Ist etwas passiert?«

Die Sirene auf dem Felsen fällt mir wieder ein, aber ich sehe Rain fest in die Augen und vertreibe den Gedanken.

»Nein, natürlich nicht.« Ich hake mich bei ihr ein. »Wie wär's, gehen wir eine Runde?«

Arm in Arm schlendern wir aus dem Schulhof, während die anderen Schülerinnen und Schüler zurück in die Klassenzimmer gehen.

»Ich sollte eigentlich im Unterricht sein«, sagt Rain nach einer Weile.

Ich zwinkere ihr zu. »Ich werde dich nicht verpfeifen.«

Sie lächelt mich an, aber sie schmeckt nicht glücklich.

»Was ist los?«, will ich wissen.

»Bist du sicher, dass alles in Ordnung ist? Brauchen wir mehr Gold?«

»Um den Brief habe ich mich gekümmert.«

»Bist du sicher?« Sie sieht mich misstrauisch an. »Bist du deshalb hier?«

Die Wahrheit ist: Rain ist zwar keine Fae, aber sie hat ihre eigene Magie. Sie hat die einzigartige Fähigkeit, meine Selbstzweifel auszulöschen. Als Sprössling war sie überzeugt davon, dass ich ihre Albträume vertreiben kann. Aber ich habe ihr nie verraten, dass sie in Wahrheit meine vertreibt.

Stattdessen sage ich: »Ich wollte dich einfach sehen.«

Ihr Blick verrät, dass sie immer noch zweifelt. Der Zweifel brennt mir auf der Zunge, bei Luna, es zerreißt mich fast. Aber sie hat recht, mir zu misstrauen, wenn man bedenkt, wie oft ich sie anlüge.

»Ich meine es ernst«, beharre ich, »ich habe dich vermisst.«

»Ich habe dich auch vermisst, Kiefernzapfen.« Sie lächelt und ich sauge ihre positive Energie auf. Obwohl sie mir nicht glaubt, wärmt und beruhigt sie mich.

»Gut.« Ich lege ihr einen Arm um die Schultern. »Erinnerst du dich an die Bäckerei, in die du mich immer schleppen wolltest? Sollen wir da nach der Schule hingehen? Ich lade dich ein.«

»Ähm … vielleicht morgen?«

Rain hat noch nie etwas Süßes abgelehnt. Ich runzle die Stirn. »Was ist los?«

»Nichts. Ich habe nur nach der Schule schon was vor. Nichts Wichtiges«, fügt sie schnell hinzu. »Lass uns morgen gehen.«

Jetzt sehe ich sie misstrauisch an. »Was hast du nach der Schule vor?«

»Eine Freundin besuchen?« Es klingt wie eine Frage.

Ich bleibe stehen. *»Bitte?«*

»Mama und Papa haben es erlaubt.«

Beinahe verdrehe ich die Augen. »Sie nehmen auch deine Sicherheit nicht so ernst wie ich. Du gehst da nicht hin.«

»Aber …«

»Nein«, schnauze ich. »Du weißt ganz genau, dass du nicht zu viel Zeit mit anderen Kindern verbringen kannst.«

»Aber wie soll ich dann Freunde finden?«

Was für eine alberne Frage. »Indem du du *selbst* bist. Jeder kann froh sein, dich zur Freundin zu haben. Nur eben nicht bei jemandem zu Hause.« Ich stelle mich vor sie und lege ihr die Hände auf die Schultern. »Versprich mir, dass du da nicht hingehst. Nicht nur heute nicht, sondern niemals.«

»Es wird sicher nichts passieren.« Sie fleht mich an, aber sie weiß bereits, dass ich nicht nachgeben werde.

»Das weiß ich«, entgegne ich, »weil du mit mir zur Bäckerei gehst, nicht wahr?«

Nach einer Weile stimmt sie widerwillig zu. »Na gut.«

»Schön.« Wir gehen weiter. »Ich bin noch aus einem anderen Grund hier. Ich will dich etwas fragen und du musst ehrlich zu mir sein.«

»Das bin ich immer.«

Ich lächle sie aufmunternd an, auch wenn es mir schwerfällt. »Was bringen sie euch hier über die Geschichte der Sirenen bei?«

Sie wird langsamer. »Das interessiert mich nicht.«

»Das heißt aber, sie bringen euch etwas darüber bei.«

»Nichts Wichtiges«, weicht sie mir aus. »Keine Sorge. Ich weiß, du bist nicht so, wie sie sagen.«

Mir bleibt fast das Herz stehen. »Was sagen sie denn?«

»Dass Sirenen Monster sind. Ohne Gewissen. Aber ich weiß, dass das nicht stimmt.« Sie lächelt mich an. Der Sonnenschein ihres Lachens könnte ein Gewitter besänftigen. Die Wärme ihres Blicks den Winter zum Schmelzen bringen.

Aber ich zittere trotzdem.

»Was erzählen sie euch genau?«

»Das ist doch egal.«

»Sag es mir einfach.«

Sie räuspert sich. »Ein paar Sirenen lebten nach König Elrians Opfer noch innerhalb der Barriere. Sie waren grausam. Haben die Bewohner von Keirdre erbarmungslos umgebracht. Sie wurden zu mächtig, also hat König Larster sie gefangen nehmen lassen. Sie wurden eingesperrt, und diejenigen, die sich wehrten, umgebracht.« Es klingt, als ob sie auswendig Gelerntes aufsagt.

Als ich nichts darauf entgegne, schmiegt sie sich enger an meine Seite. »Ich weiß, dass das nicht stimmt.«

Unter anderen Umständen hätte ihre Loyalität mich gerührt, mir die Furcht genommen und mich zum Lachen gebracht, aber …

Was, wenn es doch stimmt?

»Kiefernzapfen?«

Ich bin stehen geblieben. Rain sieht mich mit großen Augen ernst und erwartungsvoll an.

»Ja?«, frage ich.

»Ich liebe dich.«

Nur, weil du mich nicht kennst.

Ich schließe die Augen und versuche, den Gedanken zu verscheuchen, aber es fällt mir schwer. Als ich die Augen wieder öffne, lächle ich, und Rain wirkt entspannter.

»Ich liebe dich mehr.«

18

Nächtliche Befehle

Als ich zur Nachtschicht antrete, steht Zensen noch vor dem Schlafzimmer des Prinzen. Das ist seltsam, denn Devlyn ist bereits da, und üblicherweise geht die Tagschicht, sobald die Nachtschicht eintrifft.

Ich verkneife mir ein Stirnrunzeln. »Ist etwas passiert?«

Zensen bedeutet mir, näher zu treten, bis wir drei in einem kleinen Kreis dicht beieinanderstehen. »Ich wollte euch beide nur vorwarnen.« Er spricht leise. »Hayes ist heute … irgendwie seltsam. Er hat fast den ganzen Tag in seinem Zimmer verbracht, ohne ein Wort zu sagen.«

Ich spanne mich an, schweige aber.

»Danke für die Information, Zensen«, sagt Devlyn.

Nachdem Zensen sich verabschiedet hat und verschwunden ist, seufzt Devlyn. »So habe ich Hayes noch nie erlebt. Erasmus meint, es liegt daran, dass Felix immer noch vermisst wird.«

Ich lehne mich an die gegenüberliegende Wand und frage ganz beiläufig: »Kennst du ihn? Felix?« Zum ersten Mal spreche ich seinen Namen laut aus und das fühlt sich komisch an.

»Nicht besonders gut. Ich bin noch nicht so lange hier. Aber

Hayes und Felix stehen sich nahe. Wie Brüder. Und Felix ist ein echt netter Kerl.«

Mir dreht sich der Magen um. *War.*

Ich schlucke das Wort hinunter. Es bleibt mir im Hals stecken.

Devlyn verwechselt mein banges Schweigen wohl mit Bedauern, denn er sagt: »Er taucht sicher wieder auf. Er ist der Sohn eines Vollstreckers. Was soll ihm schon passieren?«

Ich sehe wieder die schwarze Münze vor mir. Wie der Prinz sie festgehalten und Felix mit ihr auf den Tisch geklopft hat. Ich frage mich, ob Felix' Hälfte je wieder auftauchen wird oder ob sie für immer im Fluss verschollen bleibt.

»Hast du dich gut im Palast eingelebt?« Devlyn unterbricht meine Gedanken. »Nach neulich nachts hatten wir schließlich keinen guten Start.«

Jetzt meint Devlyn wohl, ich rede nicht mit ihm, weil ich sauer bin, dass sie in der ersten Nacht in mein Zimmer eingedrungen sind.

Da hat er recht, das bin ich. Aber das hat nichts mit meinem Schweigen zu tun.

»Soll das eine Entschuldigung sein?«, frage ich.

Devlyn macht den Mund auf, um etwas zu sagen, aber ich falle ihm ins Wort. »Nur eine Frage: Macht da wirklich jeder mit?«

»Ja. Normalerweise wechseln wir uns ab.«

»Normalerweise?« Ich bleibe bei dem Wort hängen. »Jeune war nicht an der Reihe?«

»Sie war neugierig. Wollte wissen, wer du bist. Daher hat sie drauf bestanden, dein Zimmer zu durchsuchen.« Er grinst. »Das ist aber wohl nicht so gelaufen wie geplant.«

Ich erwidere sein Lächeln nicht. Jeunes Neugierde könnte

harmlos sein, aber angesichts des silbernen Umschlags kann ich nicht davon ausgehen.

Bevor Devlyn noch etwas sagen kann, fliegt die Zimmertür des Prinzen auf.

»Hayes?«, fragt Devlyn. »Alles in Ordnung?«

»Alles wunderbar.« Der Prinz grinst viel zu breit, was nicht zu dem Gefühlschaos passt, das ich schmecke. Metallischer Schmerz, saure Reue und bitteres Unglück. »Schön, euch beide zu sehen. Ich habe keine Lust mehr, in meinem Zimmer zu hocken. Ich brauche Ablenkung.«

»Oh … alles klar.« Devlyn sieht verwirrt aus. »Soll ich … Zensen holen? Sonst kümmert er sich immer um die Gästeliste.«

»Nein. Zen verdirbt uns nur den Spaß.« Der Prinz winkt ab. »Ich will auch kein Fest veranstalten. Ich habe etwas Besseres vor. Ich will ausgehen.« Sein Blick wandert zu mir. »Nur wir drei.«

Ich glaube nicht, dass es »besser« ist, die Sicherheit des Palasts zu verlassen und einen draufzumachen. »Eure Hoheit, ich denke nicht, dass es für den Kronprinzen sicher ist, mitten in der Nacht durch Kneipen zu ziehen.«

»Entspann dich.« Der Prinz greift in die Hosentasche und holt eine Schleierperle an einem Band hervor, die er sich um den Hals hängt. Sein Kinn wird weniger scharfkantig, seine Wangenknochen weniger ausgeprägt und seine verführerischen ozeanblauen Augen verwandeln sich in ein weniger leuchtendes Bernsteinbraun.

Er ist immer noch wunderschön, aber seine Augen gleichen nicht mehr der tiefen See. »Siehst du?« Der Prinz breitet die Arme aus. »Ich bin praktisch eine ganz andere Person. Immer noch Einwände?«

Ja.

»Ist das ein Befehl, Eure Hoheit?« Ich kenne die Antwort bereits.

»Absolut.«

Ich verkneife mir ein Seufzen. »Dann habe ich keine Einwände, Eure Hoheit.«

»Sieh mich nicht so entsetzt an. So schlimm wird es schon nicht werden. Vielleicht hast du sogar aus Versehen etwas Spaß.« Dann mustert mich der Prinz von oben bis unten. »Ich will ja nicht unhöflich sein, Saoirse, aber hast du nicht vielleicht etwas Passenderes anzuziehen für einen Kneipenabend?«

In Wahrheit – nicht dass ich sie dem Prinzen jemals sagen würde – habe ich eine ganze Menge Kleidchen, um meine Opfer zu ködern. Gerade will ich sagen, dass ich versuchen will, etwas zu finden, zum Beispiel ein schwarzes Oberteil und eine schwarze Hose, als mir auffällt, was für eine günstige Gelegenheit sich mir hier bietet.

Ich lächle möglichst lieblich. »Nein, Eure Hoheit, das habe ich nicht. Aber ich könnte Jeune fragen.«

Er sieht mich freudig überrascht an. »Das ist eine großartige Idee.«

»Dann mache ich das.« Gerade will ich mich auf den Weg zu Jeunes Zimmer machen.

»Noch etwas, Saoirse.« Der Blick des Prinzen ist voller Schalk. »Wenn wir unterwegs sind, nenn mich nicht Eure Hoheit. Das würde nur unnötig Aufmerksamkeit erregen, und wie du sagtest, wollen wir meine Sicherheit garantieren.«

Ich verkneife mir ein Schnauben. »Ja, Eure Hoheit. Ist das alles?«

»Da du fragst, noch eine Sache. Versuche, dich etwas zu vergnügen. Das, was normale Leute unter Vergnügen verstehen, nicht so wie du.«

»Ist das auch ein Befehl, Eure Hoheit?«

Er grinst mich hinterhältig an. »Ja.«

Devlyn, der Idiot, hüpft praktisch vor Aufregung den Gang entlang zu seinem Zimmer, um sich umzuziehen. Ich trotte wenig begeistert hinterher.

Als ich vor Jeunes Zimmertür ankomme und bei ihr klopfe, habe ich meinen Gesichtsausdruck wieder unter Kontrolle.

Sie sieht mich irritiert an, als sie öffnet. »Ich dachte, du bist bei Hayes?«

»Das bin ich auch. Er möchte ausgehen und ich brauche etwas zum Anziehen. Könntest du mir vielleicht …«

»Kein Problem.« Jeune winkt mich in ihr Zimmer und mustert mich. »Du weißt nicht zufällig deine Körpermaße?«

Ich sehe sie bedeutsam an und sie muss grinsen. »Ich wollte nur sichergehen.«

Sie wendet sich ihrem Kleiderschrank zu und ich sehe mich um. Unter der Decke und an der Wand hinter ihrem Bett wachsen Efeu und blaue Kylithblumen. Ihr Bett ist gemacht, es liegt nichts auf dem Boden herum und hinter ihrem Schreibtisch hängt ein Spiegel, so wie auch ursprünglich in meinem Zimmer.

»Setz dich, wo du magst.« Jeune öffnet ihren Kleiderschrank und kramt darin herum.

Ich setze mich an ihren Schreibtisch.

»Wen nimmt Hayes mit?« Jeunes Stimme dringt aus den Untiefen ihres Schranks.

»Nur Devlyn und mich.« Während ich ihr antworte, öffne ich leise und vorsichtig die obere Schublade des Schreibtisches. Nur ein paar Pergamentseiten.

Ich drehe die erste Seite um. Ihre Handschrift ist klein und unordentlich. Ganz anders als die Schrift auf dem Erpresserbrief.

»Wirklich?«, fragt Jeune. »Ich hätte erwartet, dass er ein paar Freunde einlädt.«

Ich schließe die Schublade und ziehe die nächste auf. »Zensen hat gesagt, er war heute …«

»Was hältst du von Blau?« Jeune taucht aus dem Schrank auf und hält ein blau und golden gemustertes Kleid hoch. Ich habe kaum Zeit, um ihr mit meinem Körper die Sicht auf die mittlere Schublade zu verdecken.

Ich sehe sie mürrisch an. »Nur Schwarz.«

Sie zieht eine Schnute. »Aber du würdest gut aussehen in Blau.«

»Schwarz«, wiederhole ich unnachgiebig.

Sie murmelt etwas vor sich hin und widmet sich wieder ihrem Kleiderschrank.

Ich warte einen Moment, bevor ich die unterste Schublade aufziehe. Nichts wirklich Interessantes. Ein paar Tiegel und Tuben und eine kleine Schmuckschatulle aus Holz. Ich hebe den Deckel an und schaue hinein.

Vier goldverzierte Schleierperlen liegen auf einem blauen Samtkissen.

Mir wird übel.

Das beweist gar nichts. Viele Frauen tragen Schleierperlen aus ganz harmlosen Gründen, aber wegen des silbernen Umschlags und Jeunes Interesse an mir kann ich sie nicht von meiner Liste der Verdächtigen streichen. Es waren Hunderte Zuschauer bei der Abschlussfeier in der Arena. Jeder von ihnen hätte den Brief in Rains Tasche stecken können. Eine schlaue Person, und dafür halte ich Jeune, hätte dabei nicht erkannt werden wollen. Eine schlaue Person hätte sich getarnt.

Ich schiebe die unterste Schublade zu, gerade als Jeune grinsend erneut aus ihrem Kleiderschrank auftaucht. Bevor ich reagieren kann, steht sie vor mir und drückt mir ein schwarzes Kleid in die Hände. »Probier das hier. Es ist perfekt.«

Es ist schwarz, das weiß ich zu schätzen, und als ich hineinschlüpfe, umarmt es jede Kurve meines Körpers. Es ist schulterfrei und hat ein aufreizendes Dekolleté. Der Rock ist kurz. Er endet auf der Mitte meiner Oberschenkel. Durch meine muskulösen Beine und meine breite Hüfte schmiegt sich der Rock aufreizend um meinen Hintern.

Jeune sieht mich beeindruckt an.

»Wenn ich so einen Körper hätte wie du, würde ich nur so enge Sachen tragen«, erklärt sie. »Ich würde womöglich ganz auf Kleidung verzichten. Soll ich dich schminken?«

»Ich trage kein Make-up.«

»Was ist mit deinem Haar?«

Meine Haare sind zu einem festen Zopf geflochten und zu einem Knoten hochgesteckt. »Nichts.«

»Wie lange sind sie schon eingeflochten? Du hast jetzt bestimmt wunderbare Wellen.«

Ich schüttle den Kopf. »Ich trage das Kleid. Das muss reichen.«

Sie schnaubt. »Und was ist mit Schuhen?«

Auch wenn sie widersprechen wird, schlüpfe ich in meine alten Stiefel, deren Sohlen kaum noch halten und die Carrik so sehr verabscheut.

Wie erwartet sieht sie mich schockiert an. »Wie wäre es …«

»Nein«, unterbreche ich sie. »Nichts mit Absätzen.«

»Saoirse, willst du es nicht zumindest *versuchen*? Für mich?«

»Ich werde *versuchen*, dir morgen bei unserem Lauf nicht zu sehr in den Hintern zu treten.« Damit mache ich mich auf den Weg zur Tür.

Jeune folgt mir. »Sorkova?«

»Ja?«

»Versuche wenigstens, Spaß zu haben.«

Es erschüttert mich, wie aufrichtig sie klingt. »Warum sagen mir das alle?«

Sie lacht nur und schließt dann die Tür hinter sich.

Bevor ich an der Tür des Prinzen klopfe, ziehe ich am Saum meines Kleids.

Ich erwarte bernsteinfarbene Augen, damit kann ich umgehen, aber als er die Tür öffnet, falle ich in einen tiefen Ozean.

Ich brauche einen Augenblick, um wegzusehen. Er braucht länger.

Ich habe nichts an meinem Äußeren geändert, außer Jeunes Kleid anzuziehen, aber zu sehen, wie mein Körper unter der Uniform aussieht, scheint ihn aus der Fassung zu bringen.

Ich weiß nicht, wie lange der Prinz so in der Tür steht und mich mit offenem Mund anstarrt. Er schmeckt würzig nach Zimt, nach Verlangen. Brennend und süß. Ich kenne diesen Geschmack, aber normalerweise nur, wenn ich mein wahres Gesicht trage.

»Eure Hoheit?«, frage ich nach einer Weile. »Seid Ihr so weit?«

»Ähm … ja.« Er zwingt sich, seinen Blick von meinen Hüften zu lösen und mir ins Gesicht zu sehen. »Wo ist … ähm …« Bei meinem Anblick hat er Devlyns Namen wohl vergessen. »… der andere?«

»Hier, Hayes.« Devlyn eilt den Korridor hinunter und richtet sich seinen braunen Dashiki. »Wow.« Er grinst mich an. »Du machst dich gut, Sorkova.«

»Danke«, murmle ich.

Der Prinz berührt die Runen auf seinem Chaelissstein und

die Laternen in seinem Zimmer erlöschen. Er hängt sich die Schleierperle um den Hals und seine überwältigend schönen Gesichtszüge verwandeln sich in ein etwas weniger attraktives Aussehen. »Seid ihr bereit? Ich kenne die perfekte Kneipe.«

Ohne eine Antwort abzuwarten, stapft er los, um den Palast zu verlassen. Devlyn ist ihm dicht auf den Fersen.

Mit einem Seufzen folge ich den beiden und mache mich auf eine lange Nacht gefasst.

19

Tanz bei Mondlicht

Hinter dieser Kneipe habe ich einmal einen Fae getötet. Er war schwarz gekleidet und trug ein Fläschchen mit geriebenen Pennsamen bei sich, um sie Frauen, die ihn zurückgewiesen hatten, ins Getränk zu schütten. Ich trug Rot und hatte einen Dolch um meinen Oberschenkel geschnallt.

So stillte ich mein Verlangen, bevor die Raze in mein Leben traten. Es war leicht. Ich habe einfach ein kurzes Kleid angezogen und darauf gewartet, dass mir jemand unaufgefordert die Hand aufs Bein legt, mir ungefragt unter die Träger greift oder unerwünscht meine nackte Haut küsst.

Der Preis für diese ungewollten physischen Annäherungsversuche ist hoch. Wenn sie ihn wüssten, wäre niemand bereit, ihn zu zahlen. Aber solange sie nicht um Erlaubnis fragen, muss ich sie wohl auch nicht warnen.

Ich sitze mit Devlyn an einem Bartisch. Er ist aufgeregt und verhält sich wie ein Kind auf seinem ersten Ausflug nach Vanihail. Viel gibt es allerdings nicht zu sehen. Es ist schummrig, der Holzboden ist verdreckt und an den Wänden hängen alte Zeitungsausschnitte.

Als der Prinz von der Bar zurückkommt, muss Devlyn grinsen. Hayes balanciert konzentriert drei Gläser, als er sich zu uns durchschlängelt, und versucht, nichts zu verschütten.

Mit einem Klirren und einem selbstzufriedenen Lächeln stellt er die Gläser vor uns auf den Tisch. Dann nimmt er sich eines und deutet auf die anderen beiden.

Devlyn greift zu. »Was ist das?«

»Whiskey. Pur.«

»Ich bin nicht durstig«, sage ich.

Der Prinz sieht aus, als wollte er etwas einwenden, lässt es dann aber. Er grinst zu Devlyn hinüber. Ohne ein Wort stoßen sie an und leeren ihre Gläser.

Devlyn knallt sein leeres Glas auf den Tisch. »Das war gut, Hayes.«

»Trink den anderen auch.« Der Prinz schiebt das dritte Glas Devlyn hin und steht auf. »Zum Wohl. Ich hol die nächste Runde.« Dann geht er zurück an die Bar.

Sobald er weg ist, sieht Devlyn mich herausfordernd an. »Würde es dich umbringen, ein bisschen unterhaltsamer zu sein?«

»Möglicherweise.«

»Bei Luna, wie schaffst du es nur, dass ein Kneipenbesuch mit einem Prinzen dich langweilt?«

Ich antworte nicht.

Er trinkt den zweiten Whiskey und sein Blick bleibt an meinem Dekolleté hängen. »Du siehst gut aus heute Abend. Ich wette, wenn du dich ein bisschen entspannen würdest …«

»Dann was?«, unterbreche ich ihn scharf. »Dann ende ich mit dir im Bett?«

Jetzt sieht er mich verschlagen an. »Oder mit Hayes. Er scheint dich zu mögen.«

»Ich habe höhere Ziele, als mit dem Prinzen zu schlafen.«

Er zuckt mit den Schultern. »Du musst ja nicht mit ihm schlafen, aber du könntest zumindest freundlich zu ihm sein. Sein bester Freund wird vermisst.«

Er hat das nicht gesagt, um mich zu verletzen, aber daran erinnert zu werden, dass die Trauer des Prinzen meine Schuld ist, schmerzt.

Devlyn wartet auf eine Antwort, aber ich habe keine. Also sehe ich weg und ignoriere ihn. Der Prinz kommt zurück, bevor Devlyn noch etwas sagen kann. Er stellt zwei Weingläser ab und schenkt mir ein Grinsen, das heiß genug ist, um Stahl zu schmelzen. Er legt ein paar Ranis auf den Tisch. »Bestell, was auch immer du trinken möchtest, Dev.« Die Worte sind an Devlyn gerichtet, aber er wendet den Blick nicht von mir ab. »Möchtest du tanzen?«

»Es gibt keine Musik.« Und keine Tanzfläche. Und auf keinen Fall werde ich mit ihm tanzen.

»An der Bar steht ein Erdfae mit einer Fiedel. Er spielt bestimmt für ein paar Ranis.«

»Ich tanze nicht mit Euch.«

Kurz schmollt er, dann fällt ihm etwas ein. »Stehst du auf Herausforderungen?«

Ich antworte nicht, aber hebe neugierig eine Augenbraue. Und schon redet er weiter.

»Wie wäre es mit einem Spiel? Du fragst mich etwas über dich und ich muss antworten. Dann frage ich dich etwas über mich. Wer zuerst falsch antwortet, verliert. Wenn du gewinnst, musst du die nächsten zwei Wochen keine Nachtschicht übernehmen. Wenn ich gewinne, tanzen wir. Nur *ein Mal*. Bist du dabei?«

Ich wäge in Gedanken meine Chancen ab, dieses Spiel zu

gewinnen. Das ganze Leben des Prinzen ist öffentlich bekannt. Zwar weiß ich, dass er sich nach mir erkundigt hat, aber ich bin trotzdem im Vorteil.

»Und …?«, hakt der Prinz nach.

»Ich bin dabei«, stimme ich schließlich zu. »Aber Ihr fangt an.«

»Hervorragend.« Er setzt sich auf den Stuhl neben mich und nimmt sich eines der Weingläser. »Wie lautet … mein zweiter Vorname?«

»Finnean«, antworte ich. »Wo bin ich zur Schule gegangen?«

»Du warst zwei Jahre auf der Rynsen-Akademie in Serington, bevor du nach Vanihail umgezogen bist und dort weitere zwei Jahre die Strassmore-Schule besucht hast. Dann bist du in die Militärakademie eingetreten.«

In Serington leben Fae mit unterschiedlichen Affinitäten. Der perfekte Ort also für meinen Vater, einen Wasserfae, und meine Mutter, eine Erdfae. Nachdem sie mich und Rain aufnahmen, lebten wir noch zwei Jahre dort. Wir zogen nach Vanihail um, als uns klar wurde, was ich bin.

»Meine nächste Frage … hm …« Der Prinz grinst listig und nimmt betont lässig einen Schluck von seinem Wein. »Wie lautet der Name meines Bruders?«

Ist das eine Fangfrage? Ich runzle die Stirn. »Ihr habt keinen Bruder.«

Sein Grinsen wird breiter. »Da liegst du falsch.«

Er steht auf und leert sein Glas. Dann streckt er mir eine Hand entgegen. »Das bedeutet wohl, du schuldest mir einen Tanz.«

Ich erhole mich noch immer von dieser Neuigkeit. Ohne darüber nachzudenken, lege ich meine Hand in seine, und er führt mich in die Mitte der Kneipe. Als er mir die Hände auf die Hüften legt, erwache ich aus meinem Schockzustand.

Ich starre ihn wütend an und schlage seine Hände weg.

Er lacht. »So geht tanzen, Saoirse. Du musst mir erlauben, dich anzufassen.«

Also greife ich nach seinen Händen, und ohne ein Wort zu sagen, lege ich sie mir wieder auf die Hüfte. Aber ich bleibe eine Armlänge entfernt vor ihm stehen.

Der Prinz kichert. »Na gut. Ich komme dir nicht näher ohne deine Erlaubnis.«

»Die bekommt Ihr nicht.«

»Alles klar.« Wieder lacht er. »Aber zum Tanzen braucht es zwei, verstehst du?«

»Was soll das heißen?«

»Das soll heißen, du kannst nicht einfach mit herunterhängenden Armen vor mir stehen.«

»Wohin soll ich sie tun?«

Vorsichtig nimmt er meine Hände und will sie sich um den Hals legen. Bei so viel Abstand reichen meine Arme aber nicht so weit, also landen meine Hände unbeholfen auf seinen Schultern.

»Das hier wäre einfacher, wenn du etwas näher kämst«, erklärt er.

»Nein.«

»Na gut.« Kurz schmollt er wie ein Kind, strahlt aber im nächsten Moment wieder. »Hey!«, ruft er über die Schulter dem Erdfae an der Bar zu.

Daraufhin holt der wie vorhergesagt seine Fiedel hervor und fängt an zu spielen.

Die Musik ist schnell, doch trotzdem wiegt mich der Prinz nur sanft im Rhythmus.

Die ganze Kneipe reagiert auf die Musik. Damit hätte ich

rechnen müssen. Ich bin noch nie einem Fae begegnet, der nicht gerne tanzt.

Innerhalb weniger Augenblicke sind die Tische beiseitegeräumt und es entsteht eine improvisierte Tanzfläche auf dem klebrigen Boden. Die Fae wirbeln umher, manche tanzen mit Partnern, andere allein.

Bum, bum, bum.

Zwei Fae haben einen der Holztische zu einer Trommel umfunktioniert.

Der Prinz muss grinsen. Er versucht, mich noch weiter ins Getümmel zu führen, aber ich bleibe stehen. »Ihr hattet den Erdfae schon vorher gefragt«, werfe ich ihm vor.

Er hört auf, an mir zu ziehen. »Ja.«

Ich sehe ihn mit zusammengekniffenen Augen an. »Ihr hattet von Anfang an vor, mich nach Eurem Bruder zu fragen.«

»Ja.«

Ein Tanzpaar stößt gegen mich und schiebt mich näher an den Prinzen heran.

Ich stoße mit dem Kopf an seine Brust, und er hält mich fest, damit ich das Gleichgewicht nicht verliere. Für einen kurzen Moment nehme ich seinen Geruch wahr. Süß wie Honig und schwer wie Wein. Wie auf dem Korridor im Palast brennt mir der Zimtgeschmack seines Verlangens auf der Zunge.

Eigentlich will ich nicht aufsehen, aber es passiert doch. Einen Moment lang bin ich wie versteinert, gefangen in seinem Blick. Bei Luna, selbst verschleiert sind seine Augen hinreißend.

Der Zimt brennt noch intensiver.

Schnell weiche ich wieder zurück. Mit ausgestreckten Armen versuche ich, so viel Abstand wie möglich zu erzeugen. Aber es fühlt sich näher an als zuvor. Und heißer. Als würde ich über einem Feuer stehen, kurz davor, zu Asche zu verglühen.

»Verzeihung«, sagt er, sieht aber nicht im Geringsten so aus, als tue es ihm leid.

Um das Thema zu wechseln, frage ich: »Wie kann es sein, dass Ihr einen Bruder habt, von dem ich noch nie gehört habe?«

Sein Lächeln verblasst. »Ich war schon gespannt, wann du das fragen würdest. Sein Name war Finnean.«

Die Vergangenheitsform entgeht mir nicht. »War?«

»Er wurde getötet.«

»Oh.« Ich bin verblüfft. Wie kann es sein, dass nie jemand den Bruder des Prinzen erwähnt hat? »Das tut mir leid.« Das sage ich zwar, aber ich bin noch unentschlossen, ob ich es auch so meine. Unentschlossen, ob er das schon verdient hat.

»Das muss es nicht. Das war, bevor ich geboren wurde. Ich habe ihn nie kennengelernt.« Seine Worte klingen gepresst.

»Warum habe ich noch nie von ihm gehört?«

»Finneans Tod hat meinen Eltern das Herz gebrochen. Sie haben alles getilgt, was sie an ihn erinnert hat. Zumindest außerhalb des Palasts. Aus meiner Sicht ist Finnean noch unter uns. Der perfekte Geist eines Bruders.«

Seine Verbitterung umgibt ihn wie ein Nebel und legt sich mir ranzig auf die Zunge. Seine Hand wandert unbewusst zu der Münze, die er um den Hals trägt. Felix' Münze.

Die Bewegung ist so selbstverständlich. Tausende Male ausgeführt, ohne darüber nachzudenken.

Umgeben von tanzenden Fae wiegen wir uns zu fröhlicher Fiedelmusik, ohne auf den Takt zu achten. Aber bei diesem Anblick, der Münze in seiner Hand, und dem Geschmack von tiefer Traurigkeit, der meine Sinne flutet, sehe ich, was er zu verbergen versucht. Hayes ist dabei, den Halt zu verlieren. Er trinkt, um nicht zu ertrinken.

»Es tut mir leid wegen Felix.«

Es dauert einen Moment, bis mir klar wird, dass ich das laut ausgesprochen habe.

Der Prinz sieht plötzlich wieder mich an und lässt die Münze los. »Es geht ihm gut. Da bin ich mir sicher.« Und er legt die Hand wieder auf meine Hüfte.

Ich nicke und er redet weiter.

»Mein Vater hatte gestern eine Besprechung wegen Flem. Er denkt, dass ich davon nichts weiß. Er hat mir nichts davon gesagt. Flem ist mein bester Freund, aber mein Vater will mir nicht erzählen, was los ist.«

»Fragt ihn doch. Vielleicht bietet er Euch an zu helfen.«

Er lacht sarkastisch auf. »Du kennst meinen Vater offensichtlich nicht. Er will nicht, dass ich erfahre, wie wenig er sich für die Suche nach Flem einsetzt.«

Ich sehe ihn irritiert an. »Warum glaubt Ihr das?«

»Mein Vater denkt, Flem ist so wie ich. Verantwortungslos und töricht. Er glaubt, Flem macht irgendwo einen drauf. Deshalb will er keine Zeit mit der Suche nach ihm verschwenden. Aber er muss so tun, als würde er nach ihm suchen, aus Respekt Vollstrecker Fleming gegenüber.«

Der Prinz lächelt sanft. »Aber er liegt falsch. Flem ist nicht so wie ich. Er ist wie du. Verlässlich. Schlau. Diszipliniert. Schon nach zwei Minuten mit ihm will man mehr so sein wie er. Außerdem ist er aufrichtig.« Sein Lächeln ist zwar zaghaft, aber ehrlich. »So wie du manchmal. Schonungslos. Er ist ehrlich zu mir.«

Er sieht mich eindringlich an und dabei wird mir schwindelig. Also sehe ich zu Boden und starre auf unsere Füße.

Der Prinz kichert. »Endlich hast du gelernt, den Blick zu senken.«

»Wie bitte?«

»Als wir uns kennengelernt haben. Erinnerst du dich?«

Ich blicke auf, aber ich sehe nur sein Kinn an, um seinem Blick zu entgehen. »Woran soll ich mich erinnern?«

»Du hast mich angelogen.«

Ich zwinge mich, ruhig zu bleiben. »Was meint Ihr …«

»Du hast gesagt, du hättest das Angebot erst abgelehnt, weil du dich nicht würdig gefühlt hast. Aber in dir steckt kein bisschen Selbstzweifel. Während unserer ganzen Unterhaltung hast du mir in die Augen gesehen. Ohne Angst. Ohne Scham. Das hat sich noch niemand getraut.«

Mir war nicht einmal in den Sinn gekommen, den Blick zu senken. »Es tut mir leid, wenn ich Euch beleidigt hab, Eure Hoheit.«

Er schüttelt den Kopf. »Lass diesen Blödsinn mit ›Eure Hoheit‹, solange wir hier sind. Und versteh mich nicht falsch. Du bist eine hervorragende Soldatin und äußerst diszipliniert, aber ich wusste von Anfang an, dass du nicht viel von der Monarchie hältst, auch wenn du dich verbeugst und auf Titel bestehst. Und mich kannst du auch nicht leiden.« Sein Lächeln ist entwaffnend. »Deshalb wollte ich heute Abend mit dir ausgehen.«

»Weil ich Euch nicht leiden kann?«

»Weil ich dachte, deine Feindseligkeit könnte mich ablenken.« Das Lächeln verschwindet. »Aber stattdessen erinnerst du mich an ihn.«

Wir bewegen uns noch eine Weile zur Musik, ohne dass einer von uns spricht. Ich hatte nicht gedacht, dass der Prinz imstande wäre zu schweigen. Und noch weniger, dass es angenehm sein könnte. Aber wir wiegen uns sanft zur Fiedel und den Trommeln. Für einen kurzen Moment bin ich keine Ikatus und er kein verwöhnter Prinz. Wir sind einfach ein Paar, das einen ruhigen Moment in all dem Lärm genießt.

Als die Musik verklingt und der Fiedler ein neues Lied anstimmt, reißt das den Prinzen aus seinen Gedanken. Sein Gesichtsausdruck wechselt zu einem anzüglichen Grinsen. Wenn ich seinen zitronensauren Groll nicht schmecken könnte, würde ich es ihm abkaufen. Er trommelt mit den Fingern auf meinen Rücken. »Also, Saoirse, warum ist deine Familie damals aus Serington weggezogen?«

Ich sehe ihn scharf an. »Das Spiel ist vorbei, Eure Hoheit.«

Er sieht mich amüsiert an. »Hayes.«

»Das Spiel ist vorbei.« Ich kann ihn nicht ansehen, während ich hinzufüge: »Hayes.«

»Hm … Würde es etwas ändern, wenn ich dir sage, wie traurig es mich macht, dass mein bester Freund vermisst wird?«

Unwillkürlich muss ich grinsen.

Sein Blick hellt sich auf. »Das habe ich gesehen.«

»Ich weiß überhaupt nicht, wovon Ihr redet.«

»Keine Sorge, Saoirse.« Er klingt selbstgefällig. »Ich werde niemandem verraten, dass du Sinn für Humor hast.« Dann flüstert er: »Dein Geheimnis ist bei mir sicher.«

20

Total verzogen

Für unseren nächsten Lauf hat Jeune eine Route gewählt, die sich durch das Sektorzentrum von Vanihail windet. Wir kommen an kleinen Läden vorbei und an der Harayahalle mit den großen Doppeltüren aus Erstwyn. Die Strecke ist schön, aber ich bevorzuge die Abgeschiedenheit unserer üblichen Route durch den Wald.

Aber ich sage nichts. Ich habe Fragen. Mir ist es lieber, wenn Jeune zufrieden, gut gelaunt und nicht misstrauisch ist, wenn ich sie ihr stelle.

Jeune schnauft bereits und hat Mühe, mit mir Schritt zu halten. »Wie kann es sein, dass du kein bisschen verkatert bist, obwohl du gestern aus warst?«

»Ich habe nichts getrunken.«

»Ernsthaft?« Sie klingt ein bisschen kurzatmig, also laufe ich langsamer, damit sie mithalten kann.

Sie schnaubt. »Das habe ich gemerkt.«

»Was denn?«

»Du musst mir zuliebe nicht langsamer laufen.«

»Sonst laufe ich aber allein.«

Sie muss lachen, immer noch keuchend. »Bist du immer so vorlaut?«

»Nicht vorlaut, nur ehrlich.«

Ihr Lachen wird herzlicher und ich muss mir meines verkneifen. Ihr Lachen ist ansteckend, aber dieser Lauf hat einen Grund. Jeder Moment, den ich mit Jeune verbringe, hat einen guten Grund. Sie ist lustig, authentisch, aber sie war bei der Prüfung. Und sie hat mein Zimmer durchsucht. Und sie besitzt Schleierperlen.

Systematisch gehe ich die Liste ihrer Vergehen durch, um bei der Sache zu bleiben.

Wir kommen an einer Bäckerei vorbei. Sie hat noch nicht geöffnet, aber die Fenster sind groß und geputzt. Perfekt.

Meine Bewegungen gleichen einem choreografierten Tanz. Ich werde vor der Bäckerei langsamer. Auffällig unauffällig mustere ich mein Spiegelbild im Schaufenster. Vorsichtig fasse ich mir an die Brandnarbe in meinem Gesicht.

Jeune bleibt stehen und sieht von meinem Spiegelbild im Schaufenster zu mir. »Alles in Ordnung?«

»Alles gut.« Ich wende mich ab und schüttle in gespielter Resignation den Kopf. »Es ist nichts. Manchmal vergesse ich, dass sie da ist, doch dann sehe ich mein Spiegelbild und …« Wieder schüttle ich den Kopf. »Vergiss es. Es ist albern. Lass uns weiterlaufen.«

Ich tue so, als wollte ich loslaufen, aber wie erwartet hält Jeune mich zurück. »Das ist nicht albern. Wir können darüber reden, wenn du magst. Oder du redest und ich höre zu.«

Ich gebe vor, über ihr Angebot nachzudenken, bevor ich seufze. »Du würdest es nicht verstehen. Jedes Mal, wenn Laa'el mich sieht, bietet sie mir Schleierperlen an. Mit so etwas musst du dich sicher nicht rumschlagen.«

»Laa'el versucht, jedem Schleierperlen anzudrehen. Nimm es nicht persönlich. Das hat nichts mit deinem Aussehen zu tun. Du bist nämlich wunderschön.«

Sie ist so aufrichtig und ich hasse es. Ich beiße die Zähne zusammen und lasse mich davon nicht ablenken. »Also versucht Laa'el, auch dir Schleierperlen anzudrehen?«

»Die ganze Zeit«, versichert mir Jeune.

»Hast du ihr Angebot schon mal angenommen? *Irgendwann?*«

Sie kneift die Augen zusammen. Nicht misstrauisch, sondern ihre Worte nachdenklich abwägend. »Nein. Aber das heißt nicht, dass etwas falsch daran wäre, sie zu benutzen. Oder dass etwas mit deinem Aussehen nicht stimmt.«

Mich überrascht, wie enttäuscht ich bin. Trotz allem hatte ich gehofft, sie würde mir die Wahrheit sagen. Oder ich hatte gehofft, ihr Grund wäre Eitelkeit und weniger beunruhigend. Mir wäre es lieber, sie wäre eitel als eine Erpresserin.

Ich schlucke meine Enttäuschung herunter. Ersticke die leise Hoffnung, dass ich mit meinem Verdacht falschliegen könnte.

Aber ich werde immer wieder enttäuscht.

Dann wende ich mich vom Schaufenster ab und laufe los.

Jeune schließt zu mir auf. »Alles in Ordnung?«

»Natürlich.« Ich ziehe eine Grimasse. »Ich hatte nur keine Lust mehr, darauf zu warten, dass du wieder Luft kriegst.«

Lachend verdreht sie die Augen. »Du bist wirklich die arroganteste Person, die ich kenne.«

»Apropos arrogant«, fange ich an. Nicht die eleganteste Überleitung, aber es muss reichen. »Der Prinz scheint eine Menge … Freizeit zu haben.« Ich versuche, beiläufig zu klingen. »Hat er denn keine Pflichten?«

Sie muss grinsen. »Ich wusste es.«

»Was wusstest du?«

»Ist gestern irgendwas vorgefallen?«

»Zwischen mir und …« Wir kommen vom Thema ab. »Du hast meine Frage nicht beantwortet.«

»Dann sind wir jetzt quitt. Du beantwortest meine auch nie.«

»Wie wäre es mit einem Wettrennen?«, schlage ich vor. »Wenn ich gewinne, beantwortest du meine Frage. Wenn du gewinnst, beantworte ich deine.«

»Wir wissen beide, dass du gewinnst.«

»Dann lass uns Zeit sparen und du beantwortest mir gleich meine Frage.«

Sie ist amüsiert und gleichzeitig irritiert. Doch dann lächelt sie und sagt: »Hayes und sein Vater haben kein gutes Verhältnis.«

»Also hat er keine Pflichten?«

»Er hat nur sehr *wenige* Pflichten«, korrigiert mich Jeune.

Ich nicke. »Dann erledigt er seine wenigen fiktiven Aufgaben im Besprechungsraum?«

»Er hat ein Arbeitszimmer.«

»Wirklich? Davon weiß ich gar nichts.«

»Wie gesagt. Er hat sehr wenig zu tun.« Jeune grinst. »Und glaub nicht, mir wäre nicht aufgefallen, dass du meiner Frage nach letzter Nacht ausgewichen bist. Ist etwas zwischen dir und Hayes vorgefallen?«

Ich will nicht daran denken, wie sich seine Hände auf meinen Hüften angefühlt haben, die Hitze unserer Nähe oder der ruhige, heimliche Moment, in dem ich fast vergessen habe, dass ich in einer überfüllten Kneipe war.

Der Prinz kann die Welt um sich herum ausschließen und einen mit seinem Ozeanblick gefangen halten.

Aber ich sage nur: »Ich habe nichts dazu gesagt, weil es absurd ist. Nichts ist passiert. Ich habe kein Interesse an einem verzogenen Prinzen.«

***

Zurück in meinem Zimmer, finde ich einen weiteren silbernen Umschlag auf meinem Kopfkissen.

Ich knalle die Tür hinter mir zu.

Fast möchte ich Jeune als Verdächtige ausschließen, immerhin waren wir gerade noch zusammen laufen und ich habe sie die ganze Zeit nicht aus den Augen gelassen. Aber ich bin nicht naiv. Einen Brief zustellen zu lassen, ist nicht schwer. Zumal es so einfach ist, die Schlösser im Palast zu knacken.

Ich reiße den Brief auf.

> Es ist Zeit, dein neues Wissen unter Beweis zu stellen. Frag Prinz Hayes nach Szeiryna. Ich will wissen, wo es liegt. Komm in elf Tagen zur Urteilsverkündung in die Harayahalle. Ich erwarte dort deinen Bericht. Sicher muss ich dir die Konsequenzen nicht erneut vor Augen führen, solltest du mich enttäuschen.

Ich weiß nicht mehr, wie oft ich den Brief gelesen habe, und bin immer verwirrter.

Ich habe noch nie von Szeiryna gehört, aber ich schätze, dieser Auftrag ähnelt meinem letzten. Es muss also etwas mit der Geschichte von Keirdre zu tun haben.

Ich lese den Brief noch einmal. Jemand macht sich große Mühe, die Geheimnisse der königlichen Familie aufzudecken. Warum nur? Ich habe keine Ahnung, aber in Anbetracht der Methoden meiner Erpresser kann das nichts Gutes heißen.

Aber das kann mir egal sein. Ihre Absichten haben nichts mit mir zu tun. Meine Sorge gilt ausschließlich Rain.

Der Prinz ist *sehr* mitteilungsfreudig. Seine Zunge zu lockern, dürfte kein Problem sein. Und was er nicht freiwillig preisgeben will, kann ich ihm mit einer kleinen Melodie entlocken.

Das einzige Problem sind seine Wachen.

Sie sind die ganze Zeit bei ihm. Der Prinz mag leicht zu manipulieren sein, aber bei seinen Wachen wird es schwieriger. Um ihn also mit einem Lied ungestört befragen zu können, muss ich mit dem Prinzen allein sein.

21
Angebissen

Kiefernzapfen,
ich habe seit Tagen nichts Spannendes in der Schule gelernt. Kann ich sie nicht hinschmeißen und auf die Militärakademie gehen? Dann wären wir zusammen. Wäre das nicht ein Spaß?
Ich liebe dich!
Bohnensprosse

Bohnensprosse,
falls das ein Scherz sein sollte, war er nicht witzig.
Wie war die Schule heute? Hast du schon neue Freunde gefunden?
Kiefernzapfen

Kiefernzapfen,
natürlich war das ein Scherz. Und er war zum Totlachen. Schule ist langweilig. Warum fragst du mich immer nach der Schule und erzählst mir nie von dir? Was treibt der Prinz?

Saoirse,
Rain hat mir ihre Freyakerze geliehen. Weil ich nichts von dir höre, nehme ich an, du drehst langsam durch.
Hier die Neuigkeiten aus der Akademie: Wir haben einen frischen Jahrgang Deltas bekommen.
Carrik

Bohnensprosse,
ich habe dir doch gesagt, ich arbeite nur Nachtschichten. Dabei starre ich die ganze Zeit auf eine Tür. Mich interessiert viel mehr, was du machst.

Carrik,
es gibt schon einen neuen Jahrgang? Hast du sie gesehen? Wer ist am besten?
Saoirse

Kiefernzapfen,
heute war ich in der Schule. Gestern war ich in der Schule. Morgen dasselbe. Mein Leben ist wirklich aufregend.

Saoirse,
dir ist klar, dass sie erst acht Jahre alt sind? Da ist noch niemand am »besten«. Es können ja nicht alle Wunderkinder sein so wie ich.
Carrik

Wenn ich nicht gerade Rain oder Carrik Briefe schreibe oder mit Jeune laufe, schmiede ich Pläne.

Den Prinzen allein zu erwischen, ist wohl schwieriger als erwartet.

Obwohl er vorgibt, sich nicht um die Regeln und das Zeremoniell zu scheren, ist der Prinz die ganze Zeit von seinen Wachen umgeben.

Also verbringe ich meine Zeit damit, einen Plan auszuhecken und ihn zu beobachten.

Bisher habe ich in Erfahrung gebracht, dass er laut ist. Seine Stimme hat Gewicht und sein Lachen erzeugt ein eigenes Echo.

Er nimmt kaum etwas ernst.

Er ist einsam. Die meisten seiner »Freunde« sind Söhne und Töchter reicher Wasserfae aus Vanihail, die sich oft im Palast herumtreiben. Sie verbringen viel Zeit miteinander, unterhalten sich, essen und spielen Karten. Aber in ihrer Gesellschaft klingt sein Lachen gedämpft. Und seine Augen strahlen weniger hell.

Er hat Humor. Mehr, als ich je gedacht hätte.

Er ist neugierig. Er beobachtet mich aufmerksam. Hört mir zu, wenn ich etwas sage. Stellt zu viele Fragen.

Er ist außerdem außergewöhnlich schön.

Und er hat das dringende Bedürfnis, von allen gemocht zu werden. Nicht nur von den Wasserfae, die er »Freunde« nennt, sondern von allen. Auch seinen Wachen.

Es ärgert ihn, dass ich ihn nicht leiden kann, aber es fordert ihn auch heraus. Ich hasse es, wie er mich ansieht. Manchmal kommt es mir vor, als würde er mich durchschauen. Aber ich werde mir seine Neugierde zunutze machen, um meine eigene Neugierde zu befriedigen.

Eine Woche, nachdem ich den dritten silbernen Brief erhalten habe, bin ich noch nicht weitergekommen mit dem Plan, den Prinzen von seinen Wachen zu trennen.

Heute Morgen liegt etwas in der Luft, als ich zur Frühbesprechung in den Besprechungsraum komme. Als würde der ganze Palast die Luft anhalten.

Zensen steht wie immer am Kopf des Tisches, aber er wirkt angespannter als sonst und er hat einen Bartschatten. Normalerweise ist er immer glatt rasiert.

Als wir alle da sind, sagt er: »Letzte Nacht hat es einen Angriff gegeben. Eine Gruppe von Palastwachen war in einem Lokal in der Nähe. Dort sind sie überfallen worden. Keiner hat überlebt.« Seine Stimme ist ruhig, aber sein Blick ist hart. »Wir wissen noch nicht, wer hinter dem Angriff steckt, aber die Art des Angriffs erinnert an das Vorgehen des Widerstands.«

»Des Widerstands?«, wiederholt Devlyn. »Aber das ... Den gibt es doch seit Jahrhunderten nicht mehr.«

»Es gab allerdings immer mal wieder Gerüchte, dass er noch existiert«, wirft Jeune ein.

Der Widerstand hat seit Jahren keinen so großen Angriff mehr gestartet. Der letzte ist ein halbes Jahrhundert her. Man hatte versucht, eine königliche Kutsche zu überfallen. Die Geschichte ist im Laufe der Jahrzehnte ausgeschmückt worden, aber soweit ich weiß, haben einige Mitglieder des Widerstands versucht, Königin Ikenna zu entführen. Doch das konnte vereitelt werden und die Rädelsführer wurden umgehend hingerichtet. Ich hätte nicht damit gerechnet, dass sie imstande wären, mehrere Palastwachen umzubringen.

»Ich halte nichts von albernen Gerüchten.« Erasmus sieht Zensen scharf an. »Kannst du bestätigen, dass es sich um den Widerstand handelt?«

»Wir wissen es noch nicht«, entgegnet Zensen. »Ich gebe nur weiter, was man mir bisher mitgeteilt hat. Aber es ist ein direkter

Angriff auf den Palast und die königliche Familie. Wir können das nicht auf die leichte Schulter nehmen.«

Es gibt nur zwei Gründe, weswegen Palastwachen getötet werden. Entweder um ein Signal zu senden oder um Zugang zum Palast zu bekommen.

»Weiß man, ob jemand in den Palast eingedrungen ist?«, frage ich.

»Das ist nicht auszuschließen. Bis wir mehr wissen, müssen wir alle wachsam bleiben. Seine Majestät hat veranlasst, dass die verbliebenen Wachen den Palast so lange nicht verlassen dürfen, bis wir sicher sind, dass es sich um einen Einzelfall handelt. Wir können es uns nicht leisten, noch mehr Palastwachen zu verlieren. Zumal Prinz Hayes' Geburtstag näher rückt.«

Meine Gedanken rasen wie die der anderen Wachen. Außer dass mir die Sicherheit des Palasts oder seiner Wachen vollkommen egal ist. Ich kann nur an Rain denken.

Der Zeitpunkt dieses Angriffs ist kein Zufall. Es kann keiner sein. Jahrhundertelang gelingt dem Widerstand nichts außer ein paar vereinzelter fehlgeschlagener Versuche, doch genau in dem Moment, als ich meinen Auftrag im Palast annehme und von jemandem erpresst werde, sind sie zurück?

Ich glaube nicht an Zufälle.

Der Zeitpunkt ist zu auffällig. Die Erpresser haben etwas gegen die königliche Familie. Bisher hat der Widerstand sich immer gegen die königliche Familie gerichtet oder Hexen dazu gezwungen, ihre Magie für den Versuch einzusetzen, die Barriere zu durchbrechen. Bis zu diesem Augenblick habe ich nicht damit gerechnet, dass sie auch etwas gegen jemanden wie mich haben könnten.

Wenn der Widerstand Palastwachen angreift, dann gibt es

dafür einen Grund. Und mir fällt kein besserer ein, als sich Zugang zum Palast zu verschaffen.

Gehören meine Erpresser zum Widerstand? Ich weiß es nicht. Aber wenn es um Rain geht, gehe ich kein Risiko ein.

Sobald die Besprechung vorbei ist, gehe ich in mein Zimmer und schreibe Rain eine Nachricht.

Bohnensprosse,
wie geht es dir? Alles in Ordnung? Ich liebe dich!
Kiefernzapfen

Ich halte den Brief in die Freyakerze und warte. Natürlich weiß ich, dass Rain die Nachricht erst nach der Schule sehen wird. Trotzdem sitze ich vor der Freyakerze, starre in die Flamme und hoffe, dass sie blau wird. Aber ich erhalte keine Antwort.

***

Ich stehe mit Devlyn vor der Zimmertür des Prinzen. Ich bin ungeduldig, er gelangweilt. Da eilt ein atemloser Bote auf uns zu. »Ist Seine Hoheit da?«

Devlyn und ich sehen einander an.

»Worum handelt es sich?« Devlyn ist misstrauisch. Wachsam.

»Ich habe eine wichtige Nachricht für Seine Hoheit.«

»Tatsächlich?«, entgegne ich. »Wo ist sie?«

»Ich wurde explizit angewiesen, sie in das Arbeitszimmer Seiner Hoheit zu überstellen. Es geht um den vermissten Sohn des Vollstreckers.«

Felix. Mir läuft plötzlich Schweiß über den Rücken, gleichzeitig ist mir eiskalt.

Devlyn sieht verwirrt aus. »Was meinst du?«, fragt er mich.

Mein Blick bleibt auf den Boten gerichtet. »Wir richten es ihm aus«, schlage ich bedächtig vor.

Der Bote nickt dankbar und eilt den Korridor zurück.

Ich bin wie elektrisiert. Mein Herzschlag dröhnt mir in den Ohren, aber irgendwie schaffe ich es, ruhig zu bleiben.

Devlyn fährt sich mit der Hand übers Gesicht und wirkt erschöpft. »Hayes wird das nicht gefallen.«

Trotzdem klopft er an die Tür des Prinzen.

Die Zimmertür geht auf und der Prinz streckt seinen Kopf heraus. Sein Haar ist unordentlich, er hat sich seit Tagen nicht rasiert, und sein müder Blick verrät, dass er geschlafen hat. Oder er hat es zumindest versucht. »Ist etwas passiert?«

»Entschuldigt die Störung«, sagt Devlyn, »aber gerade kam ein Bote. Es wurde ein Brief in Euer Arbeitszimmer zugestellt.«

Der Prinz seufzt. »Den sehe ich mir morgen an.«

Er will die Tür wieder schließen.

»Es geht um Felix«, sage ich schnell.

Die Tür knallt ins Schloss.

Devlyn und ich sehen einander verwirrt an.

Gerade will ich noch einmal klopfen, da öffnet sich die Tür wieder und der Prinz stürmt mit einem silbernen Schlüssel in der Hand den Gang hinunter.

Devlyn und ich eilen ihm hinterher.

»Ob mein Vater mir Neuigkeiten über Felix mitteilen will?« Der Prinz geht immer schneller, während er spricht. »Vielleicht hat man ihn gefunden!«

»Ähm … vielleicht.« Devlyn klingt nicht überzeugt.

Ich präge mir den Weg ein, den wir durch den Palast zum Arbeitszimmer des Prinzen nehmen. Als wir die Tür erreichen, stelle ich mich ihm in den Weg, bevor er hineinstürmen kann. »Eure Hoheit, ich denke, das ist keine gute Idee.«

Sein Blick ist panisch. »Wovon redest du? Ich …«

»Eure Hoheit«, sage ich behutsam. »Ein Bote hat Euch mitten in der Nacht einen Brief in Euer Arbeitszimmer gebracht. Einen Tag nach dem Angriff auf die Palastwachen. Findet Ihr das nicht verdächtig?«

Er zögert und ich rede noch leiser weiter. »Bitte, wartet hier mit Devlyn. Ich gehe hinein und stelle sicher, dass keine Gefahr besteht. Dann könnt Ihr reinkommen. In Ordnung?« Ich halte ihm die Hand hin, um den Schlüssel von ihm zu nehmen.

Nach einer nervenaufreibenden Pause drückt er ihn mir genervt in die wartende Hand.

Ich schlüpfe in sein Arbeitszimmer und suche nach dem Chaelissstein. Ich drücke auf die Rune und der Raum wird hell. Er ist kleiner, als ich erwartet habe. Er hat kalte graue Wände und ist spärlich eingerichtet.

Schnell gehe ich zum Schreibtisch. Sofort fällt mir darauf etwas auf: ein hölzerner Gegenstand. Ein Stempel. Ich drehe ihn um und kontrolliere das Siegel. Es ist dasselbe wie auf den silbernen Briefen des Erpressers. Auch hier fehlt ein Zweig.

Die Tür des Arbeitszimmers fliegt auf.

»Ist alles …« Devlyn spricht nicht weiter, als er mich am Schreibtisch mit dem Stempel in der Hand sieht.

Ich lege ihn zurück und zwinge mich zu einem Lächeln, obwohl mein Herz wie verrückt schlägt. »Gerade wollte ich euch holen. Hier ist alles in Ordnung.«

Devlyn zieht die Augenbrauen zusammen. Selbst als der Prinz an ihm vorbeirauscht, wendet er den Blick nicht von mir ab. »Was hast du da gemacht?«

»Der Brief.« Ich greife nach dem weißen Umschlag auf dem Schreibtisch. »Er lag auf dem Schreibtisch. Ich wollte nur sicherstellen, dass hier keine Gefahr für Seine Hoheit besteht.«

Devlyn glaubt mir kein Wort. Ich kann es ihm ansehen und schmecke etwas wie faulige Eier. Argwohn.

Aber dem Prinzen fällt es entweder nicht auf oder es ist ihm egal. Er schnappt mir den Umschlag aus der Hand und reißt ihn auf.

Ich trete ein paar Schritte zurück und senke den Blick. Ich will seinen Gesichtsausdruck nicht sehen, wenn er feststellt, dass der Brief – den ich vor meiner Schicht in sein Arbeitszimmer habe überstellen lassen – leer ist.

Es macht aber keinen Unterschied, dass ich ihn nicht ansehe. Ich kann seine Verzweiflung schmecken. Rauchig, bitter, salzig, gemischt mit etwas Faulem wie verdorbenem Obst. Enttäuschung.

Ich starre weiter auf den Boden. Der Prinz lässt das weiße Pergament fallen und es landet auf den Holzdielen.

Ich sehe immer noch nicht auf.

Aber ich höre etwas. Das Knarren des Schreibtischstuhls.

Stille.

Dann plötzlich schreit der Prinz wütend auf.

Ich sehe erschrocken hoch, als er alles von seinem Schreibtisch fegt. Klappernd landen verschiedene Dinge auf dem Boden.

»Hayes!« Devlyn ist sofort an seiner Seite. »Ist alles …«

»Frag mich bitte nicht, ob alles in Ordnung ist.« Hayes vergräbt das Gesicht in den Händen. »Nichts ist in Ordnung. Wer zur Hölle hat das geschickt?«

»Das finden wir morgen heraus«, versichert Devlyn ihm.

»Irgendjemand wollte Euch wohl hierherlocken.« Er wirft mir einen messerscharfen Blick zu.

Mir wird bei seinem anschuldigenden Ton eiskalt, aber der Prinz nimmt davon keine Notiz.

»Ich bin kurz davor durchzudrehen, aber mein verdammter Vater will mir nicht sagen, was los ist.« Die Stimme des Prinzen dringt gedämpft durch seine Hände. »Felix wird seit über einer Woche vermisst. Wieso hat man ihn noch nicht gefunden?« Am Ende schreit er fast, die Ader auf seiner Stirn pocht und er hat die Fäuste geballt.

Obwohl er so wütend aussieht, schmecke ich nur seinen rauchigen Herzschmerz und faulige Enttäuschung. Keine Spur von Zorn.

Mir wird übel vor schlechtem Gewissen. Während Devlyn ihn tröstet, knie ich mich hin und hebe die Sachen vom Boden auf. Das ist eine gute Ablenkung von dem bekümmerten Prinzen und gibt mir einen Grund, den Stempel noch einmal anzusehen.

»Entschuldige.« Hayes hat die Augen wieder geöffnet und sieht mich an. »Das musst du nicht machen, Saoirse.«

»Es macht mir nichts aus.« Meine rechte Hand streift den Stempel. Ich würde ihn gern einstecken, aber Devlyn lässt mich nicht aus den Augen, während er den Prinzen zu beruhigen versucht.

»Wirklich.« Der Prinz kniet sich neben mich, hebt ein paar Dinge einschließlich des Stempels auf und wirft sie achtlos zurück auf den Schreibtisch. »Das habe ich angerichtet. Ich räume es auch wieder auf.«

»Soll ich nicht vielleicht …«

»Nein«, unterbricht er mich mit belegter Stimme. »Ich war es. Es ist meine Schuld.«

Er redet nicht mehr von den Dingen auf seinem Schreibtisch.

»Eure Hoheit …«, fange ich an.

Er schüttelt den Kopf. »Flem hätte gar nicht unterwegs sein sollen. *Ich* habe die Feier veranstaltet. Seine Wachen haben bestätigt, dass er hierherkommen wollte. Was auch immer ihm passiert ist, es ist meine Schuld.«

Es trifft mich wie ein Schlag in den Magen. »Eure Hoheit, so dürft Ihr nicht denken. Das ist nicht Eure Schuld. Außerdem …« Ich versuche, meine Anspannung, meine Schuldgefühle hinunterzuschlucken, stattdessen verschlucke ich mich fast an seiner Verzweiflung. Ich rede trotzdem weiter: »… kann er immer noch wiederauftauchen.«

Ich lüge die ganze Zeit. Ich belüge beinahe jeden. Aber diese Lüge … diese Lüge tut weh.

Ich stehe auf und halte ihm eine Hand hin. »Kommt schon.«

Er sieht zu meiner Hand und dann wieder auf das Chaos am Boden. »Ich muss …«

»Nein«, sage ich nachdrücklich. »Das müsst Ihr nicht. Ich räume hier auf und Ihr kommt erst einmal wieder zur Ruhe.«

Er zögert, bevor er meine ausgestreckte Hand nimmt. Ich ziehe ihn hoch und führe ihn zu seinem Schreibtischstuhl. »Macht Euch keine Vorwürfe. Es ist nicht Eure Schuld.«

Es ist meine.

Ich knie mich noch mal hin und sammle die letzten paar Stifte ein.

Hayes droht schon wieder zusammenzubrechen. Seine Gefühle schmecken wie letzte Nacht in der Kneipe. Aber diesmal kann er sie nicht in Alkohol ertränken. Dieses Mal gibt es keine Ablenkung.

Nachdem ich den Prinzen die letzte Woche beobachtet habe,

weiß ich, wie er mit Schmerz umgeht – er ignoriert ihn. Er schiebt ihn von sich weg und verdrängt ihn. Stattdessen konzentriert er sich auf etwas anderes. Alkohol, Festlichkeiten, Tanzen …

Oder auf mich. Das hat er mir quasi beim Tanzen in der Kneipe selbst verraten. Er ist fasziniert von mir. Und diese Faszination nutzt er, um sich abzulenken.

Seinen Schmerz auszunutzen, erscheint mir grausam, aber der Erpresserbrief unter meiner Matratze lässt mir keine Wahl.

»Eure Hoheit.« Ich lege den letzten Stift auf den Schreibtisch. »Gibt es irgendeine Möglichkeit, dass ich morgen nicht die Nachtschicht übernehmen muss?«

»Du bist nur Novizin«, mischt Devlyn sich ein. »Du kannst nicht …«

»Das geht in Ordnung«, unterbricht der Prinz ihn und sieht mich interessiert an. Die Trauer in seinem Blick weicht Neugierde. Genau damit habe ich gerechnet. »Du kannst die Frühschicht übernehmen, Saoirse. Das hast du ja schon mal.«

»Bitte was?« Der Prinz hat eindeutig mit mir gesprochen, aber Devlyn reagiert darauf.

»Hat dir das Jeune nicht erzählt?« Der Prinz zuckt die Schultern. »Die beiden haben letzte Woche die Schicht getauscht.«

»Wir dürfen nicht einfach so die Schicht tauschen«, widerspricht Devlyn.

Der Prinz ignoriert ihn und konzentriert sich wieder auf mich. »Warum möchtest du die Nacht freihaben?«

Damit mein Plan funktioniert, muss er so neugierig wie möglich sein, also weiche ich aus. »Ich würde mein Privatleben gern für mich behalten, Eure Hoheit.«

An seinem Mienenspiel kann ich erkennen, dass er mit unterschiedlichen Gefühlen ringt. Mit Verwirrung, so dicht wie Nebel, dass er die Sonne verdunkeln könnte, und Neugierde, die so heiß brennt wie Wüstensand. »Willst du es mir nicht verraten?«

»Wenn Ihr es befehlt, Eure Hoheit?«

Er zögert, aber wie erwartet schüttelt er den Kopf. »Natürlich nicht.«

Doch ich kann seine Enttäuschung schmecken. Nicht die traurige, bekümmerte Enttäuschung von vorhin, sondern eine, die vor Faszination brennt.

Und schon hat er angebissen.

22

Kein Wort, kein Lied

Die Nachtschicht beginnt um Mitternacht. Ich warte, bis das Wachs meiner Freyakerze heruntergebrannt ist, und sehe ihr dabei zu, wie sie langsam mit den ersten Minuten des neuen Tages wieder wächst.

Dann werfe ich mir meinen dunkelsten Umhang über und ziehe die Kapuze tief ins Gesicht, als wolle ich nicht erkannt werden. Als ich mein Zimmer verlasse, sehe ich nach links und rechts, kurz darauf schleiche ich durch die Gänge und husche durch die Schatten.

Ich verfolge die Absicht, meinen Schwindel so authentisch wie möglich aussehen zu lassen. Vorzugeben, nicht gesehen werden zu wollen.

Als ich den Übungsraum betrete, entzünden sich die Chaelissleuchter mit einem Zischen.

Ich lege meinen Umhang ab, durchquere den Raum und trete an das Regal mit den Waffen. Ich wähle eine Armbrust aus, lausche jedoch zugleich auf Schritte. Wenn ich alles richtig gemacht habe, und davon gehe ich aus, werde ich heute Nacht nicht lange allein bleiben.

Ich lege die Armbrust an und muss mir ein Grinsen verkneifen, als die Tür sich hinter mir öffnet.

»Verrückt, dich hier zu treffen.«

Ich spiele meine Rolle. Mein Rücken versteift sich in gespielter Überraschung, bevor ich mich zum Prinzen umdrehe.

Laa'el und Devlyn stehen an seiner Seite. Laa'el sieht ausdruckslos die Wand hinter mir an, aber Devlyns Gesichtsausdruck ist misstrauisch und wachsam.

»Eure Hoheit.« Ich verbeuge mich.

Er schmunzelt. »Hörst du irgendwann einmal damit auf?«

»Nein, Eure Hoheit.«

Er deutet auf den Übungsraum. »Das sind deine Pläne? Ich muss zugeben, ich hatte etwas Spannenderes erwartet.«

»Tut mir leid, Euch zu enttäuschen, Eure Hoheit.«

»Ich bin nicht enttäuscht. Nur verwirrt. Ich bin davon ausgegangen, dass du eine geheime Verabredung hast.«

Es klingt wie eine Frage, aber keine direkte, also antworte ich nicht. »Seid Ihr mir etwa gefolgt, Eure Hoheit?«

»Ja.« Er klingt ungezwungen.

»Warum?«

»Du hast mich neugierig gemacht«, antwortet er schlicht. »Und ich wollte wissen, was du vorhast. Aber *das* hier musst du doch nicht verheimlichen.«

»Eure Hoheit, wenn Ihr es genau wissen wollt, meine ursprünglichen Pläne sind ins Wasser gefallen.«

Seine Neugierde ist zurück und schmeckt diesmal noch süßer als zuvor – wie eine geschmorte Tomate. »Welche ursprünglichen Pläne?«

Seitdem ich ein Kind bin, weiß ich, wie man Männer manipuliert. Es braucht nur ein Lied. Diese neue Form der Manipulation ist nicht so erregend, wie einem Opfer dabei zuzusehen, wie ihm jedweder Wille entgleitet, aber sie hat ihren ganz eigenen Reiz – die süße Befriedigung, einen Prinzen zu überlisten.

Es ist wie ein Theaterstück, in dem ich die Hauptrolle spiele. Langsam öffne ich den Mund, als wolle ich etwas sagen. Doch bevor ich weiterspreche, lasse ich den Blick über seine Schultern – erst über die eine, dann über die andere – zu seinen beiden Wachen gleiten.

Daraufhin verziehe ich den Mund und sehe zu Boden.

Für den letzten Akt in meinem Drama schlucke ich schwer und mache ein verlegenes Gesicht.

Er sieht mich amüsiert an. Der rauchige Geschmack seiner Neugierde legt sich mir auf die Zunge und ich muss mir ein Grinsen verkneifen.

»El, Dev.« Der Prinz nimmt den Blick nicht von mir. »Lasst uns allein.«

Laa'el blinzelt. »Hayes, wir können Euch nicht …«

»Saoirse wird schon auf mich aufpassen. Ihr könnt vor meinem Zimmer warten, aber ich brauche euch hier nicht mehr.«

»Vielleicht können wir vor dem Übungsraum warten?«, schlägt Devlyn vor. »Ich fühle mich nicht wohl dabei, Euch mit …« Er beendet den Satz nicht, aber sein misstrauischer Blick sagt alles.

»Nein.« Der Prinz bleibt hartnäckig. »Ich sehe euch später.«

Laa'el und Devlyn schauen einander an. Ihr Widerwillen ist ihnen deutlich anzusehen, aber sie gehorchen und verlassen den Raum.

Die blauen Augen des Prinzen funkeln gut gelaunt. »Bei Luna, ich dachte schon, die beiden gehen nie.«

»Eure Hoheit …«

»Was hast du vorhin gesagt? Über deine ursprünglichen Pläne?«

Ich drehe ihm den Rücken zu. »Ich habe gar nichts dazu gesagt, Eure Hoheit. Ich habe mich auf meine Zielübungen vorbereitet.«

»Nein …« Er stellt sich neben mich. Wir berühren einander nicht, aber die Luft zwischen uns vibriert wie eine Saite. »Du wolltest mir deine Pläne verraten.«

Er strahlt wie immer Wärme aus, die mich umhüllt wie eine Decke. »Das wollte ich sicher nicht.«

Er zieht die Augenbrauen zusammen.

Ich lege die Armbrust an. »Warum seid Ihr so interessiert an mir, Eure Hoheit?« Ich meine die Frage ernst. Ich setze keine meiner sonstigen Methoden ein. Weder das Gesicht einer Sirene noch ein zu kurzes Kleid. Und dennoch ist er fasziniert von mir.

»Weil du mir nichts erzählst.«

»Wie wäre es mit einem Tauschgeschäft?«

Sein Gesichtsausdruck hellt sich auf und er lehnt sich zu mir.

Er ist wie eine Marionette. *Meine* Marionette.

Zumindest will ich mir das einreden. Er ist mir wie jedes andere Opfer ergeben. Außer …

»Lass hören«, murmelt er.

… außer dass, bei Luna, seine Stimme weich wie Samt ist, die Hitze seiner Nähe meine Haut zum Kribbeln bringt und seine Augen so verführerisch sind wie der Ozean, dem ich schon mein ganzes Leben zu widerstehen versuche.

Ich hole tief Luft. Mein Atem zittert, als bekäme sogar die Luft in seiner Nähe schwache Knie. Um mich abzulenken, ziele ich mit der Armbrust. »Ihr beantwortet eine meiner Fragen und ich beantworte eine Eurer.« Ich ziehe den Abzug und der Bolzen trifft die Mitte der Zielscheibe. Ich erlaube mir, ihm in die Augen zu sehen. »Der einzige Haken: Ihr dürft nicht nach meinen Plänen für heute Nacht fragen.«

Seine Neugierde entzündet ein Feuer in mir. Er zieht einen Bolzen aus dem Köcher und hält ihn mir hin. *»Abgemacht.«*

Ein einzelnes Wort sollte nicht so einen starken Eindruck hinterlassen. Aber wie er es ausspricht, eher wie ein sanftes Stöhnen, jagt es mir einen Schauer über den Rücken.

»Großartig.« Ich nehme den Bolzen und lege ihn ein. Meine Bewegungen sind etwas hölzerner als sonst, aber er scheint es nicht zu bemerken. »Ich fange an: Habt Ihr je von etwas namens Szeiryna gehört?«

Seine gute Laune verflüchtigt sich und die Neugierde auf meiner Zunge wird durch etwas Schärferes ersetzt – Angst. Eiskalte Angst. »Woher kennst du das?«

Ich drehe mich zu ihm um. »Mit dieser Reaktion habe ich nicht gerechnet.«

»Saoirse …« Sein Blick hat nichts Scherzhaftes mehr an sich. »Das ist kein Spiel. Vergiss es lieber. Zu deiner eigenen Sicherheit.«

»Was hat das mit meiner Sicherheit zu tun?«

Er fährt sich mit der Hand übers Gesicht. Sein Gesichtsausdruck grenzt an Verzweiflung, als er näher kommt, zu nah. »Vergiss es. *Bitte.*«

Seit ich im Palast arbeite, habe ich mir eine gewisse Unempfindlichkeit gegenüber der atemberaubenden Schönheit des Prinzen angeeignet. Aber wenn er so eindringlich ist, so *intensiv*, dann kommt es mir vor, als sehe ich ihn zum ersten Mal.

Trotzdem habe ich mir nicht diese ganze Mühe gemacht, um nun doch keine Antworten von ihm zu bekommen.

Kontrolle. Ich muss die Kontrolle behalten. Ich spiele meinen Plan noch einmal durch: Ich habe ihn dazu gebracht, mir zu folgen, seine Wachen wegzuschicken und Informationen auszutauschen. Ich *habe* die Kontrolle.

Ich trete näher an ihn heran.

Normalerweise bringt mich seine Nähe aus dem Konzept, aber jetzt, während ich bemerke, wie mir sein Blick folgt und sein Kehlkopf hüpft, überkommt mich der Rausch meines Sieges.

Sein zimtiges Verlangen ist zurück. Meine Gegenwart hinterlässt Eindruck bei ihm. Das wunderte mich nicht, als ich das knappe Kleid trug, aber heute trage ich meine Uniform, und trotzdem habe ich denselben Effekt auf ihn.

Ich bin es nicht gewohnt, einen solchen Eindruck zu hinterlassen, wenn ich wie eine Soldatin aussehe. Aber ich bin es *durchaus* gewohnt, das Verlangen eines Mannes zu meinem Vorteil zu nutzen.

»Bitte!« Wir sind ganz allein, also lasse ich meine Stimme sanfter werden, bereite mich darauf vor, eine zarte Melodie anzustimmen.

Er zögert, sein Blick wird unruhig. Dann endlich sagt er: »Kommt ganz darauf an.« Er spiegelt meine Bewegungen und kommt noch näher an mich heran. »Was hattest du heute Abend vor?«

Ich runzle die Stirn. »Ihr hattet zugestimmt, nicht danach zu fragen.«

»Das war, bevor ich wusste, wonach du fragen würdest.«

»Das ist nicht fair. Befehlt Ihr, dass ich antworte, Eure Hoheit?«

Er sieht mich irritiert an. »Natürlich nicht.«

»Dann sagt mir, was Szeiryna ist!«

Er wirkt angespannt. »Für jemanden, der nie eine Frage beantwortet, stellst du ganz schön viele.«

»Bitte!« Noch einen Schritt näher. Wir stehen einander direkt gegenüber. Näher, als ich es mir bisher je erlaubt habe. Aus irgendeinem Grund will er mich. Und solange er mich will und ich nicht dasselbe empfinde, habe ich die Kontrolle.

Dennoch ist sich jede Faser meines Selbst seiner extremen Nähe bewusst. Unsere Herzen pochen im selben schnellen Rhythmus und unsere Blicke bohren sich unverwandt ineinander. Mir wird schwindelig, aber ich gebe nicht nach. »Bitte, Hayes, ich …«

Gerade will ich eine kleine Melodie anstimmen, nur so viel, um ihn zum Reden zu bringen, da schmecke ich auf einmal Orangen, und der Prinz grinst mich an. »Hast du mich eben Hayes genannt?«

Ich blinzle.

Habe ich das?

Jedes noch so kleine Detail dieser Nacht habe ich durchgeplant, aber seinen Namen zu benutzen, war nicht Teil davon.

Ich schiebe das auf unsere ungewohnte Nähe. Ihm so nah zu sein, bringt mich aus dem Konzept. Dann habe ich also einen Fehler gemacht, aber das ist nicht wichtig. Es darf nicht wichtig sein, denn dem Prinzen, den ich immer noch in erster Linie als Informationsquelle brauche, zu nahe zu kommen, kann kein gutes Ende nehmen.

Ich zwinge mich zu einem Lächeln. »Erzählt mir von Szeiryna.«

»Na schön«, gibt er nach einer Pause nach. »Leg das weg.« Er deutet auf die Armbrust. »Ich muss dir etwas zeigen.«

Ich zögere einen Moment, bevor ich die Armbrust zurück ins Regal lege. Der Prinz geht zur Tür und ich folge ihm. »Wohin gehen wir?«

»In die Bibliothek«, antwortet er, ohne sich umzudrehen.

Als wir den Korridor entlanggehen, bin ich verwundert, verkneife mir aber weitere Fragen.

Er hält mir die Doppeltür zur Bibliothek auf und ich trete ein.

Meine Schritte hallen in dem Labyrinth der deckenhohen Bücherregale wider. Die Regale sind geschwungen wie die Biegungen eines Flusses, sodass sie gemütliche Nischen erzeugen, die mit weichen Sesseln ausgestattet sind. Perfekt, um in Ruhe zu lesen.

Der Prinz führt mich nach rechts in einen Gang und ich bleibe wie angewurzelt stehen. Vor mir an der Wand hängt das Porträt eines jungen Mannes. Es zeigt ihn nur von der Hüfte aufwärts, trotzdem ist er eindeutig von beachtlicher Statur. Er hat eine vornehme königliche Ausstrahlung und ein stolz gerecktes Kinn. Fast arrogant. Seine dunkle Haut ist makellos und sein Haar sorgfältig gestutzt und frisiert.

Aber was mir besonders auffällt, sind seine Augen. Sie sind blau wie der Ozean.

»Ist das …« Die Frage hängt in der Luft.

»Mein Bruder«, bestätigt der Prinz.

Ich fahre mit einem Finger über den goldenen Bilderrahmen. »Er sieht aus wie Ihr.«

Der Prinz betrachtet verärgert das Porträt. »Nur die Augen. Findest du, er sieht besser aus als ich?«

Das tut er nicht. Natürlich nicht. Ich kann mir nicht vorstellen, dass es in Keirdre jemanden gibt, der schöner ist als Hayes, tot oder lebendig. »Ich finde, Ihr hegt ihm gegenüber eine ziemliche Abneigung, dafür, dass Ihr ihm nie begegnet seid«, stelle ich stattdessen fest.

Er spannt die Lippen an. »Du hast eine Schwester. Und du liebst sie, stimmt's?«

»Mehr als alles andere.«

»Und deine Eltern? Sie lieben euch beide gleich?«

»Natürlich.«

»Du sagst ›natürlich‹«, murmelt er, »aber ich kämpfe schon mein ganzes Leben mit meinem Bruder um die Zuneigung meiner Eltern – und verliere. Dabei war er schon tot, als ich auf die Welt gekommen bin. Wenn sie könnten, würden sie mein Leben, ohne zu zögern, gegen seines tauschen. Finnean wurde von klein auf von meinem Vater dazu erzogen, seine Nachfolge anzutreten. Ich werde in ein paar Wochen achtzehn, und mein Vater hat noch nicht einmal angedeutet, dass ich eines Tages den Thron übernehmen könnte. Ich werde für immer leben, aber niemals König werden. Finnean war siebzehn Jahre alt, und mein Vater war bereit, ihm das Königreich anzuvertrauen. Es ist unmöglich, ihn nicht zu hassen.«

Ich kann mir nicht vorstellen, Rain zu hassen. Ich kann mir nicht vorstellen, dass sie mich hasst. Und so einsam ich mich auch manchmal fühle, so einsam ich *bin*, ich kann mir nicht vorstellen, nicht geliebt zu werden.

Wo auch immer der Prinz hingeht, er ist umgeben von Leuten. Leibwachen, Berater und namenlose Fae, die seine Feste besuchen und seinen Wein trinken. Aber abgesehen von Felix hat er keine Freunde.

Ein Teil von mir will sich darauf konzentrieren. Darauf, dass der Prinz um die Liebe seiner Eltern mit einem jungen Mann buhlt, den es nicht mehr gibt. Dass diejenigen, die mit ihm Zeit verbringen, entweder seine Untergebenen sind oder es sich um familiäre Verpflichtungen handelt. Und wie die einzige Ausnahme mit leerem Blick am Grund eines Flusses liegt.

Aber ein größerer Teil kann die Erinnerung an die Porträts nicht abschütteln, an die Frau auf dem Felsen und an Rain. Unzählige Leben wurden durch einen machthungrigen König zerstört oder beendet, aber sein Sohn kümmert sich nur darum, wie einsam er sich in diesem königlichen Marionettentheater fühlt.

Ich atme tief durch. Das Atmen fällt mir leichter, wenn kein Mitgefühl mit dem Prinzen mich niederdrückt. »Und was hat Euer Bruder mit Szeiryna zu tun?«

»Es hat mit seinem Tod zu tun. Er wurde von einer Sirene in den Tod geführt.«

Eine qualvolle Pause entsteht.

Ich spanne die Beine an, unterdrücke den Drang, wegzulaufen, mein Herz pocht lauter und schneller. Aber irgendwie schaffe ich es, stehen zu bleiben.

»Eine Sirene?« Meine Stimme versagt fast.

»Früher gab es in Keirdre Sirenen. Auch nach Errichtung der Barriere.«

»Ich weiß«, sage ich. »Ein paar von ihnen waren noch in Keirdre, als König Elrian …«

»Nein.« Der Prinz schüttelt den Kopf. »Nicht nur ein paar. Es gab einen ganzen Sektor. Und um deine Frage zu beantworten, dieser Sektor hieß Szeiryna. Mein Vater hat ihn dem Erdboden gleichgemacht.«

Ich warte darauf, dass er anfängt zu grinsen. Mir dieses perfekte Lächeln schenkt, bei dem einem die Knie schwach werden, und zugibt, dass er scherzt. Aber er blickt immer noch düster drein.

Die Wucht dieser neuen Erkenntnis haut mich beinahe um, aber ich schaffe es, auf wackeligen Beinen zu stehen. Mir bleibt keine Zeit, das zu verdauen. Nicht jetzt. Die Erpresser fragten nicht danach, was Szeiryna ist, sondern *wo* es liegt.

»Wie kann das sein?«, frage ich ihn. »Wenn es dem Erdboden gleichgemacht wurde, muss es die Überreste ja noch irgendwo im Königreich geben.«

»Du bist zu neugierig für dein Wohl«, meint der Prinz. »Wissen ist nicht immer Macht. Manchmal ist es gefährlich. Und in diesem Fall …«

»Ich werde mich vorsehen«, falle ich ihm ins Wort. »Sagt es mir einfach. *Bitte.*«

Unsere Blicke treffen sich. Er ist eindeutig im Zwiespalt. Gleich wird er nachgeben, er braucht nur einen Schubs.

Gerade öffne ich den Mund, um ihn mit einem sanften Summen erneut zu bitten, da senkt er den Kopf und seufzt. »Du musst mir schwören, dass du es nie jemandem verrätst. Kannst du mir das versprechen?«

Nein. Dieses Geheimnis habe ich bereits jemand anders versprochen.

Trotzdem nicke ich. »Ich verspreche es.«

»Szeiryna liegt nicht mehr in Keirdre.« Er schluckt schwer. »Weil mein Vater die Barriere verschoben hat.«

Mir stockt der Atem. »Das ist … unmöglich. Die Barriere kann nicht verschoben werden. König Elrian …«

»Diese Geschichte ist eine Lüge. König Elrian hat die Barriere nicht errichtet. Das war mein Vater. Und er hat sein *eigenes* Leben daran gebunden. Und das meiner Mutter. Und als ich geboren wurde, auch meines. Unsere Lebenskraft ist an die Barriere gebunden. Jeder von uns erhält eine Schicht des Schutzwalls aufrecht. Solange die königliche Familie besteht, besteht auch die Barriere. Solange die Barriere besteht, besteht auch die königliche Familie. Aber das bedeutet nicht, dass wir unverwundbar sind.«

Mein ganzes Leben war mir die Geschichte vom Opfer König Elrians eingebläut worden. Aber offensichtlich war die Barriere nicht von einem wohlwollenden König errichtet worden, um uns vor der Außenwelt zu schützen, sondern von einem gnadenlosen König, um uns einzusperren.

»Warum diese Lüge?«

»Wenn König Elrian sein Leben gegeben hat, um die Barriere zu errichten, ist sie so dauerhaft wie der Tod. Aber mein Vater hat die Barriere mit unseren Leben verbunden, daher …«

»… hat sie nur so lange Bestand wie die königliche Familie«, wird mir klar.

»Ganz genau.« Der Prinz nickt. »Daher erscheinen wir drei auch nie gemeinsam in der Öffentlichkeit. Das Risiko wäre zu hoch, wenn uns allen gleichzeitig etwas zustieße.«

Das ist die erschütternde Information, die meine Erpresser in Erfahrung bringen wollten. Die Bestätigung, dass die Barriere verschoben werden kann.

Nein, mehr als das. Sie wollten wissen, *wie* die Barriere verschoben werden kann, und vor allem, wie man sie zum Einsturz bringt.

Meine Vermutung war richtig. Meine Erpresser müssen Teil der Vereinigung sein, die seit Jahren einen Weg sucht, Keirdre zu entkommen. Dieselbe Vereinigung, die vermutlich erst letzte Woche mehrere Palastwachen ermordet hat – der Widerstand.

Ich muss zu lang geschwiegen haben, denn der Prinz sucht meinen Blick. »Saoirse.« Er haucht meinen Namen wie ein

Gebet. »Ich weiß, das ist viel auf einmal. Aber du musst wissen, wie ernst das alles ist.«

Oh, das weiß ich. Besser als er. Er hat mir ein königliches Geheimnis verraten und mich zur Geheimhaltung verpflichtet. Ein Versprechen, das ich nicht beabsichtige zu halten.

»Das weiß ich.«

»Gut. Ich wüsste nicht, was ich tun würde, sollte dir etwas zustoßen.«

Die ganze letzte Woche habe ich damit verbracht, Schuldgefühlen auszuweichen, als wären es Angriffe. Der Schuld an Felix' Tod, dem Schuldgefühl, den Prinzen zu manipulieren, ihn dazu zu bringen, mir Geheimnisse zu verraten. Doch jetzt steht er zu nah vor mir und seine Augen sind zu blau. Aber das Besorgniserregendste an der ganzen Sache ist, ich musste nicht einen Ton singen, um ihn zum Reden zu bringen.

Ich bin davon ausgegangen, dass hinter seiner Neugierde und seinen Fragen eine heimliche Absicht steckt, aber seit heute Nacht glaube ich, dass er mich wirklich *kennenlernen* will.

Und das macht mir offen gesagt mehr Angst, als wenn er mir gebeichtet hätte, dass er zur Freude seines Vaters Sirenen jagt.

»Was geht in deinem Kopf vor?«, fragt er amüsiert. »Du siehst immer aus, als würdest du grübeln. Aber du wirkst nie verwirrt.«

Da liegt er falsch. Ich bin verwirrt. Mit seiner Neugierde habe ich gerechnet, auch mit seinem gelegentlich aufflammenden Verlangen, aber seine aufrichtige *Freundlichkeit* überrascht mich. Es kommt nicht oft vor, dass mich jemand überrascht, aber dem Prinzen gelingt es immer wieder.

Bevor ich etwas erwidern kann, fliegen die Türen der Bibliothek auf und rasche Schritte kommen auf uns zu.

Ein Mann rennt um die Ecke. Er trägt eine Botenuniform und

eine Anstecknadel am Revers. »Eure Hoheit.« Er verbeugt sich. »Ich bin ein Bote Seiner Majestät. Ich bringe Neuigkeiten: Felix Fleming ist gefunden worden.«

Ich atme scharf ein.

»Endlich.« Der Prinz schmeckt nach süßer Erleichterung, er lächelt und seine Schultern entspannen sich. »Wo war er? Geht es ihm gut?«

Ich erstarre zu Stein und befürchte, dass ich zu durchschaubar bin.

Der Bote räuspert sich. »Er … er ist tot, Eure Hoheit. Man hat ihn am Ufer des Greysn gefunden.«

Stille.

Dann macht der Prinz einen Schritt zurück.

Nur einen. Sein rechter Fuß bewegt sich nur um ein Haarbreit weg vom linken, aber ich sehe es. Und es erschüttert mich.

»Tot?«, wiederholt der Prinz tonlos.

Ich schmecke etwas Kaltes. Es ist trocken wie Sand, rauchig wie Asche und salzig wie Tränen. Trauer. Schwer und düster. Hayes' Trauer.

»Ja, Eure Hoheit. Ertrunken«, sagt der Bote. »Mir wurde aufgetragen, Euch umgehend in den Besprechungsraum des Königs zu bitten. Dort findet gerade eine Krisensitzung statt.«

Hayes' Beine zittern.

Ohne darüber nachzudenken, trete ich vor und packe ihn am Arm. Stütze ihn.

»Eine Sitzung?« Hayes klingt immer noch tonlos. »Es ist also nicht mit rechten Dingen zugegangen?«

»Verzeiht, Eure Hoheit. Aber ich habe Euch alles mitgeteilt, was ich weiß.«

»Danke«, murmelt Hayes abwesend. »Du kannst gehen.«

Mit einer Verbeugung verabschiedet sich der Bote.

In dem Augenblick, als er weg ist, bricht Hayes zusammen. Seine Schultern beben und er kann sich kaum mehr auf den Beinen halten.

Ich versuche, ihn mit der Hand am Arm zu stützen, aber es gelingt mir nur mit Mühe. Er klammert sich an mich, geschüttelt vom Schmerz.

Ich weiß seit zwei Wochen von Felix' Tod. Fast genauso lang weiß ich, dass er und Hayes enge Freunde waren. Aber erst jetzt, mit dem Geschmack von Hayes' Trauer im Mund und der schweren Last meiner Lügen auf den Schultern, holt mich das alles ein.

Er lässt meinen Arm los und vergräbt das Gesicht in den Händen.

Schweigen.

Dann plötzlich ein Schrei.

Ein langer, lange unterdrückter Schrei, der von seinen Händen gedämpft wird. Erschrocken greife ich nach ihm, ich weiß nicht genau, was ich damit erreichen will. Aber er nimmt die Hände vom Gesicht, und obwohl seine Verzweiflung mich wie ein eisiger Windstoß erwischt, weint er nicht.

»Es tut mir so leid, Eure Hoheit«, sage ich leise. Diese Entschuldigung gilt zweifach. Zum einen für die Verantwortung, die ich am Tod seines Freundes trage.

Zum anderen für das, was ich als Nächstes plane.

Ich spiele mit der Zunge an meiner Schleierperle herum und wappne mich. »Wenn es eine Untersuchung gibt, wer wird sie dann leiten?«

»Mein Vater hat seine Ermittler.«

»Hm«, erwidere ich.

»Was?«

Es ist leicht – *zu* leicht –, ihn zu manipulieren. Noch vor einer Stunde habe ich mich deshalb mächtig gefühlt. Jetzt fühle ich mich nur noch erschöpft. »Nichts, nur … Warum übernehmt nicht Ihr das? Wenn Ihr sie leitet, kann Euer Vater Euch nicht mehr von der Untersuchung ausschließen.«

»Ich?« Hayes blinzelt. »Mein Vater würde sicher nichts davon halten.«

»Na und?« Ich kann in seinem Gesicht lesen wie in einem offenen Buch. Ich sehe genau, was ich sagen muss, um mein Ziel zu erreichen. »Eure Wachen sind dafür ausgebildet, Täuschungen aufzudecken. Was kann es schon schaden, sich das zunutze zu machen?« Ich warte einen Moment. »Für einen Freund?«

Etwas ändert sich an seinem Blick. »Vielleicht hast du recht.«

Ich öffne den Mund, will ihn gerade fragen, ob ich ihn in den Besprechungsraum des Königs begleiten soll, zur Not mithilfe einer Melodie, als er sagt: »Saoirse, würdest du mitkommen?«

»Ich … was?«

»Kommst du mit mir zu der Sitzung? Du hast recht. Wenn Felix etwas zugestoßen ist, will ich, dass meine Garde die Ermittlungen übernimmt. Und damit meine ich dich.«

»*Mich?*« Ich weiß nicht, warum ich das infrage stelle. Ich sollte einfach Ja sagen, aber ich kann nicht fassen, dass er mir genau das auf dem Silbertablett serviert, was ich will, ohne dass ich singen muss. Ich habe nicht einmal danach *gefragt*.

»Du bist clever. Ich vertraue dir.«

Das solltest du nicht.

Es ist grausam, zu grausam, ihn so auszunutzen, aber wenn ich es nicht mache, bin ich nicht Teil der Untersuchung, und der

König und seine Ermittler könnten mich ausfindig machen. Felix' Mörderin und noch dazu eine Sirene, zwei in einem.

Anstatt zu antworten, bedeute ich Hayes, mich aus der Bibliothek und zum Besprechungsraum zu führen. Und ich folge ihm, als würde ich den Weg nicht kennen. Noch eine Lüge, die auf mir lastet.

Die Wände des Palasts sind erneut stürmisch. Die Blitze noch häufiger als zuvor, die See noch rauer.

Hayes bleibt vor der Tür des Besprechungsraums stehen. »Meinem Vater ist dieser Raum heilig. Du gehst hinter mir, du bleibst hinter meinem Stuhl stehen. Du siehst nicht auf und du sprichst kein Wort. Mein Vater hat üble Laune, und wenn er in seinem Besprechungsraum ist, kann ihn alles in Rage versetzen. Versprich mir, dass du dich vorsiehst.«

Sein Gesichtsausdruck ist ernst, aber ich schmecke noch seine Trauer auf der Zunge. Meine Hand zuckt, will nach ihm greifen. Um ihn zu trösten, weil ich ihm das angetan habe.

Stattdessen balle ich die Fäuste. »Das werde ich.«

»*Versprich* es mir«, verlangt er nachdrücklich.

»Ich verspreche es, Eure Hoheit.«

»Hayes«, korrigiert er mich.

Ich habe keine Kraft mehr, mit ihm zu streiten. »Ich verspreche es, Hayes.«

23

Eine wunderschöne Frau

Im Vergleich zum Besprechungsraum des Königs ist der des Prinzen eher ein Kinderspielzimmer. Dieser Raum hier ist oval und groß genug für ein Echo. An den Wänden stehen steinerne Bänke. Der lange Holztisch in der Mitte des Raums ist von aufgeregten Männern umgeben, die hinter Dutzenden von Stühlen stehen und sich laut unterhalten.

Nur eine Person sitzt.

König Larster Vanihail ist groß. Auch im Sitzen. Er hat graues Haar, das ihn eher würdig aussehen lässt als alt. Sein Bart ist dicht, rau und mit Silberfäden durchzogen. Und seine Augen haben die Farbe von kaltem Lila. Er sieht aus wie jemand, der einmal attraktiv war, aber gealtert ist – und das eher durch Verbitterung als durch das Rad der Zeit.

Hayes bleibt stehen. Er ist immer noch einige Schritte von seinem Vater entfernt, aber ihre Blicke begegnen sich und die Spannung zwischen den beiden knistert wie ein Lagerfeuer.

»Mein Sohn hat sich also auch endlich bequemt, zu uns zu stoßen.« Der König erhebt die Stimme nicht, aber sobald er spricht, sind alle anderen still.

»Schön, dich zu sehen, Vater«, begrüßt Hayes ihn. Dann sieht er zu mir und flüstert mir zu: »*Verbeug dich.*«

Mein Innerstes sträubt sich dagegen. Dieser Mann hat meinesgleichen ermorden lassen und noch Tausende andere auf dem Gewissen. Und ich muss mich vor ihm verbeugen, als ob ich ihm Respekt schulde. Instinktiv möchte ich singen.

Mit nur ein paar Tönen kann ich ihn zur Strecke bringen, so grausam, wie er über andere richtet.

Ihn so kurz, nachdem ich von dem Ausmaß seiner Grausamkeit erfahren habe, zu sehen, bringt mich innerlich zum Kochen. Doch Hayes steht neben mir und hat gerade erst erfahren, dass sein Freund tot ist. Wenn er sich beherrschen kann, dann kann ich das zur Hölle noch mal auch.

Kontrolle. Ich habe die Kontrolle.

Ich verneige mich tief.

Die faulige Missbilligung des Königs legt sich mir auf die Zunge. »Wo ist Zensen?«

»Beschäftigt«, erwidert Hayes steif.

»Und du hältst es für angebracht, stattdessen ein Kind zu dieser Sitzung mitzubringen?«

»Sie ist so alt wie ich.«

»Das sage ich doch. Ein Kind.«

Hayes lässt sich nicht einschüchtern. »Stellt das ein Problem dar, Vater?«

Der König schnaubt. »Nicht, solange sie die Regeln kennt.«

»Das tut sie.«

»Erhebe dich, Mädchen.« Das gilt mir.

Ich richte mich auf.

Der König betrachtet mich abschätzig. Ich stehe still, die Beine einen Fußbreit auseinander, die Arme hinter dem Rücken, den Blick auf den glänzend schwarzen Marmorboden gerichtet.

»Wie heißt du, Mädchen?«

Mädchen. Er spuckt das Wort förmlich aus.

»Saoirse Sorkova, Eure Majestät.«

»Woher kommst du, Saoirse Sorkova?«

Ich grabe mir die Fingernägel tief in die Handflächen. »Vanihail, Eure Majestät.«

»Was machen deine Eltern?«

»Sie sind Müller, Eure Majestät.«

»Was hast du mit deinem Gesicht gemacht?«

Ein klein wenig kneife ich die Augen zusammen. »Ich habe es mir verbrannt, Eure Hoheit.«

Bei dieser etwas vorlauten Antwort leuchten seine Augen überrascht auf.

Hayes' Angst wird bitter und ich muss bei dem Geschmack beinahe husten.

Der König will gerade eine weitere Frage an mich richten, vielleicht um mich herauszufordern, als Hayes ihm ins Wort fällt. »Handelt es sich hier nicht um einen Notfall? Warum verhörst du sie? Wenn du meinem Urteilsvermögen nicht traust, dann sag es. Ansonsten lass uns mit der Besprechung fortfahren.«

Sechs lange Herzschläge starren sich die beiden Vanihails – König und Prinz, Vater und Sohn – wortlos an.

Schließlich: »Nun gut. Wir haben einiges zu besprechen.«

Hayes tritt steif um den Tisch herum und stellt sich hinter einen Stuhl zur Linken des Königs. Ich bleibe wie befohlen hinter dem Stuhl des Prinzen stehen und lehne mich dort gegen die Wand.

Von hier aus bemerke ich ein mir bekanntes Gesicht. Grisham Haverly.

Seine Anwesenheit sollte mich nicht überraschen. Er ist schließlich einer der Ermittler des Königs. Aber ich hatte ihn völlig vergessen.

»Warum sind wir hier?«, will Hayes wissen.

»Um unser weiteres Vorgehen zu besprechen«, entgegnet der König. »Vollstrecker Fleming will die Sache so schnell wie möglich aufgeklärt wissen.«

Für einen Augenblick senkt Hayes den Blick und ich schmecke wieder seine tiefe Trauer. »Du gehst davon aus, dass es sich um Mord handelt?«

»Ich *weiß*, dass es sich um Mord handelt.«

»Ist es nicht wahrscheinlicher, dass er in den Fluss gestürzt und ertrunken ist? Viele Feuerfae können nicht schwimmen.«

»Meine Ermittler haben Grund zu der Annahme, dass dieser Auftragsmord auf Spektryls Konto geht«, erwidert der König.

»Die Raze?«, fragt Hayes ungläubig. »Aber hatte er nicht genau aus diesem Grund Leibwachen?«

»Eure Hoheit?«, höre ich eine vertraute Stimme sagen.

Ich unterdrücke ein Stöhnen.

»Was?«, blafft der König. »Du wagst es, unaufgefordert zu sprechen, Haverly?«

Grisham hält sich an der Lehne seines Stuhls fest, um nicht zu wanken. Das Holz kratzt über den Boden. »Verzeiht, Eure Majestät. Aber ich habe eventuell relevante Informationen.«

Der König sieht immer noch erzürnt aus, nickt aber und erteilt Grisham die Erlaubnis, fortzufahren.

»Bei unserer letzten Besprechung haben wir über das Verschwinden von Felix Fleming beraten, Eure Majestät. Danach hat mich eine wunderschöne Frau angesprochen. Sie hat sich nach unseren Ermittlungen erkundigt.«

Ich möchte davonlaufen. Aus dem Raum stürmen, mich aus einem Fenster stürzen, im Erdboden versinken. Nur um dieser Anschuldigung zu entfliehen.

Aber ich rühre mich nicht.

Der König sieht auf, Schatten wälzen sich ihm wie ein Unwetter über das Gesicht. »Was hast du ihr verraten?«

»Nichts, Eure Majestät.«

Lügner.

»Ich wollte es nur erwähnen, Eure Hoheit, weil es einen weiteren Mord gegeben hat. Vermutlich auch von Spektryl ausgeführt. Es hat einen Mord vor dem Verschwinden von Felix Fleming gegeben. An einem Erdfae namens Brogan Nash. Er wurde hinter einer Kneipe in Vanihail tot aufgefunden. Es gibt Gerüchte, dass Spektryl dafür verantwortlich ist, aber der Wirt schwört, er habe den Erdfae gemeinsam mit einer wunderschönen Frau die Kneipe verlassen sehen.«

Wenn ich die Wand nicht hätte, um mich abzustützen, ich würde wohl umfallen.

Der König lacht hämisch. »Vanihail ist voll von wunderschönen Frauen.«

Grisham schluckt. »Aber, Eure Majestät, ich glaube nicht, dass Spektryl Brogan Nash ermordet hat.«

Bleierne Stille.

»Du glaubst, diese Frau hat Nash und Felix auf dem Gewissen?«, fragt Hayes. »Und was dann? Dann ist sie in den Palast gekommen, um sich danach zu erkundigen?«

»Ich weiß es nicht. Ich weiß nur, dass diese Frau Nash in eine Gasse hinter der Kneipe geführt hat und er dort umgekommen ist. Wenn sie ihn nicht selbst ermordet hat, dann war sie der Köder.«

»Das schließt Spektryl als Mörder nicht aus«, überlegt Hayes.

»Falls diese Frau der Köder war, dann kann es nicht Spektryl gewesen sein, Eure Hoheit. Die Raze beauftragen keine Frauen. Daher denke ich, dass diese Frau entweder selbst die Mörderin ist oder sie für jemand anders arbeitet. Einen Attentäter, der nicht im Auftrag der Raze handelt.«

»Du meinst also, dass eine Attentäterin unter Spektryls Namen Aufträge ausführt?«, fragt der König ungläubig.

»Ich will damit nur sagen, dass es in letzter Zeit zu zwei Morden gekommen ist, die man Spektryl zuschreibt, die aber gleichzeitig mit einer wunderschönen Frau in Verbindung stehen, die unmöglich Spektryl sein kann. Ich möchte nur vorschlagen, Eure Majestät, die Möglichkeit in Betracht zu ziehen, dass diese beiden Morde in Zusammenhang stehen, und wir den Tod von Brogan Nash und den von Felix Fleming gemeinsam untersuchen.«

»Ich beauftrage jemanden damit, den Tod von Brogan Nash zu untersuchen«, sagt der König. »Wenn es keinen Bezug zu Felix Flemings Tod gibt, übergeben wir die Ermittlung wieder den lokalen Vertretern und …«

»Vater«, unterbricht Hayes ihn kühn. »Ich möchte meine eigenen Ermittlungen anstellen.«

»Nein.« Der König lässt keinen Haarbreit Raum für Widerspruch.

Dennoch reckt Hayes das Kinn. »Warum nicht?«

Der Tisch bebt bei seinen Worten und der Blick des Königs wird eisern. »Weil ich es sage.«

»Das reicht mir nicht, Vater. Felix war mein Freund. Ein verdammt guter noch dazu. Meine Wachen sind für eine solche Untersuchung genauso geeignet wie deine Ermittler. Alle Deltas werden darin ausgebildet. Warum geben wir meiner Garde nicht etwas anderes zu tun, als ausschließlich mich zu beschützen? Bei Luna, du zahlst ihnen genug, dass sie auch andere Verpflichtungen erledigen sollten.«

Der Blick des Königs fällt auf mich. »Ich habe von der hier gehört. Sie ist ein Wicht. Wie soll eine Ikatus …«

»Vater.« Hayes' Stimme klingt kalt und beißend. »Sie ist mehr als geeignet. Tatsächlich möchte ich, dass sie uns bei den Untersuchungen unterstützt. Und Laa'el.«

»Die *Hexe*? Warum stellst du nicht gleich noch einen Drecks-Menschen ein?«

»Die beiden sind meine Wahl«, sagt Hayes. »Ich werde den Rat über meinen Fortschritt auf dem Laufenden halten. Falls wir Hilfe benötigen, gebe ich Bescheid.«

»Wenn du glaubst, dass du in der Lage bist, einen Attentäter der Raze aufzuspüren, dann bist du dümmer, als ich gedacht habe. Wir jagen Spektryl schon seit Jahren ohne Erfolg.«

»Dann kann es ja nicht schaden, mit frischem Schwung an die Sache heranzugehen.«

Eine lange Stille folgt.

»Na schön«, gibt der König schließlich nach. »Du hast bis zu deinem Geburtstag Zeit, mir eine handfeste Spur zu präsentieren.«

»Das sind nur zwei Wochen.«

Der König grinst fies. »Entweder … oder.«

»In Ordnung.« Hayes spuckt die Worte aus, als wären sie vergiftet.

»Hervorragend. Und wenn du Unterstützung brauchst …«

»Wir kommen schon klar.«

»… werde ich hinter dir aufräumen.« Der König redet weiter, als hätte Hayes nichts gesagt. Er erhebt sich mit einem selbstgefälligen Grinsen. »Wie immer.« Ohne ein weiteres Wort zu sagen, machen sich er und sein Gefolge auf, den Raum zu verlassen. Seine lila Augen starren mich an, als er an mir vorbeigeht.

Ich erwarte, dass er wegsieht, dass sein Blick mich nur eiskalt streift, aber er hält Blickkontakt, bis er an mir vorbei ist.

Erst als die Tür ins Schloss fällt, erinnere ich mich daran, dass ich den Blick hätte senken sollen.

»Bist du in Ordnung?«, fragt Hayes mich. »Es tut mir leid. Mein Vater kann … nun ja, du hast ihn ja erlebt.«

»Schon in Ordnung«, beruhige ich ihn.

Er sucht in meinem Gesicht nach etwas wie Beunruhigung, dann seufzt er. »Natürlich. Das sollte mich nicht überraschen. Du bist du. Unerschütterlich.«

»Warum habt Ihr Euch für Laa'el entschieden? Ich hatte erwartet, Ihr würdet Zensen wählen.«

»Ich informiere die anderen morgen, aber heute Nacht brauche ich jemanden mit Laa'els Fähigkeiten. Wie spät ist es?«

»Etwa zwei Stunden nach Mitternacht.«

»Ausgezeichnet.« Er geht zur Tür. »Wir holen Laa'el ab und machen uns auf den Weg. Die besten Kneipen haben noch mindestens zwei Stunden geöffnet.«

»Ihr wollt jetzt in eine Kneipe gehen?«, frage ich und folge ihm.

»Jemand hat meinen besten Freund ermordet. Ich will wissen, wer, und zwar am besten schon gestern.« Seine Entschlossenheit wächst mit jedem seiner Schritte. Als wir auf den Korridor treten, rennt er beinahe.

Er hebt die Hand, um an Laa'els Tür zu klopfen, doch sie öffnet sich, noch bevor er sie berührt.

Laa'el trägt einen pudrig gelben Morgenrock und weiche weiße Hausschuhe. Trotz der späten Stunde und ihres Aufzugs sieht sie nicht so aus, als habe sie geschlafen. »Hallo, Hayes.«

»Wir untersuchen den Tod eines Erdfae in einer Kneipe«, sagt Hayes. »Ich hatte gehofft, du würdest uns begleiten.«

Laa'el sieht zu mir. »Die da kommt mit?«

»Ja. Wie lange brauchst du, bis du fertig bist?«

Sie greift in eine ihrer Manteltaschen und holt eine Kette hervor. Daran hängt ein dunkler Flussstein mit einer blauen Rune auf der Vorderseite. Sie legt sich die Kette um den Hals, und die Rune beginnt, so hell zu leuchten, dass ich die Augen schließen muss.

Als das Licht schwächer wird, steht Laa'el noch immer an der gleichen Stelle, aber nun trägt sie ein Kleid in derselben Farbe wie ihr Morgenrock und ihre silbernen Locken fallen in die Kapuze eines mitternachtsblauen Umhangs.

Sie tritt vor und schließt ihre Zimmertür hinter sich. »Ich bin so weit.«

Hayes grinst. »Hervorragend.«

24

Ein Gesicht wie ihres

Die Kneipe am Flussufer riecht genauso streng, wie ich es in Erinnerung habe. Nach frischem Bier, altem Schweiß und Verzweiflung.

Vor etwas über zwei Wochen bin ich in einem viel zu kurzen schwarzen Kleid und einem Fläschchen mit Gift hier gewesen. Nun stehe ich an Hayes' Seite und die Gäste in der Kneipe machen ihm Platz wie damals mir.

Hayes gleitet auf einen Barhocker und winkt nach dem Kellner. Der ist gerade dabei, ein verschmiertes Glas mit einem dreckigen Spültuch abzutrocknen, und kommt zu uns rüber. »Hallo, was kann ich …« Das Glas fällt klirrend zu Boden, als er die Anstecknadel an Hayes' Revers sieht. »Eure Hoheit. Es ist mir eine Ehre.« Er verneigt sich.

»Nicht notwendig«, sagt Hayes. »Ich habe nur ein paar Fragen. Kennst du jemanden mit Namen Brogan Nash? Er wurde vor ein paar Wochen tot in einer Gasse hinter der Kneipe gefunden.«

Der Kellner wirft sich das Geschirrtuch über die Schulter. »Ähm … Ich gehe den Wirt für Euch holen, Eure Hoheit. Ich bin gleich zurück.« Er verbeugt sich noch einmal und verschwindet durch eine Tür hinter dem Tresen.

Laa'el trägt die Kapuze weiterhin tief ins Gesicht gezogen und lehnt mit dem Rücken an der Theke. Viele Blicke sind verunsichert auf sie gerichtet. Hexen ist der Zutritt nach Vanihail nur erlaubt, wenn sie Soldaten sind, und selbst dann sind sie eine Seltenheit. Viele Fae haben noch nie eine von Angesicht zu Angesicht gesehen.

Ich setze mich auch auf einen Hocker, zwei Plätze von Hayes entfernt. Er rutscht auf und lehnt sich zu mir.

»Kann ich dir etwas zu trinken anbieten?« Er grinst, aber sein Lächeln erreicht die Augen nicht. »Geht auf mich.«

»Ich trinke nicht während der Arbeit, Eure Hoheit.«

»Nicht einmal Wein?«

Ich muss bei dem Gedanken an den Wein der Fae unbeabsichtigt das Gesicht verzogen haben, denn er hebt eine Augenbraue. »Dir schmeckt der Wein auch nicht?«

»Auch?«, wiederhole ich. »Ihr trinkt ihn doch die ganze Zeit.«

»Ich trinke ihn nur, wenn ich in Gesellschaft bin, aber mir ist noch nie ein Fae begegnet, der das Gesöff ebenfalls nicht mag.« Er klingt heiter, aber er klammert sich dabei an die Münze um seinen Hals. »Er ist viel zu süß. Wie Honig. Wenn ich Honig trinken will, dann trinke ich … nun ja, eben Honig.«

Er lacht, aber ich schmecke seine Stimmung. Sie ist sauer wie faulige Zitronen und so kalt, dass mir die Zähne wehtun.

Ich erwidere sein Lachen nicht. »Geht es Euch gut?« Eigentlich wollte ich das nicht laut aussprechen, aber es ist zu spät. Jetzt kann ich die Worte nicht mehr zurücknehmen.

Hayes' falsches Lachen erstirbt. Er streicht über die verkohlte Münze und vermeidet es, mich anzusehen. »Es geht mir gut.«

Ich sollte aufhören, kann es aber nicht lassen. »Hayes …«

Er seufzt. »Ich hatte zwei Wochen Zeit, mir Gedanken darüber zu machen, was mit Felix passiert ist. Vielleicht ist es lächerlich, aber ich hätte nie damit gerechnet, dass ihm etwas zugestoßen sein könnte. Darüber habe ich einfach nicht nachgedacht. Und jetzt …« Er holt tief Luft und sieht mich an. »Tut mir leid. Ich hätte nicht …«

»Ihr müsst Euch nicht bei mir entschuldigen. Für gar nichts.«

Die Tür hinter dem Tresen schwingt auf und ein alter Wasserfae kommt auf uns zugeeilt. »Eure Hoheit, verzeiht, dass Ihr warten musstet.«

»Das macht nichts.« Hayes' Erscheinung wechselt reibungslos von bestürzt zu charmant. Jede Spur seiner Trauer verschwindet aus seinem Gesichtsausdruck wie Tau im Sonnenschein, aber der Geschmack bleibt in meinem Mund zurück. Seine Haltung hat sich verändert. Mir gegenüber ist er entspannt, erschöpft und niedergeschlagen gewesen. Nun ist er förmlich und lächelt unaufrichtig. »Wie heißt du?«

»Silas, Eure Hoheit.«

»Also, Silas, ich habe ein paar Fragen zu Brogan Nash.«

»Ich erinnere mich an ihn, Eure Hoheit. Man vergisst Gäste nicht so schnell, die tot hinter der Kneipe gefunden werden.«

»Erinnerst du dich noch, ob er an jenem Abend mit jemandem zusammen war?«

Silas scheint ein Licht aufzugehen. »Geht es um die Frau?«

Ich zwinge mich dazu, ruhig zu bleiben, auch wenn mein Instinkt, zu fliehen, überhandzunehmen droht.

»Ja, genau. Hast du sie gesehen?«

Silas grinst. »Es war schwer, sie nicht zu sehen, Eure Hoheit. Nach einer Frau wie ihr dreht sich jeder um.«

»Sie war also hübsch?«

Silas schnaubt, bevor er sich daran erinnert, dass er dem Kronprinzen von Keirdre gegenübersteht, und versucht, es mit einem Husten zu überspielen. »Hübsch ist nicht der richtige Ausdruck, Eure Hoheit. Sie war perfekt. Man konnte den Blick nicht von ihr wenden, selbst wenn man es gewollt hätte. Doch das wollte keiner, das könnt ihr mir glauben, Eure Hoheit. Alle Augen waren auf sie gerichtet, aber sie hat sich Brogan ausgesucht. Das war seltsam.«

»Warum?«

Verlegen fährt sich Silas mit der Zunge über die Oberlippe. »Ich habe hier schon einige schöne Frauen gesehen, Eure Hoheit, die mit manchem glücklichen Kerl die Kneipe verlassen haben. Aber so eine Frau … Entweder geht sie mit jemandem, der für ihre Gesellschaft bezahlt, oder mit jemandem, der Charme hat, aber …« Er hält inne. »Sagen wir es so, jemand so Wunderschönes wie sie lässt sich auf jemanden von seinem Aussehen nicht ein, außer …« Er verstummt.

»… außer jemand bezahlt dafür.« Hayes beendet den Satz.

»Genau, Eure Hoheit.«

»Weißt du noch, wie sie aussah?«

»Bevor ich ihr Gesicht vergesse, fällt mir eher mein eigener Name nicht mehr ein.«

Hayes wirft Laa'el einen vielsagenden Blick zu. Sie nickt, schlägt ihre Kapuze zurück und dreht sich zum Tresen.

Silas wird nervös. Mir wird erst jetzt klar, dass sie bisher mit dem Rücken zu ihm gestanden hat, um ihn nicht zu beunruhigen.

Hayes lächelt Silas freundlich an. »Kannst du meiner Begleiterin hier helfen, eine Skizze von ihr anzufertigen?«

»Natürlich …« Silas klingt nicht begeistert, und als er Laa'els volle silberne Locken und gesprenkelte Augen sieht, die sie eindeutig als Hexe ausweisen, schmeckt sein Zweifel modrig wie alter Käse. »Soll ich sie beschreiben?«, fragt er.

»Nicht wirklich.« Hayes winkte den Kellner zu sich. »Ich brauche einen Stift und Pergament.«

»Sofort, Eure Hoheit.«

Der Kellner verschwindet erneut durch die Tür hinter der Theke.

Ich schaue Hayes verwundert an. »Was hat Laa'el vor?«

»Sie zeichnet unsere Unbekannte.«

Ich bin wie erstarrt. Mir bleibt das Herz beinahe stehen, ich vergesse zu blinzeln und die Brust wird mir eng.

»Wie?« Ich klinge wie immer.

»Sie sieht ihm in den Geist.«

Ich habe unendlich viele Fragen. Hexen sind zwar sehr mächtig, aber sie können nicht Gedanken lesen. Bevor ich nachfragen kann, kehrt der Kellner zurück.

Er reicht Hayes Stift und Pergament, der beides an Laa'el weitergibt.

»Schließ die Augen und stell sie dir vor«, fordert Laa'el Silas auf. »Du kannst mir ihr Bild durch deinen Geist senden.«

Silas weicht zurück. »Du willst meine Gedanken lesen? Ich will nicht, dass eine verfluchte Hexe in meinem Kopf herum…«

»Entspann dich.« Laa'els Worte klingen besänftigend, aber ich kann für einen kurzen Augenblick sehen, dass seine Reaktion sie verärgert. »Niemand kann ohne Einverständnis Gedanken lesen. Du sendest mir nur genau das, was du mir zeigen möchtest. Nicht mehr und nicht weniger.«

Silas' Gesichtsausdruck verrät, dass er lieber an seinem eigenen Erbrochenen ersticken würde, als Laa'el sein Einverständnis zu geben. Aber ein Blick auf den Prinzen reicht, um ihn zu überzeugen.

Laa'el nimmt den Stift in die linke Hand und legt Silas die Fingerspitzen der rechten Hand auf die Stirn. »Schließ die Augen und stell sie dir vor. Kannst du sie sehen?«

»Ja …« Silas' Stimme zittert.

»Gut … gut. Jetzt behalte ihr Bild, so scharf du kannst, und stelle dir vor, es schwebt durch die Luft …« Sie säuselt sanft und füllt nebenbei das Pergament.

Unterbewusst fällt mir auf, mit welcher Hand Laa'el zeichnet. Sie ist also Linkshänderin wie der Verfasser des Erpresserbriefs. Aber darauf kann ich mich im Moment nicht konzentrieren. Ich kann mich auf nichts konzentrieren außer auf meine lähmende Angst.

Drina ist zwar mächtig, aber ich weiß nicht, ob ihre Runen mich vor dieser Magie schützen werden. Heimlich verlagere ich mein Gewicht auf dem Barhocker, schiebe die Beine zur Seite, mache mich bereit, um jederzeit aufspringen zu können. Ich denke über meinen Fluchtweg nach. Durch den Hinterausgang, die Gasse hinunter und direkt nach Hause. Dann packe ich meine Familie und wir hauen ab.

Laa'els Augen zucken schnell hinter ihren Lidern hin und her, als würde sie mit geschlossenen Augen die Zeitung überfliegen. Sie hat die Augenbrauen zusammengezogen und es läuft ihr eine Schweißperle die Schläfe hinunter.

Die meisten Hexen kennen sich mit körperlicher Magie gut aus, vor allem in Form von Telekinese. Runenmagie ist eine etwas fortgeschrittenere Praxis, aber auch noch weitverbreitet. Mentale Magie allerdings ist nur sehr selten und deutlich komplexer.

Als Laa'el die Augen öffnet, ist ihr Gesicht gerötet und ein Schweißfilm liegt ihr auf der Stirn, doch auf dem Pergament ist ein Porträt entstanden.

Die Frau, die Laa'el gezeichnet hat, sieht atemberaubend aus. Und das bin ich.

Ich atme scharf ein und rechne damit, dass mich unweigerlich jemand erkennt.

Aber das passiert nicht.

»Wow.« Hayes klingt ehrfürchtig. »Sie ist wunderschön.«

Es überrascht mich, wie sehr seine Reaktion mich trifft. Natürlich will ich nicht, dass er mich erkennt, aber dass er so gar keinen Zusammenhang herstellt, beunruhigt mich noch viel mehr.

»Wir verteilen das Bild hier überall«, sagt Hayes. »Aber erst lassen wir uns von Grisham Haverly bestätigen, dass es sich um dieselbe Frau handelt, die ihn angesprochen hat.«

Das sind vernünftige nächste Schritte. Wäre mir tatsächlich daran gelegen, dass Hayes die Frau auf der Zeichnung findet, würde ich das unterstützen. Aber in diesem Moment kann ich nur an eines denken …

Bei Luna, meine Eltern werden mich umbringen.

25

Bittere Erkenntnisse

Laa'el und ich sitzen links und rechts von Hayes in seinem Besprechungsraum.

Es ist ein befriedigendes Gefühl. Diese Plätze sind sonst für den steifen Zensen und den mürrischen Erasmus reserviert. Und jetzt sitzen wir hier, eine siebzehnjährige Novizin und eine Hexe.

Laa'el und Hayes beugen sich über eine von den Ermittlern des Königs zusammengestellte Liste der Auftragsmorde, die Spektryl im vergangenen Jahr begangen haben soll. Offiziell können die Ermittler nicht beweisen, dass sie alle auf Spektryls Konto gehen, aber ihre Einschätzung ist beunruhigend zutreffend. Auch ich beuge mich über die Liste, aber ich studiere sie nicht. Ich kann mich nicht konzentrieren.

Die Ereignisse der letzten Wochen sind wie ein tobender Sandsturm. Trotzdem versuche ich, sie systematisch durchzugehen, um den genauen Zeitpunkt herauszufinden, ab dem alles schiefgegangen ist.

Leider bringt mich das zu ein paar bitteren Erkenntnissen, mit denen ich nur schwer zurechtkomme.

Erkenntnis Nummer eins: Mein Leben ist ab dem Moment zu einem Spießrutenlauf geworden, als ich mir von Rain den silbernen Briefumschlag geschnappt habe.

Erkenntnis Nummer zwei: Mein Leben ist zu einem Spießrutenlauf geworden, als mir ein Mitglied der Raze einen Auftrag angeboten hat – und ich Ja gesagt habe.

Erkenntnis Nummer drei: Mein ganzes Leben ist ein verdammter Spießrutenlauf, seit ich schreiend und tobend auf diese Welt gekommen bin – als Sirene.

Seitdem hatte ich keinen Augenblick Ruhe.

»Interessant.« Laa'el unterbricht meine Überlegungen und tippt mit dem Finger auf einen Namen ziemlich weit unten auf der Liste. »Mir war nicht bewusst, dass Spektryl für den Tod von Okkler verantwortlich ist.«

»Wer ist Okkler?«, frage ich, obwohl ich die Antwort natürlich kenne.

Okkler war ein Hexer aus Krill, dem kleinen, weniger bekannten Hexensektor auf dem Land. Okkler war mein erster Auftrag für die Raze.

»Okkler war meine Wache«, erklärt Hayes.

Etwas klingelt bei mir. Eine Alarmglocke.

Ich dachte, die Ermittlungen von mir abzulenken, würde einfach werden. Schließlich habe ich erst vor sechs Monden angefangen, für die Raze zu arbeiten. Daher haben mehr als die Hälfte der Namen auf der Liste nichts mit mir zu tun. Aber ich kann nicht ignorieren, dass zwei meiner Aufträge in direkter Verbindung zu Hayes stehen. Wie gesagt, ich glaube nicht an Zufälle.

»Alles in Ordnung?« Hayes beobachtet mich.

»Alles gut.« Meine Stimme klingt dünn wie ein Kleidungsstück, das man zu oft gewaschen hat. Mein Blick wandert zu Laa'el. Ich brauche einen Moment. Einen Moment mit Hayes. Einen Moment, um meine Gedanken auszusprechen, ohne dass sie dabei ist. Aber zuerst …

Ich schnappe mir einen Stift und ein Stück Pergament.

»O-c-k-l-e-r-r«, schreibe ich. »Was wissen wir sonst noch über ihn?«

Laa'el runzelt die Stirn. »Das schreibt man anders.«

»Wie bitte?« Ich tue so, als sei ich verwirrt. »Oh. Entschuldigung.« Ich versuche es noch einmal. »O-c-l-e-r.«

Sie sieht mich irritiert an und reißt mir Zettel und Stift aus der Hand. Dann schreibt sie seinen Namen richtig auf. »*So* schreibt man das«, sagt sie.

»Oh. Verzeihung.« Ich bin enttäuscht, dass ihre Handschrift nicht zu der auf dem Brief passt, lasse mir aber nichts anmerken. »Wo ist die Zeichnung von der Unbekannten hingekommen?«

»Ich habe sie in die Druckerei gegeben.«

»Kannst du eine Kopie holen?«

»Warum?«

»Das hilft mir beim Nachdenken.« Während ich das sage, berühre ich verstohlen unter dem Tisch Hayes am Handgelenk.

Sofort sieht er zu mir. Ich versuche, mithilfe meiner Mimik auszudrücken, was ich nicht laut sagen kann: *Wir müssen reden. Ungestört.*

Laa'el sieht immer noch verwundert aus. »Hol sie dir doch selber.«

»Bitte, El!« Hayes springt mir zur Seite.

Der Blick, den sie mir zuwirft, könnte Gletscher in Brand stecken, aber sie sagt nichts und verlässt den Raum.

Sobald die Tür hinter ihr zufällt, kommt Hayes auf meine

Seite des Tisches und sieht mich fragend an. »Warum wolltest du, dass sie geht?«

Es ist komisch. Die Nacht hat mit einem ausgeklügelten Plan begonnen, ihn ohne seine Wachen zu erwischen, aber es stellt sich heraus, dass ich nur danach fragen muss.

»War Okkler reich?«, will ich wissen. Meine letzte Chance. Ein Hoffnungsschimmer, wenn auch ein vergeblicher.

Hayes sieht immer verwirrter aus, aber er zwingt mich nicht dazu, seine Frage zu beantworten. »Nein. Warum?«

»Kam er aus einer einflussreichen Familie?«, schlage ich vor.

»Nein. Saoirse, was geht hier vor?«

Ich glaube, Okkler wurde ermordet, weil er in direkter Verbindung zu Euch stand.

Noch sage ich das aber nicht. Ich muss vorsichtig vorgehen. »Erscheint er Euch nicht auch als ein seltsames Ziel der Raze? Normalerweise ermorden sie reiche, mächtige Fae, nicht arme Hexer.«

Mein spitzer Unterton fällt ihm auf. »Glaubst du, jemand hat es auf *mich* abgesehen?«

»Warum sollte man sonst eine Leibwache des Prinzen umbringen?«

»Ich weiß deine Sorge zu schätzen, aber Okkler wurde vor fast sechs Monden ermordet. Wenn jemand mich tot sehen wollte, hätte derjenige den Plan nicht längst in die Tat umgesetzt?«

»Ich weiß es nicht. Wen habt Ihr als Ersatz für Okkler eingestellt?«

»Ich habe danach niemanden eingestellt. Bis auf dich.«

Vielleicht hat jemand Okkler ermorden lassen, damit eine Position als Leibwache in Hayes' Garde frei wird. Vielleicht derselbe, der mir den Erpresserbrief geschickt hat, weshalb ich die Stelle überhaupt erst angenommen habe.

»Hat jemand vorgeschlagen, dass Ihr die neue Wache aus der Abschlussklasse der Deltas rekrutieren sollt?«

»Nein. Das war allein meine Idee. Alle anderen haben es für absurd gehalten. Ich glaube nicht, dass jemand Okklers Tod dazu nutzen will, um mich zu töten.«

Vielleicht sollte ich es dabei belassen. Okkler war einer meiner Aufträge, das macht mich misstrauisch. Aber andererseits will ich auf keinen Fall, dass Hayes eine Verbindung zu mir herstellt.

Für Hayes ist Okkler ein Name auf einer langen Liste, aber für mich ist er mein erster. Das muss etwas zu bedeuten haben.

»Und sonst stehen keine weiteren Wachen von Euch auf der Liste? Oder ...« Ich muss an Felix denken, den Sohn des Vollstreckers. »Oder vielleicht Familienmitglieder von Wachen?«

»Nein.«

»Was ist mit den Leibwachen Eurer Eltern?«

Hayes sieht so aus, als wolle er die Augen verdrehen, aber er wirft einen weiteren Blick auf die Liste. »Nein, ich ...« Er verstummt. »Moment. Ich kenne noch einen Namen. Henley.«

Temisen Henley. Mein dritter Auftrag für die Raze. »Ihr kennt ihn?«

»Mein Vater hatte eine Wache mit demselben Nachnamen. Ich erinnere mich nicht mehr an seinen Vornamen, aber er hat vor ein paar Monden gekündigt, weil sein Vater gestorben ist und er den Familienhof übernehmen musste.«

»Hof?«, wiederhole ich. »Die Raze haben einen *Bauern* ermorden lassen? Nicht gerade reich und mächtig. Findet Ihr es nicht seltsam, dass zwei der Ermordeten von der Liste mit Eurem Schutz beauftragt waren?«

Jetzt habe ich ihn neugierig gemacht. »Bei Luna ... denkst

du …« Er vollendet den Satz nicht, aber ich weiß auch so, was er meint.

»Steht auf der Liste jemand in Verbindung zur Wache Eurer Mutter?«, will ich wissen.

»Nein.«

»Seid Ihr Euch sicher? Eure Mutter musste niemanden ersetzen?«

»Doch. Aber dafür war Spektryl nicht verantwortlich. Es war ein Selbstmord.«

Mir wird klar, was er gleich sagen wird, und ich wappne mich innerlich dafür.

»Er war ein Wasserfae«, sagt Hayes. »Feris Carp.«

Ich erinnere mich an ihn. Ich erinnere mich daran, seinen Namen auf Pergament von meinem Auftraggeber erhalten zu haben. Ich weiß noch, wie ich mitten in der Nacht an seine Tür geklopft habe. Ich weiß noch, wie ich das Schwert, das über dem Kamin hing, bewundert habe. Ich erinnere mich daran, wie ich mit ihm in seinem Wohnzimmer getanzt habe, als er mich aufgefordert hat. Ich erinnere mich daran, für ihn ein Lied angestimmt zu haben.

Und ich erinnere mich daran, wie ich ihn gebeten habe, sich in das Schwert zu stürzen, das er so geschätzt hat. Er tat, wie ihm geheißen.

In mir zersplittert etwas wie Glas.

Nicht, weil ich mich an Feris erinnere.

Nicht, weil ich jetzt weiß, dass die Raze einen Anschlag auf die königliche Familie planen.

Sondern weil ich weiß, dass sie mich dafür benutzen.

26

Nicht genug

Als ich den Besprechungsraum zur Morgenbesprechung betrete, werde ich überrascht. Hayes steht an Zensens üblichem Platz am Kopfende des Tisches.

»Guten Morgen.« Hayes nickt jedem von uns zu und macht Zensen Platz. »Normalerweise bin ich nicht bei diesen Besprechungen dabei, aber vergangene Nacht hat man Felix gefunden. Er ist tot. Ermordet.«

Ich schmecke den Schock der Anwesenden, aber Hayes' Trauer überdeckt alles andere.

Obwohl ich spüren kann, wie unglücklich er ist, bleibt sein Gesichtsausdruck ruhig. »Wir werden die Untersuchung übernehmen.« Er sieht zu mir. »Saoirse leitet die Ermittlung.«

Das überrascht mich, aber bevor ich etwas sagen kann, meldet sich Erasmus zu Wort. »Kann eine Novizin eine Ermittlung leiten?«

Hayes nickt. »Guter Einwand. Ich befördere Saoirse zur Juniorwache.«

Von Devlyn geht ein Geschmack aus, bitter wie Zitronenschale, sauer wie gestockte Milch, salzig wie eingelegter Fisch.

Erasmus schnaubt und verschränkt die Arme wie ein Kind. Von ihm schmecke ich die übliche Fäule der Abneigung.

»Sie ist erst seit ein paar Wochen hier«, beschwert sich Devlyn.

»Ich vertraue ihr«, sagt Hayes nachdrücklich. »Wir haben zwei Tötungsdelikte zu untersuchen und ich kann keine Novizin gebrauchen.«

»Zwei?«, fragt Jeune. »Wer ist der zweite Tote?«

»Brogan Nash.«

Jeune runzelt die Stirn. »Ich dachte, er wäre ein Opfer von Spektryl.«

»Wir glauben nicht, dass es Spektryl war«, erwidert Hayes. »Eine Frau hat Nash in die Gasse geführt, in der er getötet wurde. Dieselbe Frau hat einen der Ermittler des Königs, Grisham Haverly, nach Felix' Verschwinden befragt.«

»Wer ist sie?«, will Jeune wissen.

»Das wissen wir nicht. Vielleicht arbeitet sie für die Raze, aber die Raze beauftragen normalerweise keine Frauen, also vielleicht auch nicht. Wie dem auch sei, wir müssen sie aufspüren. Wenn uns das gelingt, finden wir entweder heraus, dass sie die Mörderin ist, oder sie führt uns zu den Verantwortlichen.«

»Das sollte nicht so schwer sein«, erklärt Devlyn. »Wir müssen nur die einzige Person finden, die was gegen köstliches Gebäck hat.«

Die anderen Wachen lachen, aber ich sehe verwirrt drein. »Gebäck?«

»Du weißt schon. Die Familie Nash.« Devlyn sieht mich verständnislos an.

»Sollte mir das etwas sagen?«

»Hast du noch nie von der Familie Nash gehört?«, fragt Jeune ungläubig. »Ihre Bäckereien sind die erfolgreichsten in ganz Keirdre. Wie kannst du die nicht kennen?«

»Ich glaube kaum, dass der Mord etwas mit Backwaren zu tun hat«, entgegne ich trocken.

»Ist diese Frau die einzige Verbindung zwischen den beiden Opfern?«, fragt Jeune.

»Das wissen wir nicht«, antwortet Hayes. »Aber wenn es noch andere Verbindungen gibt, müssen wir sie finden. Und wir haben nur bis zu meinem Geburtstag Zeit.«

»Nur zwei Wochen, um einen Attentäter der Raze zu finden?«, fragt Devlyn.

»Erst mal müssen wir nur diese Frau finden. Um die Raze kümmern wir uns später.« Hayes wirft einen Stapel Pergamente auf den Tisch. »So sieht sie aus. Seid auf der Hut. Sie hat sich schon einmal Zutritt zum Palast verschafft.«

Ich sehe mir den Stapel an. Es sind Kopien der Zeichnung von Laa'el.

»Wow!« Devlyn keucht auf. »Sie ist wunderschön.«

»Es sollte nicht lang dauern, sie aufzuspüren«, fährt Hayes fort. »Ihr Bild wurde überall in Keirdre verteilt.«

Ich reiße den Kopf hoch. »Jetzt schon?«

»Es wurde heute Morgen mit der Zeitung ausgeliefert. Und wir haben in allen Sektoren Steckbriefe aufhängen lassen. Wenn sie sich irgendwo herumtreibt, finden wir sie.«

Mir wird übel.

Hayes runzelt die Stirn. »Geht es dir gut?«

»Alles in Ordnung«, erwidere ich.

Zumindest wenn man außer Acht lässt, dass meine Eltern mein Gesicht auf einem Steckbrief sehen und in Panik geraten werden. Ich will aufspringen und sofort nach Hause, aber ich habe die Morgenschicht, und ich kann auf keinen Fall noch einmal tauschen.

Ich hole tief Luft. Kein Problem. Alles wird gut. Alle Anwesenden starren auf die Zeichnung, und keiner von ihnen erkennt, dass ich das bin.

»Haverly glaubt, diese Frau wird noch einmal versuchen, in den Palast einzudringen«, redet Hayes weiter. »Wenn ihr sie seht, nehmt sie in Gewahrsam. Was es auch kostet. Und ihr solltet wissen, dass Wren Fleming als Vollstrecker von Serington zurückgetreten ist. Morgen wird es am Abend ein Treffen mit allen Vollstreckern von Keirdre geben. Zensen und Saoirse werden mich begleiten.«

Devlyn und Erasmus starren mich an. Devlyns Blick ist eifersüchtig und Erasmus' unzufrieden wie immer, doch keiner von beiden sagt etwas.

Zensen steht auf. »Denkt an das Treffen mit den königlichen Wachen nächste Woche, um die Sicherheitsvorkehrungen für die Feierlichkeiten zu Hayes' Geburtstag zu koordinieren. Wir werden die Feier proben, um sicherzugehen, dass alle wissen, was zu tun ist. Die Anwesenheit ist *verpflichtend.*«

Ich räuspere mich. »Zensen, wenn die Feier auf einem Schiff stattfindet, kann ich nicht teilnehmen.«

»Warum nicht?«

»Ich kann mich nicht nah am Wasser aufhalten. Davon werde ich krank.«

Ich schmecke einen Hauch von fauligen Eiern – Argwohn –, aber er nickt. »Du kannst während der Probe am Strand patrouillieren.«

»Ich sollte doch am Strand patrouillieren«, wirft Jeune ein.

»Dann macht ihr es eben beide. Solange ihr in unterschiedlichen Sektionen bleibt. Wenn es sonst keine Fragen mehr gibt, könnt ihr gehen.«

Eigentlich sollten Erasmus und ich Hayes nach der Morgenbesprechung zum Speisesaal begleiten, aber sobald wir den Raum verlassen, nimmt Erasmus Hayes am Arm und zieht ihn mit sich, sodass sie beide vor mir gehen. Hayes blickt über die Schulter zu mir zurück, aber Erasmus beschleunigt noch. Er geht schneller, um Distanz aufzubauen, aber bleibt nah genug, damit ich die Spitze bemerke.

Das war zu erwarten, ist aber kindisch.

Ich bin nicht beleidigt. Es macht mir nichts aus. Ich mochte Erasmus noch nie und ich kann eine Pause von Hayes gebrauchen.

»Saoirse!« Jeune holt zu mir auf. »Ich begleite dich zum Speisesaal.« Sie starrt genervt auf Erasmus' Rücken. »Er ist ein Idiot. Mach dir nichts draus.«

»Kein Sorge.«

»Ja, richtig. Wie konnte ich es nur vergessen. Dir macht ja nichts was aus.«

Irgendetwas an ihrem Ton kann ich nicht einordnen, aber ich habe nicht die Kraft, dem auf den Grund zu gehen.

»Ist zwischen dir und Devlyn etwas vorgefallen?«, will sie wissen.

Ich sehe sie irritiert an. »Was meinst du?«

»Er hat mir gesagt, du hättest dich in Hayes' Arbeitszimmer seltsam verhalten.«

Verflucht. Mir hätte klar sein müssen, dass er die Sache mit dem Stempel nicht einfach vergisst.

»Was hat er gesagt?«, frage ich.

»Er wollte nur wissen, ob mir etwas aufgefallen ist, und ich habe Nein gesagt.« Sie mustert mich aufmerksam. »Ist etwas passiert?«

»Nein. Ich glaube, er ist nur sauer. Wegen der Beförderung.«

Sie glaubt mir nicht, aber sie hakt auch nicht weiter nach. Den Rest des Weges zum Speisesaal schweigen wir.

Ich treibe wie ein Phantom durch meine Schicht. Hayes fällt es auf, ihm fällt alles an mir auf, aber er sagt nichts dazu.

Nach meiner Schicht, es ist genau vier Uhr am Nachmittag, nehme ich mir kaum die Zeit, die Abendschicht zu begrüßen, stattdessen renne ich in mein Zimmer, klettere aus dem Fenster und sprinte nach Hause.

***

Meine Mutter läuft auf und ab. Das ist ein schlechtes Zeichen. Normalerweise ist sie ganz gelassen. Ruhig und beherrscht wie ein zugefrorener See. Aber in diesem Zustand jetzt ist sie Furcht einflößend.

Mein Vater steht in einer Ecke meines Zimmers und starrt auf den Boden, als hätte der ihm etwas angetan.

Beide schweigen. Und das ist noch besorgniserregender, als würden sie mich anschreien.

»Papa …«, fange ich an.

»*Nein.*« Er hebt eine Hand, um mich zum Schweigen zu bringen.

Ihre Reaktion wäre einfacher zu verkraften, wenn sie wütend wären. Doch trotz ihrer schweigenden Anklage kann ich von den beiden nur beißende Angst schmecken wie billigen Whiskey, der im Hals brennt.

»Irgendwas müsst ihr aber sagen«, bricht es schließlich aus mir heraus.

Mein Vater sieht mich zornig an. »Was soll ich denn sagen, Saoirse? Dein Gesicht hängt überall. Das ganze Königreich sucht nach dir.«

»Sie werden mich nicht finden. Meine Schleierperlen …«

»Sprich mir nicht von diesen verdammten Perlen! Du verlässt dich zu sehr auf Magie. Y'ddrina hat dich nicht davor schützen können, die meistgesuchte Person in ganz Keirdre zu werden.«

»Tante Drina ist der einzige Grund, weshalb ich überhaupt so lange überlebt habe. Das hier ist nicht ihre Schuld.«

»Wessen Schuld ist es denn dann?«

Meine.

Aber das sage ich nicht. »Der Prinz ist ein besserer Ermittler, als ich gedacht habe. Aber macht euch keine Sorgen. Er wird nicht herausfinden, dass ich die Attentäterin bin. Das wird keiner.«

»Liebes …« Meine Mutter stellt sich vor mich. »Ich liebe dich, aber du bist dabei, unterzugehen. Du kannst dem Prinzen nicht aus dem Weg gehen, solange du für ihn arbeitest. Es braucht nur ein Einziger herauszufinden.«

»Niemand wird es …«

»Woher willst du das wissen?«

Bei diesem plötzlichen Ausbruch meiner Mutter zucke ich zusammen.

Pfeffrige Wut mischt sich unter ihre Angst. Sie packt mich bei den Schultern und sieht mir tief in die Augen. »Es ist gefährlich. Ich bitte dich, komm nach Hause. Schmeiß die Arbeit hin. Du bist eine talentierte Soldatin. Du kannst einen anderen Auftrag bekommen. Du musst nicht im Palast der königlichen Familie arbeiten, die dich hasst, und für einen Prinzen, der nach dir sucht.«

»Ich kann nicht.«

»Warum nicht?«, blafft mein Vater.

Dieser verfluchte Brief. Die Kreaturenkeulungen. Die Anschlagpläne auf die königliche Familie. Die Raze, die mit mir spielen …

All das sind gute Gründe, weshalb ich nicht aufhören kann, die ich ihnen aber auch nicht anvertrauen kann.

Ich hole tief Luft. »Hättet ihr mir je die Wahrheit über Y'ddrina erzählt?« Das ist zwar auch ein Grund, weshalb ich im Palast bleiben muss, aber wie jede meiner Wahrheiten ist auch diese von einer Lüge umgeben.

Überraschung, die schmeckt wie eine reife, saftige Birne, geht von meinen Eltern aus.

»Sie hat es dir *erzählt*?«, fragt meine Mutter.

»Warum habt *ihr* es nicht? Es gibt noch Hunderte Wesen, die im Verborgenen leben, und ihr habt mir das nie gesagt?«

»Daran kannst du nichts ändern«, sagt mein Vater.

»Was, wenn ich sie finden könnte? Im Palast habe ich ganz andere Ressourcen. Ich kann herausfinden, was passiert ist. *Warum* es passiert ist.«

»Was macht das für einen Unterschied?«

Ich zucke zusammen.

Das ist zwar das geringste meiner Probleme, aber dass er nicht versteht, warum mir das so wichtig ist, trifft mich.

Als ich nichts erwidere, versucht mein Vater es erneut, diesmal nachdrücklicher. »Was soll das bringen?«

»Weil im Verborgenen zu leben, mir nicht genug ist.« Die Worte sprudeln aus mir heraus wie ein Geysir, und einmal angefangen, kann ich nicht mehr aufhören. »So zu tun, ist mir nicht genug. Seitdem ich weiß, was ich bin, fühle ich mich allein. Und mehr als das, ich muss verbergen, was mich ausmacht.«

»Du bist nicht allein, Kiefernzapfen«, sagt meine Mutter sanft. »Du hast uns. Du hast Rain. Das ist doch …«

»Mit Rain kann ich darüber nicht sprechen«, erwidere ich zornig. »Nie.«

»Warum nicht?«

Weil sie in jeder Hinsicht besser ist als ich.

Wenn man in sie hineinsieht, findet man nur Gutes. Und ich würde es nicht verkraften, wenn sie wüsste, dass ich nicht bin wie sie.

Weil ich ihr mein Herz geschenkt habe und weiß, sie würde es nicht wollen, wüsste sie, wie verdorben es ist.

Ich muss zu lange geschwiegen haben, denn plötzlich schmecke ich kalte, würzige Trauer, und meine Mutter setzt sich auf mein Bett und vergräbt das Gesicht in den Händen. »Es tut mir leid, Kiefernzapfen. Wir wollten dich nur glücklich machen. Wir haben versucht, dir ein gutes Leben zu geben …« Sie schluchzt und kann nicht weitersprechen.

Der Anblick ihrer Tränen löscht meine Wut. Das hier ist nicht die Schuld meiner Eltern. Die Liste meiner Verbrechen mag endlos sein, aber ihr einziger Fehler ist, mich zu lieben.

Das Bett knarzt, als ich mich neben sie setze. »Das habt ihr auch, Mama«, sage ich leise zu ihr. »Du und Papa und Rain, das ist ein großartiges Leben. Ihr liebt mich. Das weiß ich. Das *brauche* ich. Aber manchmal ist Geliebtwerden nicht genug. Manchmal muss man auch verstanden werden.«

Ich lege den Kopf an ihre Schulter und streiche ihr kreisend über den Rücken, während sie weiterweint.

Das Bett bewegt sich, als mein Vater sich auf die andere Seite setzt und meine Mutter in den Arm nimmt.

Zu dritt sitzen wir da und umarmen uns schweigend für eine ganze Weile. Es fühlt sich wie eine gute Art von Ewigkeit an.

Als meine Mutter aufhört zu weinen, umarmen wir uns immer noch. Ich weiß nicht, wann ich das letzte Mal so aufrichtig zu meinen Eltern gewesen bin. So ehrlich. Obwohl mich so viele Geheimnisse belasten, fühle ich mich in diesem stillen, perfekten Moment schwerelos.

»Wie geht es Rain?« Damit unterbreche ich die angenehme Stille. »Sie hat mir noch nicht auf meinen letzten Brief geantwortet.«

»Ihr geht es gut«, antwortet meine Mutter rasch.

Der Geschmack von altem Brot auf meiner Zunge verrät sie und unser inniger Moment zersplittert wie ein zerbrochener Spiegel. Sie verheimlicht mir etwas.

Ich löse mich aus der Umarmung. »Was ist los? Geht's ihr wirklich gut?«

»Alles in Ordnung.«

Wieder kommt ihre Antwort zu schnell.

»Du bist eine so schlechte Lügnerin. Was ist passiert?« Meine Stimme wird eine Tonlage höher. »Hat ihr jemand was getan?«

»Nichts Schlimmes. Es gab nur einen kleinen Zwischenfall in der Schule.«

Unbewusst flammen meine Augen silbern auf. »Hat jemand herausgefunden …«

»Nein.« Schnell beruhigt sie meine größte Sorge. »Es geht ihr gut.«

Meine Augen werden wieder honigfarben. »Was ist dann passiert?«

»Sie wurde von ein paar Kindern gehänselt. Die haben sie ›Wicht‹ genannt. Wir haben es der Schule gemeldet.«

Ich nicke. Gut. Sie haben richtig reagiert.

»Der Vater des Anstifters war ein bisschen … fies.«

Ich höre auf zu nicken. »Was soll das heißen?«

»Er meint, sein Sohn kann sagen, was er will. Und dass es eigentlich die Schuld der Schule ist, wenn sie Kinder aus verfluchten Familien aufnehmen.«

»*Wie bitte?*«, fahre ich sie an. »Wieso ist Rain verflucht?«

»Trellis meint, da ihr beide, du und Rain, Ikatus seid, ist unsere ganze Familie verflucht.«

»Er hat mich erwähnt? Namentlich?« Der Anfang des Satzes sickert erst jetzt in mein Gehirn. »Und, Moment. Hast du Trellis gesagt? Wie Trellis Ruster?«

Die Rusters sind Wasserfae aus Vanihail. Sie sind reich, haben gute Beziehungen und sind ausgemachte Vollidioten.

Trellis ist der führende Vollidiot. Seine Frau Vencinia ist mehr die Prüde. Er hat eine Tochter, Symetta, sie ist ein Miststück. Und es scheint, er hat ein weiteres Kind, das ein Vollidiot ist, da es nun andere Kinder zum Vergnügen terrorisiert.

Zorn kocht in mir hoch.

»Es ist alles geregelt, Kiefernzapfen.« Meine Mutter versucht, mich zu beruhigen. »Rain geht es gut.«

Ich glaube ihr nicht. Ich weiß, wie sensibel Rain ist.

»Saoirse?« Beklemmung spricht aus ihrer Stimme.

»Alles in Ordnung.«

Ich *koche* vor Wut. Die Wut tobt in mir wie die wilde See bei Sturm. Sie singt für mich. Ruft nach mir.

Ich schüttle das Gefühl ab und stehe auf, um zur Tür zu gehen. »Ich muss zurück in den Palast. Vielleicht laufe ich eine Runde. Wir sehen uns später.«

»Saoirse ...«

Ich werfe die Tür hinter mir zu.

27

Verführt und zerstört

Meine Laken sind der Ozean, meine Bettdecke der Wind, der mich hin und her wirft. Immer wenn ich versuche, ruhig zu liegen, grollt die See, und ich werde herumgeworfen, bis ich so verknotet in meinem Bett liege, dass ich drohe unterzugehen.

Mein Geist ist ein Schlachtfeld. Meine Gedanken rasen, fordern, gehört zu werden. Sie kämpfen mit stählernen Schwertern und widerhallenden Schreien. Der lauteste wiederholt einen Namen, immer und immer wieder.

Trellis Ruster.

Noch nie habe ich jemanden so gehasst wie ihn.

Meine Erinnerungen an das Leben mit meinen Tanten in Ketzal sind lückenhaft. Aber woran ich mich erinnere, lebhafter als an alles andere, ist, ein kleines Bündel an meine Brust zu drücken und es nicht mehr loszulassen.

In der Nacht, als meine Schwester vor der Tür meiner Tante Drina abgelegt wurde, tobte ein Sturm.

Es war reiner Zufall, dass Aiya beschloss, vor die Tür zu gehen, und dort dieses kleine Wesen vorfand, klatschnass und halb erfroren.

Ich erinnere mich noch daran, dass ich vor dem Kamin saß, als Aiya wieder hereinkam und ein tropfendes Bündel im Arm hielt.

Als sich das Bündel bewegte, war mein Interesse geweckt.

Ein kleines Wesen sah mich mit großen braunen Augen an.

Sie blinzelte. Nur ein Mal, langsam und bedächtig, als wolle sie mich einschätzen.

Und das war es dann. Mit einem Augenaufschlag gehörte mein Herz ihr.

Ich war verantwortungsvoll und achtsam, während meine Tanten sie gesund pflegten.

Ich weiß noch, wie ich sie im Arm hielt. Sie klammerte einen kleinen Finger um meinen wie einen Ring. Mein Herz flatterte zur Antwort wie lose Seiten im Wind.

Die Zeit verging. Ich erinnere mich daran, wie ich ihr beigebracht habe, sich die Haare zu flechten, wie wir beide lachen mussten, weil ihre Hände zu klein waren, um ihr dichtes Haar zu greifen. Ich erinnere mich an ihr Lachen, wenn wir am Flussufer spielten.

Der Ruf des Wassers trat in den Hintergrund, wenn sie in meiner Nähe war.

Durch uns fließt nicht das gleiche Blut, wir haben keine gemeinsamen Verwandten und wir sind völlig unterschiedliche Wesen. Aber von dem Moment, als ich ihr begegnet bin, war sie meine Schwester. Ich sorge mich um sie, liebe sie und muss sie beschützen. Vor allen Gefahren.

Wie Trellis Ruster.

Ich verliere die Kontrolle, bin kurz davor, den Verstand zu verlieren.

Ich werfe die Bettdecke zurück und löse die Beine aus dem Ozean der Laken.

Ich steige in meine Stiefel. Keine Socken. Keine Zeit.

Ich brauche Luft, Zeit, nachzudenken.

Ich stecke immer noch in meinem Schlafanzug – einer lockeren Hose und einem langärmligen Hemd –, als ich durchs Fenster klettere.

Das Klettern fällt mir leicht. Die Mauern des Palasts sind ruhig, denn der König schläft. Aber als ich hinunterklettere, kräuseln meine Bewegungen die Oberfläche. Von meinem Zimmer aus blickt man auf eine große Wiese. Meine Unterkunft liegt innerhalb der Palastmauern, aber außerhalb der inneren Gemächer. Die Wiese eignet sich perfekt, um mitten in der Nacht auf ihr herumzustreifen und Dampf abzulassen. Weit entfernt von neugierigen Blicken.

Die Nachtluft kühlt meine Wut kaum herunter, aber sie hilft mir, die Kontrolle wiederzuerlangen.

Ich habe alles unter Kontrolle. Die volle Kontrolle.

Ich wandere das Feld entlang und gebe meinen Gedanken denselben Raum.

Trellis Ruster. Als ob Rains Leben nicht schon schwer genug wäre.

Alle Kinder sind grausam, aber Faekinder sind besonders schlimm. Sie verbergen sich hinter hochgesteckten Erwartungen und beurteilenden Blicken. Sie nutzen ihre Affinitäten wie Spielzeug und schleudern Beleidigungen wie Steine.

Verloren im Labyrinth meiner Gedanken erreiche ich das Ende des Felds. Ich atme tief ein.

Die Luft riecht süß. Erfrischend. Fast als …

Verflucht.

Ich mache auf dem Absatz kehrt und sprinte zurück in Richtung Palast.

Regen. Ich kann ihn riechen und fühlen und warte nur darauf, dass er über mir und dem Palast losbricht.

Die Luft wird schwer von Feuchtigkeit.

Der Ruf des Regens ist erträglich. Nichts im Vergleich zu …

Ein Regentropfen fällt mir auf die Stirn und straft mich, ihn zu unterschätzen.

Ich strenge mich noch mehr an.

Ich bin schnell. Das war ich schon immer. Aber nicht einmal ich kann dem Regen davonlaufen.

Noch ein Tropfen. Diesmal stärker.

Es beginnt zu blitzen und zu donnern, und nun prasselt eine Sintflut auf mich herab.

Ich höre auf wegzulaufen.

Das Wasser ist verführerisch. *Zu* verführerisch.

Ich kann nicht mehr widerstehen, breite die Arme aus und lege den Kopf in den Nacken. Bei Luna, es ist so belebend. Die Nacht ist kalt, aber im Regen zu stehen, fühlt sich an, wie von einer warmen Decke umhüllt zu werden.

Ein weiterer Blitz erleuchtet die Silhouette von Keirdre. Die Bäume biegen sich im Wind, während der Palast ruhig bleibt, alles gelassen beobachtet.

Als das Bild erlischt, erscheint mir alles auf einmal verblüffend klar.

Töte.

Trellis Ruster ist ein Scheusal. Seine ganze Familie ist ein Haufen widerlicher Ekel. Und er behauptet, *wir* seien verflucht?

Töte.

Der Regen singt es mir ins Ohr. Seine Stimme ist beruhigend, sanft und unleugbar grausam.

Aber es gibt noch etwas anderes in mir. Vernunft. Sie will,

dass ich mich schnell nach drinnen flüchte. Dass ich mich abtrockne. Wenn ich das tue, wird der Drang, zu töten, verschwinden wie der Regen nach dem Sturm.

Das Problem ist nur, der Sirenengesang in mir will nicht vernünftig sein. *Ich* will nicht vernünftig sein.

Ich bin zwischen Vernunft und Trieb hin- und hergerissen. Richtig und falsch.

Am Ende gewinnt keine der beiden Seiten. Solange ich im Regen stehe, gewinnt das Wasser.

Ohne mein bewusstes Zutun beginnen meine Füße, sich zu bewegen. Sie führen mich weg vom Palast, durchs Tor und an die Jeune.

Die Rusters leben am Flussufer in einem Haus, das so groß ist, dass alle in Vanihail es kennen. Meine Füße folgen dem Ufer flussaufwärts.

Dann nehme ich die Schleierperle heraus und stecke sie in den Beutel, den ich um den Hals hängen habe.

Regen prasselt vom Himmel, aber ich will mich ganz darin versenken. Ich schließe die Augen und gehe weiter, bis mir das Flusswasser bis zu den Knien steht. Bis es mir um die Hüfte steht. Und endlich, *endlich* schwappt es mir über den Kopf und ich bin ganz davon umgeben.

Mein Ziel liegt stromaufwärts entgegen der Strömung. Die stärksten Wasserfae könnten dagegen nicht anschwimmen, aber ich kenne das Geheimnis des Wassers. Es kämpft nicht gegen mich an. Es verlangt nach mir wie ich nach ihm.

Ich gebe mich dem Wasser hin und es trägt mich entgegen der Strömung zum Haus der Rusters.

Das große Anwesen liegt nur ein paar Hundert Schritte vom Fluss entfernt. Ich springe aus dem Wasser und lande am Ufer.

Das Haus hat zwei Stockwerke und ist aus handgefertigtem Backstein. Die Fenster auf der Rückseite sind mit schweren Vorhängen verdunkelt. Im oberen Stockwerk befinden sich zwei Glastüren, die auf einen Balkon aus weißem Stein hinausführen.

Ich überlege zu klopfen, aber das wäre zu höflich. Mehr, als Trellis Ruster verdient, und mehr, als der unerbittliche Regen mir erlaubt.

Meine Finger suchen nach Halt an der Außenwand und ich klettere hinauf.

Ich schwinge ein Bein nach dem anderen über die Balkonbrüstung und stehe vor der Glastür. Die Vorhänge sind zugezogen, sodass ich nicht hineinsehen kann, doch trotz des Sturms höre ich das Schnarchen von Trellis und Vencinia Ruster.

Ich lege eine Hand auf die Scheibe und schließe die Augen. Ich *spüre* jeden Wassertropfen auf der Haut und in meinem Geist und konzentriere mich ganz auf dieses Gefühl.

Die Anspannung fließt aus mir heraus wie meine Atmung und das Regenwasser an der Scheibe gefriert.

In der eisigen Scheibe sehe ich eine silberne Reflexion, meine leuchtenden Augen. Dann schlage ich die Scheibe ein.

Das Fenster zerbricht. Eiskristalle und Scherben fallen zu Boden.

Ich steige durch die zerbrochene Scheibe in das Schlafzimmer.

Es überrascht mich nicht, dass Trellis und Vencinia ein Bett haben, das groß genug ist, um sich nicht einmal aus Versehen zu nahe zu kommen.

Beide schrecken hoch und starren mich an, während ich über den knarzenden Holzboden auf sie zugehe. Sie zittern.

Ihre Furcht ist scharf und sauer. Panik hat mir noch nie so verdammt gut geschmeckt.

Vencinia öffnet den Mund. Sie bringt nur einen kurzen erschrockenen Schrei heraus, bevor ich eine Wand aus Wasser ins Zimmer schicke. Das Wasser legt sich um ihren Hals und drückt zu.

Ihr Schrei erstirbt wie mit einer scharfen Klinge durchtrennt.

»Gib einen Laut von dir«, warne ich sie ruhig, »und ich bringe dich um.«

Tränen laufen ihr übers Gesicht, aber sie presst folgsam die zitternden Lippen zusammen.

Neben mir türmt sich eine Wasserwand auf. Es ist Trellis, der versucht, zum Gegenschlag auszuholen. Mit einer ungeduldigen Handbewegung bringe ich den Wasserturm zum Einstürzen.

»Gib dir keine Mühe.« Ich trete an Trellis' Seite des Bettes.

»W-wer bist du?« Er weicht zurück, hält aber inne, als er gegen seine Frau stößt.

Ich kann ihren Herzschlag hören. Er dröhnt in panischem Rhythmus.

Ich trete näher.

Sie können von mir nur meine leuchtend silbernen Augen sehen. Der Rest wird von meiner dunklen Kleidung und der stürmischen Nacht verborgen.

Ein Chaelissstein liegt auf dem Nachttisch. Ich greife danach, und Trellis blinzelt, als hätte er Angst, ich würde ihn schlagen.

Ich sage nichts, aber ich grinse bösartig.

Dann drücke ich die große Rune in der Mitte des Steins. Die Chaelissleuchter flammen auf und tauchen den Raum in warmes Licht.

Trellis sieht mich an. Ich bin klatschnass, trage immer noch meinen Schlafanzug und meine Haare sind wirr vom Schlaf und dem Bad im Fluss, aber als er mich anblickt, hört er auf, vor

Angst zu zittern, und ich schmecke nur noch sein süßes, würziges Verlangen. »Hallo.« Ich lächle ihn an. Mein Lächeln ist fies, aber das scheint er nicht zu bemerken. Ich lehne mich zu ihm vor, öffne den Mund und lege all meine Wut in eine Melodie. Ich singe so leise, dass seine Frau mich über den tosenden Regen nicht hören kann. Mein Lied ist rachsüchtig, lieblich und geheimnisvoll zugleich – wie düstere Gewitterwolken.

Jeder Ausdruck verschwindet aus Trellis' blauen Augen.

Ich ziehe mich zurück, nur ein Stück, aber er folgt mir. Er rutscht an die Bettkante, schwingt die Beine darüber, beugt sich vor, alles, um mir näher zu sein.

Vom Bett aus beobachtet Vencinia ihren Mann. »Trellis? Was tust du …«

»Hatte ich dir nicht gesagt, du sollst den Mund halten?« Meine Augen leuchten gefährlich auf.

Das Wasser um ihren Hals packt fester zu. Nicht so fest, dass sie keine Luft mehr bekommt, aber fest genug, um sie daran zu erinnern.

Mein silberner Blick kehrt zu Trellis zurück. Der Bastard starrt mich immer noch mit großen, unschuldigen Augen an wie ein neugeborenes Lamm.

Ich habe kein Gift mitgebracht, keinen Dolch, und es wäre zu riskant, ihn zum nahe gelegenen Fluss zu geleiten und einen weiteren Tod durch Ertrinken herbeizuführen.

Töte.

Das Wasser fordert seinen Tribut, und ich bin bereit, ihn zu zahlen. Aber zuerst muss ich Vencinia loswerden.

Der Ring aus Wasser fällt von ihrem Hals und durchtränkt ihr Bett. Sie atmet erleichtert auf und legt die Hände an den Hals, um zu tasten, ob ihr etwas fehlt.

»Verschwinde«, sage ich kühl. »Jetzt. Wenn du wiederkommst, bringe ich dich um. Wenn du jemandem von mir erzählst, komme ich wieder.«

Sie bewegt sich nicht. Sie starrt Trellis an, dessen Blick an mir haftet und der nicht wegsieht, selbst als ich seine Frau bedrohe. »W-was tust du …«

»Ich wiederhole mich nicht gern. *Verschwinde.*«

Sie zögert nur einen kurzen Augenblick länger, bevor sie aus dem Schlafzimmer eilt.

Töte.

Das Wasser wird ungeduldig und ich will es nicht warten lassen.

Ich sehe Trellis in die Augen und lächle, dasselbe grausame Lächeln wie zuvor. Wieder singe ich, diesmal lauter, ohne weitere Zuhörer.

Ich trete näher an das Bett heran. Mein Gesang formuliert eine Frage. »Kennst du Rain Sorkova?«

Ein nüchterner Trellis Ruster würde sich über diese Frage wundern, aber dieser Trellis ist zu trunken von mir. »Ja.« Er klingt heiser. »Sie ist ein Wicht.«

Fast kann ich mich nicht mehr beherrschen, aber ich konzentriere mich. Für den Moment.

»Hast du deinem Sohn erzählt, dass die Sorkovas verflucht sind?«, frage ich ihn.

»Ja«, antwortet er.

»Warum?«

»Sie haben gleich zwei Ikatus in der Familie.«

Er sagt das, als hätte es irgendeine Bedeutung. Als ob es sein Verhalten rechtfertige.

Meine Augen leuchten noch heller.

Töte.

Ich singe ein paar Töne. Komme ihm noch näher, so nah, dass ich seinen Atem auf dem Gesicht spüren kann.

Er lehnt sich vor, um mich zu küssen, aber ich zucke zurück. »Beweg dich nicht, Trellis.«

Er gehorcht und hält den Atem an.

Ich hebe die Arme und der Regen strömt erfreut auf mich zu. Er formt eine Wasserkugel, die über meiner Hand schwebt.

»Bitte.« Er stammelt atemlos. Mir wird klar, dass er nicht mehr geatmet hat, seit ich ihm gesagt habe, er solle sich nicht bewegen. »Du kennst meinen Namen, aber wie lautet deiner?«

Ich lächle. Die Wasserkugel schwebt auf seinen Kopf zu. »Wenn du artig bist«, sage ich, »dann verrate ich ihn dir vielleicht.«

Ich halte die Wasserkugel in der Luft an. Sie schwebt vor seinem Gesicht und berührt seine Nasenspitze.

Ich krame in meinem Beutel nach der Schleierperle. Dann drücke ich sie an ihren Platz in meinem hohlen Zahn.

Die Verwandlung legt sich über mich wie frisch gefallener Schnee. Ich bin wieder ich. Zumindest das Ich, das er kennt. Ich grinse breit. »Mein Name ist Saoirse Sorkova.«

Es bereitet mir grausame Freude, wie sich der Schock auf seinem Gesicht abzeichnet.

Er versucht wegzulaufen, aber ich schiebe die Wasserkugel vor.

Nun umgibt sie seinen Kopf.

Durch das Wasser sehe ich, wie er panisch die Augen aufreißt.

Ich spüre einen Ruck, als er versucht, das Wasser mit seiner eigenen Affinität loszuwerden. Ich bin ohnehin schon sehr viel stärker als er, aber mit dem unnachgiebigen Regen, dem

Sirenengesang im Herzen und der rasenden Wut in den Adern hat er keine Chance gegen mich.

Unser Kampf ist kurz und gnadenlos. Der Sieg gehört mir.

Wir alle haben Instinkte. Meiner ist zu töten. Seiner zu atmen.

Er hält, solange er kann, die Luft an, widersteht dem Drang, einzuatmen.

Ich erkenne den Augenblick, als er aufgibt, den Moment, als sein Körper den Kampf verliert. Etwas kaum Wahrnehmbares flackert in seinem Blick und er atmet ein. Ich *spüre,* wie das Wasser aus der Kugel in seine Lungen strömt. Seine Augenlider schließen sich und er taumelt.

Noch während er stürzt und auf den nassen Boden fällt, der immer noch mit Eiskristallen und Scherben übersät ist, drehe ich mich um und wende mich wieder den Balkontüren zu.

Ich verlasse das Haus auf dem gleichen Weg, wie ich gekommen bin. Durch all das Chaos.

28

Was im Verborgenen liegt

Ich bereue es nicht.

Ich bereue es nicht, dass Trellis Ruster tot ist. Ich bereue es nicht, dass ich ihn getötet habe.

Ich bereue nur, dass ich ihn kannte. Denn wenn ich ihn nicht gekannt hätte, hätte ich mit seinem Tod nicht gegen eine meiner Regeln verstoßen: Töte nie jemanden, den du kennst.

Diese Regeln habe ich nach meinem ersten Mord aufgestellt, als ich den Fehler gemacht hatte, es meinem Vater zu erzählen.

Er hat mich angesehen, als wäre ich eine Fremde. Ein Monster. Es tat höllisch weh, aber seinen Blick konnte ich noch ertragen.

Doch dann habe ich die Fäulnis seines Entsetzens – seines *Grauens* – geschmeckt, und alles in mir ist zusammengebrochen. Mein Magen verkrampfte sich, als ich stürzte, und mein Herz brach, als ich in Trümmern landete.

Damals habe ich meine erste Regel aufgestellt: Nie wieder töten.

Ein Jahr lang hielt ich mich an diese Regel.

Zuerst nutzte ich das Wasser, um meinen Trieben zu widerstehen. Ich verbarg mich hinter Schleierperlen, mied meine Fähigkeiten, weigerte mich, Wasser in der Nähe von anderen zu berühren, und hörte auf zu singen.

Alle paar Monde schrien meine Instinkte lauter und lauter, bis sie nicht mehr zu ignorieren waren und ich nachgab und schwimmen ging. Das reichte gerade so, um meinen Durst zu stillen und meine anderen Triebe in Schach zu halten.

Es dauerte ein Jahr, bis das Wasser seine Melodie veränderte. Es rief mich nicht nur zum Schwimmen, sondern es schrie nach mir, ich sollte jagen. Töten. Was einst friedlicher Trost war, wurde zu meiner fürchterlichsten Versuchung.

Bei Wykland Railsen bröckelte mein schwacher Widerstand.

Er war ein Erdfae, den meine Mutter aus dem Kurrtal kannte. Er war geschäftlich in Vanihail und blieb ein paar Nächte bei meiner Familie. An seinem letzten Abend in der Stadt kam ich zu Besuch nach Hause.

Ich wollte ihn nicht töten.

Ich kann mich nicht einmal daran erinnern. Ich weiß nicht mehr, wie ich von meinem Schlafzimmer zu Wykland geschlichen bin. Oder wie ich ihn mit einem sanften Schlaflied von unserem Haus in die Jeune gelockt habe.

Aber es ist geschehen.

Am nächsten Morgen wachte ich am Grund des Flusses auf und Wykland war verschwunden.

Ich hatte meine erste Regel missachtet.

Schlimmer noch, ich hatte auf die harte Tour gelernt, dass ich töten *musste*, wenn ich die Kontrolle behalten wollte.

Ich weinte tagelang. Die Erkenntnis brach mir das Herz, und ich bin mir nicht sicher, ob ich es jemals wieder zusammengefügt habe.

Aus der Asche dieser ersten Regel wurden zwei neu geboren. Erstens, töte niemanden, den du kennst. Zweitens, töte nur Mistkerle.

Meine Opfer für die Raze waren perfekt. Ich kannte sie nicht, und bis zum Tod von Felix nahm ich an, dass sie alle Mistkerle waren.

Trellis Ruster erfüllte nur eine meiner üblichen Voraussetzungen. Ich empfinde keine Reue, weil ich ihn getötet habe, aber wenn ich von meinen Regeln abweiche, fühle ich mich wieder wie ein Sprössling nach meinem ersten Mord, schmecke die Angst meines Vaters vor dem, was ich bin, und versinke in der Dunkelheit.

***

Ich versuche, Trellis aus meinen Gedanken zu verdrängen, während ich mich wieder einmal aus dem Palast schleiche. Der letzte silberne Umschlag hat mir aufgetragen, zur Urteilsverkündung in die Harayahalle zu gehen, und trotz meines nagenden Selbsthasses werde ich es nicht riskieren, den Forderungen meiner Erpresser nicht nachzukommen.

Durch die Nachwirkungen des Sturms von letzter Nacht scheint es in Vanihail ziemlich chaotisch zuzugehen. Der Weg nach Haraya ist von Zerstörung gezeichnet. Die heftigen Winde haben die Felder im Kurrtal verwüstet und riesige Alleebäume auf die Hauptstraßen außerhalb von Vanihail stürzen lassen. Vor allem wurde aber auch der Greysn von Treibgut verstopft.

Durch die Blockade flussaufwärts in der Nähe der Barriere ist der Zufluss von frischem Trinkwasser nach Keirdre zum Erliegen gekommen.

Die Einzigen, die momentan unterwegs sind, sind Menschen,

die umherlaufen, um die Schäden zu beseitigen, und Fae, die auf dem Weg nach Haraya zur Urteilsverkündung sind.

Nach dem Palast ist die Harayahalle das zweitgrößte Bauwerk in Vanihail. Sie besteht aus dickem grauem Stein, massiven Buntglasfenstern und Doppeltüren aus Erstwyn, die für die Urteilsverkündung weit offen stehen. In Sinu finden jeden Tag Urteilsverkündungen statt, aber ein Mal jeden Mond gibt es hier eine große, die von Vanihails Vollstreckerin Anarin Arkin geleitet wird. Die Teilnahme ist freiwillig, aber nach der Anzahl der Fae zu urteilen, die durch die Doppeltüren strömen, ist es eine begehrte Veranstaltung.

Ich behalte meine Kapuze auf, als ich die Halle betrete. In der Mitte des Gerichtssaals befindet sich ein hölzernes Podest, das von Zuschauertribünen umgeben ist. Die Fae strömen herein, und der Raum füllt sich mit dem Geschmack von frischen Beeren – Begeisterung –, während mir übel wird vor Angst.

An der Rückwand der Halle befindet sich ein riesiges rundes Fenster aus Buntglas mit Zeigern auf der Innen- und Außenseite, die eine doppelseitige Uhr bilden.

Die Zeiger bewegen sich, nähern sich der Zehn. Mit jedem Ticken steigt die süße Vorfreude im Raum, bis sie so intensiv ist, dass sich mein Mund ganz trocken anfühlt.

Als die Uhr zehn schlägt, wird es still in der Menge und dunkel im Raum.

Hier und da erklingt erschrockenes Keuchen.

Dann flackern Fackeln auf. Anarin Arkin steht auf dem Podest. Wie immer trägt sie Blau und Gold, die Farben von Keirdre. Aber diesmal trägt sie keine Uniform, sondern ein langes schwarzes Kleid, dazu ein marineblaues Kopftuch und schwer wirkenden Goldschmuck.

Sie strahlt, aber mein Blick geht an ihr vorbei.

Hinter ihr sitzt ein Mensch. Er ist klein, schweißgebadet und zittert, aber nicht vor Kälte. Er sieht kaum älter aus als ich. Er ist nur Haut und Knochen und hat eingefallene braune Augen.

»Aris Milner.« Anarins Stimme durchbricht die Stille, die sich über den Saal gelegt hat. Sie richtet sich an den Menschen, aber das hier ist eine Inszenierung für die Vanihailianer, daher wendet sie den Blick nicht von ihrem entzückten Publikum ab. »Du bist angeklagt, im Besitz von lairischen Perlen zu sein.« Anarin schreitet über die Bühne, und die Augen der Fae verfolgen ihre Bewegungen, saugen ihre Autorität auf wie ein Schwamm. »Leugnest du es?«

Zur Antwort murmelt Aris etwas, zu leise, um es zu hören.

Anarins Miene verfinstert sich. »Sprich lauter.«

»Ich leugne es nicht.« Er gibt sich Mühe und trotzdem höre ich ihn kaum.

»Weißt du, dass es Menschen verboten ist, Magie zu verwenden?«

Die Menge lauscht gespannt jedem Wort von Anarin.

Ich drücke mit der Zunge gegen meine Schleierperle. Eine Vorahnung verdreht mir den Magen.

»Ja«, ruft Aris als Antwort.

»Wusstest du, dass lairische Perlen eine Form der Magie sind?«, fragt Anarin.

»Ja.«

Anarin hält in der Bewegung inne. »Aris Milner, du wurdest für schuldig befunden, als Mensch Magie praktiziert zu haben. Kennst du die Strafe für dieses Verbrechen?«

Das Kinn fällt ihm auf die Brust. »Ja.«

Die Erregung der Fae, die mich umgeben, überschwemmt

meinen Mund wie Regenwasser einen Fluss. Ich versuche, den Geschmack hinunterzuschlucken, aber er bleibt mir im Hals stecken.

Der Tod.

Der Preis für Menschen, die Magie anwenden, ist der Tod.

Anarin spricht es nicht aus. Noch nicht. Ihre Vorstellung ist noch nicht zu Ende.

»Wenn du willst«, schlägt Anarin vor, »können wir ein Geschäft machen.«

Er hebt den Kopf, seine Augen sind voller Hoffnung. »Ein Geschäft?«

»Ja. Lairische Perlen werden zur Kommunikation verwendet. Sag mir, mit wem du kommuniziert hast, und dein Leben wird verschont.«

Die Hoffnung schwindet aus seinen Augen und seine Schultern sacken herab. Eine Falle. Es kommt nur allzu oft vor, dass menschliche Familien auseinandergerissen werden. Ein Elternteil wird zur Arbeit nach Vanihail verschleppt, der andere wird in einen anderen Sektor geschickt. Höchstwahrscheinlich hat dieser Mensch eine Familie, und um mit ihnen zu kommunizieren, braucht er lairische Perlen. Und wenn er sie so sehr liebt, dass er den Tod riskiert, um mit ihnen in Kontakt zu bleiben, wird er sie nicht ausliefern und damit riskieren, dass sie das gleiche Schicksal erleiden.

Er lässt den Kopf hängen und antwortet nicht.

Anarin lächelt und in ihren violetten Augen blitzt Zufriedenheit. Sie hat nicht erwartet, dass er einen Namen nennt, sie wollte nur die Spannung des Augenblicks erhöhen.

»Wenn du dich weigerst zu antworten, wirst du zum Tode verurteilt.«

Ich will wegsehen, aber meine Augen sind weit aufgerissen. Aris ist so jung, zu jung. Es gibt da draußen jemand, den er liebt. Jemand, der in naher Zukunft versuchen wird, sich in den Geist von jemandem hineinzuweben, der nicht mehr existiert.

Anarin umkreist Aris' Stuhl. Er ist gefesselt, sodass er sich nicht bewegen kann. Seine Finger zittern vor Angst auf den Armlehnen des Stuhls.

Anarin zieht ein Messer aus einer Scheide an ihrer Hüfte. Ich zucke zusammen, als sie die Klinge nach unten gleiten lässt.

Zu meiner Überraschung lösen sich Aris' Fesseln.

Für einen kurzen Moment entspannen sich meine Schultern.

Erneut lässt sie den Dolch durch die Luft gleiten und zieht ihn horizontal über seinen Hals.

Sein Mund öffnet sich zu einem stummen Schrei, während Blut aus seiner Kehle spritzt.

Jetzt verstehe ich, warum sie seine Fesseln durchtrennt hat. Um die Inszenierung noch dramatischer zu machen.

Seine befreiten Hände fliegen an seinen Hals, er stürzt vom Stuhl und zuckt, während das Blut pulsierend aus seiner Kehle rinnt.

Ein paarmal zuckt er noch, dann erschlafft sein Körper, und der winzige, verkümmerte Mensch ist tot.

Anarin lächelt. Kein Fünkchen Bedauern. Ihr schwarzes Kleid ist blutbefleckt, aber sie scheint es nicht zu bemerken.

Die Menge um mich herum brüllt Beifall.

Ich bin wie erstarrt. Stumm. *Entsetzt.*

Vor drei Wochen wollte ich wie Anarin sein. Ich wollte einen Auftrag, der mich auf den Weg zur Vollstreckerin bringen würde. Ich dachte, der Titel würde beweisen, wie weit ich als Ikatus aufsteigen kann.

Wie sich herausstellt, ist der Titel nur ein dünner Schleier, hinter dem sich ein weiteres Monster verbirgt.

***

Als ich Haraya verlassen will, ist mir übel. Nicht vom Blut, sondern von der Abartigkeit dieses sadistischen Spektakels, das Anarin aufgeführt hat.

Eine Hand berührt mich am Ellbogen.

Ich fahre herum, hebe die Hand, um den potenziellen Angreifer abzuwehren, und halte inne.

Der Mann ist groß und trägt eine so tief ins Gesicht gezogene Kapuze, dass sie über seine Augen und Nase hängt und nur seine Lippen sichtbar sind. Um seinen Hals baumelt ganz offensichtlich eine Schleierperle. Er will, dass ich sie sehe. Dass ich weiß, das bisschen seines Gesichts, das ich jetzt sehe, ist nicht seins.

Mein Erpresser in Fleisch und Blut.

»Du weißt, wer ich bin?« Seine Stimme ist harsch. Auch sie ist durch die Schleierperle verändert.

Ich denke darüber nach zu singen. Er steht direkt vor mir, der Verfasser der Briefe, die meine Schwester zu entlarven drohen. Aber er arbeitet nicht allein. Wenn ihm etwas zustößt, werden die, mit denen er zusammenarbeitet, Rain dafür bestrafen.

Ich halte das Lied zurück und sage: »Ja.«

»Gut.« Er zieht mich aus dem Strom der Fae, die Haraya verlassen, in die Schatten.

Mein Arm brennt dort, wo er mich festhält, ich möchte ihn wegstoßen und mich von seiner Berührung befreien, aber ich wehre mich nicht.

Er bleibt stehen und lehnt sich zurück, hält Abstand. »Erzähl mir von den Kreaturenkeulungen.«

Ich verschränke die Arme. »Es gab noch andere Kreaturen in Keirdre. König Larster hat sie alle umbringen lassen.«

Er reagiert nicht. »Und Szeiryna?«

»Das war ein Sektor. Er war der …«

»Ich weiß, *was* er war.« Mein Erpresser klingt ungeduldig. »Sag mir, *wo* er ist.«

Ich habe ein flaues Gefühl im Magen. Aus seiner Reaktion geht hervor, dass er wirklich an Szeiryna interessiert ist. Genauer gesagt daran, was mit der Barriere passiert ist.

Ich muss es ihm sagen. Die Drohungen in den silbernen Briefen machen deutlich, dass eine Weigerung keine Option ist. Das Problem …

Ich verspreche es.

Drei Worte. So einfach, aber so bedeutsam.

Hayes bat mich um Verschwiegenheit. Natürlich wusste ich schon damals, dass es ein Versprechen ist, das ich nicht halten kann. Aber jetzt fühlt es sich schlimmer an. Wie Verrat.

Ich brauche wohl zu lange, denn mein Erpresser drängt: »Muss ich dich daran erinnern, was passiert, wenn du dich weigerst zu antworten?«

Rain.

Mein Widerstand bricht in sich zusammen.

Alles für dich.

Ich wappne mich. »Szeiryna liegt außerhalb der Barriere.«

Er kommt näher. »Wie ist das möglich?«

»Die Barriere besteht nicht dauerhaft.« Ich lasse den Kopf hängen. »Sie ist mit der königlichen Familie verbunden. Solange ihre Mitglieder leben, besteht auch die Barriere.«

Ich schmecke seine Erregung über meine Worte. »Und wenn sie sterben würden?«

Er kennt die Antwort bereits, aber die Anspannung in seinem Blick fordert mich heraus, mich ihm zu widersetzen.

Doch ich antworte: »Dann würde auch die Barriere nicht länger existieren.«

Er hält sich nicht weiter mit mir auf. Mit einem kurzen Nicken wendet er sich ab und lässt mich in den Schatten der Harayahalle zurück, allein mit meinen Gedanken und meinen überwältigenden Schuldgefühlen.

Die Raze benutzen mich bereits für ein Komplott gegen die königliche Familie. Und jetzt habe ich dem Widerstand auch noch ein neues Ziel gegeben.

Hayes.

29

Ein Kinderspiel

Der Anblick von gebratenem Schinken, gedämpften Süßkartoffeln, Grünkohl und leicht angebranntem Maisbrot reicht aus, um meinen leeren Magen vor Hunger knurren zu lassen. Aber am meisten quält mich der *Geruch*.

Ich rieche den nussigen Rauch, der vom Schinken aufsteigt, den Zimt-Honig-Duft der kandierten Süßkartoffeln, das reichhaltige saftige Aroma des Speckfetts, in dem das Gemüse gebraten wurde, und den warmen, buttrigen Geruch des Maisbrots.

Ich habe das letzte Mal gestern Abend etwas gegessen, vor meiner Begegnung mit Trellis Ruster. Die Kombination dieser Gerüche macht meine Beine schwach, aber ich darf nichts davon genießen.

Anarin sitzt im Speisesaal am Tisch. Als sie hereinkam, hat sie mir einen Blick zugeworfen, aber ich habe mich abgewendet, bevor sie mich erkennen konnte.

Gestern wollte ich noch so sein wie sie.

Heute dreht sich mir bei ihrem Anblick der Magen vor Ekel um.

Der Tisch ist voll besetzt. Mit dem König, dem Prinzen und acht von Keirdres Vollstreckern. Die Wachen säumen die

Wände, Menschen servieren, und die Gäste am Tisch tun so, als gebe es uns nicht.

Alle, bis auf Hayes. Er fängt meinen Blick auf und grinst. Dann hebt er sein Glas mit dem ekelhaft süßen Wein zu einem stummen Gruß in meine Richtung.

Sein Anblick zerreißt mich. Ich bin wütend auf ihn. Und ich habe Angst um ihn. Und ich weiß nicht, wie ich beides zusammenbringen soll.

Ich denke an die Menschen, die die Folgen des Sturms von letzter Nacht beseitigen müssen. An die Wasserknappheit und daran, dass die Einzigen, die davon betroffen sind, Familien wie meine sind. An den Mann, eigentlich eher noch ein Junge, der vor ein paar Stunden zum Tode verurteilt wurde. Und hier sitzt Hayes, der Kronprinz, stopft sich den Bauch voll, trinkt Wein und lächelt mich an.

Das macht mich wütend.

Aber dann erinnere ich mich daran, wie er mir das mit der Barriere anvertraut hat und mir das Versprechen abgenommen hat, nichts zu verraten. Und wie ich die Information an jemanden weitergegeben habe, der ihn tot sehen will.

Das macht mir Angst.

Ich schaue weg.

Bei diesem Treffen soll der nächste Vollstrecker von Serington gewählt werden. Jeder am Tisch hat eine Stimme und König Larster kann die Mehrheit ablehnen.

Bisher haben sich die Vollstrecker bei diesem sogenannten Treffen wie Kinder gezankt. Das war zu erwarten. Die Fae hassen die Hexen, die Hexen hassen die Fae und keiner von ihnen schert sich einen Dreck darum, was die Menschen denken.

Das Ergebnis: endlose Streitereien über Belanglosigkeiten.

Als der König sich erhebt, schabt der Stuhl am Kopfende des Tisches über den Holzboden. In dem Moment, in dem er aufsteht, verstummen die Gespräche und alle Augen richten sich auf ihn.

»Wren Fleming, der Vollstrecker von Serington, hat seinen Sohn verloren. Er hat darum gebeten, von seinem Amt zurücktreten zu dürfen. Hat jemand Einwände gegen den Rücktritt von Vollstrecker Fleming, bevor wir mit der Sitzung beginnen?«

Ein Erdfae hebt die Hand. »Ich habe keine Einwände, Eure Majestät, aber eines muss ich fragen. Welche Maßnahmen werden als Reaktion auf den Tod von Felix ergriffen? Soviel ich weiß, wurde er ermordet. Stimmt es, dass in Keirdre eine Attentäterin frei herumläuft? Ich habe Kinder, Eure Majestät. Hat es diese Frau auf Vollstrecker abgesehen?«

»Wir sind nicht einmal sicher, ob diese Frau für seinen Tod verantwortlich ist«, erwidert der König.

Xeris, ein Luftfae und Vollstrecker, runzelt die Stirn. »Bei allem Respekt, Eure Majestät, wir alle haben Steckbriefe dieser Frau in unseren Sektoren gesehen. Warum wird nach einer Frau gesucht, die nicht die Mörderin ist?«

Der König nickt Hayes zu. »Frag meinen Sohn. Er hat ganz Keirdre wegen eines hübschen Gesichts in Panik versetzt. Ich habe ihm erlaubt, bis zu seinem Geburtstag Nachforschungen anzustellen. Aber sobald mein Sohn achtzehn wird und seine Wahnvorstellungen aufgibt, werden meine Ermittler den wahren Schuldigen finden. Spektryl. Einen Mann.«

Die Vollstrecker blicken erwartungsvoll Hayes an.

Der nimmt einen ausgiebigen Schluck seines zu süßen Weins und stellt das Glas mit einem Klirren auf den Tisch. »Was für eine nette Einführung, Vater«, murmelt er. Dann erhebt er die

Stimme und wendet sich an die Anwesenden. »Ihr mögt mich alle für dumm halten, weil ich das Königreich auf die Suche nach einer Frau geschickt habe, aber kann mir irgendjemand hier sagen, wie Spektryl aussieht?«

Schweigen.

»Kann mir jemand sagen, wie alt er ist? Oder was für ein Wesen er ist?«

Wieder Stille.

»Wir wissen nichts über Spektryl, aber wir wissen, wie diese Frau aussieht. Sie könnte die Mörderin sein, aber selbst wenn sie es nicht ist, kann sie uns zu den Verantwortlichen führen. Ich wünsche meinem Vater Glück bei der Jagd nach einem Phantom, aber meine Wachen und ich ...« Er begegnet meinem Blick mit einem Lächeln, das ich nur als liebevoll beschreiben kann. »Wir suchen nach jemandem aus Fleisch und Blut. Macht euch ruhig lustig, aber wir werden sie schon finden.«

Ich habe mich daran gewöhnt, dass Hayes sich vor Förmlichkeiten drückt. Es ist entwaffnend – geradezu angenehm – zuzusehen, wie er in einem Raum mit den Mächtigsten von Keirdre die Kontrolle übernimmt.

Als ich im Palast angekommen bin, habe ich Hayes als kindisch abgetan – vielleicht ist er das auch. Aber Autorität steht ihm gut. So gut, dass ich mich frage, warum er sie nicht öfter zeigt.

»Und in der Zwischenzeit?«, fordert Carston, der phydianische Vollstrecker, ihn heraus. »Wie sollen wir unsere Familien schützen, wenn die von der Militärakademie abgestellten Wachen nicht effektiv sind?«

»Soweit ich weiß, habt ihr Töchter und Schwestern«, sagt Hayes. »Die Raze haben immer nur Männer getötet.«

»Darf ich euch alle daran erinnern, dass wir nicht hier sind, um über diese Frau zu sprechen«, schaltet sich der König ein. Er sieht finster drein, aber ich habe das Gefühl, dass seine Verärgerung weniger mit dem Gesprächsthema zu tun hat als mit der Tatsache, dass Hayes das Gespräch leitet. »Wir sind hier, um über den nächsten Vollstrecker von Serington zu sprechen.«

»Hat jemand einen Vorschlag für seine Nachfolge?«, fragt Issabex, die Hexenvollstreckerin von Ketzal. In einem Raum, in dem hauptsächlich Fae sind, sticht sie hervor. Leuchtend silberne Locken, eine Haut, die dunkler ist als die meines Vaters, und bernsteinfarbene dunkelgrün gesprenkelte Augen. Sie ist ebenso schön, wie sie hier deplatziert ist.

Carston wirft ihr einen angewiderten Blick zu. »Niemand deiner Art, Hexe. Serington ist ein Faesektor.«

Ihre Augen verfinstern sich. »Als ob ich einer Hexe einen Faesektor antun wollte. Du sprichst gerade so, als gebe es keine Attentäterin, die in euren Sektoren herumläuft und euresgleichen umbringt.«

»Selbst mit einer Attentäterin sind Faesektoren sicherer als Hexensektoren«, entgegnet Carston.

»Woher willst du das wissen?«, fragt Issabex. »Wann bist du das letzte Mal in einem Hexensektor gewesen, um etwas anderes zu tun, als eine Durchsuchung durchzuführen?«

»Wir würden nicht so viele Durchsuchungen durchführen, wenn ihr Hexen eure Arbeit machen und Schmuggelware konfiszieren würdet.«

Issabex verdreht die Augen. »Ihr spottet gern über verzauberte Gegenstände, aber wie ich sehe, hat niemand von euch etwas dagegen, Hexen darum zu bitten, Chaelisssteine für eure Ballsäle oder Schleierperlen für eure Töchter herzustellen.«

»Chaelisssteine und Schleierperlen sind nicht verboten«, kontert Carston.

»Natürlich nicht«, meint Issabex. »Ihr entscheidet, was verboten ist und was euch nützt.«

»Hör zu, Hexe …«

»*Genug!*« Der König schlägt mit der Faust so heftig auf den Tisch, dass die Vollstrecker sofort erschrocken den Kopf einziehen.

»Verzeiht uns, Eure Majestät«, murmeln alle acht einstimmig.

»Hat einer der *Fae* einen Vorschlag für einen neuen Vollstrecker?« Der König klingt immer noch wütend.

»Darf ich Rienna Kasselton vorschlagen?«, fragt Anarin.

Ich runzle die Stirn. *Rienna?*

Xeris spottet. »Hat sie die Prüfung nicht gegen eine Ikatus verloren?«

Hayes sieht mich an und fügt die Puzzleteile zusammen.

Rienna ist eine seltsame Wahl für eine Vollstreckerin. Sie ist kaum achtzehn. Vollstreckerposten sind auf Lebenszeit. Es scheint seltsam, dass eine so wichtige Position an jemand so Junges vergeben werden soll. Sie hatte bisher gar keine Gelegenheit, sich die Position zu verdienen.

»Ihr Ausbilder sagt, sie sei brillant«, erwidert Anarin.

»Das spielt keine Rolle«, erklärt Xeris. »Sie hat gegen einen Wicht verloren.«

»Ich habe eine Alternative«, schlägt Carston vor. »Ein Wächter der Militärakademie von Vanihail.«

»Er wurde nach seinem Abschluss zum Kindermädchen gemacht?«, fragt Xeris abfällig. »Auf keinen Fall.«

»Er hat seinen Abschluss nie gemacht. Er wurde mit vierzehn aus der Akademie geworfen, aber er war so talentiert, dass man ihn nicht gehen lassen wollte. Die Tatsache, dass er zum Kindermädchen gemacht wurde, zeugt von seiner Begabung.«

Ich werde hellhörig. Ich weiß nicht, was für ein Gesicht ich mache, aber Hayes sieht zu mir herüber, wie er es immer tut, und legt den Kopf fragend schief: Woher kennst du ihn?

Ich senke den Blick, bevor mein Gesicht noch mehr verraten kann. Ich bin hin- und hergerissen.

Natürlich will ich, dass Carrik die Anerkennung erhält, die er verdient. Aber will ich, dass er seine Tage damit verbringt, Menschen so zu behandeln, wie seine Mutter behandelt wurde? Sie zum Tode verurteilt und sich daran ergötzt, so wie Anarin es tut? Auf keinen Fall.

Ich versuche, mich zu beruhigen. Carrik ist halb Mensch. Fae *hassen* Menschen. Er ist sicher vor dem hier. Das muss er sein.

»Ich erinnere mich an ihn«, sagt Anarin langsam. »Carrik Solwey. Er wurde ausgeschlossen, als sich herausstellte, dass seine Mutter ein Mensch war.«

Geräusche der Abneigung rund um den Tisch. »Ein *Mensch*?«, wiederholt Xeris. »Du willst, dass wir einen Menschen zum Vollstrecker machen? Carston, du bist doch sonst um einiges vernünftiger.«

»Ich halte das für eine großartige Idee.«

Alle starren mit weit aufgerissenen Augen Hayes an.

»Eure Hoheit?« Xeris sieht entsetzt aus. »Habt Ihr gehört, dass er ein Mensch ist?«

»Nur halb. Und er war der Beste seines Jahrgangs. Meint ihr nicht, dass wir die Qualifikationen nach den Fähigkeiten bemessen sollten?«

»Sohn.« Der König wirft ihm einen bösen Blick zu. »Er ist ein Mensch.«

»Zur *Hälfte*. Wenn er ganz Mensch wäre, hätte er keine Affinität. So wie ich das sehe, haben wir zwei Möglichkeiten. Jemanden, der hinter einer Ikatus den zweiten Platz belegt hat, oder jemanden, der den ersten Platz vor allen anderen erlangt hat. Die Entscheidung ist einfach. Wollen wir nicht, dass die Besten unsere Sektoren anführen?«

Nachdenkliches Schweigen.

Mit der Zunge spiele ich an meiner Schleierperle herum, aber mein Gesicht bleibt reglos.

»Warum stimmen wir nicht ab?« Hayes steht auf. »Option A: der Beste. Oder Option B: die Zweitplatzierte. Hinter einer Ikatus.«

Einer nach dem anderen geben die Vollstrecker ihre Stimme ab. Von acht Vollstreckern stimmen sieben für Carrik.

»Irgendwelche Einwände, Eure Majestät?«, fragt Anarin.

Der König schweigt.

Hoffnung steigt in mir auf. Der König verabscheut Menschen mehr als alles andere. Sicher wird er …

Der König lächelt grausam. »Ich habe keine Einwände.«

Mir wird schwer ums Herz.

»Solange mein Sohn die Verantwortung dafür übernimmt, einen Menschen für einen Sektor verantwortlich zu machen«, fährt der König fort. »Wenn es schiefgeht, und das wird es, dann liegt die Schuld allein bei meinem Sohn. Sind wir uns einig?«

Hayes' Blick flackert noch einmal zu mir, bevor er nickt. »Einverstanden.«

»Dann habe ich keine Einwände.«

»Ausgezeichnet.« Anarin nickt. »Beginnen wir also mit den Vorbereitungen für die Ernennung von Carrik Solwey zum nächsten Vollstrecker von Serington.«

Hayes versucht, meinem Blick zu begegnen, aber ich starre auf eine Stelle an der Wand hinter ihm.

Als er den Saal verlässt, versuche ich, mich zurückfallen zu lassen, um ihm zu bedeuten, dass ich keine Lust auf seine Spielchen habe, aber er wird langsamer und geht neben mir her. Das hat er schon öfter gemacht, doch jetzt bringt es mein Blut zum Kochen.

»Saoirse?«, drängt er. »Alles in Ordnung?«

»Ja.« Ich schaue ihn immer noch nicht an.

Er runzelt die Stirn. »Ich sehe deutlich, dass das nicht stimmt.«

Ich gehe weiter, ohne zu sprechen.

»Oha.« Er stellt sich vor mich, legt mir die Hände auf die Schultern und hält mich fest. Ich starre seine Arme an, bis er mich loslässt. »Zen«, sagt er zu der Wache, die – stoisch wie immer – hinter mir steht. »Gibst du uns einen Moment allein?«

Ich will keinen Moment mit Hayes verbringen. Ich will nicht darüber nachdenken, wie wütend ich bin. Auf mich, weil ich ihn verraten habe, auf Hayes wegen der Verurteilung und auf einfach *alles*. Weil Carrik in die Rolle des Monsters schlüpfen wird, das einen Menschen auf offener Bühne zur Unterhaltung abschlachtet.

Zensen verschwindet und wartet um die Ecke.

»Das hättet Ihr nicht tun müssen«, sage ich.

»Rede mit mir. Was habe ich getan? Es sah so aus, als ob du Carrik kennst. Ich dachte …«

Das ist zu viel. »Habt Ihr Euch deshalb für ihn verbürgt? Weil Ihr meine Anerkennung wolltet? Weil Ihr wolltet, dass ich *dankbar* bin?«

»Nein! Ich habe für ihn gebürgt, weil wir den Besten brauchen. Unabhängig von seiner Herkunft.« Er lächelt sanft und versucht, meine Reaktion abzuschätzen. »Aber es wäre kein Nachteil, wenn du das gutheißt.«

Ich erwidere sein Lächeln nicht. Ich stelle mir immer wieder Anarin auf der Bühne vor, wie sie die Klinge über die Kehle des Menschen zieht. Nur sehe ich statt ihrem Gesicht das von Carrik. Er spricht Todesurteile aus wie das gegen seine Mutter. Das Bild lässt mich erschaudern.

»Wisst Ihr überhaupt, was Vollstrecker tun?«

»Ich …« Er runzelt die Stirn. »Sie setzen Gesetze durch. Sie kontrollieren ihre Sektoren.«

Genau das hätte ich gestern auch gesagt. Aber das macht uns nicht gleich. Das *kann* es nicht. Er ist der Kronprinz. Er sollte es besser wissen. »Habt Ihr je eine Urteilsverkündung gesehen?«

»Ich habe keine Ahnung, was das ist.«

Ich lache fast, aber daran ist nichts lustig. »Das überrascht mich nicht, Eure Hoheit«, schnauze ich, unfähig, meine Wut zu zügeln, »denn Ihr habt keine Ahnung, was verdammt noch mal in Eurem Königreich vor sich geht.«

Und ich bin kein bisschen besser.

Es ist ebenso entsetzlich wie ernüchternd.

Ich atme schwer. »Es tut mir leid, Eure Hoheit. Das war unangebracht.«

»Du brauchst dich nicht zu entschuldigen. Sage mir nur, was los ist.«

»Ist das ein Befehl, Eure Hoheit?«

Er schmeckt warm und scharf. Zimt und Pfefferkorn. Er ist frustriert. »Natürlich nicht.«

»Dann ist alles in Ordnung, Eure Hoheit. Es ist alles in Ordnung.«

30

Der silberne Marionettenspieler

Es ist der Morgen vor dem Probelauf für Hayes' Geburtstagsfeier und auf meinem Bett liegt ein weiterer silberner Umschlag und daneben ein Leinenbeutel.

Ich stöhne, als ich den Brief aufreiße.

> Danke für deine Kooperation bei der Urteilsverkündung. Als Zeichen meiner Wertschätzung habe ich dir etwas zurückgegeben. Deine nächste Aufgabe ist es, in der Bibliothek des Palasts alles über Szeiryna herauszufinden.

Ich zerknülle den Brief und öffne den Beutel.

Mir dreht sich der Magen um.

Es ist ein Beutel voller Ranis. Dieselben zehntausend Ranis, die ich vor Wochen an den Strand von Kivren geliefert habe.

Mir ist schlecht. Als ob ich mich übergeben müsste.

Das Gold zurückzubekommen, sollte mich glücklich machen. Meine Familie hat damit eine Sorge weniger. Aber das hier ist keine unschuldige Wertschätzung. Es ist Schmiergeld.

Ich habe Hayes verraten und eine wahnsinnige Gruppe auf die königliche Familie angesetzt. Meine Erpresser belohnen mich jetzt dafür.

Ich habe mich noch nie so machtlos gefühlt. Ich bin eine ahnungslose Marionette an Schnüren, die nach den Launen von zwei gesichtslosen Puppenspielern tanzt – dem Widerstand und den Raze. Zwei mächtige Gruppierungen, die mich beide im Verborgenen benutzen.

Und jetzt haben beide Puppenspieler dank mir dasselbe Ziel. Die königliche Familie zu töten. *Hayes* zu töten.

Vor ein paar Wochen wäre ich ihnen nicht im Weg gestanden und hätte es zugelassen.

König Larster behandelt Menschen als minderwertig. Er hat die Sirenen abgeschlachtet. Er hat unzählige andere umbringen lassen. Königin Ikenna steht untätig daneben und sagt nichts. Aber Hayes ... Wie viel Schuld trägt er daran?

Die Urteilsverkündung ist mir noch frisch im Gedächtnis und Hayes' Unwissenheit verbrennt mich von innen heraus. Aber ich kann ihn nicht mit seinen Eltern in einen Topf werfen.

Ein Klopfen an der Tür reißt mich aus meinen Gedanken.

Ich schiebe den Zettel und den Beutel rasch unter meine Matratze und öffne die Tür.

Jeune grinst mich an. »Ich weiß, dass wir den Palast nicht verlassen sollen, aber was hältst du davon, in den Übungsraum zu gehen und zu trainieren?«

Jemand erpresst mich wegen meiner Schwester. Ich vermute, diese Person arbeitet für den Widerstand. Ich vermute, diese Person ist Jeune. Und doch steht sie hier vor mir und lächelt. Als ob unter meiner Matratze nicht ein ständig wachsender Berg aus silbernen Umschlägen verborgen wäre.

Ich verschränke die Arme. »Ich trainiere allein.«

»Oh.« Auf meiner Zunge blitzt ranzige Enttäuschung auf. »Wir könnten doch einfach jede für sich trainieren?«

Ich sollte Ja sagen. Versuchen, Informationen aus ihr herauszuholen. Aber ich bin immer noch wütend wegen der gestrigen Urteilsverkündung, bin aufgewühlt von dieser neuesten Nachricht und Hayes geht mir nicht aus dem Kopf.

»Tut mir leid«, sage ich stattdessen. »Heute nicht.«

Ich schließe die Tür, bevor sie etwas erwidern kann.

***

Am nächsten Tag nehmen zwei Wachen des Königs an der Morgenbesprechung teil. Als wir unsere üblichen Plätze im Besprechungsraum des Prinzen einnehmen, stehen sie hinter uns und behalten uns im Blick.

Hayes entrollt eine Karte des Schiffes. Die grafische Darstellung ist mit dunkler Tinte auf ein Messraster gezeichnet und am Rand ist von Hand ein Kartenmaßstab eingetragen.

»Die *Seekönigin.*« Jeune liest die Worte über der Zeichnung.

»Das ist der Name des Schiffes«, sagt Hayes stolz. »Sie wurde extra für meine Feier erbaut und ich durfte sie benennen.«

Die königlichen Wachen, Rikkard und Brannon, führen uns durch den Ablauf von Hayes' Feier. Hayes wird mit Zensen und Erasmus an Bord gehen und unter Deck warten, bis der Rest der Gäste und Wachen an Bord ist. Jede Person, die an Bord kommt, einschließlich der Wachen, wird auf Waffen durchsucht, sowohl für den Probedurchgang morgen als auch für die eigentliche Feier nächste Woche. Der Zweck einer königlichen Veranstaltung auf einem Schiff ist es, die Kontrolle darüber zu haben, wer anwesend ist und wer nicht. Daher sind alle Waffen verboten.

Während Rikkard weiterredet, inspiziere ich die Karte. Jedes Viereck auf dem Raster gibt ein Maß in Ellen an. Aber die Abmessungen des Schiffes, die sich aus dem Raster ergeben, stimmen nicht mit den handschriftlich angegebenen Maßen überein.

»Diese Maße stimmen nicht«, sage ich.

Rikkard verdreht die Augen und winkt ab, aber Hayes schenkt mir seine ungeteilte Aufmerksamkeit. »Was meinst du damit?«

»Wenn man die Abmessungen anhand der Rasterlinien ermittelt, weichen sie von den angegebenen Maßen ab.«

Hayes wirft erneut einen Blick darauf. »Gut erkannt. Aber ich würde mir keine Sorgen machen. Wir haben einen anderen Schiffsbauer angeheuert als normalerweise. Er ist wohl weniger kompetent.«

Rikkard sieht mich mit deutlichem Widerwillen an. »Du bist die Ikatus?«

»Ja.«

»Ich nehme an, du bist morgen auf Strandpatrouille?«

Ich hasse seinen Ton. Er ist spöttisch und herablassend, und wäre ich nicht von Zeugen umgeben, wäre ich versucht, ihm ein Lied zu singen.

Ich schlucke meine Verärgerung hinunter. »Ja.«

»Gut. Ich nehme an, die Hexe wird auch dort sein?«

Laa'el öffnet den Mund, um eine sicherlich bissige Antwort zu geben, aber Hayes hindert sie daran. »Sie wird mit allen anderen auf dem Schiff sein. Jeune ist die zweite Wache auf Strandpatrouille.«

Rikkards Blick gleitet zu Jeune. »Ihr schickt eine Wasserfee auf Patrouille? Wäre sie nicht besser auf dem Schiff aufgehoben?«

»Stellst du meine Entscheidungen infrage?«, will Hayes mit gefährlich tiefer Stimme wissen.

Rikkard versteift sich.

»Ich weiß, dass mein Vater gern in diesem Ton mit mir spricht, aber du bist nicht mein Vater. Ich verlange Respekt. Ist das klar?«

Rikkard lässt den Kopf hängen und nickt.

»Ich sagte, ist das *klar*?«

»Ja, Eure Hoheit.«

»Ausgezeichnet.« Hayes klingt kälter, als ich ihn je gehört habe. »Wenn das alles ist, könnt ihr jetzt gehen.«

Hayes richtet sich zornig auf und Rikkards Kühnheit schwindet. »Natürlich, Eure Hoheit.« Er verbeugt sich kurz, bevor er aus dem Raum eilt.

»Saoirse.« Hayes wendet sich mir zu, bevor ich hinausschlüpfen kann. »Auf ein Wort, bitte.«

Ich halte inne und ziehe eine Grimasse, während die anderen um mich herum aus dem Raum strömen und mich unterschiedlich stark irritiert ansehen. Jeune schmeckt nach verwirrter Besorgnis, Erasmus nach endloser Abneigung und Devlyn nach tiefgründigem Misstrauen.

Hayes stützt die Hände auf den Tisch. »Es tut mir leid, dass ich dich das fragen muss. Aber wegen meiner Feier. Ich weiß, du hast gesagt, dass Wasser dich krank macht, aber gibt es eine Möglichkeit, dass du doch auf dem Schiff sein kannst? Ich würde mich sicherer fühlen, wenn du dabei wärst.«

Das kann ich nicht. Ein Schiff, das von Wasser umgeben und voller potenzieller Opfer ist? Ich weiß, wie die Geschichte ausgeht. Ich locke alle an Bord ins Wasser und sie werden nie wieder auftauchen. »Ist das ein Befehl?«, frage ich vorsichtig.

»Ich weiß nicht, warum du mich das immer fragst.«

Ich atme tief durch. »Ich muss ablehnen.«

Ranzige Enttäuschung. »Ist es wegen neulich?«

»Nein, Eure Hoheit. Das hat nichts mit dem Posten des Vollstreckers zu tun. Ich habe es Euch doch erklärt, Wasser macht mich krank.«

»Ich habe noch nie von einer Ikatus gehört, der von Wasser schlecht wird.«

Ich kneife die Augen zusammen. »Jetzt habt Ihr es. Kann ich gehen?«

Er zögert. Ich schmecke seine Gefühle, süß wie Zucker und kalt wie Frost. Wehmut. Bedauern. »Können wir reden?« Seine Stimme ist weich und sein Blick hält meinen, umgarnt mich sanft.

Ich kann nicht ertrinken, aber ich stelle mir vor, dass es sich so anfühlen muss. Enge Brust, Herzflattern, Panik, gepaart mit der wachsenden Sehnsucht nach einem unerreichbaren Atemzug.

Ich atme durch die Nase ein und durch die Zähne wieder aus. »Worüber, Eure Hoheit?«

Er sackt zusammen, weil mein Tonfall so kühl ist. »Du bist immer noch sauer auf mich.«

»Bin ich nicht.«

Es ist weder eine Lüge noch die ganze Wahrheit.

Ich bin nicht so wütend auf ihn, wie ich sein sollte. Ich hasse es, wie wenig er über Keirdre weiß. Ich hasse es, dass er sich für Carrik eingesetzt hat und mein bester Freund jetzt in ein Leben hineingezogen wird, das er verabscheuen wird.

Aber ich bin nicht so wütend auf Hayes wie auf mich selbst.

Weil ich mich überhaupt mit den Raze eingelassen habe. Weil ich Hayes' Vertrauen missbraucht und dem Widerstand allen

Grund gegeben habe, ihn tot sehen zu wollen. Dafür, dass ich nicht wusste, was Vollstrecker tun, bis ich sah, wie Aris Milners Blut über die Bühne der Harayahalle spritzte.

Hayes ist ahnungslos, ja, aber ich bin nicht besser. Ich *will* wütend auf ihn sein. Es würde mir leichterfallen, ihn zu hassen, so wie ich es eigentlich sollte. Aber wie kann ich das, wenn ich dieselben Eigenschaften an mir selbst sehe?

»Saoirse …« Hayes kommt näher, dringt in meine Gedanken und in meinen privaten Raum ein. »Ich will nicht, dass es so zwischen uns ist. Ich bitte dich. Sag mir, wie ich es wiedergutmachen kann.« Zögernd greift er nach meinem Arm.

Ich weiche zurück. »Nicht.«

»Tut mir leid.« Er lässt die Hand sinken.

Mein Herz krampft sich zusammen. Ich hasse es, wenn er sich entschuldigt.

»Bei mir braucht Ihr Euch nicht zu entschuldigen«, sage ich steif. »Wenn es sonst nichts mehr gibt, werde ich jetzt gehen, Eure Hoheit.«

Ich wende mich ab.

»Es tut mir leid«, platzt es aus ihm heraus, »falls ich dich enttäuscht habe.«

Geh jetzt. Ich zwinge meine Füße, weiterzugehen. *Geh und lass dich nicht auf etwas ein.*

»Das habt Ihr nicht«, sage ich stattdessen. »Das könntet Ihr gar nicht, Eure Hoheit. Ich habe keine Erwartungen an Euch.«

31

Süßer Wein

Die Palastbibliothek ist um diese nachtschlafende Zeit leer und ich freue mich über die stille Abgeschiedenheit.

Ich sitze in einem Sessel, der groß genug für drei Personen ist, habe die Beine hoch auf den Sitz gezogen und die Bücher um mich herum ausgebreitet. Bis jetzt waren sie nutzlos, aber ich blättere durch Buch Nummer achtunddreißig, als ob ich etwas anderes erwarten würde. Alles, was ich will, ist eine Erwähnung von Szeiryna, ein Satz über Dryaden oder Oger. Einen Beweis dafür, dass die Kreaturen im Porträtzimmer einst im Königreich Keirdre aus Fleisch und Blut bestanden haben und nicht immer nur aus Farbe auf Leinwand.

»Sag mal, Saoirse, liest du lieber, als dass du schläfst?«

Ich schlage das Buch zu und fahre herum.

Hayes steht an ein Bücherregal gelehnt, den Blick auf mich gerichtet. Er grinst mich amüsiert an. »Habe ich dich etwa erschreckt? Ich hätte nicht gedacht, dass du dazu fähig bist, zu erschrecken.«

Ich schiebe das Buch unter das Sitzkissen, sodass er es nicht sehen kann. »Ich dachte, ich wäre allein. Es ist schon spät.« Ich vermeide es, ihm in die Augen zu sehen. Sein Anblick ärgert mich immer noch.

»Das habe ich gemerkt.«

Mein Blick wandert über seine Schultern. »Wo sind Eure Wachen?«

»Sie warten draußen.« Er tritt um einen Stuhl und stellt sich vor mich.

Ich verlagere meinen Oberschenkel so, dass er über dem Kissen ruht, unter dem das Buch steckt. »Ihr seid mir gefolgt. Schon wieder.«

»Nein, ich habe zuerst im Übungsraum nachgesehen. Dann habe ich vermutet, dass du hier sein musst, wenn du noch im Palast bist.«

»Wie kommt Ihr darauf, dass ich im Palast bin?«

»Ich habe es vermutet. Ich habe es gehofft.«

Die Art, wie er »gehofft« sagt, lässt mich schlucken. »Braucht Ihr etwas, Eure Hoheit?«

Er neigt den Kopf. »Wir sind also wieder bei ›Eure Hoheit‹. Das hast du nicht gesagt, als ich reinkam.«

Ich habe ihn hier nicht erwartet. Wenn ich vorbereitet bin, kann ich mit Hayes umgehen. Ich kann mit dem Grinsen, der Stimme, dem Lachen und den Augen umgehen. Aber wenn er mich überrascht – wie ein Nachtfalke, der sich auf seine Beute stürzt –, vergesse ich, auf Distanz zu bleiben.

Das verrate ich ihm natürlich nicht. Ich verrate ihm nichts.

Als er merkt, dass ich nichts antworten werde, holt er tief Luft. »Ich möchte mit dir reden. Wegen neulich.«

»Ich hätte nicht so ausrasten sollen.« Meine Worte klingen hohl, sogar für mich selbst. »Ich entschuldige mich, wenn meine Bemerkungen unpassend waren, Eure Hoheit.«

»Du musst nicht so mit mir reden.«

»Wie denn, Eure Hoheit?«

»Als wäre ich dein Vorgesetzter.«

Ich lache fast. »Ihr *seid* mein Vorgesetzter, Eure Hoheit.«

Der Geschmack von Hayes' Enttäuschung – überreif und beißend wie verfaulende Früchte – ist mir vertraut. Er setzt sich, aber nicht auf einen Stuhl, sondern auf den niedrigen Tisch vor mir. Da er zu groß dafür ist, stehen seine angewinkelten Knie nach oben. »Du bist immer noch wütend auf mich.«

»Es sollte keine Rolle spielen, ob ich wütend auf Euch bin, Eure Hoheit.«

»Tja, aber es spielt eine Rolle.« Er stützt die Unterarme auf die Oberschenkel und lehnt sich vor. »Deine Meinung ist mir wichtig.«

»Warum?«

Er studiert das Muster auf dem Teppich der Bibliothek. »Verrate mir, welches Buch du versteckt hast, als du mich gesehen hast, und ich sage es dir.«

Als ich nicht antworte, zieht er amüsiert eine Augenbraue hoch. »Dann verrate es mir eben nicht. Das ist nur der nächste Punkt auf einer langen Liste von Dingen, die ich nie über das Mysterium Saoirse Sorkova erfahren werde.«

Ich ziehe eine Grimasse.

Sein Spott steigert sich zu einem Kichern. »Du gibst wirklich gar nichts preis, stimmt's?«

Geheimnisse zu bewahren, ist normal für mich, ein Tanz, den ich schon mein ganzes Leben lang beherrsche. Aber Hayes ist derjenige, der mir von Szeiryna erzählt hat. Soweit er weiß, gilt meine Neugierde ihm.

Vielleicht ist es ein Risiko, aber ich ziehe das Buch unter dem

Kissen hervor und reiche es ihm. Das zwingt mich dazu, die Füße auf den Boden zu stellen. Dabei berühren sich unsere Knie und ich nehme diese kleine Berührung sehr intensiv wahr.

Er löst den Blick nicht von mir, als er das Buch entgegennimmt. »Was ist das große Geheimnis an einem Geschichtsbuch?« Er dreht es um, als stünden die Antworten auf der Rückseite.

Sein verwirrter Blick ist auf eine Weise liebenswert, mit der ich nicht gerechnet habe. Ich lächle fast. Doch dann fällt mir ein, dass der Prinz aus mehr Gründen gefährlich ist, als ich zählen kann. Ich weiche zurück und schaffe ein wenig Abstand zwischen unseren Knien. Nicht viel, aber es macht meinen Verstand weniger trübe. »Ich suche nach einer Erwähnung von Szeiryna.«

Er lässt das Buch fast fallen. »Ich dachte, mein Vater hätte alle verbrannt.«

»Er muss welche übersehen haben.«

»Ich dachte, ich hätte dir gesagt, du sollst das Thema ruhen lassen.«

Ich verkrampfe mich. »Ich wusste nicht, dass das ein Befehl war.«

»War es nicht. Ich habe nur …« Er fährt sich mit der Hand über das Gesicht und sieht unerwartet erschöpft aus. »Warum interessiert dich das so sehr?«

Als ob ich eine Begründung bräuchte, um dem Aussterben einer ganzen Art nachzuspüren. Selbst wenn ich nicht dazu gezwungen wäre, nach weiteren Antworten zu suchen, wäre ich neugierig. Die Geschichte von Szeiryna, von den Sirenen, von *mir*, fasziniert mich ebenso sehr, wie sie mir Angst macht.

Ich verschränke die Arme. »Warum seid *Ihr* nicht mehr daran interessiert? Euer Vater hat einen ganzen Sektor vernichtet. Beunruhigt Euch das nicht?«

»Beunruhigen?« Hayes' Blick verfinstert sich, und der plötzliche Anflug von Pfeffer und Essig auf meiner Zunge deutet auf seine Wut hin. »Nein, Saoirse, es ›beunruhigt‹ mich nicht, es macht mir *Angst.*« Er drückt mir das Buch in die Hand. »Mein Vater wird es nicht mögen, wenn du Fragen stellst.«

»Warum schützt Ihr ihn?«

Er gibt ein ungläubiges Geräusch von sich. »Ich schütze *dich.*«

Vor Wut richte ich mich auf und komme ihm so näher. »Ich kann auf mich selbst aufpassen.«

»Nicht, wenn es den König betrifft.«

Meine Augen sind so verengt, dass ich ihn kaum sehen kann, aber ich bin so wütend, dass ich das auch gar nicht will. »Ihr solltet vorsichtig sein, Eure Hoheit. Ihr klingt genau wie er.«

Hayes zuckt bei meinen Worten zusammen. »Ich bin nicht wie er.«

»Und doch billigt Ihr seine Taten.«

Der kalte, metallische Stich seines Schmerzes mischt sich mit der Schärfe seiner Wut. »Ich billige gar nichts!«

»Bequemlichkeit und Billigung sind dasselbe. Jetzt verstehe ich, warum Ihr mich beschützen wollt.« Meine Worte triefen vor Sarkasmus. »Ihr erwartet von mir, dass ich Angst habe, weil *Ihr* Angst habt. Ich bin nicht wie Ihr, *Eure Hoheit.*«

Wir sind uns so nah, dass meine Knie zwischen seinen klemmen. Unsere schweren Atemzüge vermischen sich in dem kleinen Raum zwischen uns.

»Ich verachte meinen Vater«, sagt Hayes düster. »Ich war heute bei einer Urteilsverkündung. Du hast recht. Es ist furchtbar.«

»Möchtet Ihr dafür einen Preis, Eure Hoheit?«

Er rückt näher. Unsere Gesichter sind so nah, dass ich jeden seiner Atemzüge auf der Haut spüren kann. Ich höre, wie sein Herz tost. »Du hörst nicht zu. Ja, die Hinrichtung war furchtbar, aber daran kann ich rein gar nichts ändern. Mein Vater hasst mich. Wenn es nach ihm geht – und das geht es, das tut es immer –, werde ich nie den Thron besteigen. Was ich über die Art und Weise denke, wie er regiert, spielt keine Rolle. Ich habe nicht die Macht, auch nur eine verdammte Sache daran zu ändern.«

Die Dreistigkeit, mit der er behauptet, er hätte keine Macht, macht mich rasend.

Wenn Hayes einen Raum betritt, verlangt er Respekt. Er muss die Leute *bitten*, sich nicht vor ihm zu verbeugen. Niemand verneigt sich vor mir. Wenn ich wie eine Sirene aussehe, versuchen sie, mich ins Bett zu bekommen. Wenn ich wie eine Ikatus aussehe, verachten sie mich. »Ihr habt Macht, Eure Hoheit. Und manchmal entscheidet Ihr Euch, sie zu nutzen. Als Ihr von Eurem Vater verlangt habt, die Ermittlungen zu Felix' Tod Euch zu übertragen. Als Ihr die mächtigsten Leute in Keirdre überzeugt habt, dass ein Halbmensch ein Vollstrecker sein kann. Als Ihr die Leibwache Eures Vaters in ihre Schranken verwiesen habt. Nur weil Ihr Eure Autorität scheut, heißt das nicht, dass sie Euch nicht gegeben ist. Wollt Ihr wirklich den Rest Eures absurd langen Lebens damit vergeuden, in Eurem Schlafzimmer Feste zu feiern und zu süßen Wein zu trinken? Ich hasse Tyrannen, Eure Hoheit. Euer Vater ist ein Tyrann, und wenn Ihr nichts dagegen tut, seid Ihr nicht besser als er.«

»Nicht besser?«, wiederholt Hayes. »Ich *hasse* ihn.«

»Hasst Ihr ihn wegen seiner Verachtung für Euch oder wegen der zahllosen Opfer, die er auf dem Gewissen hat?«

Hierauf lehnt sich Hayes zurück. Der Geschmack seiner Wut verschwindet und wird durch den scharfen Stich von Niedergeschlagenheit ersetzt. Wie ein verwässerter Tee, der kalt geworden ist. »Das denkst du?«, sagt er tonlos. »Dass ich mich mehr darüber ärgere, einen Vater zu haben, der mich hasst, als einen Vater, der mordet? So bin ich nicht. Natürlich hasse ich ihn für das, was er getan hat. Aber Hass ist nicht genug. Obwohl ich sein Sohn bin, fürchte ich ständig, dass mich ein Fehltritt mein Leben kosten könnte. Was bedeutet ihm mein Leben schon? Er hat eine Ewigkeit, um einen weiteren Erben zu zeugen.«

Er stützt den Kopf in die Hände und atmet eine Weile tief durch. Als er erneut aufblickt, ist sein Widerspruchsgeist verschwunden. »Vielleicht bin ich ein Feigling«, sagt er leise. »Aber ich wünschte, du wärst nicht so mutig. Das wird dich noch umbringen. Die letzte Neugierige, die nach Szeiryna geforscht hat, ist tot.«

»Wovon redet Ihr?«

»Hast du jemals von Reyshka Harker gehört?«

Sein Ton ist ernst, aber ich kann mir ein ungläubiges Stirnrunzeln nicht verkneifen. Reyshka Harker ist ein Märchen, das Erwachsene Kindern erzählen, damit die sich von der Barriere fernhalten. Die Legende besagt, dass sie immer wieder versucht hat, auf die andere Seite zu gelangen, egal, wie oft man ihr sagte, dass sie das nicht könne.

Der Legende nach hat die Barriere sie verschlungen.

Immer wird dieses Wort verwendet. »Verschlungen.« Als wäre die Barriere ein gefräßiges Monster und sie geräuchertes Schweinefleisch.

»Sie ist nicht nur ein Märchen«, fährt Hayes fort. »Es gab sie wirklich. Aber es ist nicht so passiert, wie es die Legende erzählt. Sie erfuhr von Szeiryna und versuchte, durch die Barriere zu kommen, um den verlorenen Sektor zu finden. Als Vergeltung ließ mein Vater sie an die Barriere fesseln und ließ sie dann bewegen. Nur ein klein wenig. So, dass die Barriere *durch sie* hindurchging. Das hat sie umgebracht.«

Mir ist schlecht. »Das habt Ihr Euch ausgedacht.«

»Ich meine das todernst. Und ich mache mir Sorgen um dich. Wenn mein Vater herausfindet, dass du nach Szeiryna fragst, wird er dich umbringen. Ich …« Er bricht ab und hebt die Hand. Ich glaube fast, er will meine Wange berühren, aber er lässt sie mit einem Seufzer sinken. »Ich bin nicht wie er, und manchmal glaube ich, dass du mir wichtiger bist als dir selbst. Wahrscheinlich macht das keinen großen Unterschied, aber ich habe die Preise für Korn und Weizen gesenkt. Und für ein paar andere Feldfrüchte, die absurd hoch waren.«

Er überrascht mich schon wieder. »Weil ich Euch darum gebeten habe?«

Hayes verdreht die Augen. »Du hast mich nicht darum gebeten. Du hast mich darauf aufmerksam gemacht. Und es hatte nichts mit dir zu tun.«

»Warum dann?«

»Weil ich das schon vor Jahren hätte tun sollen. Das ist einer der wenigen Faktoren, die ich ändern kann, ohne dass mein Vater es bemerkt. Aber ich habe es nicht getan, weil ich nichts davon gewusst habe. Und das tut mir leid. Mir tun viele Dinge leid. Es tut mir leid, dass ich nichts von den Hinrichtungen wusste. Es tut mir leid, dass ich sie nicht beenden kann. Mein Vater würde es verhindern. Es tut mir leid, dass ich dir nur sagen kann, ich bin jetzt bereit, mehr zu hinterfragen. Ab jetzt werde ich aufmerksamer sein. Und es tut mir leid, wenn dir das nicht reicht.«

Wieder fängt er damit an. Er entschuldigt sich bei mir, obwohl er mir nichts schuldet. Er stellt die Verachtung seines Vaters als

Last dar, aber ich bin anderer Meinung. Er ist ohne den Einfluss seines Vaters aufgewachsen und das hat ihn zu dem gemacht, was er ist – zu jemand *Gutem.*

»Was würdet Ihr anders machen, wenn Ihr König wärt?«, will ich wissen.

Die Frage überrascht ihn. »Das spielt keine Rolle. Mein Vater wird niemals …«

»Es geht nicht um Euren Vater. Es geht um Euch. Ihr behauptet, Ihr hättet nicht die Macht, etwas zu ändern. Na gut. Und wenn Ihr sie hättet? Was würdet Ihr ändern?«

Er zögert nicht. »Alles.«

Ich wünschte, er würde lügen. Ich wünschte, ich würde etwas Holziges wie Betrug oder etwas Saures wie Schuld schmecken. Einen Hinweis darauf, dass die Aufrichtigkeit, die seine Worte durchtränkt, nicht echt ist. Einen Grund, ihn so zu verachten, wie ich es sollte. Aber da ist nichts.

Verdammt.

»Warum tut Ihr das?«, murmle ich mehr zu mir selbst, aber natürlich hört er es.

»Was?«

Ich sollte die Lippen zusammenkneifen und die Antwort verweigern, aber ich mache den Fehler, ehrlich zu sein. »Warum macht Ihr es mir unmöglich, Euch zu hassen.«

Er grinst schief. »Du musst dir nicht solche Mühe geben.«

Doch.

Ich lasse mich in den Sessel zurückfallen, ziehe die Beine an und fliehe vor seiner Nähe. Vielleicht macht mich das zu einem Feigling, aber es erleichtert auch das Denken. Das *Atmen.*

Meine Wut ist nicht verschwunden, aber sie richtet sich nicht mehr gegen ihn. »Carrik ist ein Freund von mir«, erkläre ich schließlich. »Und ich will nicht, dass er sein Leben als Vollstrecker verbringen muss, nachdem ich gesehen habe, was deren Aufgabe ist.«

»Es tut mir leid. Ich verstehe, dass du wütend auf mich bist und mich vielleicht sogar hasst. Aber, Saoirse?« Er streckt die Hand aus, und als ich nicht zurückzucke, legt er sie mir aufs Knie. »*Bitte* nimm deinen Ärger über mich nicht zum Anlass, leichtsinnig zu sein. Es ist gefährlich, Nachforschungen über Szeiryna anzustellen. Du wirst hier nichts in Erfahrung bringen. Das Einzige, was du damit erreichen wirst, ist, meinem Vater einen Vorwand zu geben, dich zu bestrafen.«

Seine Worte bergen einen Hinweis, den er nicht beabsichtigt hat. Er hat recht. Hier zu suchen, ist sinnlos. Der König wird wohl kaum Hinweise auf Szeiryna in der Bibliothek hinterlassen haben, wo sie jeder finden kann. Aber da das Porträtzimmer ein Indiz darauf ist, dass er seine Errungenschaften gern dokumentiert, dann vielleicht nicht hier, sondern …

»Ich höre auf, Nachforschungen anzustellen«, stimme ich zögernd zu.

Hayes atmet erleichtert auf.

»Aber …«

Der Seufzer geht in ein Stöhnen über.

»Ich brauche Eure Hilfe.«

Er wirft mir einen warnenden Blick zu, scharf wie ein Messer. »Saoirse …«

»Ich werde es sein lassen. Das verspreche ich. Aber könnt Ihr mich erst irgendwie unbemerkt in das Arbeitszimmer Eures Vaters bringen?«

Er schreckt zurück. »Was?«

»Ich will wissen, wozu er fähig ist. Dafür brauche ich Informationen. Ihr habt mir erzählt, Ihr wart in seinem Arbeitszimmer, als Ihr mit Felix die Münze gefunden habt. Könnt Ihr mich dort hinbringen?«

»Das ist eine gefährliche Bitte.«

»Ich vertraue Euch.«

Und bei Luna, das meine ich ernst.

Er zögert.

Ich weiß genau, was ich tun muss, um ihn zu überzeugen. Um ihn dazu zu bringen, einzuwilligen. »Bitte«, sage ich sanft und füge hinzu: *»Hayes.«* Es ist schlichte Manipulation und ich hasse mich dafür. Doch in meinem Zimmer liegt ein Brief, der mich dazu zwingt.

Er versucht, in meinen Augen zu lesen wie in einem Buch, doch das ist in einer Sprache geschrieben, die er nie verstehen wird. Trotzdem kann ich nicht wegsehen. Seine Gefühle stehen ihm in großer, gut lesbarer Schrift ins Gesicht geschrieben. Er ist um mich besorgt, nein, »besorgt« trifft es nicht. Er ist wie *gelähmt* vor Sorge.

Er fährt sich mit der Hand übers Gesicht. »Gut. Aber erst, nachdem wir die geheimnisvolle Frau gefunden haben. Nach meiner Feier.«

Ich kämpfe gegen eine steigende Flut von Schuldgefühlen an. Schuldgefühle wegen meiner unendlichen Lügen, obwohl er mir doch nur so selbstlos helfen will. Schuldgefühle, weil er diese Mörderin – mich – niemals finden wird. Und Schuldgefühle, weil ich nicht länger leugnen kann, dass das Feuer in seinem Blick, wenn er mich ansieht, mehr ist als harmlose Neugierde.

Trotzdem nicke ich nur und sage: »Abgemacht.«

32

Sirenengesang

Ich liebe das Gefühl von Sand zwischen den Zehen.

Unter anderen Umständen hätte ich es genossen. Kurz hätte ich mir erlaubt, mich im warmen Sand auszustrecken, den Kopf zurückzulegen und den Sonnenschein zu genießen.

Stattdessen umklammere ich meine Knie und starre auf die *Seekönigin*, die in den Wellen vor mir schaukelt.

Ich versuche, mich auf den Namen des Schiffes zu konzentrieren, der in geschwungenen Goldbuchstaben auf dem Rumpf steht. Aber es gelingt mir nicht. Immer noch wird mein Blick vom Wasser angezogen, das nur ein paar betörende Schritte vor mir an den Strand schwappt.

Für ein paar Augenblicke stelle ich mir vor, wie es wäre, hineinzuspringen und nichts auf die Konsequenzen zu geben. Ich stelle mir vor, wie kühl und erfrischend das Wasser ist. Wie das Salz mir auf der Haut klebt und durch meine Poren dringt. Ich stelle mir für einen kurzen Moment vor, wie das Wasser des Ozeans über mir zusammenschlägt und wie es wäre, kein Monster zu sein.

Während ich in Gedanken untertauche, bleibe ich jedoch am

Strand sitzen, bleibe trocken. Die Vorstellung ist ohnehin absurd. Wäre ich im Wasser und ein Schiff voller Leute so nah, würde ich nicht nur friedlich baden gehen. Am Ende wäre die See rot gefärbt und das Schiff läge auf dem Grund.

Ich beobachte weiter den beruhigenden Rhythmus der Wellen. In all der Ruhe steckt jedoch ein verborgener Ruf: *Singe, verführe, töte.*

Verlockend …

Kontrolle. Behalte die Kontrolle.

Ich wende den Blick vom Wasser ab.

Auf dem Schiff kann ich nur dunkle Silhouetten ausmachen. Aber keine davon ist Hayes.

Die Wellen werden höher. Sie schlagen heftiger gegen das Schiff.

Singe, verführe, töte.

Ich greife in den Sand und genieße es, ihn durch die Finger rieseln zu lassen, um mich vom Meer abzulenken.

Singe, verführe, töte.

Ich schließe die Augen und atme durch die Nase ein. Ich atme die salzige Luft ein und den Drang, mich in die Fluten zu stürzen, aus. Ich atme den schweren Geruch des Seegrases am Strand ein und das Verlangen, jemanden mit mir in den Abgrund zu ziehen, aus.

Da höre ich einen Schrei vom Deck des Schiffes und ich reiße die Augen auf.

Die Wellen sind noch heftiger geworden, geradezu zornig. Sie greifen das Schiff an und bringen es gefährlich ins Wanken.

Eine Gestalt tritt auf das Deck. Ich erkenne ihn sofort.

Ich weiß nicht, wann ich ihn so verinnerlicht habe. Irgendwann zwischen unserer ersten Begegnung vor drei Wochen und heute habe ich mir Hayes' Gestalt eingeprägt. Seine breiten Schultern, die markante Kopfform und die Selbstsicherheit seiner Bewegungen.

Das Wasser wird immer ungestümer. Das Schiff schwankt heftig von einer Seite zur anderen. Ein weiterer Schrei an Bord.

Hayes verliert durch die stürmische See das Gleichgewicht. Er wankt und da brandet eine Welle zu ihm an Deck und *greift* nach ihm.

Ich kann es nicht anders beschreiben.

Das Meer packt ihn sich, legt eine nasse Hand um den Kronprinzen von Keirdre und reißt ihn von Deck.

Es zerrt an ihm, zerrt und zerrt und zerrt, bis sein Kopf unter Wasser verschwindet. Alles geschieht so schnell, dass er nicht einmal Zeit hat, um Hilfe zu rufen.

Ich bemühe mich, nicht in Panik zu verfallen. Er ist ein Wasserfae. Er kann Wasser seinem Willen beugen. Das hier sollte kein Problem für ihn darstellen.

Sekunden vergehen, aber er taucht nicht wieder auf.

Ich grabe die Hände tiefer in den Sand.

Weitere lange Sekunden vergehen. Er ist immer noch nicht wieder an die Oberfläche gekommen.

Mein erster Impuls: Ich muss ihn retten.

Mein zweiter Impuls: Es gibt zu viele Zeugen – und die Gefahr durch den Ruf des Wassers. Bleib hier sitzen und lass jemand anders ihn retten.

Weitere Sekunden vergehen und ich kann nur noch denken: Aber es geht um Hayes' Leben.

Ich ignoriere meinen zweiten Impuls.

Bevor ich weiter darüber nachdenken kann, was passiert, wenn ich meinen Instinkten nachgebe, drücke ich mich vom Strand hoch und eile auf die Brandung zu.

Als ich bis zu den Knien im Wasser stehe, tauche ich ein.

Ein Segen. Das Wasser ist kalt, aber es prickelt angenehm an Armen, Beinen und im Gesicht.

Dieser erste Moment im Wasser fühlt sich an wie eine Ewigkeit, aber als sich das Wasser um mich schließt, trifft mich das ganze Ausmaß meines Fehlers mit aller Wucht.

Singe, verführe, töte.

Unablässig wiederholt die See ihren Ruf und lässt ihn mich nicht vergessen. Alle meine Sinne sind erfüllt von dem Drang, zu töten. Im Ozean ist es schlimmer als in einem See oder Fluss. Der Ozean ist grenzenlos. Wenn ich im Meer bin, ruft die ganze unermessliche Weite des Wassers auf einmal nach mir.

So auch jetzt. Ich spüre einen Herzschlag in der Ferne, und ich weiß, es ist Hayes, und ich weiß, ich sollte nicht, aber jede Faser meines Körpers will nach ihm greifen und ihn in den Abgrund ziehen.

Singe, verführe, töte.

Schnell gleite ich durchs Wasser auf ihn zu.

Er ist bereits tiefer gesunken, als ich dachte. Was auch immer an ihm zerrt, hat mehr Kraft, als ich erwartet habe.

Hayes' ozeanblaue Augen sind geschlossen, und während er durch das trübe Wasser weiter zum Grund sinkt, bleibt er völlig reglos.

Ich schwimme ihm hinterher.

Töte.

Er wäre mein leichtestes Opfer. Ich musste nicht einmal singen. Ich musste ihn nicht verführen. Nicht einmal ein falsches Lächeln aufsetzen. Es wäre leicht, *so leicht*, die Arme um ihn zu legen und ihn einfach nur festzuhalten. Ihn mit mir auf den Grund zu ziehen. Sein Absinken nur zu beschleunigen.

Töte.

Im Wasser entdecke ich plötzlich etwas. Eine Münze, dunkel wie die Nacht, an einer Kette. Es ist Hayes' Münze. Felix' Münze.

Das salzige Meerwasser wird von der Erinnerung an den Geschmack von Hayes' Schmerz in jener Nacht verdrängt, als er von Felix' Tod erfuhr. Ich sehe nicht mehr rot, sondern blau. Hayes' ozeanblaue Augen. Sein Grinsen, bei dem mir die Beine schwach werden und das ich hasse, weil es mir den Atem raubt.

Kontrolle.

Meine Augen hören auf, silbern zu leuchten, und ich fahre mir mit der Hand übers Gesicht.

Wie ein Mühlrad setzt sich mein Verstand in Bewegung. Hayes ist nicht gestürzt, er wurde vom Wasser selbst in den Abgrund gezerrt. Und jetzt schafft er es nicht aus eigener Kraft zurück an die Oberfläche. Das bedeutet, ein Wasserfae zieht ihn hinab.

Als ich näher komme, zittere ich am ganzen Leib vor Anstrengung, mich gegen meinen Instinkt zu wehren. In meinem Zustand kann ich ihn nicht berühren, also *zwinge* ich das Wasser um ihn herum dazu, sich zu bewegen, ihn nach oben zu befördern. Ich schnappe mir die schwarze Münze, als sie an mir vorbeitreibt.

Es fällt mir nicht leicht. Wer auch immer ihn unter Wasser gezogen hat, kämpft mit aller Macht gegen mich an. Aber ich bin stärker.

Erleichtert atme ich auf, als sein Kopf die Wasseroberfläche durchbricht.

Töte.

Schnaubend schiebe ich den unnachgiebigen Ruf des Wassers

beiseite wie eine ungewollte Hand auf dem Hintern und schwimme an die Oberfläche.

Hayes treibt auf dem Rücken im Wasser, er lässt den Kopf hängen. Seine Augen sind geschlossen und seine Brust bewegt sich nicht.

»Hayes!« Jemand ruft vom Schiff her seinen Namen. Das Schiff ist von uns weggetrieben, daher kann uns von dort niemand sehen. Aber ohne dass mich jemand bemerkt, kann ich ihn nicht wieder an Bord bringen.

»Eure Hoheit!«, ruft noch jemand.

»Hayes«, flüstere ich ihm ins Ohr. »Wenn Ihr mich hören könnt, bleibt am Leben.«

Töte. Töte. Töte.

Wieder leuchten meine Augen auf. Seine Nähe und das Wasser auf meiner Haut sind Gift.

Ich stecke ihm die Münze in die Hosentasche, schließe die Augen und schiebe Hayes mithilfe des Wassers von mir weg. Das Meer bildet sanfte Wellen, die Hayes vorantreiben und schließlich an den Strand spülen, nur ein paar Meter entfernt von der Stelle, an der ich noch vor Kurzem im Sand gesessen habe.

Dann tauche ich selbst unter und schwimme los.

Als ich am Strand ankomme, ist mir ganz schwindelig davon, dem Sirenengesang des Wassers so lange widerstanden zu haben. Während ich die wenigen Meter vom Wasser zu Hayes stolpere, drücke ich mir die Hand gegen die Stirn. Mir tut der Kopf weh. *Alles* tut mir weh, aber ich habe keine Zeit für Schmerzen.

Ich höre Stimmen, die näher kommen.

Mit geschlossenen Augen *zwinge* ich das Wasser von mir weg.

Als ich die Augen öffne, bin ich trocken, und mir geht es besser.

Ich beuge mich über Hayes. Er liegt auf dem Rücken und seine Brust bewegt sich nicht. Ich *spüre*, wie das Wasser seine Lungen flutet, genau wie ich die Brandung hinter mir spüre.

Die nahenden Schritte werden lauter, kommen näher.

Ich lasse mich auf die Knie fallen und reiße sein Hemd auf. Dann drücke ich ihm mit den Händen auf die Brust, um ihn zum Atmen zu bringen.

Die Schritte halten inne. »Bei Luna …« Es ist Jeune.

»Was ist passiert?« Die andere weibliche Stimme kenne ich nicht. Sie gehört einer Frau mit heller brauner Haut und leuchtend grünen Augen, die ich aus den Augenwinkeln bemerke.

»Es ist Hayes«, antwortet Jeune. »Er ist …«

Ich blende alles um mich herum aus. Den Ruf der See, das Kreischen der Möwen und den sauren Geschmack, der mir die Kehle hochkriecht bei dem Gedanken, dass Hayes nicht wieder atmen wird. Ich drücke ihm fester auf die Brust.

Wieder höre ich Schritte, leichtere dieses Mal.

Ich höre mit der Brustmassage auf. Stattdessen hole ich tief Luft, drücke meinen Mund auf Hayes' und atme aus, um Luft aus meinen in seine Lungen zu pressen. Zwei, drei Mal wiederhole ich das, bevor ich mit der Brustmassage fortfahre.

Mit den Händen auf seinem Körper *fühle* ich nach dem Meerwasser in seinen Lungen und ziehe, so fest ich kann, daran, und *vertreibe* es aus seinem Körper.

Ich erwarte nicht, dass es funktioniert, aber zwei unerträgliche Herzschläge später beginnt Hayes zu husten.

Er setzt sich auf, lehnt sich vornüber und spuckt das Wasser vor sich in den Sand.

Ich werfe ihm die Arme um den Hals, noch bevor er die Augen ganz geöffnet hat.

Es überrascht mich – verwirrt mich wirklich –, wie erleichtert ich bin, dass er am Leben ist.

Er ist noch schwach und fällt deshalb auf den Rücken, sodass ich auf ihm lande.

Als mir klar wird, dass ich quasi auf ihm liege, versuche ich, mich so schnell wie möglich von ihm zu lösen, aber er hält mich fest. Mit seinen ozeanblauen Augen sieht er mich verwirrt an. »Saoirse«, murmelt er, »ich wäre fast ertrunken.«

»Schhh …«

»Ich wäre fast ertrunken und dann habe ich dich gesehen.«

Ich zucke zusammen. Er hat mich … er *kann* mich unter Wasser nicht gesehen haben. Seine Augen waren die ganze Zeit geschlossen. Zumindest dachte ich das.

Dann schließt er ohne ein weiteres Wort wieder die Augen und verliert auf dem warmen Sand das Bewusstsein und sein Körper ist eiskalt.

33

Die Verführerin

Am späten Nachmittag bin ich im leeren Übungsraum und kann mich nicht konzentrieren.

Mein Verstand ist vernebelt und ich kann nichts tun, außer in der Mitte eines leeren Trainingsplatzes zu sitzen, zu denken, zu verdrängen und mich zu verachten.

Ich denke darüber nach, warum ein Wasserfae versucht hat, Hayes umzubringen. Jemand, der ihm nahe genug steht, um mit auf dem Schiff gewesen zu sein. Jemand, der für seine Sicherheit auf der Feier in einer Woche zuständig ist.

Ich verdränge, dass er gestorben wäre ohne mich.

Diesen Gedanken versuche ich loszuwerden, aber er fällt immer wieder über mich her.

Darauf folgt die Selbstverachtung. Der Gedanke, dass Hayes hätte sterben können, jagt mir fürchterliche Angst ein. Mehr, als es sollte.

Das ist deine Aufgabe, rede ich mir ein. *Hayes zu beschützen, ist Teil deiner Aufgabe.*

Aber meine Selbstverachtung wird nur größer, weil ich weiß, dass ich mich selbst belüge. Der Gedanke daran, dass Hayes sterben könnte, macht mir auch ohne meine Verpflichtung ihm gegenüber Angst. Ich denke, ich weiß, warum. Aber auch das versuche ich zu verdrängen.

»Er fragt nach dir.« Jeune steht auf einmal, ungeduldig auf den Fersen wippend, direkt vor mir. Ich habe nicht gehört, wie sie hereingekommen ist, was eine neue Welle der Selbstverachtung in mir auslöst. »Saoirse«, wiederholt sie, als ich nicht antworte. »Ich habe gesagt …«

»Ich habe dich gehört.« Ich klettere aus dem Kampfring.

Jeune und ich gehen Seite an Seite zu Hayes' Zimmer. Eigentlich ist mir klar, dass ich mich vor ihr in Acht nehmen sollte. Und ich hatte erwartet, dass ich sie wegen ihres mangelnden Respekts vor meiner Privatsphäre hassen würde. Aber es macht ihr nichts aus, dass ich eine Ikatus bin. Außerdem nimmt sie es mir nicht übel, dass ich schneller bin als sie. Und sie bringt mich zum Lachen.

Hätten wir gemeinsam die Militärakademie besucht, dann wären wir vielleicht sogar Freundinnen geworden. Und das ist ein Wort, das ich nicht leichtfertig benutze.

Aber sie war auch am Strand, als Hayes in die Fluten gezogen wurde, und sie ist eine Wasserfae. Und sie hat *nichts* getan, um ihm zu helfen.

Das bedeutet, entweder hat sie ihn unter Wasser gezogen oder sie nimmt seinen Tod billigend in Kauf.

Ist sie verantwortlich für die Erpresserbriefe? Ist sie Teil des Widerstands?

Ich kann mir bei beidem nicht sicher sein. Daher tut es nichts zur Sache, dass sie eine der wenigen ist, deren Gesellschaft ich tatsächlich genieße. Ich kann ihr genauso wenig vertrauen wie mir selbst.

Wir sprechen kein Wort, aber sie sieht mich immer wieder erwartungsvoll an. Gespannt, ob ich etwas sage.

Schließlich kann sie nicht mehr an sich halten. »Willst du gar nicht wissen, wie es ihm geht?«

Doch.

Ich zucke mit den Schultern. »Wenn er nach mir fragt, ist er am Leben.«

»Ja, aber …« Sie hält inne. Überlegt sich ihre nächsten Worte genau. »Ich verstehe dich nicht.«

Ich weiß nicht, was ich darauf antworten soll, also sage ich nichts. Sie redet weiter. »Er ist vollkommen hingerissen von dir. Das weißt du doch, oder? Das musst du wissen.«

Mit der Zunge spiele ich an der Schleierperle herum. Welche Gefühle der Prinz für mich hegt oder nicht, ist ein weiterer Gedanke, den ich liebend gern verdrängen möchte.

Bei dem ich mir *Mühe* gebe, ihn zu verdrängen.

Jeune scheint kein Problem damit zu haben, dass Gespräch allein zu bestreiten. »Ich weiß, dass er dir auch etwas bedeutet. Du hast dich ihm in die Arme geworfen, als er wieder zu Bewusstsein gekommen ist.«

»Das habe ich nicht.« Zu spät beiße ich mir auf die Zunge.

Sie hebt eine Augenbraue. Einen Moment lang sagen wir beide nichts.

»Ich verstehe dich nicht«, wiederholt sie dann.

Wir erreichen den Korridor, der zu Hayes' Schlafzimmer führt, und so bleibt es mir erspart, zu antworten oder ihrem schiefen Blick standhalten zu müssen, weil ich nicht antworte, denn der Korridor ist voller Fae.

Ich sehe Jeune fragend an, während wir uns einen Weg durch die Wartenden bahnen. »Leben all diese Leute im Palast?«

»Sie leben alle in Vanihail. Sie sind gekommen, um zu erfahren, ob es Hayes gut geht.« In ihrem Tonfall liegt etwas Anklagendes, das ich jedoch zu ignorieren beschließe.

Als wir vor Hayes' Tür ankommen, hält Jeune mich zurück. »*Hunderte* von Leuten wollen Hayes sehen, Saoirse. Und er hat nach dir gefragt. Nur nach dir.«

Ich schürze die Lippen. »Warum sagst du mir das?«

Sie schnaubt genervt. »Du bist manchmal sehr direkt, und du machst den Eindruck, als wäre dir alles gleichgültig. Er findet deine Direktheit womöglich amüsant, sogar erfrischend, aber deine Gleichgültigkeit könnte ihn hart treffen, wenn du nicht aufpasst.«

Ihre Hand ruht auf der Türklinke aus Erstwyn, während sie auf eine Antwort wartet, die ich ihr nicht geben werde.

Als ich nichts sage, seufzt sie. »Bist du das?«

»Ob ich direkt bin?« Ich weiß, darauf wollte sie nicht hinaus.

»Gleichgültig.«

Nein. Ja. Natürlich nicht.

Auf ihre Frage sollte eine einsilbige Antwort genügen. Nur hat Hayes' Vater alle meiner Art und endlos weitere ermorden lassen, ich habe Hayes' besten Freund umgebracht und mein Steckbrief hängt überall im Königreich aus. Seit wir uns kennen, lüge ich ihn ununterbrochen an, und als sein Herz am Strand stehen geblieben ist, hat auch meines ausgesetzt.

Ihre Frage lässt sich also nicht mit einem Wort beantworten, doch ich kann weder Jeune noch Hayes irgendetwas von alldem erzählen, was mir durch den Kopf geht.

Weil ich nicht antworten will und kann, stürme ich wortlos an Jeune vorbei und betrete, ohne anzuklopfen, den Raum.

Hayes liegt im Bett unter einem Berg von seidenen Laken und

reich verzierten Kissen. Königin Ikenna steht links von seinem Bett, allerdings von ihm abgewandt, und erteilt einem menschlichen Bediensteten Befehle. Am Fuß des Bettes stehen Zensen und Erasmus. Wie Hayes' Mutter sehen auch sie ihn nicht an, sondern sprechen mit Devlyn. Als sich die Tür hinter mir schließt, drehen sich die Königin, die Leibwachen und die Menschen zu mir um.

Ich räuspere mich. »Eure Hoheit«, beginne ich, »Ihr habt nach mir verlangt.«

»Saoirse?«, röchelt Hayes und versucht, sich aufzusetzen.

»Hayes«, flüstert die Königin, »du solltest dich lieber ...«

»Schon in Ordnung.« Hayes atmet schwer vor Anstrengung und sieht mich an, ohne seine Mutter weiter zu beachten. »Du hast mich gerettet.«

Erleichterung erfüllt mich, ihn zu sehen. Er sieht besser aus, zumindest in der Hinsicht, dass er atmet, aber er ist so schwach, dass er sich kaum bewegen kann und völlig erschöpft wirkt.

Alle im Raum sehen mich an und warten auf eine Reaktion von mir.

Ich lasse mir nichts anmerken und verberge meine Gefühle hinter einer kühlen Maske der Gleichgültigkeit. »Das Meer hat Euch gerettet, Eure Hoheit. Ich habe nur dafür gesorgt, dass Ihr wieder atmet.«

»Aber das ist nun mal lebensnotwendig, wenn ich mich nicht irre.«

Ich konzentriere mich auf das blaue und goldene Muster des Teppichs, der vor dem Bett liegt.

»Können bitte alle außer Saoirse das Zimmer verlassen?«

Eigentlich will ich widersprechen, aber alle eilen an mir vorbei hinaus, bevor ich etwas sagen kann.

Er beobachtet mich. »Du warst nicht hier, als ich aufgewacht bin.« Er klingt gleichgültig, aber ich schmecke seine Enttäuschung. Schwach, aber unverkennbar.

»Ich war im Übungsraum.«

Stille. Seine Enttäuschung nimmt zu und verbindet sich mit großer Verwirrung. »Du hast trainiert?«

»Nein, ich habe … nachgedacht.« Und verdrängt und mich verachtet.

Ich glaube, er erwartet, dass ich noch mehr sage, aber das Weitere kann ich nicht in Worte fassen.

Er seufzt und sieht traurig aus. »Du kannst mit mir reden. Ich meine, *wirklich* mit mir reden.«

»Ich will einzig und allein darüber reden, was Euch zugestoßen ist.«

»Du hast es doch beobachtet, stimmt's? Wie ich gestürzt bin?«

»Erinnert Ihr Euch nicht?«

Er schüttelt den Kopf. »Ich kann mich nicht daran erinnern, wie ich vom Schiff gefallen bin. Ich weiß nur noch, wie ich unter Wasser gesunken bin und mich bemüht habe, die Strömung zu kontrollieren, aber ich habe es nicht geschafft. Als Nächstes bin ich hier aufgewacht. Außer …« Er sieht mich zögerlich an.

»Was?«

»Unter Wasser hatte ich einen Traum.«

Seine wie im Delirium gesprochenen Worte vom Strand fallen mir wieder ein. »Einen Traum?«, wiederhole ich.

»Ich glaube, es war ein Traum. Aber es hat sich so real angefühlt. Es ging um dich. Ich war im Wasser und bin nach unten gesunken, und du bist auf mich zugeschwommen gekommen. Um mich zu retten. Was du ja wohl auch gemacht hast.«

»Ich habe Euch nicht gerettet«, wiederhole ich. »Ihr wurdet an Land gespült.«

»Aber wie? Ich bin ins Wasser gefallen und das Schiff war nicht einmal in der Nähe vom Strand.«

»Ich weiß es nicht«, antworte ich leise. »Es muss wohl ein Wunder gewesen sein. Oder vielleicht haben auch diejenigen, die Euch über Bord geworfen haben, ihre Meinung geändert.«

»Du glaubst, jemand hat mich gestoßen?«

»Ich habe gesehen, was passiert ist. Ihr seid nicht gestürzt, die Wellen haben nach Euch gegriffen.«

Er runzelt die Stirn. »Das kann nur ein Wasserfae gewesen sein.«

»Ich weiß.«

Hayes reibt sich mit geschlossenen Augen die Schläfen. Als er die Augen wieder öffnet, nickt er in Richtung der Tür. »Kannst du die anderen Wachen holen?«

»Natürlich, Eure Hoheit. Und Eure Mutter?«

Er lacht freudlos. »Ich kann dir garantieren, dass sie schon längst weg ist.«

Hayes' Wachen scharen sich vor der Tür und ein Ozean von Fae erstreckt sich hinter ihnen. Aber er hat recht. Königin Ikenna ist nirgends zu sehen.

»Der Prinz erwartet seine Wachen«, richte ich ihnen aus.

Wir stellen uns im Halbkreis um sein Bett. Jeune steht neben mir. Sie sagt nichts, wirft mir aber immer wieder verstohlene Blicke zu.

Hayes legt die Hände in den Schoß. »Ich befördere Saoirse zur Seniorwache. Mit sofortiger Wirkung. Ab sofort ist sie die einzige Leibwache, der erlaubt ist, mit mir allein zu sein.«

Zensen tritt vor. »Hayes, ich …« Er räuspert sich und schluckt. »Habe ich etwas falsch gemacht?«

»Nein«, erwidert Hayes kühl. »Aber sie hat mir das Leben gerettet und ich vertraue ihr.«

Zensen tritt zurück, gehorsam wie immer, aber ich kann ihm die tiefe Verletzung ansehen, und sie liegt mir wie gefrorenes Sägemehl auf der Zunge.

»Sie ist noch ein Kind«, widerspricht Erasmus. »Kinder können nicht zur Seniorwache ernannt werden.«

»Eure Hoheit«, melde ich mich zu Wort. »Ich weiß nicht, ob diese Beförderung ratsam ist. Ich bin eine Ikatus. Ich habe keine Affinität und ...«

»Und dennoch hast du mir das Leben gerettet, ohne dass dir jemand geholfen hätte. Alle anderen können gehen.«

Betreten schweige ich, während die anderen den Raum verlassen. Im Vorbeigehen legt Jeune mir kurz die Hand auf die Schulter. Ich brauche einen Augenblick, um zu begreifen, dass es eine tröstende Geste sein soll.

Ich warte, bis die Tür geschlossen ist, bevor ich etwas sage. »Das ist ein Fehler.«

»Du hast mich gerettet. Du kannst es drehen und wenden, wie du willst, aber du hast mich gerettet. Daher weiß ich auch, dass du nicht für den Angriff verantwortlich bist, und bis ich weiß, *wer* dafür verantwortlich ist, traue ich nur dir.«

Jedes Wort schnürt mir die Kehle weiter zu. »Das solltet Ihr nicht.«

»Warum nicht?«

Eine gute Erklärung habe ich dafür nicht. Zumindest keine, die ich ihm geben kann. »Nur ein Wasserfae konnte diesen Angriff ausführen«, wechsle ich das Thema. »Und Jeune ist die einzige Wasserfae unter Euren Wachen. Aber sie war am Strand. Das ist für ihre Affinität zu weit weg.«

»Ich weiß. Die einzigen Wasserfae an Bord waren die Wachen meiner Eltern, Rikkard und Brannon. Der eine könnte es genauso gut gewesen sein wie der andere. Womöglich handeln sie auch nicht allein.«

»Ihr glaubt, eine Eurer Wachen ist beteiligt?«

»Ja. Hör zu, ich weiß, deine Beförderung kam unerwartet, aber du hast mir das Leben gerettet. Ich stehe in deiner Schuld. Und ich vertraue dir. Bis du mir beweisen kannst, dass man den anderen Leibwachen trauen kann, zähle ich auf dich, und zwar nur auf dich, dass du gemeinsam mit mir herausfindest, wer dahintersteckt.«

Er hat recht, wenn auch aus den falschen Gründen. Ich weiß, dass ich nicht für den Angriff auf dem Schiff verantwortlich bin, und die anderen kann ich nicht mit derselben Überzeugung ausschließen.

Trotz meiner Bedenken nicke ich. »Dann nehme ich die Beförderung an, Eure Hoheit.«

»Gut.« Er bedeutet mir, näher zu treten.

Zögerlich komme ich seiner Aufforderung nach, aber als er neben sich auf das Bett klopft, starre ich ihn ärgerlich an.

Er grinst. »Ich wusste schon, dass du nicht mitspielst, aber einen Versuch war es wert. Glaubst du, Spektryl ist für diesen Anschlag auf mein Leben verantwortlich?«

»Der Zeitpunkt kann kein Zufall sein. Aber wenn man ein Attentat auf Euch bei der Probe Eurer Geburtstagsfeier verüben wollte, wozu dann all die anderen Morde?«

Er sieht verwirrt aus. »Um leichter an mich heranzukommen?«

Ich schüttle den Kopf. »Wenn man vorhatte, Euch, und zwar *nur* Euch, auf einem Schiff vor der Küste von Vanihail zu ermorden, dann wäre es unnötig, vorher zwei der Wachen Eurer

Eltern loszuwerden. Es braucht nur eine Person, um Euch über Bord zu stoßen. Und der Mord an Felix passt auch nicht dazu. Den Sohn eines Vollstreckers zu ermorden, bringt niemandem etwas. Was ist auf dem Schiff passiert, kurz bevor Ihr ins Wasser gefallen seid?«

»Ich war unter Deck und habe mit Zensen und Erasmus an der Treppe nach oben gewartet.«

»Und außer Euch waren nur Eure Wachen und die Wachen Eurer Eltern an Bord?«

»Ja.«

Irgendetwas stimmt hier nicht. »Ich verstehe nicht, wie die Auftragsmorde von Spektryl den heutigen Anschlag auf Euer Leben irgendwie vereinfacht hätten. Warum sollte Spektryl es auf die königlichen Wachen abgesehen haben, wenn *Ihr* das einzige Ziel seid? Eure Eltern waren heute nicht einmal auf dem Schiff. Sie werden erst auf dem Schiff sein, wenn …« Als mein Verstand meine Worte einholt, halte ich inne.

Hayes runzelt die Stirn. »… wenn was?«

In der Nacht vor meiner Abschlussfeier – vor einer gefühlten Ewigkeit – habe ich Brogan Nash umgebracht. »Eure Hoheit, mögt Ihr die Süßwaren von Nash?«

»Natürlich. Das tut doch jeder.«

»War die Familie Nash mit den Speisen für die Feierlichkeiten beauftragt?«

Die Erkenntnis steht ihm ins Gesicht geschrieben. »Ja.«

Ich hole tief Luft und sortiere in Gedanken die verschiedenen Puzzleteile. Als Devlyn mir vom Geschäft der Nashs erzählt hat, schien es nicht von Bedeutung zu sein. Aber vielleicht stand Brogan mit dem Prinzen auf eine Art in Verbindung, die ich noch nicht in Betracht gezogen habe. Vielleicht die anderen auch.

»Ihr musstet einen neuen Schiffsbauer beauftragen, habt Ihr mal erwähnt«, sage ich. »Erinnert Ihr Euch an den Namen des ursprünglichen Schiffsbauers?«

»Ähm … nein.«

»Habt Ihr die Liste der Opfer von Spektryl hier noch irgendwo?«

»Im Schreibtisch in der obersten Schublade.«

Ich laufe durch den Raum und hole die Liste aus der Schublade. Obwohl das Pergament erst eine Woche alt ist, weist es bereits starke Gebrauchsspuren auf, und die Ecken sind abgestoßen. Ich platziere das Blatt auf dem Bett, damit er es lesen kann. »Kommt Euch noch ein Name bekannt vor?«

Hayes studiert erneut die Liste der Namen, bis ihm einer auffällt. »Der hier. Hayliss Velkner. Er war ein Schiffsbauer aus Vanihail.«

Mein zweiter Auftrag.

Falls ich noch irgendwelche Zweifel hatte, sind sie jetzt ausgeräumt. »Die Raze haben einen Anschlag auf Eure Feierlichkeiten geplant. Ich weiß zwar nicht, wie genau, aber sie haben vor, Euch und Eure Eltern dort zu ermorden.« Es ist so einleuchtend, dass ich mich frage, warum mir der Gedanke nicht schon früher gekommen ist. Hayes hatte mir selbst erzählt, dass er und seine Eltern sich nie gemeinsam am selben Ort aufhalten, um den Bestand der Barriere nicht zu gefährden. Hayes' Feierlichkeiten sind die einzige Ausnahme.

Ich grüble weiter. Da fehlt immer noch ein Puzzleteil. »Aber wenn das eigentliche Attentat auf Eurer Feier stattfinden soll, dann ergibt der Anschlag heute keinen Sinn.«

»Vielleicht doch«, sagt Hayes. »Vielleicht solltest nicht *du* mich retten. Vielleicht hätte mich jemand anders retten sollen.«

Ich verstehe sofort, was er meint. »Und dann hättet Ihr denjenigen befördert.«

»Und demjenigen *vertraut.*«

Hayes' Leben retten und so sein Vertrauen gewinnen. Damit stellt sich die Frage: Wer hätte Hayes das Leben retten sollen?

Als Erstes denke ich an Jeune. Sie war am Strand, sie hat darauf bestanden, dort auf Patrouille zu bleiben, als Zensen mir den Dienst zugewiesen hat. Und sie ist die einzige Wasserfae unter Hayes' Leibwachen. Normalerweise würde ich annehmen, dass sie zu weit weg war, um Hayes mit ihrer Affinität anzugreifen, aber sie hat selbst gesagt, dass sie besser ist als andere Wasserfae.

»Eure Hoheit, wann haben die Vorbereitungen für Eure Feierlichkeiten begonnen?«

»Vor ungefähr sechs Monden.«

Genauso lange arbeite ich jetzt für die Raze.

Ich reiche ihm das Pergament und einen Stift. »Könnt Ihr jeden auf der Liste markieren, der irgendwie mit den Vorbereitungen der Feierlichkeiten in Verbindung steht?«

»Natürlich.« Er schnappt sich den Stift. »Ich bin genauso neugierig wie du, herauszufinden, was die Verführerin vorhat.«

»Die Verführerin?«, wiederhole ich.

»Ich wollte unserer geheimnisvollen Frau einen Namen geben. Verführerin scheint passend für eine so schöne und tödliche Frau. Was hältst du davon?«

Der Name ist nicht schlecht, aber ich will lieber über den Plan der Raze und Spektryl reden. Alle Gespräche über die geheimnisvolle Frau – die Verführerin – bereiten mir unendliche Schuldgefühle.

Ich nicke. »Gefällt mir.«

Hayes braucht nicht lange, um die Liste durchzugehen. Abgesehen vom Schiffsbauer (Hayliss Velkner) und dem Bäcker (Brogan Nash) umfassen Spektryls Morde – *meine* Aufträge – noch einen Verantwortlichen für die Dekoration und mehrere für die Organisation. Alle standen in Verbindung zu Hayes' Feier.

Nur ein Opfer innerhalb der letzten fünf Monde bleibt ein Mysterium. Niklaus Serkis, ein Feuerfae. Wir durchsuchen jedes Dokument in Hayes' Zimmer, das mit seiner Feier zu tun hat, nach dem Namen Serkis, aber wir finden nichts.

Seufzend gebe ich schließlich auf. »Eure Hoheit, fast jeder Bereich der Feierlichkeiten ist beeinträchtigt. Ihr müsst sie absagen.«

»Nein.«

Damit hatte ich gerechnet, aber es verärgert mich trotzdem. »Eure Hoheit, es geht um Eure Sicherheit.«

»Vorsicht, Saoirse, oder ich könnte annehmen, du sorgst dich um mich.«

Ich schnaube. »Es ist meine Aufgabe, mich um Euer Wohlergehen zu sorgen. Und offensichtlich will jemand Euren Tod. Was auch immer sie vorhaben, es dreht sich um Eure Feierlichkeiten.«

»Ich werde sie nicht absagen. Wenn wir absagen, müssen wir mit der Ermittlung ganz von vorn anfangen. Das schaffen wir schon. Wir müssen nur die Verführerin finden.«

»Vergesst die Verführerin, das ist nicht der Punkt. Wir kennen jetzt das Ziel. Wenn Ihr die Feier wie geplant stattfinden lasst, *wird* jemand versuchen, Euch umzubringen. Wir müssen sie absagen.«

»Nein.«

»Na gut«, entgegne ich. »Dann müsst Ihr jeden entlassen, den Ihr nur eingestellt habt, um einen ursprünglich mit der Sache Beauftragten zu ersetzen.«

»Nein.«

Ich stöhne auf und werfe die Hände in die Luft. »Eure Hoheit …«

»Saoirse.« Er unterbricht mich und äfft meinen Tonfall nach. »Dieser Anschlag wird seit Monden vorbereitet. Er ist aufwendig. Wenn wir jetzt die Feierlichkeiten absagen, werden sie sich nur einen neuen Plan ausdenken. Aber dann werden wir nichts davon wissen, und sie werden sich mehr Mühe geben, ihn geheim zu halten.«

Damit hat er recht, aber das ist mir egal. »Jemand hat heute versucht, Euch umzubringen. Und man wird es wieder versuchen.«

»Dafür habe ich schließlich meine Wachen.«

Er reckt entschlossen das Kinn, und ich sehe ein, dass ich ihn nicht überzeugen werde.

Ich hatte mit Widerstand gerechnet, aber nicht mit dieser Sturheit.

Mir schnürt sich vor Angst die Kehle zu. Jemand ist fest entschlossen, ihn umzubringen. Der heutige Anschlag zeigt, dass es jemand aus seinem nahen Umfeld sein muss. Und auf der Feier werde ich nicht dabei sein können, um ihn aus dem Wasser zu ziehen.

»Wenn Ihr die Feier nicht absagen wollt, müsst Ihr alles meiden, was in Verbindung mit den Raze steht«, sage ich. »Das bedeutet, Ihr dürft nichts essen, nichts trinken und die Dekoration nicht berühren.«

Er grinst mich schelmisch an. »Ich werde versuchen, die Finger von der Eisskulptur zu lassen.«

Irgendwie hält er das alles immer noch für einen Witz.

»Ich meine es ernst«, blaffe ich ihn an. »Versprecht mir, dass Ihr nichts anfasst.«

Er mustert meinen strengen Gesichtsausdruck nachdenklich. »Na gut. Ich verspreche, auf meiner Feier nichts zu essen, nichts zu trinken und nichts anzufassen.«

Eigentlich sollte ich nicht so erleichtert sein, aber seine Worte lassen mir einen Stein vom Herzen fallen.

»Das Gleiche muss aber auch für meine Eltern gelten«, fügt er hinzu.

Ich hebe skeptisch eine Augenbraue. »Bei allem Respekt, Eure Hoheit, aber Eure Eltern können von mir aus zugrunde gehen.«

»Ich weiß, das ist viel verlangt. Aber wenn sie sterben, wird es nur einfacher, die Barriere einzureißen.«

Ich runzle die Stirn. »Wäre das so schlimm? Da draußen liegt eine ganz andere Welt. Weniger Beschränkungen, Wesen, von denen ich bisher nur in Märchenbüchern gelesen habe.«

»Genau aus diesem Grund müssen wir vorsichtig sein. Wir wissen nicht, ob die Welt da draußen gefährlich ist. Ob sie uns feindlich gesinnt ist. Die Barriere muss bestehen bleiben, bis wir wissen, was uns auf der anderen Seite erwartet. Erinnerst du dich außerdem noch, was ich dir über die Barriere erzählt habe? All unsere Leben sind daran geknüpft. Wenn sie mit Gewalt zerstört wird …«

»… sterbt auch Ihr«, beende ich den Satz.

Er nickt düster. Je weniger Leben an die Barriere geknüpft sind, desto schwächer wird sie. Die gleiche Magie, die sie erschaffen hat, kann sie auch zerstören – und Hayes im gleichen Zuge töten.

Großartig. Um Hayes Leben zu retten, muss ich diejenigen beschützen, die ich am meisten verachte.

Drei Leben stehen auf der Feier auf dem Spiel. Und obwohl ich die Vorstellung hasse, an der Feier teilzunehmen, kann ich die königliche Familie nicht vom Strand aus beschützen.

»Ich habe meine Meinung geändert. Ich werde dabei sein. Auf dem Schiff.«

Hayes sieht mich irritiert an. »Aber Wasser macht dich doch krank?«

»Das verkrafte ich schon.« Jahrelang habe ich gegen meine Triebe gekämpft und verloren. Aber heute habe ich den Kampf gewonnen. Ich war mitten im Meer, Hayes war betörend nah, das Wasser hat seinen Tod verlangt …

Und ich habe widerstanden. Für Hayes habe ich dem Ruf widerstanden.

Er runzelt noch immer die Stirn. »Bist du dir sicher? Vielleicht solltest du …«

»Wenn ich sage, ich schaffe das, dann schaffe ich das.«

In Wahrheit weiß ich nicht, ob ich meine Triebe kontrollieren kann. Ich weiß nicht, ob es mir noch einmal gelingt, ihnen zu widerstehen.

Doch ich muss mich noch einer weiteren Wahrheit stellen. Hayes Finnean Vanihail ist mir tief unter die Haut gegangen. Und er hat sich von dort bis in mein Herz geschlichen, so sehr, dass ich es nicht mehr leugnen kann.

Vermutlich ist es eine schlechte Idee, mich freiwillig auf ein Schiff mitten im Wasser zu wagen, voll von lauter möglichen Opfern. Aber irgendwann, seit ich diesen Auftrag angenommen habe bis zum gegenwärtigen Tag, ist mir bewusst geworden, dass Hayes dieses Risiko wert ist.

Hayes sagt nichts, aber ich schmecke seine Gefühle. Sie sind süß wie Schokolade und fruchtig wie Orangen. Ohne Vorwarnung legt er eine Hand auf meine. Er drückt sie kurz. »Danke.« Dann lässt er meine Hand wieder los. »Du kannst dir nicht vorstellen, wie viel mir das bedeutet.«

Ich kann mich nicht konzentrieren, wenn er mich so ansieht. Also starre ich stattdessen auf einen Punkt an der Wand hinter ihm. »Ich mache nur meine Arbeit.«

Abstand.

Das sage ich mir immer wieder. Wenn ich will, dass er am Leben bleibt, dann brauche ich Abstand. Also hole ich tief Luft, sehe ihm in die Augen und füge hinzu: »Eure Hoheit.«

34

Aufgeben

Als ich an ihre Tür klopfe, öffnet Jeune sofort. »Sorkova?« Sie wirkt überrascht.

»Möchtest du mit mir trainieren?«, frage ich sie.

Sie verschränkt die Arme. »Ich dachte, du trainierst allein?«

Ich ziehe eine Augenbraue hoch und versuche, damit meine wahren Beweggründe zu verschleiern. »Ist das ein Nein?«

Langsam fängt sie an zu grinsen. »Ich ziehe mich nur schnell um.«

Sie ist guter Dinge, als wir uns auf den Weg zum Übungsraum machen. Sie versucht nicht einmal, mich mit Fragen zu löchern.

Der Übungsraum ist leer und Jeune und ich klettern in einen der Trainingsringe. Sie grinst mich herausfordernd an. »Bist du bereit?«

Ich fahre mir mit der Zunge über den Gaumen, um irgendeine Form von Schuldgefühl ihrerseits zu schmecken. Irgendeine Erklärung dafür, wieso sie Hayes nicht geholfen hat. Oder noch schlimmer, warum sie ihn in den Abgrund gezogen hat.

Aber ich schmecke nichts.

Abgesehen von Carrik hatte ich nie Freunde. Bis ich Jeune begegnet bin, wollte ich auch keine Freunde haben.

Einen Augenblick lang überlege ich, meinen Plan aufzugeben. Einfach nur mit ihr zu trainieren und ehrlich zu sein. *Spaß* zu haben.

Aber dann sehe ich Rain wieder auf meiner Abschlussfeier mit dem silbernen Umschlag in der Hand vor mir. Und Hayes hilflos im Wasser.

Falls Jeune hinter einer oder *beiden* Aktionen steckt, muss ich es wissen.

Ich täusche ein neckisches Grinsen vor. »Sobald du aufhörst zu reden.«

Sie lacht.

Wir zählen nicht ein, sondern nehmen unsere Positionen auf gegenüberliegenden Seiten des Rings ein. Dann greifen wir an.

Ich lande den ersten Treffer. Mit der rechten Faust schlage ich Jeune in die Seite. Ohne abzuwarten, dass sie sich erholt, schlage ich mit der linken Faust zu.

Gerade will ich zum dritten Schlag ausholen, da packt Jeune mein Handgelenk, reißt mich vorwärts und wirbelt mich herum, sodass ich mit dem Rücken zu ihr zum Stehen komme.

Einen Atemzug lang hat sie mich vor sich unter Kontrolle.

Ich trete nach hinten aus und treffe ihr Knie.

Dann nutze ich den Moment der Ablenkung, um mich zu befreien. Ich fahre herum, hole aus und trete ihr so hart gegen die Schulter, dass sie auf der Matte landet.

Ich bin über ihr, meine Knie links und rechts neben ihrem Körper, und fixiere ihre Handgelenke auf dem Boden.

Unsere Blicke treffen sich.

Ein Grinsen steht in ihren Augen. Für sie ist es immer noch ein Spiel.

Doch in genau diesem Moment fällt ihr auf, dass es für mich kein Spaß ist. Sie runzelt die Stirn und ich schmecke ihre salzige Verwirrung. »Alles in Ordnung?«

Was ich denke: *Bist du meine Erpresserin?*

Hast du versucht, Hayes umzubringen?

Stattdessen frage ich jedoch: »Warum hast du Hayes nicht gerettet?«

Sie sieht mich verstört an. »Wovon redest du?« Sie versucht aufzustehen, aber ich halte sie weiter fest.

Ihre Verwirrung verstärkt sich noch.

»Ich rede von gestern«, antworte ich. »Bei der Probe. Du warst am Strand. Du hattest uneingeschränkte Sicht auf das Schiff, du hast gesehen, wie er gestürzt ist, aber du bist nicht ins Wasser gesprungen, um ihn zu retten. Du hättest ihn ertrinken lassen.«

Jeunes Verwirrung wird durch schal schmeckende Schuldgefühle verdrängt, aber ihre Augen blitzen zornig.

Schnaubend hebt sie ruckartig den Kopf und knallt mir ihre Stirn gegen die Nase. Ich taumle zurück. Sie befreit sich von mir und starrt mich wütend an. »Ich habe nicht gesehen, wie er gestürzt ist.«

Ihre Wut ist überzeugend, aber der Geschmack ihrer Schuldgefühle sagt mehr als tausend Worte.

Wieder schlage ich nach ihr. »Wie kann das sein?«

Jeune pariert meine Attacke. »Ich war abgelenkt …« Sie unterbricht sich, geht in die Hocke und schwingt einen Fuß über den Boden, um mir die Beine wegzutreten.

Ich springe über ihren Fuß und rolle mich zur Seite.

»Nur für einen kurzen Moment.« Jeune steht auf und kommt

auf mich zu. »Hayes war unter Wasser, bis er an den Strand gespült wurde. Ich habe nicht mitbekommen, was passiert ist. Ich habe nur die Panik der Leute an Deck bemerkt.«

Ich will ihr glauben. Wir sind beide Frauen, die es gewohnt sind, übersehen zu werden. Wir arbeiten härter als alle anderen. Wir stehen ständig in Konkurrenz zueinander und allen anderen. Aber ich *mag* sie.

In der Militärakademie haben mich die anderen Deltas dafür gehasst, dass ich eine Ikatus bin und trotzdem besser war als sie. Ich habe ihre Beleidigungen weggesteckt und weitergemacht. Aber Jeune hat das nie gekümmert, sie hat mich nie verächtlich behandelt. Wenn ich sie jetzt so ansehe, wird mir klar, wie sehr mir das gefehlt hat.

Aber der Geschmack ihrer Schuldgefühle wie ranzige Walnüsse hinterlässt bei mir ein flaues Gefühl im Magen. Sie lügt.

Jeune geht erneut mit schnellen Schlägen beider Fäuste auf mich los, und versucht, mich in die Seiten zu treffen. Ich packe ihre Handgelenke, verschränke sie vor ihrer Hüfte und halte sie fest. »Ich glaube dir nicht«, zische ich ihr ins Ohr.

Sie lacht düster auf, wehrt sich aber nicht. »Natürlich nicht. Lügner glauben niemandem. Und ich denke, du hast kein einziges wahres Wort mehr gesprochen, seit du uns deinen verdammten Namen gesagt hast.«

Vor Wut werden meine Wangen rot. »Wenn du Hayes nicht über Bord geworfen hast, was hat dich dann so abgelenkt, dass du es nicht mitbekommen hast?«

Sie tritt mir hart gegen das Knie. Es ist ein plumper Angriff. Ich hätte ihn kommen sehen müssen, aber meine Deckung ist nicht so gut, wie sie sein sollte. Daher verfehlt der Angriff seine Wirkung nicht.

Jeune löst sich von mir und wirbelt herum. »Weißt du, was, Saoirse, wenn du mir auch nur eine verdammte Frage beantwortest, verrate ich es dir. Warum hast du diesen Auftrag angenommen?«

Ich zucke zusammen. Das war nicht die Frage, mit der ich gerechnet habe. »Wegen des Goldes.«

»Wirklich?« Sie schnaubt ungläubig. »Warum habe ich dich dann noch nie einen Rani ausgeben sehen? Wofür brauchst du all das Gold?«

Rain. Es ist alles für Rain.

Ich strecke das Kinn vor. »Lass uns lieber nicht darüber reden, wofür wir das Gold so ausgeben.«

Mittlerweile kämpfen wir nicht mehr miteinander. Wir umkreisen einander nur und starren uns an.

»Was soll das heißen?«, entgegnet sie.

»Ich weiß, dass du dein Gold für Schleierperlen ausgibst.«

Sie zögert. »Woher …«

»Laa'el hat es mir erzählt.« Das ist eine Lüge. Aber wenn ich recht habe und Laa'el ihr die Schleierperlen verkauft hat, dann wird sie mir glauben. »Wofür brauchst du sie?«

»Das ist allein meine Sache«, blafft sie mich an.

»Mir war nicht klar, dass dir dieses Konzept *meine Sache, deine Sache* bekannt ist. Seitdem ich hier bin, hast du dich in alles eingemischt, was mit mir zu tun hat.«

»Bist du *ernsthaft* immer noch sauer wegen deiner ersten Nacht hier? Das war doch harmlos.«

»Es war ein Eindringen in meine Privatsphäre. Und ich *weiß*, dass du nicht an der Reihe warst. Du hast dich vorgedrängelt.«

»Wer hat dir das verdammt noch mal erzählt?«

»Devlyn war's.«

Sie lacht ungläubig auf, wirkt aber nicht amüsiert. »Dann hat er dir sicher auch erzählt, dass ich einfach nur neugierig war.«

»Warum bist du so an mir interessiert?« Wir hören auf, uns zu umkreisen. Stehen einander nur reglos gegenüber.

»Es gibt nicht viele Frauen im Palast. Die einzige andere ist Laa'el, und sie redet nicht mit mir«, erklärt Jeune. »Ich war neugierig. Ich dachte, wir könnten Freundinnen werden.«

Das dachte ich auch.

Aber der Zug ist abgefahren, als Hayes von Bord gegangen ist und Jeune nichts unternommen hat. Und sie lügt mich immer noch an.

Ich verschränke die Arme und erzähle auch ihr eine Lüge. »Ich will nicht deine Freundin sein.«

Sie zuckt zurück. Ich schmecke ihre Enttäuschung – scharf, kalt und metallisch –, spüre sie bis in die Zähne.

»Ganz offensichtlich nicht.« Sie klingt eiskalt. Dann klettert sie aus dem Ring. »Ich weiß nicht, was das hier soll, Sorkova, aber ich mache nicht mehr mit. Du musst wohl immer gewinnen. Also gebe ich lieber auf.«

Sie stürmt aus dem Übungsraum und lässt die Doppeltüren hinter sich zuknallen.

35

Ausgehungert

Es gibt einen guten Grund, warum ich normalerweise nicht entlang großer Gewässer laufe. Zumindest wenn ich nicht meinen Instinkten nachgeben und in das mich ewig rufende Wasser eintauchen will.

Aber heute geht es nicht anders. Ich laufe am Strand, das Meer zu meiner Rechten, und das für gewöhnlich so lockere Laufen fällt mir heute unglaublich schwer.

Mein Ziel: mich an die Nähe des Wassers zu gewöhnen, ohne die Kontrolle zu verlieren. Hayes' Feier ist in einer Woche und mir läuft die Zeit davon.

Meine Gedanken kreisen um Jeune.

Wenn ich an sie denke, krampft sich mir der Magen zusammen. Ich will wütend auf sie sein, aber ich fühle mich nur schuldig.

Ich verdränge die Gedanken an Jeune. Konzentriere mich aufs Laufen. Ein Fuß vor den anderen …

Dann schleicht sich Hayes in meine Gedanken. Noch jemand, den ich nicht so nah an mich heranlassen wollte. Doch ich kann meine Gefühle ihm gegenüber nicht mehr leugnen, darf ihnen aber auch nicht nachgeben.

Ich laufe schneller.

Obwohl meine Gedanken rasen und meine Füße sprinten, kann ich mich kaum gegen den innerlichen Sog nach rechts wehren. Zum Wasser.

Zumindest hat es mit einem Ziehen angefangen. Doch es wird mit jedem Moment stärker. Je länger ich in der Nähe des Wassers bin, desto heftiger zerrt es an mir.

Schwimm.

Ich laufe schneller.

Schwimm.

Und schneller.

Das Wasser reagiert mit einem Ruck.

Ich taumle nach rechts, stolpere und falle zu Boden. Sand wirbelt um mich herum auf. Ich bekomme ihn in die Augen, die Haare, den Mund, und ich muss husten.

Schwimm.

Als ich aufstehe und mir den Sand abklopfe, pocht mein Schädel vor ungestilltem Verlangen.

Ich fange wieder an zu laufen.

Der Schmerz in meinem Kopf nimmt zu und der Ruf des Wassers zerrt an mir.

Ich werde langsamer und massiere mir die Schläfen. Mein Kopf fühlt sich an wie trockener Zunder neben einem brennenden Streichholz. Ich könnte jeden Moment in Flammen aufgehen.

Vielleicht sollte ich aufgeben. Nur kurz ins Wasser springen. Solange niemand in der Nähe …

»Was zur Hölle?« Devlyns unerwartete Stimme schneidet wie ein frisch geschliffenes Messer durch meine Überlegungen. Er läuft hinter mir und schließt auf. »Ich dachte, du läufst mit Jeune. Was machst du hier?«

Beim Klang seiner Stimme verändert das Wasser seinen Tonfall von einem lieblichen Locken der Wellen zu einem blutdürstigen Befehl.

Töte.

Ich reibe mir weiter die Stirn.

TÖTE.

Der Sirenengesang ist so laut, dass ich Devlyn erst richtig hören kann, als er neben mir auf der Stelle joggt. »Hast du mich nicht gehört? Ich laufe immer um diese Zeit. Ich will den Strand für mich allein haben.«

Er ist nah – so nah –, und das Wasser ist nur ein paar Schritte entfernt. Ihn zu töten, würde einiges leichter machen. Er hat mich dabei erwischt, als ich in Hayes' Arbeitszimmer herumgeschnüffelt habe. Er beobachtet mich zu genau. Mit nur ein paar Tönen könnte ich ihn ins Wasser locken. Seine wachsamen Blicke würden mit ihm untergehen, das Pochen in meinen Schläfen nachlassen, der Ruf des Wassers aufhören.

Bei diesem betörenden Gedanken leuchten meine Augen auf.

»Sorkova, ignorierst du mich allen Ernstes?«

Um das silberne Leuchten vor ihm zu verheimlichen, mache ich die Augen zu und presse die Handballen auf die Lider.

Töte.

Ich schüttle den Kopf. Ich darf die Kontrolle nicht verlieren. Wenn ich nicht widerstehen kann, einen Mann zu töten, wie soll ich dann auf Hayes' Feier einem Schiff voller Gäste widerstehen?

»Sorkova?« Sorge mischt sich in seinen ärgerlichen Ton. »Alles in Ordnung?« Er legt mir eine Hand auf den Arm.

Bei der Berührung fängt meine Haut an zu kribbeln.

Töte.

Der Ozean singt zu mir.

Hayes.

Ich höre eine andere Stimme, die lauter ist als die erste. Es ist nicht der Ozean, sondern *meine.*

Wenn ich Devlyn töte, bedeutet das, ich kann nicht auf dem Schiff bei Hayes' Feier sein. Und wenn ich nicht dort bin, wird Hayes denjenigen ausgeliefert sein, die ihn ermorden wollen.

Ich verdränge meine widersprüchlichen Gefühle und beuge mich vor. »Fass mich nicht an.«

Devlyn nimmt die Hand weg. »Was ist los? Soll ich ...«

Er verblasst.

Der Klang seiner Stimme und die Brandung, der Geruch des Meeres und von getragenem Leder, die hellen Sonnenstrahlen und der weiße Sand. Alles verblasst und vergeht in süßes, wunderbares Nichts.

***

Mein Schädel pocht. Ich liege auf dem Rücken und starre an die hellgraue Decke meines Zimmers im Palast. Irgendetwas stimmt nicht. Sonnenstrahlen fallen auf die graue Zimmerdecke. Irgendein Idiot hat die Vorhänge aufgezogen. Das habe ich bewusst vermieden, seit ich sie bei meiner Ankunft zugezogen hatte.

Ich stöhne bei dem Gedanken daran, aufstehen zu müssen, um sie wieder zu schließen.

»Hey, Sorkova. Ich dachte, du freust dich, mich zu sehen.«

Der Klang seiner Stimme – bei Luna, wie sehr habe ich ihn vermisst. Ich setze mich auf.

»Carrik?« Ich sehe mich im Zimmer um, bis ich ihn entdecke. Er sitzt auf dem Schreibtischstuhl, der am Ende des Bettes steht.

Lässig wirft er den Dolch seiner Mutter von einer Hand in

die andere. Als er meinen Blick erwidert, blinzelt er mir zu und steckt den Dolch in die Scheide an seinem Stiefel. Mir fällt auf, dass es *nagelneue* Stiefel sind.

»Höchstpersönlich.« Carrik tritt zu mir ans Bett und grinst mich an. Er lehnt sich mit ausgestreckten Armen vor, will mich umarmen, aber ich hebe abwehrend eine Hand.

»Einen Moment …« Ich mustere ihn von Kopf bis Fuß. Er sieht gut aus. Auf Hochglanz gebracht wie das polierte Leder seiner neuen schwarzen Stiefel.

Er trägt die Farben von Keirdre, Marineblau und Gold, neue Schuhe, einen neuen Gurt für das Schwert an seiner Hüfte, eine neue Scheide für seinen Dolch und einen frischen Haarschnitt. Fast sieht er aus wie ein anderer, wäre da nicht sein albernes Grinsen und das schelmische Funkeln in den leuchtend grünen Augen.

»Was ist denn mit dir passiert?«, frage ich.

»Gefalle ich dir etwa nicht?«

Ich muss lachen. »Natürlich gefällst du mir. Du siehst aus, als hättest du in Ranis gebadet.«

»Weißt du, was noch besser ist, als neu eingekleidet zu werden?«

Ich grinse und weiß schon, dass gleich ein blöder Scherz kommt. »Nein, was?«

»Neu eingekleidet zu werden auf Kosten von jemand anders.«

Ich lache mit ihm, dann nimmt er mich in den Arm, dabei ruht sein Kinn auf meinem Kopf. »Du hast mir gefehlt, Sorkova.«

»Du mir auch. Hier habe ich niemanden, mit dem ich trainieren kann.« Ich löse mich aus der Umarmung, rutsche zur Seite und mache ihm Platz auf dem Bett. »Was machst du hier?«

»Weißt du es denn nicht?«, fragt er überrascht. »Man hat mir gesagt, du hättest den Ausschlag gegeben für meine Beförderung.«

»Bei Luna«, flüstere ich. »Hat Hayes dir das erzählt?«

»Hayes?« Carrik hebt eine Augenbraue. »Mir war nicht bewusst, dass du den Kronprinzen von Keirdre *und* den Vollstrecker von Serington beim Vornamen nennst«, neckt er mich.

Ich verdrehe die Augen. »Herzlichen Glückwunsch, Carrik.« Dann muss ich doch lächeln. Seine Freude ist ansteckend.

Ich will ihn warnen. Will ihm sagen, was *wirklich* seine Aufgaben als Vollstrecker sein werden. Was er wird tun müssen. Aber ich bringe es nicht übers Herz.

»Danke, Sorkova.«

»Aber du hast mir noch nicht verraten, was du *hier* in meinem Zimmer machst.«

Carrik sieht mich besorgt an. »Erinnerst du dich nicht? Du bist ohnmächtig geworden. Am Strand.«

Da fällt mir alles wieder ein und die Erschöpfung und die hämmernden Kopfschmerzen kehren zurück. Seufzend lasse ich den Kopf auf die Kissen sinken.

»Saoirse.« Carrik gibt mir mit seiner Schulter einen freundschaftlichen Stoß und klingt tadelnd. »Warum bist du am Strand gelaufen? Wasser macht dich doch krank.«

»Ich habe geübt«, murmle ich. »Zumindest habe ich es versucht. Der Prinz …«

»Ich dachte, du nennst ihn *Hayes*?«

»Er veranstaltet nächste Woche eine Feier auf einem Schiff. Ich soll ihn dort bewachen.«

»Auf einem Schiff? Saoirse, du bist gerade in *Ohnmacht* gefallen. Wieso kann das nicht jemand anders übernehmen?«

Die einfache Antwort lautet, weil Hayes sonst womöglich stirbt.

Die kompliziertere Antwort lautet, wenn Hayes stirbt, ist es meine Schuld, da ich den Raze Tür und Tor geöffnet habe.

Die unmögliche Antwort lautet, wenn Hayes etwas zustößt …

Ich bringe den Gedanken nicht zu Ende.

»Das geht nicht«, antworte ich.

»Warum nicht?«, will er wissen. »Du solltest nicht auf einem Schiff sein und das weißt du auch.«

Bevor mir eine Antwort einfällt, unterbricht uns ein Klopfen an der Tür.

»Darf ich reinkommen?«

Es ist Hayes.

Ich setze mich auf und lehne mich an das Kopfende des Bettes. »Tretet ein.«

Hayes öffnet die Tür. Sein Blick fällt auf Carrik, der immer noch bei mir auf dem Bett sitzt.

Etwas Fauliges und Bitteres wie verfaulende Grapefruit legt sich mir auf die Zunge. Hayes spannt den Kiefer an.

Mir fällt es auf. Carrik fällt es auf.

Um mehr Abstand zwischen uns zu bringen, rutscht Carrik unauffällig etwas von mir ab.

Hayes sieht von Carrik zu mir und räuspert sich. »Kann ich mit dir reden?«

»Natürlich, Eure Hoheit.« Ich wende mich Carrik zu, der aufsteht, um zu gehen. »Wie lange bist du noch hier?«

»Nur heute. Ich muss nach Phydan. Ich befinde mich noch in der Ausbildung, also begleite ich alle Vollstrecker für ein paar Tage. Zum Schluss komme ich wieder nach Vanihail.«

»Sehen wir uns dann?«

Ein zurückhaltendes Lächeln. »Natürlich. Wer holt dich sonst von deinem hohen Ross?«

»Ich schätze, die Antwort bleibt so oder so die Gleiche: niemand.«

Er wirft den Kopf in den Nacken und lacht. »Auf Wiedersehen, Sorkova. Denk dran, was ich gesagt habe. Pass auf dich auf.«

Ich will ihn zum Abschied umarmen, aber Hayes steht immer noch steif da und beobachtet uns mit seinen ozeanblauen Augen zu aufmerksam. Also schenke ich Carrik nur ein Lächeln. Er geht zur Tür und verbeugt sich vor Hayes. »Eure Hoheit.«

Hayes nickt und würdigt ihn kaum eines Blickes. Er bietet ihm nicht wie allen anderen an, die Verbeugung zu lassen und ihn beim Vornamen zu nennen.

Hayes wartet, bis Carrik gegangen ist, bevor er zu sprechen beginnt. »Ich wusste nicht, dass ihr beide euch so nah seid.« Sein Ton ist eiskalt.

Ich schulde ihm keine Erklärung, aber ich sage: »Wir sind seit der Militärakademie befreundet.«

»Ich wusste nicht, dass du Freunde hast.«

Ich antworte nicht.

Er holt tief Luft. »Wie geht es dir?«

»Gut.«

»Warum warst du am Strand?«

»Um zu üben. Wenn ich mich auf einem Schiff aufhalten soll, umgeben von Wasser, muss ich mich daran gewöhnen.«

Er kommt näher. »Vielleicht ist das doch keine so gute Idee.«

Ich kneife die Augen zusammen. »Ich schaffe das schon.«

»Saoirse …«

»*Nein.*« Ich will ihn nicht anblaffen, aber ich tue es. »Ich krieg das schon hin.«

Hayes versucht, meinen Blick aufzufangen. Er schweigt so lange, dass ich schon hoffe, er lenkt ein. Dann sagt er sanft: »Du hast mir Angst gemacht. Als ich dich gesehen habe, dachte ich, du wärst tot.« Seine Stimme zittert. »Ich weiß nicht, was ich machen würde, wenn dir etwas zustößt. Und wenn es meine Schuld wäre …«

»Stopp.« Das ist zu viel für mich. *Ich* habe das hier verschuldet. *Ich* bin für den Tod jedes einzelnen Fae verantwortlich, aufgrund derer es für die Raze nun leichter ist, die königliche Familie zu ermorden. *Ich* habe dem Widerstand verraten, dass der Tod der königlichen Familie die Barriere zum Einsturz bringen wird. Jede Gefahr für Hayes' Leben habe *ich* verursacht.

»Ich werde da sein«, erkläre ich. »Da gibt es keine Diskussion.«

Er lässt den Kopf hängen. »Meist bewundere ich, wie tapfer du bist, aber im Moment hasse ich es.«

»Das hat nichts mit Tapferkeit zu tun, Eure Hoheit. Vielleicht kann es Euer Vater noch nicht erkennen, aber eines Tages werdet Ihr ein großartiger König für Keirdre sein. Ihr werdet in Ordnung bringen, was Euer Vater angerichtet hat. Und daher muss ich Euer Leben beschützen. Und das werde ich auch. Ihr habt gesagt, Ihr vertraut mir. Dann beweist mir das. Vertraut mir, wenn ich Euch sage, dass ich es schaffe.« Um meine Rede zu untermauern, setze ich mich aufrechter hin. »Wolltet Ihr etwas Bestimmtes?«

Er will eindeutig noch etwas sagen, nickt aber nur. »Deine Familie ist hier.«

»Ihr habt nach meiner Familie geschickt?«

Er sieht mich verständnislos an. »Natürlich. Sie sind dir wichtig und du …« Er hält inne und sieht weg.

Seine Gefühle schmecken unergründlich. Da ist etwas wie

Trauer. Angst. Sorge. Und über allem liegt Sehnsucht. Nicht die süße, unschuldige Art. Sondern so heftig, dass es schmerzt.

»Danke«, sage ich, »dass Ihr sie habt kommen lassen.«

Er sieht mich immer noch nicht an. »Ich hole sie rein.«

Hayes verlässt den Raum. Einen Augenblick später höre ich ein Quietschen und vergrabe die Nase in dem wilden Haar des Mädchens, dem mein Herz gehört. Sie wirft mir die Arme um den Hals.

Meine Eltern bleiben an der Tür stehen und beobachten uns.

»Bohnensprosse.« Ich grinse sie mit zusammengebissenen Zähnen an. »Was machst du hier?« Ich werfe meiner Mutter einen scharfen Blick zu.

Rain sollte nicht einmal in der Nähe des Palasts sein.

»Der Prinz hat gesagt, du wärst krank«, erklärt Rain. »Was ist passiert?«

Ich richte meine Aufmerksamkeit wieder auf sie. Ich umarme sie fester und atme ihren vertrauten Geruch nach Orangen und Baumharz ein. »Nichts«, antworte ich, »ich bekomme nur nicht genug Schlaf.«

Ich spüre, dass weder mein Vater noch meine Mutter mir glauben, aber auch ihnen schulde ich keine Erklärung. Sie haben Rain hierhergebracht. Nach allem, was ich unternommen habe, um sie zu beschützen, bringen sie sie so leichtsinnig in Gefahr?

Ich setze Rain so hin, dass ich ihr Haar flechten kann. »Was machst du hier, Rain?«

Sie weiß, dass ich es ernst meine, wenn ich ihren Namen verwende.

»Ich habe gehört, dass du krank bist …«

»Und selbst wenn ich tot wäre.« Ich kann es mir nicht verkneifen, sie anzublaffen. »Du hast im Palast nichts verloren.«

Bei meinem Ton zuckt sie zusammen und rückt von mir ab. »Ich wollte nur sicher sein, dass es dir gut geht«, murmelt sie.

»Ich kann auf mich selbst aufpassen«, erwidere ich.

»Stimmt.« Sie lacht spöttisch. Das habe ich von ihr noch nie gehört. »Du bist unbesiegbar, und ich bin nur der kleine Wicht, um den du dich kümmern musst.«

Da ist es wieder, dieses verfluchte Wort. »*Wicht.*« Meine Wut auf Trellis Ruster kocht wieder so heftig und wild hoch wie während der Sturmnacht. »Hör nicht auf die Rusters.« Ich will ihr Haar weiterflechten, aber sie dreht sich zu mir um und starrt mich zornig an.

Das hat sie noch nie getan.

»Es sind nicht nur die Rusters. Alle sagen das, überall, und *du* auch.«

»Wie bitte?« Ich muss mich verhört haben. »Ich würde nie …«

»Du würdest es nie *sagen.*« Sie fällt mir ins Wort. »Du würdest es vermutlich nicht einmal denken, aber dein Verhalten schreit es. Du denkst, ich bin nutzlos.«

»Das denke ich nicht, Bohnensprosse.«

»Ach wirklich? Du kannst Mama und Papa ja nicht einmal *ansehen*, weil du glaubst, sie hätten ihren kleinen, schwachen Wicht einer Tochter nicht mit in den großen, gefährlichen Palast bringen dürfen.«

Ich starre meine Eltern an. Sie treten näher ans Bett, aber ich kann nicht anders, als ihnen einen zornigen Blick zuzuwerfen.

Rain bemerkt es und sieht mich vorwurfsvoll an. »Siehst du?«

Ich bringe meinen Gesichtsausdruck unter Kontrolle. »Ich mache mir nur Sorgen um dich. Du solltest nicht hier sein.« Besonders wenn man den Erpresserbrief bedenkt, den ich nicht erwähnen kann, solange meine Eltern im Raum sind.

»Ich bin weniger in Gefahr als du«, sagt sie.

Das stimmt nicht. Zwar habe ich mehr dafür getan, den Zorn der königlichen Familie auf mich zu ziehen, aber ich bin jahrelang auf der Militärakademie ausgebildet worden. Ich kann mit meinem Gesang den Willen aller Männer brechen. Ich kann mich selbst verteidigen, aber sie ist völlig hilflos. »Du bist zwölf. Du bist noch ein Kind.«

Sie verschränkt stur die Arme. »Du bist siebzehn. Du bist *selbst* noch ein Kind. Ich *will* nicht, dass du glaubst, auf mich aufpassen zu müssen. Ich will, dass du einfach meine Schwester bist.«

»Das *bin* ich. Und als deine Schwester will ich, dass du es genießen kannst, ein Kind zu sein.«

Wieder lacht sie höhnisch auf. »Was soll ich denn genießen? Ich darf ja keine Freunde haben.«

Mir brennen die Augen. So habe ich sie noch nie erlebt. »Ich will doch nur, dass du in Sicherheit bist.«

»In Sicherheit *wozu*?«, will sie wissen. »Um rumzusitzen und darauf zu warten, dass du mich retten kommst? Du bist immer für mich da, wenn ich dich brauche. Nur dieses eine Mal wollte ich für dich da sein. Du tust alles für mich, Saoirse. Das weiß ich. Du bist meinetwegen in die Militärakademie eingetreten, hast meinetwegen härter trainiert als alle anderen, hast meinetwegen den geheimen Auftrag angenommen, und die Arbeit im Palast … Hast du dir jemals überlegt, dass ich vielleicht – nur vielleicht – auch alles für dich tun würde?«

Ich schüttle den Kopf. »Das ist etwas anderes.«

»Warum?«

Ich antworte, bevor ich darüber nachdenken kann. »Ich kann dich hier im Palast nicht brauchen.«

Schmerz. Ich kann ihn schmecken, scharf und kalt, und ich sehe ihn, wie ein Blitz huscht der Schmerz über ihr Gesicht.

»Das habe ich so nicht gemeint«, füge ich schnell hinzu. »Ich meine nur, dass ich diese Risiken nur in Kauf nehme, weil es nicht anders geht. Aber ich bin nicht in Gefahr. Du hättest zu Hause bleiben sollen.«

Aus ihren eisblauen Augen sieht sie mich kalt an. Noch nie habe ich Rains Zorn auf mich gezogen. Und daher bin ich auch so vollkommen unvorbereitet, als sie sagt: »War ich etwa in Gefahr, als du Trellis Ruster umgebracht hast?«

Hinter Rain höre ich meine Eltern erschrocken aufstöhnen. »*Was?*«

Ich starre meine Schwester an. »Woher ...«

»Ich habe in der Schule davon erfahren. Peryn Rusters Vater ist tot in seinem Haus aufgefunden worden. Hast du etwa gedacht, das finde ich nicht heraus? Denkst du etwa, ich bin genauso dumm wie nutzlos?«

»Natürlich nicht!«

Dazu gibt es so viel mehr zu sagen, mehr zu erklären. Ich will ihr sagen, dass der Sturm meinen Zorn noch angeheizt hat. Wie das Wasser an mir gezerrt hat, bis ich nicht mehr widerstehen konnte. Ich will ihr erzählen, wie gut ich mich noch erinnern kann, als sie ein nasses Bündel war, so klein und so hilflos, und ich sofort gewusst habe, dass ich sie für immer lieben würde.

Aber ich schaffe es nicht. Ich bleibe stumm.

Noch nie habe ich mit Rain gestritten. Noch nie hat sie mich so enttäuscht angesehen, als wäre ich nicht mehr die Heldin ihrer Märchen, kein Charakter, der es mit Scharen von Bestien aufnehmen würde, um sie zu retten.

Mir war nicht bewusst, wie sehr ich das brauche. Ich behaupte zwar gern, dass sie mich braucht, um sie zu beschützen. Aber in Wahrheit habe ich sie immer mehr gebraucht als sie mich. Wann immer mich die Last meiner Schuld zu erdrücken scheint, hat sie mich davon befreit. Immer wenn ich mich dafür verachte, dass ich meine Eltern enttäusche, hat sie mich geliebt.

Nie habe ich damit gerechnet, dass sie mich so ansehen würde. Als wäre ich das Monster, das ich bin. Ein egoistisches, gewalttätiges Wesen, das ihre Liebe zum Vorwand nimmt, um sich zu rechtfertigen.

Für Rain. Alles war immer für Rain.

Nur stimmt das nicht. Ich töte nicht, weil Rain es von mir verlangt. Ich töte, weil ich es will.

Ich bin der Militärakademie nicht beigetreten, um für Rain sorgen zu können. Ich bin beigetreten, weil ich es gehasst habe, vorgeben zu müssen, eine Ikatus zu sein, und ich beweisen wollte, dass ich nicht schwach bin.

Rain beobachtet mich und wappnet sich für den Streit, aber ich weiß nicht, wie ich ihn führen soll. Ich sitze nur stumm da. Ohne mich zu verteidigen. Sie hat recht. Ich kann daran nichts ändern, egal, was ich sage, und mir fehlt die Kraft oder der Wille, sie weiter anzulügen.

Sie rutscht vom Bett. »Na gut. Ich komme dich nicht mehr besuchen. Auf Wiedersehen, Saoirse.«

Ich habe immer befürchtet, dass Rain eines Tages aufwachen und mein wahres Wesen erkennen würde, mir mein verdorbenes, selbstsüchtiges Herz zurückgeben würde.

Aber ich lag falsch. Sie gibt es mir nicht zurück. Sie nimmt es mit sich und würdigt mich keines weiteren Blickes.

»Saoirse«, sagt meine Mutter. »Wovon hat sie da geredet?« Ihre Stimme zittert. Ich schmecke ihre Angst.

Ich versuche nicht einmal mehr, ihnen etwas vorzumachen. »Ich habe ihn umgebracht.« Meine Stimme klingt weit entfernt. »Nachdem ihr mir erzählt habt, was er über sie gesagt hat. Ich bereue es nicht. Ich weiß, das macht mich zu einem Monster.«

»Du bist kein …«

»Hört auf zu lügen.« Mein Vater macht einen Schritt auf mich zu, aber ich zucke zurück. »Nicht. Bitte sei nicht nett zu mir.« Ich presse die Knie an die Brust und umklammere sie. Dann gestehe ich ihnen, was mir schon seit meinem ersten Mord auf dem Herzen liegt. »Manchmal wünschte ich, ihr würdet mich hassen«, flüstere ich. »Ich kann es jedes Mal schmecken, wenn ihr euch vor mir fürchtet. Oder Angst habt, Rain in meine Nähe zu lassen.« Meine Stimme droht zu brechen. »Es wäre leichter, wenn ihr mich nicht lieben würdet.«

Ich vermeide, sie anzusehen, und starre auf meine Bettlaken. »Ihr solltet gehen. Ich will nicht, dass Rain allein im Palast herumläuft.«

Mein Vater versucht nicht noch einmal, näher zu kommen, aber er weicht auch nicht zurück. »Du bist kein Monster.«

»Doch, ich …«

»Nein.« Er fällt mir ins Wort. »Ein Monster zu sein, wäre zu einfach. Du kannst dich nicht einfach darauf ausruhen, ein Monster zu sein, und behaupten, keine andere Wahl zu haben. Die hast du, aber du triffst immer wieder die falsche Entscheidung. Wir lieben dich, so wie du bist, aber wir fürchten deine Entscheidungen.«

Ich bleibe starr auf dem Bett sitzen, bis ich die Tür hinter ihnen ins Schloss fallen höre.

36

Pennsamen

Das Wasser ist längst eiskalt geworden, aber es wärmt mich von innen heraus wie eine warme Suppe.

Die Badewanne ist klein und schäbig, aber hier, eingetaucht im eisigen Wasser, fühle ich mich zum ersten Mal seit Wochen wohl. Vielleicht seit Monden.

Es ist weit nach Mitternacht und der Waschraum ist leer. Ich bin hier allein mit meinen endlosen Überlegungen. Normalerweise bade ich schnell, aber heute Nacht brauche ich länger. Schon das Wasser allein gibt mir Kraft. Ohne jemanden in der Nähe verlangt das Wasser nichts von mir, außer zu *atmen*.

Das versuche ich zumindest. Es fällt mir schwer, mich zu entspannen, weil ich ständig an Rain denken muss. Mir war immer klar, dass sie mich eines Tages hassen würde. Ich hatte nur nicht erwartet, dass dieser Tag so bald kommen würde.

Ich brauche eine Ablenkung, also sinke ich tiefer in die Wanne und lasse meine Gedanken schweifen.

Gedanken an die Verführerin füllen die Lücke, die meine Schwester hinterlässt. Das hebt meine Laune überhaupt nicht. Bisher habe ich mir keine Gedanken über meine Opfer gemacht – welcher Arbeit sie nachgehen, was für ein Leben sie führen, ob sie Familie haben –, doch jetzt habe ich keine Wahl.

Okkler war aggressiv. Er hat mir unter mein blaues Kleid gegriffen und versucht, mich zu küssen. Es hat mir Freude bereitet, ihn zu töten. Ich habe ihm eine langsame, sanfte Melodie gesungen und dabei zugesehen, wie er seine lüsterne Hand immer und immer wieder gegen den Türrahmen schlug wie auf eine Trommel. Dann trank er die *Shikazhe* und sein Leid hatte ein Ende.

Hayliss Velkner war freundlicher. Älter. An diesem Abend trug ich ein rotes Kleid, und er hatte keine Chance.

Ich erinnere mich an sie alle. An jeden Tropfen Gift, jeden Stich meines Dolchs, jedes Flüstern des Wassers. Mit jedem Mord, den ich begangen habe, wurde den Raze der Weg geebnet, die königliche Familie zu töten. Ich dachte, meine Opfer verdienten es nicht anders. Sonst hätten es die Raze sicher nicht auf sie abgesehen.

Aber ich habe nie nachgefragt, weil ich es gar nicht wissen wollte. Ich habe mir eingeredet, es sei sinnvoll, mich von meinen Opfern zu distanzieren. Dass es die Sache einfacher machen würde. Doch jetzt wird mir bewusst, dass die Wirklichkeit viel verstörender ist. Ich war *hungrig*. Zu hungrig, um meine Aufträge zu hinterfragen.

Jetzt stelle ich Fragen, aber jetzt ist es zu spät.

Ich tauche mit dem Kopf aus dem Wasser und setze mich auf. Die kalte Luft im Waschraum trifft mich mit voller Wucht. Wasser läuft mir aus den Haaren.

Dann stehe ich auf und *vertreibe* das Wasser von meinem Körper, bis ich komplett trocken bin. Frierend steige ich in meinen Schlafanzug.

Ich flechte meine Haare zu einem Zopf und verlasse den Waschraum.

Als ich zurück in mein Zimmer komme, sehe ich sofort ein Flackern auf dem Schreibtisch.

Meine Freyakerze leuchtet blau.

Mein erster Gedanke: Rain.

Ich halte eine Hand über die Flamme. Aufgeregt sehe ich dabei zu, wie aus dem Rauch ein Blatt Pergament entsteht – aber es ist leer. Von meinem Auftraggeber.

Ein paar Sekunden lang starre ich auf das leere Blatt.

Zwar habe ich Bedenken, aber meine Hand greift danach, bevor ich mich tatsächlich dazu entschlossen habe.

Als Nächstes hintergehen mich meine Füße. Sie führen mich ohne mein Zutun zum Bett und ich krame unter der Matratze die lairischen Perlen hervor.

Als ich mit dem Blutstein über das Pergament fahre, beschließe ich etwas. Diesen Auftrag werde ich nicht ausführen. Aber mir läuft die Zeit davon, Hayes' Feier findet in ein paar Tagen statt und ich brauche Antworten. Mein Ausbilder in der Militärakademie hat immer gesagt, der beste Weg, ein Problem zu lösen, ist, das Muster zu erkennen. Und um ein Muster zu erkennen, braucht man Informationen.

Je mehr Informationen, desto deutlicher das Muster. Je deutlicher das Muster, desto offensichtlicher die Lösung.

Auf dem Pergament erscheint jetzt eine Schrift. Aber diesmal ist es kein Name, nur ein Treffpunkt.

Seltsam.

Vielleicht sollte mich das stutzig machen, tut es aber nicht. Mein Auftraggeber ist ein Mann, und wenn er etwas Unlauteres vorhat, kann ich mich mit einer Melodie verteidigen.

Damit rechtfertige ich mich. Aber es geht mir um mehr als das. Er hat mich *ausgenutzt*. Mich angelogen. Hat mich zu einer Spielfigur gemacht. Ich will wissen, warum, aber ich will ihm auch zeigen, dass er bei mir an die Falsche geraten ist.

Ich werfe mir einen Umhang über den Schlafanzug und klettere aus dem Fenster. Es dauert eine Ewigkeit, bis ich den Treffpunkt, eine einsame Hütte neben ein paar Regenbäumen, erreiche. Alles ist dunkel, aber das ist um diese Uhrzeit nicht verwunderlich.

Ich schleiche näher an die Hütte heran und lege die Hand auf eines der Fenster. Die Scheibe ist eiskalt. Ein dünner Film bedeckt die Scheibe. Aus der Ferne dachte ich, es wäre Frost, aber aus der Nähe erkenne ich, dass die Scheibe von innen mit Staub bedeckt ist.

Etwas nagt an mir, hier stimmt etwas nicht.

Diese Hütte ist nicht nachtschlafend, sondern verlassen.

Kaum habe ich Zeit, mich anzuspannen, da werden mir die Arme auf den Rücken gerissen.

Ich fühle in der Luft nach Feuchtigkeit, aber die Nacht ist staubtrocken.

Tausend Gedanken schießen mir durch den Kopf, aber einer drängt sich mir deutlicher auf als alle anderen. Wer auch immer mich angreift, hat eine Nachricht an die Verführerin geschrieben – also darf er auf keinen Fall das Gesicht von Saoirse Sorkova sehen.

Gerade als mich mein Angreifer herumwirbelt, schiebe ich die Zunge an meinen hohlen Zahn und spucke die Schleierperle aus.

Mein Angreifer trägt eine Kapuze, sodass ich sein Gesicht nicht sehen kann. Dennoch spüre ich seine Überraschung beim Anblick meines Gesichts.

Bestimmt hat er die Steckbriefe gesehen, aber das macht keinen Unterschied. Bilder werden meinem magisch schönen Aussehen nicht gerecht.

Drei weitere Gestalten mit Kapuzen kommen auf uns zu.

Was, bei Luna, soll das?

Ich öffne den Mund, um zu singen, aber jemand packt mein Gesicht. Eine Hand in einem salzig schmeckenden Lederhandschuh stopft mir etwas Weiches in den Mund.

Als letzten Versuch zu entkommen, ramme ich ihm den Ellbogen in die Seite, aber ich habe keine Chance. Ich bin zwar stark, aber allein gegen vier bin ich machtlos. Außerdem wird meine Lieblingswaffe von einem Knebel erstickt.

Dann wird mir ein Tuch aufs Gesicht gepresst und ich atme einen seltsamen süßen Geruch ein.

Gemahlene Pennsamen.

Pennsamen sind eine Spezialität meiner Tante Aiya. In kleinen Dosen wirken sie als Schlafmittel. In größeren Dosen jedoch …

Die Welt entgleitet mir, es wird dunkler und dunkler, bis alles sich in Nichts auflöst.

37

Falsche Schwäche

Als ich die Augen öffne, ist es um mich herum so dunkel, dass es keinen Unterschied zu geschlossenen Augen macht.

Alles ist still. Außer dem Wind draußen kann ich nichts hören.

Im Mund steckt mir immer noch der weiche Knebel, also atme ich durch die Nase und versuche, meinen Herzschlag und meine Atmung zu beruhigen.

Die Hände sind mir mit dicken Seilen auf den Rücken gefesselt und ich sitze im Schneidersitz an eine Wand gelehnt. Meine Beine schmerzen von dieser unbequemen Position.

Ich kann nichts sehen, daher versuche ich, ein *Gefühl* für meine Umgebung zu bekommen. Ich versuche, Feuchtigkeit oder einen Luftzug zu spüren, um herauszufinden, wo ich sein könnte.

Der Knebel hindert mich am Sprechen, also stöhne ich, so laut ich kann, und lausche. Das Geräusch erzeugt ein leises Echo. Vermutlich befinde ich mich in einem großen, staubigen, fast leeren Raum mit glatten Wänden.

Das hilft mir leider überhaupt nicht dabei, herauszufinden,

wo ich mich befinde, warum ich hier bin oder wie ich mich befreien kann.

Offensichtlich hat mein Auftraggeber mir die Nachricht zu diesem Hinterhalt geschickt. Das bedeutet, die Raze stecken dahinter. Aber ich habe keine Ahnung, was sie von mir wollen. Soweit es sie angeht, habe ich all ihre Aufträge gewissenhaft ausgeführt. Ich ermorde die Leute, die sie tot sehen wollen, und stelle keine Fragen.

Ich höre Stimmen. Leise und gedämpft, als würden sie aus einem anderen Raum kommen.

Ich strenge mich an, etwas zu verstehen, aber sie sind zu undeutlich.

Eine Tür fliegt auf. Licht fällt von draußen herein und erleuchtet einen schmalen Streifen des Bodens. Vier Gestalten stehen, von hinten beleuchtet, im Türrahmen.

»Sie ist wach«, sagt einer von ihnen.

Die Männer kommen auf mich zu. Über mir zischt etwas und dann geht eine Fackel an, die unter der Decke hängt und nun sanftes Licht auf uns wirft.

Die Fackel wurde ohne die Hilfe eines Chaelisssteins entzündet, also muss einer der vier ein Feuerfae sein.

Grob werde ich nach oben gerissen und auf die Füße gestellt.

Der Mann, der mich festhält, versteckt sein Gesicht unter einer Kapuze. Aber ich spüre, wie er mich so ausführlich betrachtet wie ein schönes Gemälde.

»Du sorgst also für all den Ärger.« Ich erkenne seine Stimme nicht, aber sie klingt auch nicht wie von einer Schleierperle verfremdet.

Ärger?

»Sag mir, wer dich beauftragt hat.«

Die Frage verwirrt mich noch mehr. Ich bin davon ausgegangen, dass *diese* Männer für die Raze arbeiten. Aber wenn sie nicht wissen, wer mich beauftragt hat, kann das nicht sein.

Einer der Männer greift nach dem Stofffetzen in meinem Mund, ohne ihn zu entfernen. »Wenn ich das hier rausnehme, wirst du uns sagen, wer dich beauftragt hat. Verstanden?«

Ich rühre mich nicht.

»*Verstanden?*« Er reißt mir grob den Kopf in den Nacken.

Ich nicke.

Zufrieden entfernt er den Knebel.

Sofort atme ich tief ein, fülle meine Lungen mit abgestandener, staubiger Luft. »Bitte.« Ich versuche, eine Melodie in meine Stimme zu legen, aber mein Mund ist viel zu trocken. »Lasst mich …«

Der Knebel wird mir wieder grob in den Mund gedrückt. »Halt verdammt noch mal die Klappe! Wir versuchen das jetzt noch mal. Antworte mir oder es hat Konsequenzen. Wer hat dich beauftragt?«

Er zerrt den Knebel heraus.

»Die Raze.« Die Worte stolpern nur so heraus. »Ich wurde von …«

Wieder wird mir der Knebel in den Mund geschoben und ich muss würgen. Ich bin noch dabei, Luft zu bekommen, da holt einer der Männer aus und schlägt mir ins Gesicht.

Mein Kopf fliegt zur Seite. Lodernde Wut flutet meine Adern.

Zwei der Männer packen mich und schleifen mich mit sich. Die anderen beiden gehen vor uns, sodass ich nicht sehen kann, wohin wir gehen.

Die Wut in mir lodert immer heftiger. Sie ziehen mich mit sich, zerren an mir, als wäre ich ein hilfloses Püppchen.

»Du wagst es, uns zu belügen?« Die Stimme des Mannes erzeugt ein Echo im Raum. »*Wir* sind die Raze. Und wir haben dich verdammt noch mal ganz sicher nicht beauftragt.«

Wir bleiben stehen. Die beiden Männer vor mir treten zur Seite und geben den Blick auf etwas frei. Eine Wanne.

»Es ist mir egal, was für eine Fae du bist. Wir haben von jeder Art einen hier. Wenn du irgendwas versuchst, bringen wir dich um. Verstanden?«

Meine Hände sind immer noch gefesselt, als einer der Männer mich im Nacken packt und zu der Wanne zerrt.

Als wir näher kommen, sehe ich, dass sie mit Wasser gefüllt ist.

Wäre ich nicht geknebelt, würde ich lachen.

Die beiden Männer zwingen mich in die Knie und drücken meinen Kopf unter Wasser.

Kurz bevor mein Kopf eintaucht, zieht mir einer den Knebel aus dem Mund.

Das Wasser ist eiskalt. Ich atme tief durch den Mund, die Nase und jede einzelne *Pore* ein. Ich genieße es.

Ich fühle mich *lebendig.*

Und ich tobe vor Wut. Fragen rasen mir durch den Kopf. Wer sind diese Männer? Wenn die Raze mich nicht beauftragt haben, wer dann? Wo ist mein Auftraggeber?

Meine kochende Wut erstickt meine Neugierde.

Ich habe keine Ahnung, wie lange ich unter Wasser bin. Zeit hat keinerlei Bedeutung mehr. Nichts hat Bedeutung außer das Wasser, meine Wut und die vier Männer, die gleich den Tod finden werden.

Töte.

Ich sehe rot.

Töte.

Mein Kopf wird zurückgerissen. »Sag mir, wer du bist …«

Mein Zorn verwandelt sich in eine Melodie. Die Männer lassen mich los. Sie lassen die Arme sinken und starren mich fassungslos an, während ich singe.

Ich stehe auf. Mein Lied wird lauter und das silberne Leuchten meiner Augen erhellt den Raum.

»Du …« Ich nicke dem Mann zu, der mir am nächsten ist. »Binde mich los. *Sofort.*«

»Natürlich.«

Mit zittrigen Fingern löst er mir die Fesseln.

Ich bewege die Finger und massiere meine Handgelenke, während ich die vier Männer umkreise, singe und darüber nachdenke, was ich mit ihnen anstellen werde. Als ich wieder hinter der Wanne zum Stehen komme, sehen sie mich mit leeren Blicken an.

Ich lächle.

Das Wasser aus der Wanne rauscht in die Luft. Es wirbelt umher und bildet Muster, bevor ich es freigebe und es auf uns herabfällt. Kurz über dem Boden halte ich es auf.

Tausende Wassertropfen hängen in der Luft, als hätte man einen Regenschauer plötzlich eingefroren.

Die Männer rühren sich nicht.

Ich atme tief ein. Ich *spüre* ihre Erregung, *schmecke* ihr süßes Verlangen und *fühle* die Leere ihres Geists.

»Wer hat einen Dolch?«, frage ich zuckersüß.

Vier Hände schießen in die Höhe. Jetzt sind *sie* meine Püppchen.

»Auf drei«, hauche ich. »Du und du.« Ich deute auf zwei von ihnen. »Ihr rammt einander die Dolche in den Leib. Und ihr zwei«, ich deute auf die anderen beiden, »tut dasselbe. Verstanden?«

Sie starren mich wortlos an.

Töte.

Ich weiß, ihr Schweigen ist keine Weigerung. Aber mein Zorn fordert eine Antwort, also singe ich noch ein paar Töne. »Habt ihr mich verstanden?«

Alle nicken, sagen aber kein Wort. Es hat ihnen die Sprache verschlagen.

»Hervorragend.« Ich lächle wieder, diesmal so grausam, dass ich mir die Lippen lecke, um es auszukosten. »Eins …«

Die vier ziehen ihre Dolche.

»Zwei …«

Sie drehen sich zu ihren Partnern. »Drei.«

Synchron stoßen sie ihrem Gegenüber die Dolche in den Leib.

Alle vier taumeln. Alle haben sie einen Dolch tief in den Eingeweiden stecken, aber ihre Blicke haften auf mir. Immer noch buhlen sie verzweifelt um meine Anerkennung. Selbst als sie auf die Knie fallen und unter lautem Ächzen und Stöhnen zusammenbrechen.

Blut strömt aus ihren Wunden und benetzt ihre Umhänge.

Einer von ihnen streckt die Arme nach mir aus. Er fällt nach vorn, und die Wucht, mit der er stürzt, rammt ihm den Dolch so tief in den Körper, dass die Spitze der Klinge am Rücken wieder austritt. Dann ist es vorbei.

Die anderen drei bemerken es nicht einmal.

Ich wende mich ab. Der Geschmack ihres Verlangens liegt mir noch auf der Zunge, während ich in Richtung Tür gehe. Die erstarrten Wassertropfen fallen auf meine Füße, die vier toten Männer und auf den Boden.

Einige Augenblicke genieße ich das Gefühl. Den Rausch einer gelungenen Jagd, den Triumph.

Aber dann schwindet die Euphorie, und das Verlangen, zu töten – endlich befriedigt –, ebbt ab.

Jetzt bin ich keine Sirene mehr, die ihren Erfolg genießt, sondern eine junge Frau, umgeben von den Leichen der Männer, die sie entführt haben.

Normalerweise habe ich nach einem Mord ein Hochgefühl. Aber im Moment fühle ich mich nur leer.

Ich taumle zur Tür, zu erschöpft, um geradeaus zu gehen.

Die Raze wollten mich foltern. Und ich dachte, ich würde für sie arbeiten. Aber wenn die Raze mich nicht beauftragt haben, wer dann? Warum hat mein Auftraggeber gelogen? Und wenn mein Auftraggeber nicht für die Raze arbeitet, wie konnten sie mich dann heute Nacht kontaktieren?

Endlich bin ich draußen. Ich zittere. Obwohl es draußen kalt ist, zittere ich nicht vor Kälte. Ich zittere, weil mich eine fürchterliche Erkenntnis trifft. Ich habe nicht einmal *gefragt.*

Mein Kopf ist voll mit Fragen, aber als ich die Möglichkeit hatte, sie zu stellen, habe ich die Kontrolle verloren. *Das* macht mir fürchterliche Angst. *Deshalb* kann ich keinen geraden Schritt tun. Nicht weil man mich entführt hat oder weil man versucht hat, mich zu foltern, nicht einmal wegen des vierfachen Mordes, den ich gerade begangen habe. Sondern wegen der Erkenntnis, dass ich meinen eigenen Instinkten hilflos ausgeliefert bin.

Grisham Haverly hat es im Porträtzimmer so formuliert: Sirenen sind Monster. Wir töten unaufhaltsam und ohne Reue.

Ich sehne mich nach Rain. Ich will sie in den Arm nehmen, ihren Geruch nach Baumharz und Orangen einatmen und spüren, dass sie mich liebt.

Aber ich habe ihr gezeigt, wer ich wirklich bin, und jetzt verabscheut sie mich.

Meine Eltern haben behauptet, ich könnte es kontrollieren – dass ich kein Monster wäre –, aber da liegen sie falsch. Heute Nacht, als es darauf ankam, haben meine Instinkte gewonnen. So wie schon immer.

Und wie es auch immer sein wird.

38

Wasser in Flammen

Ich vertraue darauf, dass mich meine Füße leiten, zuerst zurück zu der kleinen Hütte, wo sie mich geschnappt haben. Dort sammle ich die Schleierperle ein, die ich ausgespuckt habe. Dann zurück zum Palast.

Tränen laufen mir übers Gesicht. Ich weiß nicht, wann ich angefangen habe zu weinen, aber ich kann nicht mehr aufhören.

Benommen klettere ich an der Mauer des Palasts hinauf. Mein Verstand ist vernebelt, als ich durch das Fenster steige, so vernebelt, dass ich nicht bemerke, dass meine Chaelissleuchte bereits brennt, bis ich mich umdrehe und eine Gestalt auf dem Boden sitzen sehe.

Er lehnt mit dem Rücken am Fußende meines Bettes, das Kinn ist ihm auf die Brust gesunken und seine Augenlider hängen herunter wie welke Blüten.

Als ich das Fenster schließe, springt er auf.

Meine Augen weiten sich. »Hayes – ich meine, Eure Hoheit.« Ich wende mich ab und versuche, meine geschwollenen roten Augen vor ihm zu verbergen.

»Saoirse.« Seine Stimme ist so müde wie sein Gesicht. »Wir

müssen …« Er unterbricht sich und rappelt sich auf. »Hast du mich gerade Hayes genannt?«

Ich sehe zu Boden und sammele mich. Ich versuche es zumindest.

Er steht vor mir, legt mir die Hände auf die Schultern und sieht mich aus seinen ozeanblauen Augen an. »Hast du … Geht es dir gut?«

»Alles in Ordnung.« Ich stoße seine Hände weg und gehe an ihm vorbei.

Um irgendetwas zu tun, lege ich die Hände auf den Schreibtisch und stütze mich darauf ab.

Dann verschränke ich aber die Arme, als ich merke, wie sehr sie zittern.

»Saoirse, was ist los?« Er steht jetzt hinter mir, seine Hände liegen federleicht auf meinen Armen, gleiten beruhigend auf und ab.

Ich schüttle sie ab.

»Ich habe Euch doch schon gesagt, es geht mir gut, Eure Hoheit. Was macht Ihr hier?«

Er antwortet nicht. Er legt mir die Arme um die Taille wie einen Gürtel. Nur wärmer. Weicher. Mehr Hayes.

Ich bin kurz davor, zusammenzubrechen. »E-eure Hoheit …«

»Schhh …« Hayes ignoriert meine Proteste, dreht mich um und drückt mein Gesicht sanft an seine Schulter. »Es ist in Ordnung, wenn du weinen musst. Ich verspreche dir, dass ich nicht hinsehe.«

Obwohl ich es nicht will, atme ich ein und genieße seine Wärme. Sobald die Welt um mich herum von dem samtigen Stoff seines Hemdes verdunkelt wird, öffnen sich die Schleusen und die Schluchzer strömen ungehindert aus mir heraus.

Er ist warm. Ich fühle mich *geborgen*. Und als ich mein Gesicht tiefer in seinem Hemd vergrabe, merke ich, dass ich mir seinen Geruch eingeprägt habe.

Er sagt nichts. Eine Hand hat er mir auf den Rücken gelegt und macht damit beruhigende Kreise, während die andere um meine Taille geschlungen bleibt.

»Hayes …«, flüstere ich. Die intime Umarmung bringt mich aus der Fassung.

»Schhh …«, wiederholt er nur.

Normalerweise wehre ich mich dagegen, wie ein Kind zum Schweigen gebracht zu werden, aber der sanfte Klang seiner Stimme beruhigt mich auf eine Weise, die ich mir nicht eingestehen will, und gerade möchte ich auch lieber nicht sprechen.

Ohne Vorwarnung hebt mich Hayes hoch, einen Arm unter meinen Kniekehlen, den anderen an meinem Rücken.

Dann trägt er mich zum Bett.

Ich habe das Gesicht noch immer in den Falten seiner Kleidung vergraben, aber ich höre zweimal das dumpfe Poltern, als er sich die Schuhe auszieht, bevor er ins Bett klettert, mich an sich drückt und mir ins Ohr murmelt. »Du musst nichts sagen. Du musst gar nichts tun.« Er küsst mir die Stirn.

Die Verräterin in mir möchte ihn wegstoßen und hinauswerfen, aber der ehrliche Teil, der Teil, der zu erschöpft ist, um sich zu wehren, möchte genau hier bleiben, eingehüllt in seine starken Arme und sanften Worte. *Seine* Arme, *seine* Worte.

Heute Nacht ist mir klar geworden, dass es sinnlos ist, gegen meine Instinkte anzukämpfen. Und aus irgendeinem Grund treibt mich jeder Instinkt zu Hayes.

Ich schließe die Augen und erlaube mir einzuschlafen.

***

Als ich meine von Tränen verklebten Augenlider öffne, liege ich immer noch an Hayes' Brust geschmiegt. Er hat einen Arm um mich gelegt und streichelt mir abwesend die Schulter, während er mit der anderen Hand eine Schleierperle zwischen Daumen und Zeigefinger hin und her rollt. Er sieht verwirrt aus.

Ich starre ihn entsetzt an und reiße mich von ihm los. »Was macht Ihr da?« Mein Blick fällt von seiner Hand mit der Perle auf die offene Nachttischschublade, die er offensichtlich durchwühlt hat. »Habt Ihr meine Sachen durchsucht?«

Hayes hebt abwehrend die Hände. »Tut mir leid. Ich habe deinen Chaelissstein gesucht.« Sein Blick schweift über mein Gesicht. »Du benutzt Schleierperlen?«

»Das geht Euch gar nichts an. *Eure Hoheit.*« Ich schnappe mir die Schleierperle, beuge mich über ihn, um sie in die Schublade zu werfen und diese zuzuknallen.

»Du scheinst nicht der Typ zu sein, der Schleierperlen benutzt«, sagt er. »Du kommst mir nicht wie jemand vor, der sich darum kümmert, was andere denken.«

»Tue ich auch nicht«, blaffe ich ihn an.

Er hält wieder die Hände entschuldigend hoch. »Ich glaube dir. Wenn es jemanden gibt, dem die Meinung anderer egal ist, dann bist du es.«

Ich bin angespannt und warte auf die unvermeidliche Frage, die aber nicht kommt. Mein Gesichtsausdruck wechselt von zornig zu verwirrt. »Ihr fragt mich nicht, warum ich Schleierperlen benutze?«

»Nein.«

Ich runzle die Stirn. »Ihr … werdet mich nicht fragen, was letzte Nacht passiert ist?«

»Nur wenn du es mir erzählen willst.«

Ich starre ihn so lange irritiert an, bis er zu kichern anfängt. »Du bist bezaubernd, wenn du dir erlaubst, Gefühle zu zeigen.«

Die Gefühlsregungen schwinden aus meinem Gesicht und er seufzt. »Das hätte ich kommen sehen müssen.« Er schwingt die Beine aus dem Bett. »Ich sollte gehen. Ich weiß, wenn ich nicht mehr erwünscht bin.«

Er steigt in seine Stiefel. Sein Hemd ist zerknittert, weil er damit die ganze Nacht am Kopfteil des Bettes gelehnt hat, und sein Rücken muss schmerzen, aber er beschwert sich nicht.

»Danke«, platzt es aus mir heraus, bevor ich mich zurückhalten kann.

Er hält inne. »Was hast du gesagt?«

Ich verdrehe die Augen und wende mich von seinem intensiven Blick ab. »Ich werde es kein zweites Mal sagen.«

Er lächelt. Es wirkt ebenso sanft wie traurig. »Du musst mich nicht wegstoßen. Du hast keine Ahnung, wie sehr ich das für dich sein möchte.«

»Was?«

»Jemand, dem du vertraust.«

Ich suche seinen Blick. Noch nie habe ich einen Mann erlebt, der mich so ansieht, wie er es jetzt tut, ohne dass ich zuvor gesungen habe. »Warum?«, frage ich schließlich.

Er kommt näher und lehnt sich ganz langsam über mein Bett ganz nah zu mir und erwartet, dass ich zurückweiche.

Das tue ich nicht.

Er drückt mir seine Lippen auf die Stirn. Sein zarter Kuss prickelt wie Regen.

Mein erster Instinkt: die Augen schließen und mich nach vorn lehnen. Das Gefühl der Geborgenheit genießen.

Ich warte nicht, bis mein zweiter Instinkt einsetzt.

»Ich kann dir nicht sagen, warum.« Seine Lippen kitzeln mir auf der Haut. »Du würdest mir nicht glauben.«

Er zieht sich zurück, um mich anzusehen, und für einen Moment schwimme ich in dem strahlenden Ozean seiner Augen. Sosehr ich auch versucht habe, mich dagegen zu wehren, ich kenne Hayes. Er ist naiv und leicht ablenkbar. Impulsiv und zu vertrauensselig. Einsam. Und lustig, aufrichtig und schön und *gut*.

Ich kenne sein Lächeln, den Geschmack seines Glücks, die Wärme seiner Umarmung und das Blau seiner Augen. Und ich *mag* ihn.

Aber alles, was er über mich weiß, alles, was er von mir will, ist eine Lüge. Der Moment vergeht und ich weiche zurück. »Auf Wiedersehen, Eure Hoheit.«

Er sieht mich mit sanften Augen an. »Sehe ich dich beim Abendessen? Oder soll ich jemand anders …«

»Keine Ausnahmen für mich«, unterbreche ich ihn. »Ich bin für die Abendschicht eingeteilt, also sehen wir uns dann, Eure Hoheit.«

Er nickt, aber er geht nicht. »Du kannst mir vertrauen, Saoirse. Ich vertraue dir. Voll und ganz.«

»Das solltet Ihr nicht.« Die Worte sind raus, bevor ich sie aufhalten kann.

»Warum nicht?«, fragt er. »Hast du etwas getan, worauf du nicht stolz bist? Das habe ich auch. Das hat jeder. Das spielt keine Rolle. Du denkst wahrscheinlich, dass ich nichts über dich weiß, und vielleicht hast du recht, aber das bedeutet nicht, dass ich *dich* nicht kenne.«

Ich möchte lachen, aber es ist nicht lustig. »Ihr kennt mich überhaupt nicht.«

»Du bist stur, spöttisch und unhöflich. Du bist von fast allem genervt. Du hältst mich für kindisch. Du bist respektlos und jähzornig und …« Er stützt sich aufs Bett, sodass unsere Augen auf gleicher Höhe sind. »Und du raubst mir den Atem.«

Ich vergesse, Luft zu holen. Mein Verstand setzt aus, aber irgendwie schaffe ich es, trotzdem zu fragen. »Weil ich unhöflich bin?«

Er kommt noch näher, bis zwischen unseren Köpfen nur noch ein Hauch von Luft ist. »Weil ich dich sehe.« Seine Stimme klingt sanft. »Du bist stur, weil du leidenschaftlich bist. Du bist spöttisch, weil du zu klug für andere bist. Du bist unhöflich, weil du keine Zeit vergeuden willst. Du hasst alles, aber das bedeutet, dass du die Dinge, die du tust, aus Überzeugung tust. Du denkst, ich bin kindisch, und du hast recht. Aber du bringst mich dazu, erwachsen werden zu wollen.«

Ich fühle mich ertappt. Er stellt mich bloß, und ich habe keine Chance, ihn davon abzuhalten. Ich bin dem Ansturm seiner Worte schutzlos ausgeliefert, doch ich will mich gar nicht wehren.

»Du bist respektlos, weil du harte Arbeit schätzt.« Er fährt fort. »Du bist jähzornig, weil du dein ganzes Leben lang übersehen wurdest und weißt, dass du mehr verdienst.«

»Eure Hoheit …« Es kommt als Krächzen heraus.

»Lass mich ausreden. Du lässt mich dich nicht so kennenlernen, wie ich es gern möchte, aber du könntest mich ertränken oder verbrennen, das Schlimmste mit mir anstellen – du könntest trotzdem nichts tun, was meinen Glauben an dich erschüttert.«

Er ist so aufrichtig wie immer. Aber nicht einmal Hayes wird alles verstehen und verzeihen können.

Eine tödliche Melodie im Dunkel der Nacht.

Ein geflüsterter Befehl. »Zwei Tropfen auf deine Zunge.«

Leere Augen, die stromabwärts ziehen.

Blau, endloses Blau.

Und so viel Rot.

Ich atme tief durch. »Ihr solltet gehen, Eure Hoheit.«

Ich habe ihn schon so oft enttäuscht, dass ich dagegen immun sein müsste, aber genau jetzt brennt mir der Geschmack auf der Zunge. Ich rede mir ein, dass es besser so ist. Was immer er glaubt, für mich zu empfinden, ist eine Lüge.

Trotzdem will ein Teil von mir – ehrlich gesagt, *alles* –, dass er bleibt.

Stattdessen lächelt er mit traurigen Augen und sagt: »Auf Wiedersehen, Saoirse.« Obwohl ich ihn gebeten habe zu gehen, wird mir jetzt, wo er weg ist, kalt.

Ich lasse mich auf mein Bett zurückfallen und schließe die Augen.

Prinz Hayes Finnean Vanihail ist voller Wärme, Begeisterungsfähigkeit und Energie, und er ist so, so wunderschön …

Aber sein Bruder wurde von meinesgleichen ermordet. Sein Vater hat geschworen, jede einzelne Sirene zu töten. Und selbst wenn meine Art nicht dazu bestimmt wäre, längst ausgestorben zu sein, sucht Hayes nach mir, der Verführerin, die seinen besten Freund ermordet hat.

Der Prinz ist in jeder Hinsicht gefährlich. Doch als ich an die Decke starre, wird mir klar, dass ich weniger Angst davor habe, was er mir antun könnte. Sondern dass ich wie versteinert bin, weil es für mich so einfach wäre, ihn zu zerstören.

39

Schlimmer als der Tod

Die Raze haben mich nie angeheuert.

Das ist die einzige Schlussfolgerung, die einen Sinn ergibt.

Den ganzen Tag verbringe ich in meinem Zimmer und denke nach. Als meine Abendschicht um vier Uhr nachmittags beginnt, bin ich immer noch dabei, das alles zu verarbeiten.

Glaube ich den Worten meiner Entführer? Natürlich nicht. Aber so ungern ich auch zugebe, dass ich wieder einmal reingelegt worden bin, es ergibt Sinn. Die jüngsten Opfer der Raze – *meine* Opfer – passen nicht zu ihren üblichen Zielen. Die Absicht – die königliche Familie zu töten – stimmt nicht mit dem überein, was die Raze wollen. Die wohlhabenden Fae, von denen die Raze kontrolliert werden, profitieren von König Larsters Korruption. Ihn zu töten, ist wohl das Letzte, was sie anstreben.

Das bedeutet, mein eigentlicher Auftraggeber ist jemand anders. Jemand, der Keirdre von der königlichen Familie befreien und dafür den Raze die Schuld geben will.

Also kann es sich nur um den Widerstand handeln. Schließlich weiß ich bereits, dass sie gegen die königliche Familie intrigieren und mich erpressen, ihnen zu helfen.

Während der Abendschicht meide ich den Blickkontakt mit Hayes und sage kaum etwas. Er sagt auch nichts, aber ich schmecke seine Enttäuschung über mein Schweigen. Selbst wenn ich nicht versuchen würde, mir einen Reim auf die Raze und den Widerstand zu machen, würde ich mich nach diesem Morgen von ihm fernhalten wollen.

Um Mitternacht kehre ich in mein Zimmer zurück. Vor meiner Zimmertür halte ich inne. Sie ist unverschlossen. Das ist seltsam, denn ich bin *sicher*, dass ich sie abgeschlossen habe.

Vorsichtig drücke ich die Tür auf und sehe mich schnell um. Ich schaue unter meiner Matratze und in meinem Nachttisch nach. Meine magischen Perlen sind noch alle da.

Habe ich etwa vergessen, die Tür abzuschließen? Das glaube ich nicht, aber wenn nichts gestohlen wurde, welchen Grund sollte jemand sonst haben, mein Zimmer zu betreten?

***

Ich grabe mir die Fingernägel in die Handflächen, tief in die Haut. Aber das merke ich kaum. Es ist der Morgen von Hayes' Feierlichkeiten und mir läuft die Zeit davon.

Ich habe alles getan, was ich konnte. Frühmorgens bin ich an Bord der *Seekönigin* geschlüpft und habe letzte Vorbereitungen für die Feier getroffen, dann kam ich hierher, um Drina zu besuchen. Aber ich fürchte, das reicht alles nicht aus. Ich sitze auf dem Sofa meiner Tanten und habe einen schwarzen Kleidersack auf dem Schoß. »Danach habe ich sicher nicht gefragt.«

»Das macht nichts.« Aiya geht im Zimmer umher und begutachtet die Rosen und den Rittersporn. »Es ist ein Kleid. Ich habe es nach deinen Maßen anfertigen lassen.« Sie tippt an den Stiel einer welken Rose, die sich wieder aufrichtet, die Blütenblätter voller und leuchtender als zuvor.

»Also … nicht das, was ich wollte«, stelle ich klar. Ich hänge den Kleidersack über die Rückenlehne des Sofas. »Hört mal, ich brauche kein Kleid …«

»Doch, brauchst du«, sagt Aiya. Zufrieden mit ihren Blumen, stellt sie sich neben Drina, die sich an ihre Seite lehnt. »Du nimmst an einer königlichen Veranstaltung teil, du brauchst ein schönes Kleid. Wenn du es dir nur mal anschauen würdest …«

»Ich brauche es mir nicht anschauen«, unterbreche ich sie. »Ich will wissen, wie ich mich auf einem Schiff aufhalten kann, umgeben von Wasser, ohne jeden an Bord zu töten.«

Vielleicht bin ich etwas schroff, aber ich mache mir zu große Sorgen, um deshalb ein schlechtes Gewissen zu haben. Ein Kleid macht nicht alles wieder gut, was ich ruiniert habe, und es hält auch Hayes nicht am Leben.

Tante Drina schaut finster drein. »Du könntest wenigstens so tun, als wärst du dankbar. Aiya hat sich so darauf gefreut, es dir zu schenken.«

Ein schönes Kleid ist sinnlos. Auch wenn man einem Monster hübsche Kleider anzieht, bleibt es trotzdem ein Monster. Mein Vater hat es selbst gesagt. Der einzige Unterschied zwischen mir und einem Monster ist Selbstkontrolle. Und ich habe keine. Deshalb bin ich hier.

Aber ich atme tief durch. »Danke, Tantchen«, sage ich zu Aiya. »Ich bin sicher, es ist hübsch. Ich habe nicht wirklich darüber nachgedacht, was ich anziehen werde.«

Aiya grinst. »Das dachte ich mir schon.«

Ich muss an Jeune denken, wie sie für mich in ihren Kleiderschrank getaucht ist und nach einem Kleid gesucht hat für den

Abend, als ich mit Hayes und Devlyn aus war. Bei der Erinnerung daran muss ich Aiya einfach anlächeln.

Aber dann fällt mir wieder ein, wie es zwischen uns steht. Jeune hasst mich und plant möglicherweise, Hayes zu töten, und meine Laune verschlechtert sich wieder.

Ich räuspere mich. »Hast du etwas für mich gefunden?«

Drina reicht mir ein Glasfläschchen. »Das sollte helfen.«

Ich betrachte es im Schein des Feuers. Das Glas ist dunkelgrün gefärbt, sodass die Farbe der Flüssigkeit darin nicht zu erkennen ist. »Was ist das?«

»Das, wonach du gefragt hast. Xaladran«, erklärt Drina. »Es ist ein Gift, das die Wirkung deiner … Triebe dämpft.«

»Warum hast du mir das nicht schon früher gegeben?«

»Das ist nur für Notfälle«, sagt Drina düster. »Xaladran ist unglaublich gefährlich. Es ist schlimmer als der Tod. Und es gibt kein Gegenmittel.«

»Was ist schlimmer als der Tod?«

»Eine zu große Menge wird dich deiner Fähigkeiten berauben. Dauerhaft. Eine sehr kleine Menge wird dir geben, was du willst. Es wird den Ruf des Wassers dämpfen, aber es wird auch deine anderen Fähigkeiten einschränken.«

»Für wie lange?«

»Ein halber Tropfen reicht für etwa eine Stunde. Mehr oder weniger. Etwas anderes kann ich nicht sicher darüber sagen. Die Wirkung ist unterschiedlich.«

Eine Stunde ohne den Instinkt, zu töten. Drina meint, es sei schlimmer als der Tod, aber eine Pause von meinen Trieben? Das klingt paradiesisch.

Drina legt mir die Hände auf die Schultern. »Saoirse … bist du dir absolut sicher, dass du das tun musst? Wenn du zu viel nimmst, auch nur einen halben Tropfen mehr als empfohlen, weiß ich nicht, was für Auswirkungen es haben wird.«

Ich erinnere mich an das schreckliche Gefühl meiner eigenen Hilflosigkeit, als ich von den Raze entführt wurde. Am Ende stand ich in einem Raum am Rand von Vanihail, umgeben von Leichen und Blut.

Aber das Töten ist nicht das, wovor ich mich fürchte.

Ich fürchte mich vor *mir*.

Das Wasser ruft nach mir und ich gehorche. Jedes Mal.

Ich stecke das Fläschchen in den Beutel, den ich um den Hals hängen habe. »Ich bin mir sicher. Ich muss es tun.«

Drina umarmt mich fest. »Pass auf dich auf, Liebes.«

Aiya gibt mir erneut das Kleid. *»Bitte.«*

Ich will ihnen sagen, dass ich vorsichtig sein werde, aber Drina will sicher nicht, dass ich sie anlüge. Kurz darauf bin ich wieder in meinem Zimmer, mit dem lairischen Armband am Handgelenk, einem Kleid auf dem Schoß und einer kleinen Ampulle mit lebensveränderndem Gift um den Hals.

40

Bröckelnde Fassade

Das Feuer in Hayes' Augen flackert. Es ist ein sanftes Flackern. Wie bei einem Lagerfeuer, das leise vor sich hin glimmt.

Er hat den Blick nicht mehr von mir abgewandt, seit ich ihn aus seinem Zimmer abgeholt habe, um ihn zum Schiff zu bringen. Wir sollen unter Deck warten, während der Rest der Wachen und Gäste eintrifft, damit er einen dramatischen Auftritt hinlegen kann.

Ich führe ihn den Landungssteg vom Pier zum Deck der *Seekönigin* hinauf. Dabei starre ich stur geradeaus, um sowohl der Verlockung des täuschend ruhigen Ozeans, der mich umgibt, als auch der stürmischen See seines Blicks aus dem Weg zu gehen. Beides hat das Potenzial, mich ins Verderben zu stürzen, und ich bin mir nicht sicher, was mich mehr ängstigt.

Hayes' Blick und die Kraft des Wassers wickeln sich fest um mich wie eine selbst gestrickte Decke, als wir in den Rumpf des Schiffes hinabsteigen und seine private Kajüte betreten. Genauso intensiv wie sein Blick ist die Art, wie er *schmeckt*. Sein Verlangen weht von ihm herüber wie Rauch und überwältigt meine Sinne mit zwei verschiedenen Geschmacksrichtungen.

Da ist etwas Süßes, Leichtes, Luftiges wie Gebäck – Wehmut, Sehnsucht. Aber dieser unschuldige Geschmack steht im Kontrast zu der scharfen Würze seines Verlangens.

Der Geschmack seiner Lust hat nichts Unschuldiges an sich.

Die Kajüte ist kreisförmig und ausgestattet mit holzgetäfelten Wänden und einem Teppich von königlichem Dunkelblau. In einer Vitrine steht eine beeindruckende Auswahl von Weinen – von der guten, nicht der süßen Sorte – und Whiskey. Auf der anderen Seite des Raums, unter einem Bullauge, steht ein Schreibtisch mit einem grauen Wasserbecken aus Stein darauf und einem pflaumenfarbenen Ledersessel dahinter.

Ich gehe davon aus, dass Hayes sich setzen wird. Stattdessen lehnt er sich mit verschränkten Armen gegen den Schreibtisch und beobachtet mich.

Wir haben kein Wort miteinander gewechselt. Nicht seit dem Morgen, nachdem ich die Kontrolle den Mitgliedern der Raze gegenüber verloren habe. Ich bin dem Gespräch aus dem Weg gegangen, aber jetzt kann ich ihm nicht mehr entkommen. Nicht solange wir die Einzigen auf diesem Schiff sind, wir allein in dieser Kajüte sind und er mich ansieht, als wäre er kurz davor, die Distanz zwischen uns zu überwinden und das zu entfachen, was auch immer zwischen uns schwelt.

Ich glaube, ich würde ihn nicht davon abhalten.

Er ist wunderschön. Er ist immer wunderschön, aber heute hat er sich selbst übertroffen. Er trägt einen locker sitzenden marineblauen Dashiki mit goldenen Mustern entlang des Kragens. Seine schwarze Hose ist perfekt geschnitten und betont seine muskulösen Beine. Die Kombination aus seinem ozeanblauen Blick und dem sanften Schwanken des Schiffes löst bei mir pochende Kopfschmerzen aus.

Er bricht das Schweigen. »Du siehst wunderschön aus, Saoirse«, flüstert er zärtlich wie eine Liebkosung. Es klingt so ehrlich und aufrichtig.

Im Moment.

Was auch immer er gerade für mich empfindet, würde sofort zerbrechen, wenn er die Wahrheit über mich wüsste, also sage ich nur: »Herzlichen Glückwunsch zum Geburtstag.«

Ich will seinen Namen sagen. Ich liebe seinen Klang. Aber mein Gehirn schreit mich an, dass ich Distanz wahren soll, also füge ich hinzu: »Eure Hoheit.«

Sein Blick verfinstert sich. Er ist enttäuscht, aber auch amüsiert. »Kein Dankeschön?«

»Ich bin nicht schön, Eure Hoheit.«

Das Kleid, das Aiya mir geschenkt hat, ist goldfarben. Ich hatte mit Blautönen gerechnet wie das Meer oder marineblau wie Keirdre, aber Aiya hat sich für Gold entschieden.

Das Kleid reicht bis auf den Boden und umspielt meine Füße. Der helle goldene Stoff ist mit kräftigeren dunkleren Goldfäden durchwirkt. Es hat einen nicht zu tiefen Ausschnitt und einen hohen Kragen, der gerade noch die schweren Goldringe streift, die an meinen Ohren hängen.

Das Kleid ist traumhaft, aber ich weiß, es ändert nichts. Wie sollte es auch? Ich bin immer noch dasselbe Monster, das Felix ermordet und dieses Chaos ausgelöst hat.

»Doch, das bist du«, entgegnet Hayes. »Du bist immer umwerfend, aber heute …« Er stößt sich vom Schreibtisch ab und nähert sich mir langsam, bis er eineinhalb Schritte entfernt von mir steht. »Du bist die Sonne selbst. Und, Saoirse, nenn mich Hayes und du. Heute ist mein Geburtstag, und wenn ich nicht haben kann, was ich wirklich will …« Er mustert mich ein-, zwei-, dreimal von Kopf bis Fuß, bevor er mir mit einer so intensiven Sehnsucht in die Augen sieht, dass ich den Atem anhalte. »Nenn mich wenigstens Hayes.«

Er fordert mich heraus, zu fragen, was sein eigentlicher Wunsch ist.

Aber ich weiß, was er will. Ich will es nämlich auch.

Das Klatschen des Wassers, das gegen die Seite des Schiffes schlägt, wird zu einem Tosen, und die Wellen in seinen ozeanblauen Augen verwirbeln, bis sie zu einem Strudel werden.

Ich sollte einen Schritt zurückweichen.

Stattdessen atme ich durch die Nase ein. Und durch den Mund aus. »Also gut«, sage ich. *»Hayes.«* Ich klinge atemlos. »Aber nur heute.«

Er lächelt, da schwankt das Schiff und wir beide verlieren das Gleichgewicht.

»Hoppla.« Hayes ergreift meine Arme, um mich zu stützen. »Alles in Ordnung?«

Ich atme die salzige Luft ein, die der Fischgeruch noch stechender macht.

Töte.

Seine Berührung und das aufgewühlte Meer lösen den vertrauten Ruf aus. Ich verdränge ihn.

»Mir geht es gut.« Ich stoße die Worte zwischen zusammengebissenen Zähnen hervor.

Töte.

Der Ruf wird lauter. Die Wellen schlagen gegen das Schiff, bedrängen es und bedrängen mich.

Töte.

»Saoirse?« Hayes' Hände ruhen immer noch auf mir, liegen warm auf meinen Armen.

Nein, die Berührung *brennt*. Der Schmerz in meinem Kopf explodiert. Ich kippe um. »Saoirse!« Er klingt panisch. Seine Hand wandert brennend von meinem Arm zu meinem Rücken. »Ist es das Wasser? Ich weiß nicht, was ich tun soll. Sag mir, wie ich dir helfen kann.«

Ich will töten. In mir brodelt ein Lied, und Hayes' Berührung bringt es zum Pfeifen wie einen Kessel, der kurz vor dem Überkochen ist.

Der Sirenengesang ruft mir zu, Hayes zu packen und über Bord zu werfen. Ihn unter Wasser zu ziehen, bis er keine Luft mehr bekommt. Oder etwas Weiches zu finden – ein Kissen vielleicht –, es ihm aufs Gesicht zu drücken und darauf zu warten, dass er erstickt.

Es wäre so einfach. Mein erstes Opfer, bei dem ich kein Lied brauche, damit es sich meinem Willen beugt. Ihn zu töten, würde mir den Schmerz nehmen und meine Triebe stillen.

Vor meinem inneren Auge blitzt der Ozean auf, aber es ist nicht das wütende, zornige Meer um mich herum, sondern es sind Hayes' tiefblaue Augen. Ich sehe seine Augen vor mir, die vor Lachen tanzen. Ein Lächeln, das sich auf seinem Gesicht ausbreitet. Ich spüre seine Hände leicht auf meiner Taille ruhen, während er eine Armlänge entfernt ist und wir uns zu Fiedelmusik und Tischtrommeln wiegen. Weiche Lippen auf meinem Haar. Arme um mich herum, fest wie ein Käfig – nein, wie eine Mauer. Da, nicht um mich einzusperren, sondern um mich zu beschützen.

Trotz der Enge in meiner Brust kann ich *atmen*, wenn er in der Nähe ist.

Rain konnte schon immer meine Instinkte dämpfen. Mit ihr habe ich mich weniger wie ein Monster gefühlt, weil ich meine dunkle Seite vor ihr verheimlicht habe, damit sie mich lieben konnte.

Hayes bietet mir eine andere Art der Erleichterung. Als sehe er meine Verdorbenheit und es würde ihn nicht kümmern. Er kennt mich zwar nicht, denn das habe ich nicht zugelassen, aber er *sieht* mich. Er sieht jemanden, der verloren und verstört und anders ist. Und ohne auch nur den Hauch eines Liedes sieht er mich an, als wäre ich das Gegenteil von alldem, was ich bin.

Töte.

Das Meer ruft, doch ich schiebe es beiseite, genauso wie ich mich auf zittrigen Beinen von Hayes wegdrücke.

»Abstand«, krächze ich, als ich spüre, wie er versucht, sich wieder zu nähern. »Ich brauche Abstand.«

Er erstarrt, bereit, mich aufzufangen, sollte ich doch umkippen.

Ich krümme mich, stütze die Hände auf die Knie und wende mich von ihm ab. Schwer atmend, krame ich das dunkelgrüne Fläschchen aus meinem Lederbeutel und ziehe den Stöpsel heraus. Ich kippe mir das kleinstmögliche Tröpfchen Xaladran auf die Zunge und schlucke.

Die Wirkung tritt sofort ein.

Das Pochen in meinem Kopf verschwindet und der Sirenengesang des Wassers verstummt.

Ich richte mich auf und rechne damit, dass der Schmerz zurückkehrt und wieder danach verlangt, dass ich Hayes in den Abgrund reiße. Aber es passiert nichts.

Ich atme erleichtert auf, weil es in meinem Kopf plötzlich so ruhig ist.

»Bist du in Ordnung?« Hayes steht immer noch dicht bei mir, berührt mich aber nicht.

»Es geht mir wunderbar.« Ich drehe mich zu ihm um.

Ich kann mich nicht erinnern, mich jemals so friedlich gefühlt zu haben. Es ist zehn Jahre her, dass ich meine erste Melodie gesungen habe. Ich habe vergessen, wie es ist, nicht ständig mit sich selbst auf Kriegsfuß zu stehen.

»Du lächelst.« Hayes klingt beunruhigt. Erfreut, aber beunruhigt.

»Du siehst …« Er räuspert sich und das vertraute Feuer flackert in seinen Augen und auf meiner Zunge auf. »… fröhlich aus. Fröhlich steht dir gut.«

Ein Signalhorn an Deck hallt wider und verkündet, dass der Rest der Gäste eingetroffen ist und wir ablegen.

Das ist unser Stichwort.

Ich setze meine übliche ernste Miene auf. »Seid Ihr bereit, Eure Hoheit?«

»Saoirse …«, warnt er mich.

Ich verdrehe die Augen, aber ich kann mir ein Lächeln nicht verkneifen. »Hayes«, verbessere ich mich, »bist du bereit?«

»Ja, meine Dame.« Er bietet mir seinen Arm an.

»Du darfst mich also Dame nennen, aber ich muss Hayes sagen?« Ich lege den Arm um seinen und führe ihn auf Deck. Er lacht, während wir die Stufen hinaufgehen.

Unterhalb der Öffnung zum Deck lasse ich Hayes' Arm los. Ich war so abgelenkt von der Leichtigkeit des Xaladrans und von Hayes, dass ich fast meinen Plan vergessen hätte.

Als ich stehen bleibe, bleibt auch Hayes stehen. »Stimmt etwas nicht?«

Ich streiche mit einer Hand über die Wand zu meiner Linken, ohne ihn anzusehen. »Ich habe unten etwas vergessen.«

»Ich warte hier auf dich.«

Vielleicht sollte ich widersprechen, aber ich will keine Zeit mit Gezänk verschwenden. Mit einem Nicken eile ich unter Deck und in die Kajüte. Ich schnappe mir ein Stück Pergament, kritzle eine kurze Nachricht darauf und stecke es mir vorn ins Kleid.

Hayes wartet noch an derselben Stelle, als ich zurückkomme.

»Bereit?« Er bietet mir wieder seinen Arm an.

Ich will mich zwar gern bei ihm einhaken, aber stattdessen schiebe ich ihn vorwärts. »Nach dir.«

Er wirkt etwas enttäuscht, setzt jedoch ein steifes Lächeln auf und tritt auf das knarrende Deck, um seine Gäste zu begrüßen.

An Deck bricht Jubel aus.

Ich warte auf der Treppe, bis der Applaus verklungen ist. Dann folge ich ihm nach oben.

Die Mondsichel und die funkelnden Sterne gießen ein weißes Licht auf das Deck und schwebende Fackeln kreisen über mir. An den Seiten des Decks sind Banner aus marineblauem und goldenem Stoff drapiert, auf denen Keirdres Wappen prangt.

Fünf große runde Tische stehen auf dem Deck, jeder besetzt von Keirdres Wohlhabenden und Mächtigen. Die Tische bilden einen Halbkreis um eine große, leere Tanzfläche. Rechts von der Tanzfläche wurde eine Bühne aufgebaut, auf der vier Musiker warten, zwei Fiedler und zwei Trommler.

Auf einem erhöhten Teil des Decks vor dem Bug steht ein rechteckiger Tisch mit drei Stühlen, einer für den König, einer für die Königin und einer für Hayes. Die Königin trägt ein langes tiefviolettes Kleid mit schwarzer Spitze. Der König hat eine waldgrüne Tunika und dunkelblaue Hosen an. Hinter der königlichen Tafel hat sich eine Reihe von Wachen postiert. Hinter ihnen erhebt sich eine große Eisskulptur, die Hayes darstellt, die Hände in die Hüften gestemmt und ins Leere starrend.

Ein menschlicher Diener eilt zu Hayes und hält ihm ein Tablett mit einem Glas Wein und einem marmornen Asterval entgegen.

»Ich danke euch allen, dass ihr mit mir meinen achtzehnten Geburtstag feiert!« Hayes spricht in den Asterval und der Runenstab verstärkt seine Stimme, die über das ganze Schiff hallt.

Wieder Applaus.

Ich suche das Deck nach möglichen Gefahren ab. Laa'el patrouilliert unter Deck, aber ich entdecke jede von Hayes' anderen Leibwachen. Zensen steht am Bug und behält das gesamte Schiff im Auge. Jeune schlendert zwischen den Tischen hindurch, inspiziert die Gäste und beobachtet Hayes. Erasmus schreitet die Backbordseite und Devlyn die Steuerbordseite ab.

»Ich möchte einen Toast aussprechen.« Hayes erhebt das Glas und der Rest der Gäste folgt seinem Beispiel. »Auf meine ersten achtzehn Jahre und den ewigen Wohlstand von Keirdre!«

Alle auf der *Seekönigin* stoßen an und lassen die Gläser klirren. Hayes hebt das Glas an die Lippen, trinkt aber, wie versprochen, nicht.

Ich sehe zum König und zur Königin. Wie ich es angeordnet habe, haben sie nicht einmal Gläser. Und wenn das Essen serviert wird, bekommt die königliche Tafel nichts.

»Bitte amüsiert euch«, sagt Hayes. »Das Abendessen wird in Kürze serviert.«

Hayes stellt sein noch immer volles Weinglas auf dem Tablett des Menschen ab und legt den Asterval dazu, dann dreht er sich zu mir um. »Saoirse Sorkova, darf ich um den ersten Tanz bitten?«

Mein erster Instinkt: Ja sagen.

Ich ziehe den Kopf ein. »Ich bin hier, um dich zu beschützen.«

Er kommt näher. Ich weiche einen Schritt zurück. Er grinst, bleibt aber stehen. Er senkt die Stimme. »Was ist aus der fröhlichen Saoirse geworden?«

»Jemand hier will dich töten. Die fröhliche Saoirse macht ihre Arbeit.«

»Ein Tanz wird mich nicht umbringen«, beharrt er. »Und du kannst auch auf mich aufpassen, während wir tanzen.«

»Ist das ein Befehl, Eure Hoheit?«

»Hayes.«

»Ist das ein Befehl, Hayes?«

»Ich hasse es, wenn du mich das fragst.« Mit einem hoffnungsvollen und zugegebenermaßen liebenswerten Lächeln hält er mir seine Hand hin. »Das ist kein Befehl. Ich möchte mit dir tanzen. Und ich kann dir gar nicht sagen, wie sehr ich hoffe, dass du auch mit mir tanzen willst. Manchmal glaube ich, du willst. Dann wieder bin ich mir nicht mehr sicher.«

Ich zögere zu lange, denn sein Lächeln schwindet und er lässt die Hand sinken. »Ich schätze, ich habe meine …«

Ich ergreife seine Hand, bevor er den Satz beenden kann. »Aber nur ein Tanz.«

Sein Lächeln als Reaktion ist atemberaubend.

Hayes umfasst meine Finger, während er rückwärts auf die leere Tanzfläche tritt. Das genügt den Musikern als Zeichen, zu spielen anzufangen.

Ich nehme an, dass wir uns in einem gewissen Abstand wiegen, so wie wir es in der Kneipe getan haben, aber er behält meine eine Hand in seiner und legt meinen anderen Arm um sich, sodass meine Hand auf seinem Rücken zwischen den Schulterblättern ruht.

Ich verkrampfe mich.

Er schlingt mir den freien Arm um die Taille, legt seine Hand auf meinen Rücken und zieht mich näher zu sich. Er neigt den Kopf an mein Ohr. »*So* wollte ich mit dir tanzen.«

Sein Atem streift mein Ohr, meinen Hals, die weiche Haut meiner Wange. Ich unterdrücke einen Schauer und kämpfe gegen den Wunsch an, die Augen zu schließen und mich in dem Hayes-Gefühl zu sonnen.

Behalte die Kontrolle. Behalte …

Sanft nimmt er mich mit sich. Es ist mehr als ein Wiegen. Unsere Körper sind im Takt der Trommeln zu einem verschmolzen. Er führt, und da ich so eng an ihn gepresst bin, spiegelt mein Körper jede seiner Bewegungen.

Meine Entschlossenheit schmilzt dahin. Er ist *überall.* Die Arme um mich gelegt, die Hüften gegen meine gepresst, sein Geruch, der mich einhüllt, seine *Hitze*, die mich versengt. Er durchtränkt jeden meiner Gedanken, und während wir uns zusammen bewegen, bade ich mich in seiner Gegenwart.

Das Xaladran hat den ständig in mir tobenden Krieg zum Schweigen gebracht, aber ich kann immer noch Hayes' Gefühle spüren. Er strahlt vor Glück.

Weitere Gäste strömen auf die Tanzfläche. Einige starren mich an wie immer, aber der fast überwältigende Geschmack von Hayes' Glücksgefühlen übertönt die Gefühle der anderen.

Er zieht mich noch näher zu sich heran, bis kein Hauch mehr zwischen uns passt. »Du weißt, dass du deine Hüften bewegen musst«, murmelt er.

»Was, das reicht dir nicht?«, frage ich.

Es ist als kleiner Seitenhieb gemeint, unbedeutend genug, um keine Sekunde darüber nachzudenken, aber er sieht mich eindringlich an. »Das ist mehr als genug. *Du* bist mehr als genug.«

Bei Luna, ist er wunderbar.

Seine Hand auf meinem Rücken brennt durch mein Kleid, aber im Gegensatz zu der Berührung vor ein paar Minuten in seiner Kajüte ist es ein angenehmes Brennen. Ich möchte mich kopfüber in diese Flammen stürzen, ohne Rücksicht auf Verluste. Früher war Atmen ein gedankenloser, automatischer Vorgang, jetzt ertappe ich mich dabei, wie jedes Einatmen wie eine Last ist.

»Das könnten wir immer haben, weißt du?«, sagt er plötzlich.

»Was denn? Das Tanzen?«

Er nimmt mein Kinn zwischen seine Finger und zieht mein Gesicht sanft nach oben, um mich mit seinem Blick zu verbrennen. »Ja, wir könnten tanzen. Oder wir könnten stundenlang über alles Mögliche reden. Oder wir könnten einfach nur schweigend dasitzen, nur wir beide.« Sein Blick fällt auf meine Lippen. Er verharrt dort. Dann wandert er träge zurück zu meinen Augen.

Atme, erinnere ich mich. *Ein. Aus.*

»Du hast mich nicht gefragt, was ich mir zum Geburtstag wünsche, aber ich werde es dir trotzdem sagen.« Hayes' Stimme wird leiser, und ich vergesse fast, dass wir uns auf einem Schiff befinden, umgeben von anderen. Der Rest der Welt verschwindet, solange ich in seine Ozeanaugen blicke, seine Hände auf mir ruhen und ich sein Verlangen spüre, das auf meiner Zunge schmilzt wie Schokolade.

»Ich will *dich*. Alles von dir. Aber wenn das zu viel ist, nehme ich alles, was du mir zu geben bereit bist. Was immer du mir geben *willst*.«

Ein. Aus.

Ich lecke mir über die Lippen, ringe nach Luft, um etwas zu sagen.

Hayes' Blick wird intensiver.

»Ich …« Ich halte inne, als ich merke, dass wir nicht mehr tanzen. Hayes ist völlig starr geworden.

Ich runzle die Stirn. »Hayes?«

Und dann schmecke ich es – Abscheu. Ein Geschmack, von dem ich dachte, ich hätte ihn in meiner Kindheit zurückgelassen.

Als ich in die Militärakademie eintrat, war dieser saure Geschmack mein fast ständiger Begleiter. Ich weinte dicke Tränen, als ich bemerkte, dass es die Abscheu meiner Deltakameraden war, die ich schmeckte. Ikatus wurden schon immer als minderwertig angesehen, besonders von Soldaten.

Die zusätzlichen Trainingsstunden, die endlosen Läufe, das Training mit Carrik zu jeder Tages- und Nachtzeit … Ich habe immer behauptet, ich hätte es für Rain getan. Um die Beste zu sein. Um nach dem Abschluss das meiste Gold zu verdienen und um sie zu beschützen.

Für sie. Alles habe ich immer für sie getan.

Aber das ist nur ein weiterer Stein in einer hohen Mauer aus sorgfältig konstruierten Halbwahrheiten. Die Wahrheit, die ganze Wahrheit ist, ich wollte diesen Geschmack auslöschen. Ich wollte die anderen Deltas dazu zwingen, Respekt zu haben. Als das nicht funktionierte, gab ich mich mit Angst zufrieden. Mit Eifersucht. Wut. Alles war besser als Abscheu.

Diese Abscheu, die jetzt von Hayes herrührt.

Bei Luna …

Ich fahre mir mit der Hand über die rechte Gesichtshälfte.

Sie ist seidenglatt.

Panisch sehe ich mich um. Immer mehr Blicke richten sich auf mich.

Der Fae, der mir am nächsten steht, starrt mich ebenso an wie alle anderen. Der leere Blick, den er mir schenkt, ist mir unangenehm vertraut.

»Hayes«, flüstere ich schnell, »ich …«

Er lässt die Arme sinken. Mir wird kalt, noch bevor er sich von mir zurückzieht. Der verwirrte Blick in seinen Augen schmilzt wie Eis und wird durch etwas noch Frostigeres ersetzt.

»Wachen.« Hayes' erster Versuch klingt heiser und leise.

Ich bin immer noch wie erstarrt. »Hayes …«

»*Wachen!*« Er stolpert zurück, seine Stimme wird lauter. »Nehmt diese Frau fest.«

Er sieht mir in die Augen. Die beruhigenden Wirbel seiner Augen werden zu peitschenden Wellen in einem wütenden Sturm.

»Sie ist angeklagt wegen Mordes, Verrats und …« Er hält inne. Holt tief Luft. »Verschwörung zur Ermordung der königlichen Familie.«

41

Lügen auf See

Genau wie Hayes reagieren auch die Leibwachen nicht sofort. Alle bleiben wie versteinert stehen, ihr Schreck wird nur von meinem eigenen übertroffen. Wie konnte meine Schleierperle ihre Wirkung so schnell verlieren? Es ist meine letzte Perle und ich habe sie erst an diesem Morgen eingesetzt, aber irgendwie wurde ihre Magie in nur ein paar Stunden aufgebraucht.

Ich reiße mich zusammen und fische die Notiz aus meinem Kleid. Die anderen bewegen sich noch immer nicht, also drücke ich Hayes die Nachricht in die Hand.

Er nimmt sie, bevor er sich dessen wirklich bewusst wird.

»Tritt zurück vom Prinzen!«, ruft Devlyn.

Meine plötzliche Bewegung und Devlyns Stimme reißen die anderen aus ihrer Starre.

Das Deck schwankt, als die Wachen sich vorbei an den verwirrten Gästen auf der Tanzfläche einen Weg zu mir bahnen.

Ich schätze meine Lage ein. Hayes' Wachen stürmen von allen Seiten auf mich zu und auch die königlichen Wachen verlassen ihre Posten hinter seinen Eltern und kommen in meine Richtung gerannt.

Alle bis auf zwei. Eine Wache des Königs und eine der Königin. Statt wie die anderen auf mich zuzustürmen, wenden sie sich der Eisskulptur hinter ihnen zu.

Ich weiß nicht, was sie vorhaben, aber zwei Dinge weiß ich ganz genau. Erstens, diese Wachen planen einen Anschlag auf den König und die Königin. Zweitens, es sind nicht die beiden Wachen, die an Bord waren, als Hayes in die Fluten gestürzt wurde.

Ich stolpere los, weg von Hayes und auf die Stufen zu, die unter Deck führen. Kurz vor der Treppe lasse ich mich auf die Knie fallen. Ich reiße eine lose Planke weg und hole die Armbrust hervor, die ich am Morgen dort versteckt habe.

Das Xaladran hat mir die Stimme genommen, aber meine Zielsicherheit ist mir mit Sicherheit erhalten geblieben.

Erschrockene Schreie hallen über das Deck, als ich die Armbrust anlege und auf eine der beiden Wachen hinter dem Königspaar ziele. Die Eisskulptur wackelt, aber außer mir bemerkt das niemand. Alle Blicke sind auf mich gerichtet. Ich nehme mein Ziel ins Visier.

Bevor ich abdrücken kann, werde ich von hinten angegriffen.

Hayes.

Die Wachen halten sofort inne. Das ist nachvollziehbar. Denn solange Hayes mich von hinten umklammert, wäre ein Angriff auf mich ein Angriff auf ihn.

»Hayes, geh weg!« Ich versuche, ihn abzuschütteln, aber sein schieres Gewicht macht das unmöglich.

Ein Knacken!

Die schwankende Eisskulptur bricht entzwei.

Endlich bemerken es auch die anderen Anwesenden. Die Skulptur explodiert in einem Eisregen aus tausend Eiskristallen.

Im Sockel der Eisskulptur sind zwei Schwerter versteckt, deren Griffe nach oben herausragen.

Hayes lässt von mir ab.

Die beiden königlichen Wachen greifen nach den Schwertern.

Mir sind der König und seine Frau vollkommen egal, aber solange die gesamte königliche Familie mit der Barriere verbunden ist, sind auch ihre drei Leben untrennbar miteinander verknüpft. Obwohl ich sie verachte, bin ich nicht bereit, Hayes' Leben aufs Spiel zu setzen.

Ich stoße den verwirrten Hayes von mir weg und lege die Armbrust wieder an. Dann drücke ich den Abzug.

Der Bolzen landet im Hals der einen angreifenden Wache.

Bevor er zusammenbricht, stößt er noch einen erstickten Schrei aus, der vom Blut in seiner Kehle gedämpft wird. Ich lade nach.

Die zweite Wache hebt das Schwert und stürmt auf den König zu. Ich drücke erneut ab.

Das Schwert noch in der Hand, bricht auch er tot zusammen.

Ich senke die Armbrust. Der König und die Königin von Keirdre stehen schutzlos vor mir. Ich verachte die beiden mit Leib und Seele, aber der Gedanke an Hayes lässt meinen Zorn erlöschen. Indem ich sie beschütze, beschütze ich auch Hayes. Und Hayes ist *gut*. Das ist zwar mehr, als das Königspaar verdient hat, aber wenn es Hoffnung für das Königreich Keirdre geben soll – Hoffnung auf ein besseres Leben für Rain –, dann verkörpert Hayes diese Hoffnung.

»Eure Hoheiten«, schreie ich, *»lauft weg!* Lauft zur Seite des … *mmm*!«

Meine Worte werden erstickt, als mir ein Stofffetzen in den Mund geschoben wird.

Devlyn reißt mir die Arme auf den Rücken. »Ich brauche etwas, um sie zu fesseln.«

Platsch.

Dann ein zweites Platschen. Und ein drittes. Immer mehr.

König Larster und Königin Ikenna haben das Schiff verlassen, und die anderen Gäste tun es ihnen gleich. Lieber stürzen sie sich in die Fluten, als mit einer Attentäterin und den wütenden Leibwachen auf hoher See zu bleiben.

Devlyn zerrt wieder an meinen Armen, dann fesselt mir eine zweite Wache die Handgelenke.

»Bringt sie unter Deck«, sagt Zensen. »Alle anderen, kümmert euch um die Gäste. Wo ist Hayes?«

Ich gebe mich geschlagen, bin aber erleichtert. Obwohl Hayes mich hassen muss, hat er meine Nachricht beherzigt. Das bedeutet, immerhin ist er vorerst in Sicherheit.

Ich wehre mich nicht, als Devlyn mich unter Deck in die Kajüte schleift und zu Boden wirft.

»Ich wusste, dass du eine Verräterin bist«, knurrt er. »Ich *wusste* es.«

Zensen und Jeune folgen uns in die Kajüte.

»Was machst du da?« Zensen sieht ihn missbilligend an. »Du musst sie an etwas festbinden.«

»Ich hole einen Stuhl.« Jeune verlässt den Raum, ohne mich eines Blickes zu würdigen.

Devlyn starrt mich noch immer zornig an. »Was hast du mit ihr vor, Zen?«

»Wir halten uns an die Regeln.« Zensen ist wie immer ruhig und gefasst. »Wir verhören sie, bringen sie aufs Festland und sperren sie ein, bis ihr der Prozess gemacht wird.«

»Kann ich sie verhören?«

»Du bist keine Seniorwache. Das ist gegen die Regeln.«

»Das ist ein Haufen Bockmist!« Je lauter Devlyn wird, desto schärfer schmecke ich seine Wut. »Saoirse und ich sind quasi gleich alt und sie ist zur Seniorwache befördert worden. Ich bin schon viel länger dabei, sie ist eine Verräterin, und trotzdem ist sie *mir* übergeordnet?«

»Devlyn …«

Ohne auf Zensen zu achten, reißt Devlyn mir den Knebel aus dem Mund.

Mein Mund ist trocken, aber ich gebe ihm nicht die Genugtuung, mich schlucken zu sehen.

»Für wen zur Hölle arbeitest du, Sorkova?«

»Devlyn.« Zensen spuckt seinen Namen vor Zorn aus. »Das ist nicht nach den Regeln …«

»Ich geb einen Scheiß auf die Regeln. Sag mir, für wen du arbeitest. Sofort!« Gerade als Jeune mit einem Holzstuhl zurückkommt, holt Devlyn aus und schlägt mir mit der flachen Hand ins Gesicht.

Jeune zuckt zusammen. *Alle* zucken zusammen, sogar Devlyn.

Nur ich rühre mich nicht.

Meine Wange brennt vor Schmerz und Wut, aber ich bleibe ruhig.

»Was machst du da?« Zensen stößt Devlyn zur Seite. »Wir schlagen keine Gefangenen.«

Devlyn nimmt den Blick nicht von mir. »Nicht einmal, wenn sie Mörder sind?«

»Nicht einmal dann.« Zensen nimmt Jeune den Stuhl ab und kommt damit zu mir. Zu meiner Überraschung hebt er mich behutsam hoch und setzt mich auf den Stuhl. »Devlyn, raus hier«, sagt er. »Du kannst Gefangene nicht einfach schlagen.«

»Zen …«

»Raus«, wiederholt er lauter.

Mit einem letzten bösen Blick auf mich stürmt Devlyn aus der Kajüte.

Zensen mustert mich aufmerksam. »Du bist nicht mehr geknebelt. Wenn du unschuldig bist, musst du mir jetzt alles sagen. Wir können dir nicht helfen, wenn du nicht mit uns sprichst.«

Ich sehe ihm in die Augen, sage aber kein Wort.

»Aus ihr wirst du nichts herausbekommen, Zen«, murmelt Jeune. »Sie hat uns die ganze Zeit an der Nase herumgeführt und nach einer Frau suchen lassen, die für Spektryl arbeitet. Dabei ist sie es selbst. *Sie* ist Spektryl.«

Zensen runzelt die Stirn. »Meinst du, dazu ist sie in der Lage?«

Jeune starrt mich an. »Sie ist auf *jeden Fall* dazu in der Lage. Und sie ist eine Lügnerin. Du bekommst aus ihr nichts heraus. Aber ich.«

»Du denkst, mit dir wird sie reden?«

»Ich bin mit ihr noch am ehesten so etwas wie befreundet. Ich kann sie zum Reden bringen, aber dafür musst du uns allein lassen.«

Zensen schüttelt den Kopf. »Das geht nicht.«

»Das war keine Bitte. Diese Frau ist eine Gefahr für die königliche Familie. Wir haben keine Zeit, uns an die Regeln zu halten.«

Zensen zögert, aber dann verlässt er schweigend den Raum.

Jeune wartet, bis seine Schritte verhallt sind, dann atmet sie laut aus. Sie tritt um mich herum und löst meine Fesseln. »Wir müssen uns beeilen.«

Ich reibe mir die schmerzenden Handgelenke und sehe sie irritiert an. »Was machst du …« Ich drehe mich zu ihr um und sehe, wie sie mit ausgestreckten Händen am Schreibtisch steht. Wasser steigt aus dem Steinbecken auf und klatscht gegen das Bullauge hinter dem Tisch.

Jeune ballt die Fäuste und das Wasser auf der Scheibe friert ein.

Ich stelle mich neben sie. »Was machst du da?«

»Ich rette deinen süßen Hintern. Ich werde die Scheibe zerbrechen, damit du an Land schwimmen kannst. Ich gehe mal davon aus, es war eine Lüge, dass es dir in der Nähe von Wasser schlecht geht.«

Ich schmecke in ihren Worten nach einer verborgenen Bedeutung, fahre mir mit der Zunge über den Gaumen, um ihre wahren Gefühle zu spüren. Aber da ist nichts.

»Warum hilfst du mir?« Als wir zuletzt miteinander geredet haben, habe ich sie beschuldigt, Hayes töten zu wollen.

»Weil ich ganz offensichtlich eine Idiotin bin.«

Noch immer versuche ich, aus ihr schlau zu werden. »Du … glaubst also nicht, dass ich Spektryl bin?«

»Ich habe keine Ahnung, wer du bist. Aber du versuchst nicht, die königliche Familie zu ermorden. Du hast sie gerade gerettet. Außerdem weißt du, wo Hayes ist.«

Ich spanne mich an. »Nein, tue ich nicht.«

Sie grinst. »Du bist eine gute Lügnerin, Sorkova, aber ich habe herausgefunden, wann du nicht die Wahrheit sagst.«

»Wie?«

Ihr Grinsen verebbt. »Immer wenn du etwas sagst.« Sie deutet auf das Fenster. »Ich weiß nicht, was hier vor sich geht, aber du bist die beste Chance, die wir haben, um zu überleben. Und ich weiß, dass du dich um Hayes sorgst. Das tue ich auch. Er ist ein guter Mann. Und er wird ein großartiger König sein. Mach schon! Verschwinde vom Schiff und pass auf ihn auf.«

»Jeune, ich kann nicht. Das Wasser …«

Bevor ich meine lahme Ausrede beenden kann, fliegt die Tür auf. Laa'el hebt die Augenbrauen, als sie Jeune und mich am gefrorenen Fenster stehen sieht. »Störe ich etwa?«

Instinktiv stelle ich mich vor Jeune. »Natürlich nicht«, plappere ich los. »Jeune wollte gerade gehen.«

»*Wie bitte?*«

»Geh«, fordere ich sie auf. »Laa'el ist jetzt wohl an der Reihe, mich zu verhören.«

Jeune will widersprechen, ich erkenne es an ihrer angespannten Haltung und ihrem stählernen Blick, aber ich sehe sie bittend an. Wie auch immer sie das deutet, sie räuspert sich und schenkt Laa'el ein bösartiges Grinsen. »Viel Erfolg, aus ihr etwas herauszubekommen.« Dann verlässt sie den Raum.

Laa'el sperrt hinter Jeune die Tür ab. Als sie sich mir zuwendet, starre ich sie misstrauisch an.

»Du warst es«, sage ich. Es ist keine Frage.

Mit ihren zweifarbigen Augen beobachtet sie mich. Sie fragt nicht, wovon ich rede, lehnt sich nur gegen die Tür und mustert mich aufmerksam.

Ich habe mir die Ereignisse an Deck noch einmal durch den Kopf gehen lassen. Laa'el muss mit dem Widerstand zusammenarbeiten. Sonst habe ich keine plausible Erklärung.

Ich spucke die Schleierperle aus. Sie kullert über den Boden. Die Perle war am Morgen noch wie neu, aber jetzt sind die goldenen Runen von Drina verblasst. Das bedeutet, die Schleierperle hat ihre Wirkung verloren. Das ergibt keinen Sinn. Schleierperlen verlieren ihre Wirkung nicht einfach in ein paar Stunden.

Außer ihre Magie wird von einer anderen Hexe *abgezogen*.

Eine Hexe, die sich vergangene Nacht in mein Zimmer geschlichen und die Tür nicht wieder verschlossen hat.

»Wie lange arbeitest du schon für den Widerstand?«, frage ich.

Sie kichert. »Schon länger, als du am Leben bist. Meine Familie ist Teil des Widerstands, seit die Barriere errichtet wurde.«

»Und Spektryl?«, frage ich. »Arbeitet er für die Raze *und* den Widerstand?«

Sie stößt sich von der Tür ab. »Jetzt bin ich mit Fragen dran. Wie hast du die Armbrust an Bord geschmuggelt?«

Ich antworte nicht. Auch sie hat Waffen an Bord geschmuggelt. Mit meiner Hilfe. Ich habe Henris Teyton umgebracht, den ursprünglichen Ausstatter der Feierlichkeiten. Sein Nachfolger, den der Widerstand eingesetzt hat, muss die Schwerter in der Eisskulptur versteckt haben.

»Lass mich raten«, fährt Laa'el fort, weil ich nicht antworte. »Du hast gesungen?«

Ich lasse mir nichts anmerken. »Wovon redest du?«

Langsam breitet sich ein Grinsen auf ihrem Gesicht aus. »Du gefällst mir. Ich hatte schon immer ein Herz für unterschätzte Wesen, doch ich habe nicht damit gerechnet, einmal tatsächlich einer leibhaftigen Sirene zu begegnen.«

Ich muss an all ihre abfälligen Bemerkungen über mein Aussehen denken. Wie sie mir immer wieder Schleierperlen angeboten hat. Wollte sie mich die ganze Zeit nur provozieren? »Woher willst du das wissen?«

»Letzte Woche, als du deinen Prinzen gerettet hast. Wir haben ihn vom Schiff geworfen. Wir hatten vor, ihn wieder an Bord zu holen, damit ich ihn wiederbeleben kann, aber irgendwie wurde er am Strand angespült. Ein Wasserfae hat ihn in die

Tiefe gezogen, allein hätte er es nicht an die Oberfläche schaffen sollen. Außer jemand mit einer noch stärkeren Affinität wäre ihm zu Hilfe gekommen.«

Meine Gedanken rasen während ihrer Erklärung. Ich wusste bereits, dass einer ihrer Komplizen ein Wasserfae sein muss. Nur ein Wasserfae hätte Hayes so schnell in den Fluten versinken lassen können. Aber ich weiß immer noch nicht, wer es ist. »Nur weil ich eine Affinität habe, muss ich keine Sirene sein.«

Sie grinst bösartig. »Wir haben eins und eins zusammengezählt. Und jetzt sag mir, wo der Prinz ist.«

»Das weiß ich nicht«, antworte ich. »Und selbst wenn ich es wüsste, warum sollte ich es dir verraten? Du würdest mich danach einfach umbringen, stimmt's?«

Sie sieht mich verwirrt an. »Du bist die letzte Sirene in Keirdre. Dich zu töten, wäre eine Verschwendung. Du scheinst zu glauben, dass wir auf unterschiedlichen Seiten stehen.«

»Das tun wir auch. Ihr wollt Hayes und seine Eltern ermorden.«

»Ja, und?«

Mir fällt die Kinnlade runter. »Ich will das nicht.«

»Du weißt genauso gut wie ich, dass Larster kein Recht hat, Keirdre zu regieren. Er glaubt, die Fae sind Götter, und behandelt alle anderen wie Dreck. Hexen sind stärker als Fae. Sirenen sind stärker als Fae. Und doch regiert er uns?« Laa'el grinst. »Erzähl mir nicht, dass du plötzlich etwas gegen Mord hast. Ich weiß, du hast einen Narren am Prinzen gefressen, aber hier geht es um das Allgemeinwohl. Dein Prinz hat dir anvertraut, was passiert, wenn die königliche Familie stirbt. Ohne die Barriere sind wir hier nicht mehr gefangen. Hast du dich nie gefragt, was auf der anderen Seite liegt? Das kann ich dir verraten.«

Misstrauisch suche ich ihr Gesicht ab, aber ich finde kein Anzeichen von Täuschung. »Du bist dort gewesen?«

»Ich stamme von einer langen Linie mächtiger Hexen ab, die es bereits gab, als die Barriere errichtet wurde. Sie wurden voneinander getrennt, die eine Hälfte hier gefangen, die andere draußen. Sie haben Wege gefunden, miteinander zu kommunizieren. Diese Wege wurden von Generation zu Generation weitergegeben. Da draußen gibt es eine ganz andere Welt. Eine Welt voller Wesen, die der König ausmerzen wollte. Er hat dich hier eingesperrt und dir eingeredet, dich selbst zu fürchten. Aber es gibt so viel mehr jenseits von Keirdre.«

Ich werde hellhörig. »Auch mehr Sirenen?«

»Vielleicht. Wir werden es nur herausfinden, wenn wir die Barriere zerstören.«

»Und der einzige Weg, die Barriere zu zerstören, ist, Hayes zu töten?«

»Wir bauen eine neue Welt auf. Um das Keirdre, wie wir es kennen, zu zerstören, muss die königliche Familie sterben. Keirdre ist korrupt, also muss es zerstört werden. Wer das nicht erkennt, ist nicht willkommen.«

Ihre Stimme hat einen drohenden Klang angenommen. »Ihr habt vor, jeden zu ermorden, der nicht einer Meinung mit euch ist?«

»Jeden, der nicht sehen will, wie falsch Keirdre ist.«

Darum haben sie *mich* erpresst. Um Informationen zu erhalten, wie die Barriere zerstört werden kann, *und* um mich als Komplizin zu gewinnen. Sie wollten mir vor Augen führen, wie schrecklich Keirdre wirklich ist, damit ich mich ihnen anschließe.

»Ihr plant seit Monden die Ermordung der königlichen

Familie. Aber ich habe euch erst vor zwei Wochen von der Schwäche der Barriere erzählt.«

»Eigentlich wollten wir sie erpressen. Die königliche Familie gefangen nehmen, wenn sie alle am gleichen Ort sind, und sie dazu zwingen, uns zu sagen, wie man die Barriere zerstören kann. Aber dann hast *du* es uns verraten.«

Natürlich hatten sie vor, die königliche Familie zu erpressen. Ich hätte es mir bei den silbernen Umschlägen schon denken müssen. Aber das erklärt nicht …

»Warum habt ihr mir das erpresste Gold zurückgegeben?«, frage ich.

Laa'el sieht mich verwundert an. »Wovon redest du?«

Ich habe keine Zeit, das zu verarbeiten, denn da fliegt die Tür erneut auf.

»Wir sind zurück an Land.« Erasmus kommt herein. »Alle befinden sich auf dem Festland auf dem Weg zum Palast. Wir suchen noch nach Hayes. Ist sie so weit?«

»Noch nicht, aber wir kommen der Sache näher«, erwidert Laa'el.

Überrascht sehe ich von einem zur anderen. Sicher, Laa'el hatte angedeutet, dass sie einen Komplizen hat, aber niemals hätte ich mit dem biederen Erasmus gerechnet.

Laa'els Beweggründe verstehe ich. Sie ist eine Hexe in einem Königreich voller Fae und lebt in einem Palast voller mächtiger Fae, die sie verabscheuen.

Aber Erasmus ist ein Luftfae in einer einflussreichen Position. Er machte immer den Eindruck, die Geschichte und Tradition von Keirdre zu respektieren.

»Warum?«, frage ich nur. Das ist die einzige Frage, die mir durch den Kopf geht.

Er verdreht die Augen. »Findest du etwa, diese ignoranten Idioten haben das Recht, uns zu regieren?«

»Aber Hayes …«

»… ist ein verzogener Junge, der nicht mehr Anrecht auf die Krone hat als ein Kleinkind«, fällt er mir ins Wort. »Wo ist er?«

»Ich weiß es nicht.«

»Hör auf zu lügen. Lass es einfach. Ich bin kein Idiot. Du hast die Armbrust an Bord geschmuggelt. Du kannst mir nicht weismachen, dass du keinen Notfallplan für den Prinzen hattest, sollte etwas schiefgehen.«

Im Gegensatz zu Laa'el scheint Erasmus keine Lust darauf zu haben, mir irgendwelche Fragen zu beantworten, also habe ich auch keine Lust mehr, länger hierzubleiben.

Gerade will ich noch etwas sagen, bevor ich mich auf den Weg zur Tür mache, da werde ich von einer Böe gegen die Wand geschleudert.

Ich knalle mit dem Kopf so hart gegen das Holz, dass mir die Zähne aufeinanderschlagen.

Das ist eine Gabe der Luftfae.

Erasmus schnaubt. »Ich bin nicht hier, um Spielchen zu spielen. Wo ist Hayes?«

Die Luft drückt mir den Rock um die Beine. Mit einem Ächzen stoße ich mich von der Wand ab und drehe mich zur Seite, um ihr weniger Angriffsfläche zu bieten. Dann springe ich hinter den Schreibtisch.

Eine weitere Böe trifft den Tisch, aber er ist am Boden verschraubt und rührt sich nicht.

»Ernsthaft?«

Ich höre, wie Erasmus um den Schreibtisch herumgeht, und reiße die oberste Schublade auf und suche nach einem Stift.

Als sein Bein in Sicht kommt, ramme ich ihm den Stift, so tief es geht, in den Schenkel.

Er krümmt sich vor Schmerz und Blut läuft ihm am dunklen Hosenbein hinunter, da renne los. Ich schaffe es fast bis zur Tür, aber dort stellt sich mir Laa'el in den Weg. Sie sieht mich fragend an. »Warum singst du denn nicht?«

Ich versuche, an ihr vorbeizuschlüpfen, aber sie schneidet mir den Weg ab. Dann breitet sich die Erkenntnis auf ihrem Gesicht aus. »Wie viel Xaladran hast du genommen?«

Ich lasse mich in die Hocke fallen und schwinge ein Bein seitwärts und trete Laa'el die Füße weg.

Sie landet auf dem Rücken.

Die Luft um mich herum greift nach mir und hält mich fest. Dann werde ich zurückgezogen.

Ich zapple herum, um herauszufinden, wo die Luft mich festhält. Wie erwartet, schlingt sie sich nur um meine Arme und den Oberkörper.

Ich spanne den Rücken an, hart wie ein Brett, und lasse mich fallen. So schlüpfe ich aus ihrem Griff, rolle mich darunter weg und bin frei.

Erasmus ist hinter dem Schreibtisch hervorgetreten.

Ich stürze mich auf ihn, aber eine Wand aus verdichteter Luft blockt mich ab. Ich pralle dagegen und taumle angeschlagen rückwärts.

Er grinst mich gemein an.

Wieder stürze ich vorwärts und diesmal erwidere ich seinen Blick.

Erasmus' Augen tanzen und verraten mir, dass er eine weitere Wand vor mir bildet. Ich springe nach rechts und drücke mich an ihr vorbei.

Überrascht blinzelt Erasmus. Und genau in dem Augenblick stürze ich mich auf ihn.

Ich schlage ihm ins Gesicht. Erst mit der Rechten, dann mit der Linken.

Mit jedem Treffer fliegt sein Kopf zur Seite.

Ich hole aus, um ihm die Nase zu brechen, da schreit Laa'el hinter mir: *»Genug!«*

Bei ihrem Geschrei bricht das immer noch gefrorene Glas im Bullauge.

Eine gezackte Glasscherbe fliegt vom Fenster aus auf mich zu und kommt kurz vor meinem Hals in der Luft zum Stehen. Sie ist nah genug, dass ich die Kälte der Scherbe spüre.

Ich rühre mich nicht mehr. Mein Rücken ist ihr zugewandt, aber ich wage es nicht, mich umzudrehen. »Ich dachte, du wolltest mich nicht umbringen.«

»Ich sagte, es wäre eine Verschwendung«, zischt Laa'el, »aber wenn du dein Leben vergeuden willst, dann ist das deine Entscheidung.«

Ich gebe auf und hebe die Hände, ohne mich umzudrehen.

Nach einem kurzen Moment fällt die Scherbe zu Boden und zersplittert.

»Wenn du nicht vorhast, mich umzubringen, was willst du dann machen?«, frage ich, ohne den Blick von Erasmus abzuwenden. »Ich weiß nicht, wo Hayes ist.«

Erasmus sieht mich, vor Sarkasmus triefend, an. »Wie viele Ranis braucht es, um dich davon zu überzeugen, ihn zu finden und zu töten?«

Ich schaue finster. »Ich würde nie …«

Er kichert. Mir läuft ein kalter Schauer über den Rücken. »Wo liegt das Problem? Erkennst du etwa deinen Auftraggeber nicht?«

Das trifft mich *vollkommen* unerwartet, aber ich hätte es mir denken können. Er ist ein großer, dünner Luftfae, der mit Laa'el und dem Widerstand zusammenarbeitet, um die königliche Familie zu ermorden. Natürlich ist er mein Auftraggeber. Alles passt zusammen.

»Du hast die Frage nicht beantwortet.« Laa'el klingt selbstzufrieden und genießt meine Überraschung. »Wie viele Ranis für Hayes' Leben?«

»Ich werde Hayes nicht umbringen.«

»Bist du dir da sicher?« Jetzt klingt Laa'el hinterhältig. »Hast du vergessen, dass ich dein Zimmer durchsucht habe?«

»Und?«

»Und …« Beinahe fängt sie an zu lachen. »Vielleicht tötest du den Prinzen nicht für Gold, aber sag mir, Kiefernzapfen, was würdest du dafür geben, um deine Bohnensprosse wiederzusehen?«

Rot.

Ich sehe nur noch rot.

Ich denke nicht nach. Laa'el knallt gegen die Wand. Dann lege ich ihr eine Hand um den Hals. Mit der anderen schlage ich ihr in den Magen. »Was habt ihr mit meiner Schwester gemacht?« Ich knurre sie an.

Laa'el wirkt eher amüsiert als erschrocken. »Sei ein cleveres Mädchen.«

Mein Verstand setzt wieder ein und ich fange an, logisch zu denken. Das ändert zwar nichts an meiner Wut, aber ich lasse von Laa'el ab. *»Wo ist sie?«*

»Das tut nichts zur Sache. Wenn du sie wiedersehen willst, wirst du den Prinzen finden und ihn töten. Wenn Hayes bis Mitternacht nicht tot ist, bringe ich Rain höchstpersönlich um.«

42

Ein Sturm zieht auf

Nebel verbirgt jeden vernünftigen Gedanken hinter einem dichten, kalten Schleier.

Zwischen Rain und Hayes gibt es keine Wahl. Wenn es um Rain geht, gibt es die nie.

»Woher weiß ich, dass du die Wahrheit sagst?« Ich kann mich nicht erinnern, jemals so zaghaft geklungen zu haben.

»Dass wir sie töten werden?«

Ihr Ton ist so gefühllos, dass es brennt, aber ich schlucke ihn hinunter. Verschlucke mich daran.

Ein Bild von Rain taucht in meiner Vorstellung auf. Sie liegt auf dem Boden, die Augen offen. Sie haben nicht das übliche Eisblau, das ihre Schleierperle erzeugt, sondern ihr natürliches Braun. Sie sieht fast friedlich aus, nur ihr Brustkorb ist zu ruhig, und Blut sammelt sich unter ihr.

Ich versuche, das Bild zu verdrängen, aber es bleibt hartnäckig in meinem Kopf.

»Woher weiß ich, dass sie noch am Leben ist?«, frage ich. »Jetzt im Moment.«

Laa'el grinst. »Ich war noch einmal in deinem Zimmer und

habe dir etwas mitgebracht.« Sie holt meine lairischen Perlen und ein Blatt Pergament aus ihrer Tasche.

Mir zittern die Hände, als ich meine Perlen nehme und die lairische Konstellation auf dem Pergament lese. »Ich soll traumweben?«

»Unser Mitstreiter erwartet dich«, sagt Laa'el. »Du wolltest einen Beweis. Hier ist er.«

Meine Augen füllen sich mit Tränen, aber ich halte sie zurück, während ich die Perlen in die richtige Reihenfolge bringe und den Blutstein drücke.

Normalerweise schließe ich die Augen, um dem Wirbeln der sich verändernden Welt zu entgehen, aber diesmal mache ich mir nicht die Mühe. Ich bin zu betäubt, um die Farben wahrzunehmen, die wie eine sterbende Kerze um mich herum flackern.

Als die Welt wieder zur Ruhe kommt, befinde ich mich in einer Küche mit vielen Fenstern. Die abblätternde Farbe an den Wänden hat einen sanften goldgelben Ton.

Aber hier ist niemand.

Ich will mich umdrehen, doch eine Stimme hält mich auf. »Wenn du deine Schwester sehen willst, rührst du dich nicht. Und denk nicht einmal daran, zu singen.«

Die Stimme ist rau und fremd. Getarnt durch eine Schleierperle.

Ich rühre mich nicht. »Wer bist du?«

Ein kehliges Glucksen. »Die meisten kennen mich als Spektryl.«

»Wo ist meine Schwester?«

»Du hast so eine eingeengte Sichtweise. Bist du gar nicht wütend? Die Leute, die du beschützt, haben ganze Völker von Kreaturen getötet. Wenn es nach ihnen ginge, wärst auch du tot.«

»Wo ist sie?«

»Und wenn ich dir sage, dass er bezüglich der Sirenen gelogen hat? Ich wette, die königliche Familie hat dir erzählt, dass sie blutrünstig sind. Dass sie gewissenlos töten. Sie haben gelogen. Sirenen müssen nicht töten. Weißt du, was dein Problem ist?«

»Mein Problem ist, dass du mir nicht sagst, wo meine Schwester ist.«

Er ignoriert mich. »Du kämpfst zu sehr. Du kämpfst dein ganzes Leben lang gegen deine Fähigkeiten an, und sie kommen immer dann zum Vorschein, wenn es am ungünstigsten ist. Das muss nicht so sein. Wenn du lernst, deine Instinkte zu akzeptieren, kannst du sie kontrollieren. Sag es mir nur, Saoirse, dann zeige ich dir, wie.«

Nachdem ich mich jahrelang vor mir selbst gefürchtet habe, vor dem, was ich tun kann, und vor dem, was ich nicht verhindern kann zu tun, muss ich zugeben, dass ich in jeder anderen Situation wissen wollen würde, was er damit meint.

Aber solange ich keine Gewissheit habe, dass Rain in Sicherheit ist, bin ich nicht bereit, ihm zuzuhören. »Wo ist meine Schwester?«

Er seufzt. Es klingt herablassend – als wäre er von mir enttäuscht. »Geh weiter.«

Ich wanke durch die Küchentür. Der nächste Raum ist auch leer. »Wo …«

»Rechts von dir.«

Ich drehe mich um. Im nächsten Raum gibt es ein einzelnes Fenster, dessen Vorhänge zugezogen sind. Unter dem Fenster sitzt das Mädchen, das ich mehr liebe als das Leben selbst. Die Arme sind ihr auf den Rücken gefesselt, der Mund geknebelt und die Ohren mit Watte zugestopft. Sie wehrt sich nicht und gibt keinen Laut von sich, als wäre sie schon eine Weile hier und wüsste, dass Widerstand zwecklos ist. Ihre Augen sind offen und auf etwas hinter mir gerichtet. Spektryl.

Ich erwarte, dass sie versucht zu sprechen. Dass sie dumpfe Geräusche macht, um seine Aufmerksamkeit zu erregen. Aber das tut sie nicht. Sie starrt ihn nur mit diesen großen, verzauberten blauen Augen an.

Ich weiß nicht, wann ich angefangen habe zu weinen, aber meine Wangen sind nass und ich zittre am ganzen Leib. Ich lasse mich auf die Knie fallen und lege ihr die Hände an die Wangen. Zumindest versuche ich es.

Ich bin in Spektryls Bewusstsein, nicht in dem meiner Schwester. Ich kann sie sehen. Wenn sie sprechen würde, könnte ich sie hören, aber sie kann mich nicht sehen, hören oder fühlen.

Mehr Tränen laufen mir übers Gesicht. Entgegen aller Vernunft versuche ich, mit ihr zu sprechen. »Rain? Bohnensprosse, kannst du mich hören?«

»Du weißt, dass sie das nicht kann.« Spektryls Stimme ist direkt hinter mir.

Ich nehme Rain in die Arme. Ich kann sie nicht berühren, aber ich halte meine Arme an ihren Körper, als ob ich es könnte. Das hält meine Tränen nicht zurück, aber ich rede mir ein, dass sie meine Anwesenheit spürt, auch wenn sie mich körperlich nicht wahrnehmen kann. Dass ich sie beruhigen kann.

Nein, das ist nur die halbe Wahrheit. Natürlich möchte ich meine Schwester trösten, aber der Grund, warum ich ein Mädchen umarme, das nicht weiß, dass ich hier bin, bin ich. So zu tun, als ob ich sie umarme, beruhigt mich. Immer.

Ich denke an eine andere Lüge. Wie ich ihr gesagt habe, ich bräuchte sie nicht. Das ist so weit von der Wahrheit entfernt wie etwas, das außerhalb der Barriere liegt. Ich *brauche* sie. Mehr, als sie mich je gebraucht hat.

Ich war noch sehr jung, als Rain meine Schwester wurde, aber ich erinnere mich, wie ich mitten in der Nacht im Haus meiner Tanten aus meinem Zimmer ins Säuglingszimmer geschlichen bin. Sie schlief, aber ich zog sie aus dem Bettchen und wiegte sie in den Armen. Sie war still, aber ich beruhigte sie, als ob sie weinen würde. Ich redete mir ein, dass es für sie war, dass Baby Rain meinen Trost brauchte. Aber in Wahrheit wollte ich nur, dass sie *mich* braucht.

Das habe ich ihr ganzes Leben lang getan. Sie verhätschelt, wenn sie es nicht brauchte. Sie beschützt, obwohl sie nie darum gebeten hat. Und sie lässt es zu. Sie lässt mich so tun, als ob ich sie beschützen würde. Sie lässt mich ihre ganze Luft aufsaugen, damit ich atmen kann. Ich besuche Rain nicht, weil sie mich braucht. Ich tue es, weil sie zu sehen, mir Erleichterung verschafft und ich mich dann weniger wie das Monster fühle, das ich bin.

»Bitte lass sie gehen.« Meine Stimme bricht. »*Bitte.* Ich werde alles tun, was du willst, aber tu ihr nicht weh.«

»Du weißt bereits, was ich will. Töte den Prinzen. Vor Mitternacht.«

»Warum tust du das?«

Sein warmer Atem an meinen Ohren verrät mir, dass er mir jetzt näher ist. »Meinst du wirklich, dass Keirdre so bleiben soll, wie es ist?«

»Wenn du wirklich glaubst, dass es so schlecht ist, dann ändere es. Aber lass Rain aus dem Spiel.«

»Da gibt es nichts mehr zu ändern. Du hast gesagt, du würdest alles für deine Schwester tun. Beweise es. Töte den Prinzen oder ich werde sie töten. Hast du das verstanden?«

Ein in blaue Tücher gehülltes Baby schlingt eine Hand – die nicht größer ist als eine Ranimünze – um meinen Finger. Die Faust ist winzig, aber sie umhüllt mich mit Wärme und reißt mir das Herz aus der Brust. Sie gibt es nie wieder zurück.

Die Kleine wackelt durchs Gras und stolpert. Einen Moment lang liegt sie auf dem Boden, den Kopf zur Seite gedreht, und fragt sich, ob sie weinen soll, bevor sie entdeckt, worüber sie gestolpert ist. Einen Kiefernzapfen. Sie hält ihn mir mit einem zahnlosen Lächeln entgegen, das die eisigste Tundra auftauen könnte.

Ein Mädchen – größer, als es je sein sollte – sitzt am Ufer der Jeune, ihre Beine baumeln im Fluss, und sie beobachtet, wie ich das Wasser um ihren Kopf herumwirble. Sie kichert. »Liebst du es?«, fragt sie mich. »Das Wasser?« Ich lächle und lasse einen Schwall Wasser in ihr Gesicht spritzen. Ihr fröhliches Lachen verwandelt sich in ein schrilles Kreischen und ich muss kichern. »Nicht so sehr, wie ich dich liebe.«

Ich starre sie an und sie starrt durch mich hindurch.

Für dich, Rain. Alles für dich.

Ich schaffe es nur zu flüstern: »Ich habe verstanden.«

43

Falsche Fassade

Als mein Bewusstsein in meinen Körper zurückkehrt, steht Laa'el grinsend neben mir. Erasmus ist nirgends zu sehen.

»Zufrieden?«, fragt sie.

Ich erwidere nichts. Sie kennt meine Antwort bereits.

Ich bin erst zufrieden, wenn ich Rain wiederhabe.

»Deiner Schwester wird nichts passieren, wenn du tust, was wir dir sagen. Wenn du den Prinzen umgebracht hast, bringe ihn hierher.«

Angewidert starre ich sie an. »Seine … Leiche?«

»Als Beweis. Erzähl mir nicht, dass du damit ein Problem hast. Bei all dem Blut, das an deinen Händen klebt, was macht da schon ein bisschen mehr?«

Ich gestehe ihr nicht, dass ich Schwierigkeiten mit Leichen habe. Ich erzähle ihr nicht, dass es mir beim Töten nicht um das Blut geht. Es geht mir um das Gefühl, kurz bevor mein Opfer den letzten Atemzug macht. Mir geht es um den Geschmack seines Verlangens, zu wissen, dass er nur mich will. Mir geht es um die leere Leinwand seines Geistes, die ich ganz nach meinem Belieben füllen kann.

»Wie spät ist es?«, frage ich sie.

»Kurz nach acht.«

Also habe ich vier Stunden, um Hayes zu finden, ihn zu töten und seine Leiche hierherzubringen.

»Ich bin um Mitternacht zurück. Mit Hayes.«

Dann verlasse ich die Kajüte und bleibe unter Deck stehen, um zu lauschen. Laa'el folgt mir nicht. Da wir zurück im Hafen sind, ist das restliche Schiff leer. Mein Herz schlägt schnell, als ich die Stufen hinauflaufe. Mit zittrigen Beinen bleibe ich am Treppenabsatz stehen.

Dann drücke ich gegen die Holzverkleidung zu meiner Linken und schiebe die Finger in einen kleinen Spalt. Weil meine Hände so zittern, braucht es ein paar Versuche, aber schließlich schaffe ich es, das Holzpanel zur Seite zu schieben. Dahinter liegt ein kleiner Raum verborgen, nicht mehr als ein paar Ellen breit.

Ich gehe hinein und schließe das Panel wieder hinter mir.

Es ist vollkommen dunkel. »Hayes?« Mein Atem stockt, als ich seinen Namen flüstere.

Ich höre ein Zischen, dann geht ein Streichholz an. Hayes' Gesicht erscheint im orangefarbenen Feuerschein. Er entzündet eine kleine Lampe über uns. Sie macht nur ein trübes Licht, aber es genügt, um ihn zu sehen.

Weniger als eine Stunde ist vergangen, dass ich ihn zuletzt gesehen habe, aber er wirkt gealtert. Müde.

»Bist du hier, um mich zu töten, Saoirse?« Seine Stimme klingt stumpf wie eine rostige Klinge und sie fährt mir direkt ins Herz.

Ich werfe ihm die Arme um den Hals und vergrabe das Gesicht an seiner Brust. Er ist warm. Und am wichtigsten: Er ist am Leben. »Natürlich nicht«, murmle ich. »Ich bin froh, dass es dir gut geht.«

Ein paar Augenblicke lässt er es zu. Er vergräbt sein Gesicht in meinen Haaren, und ich fühle, wie er meinen Duft einatmet, bevor die Vernunft einsetzt und er mich wegschiebt. »Was zur Hölle soll das?«

Ich schmecke seine Wut, aber sie wird überlagert von Schmerz.

Zur Abwechslung bin ich aufrichtig. »Ich habe mir Sorgen um dich gemacht.«

Er lacht zornig auf. »Sicher. Sorgen. Du hast die letzten Wochen meine Ermordung geplant.«

Ich widerstehe dem Drang, die Arme vor der Brust zu verschränken. Ich fühle mich bloßgestellt. Er sieht mich zum ersten Mal. Das Ich, das ich zu verbergen versucht habe. Die gemeine, manipulative Verräterin. »Das kannst du nicht wirklich glauben, sonst wärst du nicht hier. Warum hättest du sonst meine Bitte befolgt und hier gewartet, wenn du glauben würdest, ich wollte dich umbringen?«

»Es kam mir sicherer vor, mich zu verstecken, als an Deck darauf zu warten, dass mich die Wachen mit den Schwertern angreifen.«

Er wird vor Zorn immer lauter, sodass ich ihm bedeute, leiser zu sprechen. »Nicht so laut. Laa'el ist vielleicht noch auf dem Schiff.«

»El?«

»Sie und Erasmus wollen, dass ich dich töte. Hör zu, Hayes …«

»Hayes.« Wieder lacht er sarkastisch. »Wochenlang habe ich dich gebeten, mich Hayes zu nennen. Und du tust es jetzt?« Ein weiteres Lachen. »Du nennst mich nur Hayes, wenn du etwas von mir willst. Was könntest du denn noch von mir wollen?«

Mit der Zunge fahre ich an den hohlen Zahn, wo sonst meine Schleierperle steckt. »Ich will, dass du mir vertraust. Ich will dich nicht umbringen.«

»Du bist die Verführerin. Leugnest du das etwa?«

Jetzt verschränke ich die Arme doch. »Nein.«

Er atmet scharf durch die Nase ein, und mir wird klar, er hatte auf eine andere Antwort gehofft. »Du hast Felix ermordet.«

»Ja.«

Seine Enttäuschung, scharf, kalt und sauer, prallt mir entgegen. Wie saure Milch und eingelegte Essiggurken.

»Und du willst, dass ich dir vertraue? Du hast mich von Anfang an belogen. Oder willst du das etwa leugnen?«

Das kann ich nicht, also antworte ich nicht.

»Wie soll ich dir ein Wort glauben?«

Mir brennt die Kehle, als hätte ich starken Alkohol getrunken. Oder als müsste ich gleich weinen. »Ich wusste nicht, dass die Morde zusammenhängen, bis ich angefangen habe, für dich zu arbeiten. Ich wurde von jemandem beauftragt, der sich als Mitglied der Raze ausgegeben hat. Erst später habe ich herausgefunden, dass er für den Widerstand arbeitet.«

»Du hast nicht nachgefragt, wen du da für ihn umbringst?«

»Nein.«

Er sieht mich angewidert an. »Ich soll dir also glauben, weil du nicht *mich* umbringen willst, sondern nur irgendwelche Personen, die jemand, den du nicht kennst, dir aufgetragen hat zu töten?«

Ich wusste nicht, dass Worte mich so verletzen können. »Zu töten ist für mich nicht dasselbe wie für dich.«

»Warum nicht? Weil du in irgendeiner Fantasiewelt lebst, in der es nicht verboten ist? In der es nicht falsch ist zu töten?«

»Nein. Weil ich in einer Wirklichkeit lebe, in der ich keine Wahl habe.« Mein Puls dröhnt so laut wie der Ozean. Ich kann meine eigenen Gedanken, geschweige denn Worte, kaum hören.

Er sieht mich aufgebracht an und sein Blick bohrt sich mir wie Messer in die Haut. Noch nie zuvor hat er mich so verächtlich angesehen.

»Hayes«, sage ich, »ich bin eine Sirene.«

Zweifel zuckt über sein Gesicht und tanzt mir auf der Zunge. »Das ist …«

»… unmöglich? Ist es nicht. Ich bin die Letzte meiner Art. Wenn ich singe, fügen sich alle Männer meinem Willen. Es tut mir leid, dass ich dich angelogen habe, und es tut mir leid, dass ich jetzt keine Zeit habe, all deine Fragen zu beantworten. Aber ich habe nur noch bis Mitternacht und ich brauche deine Hilfe.«

»Du erwartest von mir …«

»Es geht um Rain. Der Widerstand hält sie gefangen, und ich habe bis Mitternacht Zeit, dich zu töten, oder sie stirbt.«

Er sieht mich herausfordernd an. »Erwartest du etwa meine Erlaubnis?«

»*Was?* Ich werde dich nicht umbringen.«

Er lacht verbittert auf. »Und das soll ich dir glauben?«

Ich habe mich an sein Lächeln gewöhnt. Wie seine Augen aufleuchten, wenn er mich sieht. Mir war nicht klar, wie sehr ich mich auf ihn verlassen habe, wie viel Kraft er mir gegeben hat. Seine Verachtung *schmerzt.* Und die Tatsache, dass ich sie verdient habe, macht es nicht besser.

»Ich kann verstehen, dass du wütend bist.« Irgendwie schaffe ich es, dass meine Stimme nicht zittert. »Und ich kann verstehen, dass du mir nicht vertraust. Aber es geht um Rain. Auch wenn du mir kein Wort glauben kannst, das ich je zu dir gesagt habe, glaub mir bitte das: Ich liebe Rain mehr als alles auf der Welt. Und ich bitte dich, mir zu helfen, sie zu retten.«

Er zögert einen Augenblick. »Was kann ich denn tun? Sie wollen mich tot sehen.«

»Es ist ihnen egal, ob du lebst oder stirbst. Sie wollen nur die Barriere zerstören. Warst du schon mit der Barriere verbunden, als du geboren wurdest?«

»Nein. Es gab eine Zeremonie, als ich acht war.«

»Gut. Was verbunden wurde, kann auch wieder gelöst werden. Wir müssen deine Verbindung zur Barriere aufheben. Was wurde bei dieser Zeremonie gemacht?«

»Ich habe einen Zaubertrank bekommen und ein Hexer hat einen Zauber auf mich gelegt.«

»Wie hieß der Hexer?«

»Waarik.«

Mir wird übel. »Bist du dir sicher?«

»Ja.« Er sieht mich irritiert an, als er meinen Gesichtsausdruck bemerkt. »Warum?«

»Waarik ist tot.«

»Woher …« Er hält inne, als ihm die Erkenntnis kommt. »Oh.«

Waarik habe ich vor meiner Zeit bei den Raze getötet. Nur ein alter Dreckskerl in einem Lokal. Er hat versucht, mich zu begrapschen. Minuten später war er tot. Ohne großes Tamtam.

Das bedeutet, wir müssen meine Alternative wählen. »Wenn Waarik uns nicht helfen kann, müssen wir uns an jemand anders wenden.«

»Einen anderen Hexer?«

»Besser. Eine Hexe.« Ich schiebe das Holzpanel zur Seite, aber Hayes hält mich zurück.

»Kann ich …« Er klingt erschöpft. »Du hast gesagt, du erklärst mir alles später. Aber ich habe eine Frage, die nicht warten kann.«

»Was?«

»Kommt, was ich für dich empfinde, nur daher, dass du eine Sirene bist?«

Alles hält inne. Ich, mein Herz, die Zeit, das ganze Sein. Alles ist wie versteinert.

Empfinde. Er hat »empfinde« gesagt, nicht »empfunden habe«. Ich bin so fasziniert von dem einen Wort, dass ich nichts darauf erwidern kann, bis Hayes mir eine Hand auf die Schulter legt. »Saoirse?«

Ich atme ein. Es fühlt sich seltsam an. Als ob etwas in der Luft ist, das zart und zugleich rau meine Lungen füllt. Ich sehe ihm in die Augen. Sie sind blau und durchdringend und bezaubernd wie immer. Irgendwo hinter dem Schmerz und dem Verrat erkenne ich die Sehnsucht, von der ich erwartet hatte, sie nie wiederzusehen. Die gleiche Sehnsucht brennt auch in meinem Herzen, verlangt nach ihm.

»Ich habe nie für dich gesungen«, sage ich. »Das musste ich nie.«

»Was bedeutet das?«

Das bedeutet, du hast mich angesehen, trotz der falschen Fassade, und ich war dir genug.

»Nein«, erkläre ich, »es liegt nicht daran, dass ich eine Sirene bin.«

Es gäbe noch so viel mehr zu sagen. *Es tut mir leid, dass ich dich verletzt habe.*

Mehr, was ich sagen *will*: *Auch ich sehne mich nach dir. Nach allem, was du mir angeboten hast, und nach allem, was ich abgelehnt habe.*

Die Worte liegen mir auf der Zunge, wollen ausgesprochen und gehört werden, aber ich löse mich von ihm und wende mich dem Holzpanel zu.

Die Worte vergehen, bevor ich sie sagen kann. Es ihm jetzt zu gestehen, wäre ungerecht. Und ich war schon zu oft ungerecht ihm gegenüber.

Ich strecke den Kopf heraus und prüfe die Umgebung. Niemand in Sicht. Ich schiebe das Panel ganz auf und trete raus.

Hayes folgt mir auf die Stufen. »Woher wusstest du von diesem Versteck?«

»Die Maße auf dem Plan haben nicht gestimmt und ich hatte so eine Vermutung.«

»Du hattest eine Vermutung, dass es einen geheimen Raum auf dem Schiff gibt?«

Es ist dunkel, also bewegen wir uns ganz vorsichtig hinauf zum Deck. »Hayliss Velkner war Schiffsbauer. Und eines meiner Opfer. Der einzige Grund für den Widerstand, einen neuen Schiffsbauer zu beauftragen, war, um an dem Schiff irgendetwas zu manipulieren. Du standest an Deck, als man dich vor einer Woche über Bord hat stürzen lassen. Also musste noch jemand anders an Bord sein. Jemand war direkt unter dir, ohne dass du davon wusstest. Jemand hat dich über Bord gehen lassen.«

»Wer?«

»Ich glaube, es war Spektryl. Aber ich …« Ich bleibe abrupt stehen.

Jeune steht auf dem Deck und grinst mich an.

Ich stelle mich schützend vor Hayes. »Was tust du hier?«

Sie ist Spektryl. Sie muss es sein. Sie ist die einzige Wasserfae in Hayes' Leibwache, sie hat wegen der Schleierperlen gelogen, und warum sonst sollte sie hier sein?

»Ich habe dir ein Geschenk mitgebracht.« Jeune kickt mir etwas zu – zwei Dinge. Die Armbrust und den Köcher. »Das ist doch die Waffe deiner Wahl, oder?«

»Ich …« Ihr Verhalten passt nicht zu meiner Schlussfolgerung. »Was tust du hier?«

»Mir ist klar geworden, dass es sinnlos ist, sich zu fragen, ob du gelogen hast. Es war leichter, einfach davon auszugehen. Also habe ich versucht herauszufinden, *warum* du gelogen hast. Du hast behauptet, du wüsstest nicht, wo der Prinz ist, und dass du das Schiff nicht verlassen kannst. Daher habe ich geschlussfolgert, dass er noch an Bord sein muss.« Sie grinst Hayes an. »Das war wohl keine so schlechte Annahme.«

Ich bücke mich und hebe die Armbrust auf. Ich schlinge mir den Köcher um die Schulter und lege einen Bolzen ein, dann richte ich sie auf Jeune. »Was willst du?«

Jeune kichert. »Entspann dich, Sorkova, ich bin auf deiner Seite. Warum sollte ich dir sonst eine Waffe geben?«

Das ist ein guter Punkt. Und sie schmeckt mild. Kein Hinterhalt.

Langsam senke ich die Armbrust, lege sie aber nicht ab. »Was willst du?«

»Ich will helfen. Ich wünsche mir einen König, den ich respektieren kann.«

Ich sehe sie aus zusammengekniffenen Augen an. »Du willst, dass Hayes am Leben bleibt?«

»Ich will ein besseres Keirdre. Hayes ist besser.« Sie sieht ihn über meine Schulter hinweg an. »Was mich betrifft, bist du die Zukunft von Keirdre.« Dann sieht sie wieder zu mir. »Also, wie kann ich helfen?«

Ich schmecke keinen Hauch von Betrug. Keinen Hinweis auf Verrat.

»Hayes und ich müssen mit einer Hexe sprechen, die uns helfen kann, aber das geht nicht von hier.«

»Ist das alles?« Jeune hebt die Augenbrauen. »Folgt mir.« Sie geht auf den Landungssteg zu. Auf halbem Weg hält sie inne. »Kommt ihr?«

Ich bin mir nicht sicher, ob ich ihr vertrauen kann, aber ich würde gern. Ich respektiere sie. Mehr als das, ich *mag* sie, und ich will, dass diese Gefühle berechtigt sind.

Also folge ich ihr vom Schiff, bleibe aber zwischen ihr und Hayes.

44
Mit oder ohne Gesang

Jeune bringt uns zu einer Hütte in der Nähe der Anlegestelle. Sie ist niedrig und gedrungen und aus grauen Steinen gebaut. Der Garten ist liebevoll gepflegt, hat einen sattgrünen Rasen und Blumen von der Farbe des Sonnenscheins.

Ich erkläre den beiden alles auf dem Weg dorthin. Erzähle von mir, von Rain, den Raze, dem Widerstand, einfach von allem. Sie müssen Dutzende Fragen haben, aber sie hören aufmerksam zu und unterbrechen mich nicht.

Als wir die Hütte betreten, wird mir klar, dass hier ein Erdfae leben muss. Der Efeu, der an den Wänden und von der Decke hängt, verrät es sofort.

»Sherri!«, ruft Jeune. »Bist du zu Hause?«

Eine Frau streckt den Kopf aus der Tür. Sie ist zierlich, hat helle honigfarbene Haut und zimtfarbene Locken. Sie trägt ein braunes Kleid mit weiten grünen Ärmeln aus Gras. Sie sieht aus wie eine Erdfae, aber ihre Augen sind braun wie die eines Menschen.

»Jeune?«, fragt sie vorsichtig. »Wer …« Als sie Hayes erkennt, hält sie inne. Sofort verbeugt sie sich. »Es ist mir eine Ehre, Euch kennenzulernen, Eure …«

»Du musst dich vor ihm nicht verbeugen«, unterbricht sie Jeune. »Wir retten ihm gerade seinen Allerwertesten.«

Sherri blinzelt. »Tun wir?«

Jeune lächelt und geht auf sie zu. Dann legt sie einen Arm um Sherris Hüfte und küsst sie auf die Wange. »Tun wir. Sherri, das sind Hayes und Saoirse.« Jeune deutet auf uns. »Ihr zwei, das ist meine Frau Sherida.«

Da wird mir endlich klar, dass wir bei Jeune zu Hause sind. Jeune lebt in einer niedlichen kleinen Hütte mit einem bezaubernden zarten Geschöpf von Frau zusammen und ich hatte keine Ahnung davon. Ich habe sie nie danach gefragt.

»Jeune?« Sherri spricht im Flüsterton, als könnten Hayes und ich sie dann nicht hören. »Was machen die beiden hier?«

»Wir kontaktieren eine Hexe.« Jeune ahmt ihr Flüstern nach.

»Ähm ... okay.« Sherri spricht zögerlich und sieht nervös von Hayes zu mir. »Soll ich uns einen Tee machen?« Sie hebt die Stimme, als sie uns anspricht.

»Nein, vielen Dank«, sagt Hayes. »Ihr habt ein wunderschönes Zuhause.«

»Danke, Eure Hoheit.«

»Bitte, nenn mich Hayes. Ich bin in euer Zuhause eingedrungen und habe deine wunderbare Frau in Beschlag genommen. Es ist das Mindeste.«

Jeune flüstert Sherri etwas ins Ohr, woraufhin sie lachen muss und im Haus verschwindet.

Hayes sieht Jeune neugierig an. »Ich wusste nicht, dass du verheiratet bist.«

»Das bin ich auch nicht. Sherri ist halb Mensch, halb Fae. Wir dürfen nicht heiraten, aber wir sind seit acht Jahren zusammen.«

»Wie oft siehst du sie?« Hayes nimmt am Küchentisch Platz.

»Manchmal bin ich nachts hier. Und wenn ich am Strand bin, treffen wir uns dort.«

Da begreife ich, dass ich Sherri schon einmal gesehen habe. An dem Tag, an dem Hayes über Bord geworfen wurde, war eine Fae mit Jeune am Strand. Ihre Augen waren allerdings damals grün und nicht braun.

Das erklärt Jeunes Bedarf an Schleierperlen. Und dass sie darauf bestanden hat, am Strand zu patrouillieren. Sie kauft die Perlen von Laa'el für ihre Frau, damit deren Augen aussehen wie die einer Fae. Und am Strand hat Jeune nicht auf Hayes geachtet, weil sie ein paar rare Momente mit Sherri geteilt hat.

Zum ersten Mal durchlebe ich all meine Begegnungen mit Jeune und sehe die Wahrheit. Sie hat immer nur gelogen, um Sherri zu schützen. Sie hat die Wahrheit gesagt, als sie mir erzählt hat, sie habe mein Zimmer aus Neugierde durchsucht. Ihre Vorgehensweise ist mir immer noch suspekt, aber jetzt verstehe ich sie. Den ganzen letzten Mond wollte ich ihr vertrauen. Und jetzt kann ich es.

Diese Erkenntnis wärmt mich von innen heraus und ich muss lächeln. Ich bin nicht nur erleichtert. Ich bin *glücklich.*

»Also, wie kontaktieren wir eine Hexe?«, will Jeune wissen.

Ich lege meine eine Hand in die Mitte des Tisches. »Ich brauche eure Hände.«

Falls ich mit Zweifeln oder Zögern gerechnet habe, werde ich enttäuscht. Sowohl Hayes als auch Jeune reichen mir ihre Hände, ohne nachzudenken.

»Danke.« Ich lege das lairische Armband über unsere Handgelenke.

Jeune grinst. »Ich hätte nie gedacht, dass ich mal ein Danke von Saoirse Sorkova zu hören bekomme.«

»Halt die Klappe.« Aber ich grinse zurück. Mit Jeune zu reden, hat sich für mich immer ganz selbstverständlich angefühlt. Es ist so eine Erleichterung, das jetzt genießen zu können. »Schließt die Augen. Das hier kann jetzt etwas desorientierend sein.«

Dann drücke ich auf den Blutstein. Noch nie habe ich das hier mit anderen gemacht. Die Welt verschwimmt wie immer, aber die Geräusche sind weniger beängstigend. Als ob sich das Empfinden auf uns drei aufteilt.

Die Welt hört auf, sich zu drehen.

»Verflucht, Saoirse«, schimpft Drina.

Ich öffne die Augen. Wir stehen in der Küche von Drina und Aiya. Drina sitzt am Tisch mit einer Schüssel unbearbeiteter Perlen rechts von sich und einer Schüssel mit Perlen, die bereits mit Runen versehen sind, zu ihrer Linken. In der Hand hält sie ein Runenschnitzmesser. Sie sieht verwirrt von Hayes zu Jeune.

»Drina«, ich beeile mich zu sprechen, bevor sie etwas sagen kann. »Bitte lass uns rein. Es ist ein Notfall.«

»Es ist immer ein …«

»Rain ist in Gefahr.«

Ich habe keine Zeit, Hayes und Jeune zu warnen, dass sie ihre Augen wieder schließen sollten, bevor sie aus Drinas Bewusstsein in die Küche gerissen werden.

Hayes hält immer noch meine Hand und steht auf wackligen Beinen. Jeune beugt sich nach vorn, die Hände auf die Knie gestützt, und würgt.

Hayes stöhnt. »Als du gesagt hast, es wird desorientierend, habe ich nicht damit gerechnet, dass uns so übel werden würde.«

»Tut mir leid.« Ich lege ihm einen Arm um die Hüfte und führe ihn ins Wohnzimmer, wo er sich aufs Sofa fallen lässt.

Jeune taumelt neben uns her, sie ist mehr außer Atem als nach unseren gemeinsamen Läufen.

Drina stürmt ins Wohnzimmer. »Wo ist Rain?«

»Ich weiß es nicht. Der Widerstand hat sie. Sie haben mir bis Mitternacht Zeit gegeben, Hayes zu töten, oder sie stirbt.«

Drinas mitternachtsblaue Augen mustern Hayes abschätzend. Er sitzt immer noch mitgenommen auf der Couch.

»Was machst du dann hier?«, will Drina wissen. »Und wer ist sie?«, fügt sie mit Blick auf Jeune hinzu.

»Das ist Jeune. Drina, wir brauchen deine Hilfe.«

»Um den Prinzen zu töten?«

Ich sehe sie streng an. »Ich töte ihn nicht.«

Sie sieht mich fragend an: *Warum nicht?*

»Er ist nicht wie seine Eltern«, verteidige ich ihn. »Der Widerstand will die königliche Familie umbringen, um die Barriere zu zerstören.«

»Das klingt doch gar nicht schlecht.«

»Auf der anderen Seite wartet eine Armee, Drina. Sie haben vor, Keirdre zu zerstören und alle zu töten, die nicht ihre Ansichten teilen. Sie wollen, dass ich Hayes töte, um die Barriere zu schwächen. Aber wir schwächen sie auch, wenn wir seine Verbindung zur Barriere lösen. Der Widerstand bekommt, was er will, der König und die Königin bleiben in ihrem Versteck, Hayes bleibt am Leben ...«

»Liebes ...«, unterbricht mich Drina sanft. »Diese Art von Magie ist gefährlich.«

»Aber du kannst es, stimmt's?«

»Vielleicht. Aber nicht vor Mitternacht. Dafür brauche ich mindestens zwei Wochen.«

»*Wochen?*« Mein letztes bisschen Hoffnung vergeht wie Rauch im Wind.

»Die Lebensenergie von jemandem an etwas zu binden, ist mächtige Magie. Diese Verbindung aufzuheben, ist noch viel gefährlicher. Einen solchen Zaubertrank zu brauen, dauert Wochen. Dafür haben wir keine Zeit.«

»Dann müssen wir uns etwas anderes einfallen lassen. Wo ist Aiya?«, frage ich.

»Unterwegs.« Kurz und knapp. Das bedeutet, sie liefert Zaubertränke aus. Das macht sie immer bei Nacht und allein. Aiya ist eine Fae. Daher kann sie die Faesektoren betreten, ohne Aufmerksamkeit zu erregen.

»Weißt du, was die auf der anderen Seite der Barriere wollen?« Jeunes Gesicht hat vom Traumweben noch immer einen leichten Grünstich. »Vielleicht können wir es ihnen geben?«

»Sie wollen Keirdre zerstören und alle Bewohner töten. Das ist nichts, was wir ihnen geben könnten.«

»Wir können so tun, als ob du Hayes tötest«, schlägt Jeune vor. »Wir bringen ihn zum Pier, du gibst vor, ihn zu töten, und sie geben dir Rain.« Sie sieht Drina an. »Gibt es einen Trunk, der das bewerkstelligen kann?«

Drina schnaubt. »Ihr denkt alle, Zaubertränke werden über Nacht gebraut. Das kostet aber Zeit. Wir haben nur bis Mitternacht und die Sonne ist bereits untergegangen. Wir haben keine …« Sie hält inne. Ein seltsamer Ausdruck huscht ihr übers Gesicht. »Vielleicht habe ich eine Idee«, sagt sie zögernd. »Aber sie wird euch nicht gefallen.«

Sie geht in die Küche und ich sehe ihr verwirrt nach. »Was machst du?«

»Ich hole Mondkraut«, antwortet sie, ohne innezuhalten.

Jeune reißt die Augen auf.

»Was ist Mondkraut?«, will Hayes wissen.

»Ein Gift«, antwortet Jeune. »Es tötet augenblicklich und wirkt nur bei Fae.«

Hayes reißt ebenfalls die Augen auf. »Warum holt deine Hexenfreundin ein Faegift?«

»Ich weiß es nicht«, erwidere ich.

Drina kommt zurück und hält ein Büschel blasser Blumen mit langen grünen Stielen in der Hand. Sie sieht Hayes an. »Das ist Mondkraut. Das Öl aus der Wurzel ist giftig. Wenn du es trinkst, bringt es dich um.«

»Also soll Saoirse so tun, als würde sie es mir verabreichen?«

»Nein. Du musst es tatsächlich nehmen.«

»Dann gibt sie mir ein Gegengift, bevor es mich umbringt?«

»Es gibt dafür kein Gegengift.«

Er runzelt die Stirn. »Ich verstehe nicht ganz, wie ich bei diesem Plan am Leben bleiben soll.«

»Ich werde das Mondkraut mit Wasser mischen. Wenn du es schluckst, wird Saoirse es aufhalten, bevor es deine Kehle hinunterläuft.«

»*Was?*«, sage ich, gerade als Hayes fragt: »*Was?*«

Diesem Vorhaben kommt das Vorgehen am nächsten, wie ich das Wasser aus Hayes' Lungen gezogen habe, als er beinahe ertrunken wäre.

»Ist das denn sicher?«, frage ich.

»Es wird ihn nicht umbringen«, antwortet Drina ausweichend.

»Aber ist es *sicher*?«

Sie schürzt die Lippen. »Wenn du es schnell genug aufhalten kannst, dann ja. Aber es wird trotzdem Auswirkungen haben. Er wird schwach sein, vielleicht bewusstlos. Aber er wird es überleben. Vermutlich.«

Vermutlich.

»Was, wenn sie es nicht schnell genug aufhalten kann?«, fragt Hayes.

»Dann wirst du sterben.«

Er schluckt.

Mir wird schwindelig. Wenn er stirbt, ist das allein meine Schuld. So wie alles andere auch.

»Hayes …« Ich knie mich vor ihn hin. Mir ist übel, aber ich bringe die Worte dennoch heraus. »Vertraust du mir?«

Hayes starrt mich eine Weile an, bevor er schließlich seufzt. »Du hast meinen besten Freund umgebracht, mich wochenlang angelogen und in siebzehn Jahren mehr Leute getötet als die meisten Soldaten in Keirdre in ihrem ganzen Leben.«

Er rutscht vom Sofa und kniet sich neben mich. Seine blauen Augen leuchten nachdenklich und ängstlich. »Aber all das tut nichts zur Sache. Ich traue dir überhaupt nicht, aber ich wäre immer noch bereit, dir ins Wasser zu folgen. Egal ob mit oder ohne Gesang.«

Mir schnürt es die Kehle zu. Ohne darüber nachzudenken, greife ich nach seiner Hand und drücke sie. Sie ist warm. Er ist immer warm. »Du wirst den heutigen Tag überleben.«

Er sieht mir in die Augen. »Ich weiß, wie es sich anfühlt, für jemanden alles zu riskieren. Für dich ist das Rain. Wenn es hart auf hart kommt, wirst du dich immer für sie entscheiden.«

Er hat recht. Natürlich hat er recht. Ich würde mich immer für Rain entscheiden. »Ich will mich aber nicht entscheiden müssen.«

»Ich weiß.«

»Vielleicht musst du das auch nicht«, wirft Jeune ein. »Sie ist deine Schwester. Sie kann sich selber retten.«

Ich ziehe meine Hand von Hayes zurück und setze mich aufs Sofa. »Rain ist keine Sirene.«

Jeune verdreht die Augen. »Nicht alle Kreaturen außer Sirenen sind einfach wehrlos. Was ist sie denn, wenn sie keine Sirene ist?«

Ich ringe die Hände. Ich habe das noch nie laut ausgesprochen. »Sie ist ein Mensch.«

»*Was?*« Jeune starrt mich an. »Wie?«

»Schleierperlen. So wie ich. Wie Sherri. Wir erzählen allen, sie ist eine Ikatus.«

»Aber sie geht auf die Caruston-Akademie«, wirft Hayes ein. »Ich kenne die Schule. Dort gibt es ein hartes körperliches Training. Ein Mensch könnte mit ihnen nie mithalten.«

»Wir bestechen ihren Sportlehrer jeden Mond, damit sie nicht an Wettkämpfen teilnehmen muss. Solange wir rechtzeitig zahlen, stellt er keine Fragen.« Caruston ist die beste Schule. Ihre Ansprüche an die Leistungen der Schüler sind so hoch, dass es die einzige Schule in Vanihail ist, die ihre Ergebnisse nicht melden muss. Das bedeutet, es ist die einzige Schule, die Rain besuchen kann.

Rauchige Neugierde von Hayes und Jeune legt sich mir auf die Zunge, aber ich dränge weiter. »Das ist jetzt aber egal. Wir müssen sie retten.« Ich laufe in die Küche und hole ein Glas Wasser. Zurück im Wohnzimmer drücke ich Hayes das Glas in die Hand. »Trink das. Ich halte es auf, bevor es deinen Magen erreicht. Wir werden üben. Ich habe nicht vor, meine Schwester zu verlieren, aber ich werde auch dich verdammt noch mal nicht umbringen.«

45

Spektryl

Es ist halb zwölf nachts, als Hayes und ich am Pier ankommen.

Wir sind jetzt wärmer gekleidet, tragen Wollhemden und dicke Hosen. Die Brise vom Ozean weht zu mir herüber. Das Xaladran hat vor einer halben Stunde seine Wirkung verloren, aber ausnahmsweise schweigt der Ruf des Wassers.

Hayes geht vor mir. Seine Handgelenke sind mit einem Strick gefesselt und ich habe ihm einen Knebel in den Mund gesteckt. So locker, dass es nicht zu unangenehm ist, aber fest genug, um überzeugend zu wirken. Mit zitternden Händen halte ich die Armbrust, die Spitze des Bolzens stößt in Hayes' Rücken.

Er macht kleine, unsichere Schritte, als würde er sich auf glattem, knirschendem Eis bewegen. Der fade Beigeschmack seiner Besorgnis wird mit jedem Schritt stärker. Ich stoße ihn mit der Armbrust an und fordere ihn auf, schneller zu gehen.

Er stolpert, wirft mir einen verwunderten Blick über die Schulter zu, aber er gehorcht. Jeune wartet am Strand außer Sicht.

Laa'el steht am anderen Ende des Anlegers, direkt vor der Landungsbrücke zur *Seekönigin*. Sie schaut finster drein. »Ihr könnt dort stehen bleiben.«

Wir halten abrupt an. Ich stelle mich so neben Hayes, dass ich Laa'el in die Augen sehen kann.

»Du hast wohl nicht richtig zugehört, was?«, spottet Laa'el. »Ich bin ziemlich sicher, dass ich dir gesagt habe, ich will ihn bis Mitternacht tot sehen.«

»Es ist noch nicht Mitternacht«, erwidere ich. »Außerdem wusstest du genau, dass ich ihn nicht töten würde, ohne den Beweis, dass meine Schwester noch lebt.«

»Ich habe dir den Beweis schon geliefert.«

Ich schnaube. Mit Händen, die stärker zittern denn je, bohre ich das Ende der Armbrust erneut in Hayes' Rücken. Beinahe hätte ich mich entschuldigt, aber ich kann mich gerade noch beherrschen.

Es sollte mir nicht so schwerfallen, Hayes gegenüber gleichgültig zu sein. Das bin ich seit Wochen, aber jetzt fühlt es sich anders an. Grausam.

»Das war vor Stunden«, entgegne ich. »Ich will sie sehen. *Jetzt.* Dann bringe ich ihn um.«

»Er steht direkt vor mir. Ich könnte ihn selbst töten.«

»Das könntest du«, stimme ich zu, »aber dann müsste ich dich töten, und du weißt, das kann ich. Du weißt, wie Xaladran funktioniert, und du weißt, dass es seine Wirkung verloren hat. Ich bin sicher, du hast Geschichten über Sirenen gehört und weißt, wie mächtig wir sind. Wie mächtig *ich* bin. Ich bin nicht hier, um Spielchen zu spielen. Ich bin wegen meiner Schwester hier. Wo ist sie?«

Laa'el ballt eine Hand zur Faust, hebt sie und hält sie einige Sekunden lang in die Luft. Ein Signal. Ich nehme an, es ist für denjenigen, der Rain hat. Für Spektryl.

Ich blicke an Laa'el vorbei zur *Seekönigin.* Zwei Gestalten tauchen am oberen Ende des Landungsstegs auf. Als sie auf mich zukommen, erkenne ich erst meine Bohnensprosse.

Ihre Hände sind gefesselt, ihre Augen verbunden, sie hat einen Knebel im Mund und ihre magere Gestalt zittert. Sowohl vor Angst als auch vor Kälte, schätze ich.

Aber sie ist am *Leben*.

Meine Hände hören auf zu zittern. Sie zu sehen, beruhigt mich. Ich habe schreckliche Angst, aber ich weiß, was ich will. Egal, was Laa'el noch im Schilde führt, ich bringe diese Nacht hinter mich, und zwar mit Rain und Hayes – beide unversehrt.

»Rain! Bohnensprosse, geht es dir gut?«

Beim Klang meiner Stimme merkt sie auf. Sie kann nicht sprechen, aber sie nickt.

Die einzige Kraft, die stärker ist als meine Entschlossenheit, ist meine Wut. Sie schwillt an, als ich mich auf die Gestalt konzentriere, die Rain vom Schiff führt – Spektryl.

Ich kann sein Gesicht nicht sehen. Es wird von der Dunkelheit und einer Kapuze verborgen. Dennoch kann ich erkennen, dass er groß und kräftig ist. Er hat eine neue Klinge um die Hüften geschnallt. Seine Hose ist dunkel und perfekt geschnitten. Seine Stiefel sind schwarz und glänzend, auch sie nagelneu.

Nur der Griff eines Dolchs, der aus der Scheide an der Seite seines Stiefels ragt, ist abgenutzt. Der Griff ist aus dunkelgrünem Leder gefertigt, und obwohl ich es aus der Entfernung nicht erkennen kann, weiß ich, dass ein schwarzes X darauf eingeprägt ist.

Mein Blick springt zurück zu dem verhüllten Gesicht. Auch wenn es immer noch verborgen ist, weiß ich, dass er mich ansieht, mich beobachtet. Und irgendwie weiß ich, dass er gemerkt hat, ich habe ihn erkannt.

Carrik Solwey.

46

Trommelwirbel

Carrik bleibt stehen, als könnte er meinen Zorn spüren.

Er hält Rain am Arm, also bleibt sie auch stehen. Ich kann ihre Panik schmecken, sie dreht den Kopf von einer zur anderen Seite, um herauszufinden, warum sie angehalten haben. Ihre Angst ist sauer wie Zitronensaft, scharf wie Pfeffer und heiß wie frisch aufgebrühter Tee.

Ich frage mich, ob sie weiß, dass sie für den Mann, der sie festhält, einmal ziemlich geschwärmt hat. Dass es der junge Mann ist, den ich bis vor Kurzem für meinen besten Freund gehalten habe.

Ich bezweifle es. Als ich Rain beim Traumweben gesehen habe, hat sie ihn direkt angeschaut, aber ihn oder den Verrat nicht erkannt.

Laa'el muss die Spannung zwischen uns bemerkt haben, denn sie runzelt die Stirn und sieht von ihm zu mir. »Kennt ihr beiden euch etwa?«

Ich wende den Blick nicht von ihm ab. »Anscheinend nicht.« Dann hebe ich die Stimme, damit er mich hören kann. »Wozu die Kapuze, Solwey? Hast du Angst, dass ich dich erkenne?«

Rain zuckt überrascht zusammen und bestätigt damit meinen Verdacht. Sie wusste es nicht.

Carrik zögert, aber nach einem kurzen Moment nimmt er die Kapuze und die Schleierperle, die an einer Kette um seinen Hals hängt, ab. Sofort schmelzen seine Gesichtszüge wie Wachs in die vertraute Form: kurzes Haar, dunkle Haut, markante Wangenknochen. Genau so habe ich ihn in Erinnerung. Außer dass ich den Eindruck habe, alles ist falsch. Als wären der Carrik, den ich kannte, und der, der jetzt vor mir steht, komplett unterschiedliche Personen. Aber vielleicht wünsche ich mir das auch nur.

Plötzlich wird mir alles so schnell klar, dass es schmerzt. Er muss es gewesen sein, der sich bei der Probe für Hayes' Geburtstag auf dem Schiff versteckt hat. Er hat Hayes über Bord geworfen. So muss es gewesen sein. Jahre nachdem er seinen Status an der Militärakademie verloren hat, ist Carrik Solwey immer noch der begabteste Wasserfae, den ich kenne.

»Es tut mir leid, Saoirse.« Seine Stimme klingt heiser. Aufrichtig.

Ich frage mich, ob er glaubt, dass mir seine Worte noch irgendetwas bedeuten.

Carrik kommt auf uns zu, aber er geht langsamer als zuvor. Er beobachtet mich argwöhnisch. »Willst du nicht etwas sagen? Oder willst du mich nur böse anstarren?«

Er versucht es mit einem neckenden Lächeln, bei dem es mir vor Wut die Eingeweide verdreht.

»War es das wert?«, frage ich leise. »All das hier. Und wofür? Um ein verdammter Vollstrecker zu werden?«

Sein Lächeln wird zu einem Stirnrunzeln. »Glaubst du etwa, ich habe das hier gemacht, um mehr Macht zu bekommen?«

»Etwa nicht?«

»Natürlich nicht.«

»An all dem hier ist nichts ›natürlich‹«, blaffe ich ihn an. »Du hast meine Schwester entführt. Ich habe geglaubt, dass du ihr ›natürlich‹ nie wehtun würdest. Da lag ich wohl falsch.«

Ich schmecke bei meinen Worten einen Anflug von Schmerz, als hätte ich einen rostigen Nagel im Mund. Instinktiv drehe ich mich weg und spucke aus. Ich will seinen Schmerz nicht. Mein eigener genügt mir.

»Ich habe dich gewarnt, vom Schiff wegzubleiben«, sagt er. »Als ich dich im Palast besucht habe, habe ich dir *gesagt*, dass es gefährlich sein würde.«

Ich muss ungläubig lachen. »Und da hätte ich ahnen sollen, dass es eine Drohung ist?« Er hat es *gewusst*. Als er mich besucht hat, nachdem ich am Strand in Ohnmacht gefallen war, hat er bereits gewusst, dass ich eine Sirene bin. Er wusste, dass sie mich an Hayes' Feierlichkeiten bloßstellen würden. Er wusste, sie würden Rain entführen. Und er hat nichts getan, um das zu verhindern.

»Das war keine Drohung.«

»Behauptet die Person, die meine Schwester als Geisel hält.«

»Das ist nicht persönlich gemeint«, entgegnet er. »Ich wollte nicht, dass es so weit kommt. Ich habe dich gewarnt, auf das Schiff zu gehen, aber du bist so verdammt stur. Ich wollte nicht, dass du weißt, dass ich Spektryl bin. Woran hast du mich erkannt?«

Ich sehe auf seine Stiefel. »Der auffällige Dolch. Der deiner Mutter. Du trägst ihn immer bei dir.«

Laa'el sieht Carrik vorwurfsvoll an. »Also kennt ihr euch *tatsächlich*.«

Carrik ignoriert sie. »Nachdem ich erfahren habe, dass andere

Wesen im Verborgenen in Keirdre leben, wusste ich, dass du eine von ihnen bist. Es hat nicht lange gedauert, bis ich mir zusammengereimt habe, dass du eine Sirene bist. Und als du angefangen hast, für Spektryl – für mich – zu töten, hast du dich immer in den Nächten aus der Akademie gestohlen, wenn es ein neues Opfer gab. Da du keine Ikatus bist, lag es nahe, dass auch Rain etwas anderes ist. Sie ist immer so klein und zierlich gewesen und du hast sie immer beschützt. Ich habe nur eins und eins zusammengezählt.«

Die ganze Zeit über hat er mich beobachtet. Und ich habe nicht einen Augenblick lang irgendetwas angezweifelt, das er mir erzählt hat. Ich habe keinen zweiten Gedanken daran verschwendet, auf welche Weise er Vollstrecker wurde. Denn obwohl die Position grauenhafte Seiten hat, hatte er doch immer etwas Besseres verdient, als Kindermädchen in der Militärakademie zu sein.

Aber jetzt im Nachhinein war es doch ziemlich seltsam, dass Carston Tarren, ein Faevollstrecker, einen Halbmenschen für diese Position vorgeschlagen hat. Also war es kein Zufall, dass Carrik nominiert wurde. Carston wurde wahrscheinlich erpresst.

»Wie habt ihr Carston Tarren dazu bekommen, dich als Vollstrecker vorzuschlagen?«

»Wir haben ihm gedroht«, erklärt Carrik. »Dann hast du den Auftrag bekommen, den Mann seiner Schwester zu ermorden, Niklaus Serkis, um ihm zu zeigen, dass wir es ernst meinen.«

Natürlich. Niklaus Serkis war das einzige Opfer, das Hayes und ich nicht zuordnen konnten. Als wir die Liste von Spektryls Opfern – *meinen* Opfern – durchgegangen sind, haben wir nach uns bekannten Nachnamen gesucht. Aber Carston Tarren hat Schwestern und Töchter. Sie tragen andere Nachnamen und wir haben die Verbindung nicht hergestellt.

Ich halte die Armbrust fester. Sie stabilisiert mich, wo mein Zorn mich aus der Fassung zu bringen droht. Doch dieser Zorn in Kombination mit dem Wasser um mich herum ist zu viel.

Töte.

Ich will mich nicht mehr gegen meine Instinkte wehren. Es wäre so einfach, ihn zu töten – die Armbrust leicht anzuheben und abzudrücken. Oder das Wasser zu nutzen und Carrik in die tosende See zu stürzen, ihn nie wieder an die Luft kommen zu lassen.

Der Gesang des Wassers wird lauter: *Töte.*

Niemand hätte es mehr verdient als er. Doch trotz meiner rasenden Wut darf ich die Kontrolle nicht verlieren. Nicht solange er Rain hat.

»Ich habe, was du willst«, sage ich. »Ich habe dir den Prinzen gebracht. Du hast meine Schwester, also bringen wir es hinter uns.«

Carrik macht den letzten Schritt runter vom Landungssteg und tritt auf den Pier. Er hält Rain weiterhin fest, aber er sieht mich zärtlich an. »Saoirse …«

Ich kenne diesen Klang. Es gab eine Zeit, da hat er mich beruhigt, aber jetzt wirbelt mein Zorn darüber das Wasser um uns herum heftig auf. »Egal, was du sagen willst, lass es.«

»Ich will, dass du verstehst.«

Töte.

Ich will seine Entschuldigungen nicht hören. Warum ihm der Widerstand mehr wert ist als unsere Freundschaft.

Ich unterdrücke den Drang, ihn umzubringen. »Ich *will* aber nicht verstehen. Ich will meine Schwester zurück.«

»Vielleicht hasst du mich gerade, aber das muss nicht bedeuten, dass ich falschliege. Ist dir der Zustand des Königreichs wirklich egal? Seiner Gesetze?«

»Ich *hasse* dieses Königreich.« Nicht so sehr, wie ich dich hasse. »Aber Hayes zu töten, wird daran nichts ändern. Vielleicht glaubst du es nicht, aber er ist nicht wie sein Vater. Er würde anders regieren. Heilen, was zerbrochen ist.«

Carrik schüttelt den Kopf. »Ich habe nicht vor, Keirdre zu heilen. Da hilft kein Pflaster. Es ist auch nicht zerbrochen. Keirdre funktioniert genau so, wie es soll. Daher müssen wir es vernichten. Keirdre wurde auf der Überzeugung aufgebaut, dass Fae allen anderen überlegen sind. Da hilft es nichts, die königliche Familie umzubringen. Nicht einmal die Barriere zu zerstören, reicht aus. Auf der anderen Seite wartet eine Armee. Eine Armee, die Keirdre dem Erdboden gleichmachen wird. Jeder, der sich uns in den Weg stellt, wird ausgelöscht. Und dann können wir das endlich hinter uns lassen. Neu anfangen.«

Ich starre ihn entsetzt an. »Und alle, die hier leben, müssen dafür sterben?«

»Kriegsopfer. Mittel zum Zweck. Für eine bessere Zukunft.«

»Und ich?« Ich ärgere mich über die Enttäuschung in meiner Stimme. »Wolltest du mich hier dem Tod überlassen?«

»*Niemals.*« Er zieht Rain näher zu sich ran. »Ich hatte einen Plan für dich und Rain. Ihr solltet euch uns anschließen. Erasmus und Laa'el haben dir diese Nachrichten zukommen lassen, damit wir herausfinden, wie man die Barriere zerstören kann. Aber ich dachte, es würde dich auch dazu bringen, die königliche Familie zu hassen. Ihre Vernichtung so sehr zu wollen wie ich.«

»Ich habe die königliche Familie schon immer gehasst«, entgegne ich.

»Du hast sie wegen Rain gehasst. Weil ihr euch verstecken musstet. Nicht für das, was sie sind. Ich dachte, wenn ich dir zeige, wie sie wirklich sind, wie viele sie abgeschlachtet haben, wie viele sie jeden Tag verletzen, und die Lügen, die sie über deinesgleichen verbreitet haben, würdest auch du dich zur Wehr setzen wollen.«

Er unterbricht sich mit einem Schnauben. »Aber dann habe ich dich mit dem Prinzen gesehen.« Er sieht kurz zu Hayes. »Oder sollte ich *Hayes* sagen?«

Ich spanne mich an.

»Du solltest ihn verabscheuen«, fährt Carrik fort. »Stattdessen hast du dich in ihn verliebt.«

Mein Herz ist von Carriks Verrat bereits gebrochen. Nun setzt es beinahe aus. »Ich habe mich nicht …«

»Hör auf, es zu leugnen. Ich sehe es dir an. Ich kann es nur nicht begreifen.« Er klingt immer enttäuschter. »Du hast dein ganzes Leben im Verborgenen verbringen müssen. Er steht für alles, was du hasst. Er ist böse, faul und gierig …«

»Er ist nicht wie sein Vater. Er sorgt sich um die Bevölkerung. Er ist mitfühlend. Er ist kein Monster.«

»Und das soll reichen?«, fragt Carrik ungläubig. »Seine Eltern haben dir jede Chance auf eine Familie geraubt …«

»Das stimmt nicht«, falle ich ihm ins Wort. »Ich habe eine Familie. Und du hältst sie gefangen.«

»Ich werde Rain nichts antun. Ich kenne dich. Du würdest sie für nichts auf der Welt opfern. Auch nicht für deinen verfluchten Prinzen.«

Ich will ihn nicht damit davonkommen lassen, aber ich bin so wütend. Wenn ich weiter mit ihm streite, fürchte ich, verliere ich die Kontrolle. »Warum hast du mir das Gold zurückgegeben?« Diese Frage nagt schon an mir, seit Laa'el gesagt hat, dass sie nichts davon weiß.

Wieder schmecke ich Carriks Schmerz. Als ob er ein Recht dazu hätte. »Saoirse … Ich wollte dir nie etwas wegnehmen. Ich wollte dir nie wehtun. Aber versteh doch, die königliche Familie hat meine Mutter ermordet. Meinen Vater eingesperrt. Du siehst mich an, als hätte ich dich verraten, aber ich war immer auf deiner Seite. Du wirst sehen. Wir bauen uns eine neue Welt auf, in der keiner von uns mehr irgendwen anlügen muss. Wir fangen von vorn an. Du und ich. Du solltest …« Seine Stimme versagt. »Du solltest doch nie erfahren, dass ich es war. Die erste Nachricht, die ich in Rains Tasche gesteckt habe, habe ich mit links geschrieben, damit du meine Handschrift nicht erkennst.«

»Die Mühe hättest du dir nicht machen müssen.« Die Armbrust bebt. Ich will mich hinlegen. Ein Nickerchen machen, bis all das hier einen Sinn ergibt. Aber ich habe keine Zeit für diesen Luxus. »Selbst wenn ich vermutet hätte, es wäre deine Handschrift, ich hätte dich niemals verdächtigt. Du warst mein Freund.«

»Das bin ich noch immer.«

Er scherzt nicht, aber ich muss trotzdem lachen. Weil ich mit den Tränen kämpfe, kommt es eher als Krächzen heraus. »Ich kenne dich nicht einmal mehr. Und ich will es auch nicht mehr.«

Bevor er antworten kann, werfe ich die Armbrust auf den Boden, und sie landet klappernd auf dem Pier.

Carrik und Laa'el spannen sich an.

Ich trete Hayes in die Kniekehlen, sodass er nach vorn fällt. Aus dem Beutel um meinen Hals hole ich das Fläschchen mit dem Mondkraut hervor.

Laa'el starrt auf die goldene Flüssigkeit. »Ist das … Mondkraut?«

»Ja.«

Sie kommt zu mir. »Gib mir das.«

Damit habe ich gerechnet. Sie wäre dumm, wenn sie das Gift nicht inspizieren würde. Aber ich spiele mit. »Warum?«

»Ich will sichergehen, dass es Mondkraut ist.«

Ich verdrehe die Augen und reiche ihr das Fläschchen. Sie zieht den Korken heraus und riecht daran. Runzelt die Stirn. »Es riecht wie Mondkraut.«

»Weil es Mondkraut ist.« Ich nehme das Fläschchen wieder an mich.

»Dann nimm etwas davon.«

»Bitte?«

»Nimm etwas«, wiederholt sie selbstgefällig. »Wenn es Mondkraut ist, hat es nur Wirkung auf Fae. Du bist eine Sirene. Dir sollte es nichts anhaben.«

Ich schnaube. »Na gut.« Dann hebe ich das Fläschchen wie zum Toast und nehme einen Schluck. Ich erwarte, dass es bitter und ekelhaft schmeckt, aber es ist eher süß und würzig. Ich sehe zu Laa'el und hebe eine Augenbraue. »Zufrieden?«

»Nicht, solange die Barriere noch steht.« Sie grinst bösartig. »Gib es dem Prinzen.«

Ich gehe in die Hocke und ziehe Hayes den Knebel aus dem Mund.

Wie vereinbart, fängt er sofort an zu flehen. »Du musst das nicht tun, Saoirse. Ich weiß, du willst mich nicht umbringen …«

»Es geht um meine Schwester. Ich habe keine Wahl.« Ich halte ihm das Gift an die Lippen, aber er wendet sich ab.

Ich verdrehe die Augen. »Eure Hoheit, macht es nicht schwerer als nötig.« Ich halte ihm die Nase zu.

Er versucht, sich von mir loszureißen, und presst die Lippen zusammen.

Ich kneife fester zu.

Um Luft zu holen, öffnet er kurz den Mund, und ich gieße ihm die Flüssigkeit hinein.

Hayes sieht mir in die Augen und ich erkenne die blanke Panik darin. Er behält das Gift im Mund.

»Schluck runter«, fordere ich ihn auf.

Er schüttelt heftig den Kopf.

»Verdammt, Hayes.« Wieder halte ich ihm die Nase zu.

Diesmal gibt er sofort nach. Er schluckt.

Noch nie in meinem Leben habe ich mich so konzentriert. Ich *spüre*, wie ihm das Gift die Kehle hinunterläuft, und halte es auf. Es steckt dort zwischen seinem Mund und seinem Magen fest.

Er öffnet den Mund, schnappt ein paarmal nach Luft, aber kein Wort dringt heraus. Er tut nicht nur so – mit der Flüssigkeit in der Speiseröhre kann er wirklich nicht atmen.

Ich ziehe das Gift nach oben zurück in seinen Mund, gerade als er die Augenlider schließt.

»Hayes!« Ich nehme ihn in den Arm und lege sein Gesicht an meine Schulter. Auch das ist nur teilweise gespielt. Einerseits kann ich so verheimlichen, dass ihm das Gift aus dem Mund und in meinen dicken Pullover läuft. Andererseits rührt er sich nicht mehr. Ist völlig reglos.

Ich sehe zu Laa'el, die uns aus zusammengekniffenen Augen beobachtet. »Gebt mir meine Schwester.«

»Saoirse.« Carriks Ton ist sanft, aber seine vertrauten grünen Augen sind stahlhart. »Wir müssen wissen, wo seine Eltern sind.«

»Ihr habt gesagt, wenn ich Hayes töte, bekomme ich meine Schwester zurück.«

»Und das wirst du auch. Aber die Barriere wird erst einstürzen, wenn *alle* Mitglieder der königlichen Familie tot sind. Und du weißt, wo sie sich aufhalten.«

Mein Atem geht flach. »War das euer Plan? Mir zu sagen, dass ihr *eine* Sache von mir verlangt, und dann eure Meinung zu ändern, um zu bekommen, was ihr wollt?«

»Wir tun, was nötig ist, Saoirse. Du wirst es noch verstehen.« Carrik zieht Rain näher zu sich ran. Die ruckartige Bewegung bringt Rain dazu, zu wimmern.

Mir bricht das Herz. Mitten entzwei.

Carrik greift zu seinem Stiefel. Er holt den Dolch mit dem grünen Griff hervor und presst ihn Rain an die Kehle.

Meine Stimme überschlägt sich. »Carrik …«

»Wo sind der König und die Königin, Saoirse?«

Ich bin zu erschüttert, um zu antworten.

»Saoirse!« Er presst den Dolch etwas fester an ihren Hals, sodass eine dünne rote Linie erscheint. »Sag es uns und wir lassen sie gehen.«

Die Wahrheit: Ich weiß es nicht. Aber jemand hält ein Messer an die Kehle meiner Schwester und ich habe eine Vermutung.

»Im Palast«, bringe ich mit Mühe heraus. »Im Porträtzimmer.«

»Wo ist das?«

Ich sehe nur noch Rot. Das Rot an Rains Hals. Das Rot jedes einzelnen Mordes, der uns hierhergeführt hat. »Es gibt einen Korridor im ersten Stock mit einem Brunnen. Wenn man das Wasser im Becken in Bewegung setzt, um das Rad zu drehen, öffnet sich eine Tür, die zum Turm führt. Sie sind dort oben.«

»Du lügst.«

Panik macht sich in mir breit und ich kann kaum noch atmen. »Ich habe dir schon gesagt, dass ich alles mache, was ihr wollt – *also lasst meine Schwester jetzt gehen.*«

»Wirf Hayes' Leiche ins Wasser«, fordert Laa'el.

»Was? Warum?«

»Weil ich es sage.«

»Aber …« Ich will mir eine Ausrede einfallen lassen, irgendeinen Grund, weshalb ich seinen leblosen Körper nicht in die Fluten stoßen kann. Der echte Grund: Er würde ertrinken. Wenn er aber, wie sie glauben, tatsächlich tot ist, macht das keinen Unterschied.

»Du hast gesagt, du machst alles, was wir wollen«, sagt Laa'el. »Das wollen wir.«

Es hat keinen Sinn, weiter zu streiten. Meine Schwester hat einen Dolch an der Kehle. Wenn sie von mir verlangen würden, eine ganze Flasche Xaladran zu trinken, ich würde es tun.

Mein Herz pocht so heftig, dass es wehtut, als ich Hayes an den Schultern packe und ihn über den Pier schleife.

Ich kann es schaffen. Hayes ins Meer werfen, warten, bis sie weg sind, und ihn wieder hochholen. Ich presse ihm die Lippen ans Ohr und flüstere, sodass nur er mich hören kann. »Es tut mir leid.«

Dann stoße ich ihn vom Pier und er fällt ins Wasser.

Ich drehe mich um und will augenblicklich nach Rain greifen, aber sie stehen nicht mehr an derselben Stelle.

Während ich Hayes vom Steg geschubst habe, sind Carrik und Rain auf die andere Seite des Piers gewechselt. Rain zittert und Carrik hält sie immer noch fest.

Sein Gesichtsausdruck ist derselbe wie zuvor, aber seine Gefühle haben einen sauren und ranzigen Geschmack angenommen – Bedauern.

Zu spät bemerke ich, dass sie Rain etwas um die Hüfte gebunden haben.

»Nein!« Ich hechte vorwärts, aber Carrik schubst Rain vom Pier.

Für einen kurzen Moment, bevor sie ins Wasser fällt, sehe ich, dass es ein Gewicht ist, das Rain an der Hüfte trägt.

Ich schreie auf, als sie im Meer untergeht.

Ich zögere keinen Augenblick, es kümmert mich nicht, dass Carrik und Laa'el wegrennen. Ich reagiere instinktiv – und tauche hinter Rain in die Wogen.

Ich gleite auf eine Weise durchs Wasser, die mir früher immer das Gefühl gegeben hat, lebendig zu sein. Aber in diesem Moment kommt es mir vor, als würde es mich ersticken.

So nah am Ufer, so spät am Abend und mit nur einer dünnen Mondsichel am Himmel sehe ich in dem trüben Dunkel kaum die Hand vor Augen.

Ich versuche, meine Umgebung zu *fühlen*. In den Wellen und der Dunkelheit suche ich nach einem Lebenszeichen. Mit dem Gewicht am Körper wird Rain schneller sinken, aber Hayes ist schon länger unter Wasser.

Ich kann keinen der beiden wahrnehmen.

Tiefer. Ich schwimme tiefer – schneller und immer verzweifelter.

Meine hektischen Bewegungen helfen dabei nicht. Sie wirbeln das Wasser noch mehr durcheinander und behindern meine Fähigkeit, Bewegungen zu spüren.

Also halte ich inne, schwebe im trüben Wasser, und *fühle* meine Umgebung.

Bum. Bum. Bum.

Ein Herzschlag. Hektisch. Unglaublich schnell.

Ich schwimme in die Richtung, aus der er kommt. Seltsamerweise ist das Geräusch über mir.

Der schnelle, unregelmäßige Herzschlag wird lauter, kommt näher.

Mir wird klar, was nicht stimmt. Es ist nicht ein rasendes Herz, es sind zwei.

Meine Bohnensprosse hat die Arme um Hayes gelegt. Das Gewicht ist verschwunden und sie müht sich ab, Hayes mit sich nach oben zu ziehen.

Ich strecke die Hände nach vorn und *schiebe*.

Beide Körper bewegen sich aufwärts durchs Wasser, bis sie an der Oberfläche angelangt sind.

Endlich kann ich aufatmen.

Noch einmal *schiebe* ich. Das Wasser verdichtet sich um Rain und Hayes und hebt sie auf den Pier.

Ich durchstoße die Wasseroberfläche, lande auf dem Pier und falle neben den beiden auf die Knie. Mit pochendem Herz sehe ich zwischen den beiden hin und her.

Jeune kommt bereits auf uns zugelaufen. Sie eilt an meine Seite, unschlüssig, wem sie helfen soll. »Wen soll ich …«

Rain fängt an zu husten. Sie würgt und spuckt Seewasser aus, aber sie ist am Leben.

Jeune stürzt auf Rain zu, streicht ihr die Haare aus dem Gesicht und klopft ihr auf den Rücken.

Aber Hayes …

Er sieht nicht gut aus. Seine Gliedmaßen hängen kraftlos herab, das Gesicht ist kalt, der Körper reglos. Leblos.

Ich presse mein Ohr auf seine Brust und atme erleichtert auf.

Sein Herzschlag ist furchtbar schwach, aber vorhanden. Ich lege ihm die Hände auf die Brust und beginne mit der Herzmassage.

»Hayes!« Ich zwinge das Wasser aus seinen Lungen und es läuft ihm aus dem Mund.

Aber er öffnet die Augen nicht.

»*Hayes!*«

Rain stellt sich hinter mich. »Kiefernzapfen?«

Ich weiß, dass sie weint. Ich will mich umdrehen und ihr die Arme um den Hals werfen, damit sie mich trösten kann. Ich will, dass sie mir das Gefühl gibt, nicht an allem schuld zu sein. Ich will ihr ins Ohr flüstern, wie erleichtert ich bin, dass ihr nichts passiert ist.

Ich drücke weiter auf Hayes' Brust. »Bitte, bitte, bitte …«

Rain kauert sich auf die andere Seite und sieht erschrocken von Hayes zu mir.

Ich behalte den Rhythmus bei, zwinge ihn zu atmen. *Befehle* ihm zu atmen.

Atme, atme, atme, verdammt noch mal!

Dann fängt er an zu husten.

Die Tränen, die ich zurückgehalten habe, strömen auf einmal heraus. Hayes versucht, sich aufzusetzen, aber ich falle ihm um den Hals.

Er schenkt mir ein überraschtes Ächzen und sinkt zurück auf den Rücken. »Saoirse? Was …«

»Ich dachte, du wärst tot«, flüstere ich. »Ich dachte, ich hätte dich umgebracht.«

Liebevoll streicht er mir über den Rücken. Da muss ich lachen. Aber es klingt, als würde man mich würgen. »Tröstest du etwa *mich*?«

»Du wirkst verstört«, murmelt er.

Wieder muss ich lachen. Dann setze ich mich auf und wische mir die Nase mit dem Handrücken ab. »Du wärst beinahe gestorben und tröstest mich.«

»Ich habe dir doch gesagt, dass ich mich für dich vom

Pier stürzen würde. Ich dachte allerdings nicht, dass du mich schubst.«

Ich umarme ihn. Dabei husten und lachen wir beide. »Danke. Dafür, dass du nicht tot bist.«

»Hast du Rain retten können?«, fragt er.

Ich lächle. Meine Bohnensprosse kommt bei der Erwähnung ihres Namens näher. Ich schnappe mir ihre Hand und ziehe sie in meine Arme. »Nein. Sie hat sich selbst gerettet.« Ich lächle mit dem Gesicht in ihrem nassen Haar. »Wie hast du das angestellt?«

»Ich habe meine Fesseln gelöst, während ihr geredet habt. Dann habe ich das Gewicht losgebunden, als ich im Wasser war.« Sie umarmt mich fester. »Es tut mir leid, Kiefernzapfen.«

»Warum entschuldigst du dich?«

»Als wir das letzte Mal gesprochen haben, habe ich dich angeschrien. Ich habe dir nicht zurückgeschrieben. Ich hätte nicht …«

»Schhhh.« Ich streiche ihr übers Haar. »Alles ist gut. Du hattest recht. Mit allem. Du brauchst mich nicht, um dich zu beschützen.«

»Ich war gemein.«

»Das könntest du nie sein. Schwestern streiten sich manchmal, aber letztendlich kann mich nichts davon abhalten, herbeizueilen und dich zu retten.« Ich grinse sie an. »Auch wenn du es gar nicht nötig hast.«

Jeune räuspert sich. »Ich will ja nicht unterbrechen, aber wir müssen los.«

»Los?« Ich umarme Rain fester. »Was soll das heißen?«

»Laa'el und Spektryl sind entkommen«, erklärt sie.

»Na und?«

Ich kann ihre zitronige Überraschung schmecken, aber sie

verheimlicht es gut. »Sie haben vor, den König und die Königin umzubringen, und du hast ihnen verraten, wo die beiden sich versteckt haben.«

Es kostet mich ein paar Sekunden, bis mir wieder einfällt, warum das ein Problem ist. Zwar verachte ich den König und die Königin, aber Hayes ist auch immer noch mit der Barriere verbunden. Wenn das Königspaar umgebracht wird und der Widerstand damit Erfolg hat, die Barriere zu zerstören, stirbt auch er.

»Auf der anderen Seite der Barriere steht eine Armee bereit«, sagt Hayes, als ich nicht reagiere. »Wenn wir deinem Freund glauben können …«

Das Messer des Verrats steckt mir noch immer tief im Rücken. »Er ist nicht mein Freund.«

»Wenn wir Spektryl glauben können, dann wird diese Armee Keirdre vernichten und jeden ermorden, der sich ihnen widersetzt. Das wird ein Massaker.«

Verflucht.

Ich stehe auf und ziehe Rain mit hoch. »Bohnensprosse, ich muss los. Und du gehst direkt nach Hause. Ohne Umwege. Versprich mir das.«

»Versprochen!« Aber sie bleibt stehen. »Du … Du kommst doch wieder, nicht wahr?«

»Eine Horde wilder Riesen könnte mich nicht daran hindern.« Ich will ihr erzählen, dass Riesen einst wirklich in Keirdre gelebt haben. Ich will ihr alles erzählen, aber mir bleibt keine Zeit.

Sie umarmt mich erneut. »Pass auf dich auf, Kiefernzapfen. Ich liebe dich.«

Als ich sie das letzte Mal gesehen habe, war ich überzeugt davon, dass sie mich für immer hassen würde. Nun halte ich sie so fest im Arm, dass sie kaum Luft bekommt, aber sie beschwert sich nicht. Sie ist warm. Sie riecht nach Orangen und Baumharz und Rain. Und trotz allem liebt sie mich.

»Ich liebe dich mehr.«

Als Rain sich auf den Weg macht, sehe ich zu Jeune. »Bist du bereit?«

»Ich komme auch mit«, erklärt Hayes.

Ich mustere ihn zweifelnd. »Du wärst gerade beinahe gestorben.«

»Bin ich aber nicht.«

»Sie wollen dich tot sehen. Wenn sie deine Eltern ermordet haben, töten sie dich als Nächstes.«

»Ich sitze das hier sicher nicht aus. Ihr habt vielleicht mehr Erfahrung im Kämpfen, aber das hier machen wir gemeinsam.«

Wir haben keine Zeit, zu streiten. »In Ordnung.« Ich mache auf dem Absatz kehrt und gehe zurück an Bord der *Seekönigin*.

»Wo willst du hin?«, fragt Jeune. »Der Palast ist in der anderen Richtung.«

Ich schüttle den Kopf. »Ich habe eine bessere Idee.«

47

Die Seekönigin

In den Asterval aus blassem Marmor mit rosafarbenen und grauen Streifen ist seitlich eine einzige goldene Rune eingraviert.

Ich singe nicht für mehrere Personen. Bis vor Kurzem habe ich es vermieden, überhaupt vor Leuten zu singen, die es überleben sollten und sich dann daran erinnern könnten. Die höchste Anzahl von Männern, die ich auf einmal getötet habe, sind die vier Attentäter der Raze, die mich entführt haben. Diese Nacht macht mir immer noch Angst, *ich* mache mir immer noch Angst. Aber wenn mein Plan gelingen soll, muss ich noch mächtiger sein – das bedeutet, dass ich unendlich viel gefährlicher sein muss.

Hayes beobachtet mich. Er versucht, seine Besorgnis zu verbergen, aber selbst wenn ich sie nicht schmecken könnte, zuckt sie ihm übers Gesicht. »Bist du sicher, dass du das schaffst?«

Laa'el und Carrik haben einen gewaltigen Vorsprung. Soweit ich weiß, nehmen sie in diesem Moment mit jemandem im Palast Kontakt auf, um die königliche Familie zu finden und zu töten. Kurz gesagt: Wir schaffen es nicht, vor ihnen dort zu sein. Nicht ohne ein beträchtliches Ablenkungsmanöver.

Glücklicherweise gibt es hier in Vanihail Hunderte von Leuten, die bereit sind, uns zu helfen. Es braucht nur ein wenig stimmliche Überzeugungsarbeit.

Aber zu seiner Frage: Nein. Ich bin mir nicht sicher, dass ich das schaffe. Ich erinnere mich an das Gesicht jedes einzelnen Mannes, den ich getötet habe. Was ich anhatte. Wie er sich mir näherte. Wie ich ihn getötet habe.

Noch erschreckender ist, dass ich mich auch genau an jeden Moment erinnere, in dem ich die Kontrolle verloren habe. Wenn ich mich dem Sog meiner Instinkte nicht länger erwehren konnte.

Nun habe ich neue Erinnerungen. Wie ich das Meer durchquere, um zu Hayes zu gelangen, und das Wasser mich angeschrien hat, ihn in den Abgrund zu ziehen. Ich habe dem Drang widerstanden.

Als ich am Strand Devlyn begegnet bin. Der Ruf der Wellen drängte und drängte, bis ich in Ohnmacht gefallen bin. Aber Devlyn hat es überlebt.

Es war Hayes, der mir diese Stärke gegeben hat. Zu wissen, dass sein Leben auf dem Spiel stand, reichte aus.

Ich nicke Hayes zuversichtlich zu. »Ich schaffe das. Aber wenn es so aussieht, als ob ich die Kontrolle verliere, musst du mich zurückhalten. Aber fass mich nicht an. Wenn du das tust, werde ich dich töten.«

Ich warte darauf, dass er etwas fragt oder dass ich vielleicht seine Angst schmecken kann, aber er nickt nur. »Das schaffe ich.«

»Ich auch«, sagt Jeune.

Ich halte mir den Asterval an die Lippen und schließe die Augen.

Kontrolle.

Ich habe mehr Leben genommen als verschont, aber Carriks Worte von vorhin kommen mir wieder in den Sinn: *Weißt du, was dein Problem ist? Du kämpfst zu sehr.*

Er hat mit vielen Dingen unrecht, aber damit nicht. Ich habe mein Leben lang gegen mich selbst gekämpft, gegen meine Instinkte, gegen das Wasser.

Ich konzentriere mich auf die Wellen, die gegen den Schiffsrumpf klatschen, das Schiff zum Schwanken bringen. Mein Verstand ist in herumfuchtelnde Hände aufgeteilt, von denen jede nach etwas anderem greift. Eine Hand taucht in den Abgrund des Meeres, will in dessen Tiefen versinken und die Probleme von Vanihail den Fae überlassen. Eine andere Hand krallt sich in meine Eingeweide und fordert mich auf, Hayes zu packen, über Bord zu springen und ihn mit in die Tiefen zu nehmen. Noch eine Hand bemächtigt sich der Anspannung, die sich in mir zusammenzieht. Ich bin versucht, sie zusammenzuziehen. Zu versiegeln, was auch immer in mir ist, das ausbrechen will.

Hör auf zu kämpfen.

Ich zögere noch ein paar Augenblicke länger. Dann *winde ich mich*, löse den Druck in mir wie eine verrostete Schraube.

Die Enge in meiner Brust lässt nach. Als ich die Augen öffne, ertönt ein Lied, laut und eindringlich und wunderschön.

Der Asterval trägt den Klang weit hinaus, über das Deck der *Seekönigin* hinweg, über den Kai, durch die Straßen Vanihails.

Der eigene Wille verlässt Hayes' und Jeunes Augen, als sie sich im Klang meiner Stimme verlieren.

Um uns herum tobt das Wasser höher und wirbelt das Schiff wie ein Mühlrad umher.

Vom Festland ertönt ein Donnern. Nach einem Augenblick merke ich, dass es kein Donner ist, sondern Schritte.

Eine Horde Leute strömt auf mich zu wie Wasser aus einem gebrochenen Rohr. Sie schubsen einander weg und versuchen, mich zu erreichen, die Quelle des Sirenengesangs.

Als sie mich sehen, halten sie gemeinsam inne – holen Atem und starren mich an –, bevor sie erneut vorwärtsdrängen, immer schneller.

»Stopp!«

Die Menge erstarrt.

Ich atme ein. Wie berauscht von diesem Gefühl schwebe ich. Dieses Gefühl vor dem Töten, wenn ich einen hilflosen Mann genau da habe, wo ich ihn haben will, ohne Gegenwehr – aber es ist um ein Hundertfaches verstärkt.

Das habe ich noch nie gefühlt. Ich habe es mich nie fühlen *lassen*. Diese Macht, diesen *Rausch*. Ich atme ein, atme ihre Hörigkeit ein, schmecke die Leere ihres Geistes.

Töte.

Wenn ich wollte, könnte ich ihnen sagen, sie sollen sich vom Pier werfen, und sie würden auf mich hören. Mit einem Wort von mir würden sie in den Ozean springen und sich in den Tod stürzen.

Aber das will ich nicht. Das hier – dieser Moment der völligen Kontrolle – ist genug. Das war schon immer mein liebster Moment.

»Geht zum Palast! Ein Wasserfae namens Carrik und eine Hexe namens Laa'el sind auf dem Weg dorthin.«

Töte.

Ich schließe die Augen, blende die Wünsche des Wassers aus und erinnere mich an meine eigenen. Ich will, dass Hayes am Leben bleibt. Ich will diese Menge kontrollieren und sie *nicht* töten.

»Schützt den König und die Königin«, sage ich. »Haltet die

Verräter auf. *Lauft.* Wenn ihr ein Pferd habt, reitet. Sagt es jedem, den ihr trefft.«

Mit geschlossenen Augen singe ich noch einmal.

Ich höre den Aufbruch der Menge und das Verklingen ihrer Schritte, als sie in Richtung des Palasts stürmen. Eine Armee. Meine Armee.

Ich öffne die Augen, gerade als Hayes und Jeune mit glasigem Blick einen halben Schritt vorwärtsmachen. »Wartet.« Ich packe sie an den Ärmeln, ohne ihre Haut zu berühren. »Reißt euch zusammen.«

Ihre Benommenheit verschwindet. Hayes braucht länger, um sich aus seiner Verzauberung zu lösen.

»Alles in Ordnung?« Ich halte sie an den Ärmeln fest und ziehe sie vom Schiff.

»Mir geht es gut«, sagt Jeune.

»Ähm.« Hayes sieht immer noch benommen aus. »Mir auch.«

Ein Mann, der noch unter meiner Kontrolle steht, steigt am Ufer auf sein Pferd.

»Guter Mann!« Ich singe noch ein paar Töne und er wendet mir seinen gefügigen Blick zu. »Wir brauchen dein Pferd.«

Er widerspricht nicht, ich glaube nicht, dass er das kann. Ich steige auf das Pferd und schaue zu Hayes und Jeune.

Jeune schiebt Hayes vor. »Reitet los, ich laufe.«

»Bist du sicher?«, frage ich.

»Natürlich. Er ist der Prinz und wäre fast ertrunken. Er kann nicht mit dir mithalten.« Sie grinst. »Ich dagegen mache das schon seit Wochen.« Ihr Grinsen weicht einem echten Lächeln. »Sei vorsichtig, Sorkova.« Dann rennt sie los.

Hayes schwingt sich hinter mir aufs Pferd. Er zögert. »Kann ich dich …«

»Du kannst mich anfassen. Ich kann damit umgehen.«

Er legt die Hände leicht und vorsichtig auf meine Hüften. Er berührt nur mein Hemd, aber seine Wärme dringt hindurch, und ich brauche einen Moment, um durchzuatmen. Ich bin immer noch von dem Rausch überwältigt, dass ich meine Fähigkeiten in einem so großen Ausmaß eingesetzt und die Kontrolle behalten habe.

Ich lege mir seine Arme fester um die Hüften. Dabei achte ich darauf, nur seine Ärmel zu berühren, um nichts zu riskieren. Bevor er reagieren kann, reiten wir los.

In den Straßen drängen sich die Leute. Mit der einen Hand halte ich die Zügel und mit der anderen den Asterval. Ich halte ihn mir an die Lippen, während wir durch die Menge reiten, singe und wiederhole meine Aufforderung an jeden, der zuhört.

Türen werden aufgerissen und die Leute strömen aus ihren Häusern und auf die Straßen, um meinem Ruf zu folgen.

Einige meiner Soldaten laufen zu Fuß, andere reiten auf Pferden. Sie alle streben in eine Richtung – zum Palast.

Ich weiß nicht, ob Carrik und Laa'el schon dort sind, aber wenn nicht, sollte sie das wenigstens aufhalten. Und wenn sie am Palast ankommen, werden Horden meiner Krieger sie erwarten, um sie zu überwältigen.

Die Trunkenheit meiner Euphorie brodelt in mir. Meine Stimme ist lauter und selbstsicherer, als ich sie je gehört habe. Ich lasse den Asterval fallen und er zerschellt auf dem Kopfsteinpflaster. Ich brauche ihn nicht mehr.

Selbst ohne ihn ist meine Stimme lauter und trägt weiter als je zuvor.

Der Drang, zu singen, steckte schon immer in mir, aber das hier fühlt sich … anders an. Ein Strahlen von ungenutzter

Energie regt sich in mir. Es baut sich auf und drückt gegen die Wände meiner Konzentration. Wie Wasser, das in einem Becken zu nah an den Rand schwappt. Kurz vor dem Überlaufen ist. Verlockend nah dran, die Kontrolle zu verlieren und überzuschwappen.

Ich denke an das Gefühl des Xaladrans. An den Frieden, der sich einstellt, wenn man nicht gegen sich selbst kämpft.

Statt die Spannung zu unterdrücken, lasse ich sie zu. Ich nähre mich von ihr. Der Druck sprudelt näher an die Oberfläche, aber ich versuche nicht, ihn zu verdrängen. Ich atme aus und öffne eine Tür zu meiner Seele, lasse die aufgewühlten Wellen der Kraft frei, aber nicht in einem chaotischen Durcheinander, sondern kontrolliert.

Hinter mir grollt Donner – diesmal echter Donner.

Meine silbernen Augen leuchten heller, während die Wolken wie Vögel unter den Sternen vorbeifliegen.

Ich singe lauter, als ich es je für möglich gehalten habe, bis ich nicht mehr nur singe, sondern eher schreie. Doch der Klang ist immer noch wunderschön.

Die Schleusen öffnen sich. Mit einem weißen Blitz beginnt es, in Strömen zu regnen. Hayes zuckt zusammen, als das Wasser in Kaskaden herabstürzt und uns und meine Horden von Kriegern durchnässt. »Warst du das?«

»Ich weiß es nicht!« Ich muss schreien, um mich in dem Tumult verständlich zu machen. Aber ich glaube, ich war es. Ich weiß nicht, wie, aber ich glaube, ich habe diesen Sturm ausgelöst.

Ich bin durchnässt und fühle mich so gut wie seit Monaten nicht mehr. Seit Jahren. Besser denn je.

Normalerweise bringt mich Wasser dazu, töten zu wollen,

aber der Drang ist verschwunden. Nein, nicht verschwunden, aber … unter Kontrolle. Ich bin wie berauscht. Betrunken von Gefühlen. Macht und *Kontrolle.* Kontrolle, von der ich nicht wusste, dass ich sie haben könnte.

Das Palasttor steht weit offen, und die üblichen Wachen sind nirgends zu sehen, also galoppieren wir bis zu den Eingangstüren.

Ich gleite vom Pferd und eile hinein. Überall sind Leute, sie rennen umher und schreien und reißen Wandteppiche herunter und suchen nach Carrik und Laa'el. Sie wissen nicht, wo sie suchen sollen, aber wenn ich recht habe und der König und die Königin sich in das Porträtzimmer geflüchtet haben, dann weiß ich, wo wir hinmüssen.

Hayes und ich sprinten durch die Korridore, auf der Suche nach Carrik und Laa'el.

Wir sind nur noch ein paar Ecken vom Brunnen und dem verborgenen Eingang zum Porträtzimmer entfernt, als ich sie sehe – das Aufblitzen eines nagelneuen schwarzen Lederstiefels, der die Halle vor uns umrundet.

Ich renne schneller und ziehe Hayes mit.

»Halt!«

Ich weiß, dass sie mich hören können. Zumindest weiß ich, dass Carrik mich hört. Sein Körper versteift sich beim Klang meiner Stimme, aber er läuft weiter.

Die anderen, die immer noch in meinem Bann stehen, erstarren, als hätte ich zu ihnen gesprochen.

Ich zeige auf die beiden Gestalten von Carrik und Laa'el. »Haltet sie auf.«

Meine Soldaten stürmen los.

Als wir um die nächste Ecke kommen, stehen Carrik und

Laa'el gegenüber dem Brunnen mit dem Rücken zur Wand. Ein Meer von Leuten umgibt sie in einem Halbkreis und drängt auf sie zu.

Laa'el streckt ruckartig die Hände aus, und vier Männer, die am nächsten stehen, fliegen weg, prallen gegen die Wand gegenüber und stürzen zu Boden. Die anderen rücken jedoch unbeirrt weiter vor.

Ich gehe auf sie zu und die Menge teilt sich für mich.

Laa'el starrt mich wütend an. Ich sehe es an ihren Augen, wie sie darüber nachdenkt, Magie einzusetzen. Etwas Weißes ist in ihre und Carriks Ohren gestopft – Baumwolle –, um den Klang meiner Stimme auszublenden.

Ich stiefele zu ihr hinüber, packe sie am Ohr und reiße die weißen Fetzen heraus, damit sie mich klar und deutlich hören kann. »Denk nicht einmal daran, Magie zu benutzen«, knurre ich. »Ich suche nur nach einem Grund, dich zu töten. Mach eine Bewegung – eine noch so kleine Bewegung –, und ich singe eine Melodie, damit Carrik dich aufschlitzt.«

Hayes drängt sich hinter mir durch die Menge. Laa'els Blick verdunkelt sich, sie sagt amüsiert, aber ohne jede Fröhlichkeit: »Ja, natürlich. Du hast deinen Prinzen gerettet.«

»El.« Hayes starrt sie an. »Ich verstehe das nicht.«

»Was gibt es da nicht zu verstehen? Ich könnte behaupten, ich wollte dich nur tot sehen, um die Barriere zu zerstören, aber das wäre eine Lüge. Seit ich dich kenne, wünsche ich mir jeden Tag deinen Tod.«

»Warum? Ich habe dich angestellt.«

Ein Lachen. Rau und beißend. »Soll ich dir dafür etwa dankbar sein? Soll ich dir für deine überwältigende Güte danken?« Sie wendet den Blick fast anklagend mir zu. »Ich verstehe dich nicht. Warum kämpfst du so sehr dafür, dass alles so bleibt, wie es ist?«

Alles sträubt sich in mir bei dieser Frage. »Du denkst, Keirdre zu zerstören, ist dasselbe wie Fortschritt. Da bin ich anderer Meinung. Hayes ist zehnmal besser als sein Vater.«

Hayes legt eine Hand auf meinen Arm, bevor Laa'el antworten kann. »Wo ist E? Sagtest du nicht, Erasmus arbeitet mit ihnen zusammen?«

Laa'els Gesicht bleibt unbewegt, aber Carriks Augen huschen kurz zu dem Brunnen. So schnell, dass ein Fremder es übersehen würde. Aber bis vor einer Stunde habe ich ihn noch für meinen Freund gehalten. Selbst wenn ich ihn verachte, kann ich lesen, was auf seinem Gesicht steht: Erasmus ist bereits im Porträtzimmer.

Verdammt.

Ich wirble zu meinen Soldaten herum und singe noch ein paar Töne, um sie weiterhin zu kontrollieren. »Fesselt die beiden.« Ich zeige auf Laa'el und Carrik.

Hayes sieht verwirrt aus. »Was?«

»Wir sind zu spät.« Ich strecke eine Hand über den Brunnen, lasse das Wasser herumwirbeln und drehe das Rad.

Die getäfelte Tür öffnet sich. Ich vergesse, dass Hayes noch nie im Porträtzimmer war, bis sich zitronige Überraschung auf meiner Zunge niederschlägt.

Bevor ich die Treppe hinaufzulaufen beginne, streckt Hayes einen Arm aus. Der Springbrunnen rumpelt und bebt immer mehr und mehr, bis er in einem Schwall aus zischendem Wasser und blauen Kacheln explodiert. Hayes *leitet* das Wasser, das zuvor in den Brunnen gepumpt wurde, aus dem Korridor in das dunkle Treppenhaus.

Als ich seine Absicht erkenne, helfe ich ihm und *ziehe* mehr Wasser aus den Rohren. Gemeinsam treten wir in den Turm und lassen das Wasser um unsere Füße laufen. Um unsere Knöchel. Unsere Knie. Wir stehen im Wasser und lassen uns von der Flut nach oben tragen.

Das Wasser reicht nicht für die ganze Treppe, und als es zu Ende geht, rennen wir die restlichen Stufen zum Porträtzimmer hinauf.

Die Tür ist bereits aufgebrochen. Königin Ikenna steht auf der rechten Seite des Raums, mit dem Rücken an die Steinwand gepresst. Sie schreit auf, als die Tür auffliegt und Hayes und ich klatschnass eintreten.

König Larster und Erasmus stehen in der Mitte des Raums, die Klingen im Kampf gekreuzt.

Der König führt einen Streich gegen Erasmus, doch der pariert ihn mit einem Grinsen. Sie tanzen schwindelerregend schnell umeinander und schlagen aufeinander ein.

Es dauert einen Moment, während ich Erasmus' Beinarbeit beobachte, bis ich erkenne, dass Erasmus mit dem König spielt. Er könnte den Kampf jederzeit beenden, er hätte ihn schon vor Minuten beenden können, aber das will er nicht.

Wie ich kostet er den Moment vor dem Töten aus. Er genießt seine eigene Macht.

Ich öffne den Mund, um zu singen und den Kampf zu beenden, aber wie bei Carrik und Laa'el sind Baumwollfetzen in Erasmus' Ohren gestopft, die meine Gabe nutzlos machen.

Der König versucht, Erasmus einen Schlag zu versetzen, doch er blockt ihn ab.

Ich schmiede einen Plan. Erasmus kann mich nicht hören, aber König Larster schon.

Ich stürme vor und singe.

Der König hält beim Klang meiner Stimme inne.

Es wäre ein Leichtes, ihn zu töten. Nicht weil das Wasser mich dazu drängt, sondern weil ich es will. Weil er mir das Leben zur Hölle gemacht hat, weil ich ihn *verachte.*

Stattdessen schnappe ich mir, während er noch benommen ist, den Griff seiner Klinge und ziehe sie ihm aus der Hand. In der gleichen Bewegung drehe ich mich, das Schwert vorgestreckt, und wehre Erasmus' nächsten Hieb ab.

Die Baumwolle hat verhindert, dass er mich kommen hört, aber sein Blick verdunkelt sich, als er mich sieht. Er verdunkelt sich noch mehr beim Anblick von Hayes, der immer noch an der Tür steht. Mit einem Geräusch, das an ein Knurren erinnert, zieht Erasmus seine Klinge nach oben.

Ich versuche, mein Schwert nach oben zu führen, um seins zu treffen, aber es wird von einer Luftmauer abgeblockt.

Schnell lasse ich mich zu Boden fallen, rolle unter seiner Luftblockade hindurch und springe auf der anderen Seite wieder auf. Dann schlage ich nach seinen Beinen.

Er springt über die Klinge, aber ich nutze den Moment, um nach dem Wasser im Treppenhaus zu greifen und es in das Porträtzimmer zu ziehen, wo es Erasmus ins Gesicht trifft.

Er stolpert zurück, gleichzeitig legt sich mir eine Luftschlinge um die Kehle und schnürt sie zu.

Ich schiebe die Hände nach vorn und lasse das Wasser noch stärker werden. Die Luft packt fester zu und erstickt mich beinahe.

Ein weiterer Wasserstrahl trifft Erasmus, diesmal an der Kehle.

Hayes setzt seine Affinität ebenfalls ein.

Doch Erasmus lässt nicht locker. Meine Sicht wird von dunklen Flecken getrübt.

Zwei weitere Ströme rauschen von der Treppe auf Erasmus zu. Ich kann nicht hinsehen – mir ist zu schwindlig, um mich zu bewegen –, aber ich weiß, dass sie von dem König und der Königin stammen.

Das ganze Wasser – meins, das von Hayes, Larster und Ikenna – ist auf Erasmus' Gesicht gerichtet. Es legt sich ihm um Nase und Mund, sodass er keine Luft mehr bekommt.

Er versucht, sich zu bewegen, dem Ansturm des Wassers zu entkommen, aber er kommt nicht von der Stelle, kann sich nicht rühren.

Sein Körper erschlafft, er ertrinkt im Stehen.

Erasmus sackt zu Boden.

Sofort löst sich die Luftschlinge um meinen Hals.

Ich hole erleichtert Luft.

Erasmus liegt mitten im Porträtzimmer, klatschnass, die Gliedmaßen von sich gestreckt, die Augen geschlossen, die Brust reglos.

»Ist er tot?«, fragt die Königin.

Unsicher *strecke* ich mich aus, um nach Flüssigkeit in seinen Lungen zu tasten, aber der König ist bereits herübergekommen. Er beugt sich über Erasmus und drückt seine Finger an den Hals des Luftfae, um nach dem Puls zu fühlen.

Erasmus' rechte Hand zuckt.

Ich reiße die Augen auf. »Eure Majestät …«

Erasmus hebt seine Klinge und zieht sie in einem einzigen schnellen Streich über den Oberkörper des Königs.

Blut fließt aus der Wunde in der Brust des Königs.

Ein Schrei. Die Königin.

König Larster Vanihail stolpert zurück, die violetten Augen weit aufgerissen. Eine Hand flattert zu seiner Brust und tastet nach der blutigen Wunde, bevor er wie ein Haufen schmutziger Wäsche zu Boden fällt.

Ein passendes Ende für einen König, der so verdorben ist.

Ich habe keine Zeit, mich über sein Ableben zu freuen. Ich schnappe mir die Klinge des Königs vom Boden, renne los und stoße sie Erasmus in die Brust. Ich schließe die Augen, bevor die Klinge seine Haut berührt, aber ich spüre es, wie sie in seine Brust eindringt.

Meine Augen bleiben geschlossen, während ich mich wegdrehe.

Das Geräusch eines Körpers, der auf den Boden aufschlägt, ist mir vertraut, aber ich zucke trotzdem zusammen.

»Saoirse.« Hayes steht vor mir. »Geht es dir gut?«

Nein, mir geht es nicht gut. Meine Schwester wurde gefangen genommen und bedroht. Ich habe mein Leben damit verbracht, ein Geheimnis zu bewahren, nur um es der Welt gezwungenermaßen zu offenbaren. Mein bester Freund ist ein Verräter.

Ich bin wütend, ja, aber vor allem ist *mein Herz gebrochen.*

Das Wasser macht es noch schlimmer. Es flutet das Treppenhaus, bildet Pfützen im ganzen Raum und tropft mir von der Haut. Es singt zu mir, lauter, mit dem Schmerz und dem Gewicht von allem, was heute passiert ist.

Töte.

Ich sehe Rain vor mir. Wie sie zitternd auf dem Pier steht und Carrik ihr einen Dolch an die Kehle hält. Ich denke daran, wie ich durch das dunkle Wasser schwimme, auf der Suche nach ihr, in Panik, sie für immer verloren zu haben.

Ich denke an Hayes. Wie ich seine reglose Brust unter den

Händen spüre, wie ich Wasser in seinen Lungen fühle, wie ich Angst habe, dass er tot ist. Dass *ich* ihn umgebracht habe.

Meine Füße bewegen sich zur Tür des Porträtzimmers, bevor die zertrümmerten Reste meines Geistes einen zusammenhängenden Gedanken fassen können.

»Saoirse!« Hayes ruft wieder meinen Namen.

Töte.

Das Wasser übertönt seine Stimme und ich kann es nicht ausblenden.

Schlimmer noch, ich will nicht.

Bebend vor Wut stürme ich die Treppen hinunter.

Carrik und Laa'el sind gefesselt, aber nicht mehr umzingelt. Die Magie meines Liedes ist verblasst und meine Soldaten sind geflohen. An ihrer Stelle steht Jeune, mit einem Schwert bewaffnet. Sie seufzt erleichtert auf, als sie mich sieht. »Bin ich froh, dass du lebst, Sorkova.«

Sie lächelt, aber ich ignoriere sie, meine silbernen Augen sind auf Carrik gerichtet.

Es tut weh, ihn zu sehen.

Jeune tritt vor mich und versperrt mir die Sicht auf Carrik. Sie legt mir die Hände auf die Schultern, und im ersten Moment denke ich, dass sie zittert, aber dann merke ich, dass ich es bin. Der Schmerz der letzten Wochen, die Enthüllungen der letzten Stunden holen mich ein, überwältigen mich.

»Sorkova, du musst dich beruhigen«, sagt Jeune.

Ich denke nicht nach, stoße sie einfach beiseite, meine silbernen Augen blitzen. »Bleib weg.« Meine Stimme hört sich an wie von einer Schleierperle verändert.

»Warum? Damit du sie töten kannst?« Jeune scheint mich herauszufordern, aber ich schmecke ihre Angst. Sie hat Angst vor mir.

Gut.

Ich zittere immer noch. »Sie haben meine Schwester entführt!«

Ich sage »sie«, aber ich meine »er«.

Carrik Solwey. Er hat meine Schwester entführt. Hat sie bedroht. Gab vor, mein Freund zu sein. Ich vertraue nicht leichtfertig jemandem, aber ich habe ihm vertraut. Ich vergebe nicht leicht, aber obwohl er Rain zur Abschlussprüfung brachte, habe ich ihm vergeben. Als Kind habe ich Grenzen gezogen. Grenzen, die mich und meine Familie vor zu viel Aufmerksamkeit schützen sollten. Um uns zu schützen. Für Carrik habe ich sie aufgeweicht.

Er wusste, wie man mich zum Lachen bringt, er wusste, wie man mich tröstet, und er wusste, dass die Entführung von Rain mich zerstören würde.

Er hat es trotzdem getan.

»Es sind noch mehr Leute daran beteiligt«, sagt Jeune. »Wenn du sie tötest, haben wir nichts in der Hand. Wenn wir sie einsperren, können wir sie verhören und verhindern, dass so etwas noch einmal passiert.«

Ich starre Carrik an und er starrt mit traurigem Blick zurück. Trauriger, als es ihm zusteht.

Es macht mich wütend, dass ich immer noch weiß, was er denkt. Meine Erinnerungen fühlen sich vergiftet an. Ich habe schon früher Leute gehasst. Ich habe schon anderen den Tod gewünscht. Bei Carrik ist es anders. Es tut weh, ihn zu hassen, weil er mir so viel bedeutet hat. Mein Körper sträubt sich gegen meinen Hass auf ihn. Ich will ihn nicht mehr kennen. Denn wenn er keine Bedeutung für mich hätte, wenn er nie eine Bedeutung für mich gehabt hätte, würde es mich nicht schier zerreißen, ihn zu hassen.

»Er hat mich angelogen«, sage ich. »In jeder Hinsicht.«

»Das hast du auch«, erklingt eine Stimme hinter mir. Hayes.

Ich drehe mich um und knurre ihn an. »Ich musste es tun.«

»Er auch.«

»Er hat meine Schwester entführt.«

»Denkst du nicht, dass die Leute, die du getötet hast, auch Familie hatten? Verwandte, die sich um sie sorgten? Was ist mit Felix?« Hayes' Stimme bricht vor Schmerz, aber er redet weiter. »Er war für dich keine Person, er war nur ein Auftrag. Nur ein weiterer auf einer langen Liste von Namen, die du vergessen hast.«

Ich versuche, nicht zusammenzuzucken. »Das ist etwas anderes.«

»*Inwiefern?* Rain war Teil des Auftrags. Es war nichts Persönliches. Spektryl hat getan, was er dachte, tun zu müssen.«

»Ich …« Ich weiß nicht, wie ich ihm antworten soll, wenn er so rational ist und ich nichts will außer Blut. »Warum verteidigst du ihn?«

»Das tue ich nicht. Bei Luna, ich verteidige *dich.*«

Es hätte weniger wehgetan, wenn er mich geohrfeigt hätte.

Hayes' Blick wird sanfter. »Du hast mich angelogen. Wegen allem. Du tötest. Und trotzdem tust du so, als wäre Spektryl dein Feind.« Er holt tief Luft. »Du hast mir gesagt, ich soll dich davon abhalten, die Kontrolle zu verlieren. Das tue ich gerade.«

Ich starre Carrik an. Höre sein Herz unregelmäßig schlagen, während er sich fragt, was ich als Nächstes tun werde. Es wäre köstlich einfach, ein paar Töne zu singen. Ihn dazu zu bringen, nach dem Dolch seiner Mutter zu greifen. Ihn sein eigenes Herz durchbohren zu lassen, so wie er meines durchbohrt hat.

Oder vielleicht würde ich es langsamer machen. Noch schmerzhafter. Vielleicht würde ich ihn leiden lassen. Auf den

Knien weinend, wie ich es vor Stunden vor meiner Schwester getan habe, gebrochen.

Nichts würde ich lieber tun.

Ich wünschte, ich könnte behaupten, dass ich mich abwende, weil Hayes' Worte mich berühren. Aber das wäre eine Lüge.

Die Wahrheit, die schreckliche, hässliche, egoistische Wahrheit ist, der einzige Grund, warum ich mich abwende, ist, dass ich den Geschmack von Hayes' Enttäuschung nicht noch einmal ertragen könnte.

48

Grausam, hässlich, egoistisch

Ich drücke mich an die rückwärtige Wand im Besprechungsraum des Königs und beobachte, wie die wohlhabenden Fae von Vanihail hereinströmen und sich auf den erhöhten Steinbänken niederlassen, die den Tisch des Königs in der Mitte umgeben.

Der Tisch des Königs.

Der König.

König Hayes.

Drei Tage sind vergangen und ich muss mich noch an seinen neuen Titel gewöhnen.

Vor drei Tagen habe ich ihn das letzte Mal gesehen. Als Laa'el und Carrik weggesperrt wurden. Als der neue König Rain, meine Eltern und mich in einem sicheren Haus am Rande von Vanihail untergebracht hat.

Drei Tage Schweigen. Dann, wie aus heiterem Himmel, eine offizielle königliche Vorladung in den Besprechungsraum des Königs. Die Anweisungen waren vage: *Halte dich im Hintergrund, verbirg dein Gesicht, beobachte das Treffen.*

Das war alles. Und es war nicht einmal seine Handschrift.

Meine Vernunft sagt mir, dass er beschäftigt ist. Er hat seinen Vater zu Grabe getragen und ein ganzes Königreich geerbt, praktisch über Nacht.

Aber zum Teil bin ich auch wütend, weil ich ihn so vermisse.

Ich versuche, diesen Teil von mir zu ignorieren.

Mein Kopf lehnt an der Mauer hinter mir und erzeugt damit Wellen auf der Oberfläche. Die Palastmauern waren das Erste, was mir bei meiner Ankunft aufgefallen ist. Die stürmische Mitternacht von König Larster ist zu einem Ozeanblau geworden. Ein schmerzhaft vertrauter Ton.

Nachdem sich die Bänke mit Vanihailianern gefüllt haben, betreten die Vollstrecker den Besprechungsraum und stellen sich hinter die hochlehnigen Stühle rund um den langen Tisch. Sie sind auf sieben Personen zusammengeschrumpft. Carston Tarren wird immer noch wegen seiner Beteiligung an der Ermordung des vorherigen Königs verhört und Carrik Solwey hat das Amt nie angetreten. Jetzt, da er inhaftiert ist, wird er auch nie Vollstrecker werden.

Der Letzte, der eintritt, ist der König, flankiert von einer erstaunlich spärlichen Anzahl von Wachen.

Er sieht anders aus. Größer, obwohl er es natürlich nicht ist. Älter, obwohl wir uns erst vor ein paar Tagen gesehen haben. Und müde. Erst seit drei Tagen trägt er die Last der Krone und schon wirkt er erschöpft.

Ich weiß nicht, wie lange ich ihn anstarre, ihn in mich aufsauge, bevor ich mich zwinge, den Blick zu senken.

Er nimmt seinen Platz am Kopf des Tisches ein. Wie sein Vater sitzt er, während die Vollstrecker stehen bleiben.

»Danke, dass ihr alle hier seid.« Er braucht keinen Asterval, um seine Stimme zu verstärken. Er spricht, und die Welt verstummt, um zuzuhören. »Wir haben viel zu besprechen, was die

Zukunft dieses Königreichs betrifft. Ich weiß, dass dies schwierige Zeiten sind …«

»Schwierig?« Ein Wasserfae in der ersten Reihe unterbricht ihn skeptisch. »Keirdre hat keinen König.«

Was für ein Anfang.

Hayes' Blick verfinstert sich. »*Ich* bin euer König.«

»Ihr seid gerade mal achtzehn.«

Ich muss daran denken, wie König Larster Hayes in diesem Raum ein Kind genannt hat.

»Warst du etwa nicht bei der Krönung?«, fragt Hayes. »Du hattest die Möglichkeit, meine Krönung anzufechten, und hast es nicht getan. Die Angelegenheit ist somit beigelegt.«

»Eure Hoheit.« Jetzt steht der Wasserfae auf. »Ich will nicht respektlos erscheinen, aber die Angelegenheit kann nicht beigelegt werden. Ihr habt sicherlich Anspruch auf den Thron, aber das bedeutet nicht, dass Ihr am besten für die Aufgabe geeignet seid. Es ist kein Geheimnis, dass Eure Beziehung zum König …«

Ich höre Hayes' Zähneknirschen von der anderen Seite des Raums. »Verstorbener König.«

»Ja, verstorbener König. Eure Beziehung war schwierig. Was für viele die Frage aufwirft, ob König Larster Euch auf dem Thron sehen wollte.«

Zustimmendes Gemurmel erklingt.

Es ist eine lächerliche Behauptung. Nicht weil sie unwahr ist, sondern weil eine Empfehlung von König Larster nicht das strahlende Lob wäre, für das sie es zu halten scheinen.

Hayes' Gesicht verdüstert sich. »Ich weiß deine Sorge zu schätzen, aber Keirdre braucht Einigkeit, jetzt mehr denn je. Daher brauche ich eure Unterstützung.«

»Bei allem Respekt, Eure Hoheit, vielleicht solltet Ihr Euren

Titel als Prinz beibehalten – nur für ein paar Jahre. Erlaubt einem Vollstrecker, die Rolle zu übernehmen, während Ihr lernt.«

Hayes erstarrt. »Ich habe Euch nicht hergebeten, um über bereits beschlossene Dinge zu diskutieren. Wir …«

»Eure Hoheit …«, versucht es derselbe Wasserfae erneut.

»Setz dich!« Hayes ist auf den Beinen und schlägt mit der Faust auf den Tisch. Die ozeanblauen Wände erzittern unter seiner Wut und verdunkeln sich, aber nur einen Hauch.

Der Wasserfae sinkt auf seinen Platz und die anderen verstummen.

Angst überschwemmt meine Zunge. Es ist eine Mischung aus etwas Fauligem wie verdorbenem Fleisch und etwas Saurem wie Essig.

»Du hast gerade mehrere Fehler begangen.« Hayes' Atmung geht schwer, aber seine Worte sind ruhig. Geradezu unheimlich ruhig. »Ich werde sie aufzählen, und ich erwarte, dass du dir das hinter die Ohren schreibst. Erstens, du hast deinen König unterbrochen. Zweitens, du hast vorgeschlagen, dass jemand, der nicht von königlichem Blut ist, den Thron besteigt. Das ist Hochverrat. Und drittens, du hast es versäumt, mich Eure Majestät zu nennen. Jeder, der mich noch einmal mit Seine Hoheit anspricht, wird wegen Hochverrats angeklagt.« Er lässt den Blick durch den Raum wandern, sein Gesicht ist wie versteinert. »Ist das klar?«

Ein undeutliches Grummeln.

»Verdammt …!« Er hebt die Stimme. *»Ist das klar?«*

»Ja, Eure Majestät!«

Er atmet ein, sammelt sich, während der Raum wartet und ihn beobachtet. Die Angst lässt nicht nach.

»Wie ich sagte«, spricht er weiter, »habe ich euch hergebeten, um unsere Zukunft zu besprechen.«

Unbewusst lehne ich mich vor. Dies ist der Moment, der Hayes' Regentschaft bestimmen wird. Der Moment, in dem er einen Plan aufstellt, die Brutalität seines Vaters sühnt, Unrecht wiedergutmacht …

»Keirdre kann das überstehen«, sagt Hayes, »aber nur, wenn wir zu dem stehen, was wir kennen und wer wir sind. Mein Vater ist früher gestorben, als uns lieb ist, aber das bedeutet nicht, dass wir daran zerbrechen werden.«

Eine unbekannte Regung glimmt in seinen Augen auf, aber ich bin zu weit weg, um zu schmecken, was es ist. »Das bedeutet, dass wir den Kurs beibehalten, den mein Vater festgelegt hat, indem wir unsere Gesetze strenger als je zuvor durchsetzen.«

Mir gefriert das Blut in den Adern und das Atmen fällt mir schwer. Ich kann an nichts anderes denken als an Rain.

Sie ist ein Mensch, der das Leben einer Fae führt, und unser neuer König weiß darüber Bescheid.

Das kann er doch sicher nicht *ernst* meinen …

Mit meinem kaum noch funktionierenden Verstand nehme ich Jubel wahr. Ja, natürlich. Die Vanihailianischen Wasserfae *wollen* die Gesetze des Königs strenger einhalten. Gesetze, die meine Tanten daran hindern, zu heiraten, Jeune daran hindern, Sherri zu heiraten, und dieselben verdammten Gesetze, die Cariks Mutter getötet und uns überhaupt erst auf diesen Weg der Zerstörung gebracht haben.

»Wir müssen sorgsam vorgehen«, fährt der König fort. »Das bedeutet, dass wir alle, die an der Ermordung des verstorbenen Königs beteiligt waren, zur Verantwortung ziehen werden.«

»Und was ist mit der Sirene, Eure Majestät?«, fragt jemand.

Mein Blick springt zum König.

Er zögert nicht. »Wie ich bereits sagte, werden alle Verantwortlichen zur Rechenschaft gezogen, auch die flüchtige Sirene Saoirse Sorkova.«

Ich stürze in Dunkelheit. Ich kann nicht sehen, von wo oder wohin ich falle, aber ich stürze immer tiefer und tiefer. Jeden Moment erwarte ich, dass ich irgendwo aufschlage, stattdessen stürze ich weiter in die Dunkelheit, ohne dass ein Ende in Sicht ist.

Ich *rase* vor Wut. Und bin verwirrt. Ich weiß, dass Hayes mich nie verletzen würde – selbst wenn er mich hasst –, aber ich erwarte trotzdem fast, dass er auf mich zeigt und jemandem befiehlt, mich zu ergreifen.

Das tut er nicht, aber ich bin trotzdem wütend. Er hat mich drei Tage lang ignoriert, hat jemand *anders* den Brief an mich schreiben lassen, um mich vorzuladen, und hat mich gezwungen – ohne mir irgendwelche Informationen zu geben –, dabei zu sein, wie er Vanihails Mächtigsten erzählt, dass er weiter nach mir fahndet. Dass er in die Fußstapfen seines Vaters tritt. Dass er endlich all die Macht besitzt, die er zuvor abgelehnt hat, und sich jetzt weigert, irgendetwas zu ändern.

Ich bekomme vom Rest der Besprechung kaum etwas mit, weil sich meine Gedanken und meine Wut überschlagen.

Am Ende der Besprechung verlassen alle anderen den Raum.

Ich bleibe an der Wand stehen und warte.

Kaum sind die schweren Türen zugefallen, stürme ich auf ihn zu. »Was zur Hölle war das?«

Er sieht eher amüsiert als verärgert aus. Er mustert mich von oben bis unten, während ich näher komme. Einmal. Zweimal. Vier Mal, wobei seine Augen bei jedem Mal tiefer wandern.

Mit bebender Brust gehe ich auf ihn zu. Ich bin wütend, aber er sieht mich mit dieser vertrauten Intensität an, die gespickt ist mit zimtdurchdrungener Lust und mich zögern lässt.

Ich müsste lügen, wenn ich behaupten würde, dass ich diesen Blick nicht vermisst hätte.

Ich straffe meine Schultern und erinnere mich an meine Wut. Mit erhobenem Kopf marschiere ich auf ihn zu.

Der Plan war, ein paar Schritte entfernt stehen zu bleiben, aber er kommt mir entgegen, bis wir Brust an Brust stehen.

Es knistert zwischen uns vor Spannung, und nach drei Tagen, in denen ich ihn nicht gesehen habe – in denen ich mich gefragt habe, wie es ihm geht, ob er mich hasst, ob ich ihn jemals wiedersehen werde –, zuckt meine Hand, da ich ihm so nah bin, vor Sehnsucht, sie nach ihm auszustrecken.

Stattdessen balle ich sie zur Faust. »Sagst du mir, warum ich hier bin? Du hast mir gesagt, dass du deinen Vater hasst, und jetzt ist deine erste Tat als König, genau wie er zu sein.«

»Es tut mir leid«, sagt er leise. Er beugt sich vor und drückt seine Stirn an meine.

Mein zaghafter Versuch, empört zu bleiben, gerät ins Wanken, als sein Atem meine Wange streift.

»Ich musste das sagen«, fährt er fort. »Keirdre ist in Gefahr. Das Letzte, was die Leute hören wollen, ist, dass ein Kind alles ändern will.«

»Aber …« Mein Herz möchte in diesem Moment verweilen, sich auf das Gefühl von Hayes' Nähe konzentrieren und nicht auf seine Worte. Zum Glück ist mein Verstand weiser. »Du hast gesagt, das würdest du. Du hast gesagt, wenn du an der Macht wärst, würdest du die Dinge ändern.«

»Und das werde ich.« Seine Hände, die bis gerade eben harmlos an seiner Seite hingen, gleiten um meine Taille und ziehen mich an ihn. »Es tut gut, dich zu sehen.«

Ich schließe die Augen, als ich mich an seine Brust lehne, den vertrauten Geruch einatme und mich in der Wärme seiner Umarmung bade. »Dich auch. Ich …«

Ich habe dich vermisst.

Ich schlucke. »Ich habe mir Sorgen gemacht, als ich nichts von dir gehört habe. Während ich in dem Unterschlupf war.«

Er streicht mir in beruhigenden Kreisen über den Rücken. »Ich wollte nicht, dass jemand den Briefwechsel zu dir zurückverfolgt. Ich werde deine Familie bald umsiedeln. Irgendwo außerhalb von Vanihail. Wo niemand weiß, dass sie mit dir verwandt sind.«

Ich runzle die Stirn und löse mich von ihm, um ihm in die Augen sehen zu können. »Du siedelst meine Familie um … aber nicht mich?«

Sein Gesichtsausdruck ändert sich nicht, aber seine ozeanblauen Augen werden kühl. »Was hast du erwartet? Du wirst überall gesucht. Du darfst nicht mit deiner Familie zusammen gesehen werden, wenn du sie beschützen willst.«

Ich lasse die Arme sinken.

Stimmt. Das war der zweite Grund, warum ich wütend war. Vergessen über der Erleichterung, ihn wiederzusehen. »Musstest du wirklich dem ganzen Königreich erzählen, dass ich gefährlich und flüchtig bin?«

»Das bist du doch«, erwidert er.

Ich zucke zusammen, als hätte er mich geschlagen.

»Saoirse.« Er sagt meinen Namen mit einem Seufzer. »Du bist eine Sirene. Und eine gesuchte Mörderin. Du tötest *seit Jahren* Bürger von Keirdre. Das Königreich macht dich für den Tod meines Vaters verantwortlich und will dich tot sehen. Ich *muss* dich zur Rechenschaft ziehen.«

Seine Worte sind sorgfältig gewählt. Er hat mir gesagt, was

das Königreich von mir hält, aber kein Wort über seine eigenen Gefühle.

Meine Handflächen sind schwitzig von jäher Nervosität und meine Kehle ist trocken. »Und du?« Ich klinge heiser. »Gibst du mir die Schuld an …«

… Felix. Für all die Male, die ich dich belogen habe. Dem Tod deines Vaters.

»… allem?«

Wieder ist Hayes' Gesicht ruhig, aber seine Augen haben ihre Wärme verloren. »Der Widerstand hat dich benutzt«, sagt er zögernd. »Sie haben dich erpresst. Ich …« Sein Blick verändert sich. »Dafür kann ich dir nicht die Schuld geben.«

Ich nehme einen würzigen Geschmack wahr wie Thymian. Er verbirgt etwas.

»Du musst nicht lügen.« Ich lege ihm sanft eine Hand auf den Arm. »Ich habe mich schrecklich verhalten. Ich bin grausam, hässlich, egoistisch …«

Er wendet sich ab. Sein Atem geht schwer und er hat die Hände zu Fäusten geballt. Ich kann nicht sagen, ob die Wogen der Wut, mit denen er kämpft, gegen ihn selbst oder gegen mich gerichtet sind. »Ich gebe dir nicht die Schuld am Tod meines Vaters.« Er sieht mich immer noch nicht an.

»Aber Felix …«

»Hör auf.« Er fällt mir ins Wort und fährt zu mir herum. Er legt mir die Hände auf die Schultern, sein Gesicht ist nur einen Atemzug von meinem entfernt. »Ich will nicht über Felix reden.«

»Ich möchte mich entschuldigen.«

»Ich *will* nicht, dass du dich entschuldigst.« Er sieht mich eindringlich an, und einige Augenblicke lang stehen wir so da, starren einander an, ohne zu atmen. Schließlich sagt er leise: »Glaubst du etwa, du bist der einzige Egoist hier?«

»Du bist nicht egoistisch.«

»Doch, bin ich.« Er nimmt meine Hand, streicht mit dem Daumen über meine Knöchel und starrt sie an, um meinem Blick auszuweichen. »Ich bin jetzt der König«, flüstert er. »Ich bin für andere als nur mich selbst verantwortlich. Auch für andere als für dich. Du hast furchtbare Dinge getan. Du hast Fae umgebracht, auch meinen besten Freund.« Er hört auf, mich zu streicheln, aber er redet weiter. »Ich sollte dich ins Gefängnis werfen, den Schlüssel wegwerfen und nie mehr zurückschauen.«

Er nimmt auch meine andere Hand und schlingt sich meine beiden Arme um den Hals. »Aber ich kann nicht. Ich muss dir verzeihen. Und das ist egoistisch.«

»Vergebung ist nie egoistisch.«

Er grinst ohne echte Freude. »Ich habe eine Pflicht gegenüber meinem Volk. Es zu beschützen. Du bist gefährlich, Saoirse, aber ich verzeihe dir – alles.«

Langsam fährt er mit einer Hand meine Seite hinauf, bis sie auf meinem Gesicht ruht. Mit dem Daumen streicht er über meine Wange. Unüberlegt drücke ich mein Gesicht in seine Handfläche.

»Frag mich, warum«, fordert er.

Ich ahne, dass ich es nicht wissen will, aber ich bin in seinem Blick gefangen, und ich kann mir nicht vorstellen, ihm etwas zu verweigern, nach allem, was ich ihm angetan habe. »Warum?«

Er nimmt die Hand von meiner Wange und greift nach der schwarzen Münze, die um seinen Hals hängt. »Ich habe dir gesagt, du kannst mich verbrennen. Mich ertränken. Mir das Schlimmste antun. Und das hast du. Du hast meinen besten Freund getötet.«

Seine Augen schimmern feucht, aber er weint nicht. »Du hast keine Ahnung, wie schuldig ich mich fühle, weil ich dir verziehen habe, dass du ihn getötet hast. Aber ich. Und ich vergebe dir nicht, weil ich großmütig oder gut bin. Ich vergebe dir, weil ich dich hassen würde, wenn ich daran denke, was du getan hast – die Leute, die du verletzt hast, die Art, wie du mich benutzt hast. Aber der Gedanke, dich zu hassen, bricht mir das Herz.«

Eine einzelne Träne tritt aus seinem Augenwinkel und er wischt sie ungeduldig weg. »Also ja. Ich bin genauso grausam, hässlich und egoistisch wie du. Denn ich bin für das Wohl eines ganzen Königreichs verantwortlich – und ich stelle dich über alle anderen.«

Eine feste Hand engt mein Herz ein und hält es in meiner Brust fest. Es tut weh, aber vielleicht ist das auch gut so. Denn diese feste Hand ist das Einzige, was mein eigensinniges Herz davon abhält, mich in Hayes' Arme zu stürzen.

Mein Gesicht und meine Seele sind ein zweischneidiges Schwert. Ein Fluch. Diejenigen, die mich für hässlich halten, wissen nicht, dass ich wunderschön bin. Und die, die wissen, dass ich wunderschön bin, können meine hässliche Seite nicht sehen.

Außer Hayes. Er sieht beide Seiten. Er sieht *mich.*

Ich lasse den Kopf sinken und lehne mich an ihn.

Sein Atem stockt. Mein Herz flattert so schnell, dass es wie ein Brummen ist.

Mein erster Instinkt: *näher.*

Ich gebe ihm nach.

Meine Hände, die immer noch um seinen Hals liegen, gleiten nach unten, über seine Schultern. Ich lasse sie auf seinem Rücken ruhen, direkt unter seinen Schulterblättern.

Sein Atem ist jetzt unregelmäßiger, als seine Hand die Münze loslässt. Dann berührt er wieder mich, streift über die Kurven meines Körpers und zeichnet meine Hüften nach.

Ich stelle mich auf die Zehenspitzen und lehne mich vor.

Zittrig atme ich seinen Atem ein. Ich atme *Hayes* ein.

Ich schließe die Augen, meine Oberlippe streift seine …

Und er zieht sich zurück.

In einem Moment trennt weniger als ein Atemzug unsere Lippen, im nächsten steht er zehn Schritte entfernt, schwer atmend. Er lässt mich stehen. Ich friere ohne seine Wärme. Und ich bin verwirrt.

Ich bin noch nie zurückgewiesen worden, wenn ich mein eigenes Gesicht trug. Er ringt nach Luft und sieht überallhin, nur nicht zu mir. »Das ist …« Er räuspert sich. »Das ist nicht der Grund, warum ich dich herbestellt habe.«

Das sagt er zwar, aber ich schmecke den Zimt – sein brennendes Verlangen – stärker als je zuvor. Er kann es leugnen, aber ich weiß, er will mich.

Da ist jedoch etwas Schwereres, das den Geschmack trübt. Scharf und sauer wie Essig – Angst.

Ich brauche länger als nötig, um zu begreifen, wovor er Angst hat.

Vor *mir.*

Ich stolpere zurück, als ich es begreife.

Es schmerzt. Mehr als das, es zerbricht mich und ich liege in tausend Teilen vor ihm. Aber ich schlucke es hinunter und nicke. »Na schön.« Ich klinge heiser. Ich versuche es noch einmal. »Warum hast du mich herbeordert?«

»Ich habe mein Versprechen gehalten. Nach meiner Krönung habe ich das Arbeitszimmer meines Vaters durchsucht.« Hayes nimmt von dem Tisch hinter sich einen Stapel Briefe.

Er tut so, als wäre nichts zwischen uns gewesen, aber seine zitternden Hände verraten ihn, während er mir die Briefe entgegenstreckt.

Ich starre länger in sein Gesicht, als ich sollte, bevor ich mir ansehe, was er mir reicht.

Auf dem obersten Brief steht: *Vollstreckerin Reyshka Harker.*

Ich reiße die Augen auf. Die Geschichte, die er mir erzählt hat – die Frau, die Szeiryna zu nahe kam. Die Frau, die König Larster vor Jahren ermordet haben soll.

Ich schnappe mir die Briefe. »Reyshka Harker? Sie ist keine Vollstreckerin, sie ist ein Mythos.«

»Ich habe dir doch gesagt, dass es sie wirklich gab.«

»Du hast mir auch gesagt, dass sie tot ist.«

»Ich dachte, sie wäre es, aber hier ist sie und anscheinend stand sie in Kontakt mit meinem Vater.«

»Was hat das zu bedeuten?«

»Es bedeutet, dass es einen Weg aus Keirdre heraus gibt, ohne die Barriere zu zerstören, und dass mein Vater davon wusste.«

Mir schwirrt der Kopf. Ich habe kaum die Tatsache verdaut, dass es überhaupt eine Welt außerhalb von Keirdre gibt, und jetzt muss ich mich mit der Tatsache auseinandersetzen, dass es Leute gibt, die die Barriere überwunden und es *überlebt* haben.

»Deshalb habe ich dich herbestellt«, sagt Hayes. »Wenn du dazu bereit bist, möchte ich, dass du durch die Barriere gehst. Finde Reyshka Harker. Laa'el sagte außerdem, dass draußen eine Armee wartet. Ich muss wissen, mit welcher Art von Bedrohung wir es zu tun haben. Carrik hatte recht mit Keirdre. Das Königreich kann nicht so bleiben, wie es ist, und wir können nicht ewig innerhalb der Barriere ausharren. Aber wir können auch nicht riskieren, die Barriere einzureißen, bevor wir wissen, welche Bedrohung uns auf der anderen Seite erwartet.«

Ich runzle die Stirn. »Du willst, dass ich Keirdre verlasse?«

»Das hört sich vielleicht an, als würde ich dich ins Exil schicken.« Für einen Sekundenbruchteil treffen sich unsere Blicke, bevor er rasch die Augen senkt. »Oder als würde ich wollen, dass du gehst. Das will ich nicht. Aber ich *brauche* jemanden, der mir sagen kann, was dort draußen ist. Und du bist die Beste für diesen Auftrag. Was sagst du dazu? Bist du dabei?«

Rain bestimmt jeden meiner Gedanken.

Mein erster Instinkt: ablehnen. Ich habe keine Ahnung, was sich außerhalb der Barriere befindet, und ich will meine Schwester nicht verlassen.

Aber das hier ist mehr als eine Erkundungsmission. Hayes überlässt mir die Macht, über das Schicksal meiner Schwester zu entscheiden. Möglicherweise gibt es für *sie* dort draußen eine Welt.

Zum ersten Mal wage ich es, mir ein Leben für Rain vorzustellen, das aus mehr besteht als nur aus Verstecken und Angst. Ein Leben, in dem es nicht gefährlich ist, ein Mensch zu sein.

Hayes hat die Macht, ihr ein neues Leben zu geben. Und wenn ich mein übereifriges Herz unter Kontrolle halte, habe ich das auch.

Für Rain. Alles für Rain.

Hayes starrt immer noch zu Boden, also verbeuge ich mich vor ihm. »Ich bin dabei.« Meine Augen huschen nach oben und – endlich – sehe ich seinen ozeanblauen Blick. »Eure Majestät.«

Danksagung

Solange ich denken kann, wollte ich Autorin werden. Auch wenn ich am liebsten für mich allein schreibe, weit weg von anderen Menschen, braucht es für den eigentlichen Prozess, ein Buch zu erschaffen und es mit der Welt zu teilen, ein Team. Ich bin so dankbar, dass ich eine solche Gruppe von Menschen um mich herum habe, die mich anfeuern und mich auf jedem Schritt des Weges unterstützen. Zuerst und vor allem danke ich meinen Eltern. Wenn ich an all meine persönlichen Privilegien denke, die es mir ermöglicht haben, an diesen Punkt zu gelangen, steht ihr beide ganz oben auf der Liste.

Unendlicher Dank geht an meine unglaubliche Agentin Naomi Davis. Du hast diese Geschichte über Nacht gelesen, und als ich das erste Mal mit dir darüber sprach, brachte mich deine Liebe zu diesem Buch zum Weinen. Seitdem setzt du dich unglaublich leidenschaftlich, ermutigend und geduldig für mein Buch ein. Besser hätte ich es mir nicht wünschen können. Ich kann dir für deine Unterstützung nicht genug danken.

Meiner brillanten Lektorin Camille Kellogg, die das Buch an einem Wochenende gelesen hat, bin ich immer noch jeden Tag unglaublich dankbar, dass du eine so großartige Vision für diese Geschichte hattest. Dieses Buch hat bei dir und dem Bloomsbury-Team definitiv ein perfektes Zuhause gefunden. Ich danke dir für deine Ideen, für das Brainstorming mit mir und dafür, dass du immer bereit warst, mit mir zu chatten und meine Fragen zu beantworten.

Dieses Buch gäbe es nicht ohne meine Kritikpartner*innen und Betaleser*innen. Vielen Dank an Brittany Smith, Ciara Craig, Jess Ryan, Mariam Jabeen und Robin Daly, die frühe Fassungen dieses Buches gelesen und mir geholfen haben, es zu dem zu machen, was es jetzt ist.

Ich bin mit zwei großartigen Verlagsteams gesegnet, die hart daran gearbeitet haben, dieses Buch so gut wie möglich zu machen. Ein großes Dankeschön an das Team von Bloomsbury, das mich vom ersten Tag an unterstützt und für mich gekämpft hat. Danke an Alexa Higbee, Briana Williams, Erica Barmash, Faye Bi, Phoebe Dyer, Beth Eller und Kathleen Morandini aus dem Bereich Marketing und Presse. An Jennifer Choi, Andrew Nguyen und Stephanie Purcell aus der Abteilung für Rechte und Lizenzen. An Donna Mark und Yelena Safronova vom Designteam; Alona Fryman und Erica Chan vom Marketingdesignteam; Laura Phillips, Oona Patrick und Nicholas Church vom Lektorats- und Herstellungsteam; Sarah Shumway und Mary Kate Castellani vom Redaktionsteam; Valentina Rice und Daniel O'Connor vom Vertrieb.

Das gesamte Team von Hodder war ebenfalls unglaublich. Ein besonderer Dank geht an meine britische Lektorin Molly Powell, die seit unserem ersten Telefonat vor Begeisterung und Liebe für diese Geschichte sprüht. Danke an das übrige Team, das so hart daran gearbeitet hat, dieses Buch den britischen Leser*innen zugänglich zu machen. Danke an das Lektoratsteam Natasha Qureshi und Sophie Judge, den Designer Will Speed,

Callie Robertson vom Marketing, die Herstellungsleiterin Claudette Morris und meine stets hilfsbereite Pressesprecherin Kate Keehan.

Eines der erstaunlichsten Dinge, die mir als Autorin widerfahren sind – abgesehen von diesem Buch –, ist die Tatsache, dass ich einer Gemeinschaft talentierter Autor*innen beitreten und dauerhafte Freundschaften schließen konnte, ohne die ich mir ehrlich gesagt ein Leben nicht mehr vorstellen kann. Es gibt so viele Autor*innen, die ich kennengelernt habe und die den Weg zur Veröffentlichung dieses Buches geprägt haben. Karen Sapiro unendlichen Dank und unendliche Liebe dafür, dass sie meine langatmigen Reden über das Leben und das Schreiben und alles, was dazwischenliegt, nachts um drei Uhr erträgt und nicht sauer auf mich ist, wenn ich mich weigere, ihr irgendwelche Kapitel zu schicken, die wahrscheinlich für den Kontext notwendig sind, die ich aber für Müll halte.

Meine ganze Liebe geht an die Flynn Girls: Amanda McBride, Eliza Luckey (und Lucinda), Emily Emmett, Jennifer Risi, Joan Reardon und Laura Samotin. Wir haben diesen Weg von Anfang an gemeinsam beschritten und ich bin für immer dankbar für unsere Freundschaft. Ein großes Lob an das Lit Squad, das mich willkommen geheißen, mich angefeuert, und, wenn nötig, für Chaos gesorgt hat. Ich bewundere euch alle dafür, wie ihr die Dinge auf die Reihe kriegt, die Fäden in der Hand haltet und trotzdem noch Zeit habt, tolle Geschichten zu schreiben, während ihr die Welt verändert.

Ein großes Dankeschön an meine Freunde von WMC. Ihr seid die nettesten und hilfsbereitesten Freunde und so unfassbar talentiert. So viel Liebe und Dank an meine Freunde von Sub Solidarity, die mich bei jedem Schritt auf diesem Weg unterstützt haben. Auch wenn ich in diesen Tagen Fantasy und nicht Mystery schreibe, möchte ich mich bei den Mavens bedanken, insbesondere bei Katie Cobell, Mariann Evans, Megan Davidhizar und Paula Gleeson. Mein Dank geht auch an alle, mit denen ich Ideen weiterspinnen kann und die mich trotz wiederholter und längerer Abwesenheit unterstützen.

Und natürlich danke ich all den Menschen, die ich beim Klinkenputzen für dieses Buch kennengelernt habe. Ihr alle habt, ob ihr es wusstet oder nicht, eine große Rolle dabei gespielt, mir emotionale Unterstützung zu geben und mir zu helfen, mit Ablehnung umzugehen. Ich liebe und schätze euch alle so sehr. Es gibt so viele Menschen, denen ich dankbar bin, aber mein besonderer Dank gilt Amanda Badillo, Avione Lee, Bethany Baptiste, Britney Lewis, Camille Maker, Elnora Gunter, Kyla Zhao, Maya Ameyaw, Melody Simpson, Pine, Ronnie Riley, Sami Ellis, Shauna Robinson und Yusof Hassan. Und vielen Dank an meine Bloomsbury-Autorenkolleginnen Trang Thanh Tran und Jen St. Jude, die zwei der nettesten und hilfsbereitesten Seelen auf diesem Planeten sind.

Ich habe lange darüber nachgedacht, wie ich diese Danksagung außerhalb der Autorenfreund*innen gestalten soll. Ich habe niemandem in meinem Leben erzählt, dass ich Autorin werden wollte, bis dieses Buch entstanden ist, aber es gibt trotzdem so viele Menschen in meinem privaten Leben, die dieses Buch in allen Phasen des Schreib- und Veröffentlichungsprozesses möglich gemacht haben. Danke an meine Brüder, dass ich so tun durfte, als wäre ich eine Meerjungfrau, und euch herumkommandieren durfte – was die ganze Inspiration für dieses Buch war. An die Freund*innen, die ich schon mein ganzes Leben lang kenne und die mit mir Bücher lesen und genauso vernarrt in sie sind: Bibiana, Emilie und Juju. Und natürlich danke ich Pippa, die mit Abstand mein größter Fan ist.

Zum Abschluss danke ich meiner Familie. Ich habe eine sehr große Familie und jeder Einzelne von euch hat mich mein ganzes Leben lang geliebt und unterstützt. Ihr habt mich nicht verurteilt, wenn ich Bücher zu Familientreffen mitbrachte, und ihr habt mich auch nicht gemieden, weil ich quasi nie auf Nachrichten antworte. Zum Schreiben braucht man wirklich eine Gemeinschaft. Ich bin gesegnet mit einer Gemeinschaft, die mich mein ganzes Leben lang unterstützt hat. Ich liebe euch alle.

© privat

Autorin

Gabi Burton wuchs in St. Louis, Missouri, mit vielen Büchern auf. 2021 machte sie ihren Collegeabschluss. Seitdem arbeitet sie als Anwaltsgehilfin und Autorin an der Ostküste. Wenn sie nicht gerade arbeitet oder schreibt, sieht sie wahrscheinlich Netflixserien, scrollt durch X (ehemals Twitter) oder findet schöne Plätze zum Spazierengehen – nach Möglichkeit in der Nähe irgendeines Gewässers. *Sing Me to Sleep* ist ihr Debütroman.

© Nikk Schmitz

Übersetzerin

Yola Schmitz übersetzt literarische Texte aus dem Englischen und dem Italienischen ins Deutsche. Sie hat an der LMU München Englische Literaturwissenschaft und Literarisches Übersetzen studiert und ist in Übersetzungswissenschaft promoviert. Mit jeder Übersetzung taucht sie in eine neue Welt ein – sammelt Eindrücke, Gerüche und Klänge –, um diese Welten den deutschsprachigen Leser*innen zugänglich zu machen und sie an die Oberfläche zu bringen. Klingt ein bisschen nach Zauberei?
Ist es auch.

Mehr zu unseren Büchern auch auf Instagram

Tahereh Mafi

Shatter Me

Shatter Me
Band 1, 336 Seiten,
ISBN 978-3-570-31638-2

Unravel Me
Band 2, 432 Seiten,
ISBN 978-3-570-31639-9

Ignite Me
Band 3, 400 Seiten,
ISBN 978-3-570-31640-5

Endlich die komplette Reihe auf Deutsch!

Restore Me
Band 4, 336 Seiten,
ISBN 978-3-570-31641-2

Defy Me
Band 5, 272 Seiten,
ISBN 978-3-570-31642-9

Imagine Me
Band 6, 352 Seiten,
ISBN 978-3-570-31643-6

30481_6

www.cbj-verlag.de

Holly Black

ELFENERBE –
Der gestohlene Thron

Band 1, 432 Seiten, ISBN 978-3-570-31669-6

Oak Greenbriar, der 17-jährige Bruder von Jude, Königin von Elfenheim, ist ein enigmatischer und widerstrebender Thronfolger. Schon als Kind stand er im Mittelpunkt eines brutalen Machtkampfs um den Thron und kennt die Höhen und Tiefen seiner Position. Als er gemeinsam mit Suren, der wilden und unberechenbaren Königin des Hofs der Zähne, auf eine Quest geht, verbergen beide ihre wahren Motive voreinander. Denn ihr Bündnis ist fragil und dem anderen zu vertrauen, könnte ein ganzes Reich aufs Spiel setzen …

30506

www.cbj-verlag.de